어느 하루가 다르다면,
그것은 왜일까

문 학 동 네
한국문학전집
0 2 5

배수아
대표중단편선

어느 하루가 다르다면,
그것은 왜일까

문학동네

차례

푸른 사과가 있는 국도

어느 날 한적한 교외의 국도를 드라이브하다가 나는 운전을 하고 있던 그에게 말한다.

"너, 방금 고양이 한 마리가 차 앞으로 지나가는 것 봤니?"

"그럼."

그는 한 손으로 더듬어 담배를 찾으면서 가볍게 대꾸한다. 늦가을 하늘은 어둡고, 밝은 커튼이 쳐진 것처럼 구름이 드리워져 있다. 낙엽송 가로수가 회색빛 길의 저 끝까지 이어져 있다. 길의 끝에는 낯설고 작은 도시의 초라한 거리가 나타나고 푸른 사과를 파는 여인들이 길가에 앉아 있을 것이다.

나는 그때 스물다섯번째 생일을 한 주일 앞두고 있었다. 정말 싫은 나이였다. 나는 열다섯 살처럼 생기발랄하지도 않았고 서른다섯 살의 오후처럼 지쳐 있지도 않았다. 나는 내일 일어날 일이 무엇인지 전혀 알 수 없어 항상 불안하였다.

"고양이가 앞을 지나가면 재수가 없다는데."

"그런 말이 있어?"

"불행한 일이 생긴대. 특히 아까처럼 검은 고양이일 경우에는."

"검은 고양이라고?"

그는 양손을 핸들에서 떼고 잠시 생각한다. 길은 단조롭고 고요하다. 양옆으로 변화 없는 낮은 산과 옥수수와 호박을 심어놓은 밭들이 있을 뿐이다. 어디엔가 강물이 있을 것이다라고 스물다섯을 한 주일 남긴 나는 생각한다. 강물의 푸른빛이 그리워져서 나는 바람 부는 창밖으로 몸을 내민다.

"그건 검은 고양이가 아니었어. 네가 잘못 본 거야. 재색에 검은 얼룩이 박힌 것이라고. 나는 분명히 그렇게 봤어."

나는, 그것은 검은 고양이였어, 틀림없이, 하고 생각한다. 하지만 곧, 아무러면 어떠랴, 하는 생각이 들어서 입을 다문다. 키 큰 풀들이 바람에 눌려 낮게 누운 차창 밖은 사람이 없고 길과 그리고 또 길뿐이다. 늦가을이란 얼마나 멋진가, 결코 잊을 수 없다.

"사과 먹을래?"

내가 말이 없자 그는 조금 전 지나온 소도시의 먼지투성이 길가에서 샀던, 푸른 사과가 든 종이봉투를 가리킨다. 아, 그 사과가 있었지. 푸른 사과가.

사과를 팔러 온 여인네는 굵은 실로 짠 목도리를 두르고 있었다. 국도 주변에 차를 세워놓고 그는 지도를 들여다보느라고 정신이 없었다. 아무렇게나 떠나온 듯하지만 그래도 그에게는 목적지라는 것이 있었다. 아주 작지도, 그렇다고 눈에 띌 정도로 크지도 않은 서해안의 한 어촌이다. 여름에는 관광지라고 불릴 수도 있는 곳이고 요즈음 같은 때는 겨울잠을 자듯이 조용한 곳이야, 하고 그는 말했다.

"그곳을 어떻게 알게 됐는데? 난 처음 들어보는데."

나는 여인네의 거칠게 튼 붉은 뺨을 바라보면서 사과를 사버린다. 바삭거리는 오래되고 묵은 냄새 나는 종이봉투에. 어디엔가 과수원도 있으리라. 여인은 흐린 빛의 손으로 짠 스카프로 얼굴을 반이나 가리고 있다. 차 안에서 볼륨을 한껏 높여놓은 피아노 음악소리는 스산한 길가에까지 멀리 울려나간다. 라흐마니노프인가, 차이코프스키인가 아니면 슈베르트의 아르페지오네인가. 그는 너무나 많은 테이프를 싣고 있어서 그 순간에 들려오던 것이 어느 것인지 알 수가 없다. 낮게 가라앉아 비현실적으로 보이는 이 거리와 달리 신경질적으로 한껏 높고 격렬한 파트가 연주되고 있던 순간이었다. 그러다가 어느 순간 죽음처럼 어두운 톤으로 가라앉아버리고 연주자는 가만히 한숨을 쉰다. 여인은 푸른 사과를 바스락거리는 종이봉투에 담아준다. 국도변의 키 큰 낙엽송 가로수들이 흐린 저녁 하늘을 배경으로 오래된 수채화처럼 서 있는 풍경이었다. 먼지투성이 길가의 푸른 사과를 파는 여인들. 그는 지도를 쳐다보면서 지갑에서 돈을 꺼내어 지불한다. 어두운 푸른색 버스가 둔한 소리를 내면서 차 곁을 스쳐지나간다. 잘 보이지 않는 먼지가 사과를 파는 여인의 메마른 입술과 눈에 내려앉았다. 건물들은 모두 낮은 키에 칠이 벗어진 오래된 간판이 걸려 있다. 문이 열린 건물 안은 어둡고 천장이 낮다. 건조한 늦가을 바람에 실려 삶은 콩과 말린 생선 냄새가 난다. 나는 차에서 내려 천천히 이 거리를 걸어가 보고 싶은 기분도 든다. 그래, 종이봉투에 담긴 푸른 사과를 팔면서 이 거리에서 살아도 좋겠구나. 밤이 어두워지면 무거워진 발을 질질 끌듯이 하며 낮은 산들 너머 강가의 집으로 돌아가는 나의 뒷모습이 보인다. 스물다섯 늦가을 어느 날에 나는 목이 메었다.

"오래전에 한 번 왔었어. 아마 고등학교 동창들 중 하나가 그곳에서 살고 있었을 거야. 고기도 잡고 피서철에는 민박도 하지, 지금도 살고 있을지는 모르겠어. 하지만 사이가 무척 좋았으니까."

나는 사과를 씹으면서 그의 옆얼굴을 바라보았다. 잠자리에 들 때면 항상 내일은 무엇을 하나, 그런 생각이 가득한 스물다섯이었다. 내 주변의 여학교 동창들은 결혼을 하거나 대도시의 커리어우먼으로 자기 자신이 가장 확실해진 때였지만 나는 열다섯 살 때만큼이나 불안하고도 불안하였다. 그는 차를 출발시킨다. 낙엽이 태풍처럼 날아오른다. 서쪽으로만 계속 가면 돼. 마지막은 비포장이야. 그는 지도를 여러 번 들여다보았다. 목적지에 도착했을 때는 이미 칠흑 같은 밤이 되었다. 길을 잘 몰라 헤매었기 때문이다. 개가 계속해서 짖어댔고 파도 소리가 높았다. 그의 고등학교 동창은 아직도 그곳에서 살고 있었다.

"오랜만이야." 고등학교 동창은 그에게 말한다.

"이곳은 요즈음 같은 때는 찾아오는 사람도 없어. 낚시하기에도 좋지 않은 곳이니까. 사실은 나 이곳에서 서서히 떠나고 싶어지는 중이야."

그 고등학교 동창은 이제는 대도시로 돌아가 취직도 하고 싶고 조직 사회의 드라이함도 느껴보고 싶어진다고 하였다. 세 사람은 파도가 높은 굵은 모래가 깔린 밤의 해안을 따라 걸었다. 바위 사이에는 코카콜라나 맥주 캔이 나무젓가락과 함께 흩어져 있고 어두운 바다 위에는 고깃배의 불빛이 반짝였다. 가끔 바위에 나란히 앉아 담배에 불을 붙이고 지나간 일들을 이야기했다. 그들의 이야기 속에 등장하는 수많은 사람들과 또 그 사람들의 수많은 여자들에 대해서 나는 아는 바가 없이 조용히 앉아 있었다. 파도에 구두가 축축해지면 다시 일어나 왔던 길을 되돌아갔다. 그들과 좀 떨어져서 나는 화제에도 섞이지 못한 채 맹숭맹숭하게 뒤를 따라다녔다. 가끔 생각난 듯이 그의 고등학교 동창이 "제수씨, 발밑을 조심하세요" 하고 말을 걸었다. 새벽이 오려고 하였다.

나는 그 여행이 끝난 후 이 년 동안 그를 다시는 만난 일이 없다. 그의 고등학교 동창이 그 마을을 떠나 다시 대도시로 돌아왔는지 어떤지 그런 것도 전혀 모른다. 깜깜한 밤에 도착했다가 안개가 짙게 깔린 새벽녘에 떠나왔기 때문에 개 짖는 소리와 파도 소리 이외에는 기억나는 것도 없다. 그는 새벽의 안개 속에서 조심조심 운전을 하고 커피를 마셨다. 보이지 않게 바다 냄새가 가득하였다.

"꿈속을 떠가는 것 같다."

나는 축축한 안개 속으로 두 손바닥을 담그며 말하였다. 그는 대꾸하지 않고 테이프에서 나오는 노래를 흥얼거리며 따라 부르고 있었다.

너는 모르지 내가 얼마나 널 사랑하는지.
오랜 시간이 지나도 변하지 않아.
바다처럼 오랜 시간이 지난 뒤에도.

바다처럼 오랜 시간이란 어느 만큼인가. 모래처럼 많은 마음들, 하늘처럼 아득히 멀리 있다는 것. 나는 궁금하였다. 노래는 계속되었다.

멀리 가버려도 나는 바람처럼
너에게 머물러 있다.

나는 뒷좌석에 뒹구는 남아 있는 푸른 사과를 한입 깨물어먹었다. 시고 떫은 맛이 안개처럼 나를 가득히 차지해버린다. 너랑 헤어져도 잊히지 않겠다. 나는 그의 옆얼굴을 보면서 문득 이런 생각이 든다.

"애인이 생겼어."

나중에 그는 전화로 이렇게 말했다.

"그애를 사랑하는 것 같아. 아주 작고 귀여운 아이야. 너도 좋아할 것만 같은 그런 아이야. 네 얘기도 모두 다 했어. 그 아이는,"

여기서 그는 담배에 불을 붙인다. 너무나 익숙한 라이터 소리가 전화기 저편에서 들려왔다. 푸른 불꽃이.

"날 아주 편안하게 해줘. 너와 있을 때랑은 달라. 아, 오해하진 마. 너에게 불만이 있는 것은 절대로 아냐. 뭐랄까. 그 아이는 내가 이다음에 뭘 해야 하나 하는 그런 종류의 불안이 없을 뿐이야. 그 아이를 앞에 두고서 도저히 다른 여자아이를 만날 것 같지 않아."

그가 담배 연기를 길게 내뿜는다. 어두운 방안에서 푸른 담배 연기가 가늘게 퍼져나가는 것이 보이는 듯하다. 내가 세 들어 사는 집의 아래층에서 저녁 준비를 하는 소리가 들린다. 고양이의 울음소리와 함께 생선을 굽는 냄새가 난다. 같이 서해안의 어느 마을에서 푸른 사과를 먹은 뒤 한 주일이 지나갔다. 나의 스물다섯번째 생일날 저녁이었다.

"네가 이런 타입이었으면 좋겠어." 그는 계속한다.

"이런 말을 들었을 때 울어버리고 매달리는 그런. 다른 여자아이를 만나다니, 참을 수 없어, 하고 말해버리는 그런 타입 말이야.

그러면 나는 절대로 이런 말을 네게 하지도 못할 거야. 하지만 우리, 처음에는 너무나 좋았었지. 너도 그랬지."

그의, 너도 그랬지, 하는 말이 이상하게 애원하는 것처럼 들려서 나는 나도 모르게 그냥 응, 해버리고 말았다. 그는 내 생일을 기억하지 못했다. 나도 굳이 일깨워줄 생각은 없었다. 그렇게 스물다섯번째 생일이 지나가게 되었다. 같이 사귀는 이 년 동안 그는 언제나 프레젠트하기를 좋아하였다. 생일이라든가 처음 내가 일하는 백화점 매장에 그가 와이셔츠를 사러 왔던 날, 그리고 처음 데이트하던 날. 내가 언제든지 "생일이야" 하고 말했으면 그는 반드시 요란하게 나염된 스카프라든지 아프리카풍의 목걸이 같은 것을 선물해주었을 것이다. 그는 또 그런 여자아이를 좋아하였다.

"처음에 기억나니? 난 너랑 처음에 데이트할 때 너무나 떨려서 전날 잠을 못 자버렸지. 같이 영화를 보러 갔잖아. 프랑스 영화였는데. 어두운 곳에서 네게 키스해보려는 생각이었어."

그것은 프랑스 영화가 아니라 육십년대 이태리 영화를 리바이벌하여 상영하는 소극장이었다. 그리고 나는 그날 그와 같이 섹스를 해도 좋다는 기분으로 나갔었다. 영화가 끝났을 땐 이미 늦은 시간이었고 우리는 시원한 맥주를 마시러 호프집에 들어갔다가 마지막 전철을 놓쳐버렸다. 이미 셔터가 모두 내려지고 검은 쓰레기 비닐봉지만이 쌓여 있는 도시의 한밤 거리를 우리는 손을 잡고 몇 시간이나 걸었다. 헌 신문지들이 바람에 날아다녔다. 그날 나는 무슨 옷을 입고 있었던가. 하얀 리본이 달린 푸른 원피스. 다리를 길게 보이기 위한 검은 하이힐. 손톱에는 투명한 매니큐어. 어두운 건물의 모퉁이에서 높이 올려 묶은 머리를 내가 풀어버리자 그는 내가 자기를 유혹하려 한다고 단정해버렸다.

"난 별로야. 네가 나 때문에 너무 신경쓰지 말았으면 좋겠어. 난 별로 불행하지 않아."

초등학교 다닐 때 생각이 난다. 나는 언제나 깨끗하고 단정한 글씨로 노트를 하고 수업 시간에는 선생님의 찰랑거리는 원피스 자락을 바라보았다. 지우개 자국이 깔끔한 숙제를 돌려주면서 선생님은 비누 냄새가 나는 손으로 내 머리칼을 만지며 칭찬하였다. 너는 참 착하구나. 앞으로도 계속 그렇게 해라.

"넌 처음에 말했지. 아주 우울하기 때문에 날 만난다고. 언젠가는 헤어진다고. 나에게 정말 좋아하는 여자아이가 생긴다면, 그때에."

"그래, 그랬어."

"아주 얌전하고 정숙한 모습이 되어 나를 떠나가겠다고 했어."

"응. 제발 나 때문에 신경쓰지 말아. 네가 걱정할 건 하나도 없으니까. 내가 수녀가 되거나 술을 마시거나 하는 일은 없을 거야."

언제나 저녁 식탁에 올려지곤 하는 된장국 냄새가 저녁 시간의 셋집에 가득하였다. 주인집에서 뒤뜰에 놓아기르는 닭들의 꾸꾸거리는 소리도 들리고 칠이 벗어진 회색빛 바깥벽의 11월 덩굴장미들이 바람에 흔들리고 있다. 방 하나짜리 셋집이 가득차 있는 전철역 주변, 집으로 돌아가는 샐러리맨 가장들이 담배를 피우면서 가게에서 종이 상자에 담긴 포도를 사고 있는 저녁의 거리다. 언제나처럼 변함없는, 영원히 변할 것 같지도 않은 일상의 저녁이다.

이 집을 처음 발견했을 때 친구 소영은 "마음에 안 들어. 참을 수 없는 것투성이야" 하고 불평하였다.

"네가 살 것도 아닌데, 뭐 어때. 그리고 눈이 튀어나올 만큼 비싼 값도 아니고."

"참을 수 없는 건 이 셋집들 사이에 넘치는 프티부르주아적인 분위기야. 이 거리의 어디쯤인가에 적당히 나이 먹은 골목대장이라도 버티고 있을 것 같은 불길한 느낌이 들어. 너, 〈한 지붕 세 가족〉 문간방에라도 세 들고 싶어?" 그런 건 나도 가장 싫은 일이다. 그때까지 나와 소영이 같이 살던 그녀의 아파트는 정말이지 침몰하기 직전의 폐선같이 낡고 어둡고 더러웠다. 게다가 난간이 녹슬어 다 부서져나간 소방 층계는 아슬아슬하였고, 죽음처럼 정적이 가득한 대낮이 지나면 넥타이를 느슨하게 매고 충혈된 눈을 한 근처 오피스 타운의 샐러리맨들이 모여들어 벌어지는 포커 방과 피아노 가방을 들고 사정없는 벌레떼처럼 와글거리는 초등학생들이 찾아오는 우리 위층의 피아노 학원이 있었다. 이른 저녁의 한없이 단조로운 체르니 연습곡들은 초조하게 퇴근을 기다리면서 립스틱을 다시 칠하는 근처 작은 사무실의 타이피스트에게도 들렸을 거다. 그녀는 짙은 석양을 배경으로 화장실 거울에 자기의 뒷모습을 황급히 비추어 보고는 화장품을 챙겨 사무실로 뛰어들어간다. 아직 퇴근은 십오 분이나 남았다.

다시 내가 말하고 있다.

"마지막으로 여행했을 때, 그때의 푸른 사과 기억나니?"

왜 엉뚱하게 나는 푸른 사과 따위가 생각나는 것일까.

"푸른 사과? 아, 그 맛없는 사과. 지독하게 시고 떫었지."

"나는 그때 푸른 사과를 팔던 여자들이 기억나. 초라한 거리였어. 가을 먼지를 잔뜩 뒤집어쓴 채로 국도를 달려오는 차들만 바라보고 있었어. 거칠게 짠 목도리로 온통 가리고서는."

"너는 이상해, 언제나 그래. 엉뚱한 얘기를 꺼내서 내 말을 막곤 했었어. 조금도 진지하지 않구나."

"나는 그때 그런 생각이 들었거든. 그 거리로 찾아가서 푸른 사과를 파는 여자가 될 것 같았어."

"백화점에서 셔츠를 파는 게 아니고?"

그는 조금 기분이 상한 듯하였다.

"왜 그런지는 나도 몰라. 언젠가는 나도 저렇게 늙고 초라해져서 먼지투성이 국도에서 사과를 팔게 되리라는 예감이 들었을 뿐이야. 그것도 형편없는 푸른 사과를. 저녁이 되어 아무도 이 푸른 사과를 사러 오지 않으리라는 예감이 확실해질 때까지. 내가 영원히 가지 못할 먼 데로 나 있는 길을 바라보면서 손으로 짠 두꺼운 스카프로 얼굴을 가리고 아주 어두워질 때까지 그렇게 있을 것 같은."

생은 내가 원하는 것처럼은 하나도 돼주지를 않았으니까. 부모의 사랑 없는 어린 시절을 보내고, 학교에서는 성적도 좋지 않고 눈에 띄지도 않는다는 늘 그런 식이다. 그리고 자라서는 불안한 마음으로 산부인과를 기웃거리고, 남자가 약속 장소에 나타나기를 한 시간이고 두 시간이고 기다리면서 연한 커피를 세 잔이나 마신 다음에 밤의 카페를 나오게 된다. 그리고 마지막으로는 어느 날의 한적한 푸른 사과가 있는 국도에서 눈앞을 지나간 고양이는 검은 고양이가 된다.

생일 다음날 오후에는 사촌을 만났다. 그녀는 넥타이를 열심히 고르다가 나를 발견하고는 다가와서 알은체를 하였다.

"너 여기서 일하는 줄은 몰랐다."

"집에다가는 얘기 안 했으니까."

"커피 마실래?"

그녀는 나를 붙잡고 할 얘기가 많은 듯하였다. 나는 그것이 겁나고 싫었다. 집과 가족, 자퇴한 대학, 가출한 딸. 이런 것들이 갑자기 어른거리는 기분이다. 그들은 언제나 이유를 묻고 싶어하였다. 왜 숙제를 안 했니, 하고 말하듯이 쉽게 입을 열고는 담배를 꺼내 불을 붙인 다음 저만큼 있는 재떨이를 손 앞으로 끌어다놓고는 의자에 몸을 깊숙이 파묻고 그리고 다리를 앞으로 길게 뻗고는 대답을 기다린다. 나는 싫다.

"나에게 뭐 물어볼 거니?"

"아니. 안 물어볼게. 커피만 마시자니깐."

정말 그녀와 나는 커피만 마셨다. 내가 집을 나오고 나서 그녀는 그동안 사귀고 있던 의대생과 결혼을 하였다 한다. 그렇게 듣고 보니까 그녀에게서는 살림하는 여자가 느껴지기도 하였다.

"넌 결혼했니?"

"아니."

그녀는 천천히 입술로 가져갔던 커피잔을 내려놓았다.

"사는 것은 어떠니?"

"그럭저럭 괜찮아. 어디 사느냐, 집에다가 전화 좀 해라, 이런 말은 빼줘."

"난 너 시집간 줄 알았다. 반대하는 남자랑 살려고 집 나간 걸로 알았어. 모두 그렇게 상상했어. 네가 그렇게 편지를 써놓았다며. 그런데 의외다."

그들을 실망시킨 것 같아 나는 미안스러워진다. 그때는 그냥 그러고 싶었어라는 말은 하지 못했다.

"사실은 은경이가 네가 남자와 차에 있는 걸 본 적이 있다더라." 은경이는 두 살 아래인 내 동생이다.

"남자가 선글라스를 쓰고 블루진 재킷을 입고 있더래. 그 옆에 네가 꽃이 달린 원피스를 입고 얌전히 앉아 있고. 바로 옆에서 지나쳤는데 너는 자길 못 봤대. 나한테만 한다고 얘길 하더라. 남자랑 잘살면서 왜 집에는 연락도 없느냐고 원망하더라, 걔가."

"그는 그냥 친구일 뿐이야. 그리고 지금은 만나지도 않아. 너, 묻지 않기로 했잖아."

"미안해." 사촌은 커피잔을 달그락 소리내며 내려놓았다.

"내가 여기서 일한다는 말, 가서 할 거니?"

"네가 원한다면, 안 할게."

그녀는 어머니의 언니의 딸로 나와 동갑이고 어려서부터 가까이 지냈었고 대학도 같은 델 들어갔기 때문에 친구 이상으로 친했었다. 의사 와이프가 되어서 잘살고 있는 그녀는 이제 내가 딱해 보이는 듯하다.

"너 집 나간 다음에 너한테 중매가 들어왔더라. 너희 윗동네에 살던 지붕이 삼각형인 벽돌집 있지, 왜. 그 집 아들인데, 네가 이쁘다면서 결혼하자고 하더래. 이모는 할 수 없이 네가 지방에 취직해 갔다고 그랬다더라. 결혼할 맘이 아직 없다고."

그 사람이라면 기억도 난다. 언제나 학교 가는 길에 버스 정류장에서 만나곤 하였다. 특별히 인상적이지는 않았다. 늘상 『뉴스위크』 같은 걸 보는 척하고 있었다. 나는 길거리를 지나다니는 여자들의 자신 있는 아름다움에 기가 죽는 그런 여자애였다. 누군가 나를 이쁘다, 좋다 하면 나는 불안하고 믿기지 않는다. 처음 수업에서 이름을 잘못 불렀을 때 같은 불안감이다. 집을 나오는 날 저녁에 나는 식탁에서 생선을 흘렸고, 설거지를 하다가 유리컵을 하나

깨뜨렸다. 여름방학의 막바지였는데 그날 성적표가 배달되었다. 사람들은 선풍기를 틀어놓고도 모두 땀을 흘렸다. 성적표는 A가 하나, D가 하나, 나머지는 모두 C였다. 통계학이 D였다. 은경이는 친구들과 산에 놀러갔었고 오빠는 사귀는 여자친구가 헤어지자고 하던 때여서 만사에 짜증을 내고 있었다. 나는 통계학이 싫었고 오빠가 싫었고 뚱한 얼굴로 TV를 보고 있는 부모님이 싫었다. 다음 주면 방학이 끝나고 강의가 시작된다. 형형색색의 예쁜 여자아이들이 강의실과 복도에 넘칠 것이다. 설거지를 마치고 나는 마당에 나와 손톱을 깎았다. 손톱 깎는 소리가 거슬렸던지 오빠가 내다보면서 조용히 하라고 골을 내었다. 아버지에게 애정이 없는 엄마는 내가 유리컵 하나를 깬 것을 알고 마땅한 구실을 찾은 듯이 부엌에서 야단을 치고 있다. 귀뚜라미가 마당 구석에서 쓰르륵쓰르륵 울고 있다. 나는 언제쯤 이 집을 나갈 수 있을까, 나는 수없이 나에게 물어보고 있다. 의사나 동시통역사, 하다못해 번듯한 오피스 걸조차도 나는 될 자신이 없다. 그런 여자들을 항상 나는 존경하였고 내가 도저히 갈 수 없는 나라에 살듯이 우러러보았다. 아버지나 오빠 같은 남자와 결혼하여서 친정에서 김치를 가져다 먹으며 끊임없이 애를 낳으면서, 시집간 사촌언니처럼 그렇게 살고 싶지가 않았다. 은경이처럼 귀엽고 똑똑하고 애교가 있으면 처음부터 다른 사람들이 나를 좋아해줄 텐데 싶다. 나는 몇 주일 전에 백화점 판매직에 이력서를 낸 것을 생각한다. 오빠가 방안에서 커피를 가져다달라고 소리지른다. 나는 책상에 앉아 은경이에게 메모를 쓴다.

'은경아, 나는 집을 나간다. 사랑하는 사람이 생겼고 이 집에는 있고 싶지 않다.'

쓰다가 말고 나는 물끄러미 '사랑하는 사람'이라고 쓴 것을 읽어본다. 사실이 아니다. 나는 사랑하는 사람이 없다. 그것조차도 나는 슬프다. 그러나 은경이라면 "왜?"라고 물을 것이다. 이 가족 이외의 사람을 사랑한다는 상상만으로도 나는 날아갈 듯 기쁘다. 오빠가 커피를 재촉하고 엄마는 화를 계속해서 내고 있다. 나는 커피를 끓이러 주방으로 나간다. 지금 생각하면 모든 것이 오래된 흑백영화처럼 뿌우연 회색빛이다. 나는 느릿느릿 움직여 물을 가스불에 얹고 일부러 더 느리게 커피잔을 찾는다. 오빠가 문을 열고 소리를 친다.

"너는 뭐가 그리 잘났니. 커피 하나 타주는 게 그리 기분 나쁘니. 너 여자 아니니. 시집가서 그런 거 안 할 거니. 너한테 물 한 잔이라도 얻어 마시려면 온종일 불러대야 되는 거니. 공부도 못하는 주제에 왜 그렇게 뻣뻣하니."

아버지가 엄마에게 한마디한다.

"쟤가 왜 그래. 옛날에는 착하던 애가. 당신이 교육을 어떻게 시켰길래 여자애가 저 모양이야. 매일 시무룩하니."

엄마의 얼굴이 새파랗게 질린다. 이 모든 것들이 활짝 열어놓은 안방 문을 통해 보인다.

"저애는 당신 막내 여동생을 닮았어요. 당신 막내 여동생이 고집 세고 미련한 건, 당신도 알잖아. 자식을 나 혼자 낳나요. 왜 사사건건 나에게 트집이에요."

이 세상에 나에게 다정한 남자, 어려운 강물을 손잡고 건너주는 남자, 병들었을 때 생각나는 남자는 내게는 영영 없을 듯하였다. 커피잔에 뜨거운 물주전자를 기울이면서 나는 그렇게 생각한다. 그런 남자가 있으면 메모에 써놓은 대로 '사랑하는 사람'으로 생각하겠다. 모든 사람이 거의 예외 없이 시집가고 장가간다고 해서 그러한 봄바람 같고 한여름 날의 폭우 같은 사랑을 가졌었나, 그렇지 않았으리라고 집 떠나기 전날의 나는 확신하였다. 나 또한 그러하게 못 가진 사람들의 편에 서게 되나보다. 오빠, 네가 아무리 우리 앞에서 잘난 척하고 닭을 잡아도 다리는 네 거고 생전 자기 양말 한 번 안 빨면서 큰소리쳐도 너는 내가 집 나가는 걸 못 막는다. 나는 녹슨 부엌문에 기대서서 오빠가 후루룩 소리내며 뜨거운 커피를 들이켜는 것을 마지막으로 듣는다.

다시 백화점의 커피숍이다. 사촌은 나를 안 보내주려고 작정한 듯하다. 그녀는 내가 근무중이고, 자기와는 달리 이 직장이 없으면 당장 곤란하게 되리라는 것을 고려 안 하는 듯하다.

"은경이는 대학 졸업반이고 디자인 학원도 다닌다. 걘 어쩌면 그리 야무져 보이나. 이모는 걔 공부시킬 땐 돈 하나도 안 들었다고 자랑이 대단하다. 섭 오빠는 결혼 문제로 엄마랑 다투고 지금은 냉전이 한창이다."

사촌의 창백해 보이는 하얀 손가락이 커피 스푼을 빙글빙글 돌리고 있다. 오후의 백화점 커피숍은 비 오는 퇴근길의 전철 안처럼 붐비고 있다. 달그락거리는 사기잔들이 부딪치는 소리가 끊임없이 들려오고 멀미처럼 나른한 커피 냄새가 소음과 함께 자욱하다. 마루를 깐 커피숍 바닥을 쿵쿵 울리면서 사람들이 계속해서 돌아다니고 나는 혼자 매장을 지키고 있는, 엊그제 들어온 유선이 때문에 불안하다.

"사촌들이 모두 커가니까 옛날 같지 않다. 옛날에는 명절 때마다 모여서 사진도 찍곤 했었잖니. 변두리 그 허름하던 사진관 기억나니. 삼층까지 올라가서, 숨을 헉헉대면서 먼지가 풀썩이는 검은 비로드 휘장 앞에 서곤 했었는데. 할아버지 할머니 살아 계실 때는."

"나 늦었어. 너랑 오래 이러고 있을 시간 없다. 나중에 또 놀러와라. 다른 사람한텐 절대 말하지 마라. 말하면 난 너 다시 안 본다."

나는 그녀에게 단단히 일러둔다. 그녀는 찻값을 내고 따라 나오면서 서운해하는 눈치다.

"너 넥타이 사려고 했잖아. 내가 골라줄게 사 가라."

나는 그녀에게 조금은 친절하고 싶다. 너무나 오랜만에 이렇게 만났는데 내가 너무하지 않나 싶기도 하다.

"아니, 그만둘래. 그냥 심심해서 구경해본 거지. 꼭 사려던 건 아니야. 가끔 심심하면 일없이 이렇게 나와보기도 한다."

그녀가 말했던 그 변두리의 사진관은 나도 기억이 난다. 이모네 가족과 우리 가족이 거기서 사진을 찍었다. 언제인가 모두가 사진 찍으러 한여름 날 그곳에 간 일이 생각난다. 나는 물방울무늬의 하얀 새 원피스를 입었다. 그때의 나는 고등학생쯤 되었을까. 사촌은 뺨이 타는 듯이 붉고 입술이 촉촉한 아주 예쁜 아이였다. 사촌 오빠인 섭의 생일인가 그랬을 거다. 이모는 우리들 여섯 명의 사진을 찍어주고 싶어하였다. 그때가 그곳에서 사진을 찍은 마지막날일 것이다. 나와 은경과 우리 오빠와 대학생이었던 섭 오빠와 사촌과 그리고 결혼해 있던 사촌언니가 카메라 앞에 섰다. 선이 가늘고, 신경질적인 경향이 있고 식성이 귀족적인 우리 오빠와는 많이 달랐기 때문에 그 당시의 나는 섭 오빠를 매우 좋아하였다. 지금은 아무래도 상관이 없다. 사촌은 견고한 어떤 것이 아니었다. 가족도 마찬가지다. 우리는 손을 맞잡고 둥글게 앉았다. 사진사는 검은 보자기를 뒤집어쓴 카메라 뒤에서 폭죽처럼 번쩍이는 것을 터뜨렸다. 나는 땀을 흘리고 있었다. 몹시 더운 날이었고 창문도 꼭꼭 닫아놓은 사진관은 오래된 먼지 냄새와 플래시의 열기로 숨이 막힐 것 같았다. 우리는 모두 그 사진을 각자 한 장씩 갖게 될 거라는 약속을 들었다. 나는 땀에 흠뻑 젖은 원피스 자락을 펄럭이면서 사진관의 위태롭게 좁고 가파른 나무 층계를 뛰어내려갔다. 뒤에서 사촌이 같이 가, 같이 얼음과자 사먹으러 가자, 하고 소리치고 있었다. 어두운 사진관 층계에서 바라다보이는 하얀 먼지 가득한 한여름의 거리는 눈이 부시다. 연한 빛의 파라솔을 쓰고 느리게 걸어가는 나이든 여인네들뿐이다. 우리는 아이스크림을 파는 가게로 달려가 딸기가 든 아이스크림을 샀다. 길 건너편 사진관에서 그제야 나머지 가족들이 손수건으로 땀을 닦으면서 천천히 걸어나오고 있다. 섭 오빠가 우리를 보고 손을 흔들었다. 먼지투성이인 소형 택시가 길 가운데를 휭하니 지나간다. 그 바람에 내 원피스 자락과 머리칼이 흔들리고 정류장에서 시외버스를 기다리던 파라솔을 든 나이든 여인네가 천천히 나를 보았다. 그 순간은 나도 눈부셨다. 나는 하얀 난간에 기대어 앉아 그 여인네를 바라보았다. 나는 눈을 감았다. 버스가 도착하고, 사람들이 버스에 올라탔다. 길은 다시 하얗게 텅 비어버린다. 언제인가 바로 이런 느낌의, 이런 여름 한낮이 다시 올 것만 같은 아련한 슬픔이 예감된다. 새로 맞춘 하얀 원피스를 입고 먼지투성이 길가에 함부로 앉았던 벌로 나는 원피스를 깨끗하게 빨아야만 하였다.

그는 나를 그리워하면서 만나지 못하던 때의 이야기를 항상 하고 싶어하였다. 밤 두시, 단 한 번 만났던 나를 보고 싶어하면서 그는 가족들이 있는 집에서 나와 아파트 앞 공중전화 부스를 서성거리고 캔맥주를 마셨다고 하였다. 그렇게 몇 날을 고민하다가 용기를 내어서 다시 내게 전화했을 때, 내가 화도 내지 않고 그냥 마치 사촌오빠에게서 온 전화를 받는 것처럼 그러하여서 놀라기도 하고 한편으로는 실망도 하였다고 한다. 나도 그리워하지만 만나지 못하는 그런 얘기가 하고 싶다. 하지만 좀 다르다. 그날 가을 오후에 여행을 마치고 도시로 다시 돌아왔을 때 깨끗하고 맑게 푸른 오후여서 푸른 사과 따위의 씁쓸하고 뒷맛이 좋지 않은 기억은 모두 다 잊었다. 마주치는 사람들은 모두 아름답고 연휴의 마지막날 이른 오후였기 때문에 하얗게 넓어 보이는 플라타너스와 벚나무의 가로숫길은 이유 없이 다시 돌아다보고 싶은 그림이었다. 그는 스케치북을 꺼내어 데생을 하고 있는 나에게 말을 걸고 싶어하였다.

"차 안에서 그림을 그릴 수 있니?"

"대충하는 거야. 내가 그리는 게 아니고 나도 모르는 어떤 누가 내 안에서 나를 강요해. 그러면 흔들리는 차 안에서라도 그릴 수밖에 없어."

"너는 말을 항상 그렇게 하니."

그는 내가 자기 엄마나 누나처럼 말하지 않는다고 언제나 비난하였다.

"그리고 싶으면 그려야 돼. 이런 식으로는 왜 말 못하니. 넌 내가 너를 이해 못하는 것을 즐기고 있어."

나는 스케치북을 탁 소리나게 덮었다. 이것은 그가 가장 싫어하는 행동이다. 나는 일부러 그렇게 한다. 그가 처음에 생각한 얌전하고 약간은 섹시한 키 백육십오 센티의 백화점 여점원은 어디로 갔나. 와이셔츠의 단추를 달아주지도 않고 유행하는 링 귀고리를 하기 위해 귀를 뚫지도 않고 비번일 때는 머리도 감지 않은 채 오후 내내 좁아터진 방안에서 나오지도 않고 이젤 앞에서 쟁반에 담긴 사과를 그리고 있는 나.

"너는 화가가 아니잖아."

처음에 그는 조용히 말하기 시작한다.

"그리고 그 사과는 너무 파래. 원래는 초록에 붉은 핑크가 섞여 있을 뿐이야. 그렇게 칠하니까 어쩐지 섬뜩하게 보인다."

그는 내가 매장에서 근무할 때처럼 상냥하게 넥타이를 매주지도 않고 생선을 굽거나 무로 장아찌를 만들거나 할 줄도 모르는 것을 알고 조금 실망했다고 언젠가 고백하였다. 나는 너무 큰 산 같은 남자를 내 인생에서 바라지는 않는다고 대답하였다. 이 말은 또 다른 의미로 그에게 충격을 주었다.

"그렇게 그림이 좋으면 화가가 되지, 왜 백화점에서 점원 같은 것을 하고 있는 거야. 그렇게 특별나게 살고 싶으면 대학을 마저 졸업하고 비슷하게 고상한 남자랑 만나 살 것이지, 왜 나 같은 건달과 만나고 다니는 거야."

그는 차갑고 산뜻한 햇빛이 눈부시기 짝이 없는 한적한 오피스타운으로 천천히 차를 몰면서 물었다. 나는 대답하지 않았다. 맑은 구두 소리를 높이 울리면서 건물의 그늘과 하얗게 투명한 햇살의 경계 부분을 빠르게 걸어가는 십대 후반쯤 되어 보이는 여자아이가 우리 쪽을 향하여 고개를 돌렸다. 창백하게 화장한 두 뺨이 아름다웠다. 여자아이의 치맛자락 근처로 아직 푸름이 가시지 않은 나뭇잎들이 사정없이 흩어지고 있다.

여자아이의 검은 머리칼도 그녀의 창백한 뺨 근처에서 흔들리고 있다. 여자아이는 손에 들고 있던 책으로 바람을 피하듯 얼굴을 가리고서는 건물과 건물 사이 어두운 그늘의 모퉁이로 사라져버린다. 다시 거리는 텅 비어버린다. 사람들은 아직도 가을 바닷가나 마지막 단풍이 미칠듯이 지고 있는 강원도에서 돌아오지 않았다.

"그냥 집으로 돌아가고 싶어?"

어쩐지 침울한 분위기가 되어 그가 물었다. 그가 내 곁으로 몸을 돌리고 앞 머리칼이 이마로 흘러내리도록 한 채 이렇게 물을 때 가벼운 오드콜로뉴 냄새가 난다. 난 가까운 전철역에서 내린다. 이유 없는 화가 가득한 듯 그와 나는 둘 다 시무룩한 표정이다. 나는 커다란 스케치북을 신경질적으로 차에서 빼내고 데생 연필을 아무렇게나 백 속에 쓸어넣는다. 천천히 속으로 열까지 세고 난 후에 뒤돌아보았다. 비어 있는 밝은 늦가을의 도로는 한 잔의 거품 많은 맥주처럼 눈부시고도 서늘하였다.

"그 존재에 치열하게 연연하지 않던 연인이라 할지라도 헤어지고 집으로 돌아오고 나면 그렇게 생각날 수가 없더라. 전화가 기다려지고."

대학에 다니고 있을 때 이웃에 살던 사촌은 저녁을 먹으러 놀러 와선 내 방에서 이렇게 속삭이곤 하였다. 사촌은 화장을 하고 수입

브랜드의 스웨터를 입고 있었다. 나와 동갑인 그녀는 남자들이 사귀고 싶어하는 여학생이었고 날이 갈수록 거울 앞에서 보내는 시간이 길어지는 중이었다. 안방에는 TV에서 연속극 소리가 요란하고 오빠는 아직 돌아오지 않고 있었다. 은경은 저녁을 먹고 화실에 가봐야 한다며 옷을 갈아입고 있었다. 사촌은 새로 데이트를 시작한 의대생에 관해서 쉴새없이 말한다. 그는 우등생인데다가 멋있고 키가 백팔십 센티나 되는데다가 아주 분위기 있는 저음의 목소리를 가졌다 한다. 나는 그녀와 같이 침대 속에 기어들어가서 이불을 뒤집어쓰고 한 번도 본 일이 없는 그에 관하여 같이 생각하였다. 가방을 챙겨들고 집을 나가면서 은경은, 나는 절대로 언니들처럼 남자애들 얘기나 하고 그러지는 않을 거야, 하고 말한다. 커다랗게 틀어놓은 연속극 소리는 좁은 집안에 가득하였다. 한 명의 아름다운 소녀가 꿈속에 그리던 황홀한 남자를 만났는데 그는 유부남이었다. 아름다운 소녀와 그 남자의 부인은 괴로워하면서도 한 남자를 차지하기 위해서 경쟁을 하는데, 남자는 아무 일도 하지 않고 담배를 피우고 밤에는 술을 마신다. 거실에서 혼자 술을 마시는 남자에게 그의 조그만 딸이 다가와, "아빠 왜 술을 마시는 거야" 하니까 "응, 괴로워서 마신다. 이 세상에 내 괴로움을 알아주는 사람은 하나도 없다. 너는 나중에 엄마처럼 그러지 말아라" 한다. 한 번도 본 일은 없지만 주말 저녁에는 언제나 집안에 그들의 대사가 가득하기 때문에 나는 그들의 이야기를 다 안다. 월요일에 학교에 가면 여자아이들이 강의실에서 종이컵에 든 커피를 마시면서 그 연속극 얘기를 하고 있기도 하였다.

"그애와 결혼하면 참 괜찮을 거라는 생각이 들기도 한다."

사촌은 투명한 매니큐어를 손톱에 바르면서 말한다.

"만난 지는 얼마 안 되었지만 내가 어디서 또 그런 애를 만날 수 있을까 싶다. 엄마도 은근히 좋아한다, 너. 전화 오면 빨리 바꿔주고 지난주에는 원피스도 사주더라. 아빠는 데모만 안 하면 누구든지 좋댄다."

그러던 사촌은 정말로 그 남자애와 결혼하여 내 앞에 나타났다. 나는 그녀가 위대해 보이기도 하고 또는 아무런 상관이 없는 낯선 남같이 보이기도 하였다. 그녀와 커피숍에서 헤어진 다음 매장으로 돌아가는데 이런 생각이 드니 갑자기 무서운 느낌이 들었다. 유선이는 남자 손님에게 초록빛 셔츠를 골라주고 있었다. 나는 평범한 것이 좋아요, 하고 그 손님이 대답하였다. 직장에서 입으실 건가요? 이런 연한 핑크는 어때요? 아님 이런 푸른 스트라이프는요. 얼굴이 까맣고 키가 작은 그 남자는 결국 아무런 무늬도 없는 하얀 셔츠만 두 벌을 샀다.

처음에 집을 나와서 백화점 근무를 시작했을 때 고등학교 동창인 소영이의 자취방에서 같이 지냈다. 방세를 한 달에 오만원만 내면 되었기 때문에 부담은 적었지만 가파른 철제 층계를 한참이나 올라가야 하는 그 아파트는 벽에 금이 가고 천장에서 물이 뚝뚝 새는 오래된 것이었다. 난방은 고장난 지 몇 년이나 지났는지도 몰랐다. 그래도 백화점에서 가까웠기 때문에 그다지 나쁘지 않다고 느꼈다. 고등학교 때부터 자취를 하던 소영이는 자유분방한 편이었지만 집으로 남자를 데려오거나 하지는 않았다. 밤이 되면 서울 시내의 야경이 가까이 내려다보이고 북악 스카이웨이로 드라이브를 가는 차들이 어둠을 가르고 바람처럼 바로 우리 아파트 앞을 질주하였다. 얼마간 돈을 모아서 내가 이사를 한 이후에도 소영은 그녀의 남자친구인 형준을 데리고 함께 드라이브하자며 나를 찾아오곤 하였다. 연한 커피를 한잔 끓여 마시고 막 잠이 들려고 하는데 소영이 털 스카프로 얼굴을 칭칭 감은 채 나를 찾아왔다.

"일어나. 우리 드라이브하려는데 너도 같이 가자."

"트럭을 타고 간단 말이야? 싫어."

소영의 남자친구의 형은 가스 가게를 하고 있었는데, 소영의 남자친구는 가끔 그 형의 트럭을 빌려 타고 소영과 함께 한밤의 고속도로로 무작정 달려가곤 했었다. 가끔 그들과 어울릴 때면 사정없이 흔들리던 불편한 좌석과 안개가 가득한 고속도로를 최대 속도로 달리는 그들의 열정이 불안하여서 나는 그냥 잠자고 싶었다.

"이런 바보, 그게 아냐. 다른 친구가 왔단 말이야. 너도 같이 가야 더 재미있지." 소영은 반팔 티셔츠 차림의 내게 커다란 하얀색 면 코트를 걸쳐주고는 밖으로 데리고 나온다. 싸락눈이 가늘게 내리고 있었고 매우 추웠다. 조심스럽게 길을 내려오니 골목 끝에는 처음 보는 승용차가 서 있고 소영의 남자친구인 형준과 또 한 명의 낯선 남자가 운전석에 앉아 담배를 피우고 있었다. 소영은 무엇이 즐거운지 계속해서 깔깔 웃으면서 "얘가 나오기 싫다는 걸 억지로 데리고 왔어" 하고 형준에게 말하고 있다. 나의 커다란 코트 자락이 차 안으로 채 들어오기도 전에 차는 성급하게 출발하였다. 형준은 주유소에서 일하는 대학생이었고 외제차를 살 여유가 없었기 때문에 나는 이 새것으로 보이는 세이블이 지금 운전을 하는 저 낯선 남자애 거구나, 하고 막연히 생각했다. 싸락눈은 바람에 섞여 조금씩 길가에 쌓이고 있었다. 소영은 뒤에서 형준의 목을 두 손으로 감싸안고 있었다. 그녀의 손목에는 형준이 선물해준 금빛 팔찌가 반짝였다. 형준은 지금 무슨 이유인지 몰라도 소영에게 성을 내는 것 같다. 소영은 명랑하게 웃고 있지만 형준은 반응이 없고 운전을 하고 있는 낯선 남자만이 소영의 과장된 수다를 간간이 상대해줄 뿐이다. 이제 보니 소영은 약간 술을 마신 것 같기도 하다. "어디로 가는 건데, 고속도로가 아니니?" 하고 소영이 낯선 운전자에게 말했다. 나는 눈 오는 어두운 창밖을 열심히 들여다보았지만 어디로 가는지 알 수가 없다.

"이 길은 구기동으로 가는 길이야. 이 밤에 산에 가려고?"

소영은 창을 내리고 눈발 속으로 고개를 내밀어보곤 말하였다.

"왜, 못 갈 거 없잖아. 눈 오는 겨울밤에 계곡을 못 갈 이유라도 있니?"

형준은 목에 감긴 소영의 팔을 풀면서 보통 때보다 덜 상냥하게 대꾸한다. 소영은 금방 풀이 죽는다. "왜, 내 친구 키 큰 애 있잖아. 김산경이라고. 그애를 만나기로 했어. 구기동 입구에서. 그애가 한잔 사기로 했거든. 어때요, 괜찮겠어요?" 하면서 그 낯선 운전자는 그때서야 내게 고개를 돌린다. 나는 반팔 티 위에 걸친 면 코트가 추울 것이라 생각하면서 고개를 끄덕인다. 소영은 입을 뾰족하니 다물고 뒷좌석에 깊이 파묻혀버린다. 차는 바람을 타고 흐르듯이 그림처럼 내리는 눈 속을 천천히 헤엄치듯 간다. 맞은편에서 오는 차의 둥그렇고 노란 불빛만이 보이는 어둠 속을 낯선 운전자는 계속해서 운전하여 갔다.

구기동 입구에는 아무도 없었다. 눈 오는 추운 한밤의 유원지는 적막하기만 하였다. "난, 김신오라고 해" 하고 한밤의 그 낯선 운전자가 차에서 내리면서 내게 말한다. "모두 커피라도 마실래? 저기 자판기가 있어. 우리 같이 가서 뽑아 오자." 김신오라고 말한 그는 나를 데리고 커피를 뽑으러 갔다. 차에서 내리니 조용한 바람이 불고 있었고 물 흐르는 소리가 졸졸거리면서 들려왔다. 아무것도 보이지 않는 공원 입구였다. "자판기는 저 끝에 있어." 김신오는 보이지 않는 어두운 상점들이 늘어선 거리 저편을 가리키며 말한다. "오는 도중에 소영이랑 형준이 많이 싸웠어. 너 소영이랑 같이 살았다며. 개 성격에 무슨 문제가 있지 않은가 싶어. 형준인 말이 없고 조용한데, 소영인 변덕이 너무 심하고 여자애가 남자를 너무 밝혀."

"형준이도 처음엔 소영이의 그런 점에 끌렸다고 생각해, 난."

"아, 그랬겠지." 김신오는 어깨에 내려 쌓인 눈을 털면서 주머니 속의 동전을 모두 꺼냈다.

"하지만 모든 일이 그렇잖아. 처음과 마지막은 항상 다르잖아. 어떻게 처음과 마지막이 같을 수가 있니. 소영이도 그걸 알아야지. 난 사실 소영이의 중학교 동창이야. 그때부터 소영일 잘 아는데, 그앤 문제 있는 여자라구. 처음엔 남자들이 그애 때문에 미치지. 하지만 마지막엔 언제나 미워하면서 떠나갔어. 그 모든 남자들에게 문제가 있는 건 아니잖아. 그런데 넌." 그는 자판기 앞에 서서 그 불빛으로 나를 바라보면서 말한다. "그런데 넌 그애와 상당히 친하다고 들었는데 어째 달라 보인다. 소영이 다른 친구들하고도 달라 보여. 너, 백화점에서 일하는 애 맞지?"

"맞아."

"애인도 있다며."

"응. 있어."

"뭐하는 남자야?"

"평범해. 은행 다니는 남자야." 그와 바로 얼마 전에 헤어졌다고는 말하지 않았다.

"나한테도 물어봐. 그래야 공평하지."

"넌 여자친구 있니?"

"있지. 나보다 한 살 많아. 차밍 스쿨 다니는 애야."

"오늘 왜 안 왔어?"

"아르바이트로 밤에 편의점에서 일해."

"사귄 지는 얼마나 됐는데."

"육 개월 정도."

"싸울 땐 주로 이유가 뭐니?"

"음. 약속 시간을 지키지 않거나, 내 카드를 빌려달래서 빌려줬더니 그애가 앤클라인 가을 투피스를 사버렸다거나, 내가 다른 여자애와 밤새워 술 마시거나 하는 일 때문인 것 같은데. 별로 심각한 건 아냐."

김신오는 종이 커피잔을 들고 어둠 속에서 흰 이를 보이면서 웃었다. 저 아래쪽에서 올라오는 차의 불빛이 보였다.

"산경이다. 새로 사귄 여자친구를 데려온다고 했는데." 그는 커피를 홀짝 마셨다. "산경이는 아주 좋은 애야. 그애는 언제나 이런 델 좋아해. 겨울밤의 산속 유원지 같은 데. 아무도 가지 않는 데서 만나기를 좋아해. 멋진 애야."

산경이라는 남자는 안경을 쓰고 키가 컸다. 고등학교 다닐 때는 최소한 학교 대표 농구 선수였을 것 같다. 그가 새로운 여자친구라고 소개한 아이는 염색한 단발머리에 귀고리를 하고 부츠를 신고 있었지만 너무나 어려 보이는 조그만 아이였다. "재, 초등학교는 졸업한 거니? 어디서 저런 어린애를 다 데리고 왔니?" 형준은 김신오에게 조그맣게 말하고 있었다. "나, 아무래도 형준이와도 깨질 것 같아. 이제 나에게 싫증이 났나봐. 이제 우리 회사 사장하고라도 사귀어버릴까보다. 아이 재미없어. 나 우울해." 소영은 뒷좌석에서 슬픈 표정을 하고 있다가 김신오가 내미는 커피잔을 받아들고 이렇게 중얼거린다. 소영은 그때 조그만 무역 회사의 경리로 일하고 있었다.

"우리 산속으로 올라가서 한잔하는 거 어떻게 생각해?" 산경이 차 안으로 고개를 쓱 내밀고 물었다.

"이 눈 오는데? 안 돼. 여자애들도 있고." 신오가 반대하였다.

"가까운 데 어디 없을까. 눈이라도 피할 수 있는 데. 술은 차 안에 있어. 근사하지 않아? 이 눈 오는 데서 마시는 거야."

"이 아래쪽 주차장으로 가면 건물 그늘이 있을 거야. 하지만 춥지 않을까." 형준이 시무룩하게 대꾸하였다. 나는 커피를 마시면서 내일 비번만 아니라면 소영에게 당장이라도 돌아간다고 말할 텐데, 하고 생각하고 있었다. 눈 오는 고요한 밤은 성냥 파는 소녀를 생각나게 하였다. 산경은 차에서 레미 마르탱 한 병과 종이컵 뭉치를 꺼내고 있었다. 애개, 겨우 저걸 가지고 이런 날 나와라 말아라 요란을 떨었어. 잠잠하던 소영이 입을 삐죽거리면서 한마디 하고 형준은 질렸다는 듯이 어깨를 으쓱거리면서 그녀를 외면하였다. 산경의 어린 여자친구는 무엇이 그리 행복한지 산경의 팔을 잡고 까르르까르르 웃어대서 신오가 주의를 주어야만 하였다. "여기는 주택가라구. 이 시간에는 조용히해야 하는 곳이야." 셔터를 내려놓은 상점 앞 주차장은 비어 있고 그 위로는 건물의 이층이 나와 있는 구조여서 눈을 피할 수 있었다. 신오가 일요판 스포츠 신문을 한아름 갖고 나와 주차장 바닥에 폈다. 눈은 많이도 내렸지만 아스팔트에 닿는 즉시 비가 되어버리고 있었다. 그 길의 끝에는 어두운 터널이 있고 바람처럼 속력을 내면서 한밤의 차들이 계속해서 그 터널 속으로 들어가고 있었다. 산경의 여자친구는 바닥에 깔린 일요판 스포츠 신문의 경마 면을 읽고 있었다. 그녀는 산경 이외의 누구에게도 관심이 없어 보였다. 그녀가 고개를 돌릴 때면 찰랑거리는 결이 고운 단발머리에선 냉장고에서 갓 꺼낸 얼음에서 나는 투명한 냄새가 났다. 그녀는 산경의 어깨에 기대어 그의 머리카락을 만지면서 세상을 도전적인 눈으로 쏘아본다. 나는 그냥 있는 것이다. 그녀의 눈은 말한다. 너와는 아무런 관련도 없이 그냥 그렇게 있는 것뿐이야. 너는 나에게 가까이 오지 마라. 나를 쳐다보지 마라.

"이름이 뭐야?" 신오는 종이컵에 레미 마르탱을 따르면서 그녀에게 묻고 있다. 형준은 은박지에 싸인, 완전히 식어버린 프라이드 치킨을 안주 삼아 먹고 있다. 산경은 남은 신문지 뭉치에 라이터로 불을 붙였다. 불은 금방 마른 신문지에 타오른다. "아이 따뜻해." 소영이 형준의 허리를 안고 있던 팔을 풀고 두 손을 가만히 그 불을 향해 내밀었다. 그 모습이 마치 성냥팔이 소녀와 같다. 일요판 스포츠 신문이 타는 불빛에 형준과 소영의 얼굴이 영화의 한 장면 처럼 떠올랐다. 소영의 긴 머리칼이 앞으로 수그러졌다. 그녀는 울고 있는 것 같다. 영화의 배경인 양 눈이 비처럼 내리고 있다.

"가을." 산경의 여자친구는 신오가 따라준 반 컵 넘게 들어 있던 레미 마르탱을 코카콜라 마시듯이 한 번에 마셔버리고 대답하였다.

"이름이 가을이야?"

"응. 김가을."

"혹시 여동생 이름이 봄이 아니니?"

"여동생 없어."

"너 혹시 중학생 아니니?"

"왜 이래. 이제 일 년만 있으면 고등학교도 졸업한다구."

일요판 스포츠지가 이제 다 타버린다. 검은 재들이 바람에 이리저리 날려 깨끗이 청소된 스키웨어 상점 앞을 더럽히고 있다. 이제 아침 열시가 되면 가장 먼저 출근한 흰 셔츠를 입은 종업원이 투덜거리며 걸레를 빨아가지고 나올 것이다. 바람에 날리는 젖은 일요판 스포츠 신문의 컬러 화보와 찢긴 경마 페이지를 쓸어모아 휴지통에 버리고 빈 레미 마르탱 병과 담뱃재가 가득한 구겨진 종이컵들도 치울 것이다. 소영이 고개를 두 팔 속으로 묻는 것이 어둠 속에서 느껴진다. 산경은 차에서 캔맥주를 더 가지고 온다. 나는 소영이 취한 것 같아 그녀의 잔에 남아 있는 것을 마저 마셔버린다.

산경과 형준은 지난 일요일 경마에 대해서 말하고 있다. "그건 아주 멋졌어" 하고 형준이 열띤 목소리로 산경에게 말한다. "맞아. 백오십 배나 되었어. 하지만 난 완전 뒤통수를 맞았고." 신오는 가을에게 캔맥주를 다시 권하고 있다. 가을은 콧노래를 흥얼거리면서 발로 장단을 맞춘다. 날 놔줘, 날 보내줘, 하고 시작하는 엥겔베르트 훔퍼딩크의 오래된 팝송이었다. 소영의 눈물이 그녀의 팔을 적시고 있다.

"오해하지 말아." 소영이 나에게 중얼거린다.

"오해하지 말아. 내가 형준이 때문에 이러는 것은 아니야. 이젠 넌 나에게 아무것도 아니야, 너 때문에 슬프지 않고 너 때문에 기쁘지도 않아. 이런 식으로 시작하고 이런 식으로 끝나고."

그도 나 때문에 슬퍼하지 않고 나 때문에 기뻐하지 않았다. 그렇다고 내가 어느 날 새벽이슬이 축축하게 내린 강둑길이 내려다보이는 호텔 창가에서 스타킹을 신다 말고 그에게 "만나지 않는 것이 좋겠어. 이제 너를 견딜 수 없을 것 같아. 이런 식으로는" 하고 말할 생각도 결코 없었다. 대신에 "난 외로워서 상처를 입었거든." 이렇게 언젠가 말하였다. "나는 애정 속에서 질식하고 싶어서 미칠 것 같았어."

"언제 그런 걸 느꼈니?" 그가 넥타이를 매면서 물었다.

"여섯 살 때."

"조숙한 거니, 불쌍한 거니."

“양쪽 다였을 거야, 아마.”

“나는 섹스하고 싶어서 미칠 것 같았어.”

“그게 언제였는데?”

“고등학교 2학년 때.”

나는 하얀 와이셔츠를 입은 그의 등을 보고 있다. 열어놓은 창으로는 새벽의 젖은 풀잎의 향기가 물결치면서 밀려온다. 서울로 향하는 국도에 서서히 안개가 걷히고 있다. 그가 구두를 신으면서 한 손을 더듬어 테이블 위의 마시다 만 김빠진 맥주가 담긴 잔과 립스틱 묻은 담배꽁초, 어지럽혀진 냅킨들 사이에서 담뱃갑을 찾아내어 주머니에 넣는다. 섹스하고 싶어서 미칠 것 같은 고등학교 2학년의 남자아이와 애정 결핍으로 영원한 불치병에 걸린 여섯 살 여자아이가 손을 잡고 호텔방을 나선다.

신오가 나에게 다가와 편의점으로 맥주를 더 사러 가자고 한다.

“산경이가 가져온 게 다 떨어졌거든. 한 블록 정도 위에 편의점이 있어. 먹을 것도 좀 사고.”

나는 소영의 스카프를 빌려 머리에 감고 코트 주머니에 손을 넣고 신오와 나란히 걸었다. 셔터가 내려진 패스트푸드점과 도자기를 가스 가마에 직접 구워 파는 상점들, 골프용품 상점들이 드문드문 있고 편의점의 불빛이 보인다. 점원이 커다란 검은 쓰레기 봉지를 길가에 내다놓고 있다. 눈이 내리고 있지만 세상은 침울하게 젖어 있다. 이런 날 잠에서 깨어나 우연히 창을 열고 신오와 내가 걷고 있는 거리를 내려다보게 되면 누구라도 다시는 잠들지 못하고 담배에 불을 붙이게 된다.

"담배 있니?" 나는 신오에게 손을 내밀었다.

"불붙여 줄까?" 신오는 담배를 꺼내 한 모금 피우곤 내게 주었다. 나는 거리에 서서 담배를 피웠다. 눈이 서서히 비로 바뀌려 하고 있다.

"형준이 소영이와 헤어지게 되면 이젠 소영이와는 거의 만나게 될 일이 없을 거야. 아니, 아마 안 만나게 되겠지." 신오는 재킷을 목까지 끌어올리고 청바지 주머니에 손을 넣는다.

"왜 그렇게 되니? 동창이라면서."

"동창이라도 특별히 친했던 것은 아냐. 형준이 내 친구고 또 형준의 여자친구가 소영이니까. 그것뿐이었어. 형준은 얼마 전부터 걔를 못 견뎌 했어. 요새는 언제나 화를 내면서 헤어지곤 했었어."

신오는 새로운 담배에 불을 붙인다. 맞은편에서 오는 자동차들의 헤드라이트에 그의 옆얼굴이 흑백의 포스터에서처럼 드러났다.

"너도 소영이 좋아한 적이 있니?"

"중학교 때 잠깐. 그때는 누구나가 걔를 좋아했으니까."

하얀 면 코트를 입은 채 젖은 밤거리에 서서, 길 건너편 편의점 불빛을 바라보면서 담배를 피우는 것은 너무나 멋있다. 이제 혹독한 계절이 다가올 것이라는 불안감을 잊을 수만 있다면. 언제까지나 바닷가의 방갈로와 모래 묻은 프루트칵테일과 선글라스에 반사되는 햇빛만을 생각할 수는 있다.

"그냥 혼자서 좋아하다 말았어. 그런데 술을 마셔야 할 사람은 소영인 것 같은데 아까 보니까 네가 더 마시고 있는 것 같더라."

편의점으로 들어가면서 신오가 이렇게 말한다. 신오와 나는 여러 개의 캔맥주와 훈제 오징어와 포테이토칩, 따뜻하게 데워진 캔커피를 산다. 점원은 잠을 쫓으려고 카운터에 라디오를 조그맣게 켜놓았다. "Ne me quitte pas" 하고 노래가 시작되었다.

"여자친구가 밤에 아르바이트하면 언제 만나니." 나는 신오가 휘파람으로 라디오의 노래를 따라 부르는 것을 들으며 묻는다.

"이제 다섯 시간만 있으면 만나게 돼. 내가 집에 데려다주기로 했거든."

신오는 손목시계를 들여다본다. "차로 집에 데려다주는 걸 좋아해, 그애는. 전철 두 코스밖에 안 되는데도 그래. 가다가 들러서 해장국 같은 걸 먹고 차 안에서 음악도 듣고 담배도 같이 피우고."

"저어, 밤에 아르바이트 같은 걸 하고 있으면 아무래도 좋지 않다고 생각해, 여자애는. 특히 네 여자친구는 모델 지망생이라면서, 피부에 좋지 않다든가 하는, 그런 불평은 하지 않니?"

"안 하기는, 당분간이라고 생각하고 시작한 거야. 그렇지만 내 생각에 그애는 모델로 성공하기에는 모자라. 가끔 들어오는 카탈로그 일자리라도 계속 있으면 다행인 정도야. 결론을 말하자면, 별로 안 예뻐. 그렇다고 맹렬하게 노력하는 타입도 아냐."

"저 세이블은 니 거니?"

"아니."

신오는 짙은 눈썹을 아래로 깔고 걸었다.

"나, 사실은 정비 공장에 다녀. 거기의 그냥 보통 직원일 뿐이야. 내 여자친구는 우리 아버지가 하는 공장이고 차도 여러 대인 줄로 알지만 사실은 안 그래. 저 차는 공장에서 수리한 차야. 내 것이 아냐. 공돌이가 무슨 세이블이냐. 웃기는 얘기지."

"그럼 저건 뭐야, 저렇게 가지고 나와도 되는 거니."

"걔를 집에 데려다주고 빨리 공장에 갖다놔야지. 안 그러면 훔친 게 되니까."

"왜 처음부터 사실대로 말 안 했니?"

"산경이가 소개시켜주었어. 처음에 소개하면서 그렇게 말해버렸대. 뭐 큰 상관 없을 거 같아서 그냥 있었어. 그것뿐이야. 하지만 영원히 공돌이로 살지는 않을 거야. 앞으로는 절대."

"나는 그냥 평범한 은행원일 뿐이야" 하고 그는 두번째로 만나던 날 넥타이를 매면서 말하였다. 해장술을 먹으러 노동자들이 시장 거리로 몰려들기 시작하는 시간이었다. 반쯤 열어놓은 커튼 사이로 공장으로 아침 근무를 하러 가는 자전거의 행렬이 하얗고 넓은 길을 가득 메우고 있는 것이 보인다. 같은 서울이라도 이런 곳이 있었는가. 나는 잠깐 동안 신기하게 생각하였다.

"고등학교 다닐 때 한번은 로큰롤 가수가 되려고 한 적이 있었지만 끝까지 실천하지는 못했어. 대학 다닐 때는 데모 같은 것은 한 번도 못해봤어. 그래도 엄마는 내가 최곤 줄 알아. 형들이 둘이나 있는데도 언제나 내 맘대로 하도록 하고 지금도 나를 막내라고 부른다."

나는 머리를 감고 섀도와 립스틱을 칠한다. 출근 시간까지는 좀 여유가 있다. 두 번밖에 안 만나고 나에게 너무나 열중하는 이 남자에 대해서 나는 낯섦을 느낀다.

"너에 대해서 말해줘." 그가 차의 시동을 걸면서 물었다.

"네가 좋아하는 것들에 대해서, 하고 싶은 일들에 대해서."

"나는 아침에 담배 피우는 것과 커피 마시는 것을 좋아해. 그리고 비 오는 것을 넓은 유리창을 통해서 내다보는 것도 좋아하고."

"그런 것뿐이야?"

"응. 그런 것뿐이야."

"앞으로 어떤 일을 하고 싶다든가, 그런 건 있니?"

"아, 그런 것?" 나는 러시아워가 시작되어 정체중인 원효대교를 원망스럽게 바라본다. "앞으로의 일은 생각하지 않아. 너도 그렇잖아. 죽음밖에 생각나지 않아."

"내 말을 듣고 있는 거니?" 신오는 가볍게 내 팔을 건드렸다.

"아, 뭐라고 했는데? 차들의 불빛이 너무 눈부셔서 몰랐어."

"너, 그림을 그린다고 들었어. 소영이가 그러더라. 앞으로 화가가 되고 싶은 거니?"

"완전히 아마추어야. 미대에 가고 싶었지만 그러지도 못했고 그냥 취미로 하는 것뿐이야."

주차장에서는 산경과 형준이 마치 한밤의 부랑자처럼 신문지를 태우고 있었다. 소영은 다시 명랑해져서 가을이와 깔깔거리고 있다. 소영의 하얀 팔이 형준의 어깨에 환상처럼 가서 닿는다. 불빛에 금빛 팔찌가 반짝였다. 앞으로의 일은 생각하지 않아. 죽음밖에 생각나지 않아. 나는 그때 그에게 그렇게 말하였던가.

사촌은 아르페지오네 소나타 CD나 사우나 후에 입는 핑크색 코튼 가운을 산다는 핑계로 백화점에 들러서는 매장에 서서 잠깐 얘기하고 가는 경우도 있고 퇴근 시간에 맞춰 찾아와 스테이크로 저녁을 같이 먹기도 하였다. 소영이 찾아오기도 하였다. 형준과 헤어진 뒤 그녀는 붉은 투피스에 힐을 신고 머리를 업스타일로 하고 있었기 때문에 내가 못 알아볼 뻔하였다. 내 사촌에 대해서 그녀는, 아이가 태어나자마자 TV의 〈세서미 스트리트〉 앞에 앉혀놓을 여자라고 평하였다. 그럴지도 몰라, 하고 내가 말하였다. 하지만 소영도 이제는 더이상 찢어진 청바지를 입은 뒷골목의 히피처럼 하고 다니지는 않았다. 심지어는 에스테틱 센터에도 다니고 있노라고 고백하였다.

"사장과는 데이트를 시작했니?" 나의 물음에 그녀는 시니컬한 웃음으로 대답하였다.

"어떤 사람인데, 그는?"

"속물이야."

"부르주아의 돼지 같은 타입?"

"맞았어. 완전 샘플이야." 대답하면서 소영은 콤팩트를 꺼내서 마스카라가 뭉치지 않았나 살핀다. 화장을 하니 그녀는 야성적이면서도 아주 예뻤다. 헝클어진 머리도 아랑곳하지 않고 긴 치마에 농구화를 신고 형준의 트럭에 올라타곤 하던 모습이 아니다. 그녀는 스트로로 콜라를 마시고 선명한 립스틱 자국을 남겼다.

"너는 잘돼가니?"

"뭐가?"

"그 은행 다니는 남자 말이야."

"잘 안 됐어."

"헤어졌구나."

"응."

"잘됐어. 그는 너에게 안 어울렸어. 말할 수 없이 언밸런스했어. 그거 알고 있니?"

내 사촌은 조금 다르게 말하였다. "너는 너 자신을 더 돌아볼 필요가 있어." 그녀는 먹다 만 스테이크 조각을 포크로 톡톡 치면서 말하였다.

"무슨 의미냐 하면, 네가 원하는 것이 무엇인지 먼저 알아야만 해. 그다음에 움직여야 하는 거야. 사실, 이것도 은경이가 내게 해준 말이지만."

사촌의 결혼생활이 아주 행복한 것이었는지에 대해서는 아마 그러했을 것이라고 추측할 수는 있다. 그녀의 '결혼'은 아름답고 성공적인 것이었다. 그녀의 그 멋진 의대생은 변함없이 그녀를 사랑하고 꽃과 보석을 프레젠트하고 주말에는 진보적 성향의 연극을 보러 다니는 것도 결혼하기 전과 달라지지 않았다. 하지만 백화점 전용 쇼핑백을 들고 와이셔츠 매장으로 찾아오는 그녀에게서는 무엇인가 빠져나간 것이 느껴진다. 여전히 이태리제 청바지 광고 모델처럼 생기발랄하고 만족하는 듯한 미소를 하고 있어도 옛날의 오래된 사진관에서 빛나는 한여름의 거리로 뛰쳐나오던 불타는 뺨을 가진 소녀는 어느 순간엔가 죽어버린 것이다.

"집을 옮겨야겠어." 어느 날은 소영이가 와서 새로운 디자인의 기라로슈 와이셔츠를 물끄러미 바라보면서 말하였다.

"그린피스에 기부하는 것도 그만두었고, 아무래도 나, 네 사촌인가 하는 그 여자를 닮아가는 것 같다. 선을 봤거든. 어쩌면 결혼하게 될 것 같아." 소영은 약혼자의 와이셔츠를 사러 온 여자처럼 디스플레이된 파스텔 색조의 셔츠를 하나하나 살피며 매장을 둘러보았다.

"그러니? 축하해." 조금 있다가 생각난 듯이 나는 물어보았다.

"어떤 남자?"

"그냥 보통 남자야. 내무부의 공무원. 서른 살이고 십칠 평 아파트를 갖고 있는 둘째 아들이야." 그녀는 무감동하게 덧붙였다.

"엄마가 좋아하고 있어. 형준이를 그렇게 싫어하더니."

소영이 동화의 주인공이라면 이쯤에서 끝낼 수 있지 않았을까. 아름다운 공주는 마침내 왕자와 결혼하여 행복하게 살았습니다. ―내무부의 공무원을 왕자로 표현한 것은 좀 뭣하지만―그렇지만 오랜 시간이 지난 뒤에 나는 우연히 거리에서 소영을 다시 만나게 될 것만 같다. 눈 오는 밤의 유원지 거리이다. 일요판 스포츠 신문에 라이터로 불을 붙이고 아스팔트 바닥에 앉아 있는 그녀를. 아무런 일도 일어나지 않았다는 듯이 형준의 어깨에 팔을 감고 신문지가 타는 불길을 바라보고 있다. 오랜 시간이 지났어도 그들은 하나도 변하지 않았다.

"뭐 사러 온 거니? 아, 결혼 쇼핑이로구나. 내가 도와줄 건 없니?"

"결혼 쇼핑이라니, 벌써. 아직 아무것도 결정된 건 없어, 하지만." 그녀는 주방용품 코너가 있는 위층을 손으로 가리키면서 말하였다.

"주방용 가위를 사려고 해."

"주방용 가위라고?"

"응."

"그런 걸 사러 일부러 나왔단 말이야?"

"좋은 걸로 사려고. 크고 단단하고, 은빛 나는 아주 좋은 걸로. 독일제나 스위스제로."

그녀가 정말로 주방용 가위를 사려고 하지는 않았을 거라고 나는 생각하였다. 꽃무늬가 있는 에이프런이라든가 고기를 부드럽게 하는 도구라든가 욕실용 광택제 같은 것만큼이나 주방용 가위는 그녀와 어울리지 않았으니까. 단지 나는 그녀가 손에 들고 있던 백화점의 컬러판 광고지 속에 머리에 수건을 두른 여자가 행복한 공주님 같은 표정으로 완벽하게 세트된 싱크대 사이에 서서 커피를 마시고 있는 것을 보았을 뿐이다. 그 여자의 뒤에 거울 같은 식탁 위에는 유리컵에 꽂혀 있는 주방용 가위가 보인다. 은빛 나고 단단하고, 아주 견고해 보였다. 어째서 시스템키친 광고에 그것이 거기에 놓여 있는지는 알 수가 없다. 아마 주방의 인테리어 효과 정도로 생각하고 연출되었을 것이다. 튤립꽃 한 송이를 꽂아놓듯이 말이다. 소영은 에스컬레이터 하단에서 그 광고지를 받고 타고 올라오면서 그것을 보았을 것이다. 그리고 이 백화점에 오게 된 이유를 갑자기 생각해내고 대답하게 되었을 것이다. 내 사촌은 달랐다. 그녀는 정말로 커다란 쇼핑백을 몇 개씩이나 들고 있기도 하였다. 꾸러미 속에는 진짜 핑크색 욕실용 코튼 가운이 보이기도 하였다. "너 때문에 스테이크용 고기를 이 백화점에서 사는 걸로 바꾸었어" 하고 말하기도 하였다. "섭 오빠가 결혼하게 되었다. 엄마가 단식투쟁까지 하였지만 효과가 없었어. 엄마는 그 여자를 안 보겠단다. 엄마가 그러니까 그 여자도 덩달아 쌀쌀해지더라. 집안 분위기가 엉망이다."

"왜 그렇게 이모는 그 여자를 싫어하는 거니, 혹시 집안이 아주 어렵거나, 교육을 못 받았거나, 그 여자 엄마가 무당이거나 하는 거니?"

"아니, 그런 것은 아냐." 사촌과 나는 백화점 퇴근 후에 사람들로 물밀듯이 붐비는 시내의 거리를 걸으면서 구두 가게를 몇 군데 기웃거리다가 커피를 마시러 어느 빌딩의 라운지 카페로 들어와 있었다. 흐리고 날씨는 눈이 올 것처럼 추웠다. 비엔나커피의 휘핑크림 위에는 계피 가루가 뿌려져 있고 잔은 따뜻하였다.

"그 여자는 대학교수의 딸이고 일류 여대를 나왔어. 그건 아무런 문제가 없어. 문제는 오빠의 무서운 변화였어." 사촌의 입술에 비엔나커피의 크림이 묻었다.

"엄마는 섭 오빠가 무난하게 좋아하고 안정을 찾기 위해서 사랑을 하는, 그런 결혼을 원했던 거야. 인상이 좋고, 매니큐어는 연한 색을 쓰고 주말에는 남편을 위해서 요리를 하기 때문에 그 여자를 사랑한다는 식의 그런 사랑. 하지만 그 여자는 섭 오빠를 마치 다른 사람처럼 뒤흔들어놓았어. 오빠는 그 여자의 사소한 말 한마디, 무의미한 작은 몸짓 하나에 미친 사람처럼 정열적으로도 되었다가 끝도 없는 절망에도 빠졌다가 하였어. 아무의 눈도 의식하지 않고, 누구의 말도 듣지 않았어. 언제나 하버드 대학의 공부벌레 같기만 하던, 다정하고 부드럽던 그런 오빠가 아니었어. 그의 변화는 우리 모두를 당혹시켰어. 엄마는 가장 심한 배반감을 느꼈을 거야."

나는 섭 오빠의 결혼 문제를 처음에 들었을 때 아마 그 여자가

야간 여상을 나오고 그녀의 어머니는 세 번쯤 결혼한 경력이 있는, 껌을 짝짝거리는 여자가 아닐까 생각했었다고 말했다.

"우리 모두는 섭 오빠를 너무나 좋아했어. 그건 너도 알지. 엄마가 느끼는 것은 질투라고 할 수 있겠지, 일종의. 하지만 나는 달라. 나는 섭 오빠의 열정에는 어떤 비극적인 요소가 있다고 생각해. 그들은 아마 언젠가 헤어지게 될 거야. 엄마나 다른 가족들의 반대 때문은 아냐. 너무 지나친 관계가 그들을 괴롭힐 거야."

섭 오빠의 결혼식에는 당연히, 나는 가지 않았다. 나중에 들었지만 그들은 사촌의 말대로 일 년을 살고 서로 합의하에 헤어졌다. 이유가 무엇인지는 모른다. 사촌은 내가 그 백화점을 그만두고서 다른 백화점으로 옮길 때까지 몇 번을 더 찾아왔었다. 직장을 옮긴 것은 더 좋은 보수라거나 매장 근무가 아니라는 점도 있었지만 어떤 스캔들이 문제가 되었던 것이다. 젊은 유부남이었던 그 매니저와는 몇 번 새벽까지 술을 마신 것밖에는 아무것도 없었지만 그의 아내가 직장까지 찾아오는 소동이 벌어지자 더이상 다닐 수가 없게 되었다. 새로운 직장에서 나는 이 년을 더 다니게 된다. 그곳은 비교적 근무 환경도 좋았고 또한 사소한 스캔들에는 관대한 편이었다. 이 년 동안 특별한 일이 일어나지 않다가 어느 날 전화를 받게 되었다.

그날은 권태로 가득찬 수요일 아침이었다. 비가 온다거나 바람이 부는 날씨가 아니었다. 깊게 우울한 듯한 흐린 날들이 계속되고 있었다. 여고를 갓 졸업한 백화점의 엘리베이터 걸들이 아침의 구내식당에서 양상추 샐러드를 그릇에 담으면서 끈적끈적해지는 파운데이션과 녹아내리는 마스카라를 불평하고 있었다. 어느 남자가 옆에서 샤넬을 써보라고 권하고 있다. 방수 처리된 마스카라는 어때요, 하고 커피와 토스트를 먹던 또 한 명의 남자가 거들었다. 우울한 날은 쇼핑을 더 잘하는 법이야, 하고 누군가가 말하였다. 달리 하고 싶은 일이 없거든. 이건 훌륭한 기분 전환이지. 인도어 골프장에서 흐린 오후를 죽이는 것보다 더 좋아. 이 년 동안 별로 변한 것이 없는 풍경이었다. 엘리베이터 걸들의 핑크 재킷에 검은 플리츠스커트하며 직원들에게 디스카운트해주는 그녀들의 리리코스 향수 냄새와 낮게 가라앉은 회색빛 하늘조차도 조금도 변한 것이 없는 듯 생각되었다. 크레디트 상담실에 근무하던 나는 출근한 후에 수요일 자 조간신문을 뒤적이다가 커피를 끓여 마시고 옆 사람들의 잡담에 적당히 대꾸해주고 있었다.

"크레디트카드를 분실했는데요." 걸려온 전화의 그 목소리는 이렇게 시작되었다. "주민등록번호는 62××××-×××××××, 이름은 김신오."

"분실 장소는 어디입니까?" 키보드를 두드리거나 파일함을 여는 단조로운 소리들이 사무실 안에 가득하였다. 이제 이 년 동안 그랬던 것처럼 사람들은 억양 없는 목소리로 전화를 받고, 사무실이 금연 구역으로 묶인 것에 대하여 흡연자들은 복도에 모여 커피를 훌쩍이면서 불평하고 점심을 다이어트해야 할지 여부에 대해서 흰 블라우스를 입은 여자들이 궁리하고 있을 것이다. 나는 상냥하게 다시 물었다.

"분실 장소는 어디입니까?"

"구기동 유원지 앞에서 분실했습니다. 이틀 전 밤이었어요. 흐리고 아주 불쾌하게 더운 밤이었어요."

화면에 빠르게 나타난 김신오의 인적 사항이 눈에 들어왔다. 직업은 자동차 정비공, 가족 사항은 부인 이경림과 아들 유노. 그는 옛날의 그 김신오가 맞았다. 훔친 세이블을 가지고 밤을 새워 아르바이트하는 여자친구를 데려가기 위해서 새벽을 기다리던 그 김신오. 그의 여자친구는 그가 부잣집 아들이고 자기에게 푹 빠져 있다고 굳게 믿던 모델 지망생이었다. 신오는 밤의 어둠 속에서 소영의 눈물을 읽고 포테이토칩과 맥주를 사러 나와 함께 긴 길을 걸어갔다. 나는 그와 전화를 하면서 오랫동안 만나지 못하고 있던 소영의 죽음을 듣게 된다.

"오랜만이구나." 그가 말한다.

"아직도 그 백화점에서 일하고 있는 거니."

"그때의 그 백화점이 아니야. 다른 백화점이지. 하지만 그 다르다는 것이 큰 의미는 없어."

그는 웃었다.

"내가 아직도 정비 공장에 다니고 있다는 것을 너에게 말했던가?"

"이미 알고 있어, 아들이 있다는 것도."

"아아." 그는 한숨처럼 그렇게 말했다.

"좋은 여자야, 그녀는. 일 년 전에 만나서 곧 임신하고 결혼했어. 얼굴도 예쁘고 마음도 고와. 그런데도 모델 같은 것은 하려고 생각한 적도 없어."

우리는 전화기를 통해서 함께 웃었다. 그리고 그는 소영의 죽음에 대해서 말하기 시작하였다. 그녀의 일은 그의 중학교 동창들 사이에서도 꽤 화제가 되었다고 한다.

"모르고 있을 거라 생각했어. 신문에 나거나 한 것도 아니니까. 한 달도 채 안 됐어. 아주 더운 날이었지. 불쾌지수가 그날 신문에 크게 났었지, 아마."

나는 안다. 그는 지금 몹시 담배가 피우고 싶어 못 견딜 지경이라는 걸.

"손목이었어. 손목을 그었다니까. 그것도 주방용 가위로."

"주방용 가위라고?"

"그래. 주방용 가위. 백화점에서 그날 오후에 새로 산 주방용 가위야. 몹시 단단하고 견고한 거였겠지, 은빛 나는 걸로."

"그애는 가끔 전화를 걸어왔어. 만족스러워 보였어, 더이상의 다른 무언가는 없는 것 같았어."

"그럴 수도 있어. 아닐 수도 있고. 그런 건 아무러면 어때. 중요한 것은,"

"중요한 것은 그녀가 가위로 손목을 그었다는 거다, 이런 말이지."

"그렇지. 이외의 것은 너무나 의미가 없어. 그녀의 남편은 그때 공항에서 돌아오는 중이었어. 지방에 출장 가 있었어."

전화를 끊고 점심시간이 되어 구내식당에서 언제나 변함없이 나오는 양상추 샐러드를 먹다 말고 문득 나는 주말의 어떤 약속이 떠올랐다. 무엇 때문인지는 모르지만 잊어버리고 있다가 갑자기 알게 되었다. 나는 주말에 공항 국내선 청사에서 누군가를 만나기로 한 것이다. 김신오는 전화에서 그렇게 말했다. 누군가 공항에서 돌아오던 중이다라고. 그 말 때문이었나.

무채색의 날에는 붉은색이 가장 좋아, 하고 뒤 테이블의 누군가가 큰 소리로 말하였다. 밥을 아주 조금만 담은 공기 위에 토마토와 쑥갓 같은 야채를 올려놓고 먹는 디스플레이 파트의 새로 온 여자였다. 그녀는 칙칙한 색의 원피스를 입었을 뿐 붉은색의 스카프조차도 두르고 있질 않았다. 공항에 나가야 한다는 생각은 무채색의 날씨보다도 더 내 머리를 무겁게 하였다. 매우 큰 링 귀고리를 하고 팔 센티는 될 것 같은 힐을 신은 여자가 내 옆을 지나가다가 비틀거리면서 된장국을 조금 바닥에 쏟았다. 그 옆을 지나가던 여러 명의 남자 신입 사원들이 큰 소리로 웃었다.

소영의 결혼식도 새삼스럽게 생각이 났다. 너무나 많은 폭죽이 터지고, 서투른 솜씨로 찍어대는 아마추어 사진사들 때문에 일부러 불러온 시내의 무슨 포토 스튜디오의 작가라는 사람은 마침내 화를 내고 말았다. 실크 한복을 차려입은 여인네들이 끝도 없이 피로연장인 뷔페식당에 들어오고 나가고 하는 중에 외출복을 입은 어린아이들이 엄마를 찾아서 뛰어다녔다. 백설공주처럼 화장한 소영은 입을 크게 벌리고 활짝 웃고 있었다. 아마 이맘때쯤이었을까, 완전한 가을은 아직 찾아오기 전이었고 바람이 심하게 불었다. 양복을 입은 젊은 남자들이 매우 많았다는 것, 아, 그중에는 김신오도 있었다. 모델 지망생이라는 그의 여자친구도 곁에 있었던 것 같다. 그러나 안개가 서린 것처럼 그녀의 얼굴은 희미하기만 하다. 그렇게 강렬한 인상을 주거나 특별나게 아름답거나 하지는 않은 여자아이였던 걸로 기억된다. 모델을 지망한다는 사실 하나가 그녀를 실제보다 더 빛나 보이게 하고 있었다. 하지만 그녀가 고개를 돌리고 긴 머리칼이 그녀의 얼굴을 따라 이리저리 움직이는 것을 보는 것은 기분이 좋았다. 신오는 그런 그녀에게 다른 누구보다도 감탄하고 있었다. 결혼식장의 피아니스트가 연주하는 음악이 울리면서 신랑과 신부가 하얀 스프레이를 잔뜩 뒤집어쓰고 걸어나왔다. 피로연장에서 내무부의 공무원인 신랑은 샴페인을 직접 따라주며 다녔다. 누군가가 축가로 "나는 네가 좋아서 순한 양이 되었지. 풀밭 같은 너의 가슴에 내 마음은 뛰놀았지" 하고 시작하는 아주 오래된 노래를 불렀었다.

공항에 나가기로 한 것은, 아주 망설이면서, 그것도 간신히 한 약속이었다. 나는 창가에 서서 커피를 마시고 있었다. 부드럽고 습기 많은 바람이 불어오는 저녁이었다. 아직 가을이 오려면 얼마 더 기다려야 하는 때였다. 저 아래편 골목의 제과점에서 빵이 익는 냄새가 여기까지 느껴진다. 나는 커피를 천천히 삼키면서 겉옷을 입고 골목길을 내려가 제과점에 가서 좋아하는 따뜻한 대니시 페이스트리를 사가지고 올까, 아니면 그냥 있을까 하는 걸로 생각에 잠겨 있었다. 그때 전화벨이 울렸다. 내 사촌은 지난 겨울날 버버리 상표의 울 스웨터를 사면서 나를 생각했을 거다. 외로울 거라고 생각했을 거다.

사촌은 나에게 그녀의 남편의 한 동료에 대해서 끊임없이 얘기하기를 좋아하게 되었다.

"처음에 그 생각이 났을 때 스웨터를 네게 가져다주려고 했어."

사촌은 전화로 이렇게 말해왔다.

"왜 그랬는지는 몰라. 네가 결혼해야 한다는 생각이 들었을 뿐이야."

나는 망설이다가 결국 전화를 받는다. 열어놓은 이층의 창으로 들어온, 눅눅해진 빵에서 나는 것 같은 냄새가 저녁 가득히 채워졌다. 디스플레이어는 내가 공항에 나와주기를 원한다고 말했다. 휴가를 얻을 수 있을까, 내가 막연하게 말하였다. 아마 휴가는 얻을 수 있을 것이다. 그는 지방에서 디스플레이 일이 이제 끝났으니 일주일 정도는 쉴 수 있을 것이다.

"넌 스물일곱 살이야." 사촌은 참지 못하고 그렇게 말한다. "마지막 기회일지도 몰라. 그는 닥터야. 너를 편히 쉬게 해줄 거야. 너, 휴식이 그립지 않니."

나에게 공항에 나와달라고 그해 여름의 끝 무렵 저녁에 전화했던 디스플레이어는 나와 결혼할 생각은 없이 나와 같이 있고 싶다는 사람이다. 내 사촌은 디스플레이어를 혐오한다.

"그 남자가 없어도 넌 별로 슬프지도 않지, 단지 외롭기 때문이야. 혼자 되는 걸 두려워하면서. 난 알아." 사촌은 미장원에 가서 머리를 말고 있을 때도 그 남자의 생각이 나면 그렇게 미워진다고 한다.

"네가 진짜로 존재한다는 걸 확인하고 싶었어" 하고 디스플레이어는 전화에 대고 말하였다. "어제부터 잠을 전혀 자지 못했으니까. 기분이 매우 이상해. 머리도 무겁고. 공항에 나와주었으면 좋겠어." 난 공항으로 나가겠노라고 약속해버린다. 카펫의 먼지를 털고 창문을 닫는다. CD플레이어에 피아노 음악을 걸어놓고 욕실 청소를 하고 냉동 오렌지주스를 꺼내서 미네랄워터로 희석시킨다. 갓 들어온 엘리베이터 걸 중의 하나는 올드미스가 되기 싫어, 하고 식당에서 외쳤다.

"결혼하고 싶은 것은 아냐, 단지 난 올드미스가 되는 것이 싫을 뿐이야." 그녀는 스물두 살로 올해 초 같은 백화점의 한 매니저와 약혼하였다. 그녀는 순진해 보이는 커다란 눈동자와 긴 속눈썹을 가졌다. 그녀는 삶은 양배추를 뒤적이면서 나에게 외롭지 않느냐고 물었다. 그 옆에 앉은 다른 여직원들은 못 들은 척하며 밥을 먹거나 아니면 자기들끼리 어떤 눈짓을 교환하거나 하였다. "아니요, 난 남자친구가 있어요. 그런 의미라면, 전혀 외롭지 않아." 그녀의 순진한 두 눈동자가 더욱 커다래졌다. "어머, 그러면 지난번 스카이라운지에서 같이 있던 그 디스플레이 파트에 있었던 분, 맞아요? 그분은 독신이라고 들었어요." 옆자리의 긴 머리 여직원들 중 하나가 참지 못하고 킥 웃음을 터뜨린다. 그녀의 쟁반에서 반쯤 껍질을 까놓은 여름 밀감이 바닥으로 굴러떨어졌다.

공항 국내선 대합실이다.

토요일이라 풍선과 리본으로 잔뜩 치장한 웨딩 카가 끊임없이 나가고 들어오곤 하는 주차장을 바라보면서 나는 서 있다. 드물게 아주 맑은 날이었다. 주차장에 가득한 여름빛은 어두운 밤의 유원지 주차장에서 타오르던 일요판 스포츠 신문을 태우던 불빛처럼 보인다. 형준의 어깨를 감싸던 소영의 하얀 팔과 금빛 팔찌가 있다. 이제 곧 9월이 시작되겠지만 주차장으로 쏟아지는 햇빛은 사정없이 치열해 보였다. 그 눈부신 속을 하얀 원피스를 입은 작은 신부와 신랑과 그들의 친구들이 걸어오고 있다. 그녀의 하얀 실크 원피스와 하얀 스타킹과 거들과 무엇보다도 숨막히는 하얀 햇빛이 그녀를 질리게 하고 있다. 하얀 신혼여행용 트렁크 위에 붉은 테이프로 아이 러브 유, 하고 누군가 장난을 쳐놓았다.

“그래도 나는 비행기를 탈 거야” 하고 내 옆자리 플라스틱 벤치에 앉은 여자아이가 말하고 있다. 그녀는 진한 빛 선글라스를 쓰고 꽃무늬가 있는 하얀 옷을 입었다. 그녀는 옆의 남자에게 말했다. 그들은 스트로가 꽂힌 세븐업 캔을 하나씩 들고 있다. 남자는 화내고 있는 걸까, 고개를 돌리고 있어 표정이 보이지 않는다. 그는 머리를 수그린다. 여자아이의 손을 잡는다. 그러나 그녀는 다시 한번 더 똑똑하게 발음한다. “나는 비행기를 탈 거야. 나를 막지 마. 미워하면서 헤어지고 싶지 않아.” 세상이 그들 주위에서 조용히 무너지고 있다.

나는 집에서 늦은 아침으로 김초밥을 만들어 먹고 시간이 남았지만 그냥 공항으로 나왔다. 여러 시간을 기다려야 할 것이라는 생각이 들자 따분해졌다. 반짝이는 천으로 된 한복을 입고 머리에 꽃장식을 한, 화려한 부케 바구니를 든 여자들이 남자의 팔에 매달려 행렬을 지어 지나간다. 한 남녀는 비행기를 타러 가지 않고 내 앞의 플라스틱 벤치에 앉았다. 여자는 유행이 한참 지나간 것 같은 자줏빛 원피스를 입고 초콜릿 빛깔의 낮은 구두를 신었다. 남자가 담뱃재를 털기 위해 스테인리스 재떨이를 향해서 몸을 돌렸다. 나는 자판기에서 커피를 한 잔 더 뽑아 먹을까 말까 생각하다가 그 남자의 옆얼굴을 보았다. 이 년 전, 전화로 푸른 사과 얘기를 마지막으로 하고 헤어진 그였다. 별로 나이도 들어 보이지 않고 별로 변한 것도 없었다. 그는 나를 보지 못하였다. 자줏빛 원피스를 입은 여자가 일어서더니 화장실로 갔다. 그들은 신혼여행을 가는 것 같지는 않고 어디 멀리로 여행을 가는 것 같지도 않았다. 혼자 남은 그는 수염을 말끔하게 깎지 못한 모습이고 와이셔츠도 구김이 있는 것이 조금은 피곤해 보이는 듯하고 무엇엔가 깊은 생각에 잠겨 있는 것 같기도 하다. 나는 그가 나를 알아보지 못했음이 다행이라는 생각도 들고 좀 서운하다는 생각도 든다.

나는 일어서서 가까이 보이는 화장실로 들어갔다. 긴 머리를 손가락으로 빗으면서 한 여자아이가 거울 앞에 바싹 붙어 서서 자기의 눈동자를 바라보고 있었다. 나는 일회용 타월을 한 장 뽑아 미지근한 수돗물을 축여 어쩐지 너무 튀는 것 같은 아이섀도를 지워 버리고 어두운 연한 핑크색의 립스틱을 다시 바른다. 거울 속의 나는 이 년 전으로 돌아간다. 늦가을의 국도를 달리는 차 안에서 바람이 부는 황량한 가을 들을 바라보려고 창밖으로 몸을 내민다. 길가에서 푸른 사과를 팔고 있던 여인의 무표정하고 건조한 눈동자, 그 여인의 낯설음과 황량함에 가슴 떨려 하면서 종이봉투에 든 푸른 사과를 사고 돌아오는 길에 스케치북에 푸른 색연필로 그 사과를 그렸다. 그때 차 안에서 흐르던 피아노 음악처럼 우울하면서 낡은 햇빛처럼 창백하였던 그 푸른 사과의 거리. 아, 그때 피아노 음악이 있었던가, 그냥 라디오 채널에서 흘러나오던 전인권과 비슷한 목소리의 유행가가 아니었을까. 단조롭고 지루하게도 느껴지던 피아노소나타의 첫 도입부가 지나고 클라이맥스로 치열하게 전개되는 피아노 음악. 그런 피아노 음악을 들은 것은 훨씬 이전, 어둑어둑한 한여름의 지하 바에서가 아니었을까. 무대에서는 푸른 드레스를 입은 여자가 피아노를 연주하고 있다. 밖은 이미 밤이었으나 무척이나 덥고 금방이라도 소나기가 쏟아질 것처럼 습기가 많은 한여름 날이었다. 그러나 실내는 대형 룸쿨러가 작동되고 있었고 여자아이들은 특별히 달콤하게 만든 보드카 선라이즈를 스트로로 조금씩 마시고 있었다. 실내는 어두웠고 담배 연기와 테이블의 파인애플 접시에서 기화氣化되는 드라이아이스로 다른 사람들의 얼굴을 잘 알아볼 수가 없다. 피아노 치는 푸른 드레스의 여자는 마이크에다 대고 노래를 부르기 시작한다. 무슨 노래였는지 모르겠다. 아마 프랑스 샹송 〈로망스〉와 비슷한 음률의 노래였던 것 같다. 어느 여름날인가 나는 그곳에 있었고 고등학교를 채 졸업하지 않은 여자아이들이 바다로 놀러갈 비용을 벌려고 아르바이트를 하던 곳이었다. 아니 어쩌면 나는 완전히 잘못 기억하고 있는지도 모른다. 그 피아노가 있던 바는 서해안 국도에서 푸른 사과를 사던 그날부터 한참이나 지난 뒤의 풍경인 것도 같다. 피아노의 나른한 음률이 숨막히는 지하의 어둠을 더욱 낮게 가라앉히고 푸른 옷을 입은 피아니스트는 긴 머리를 핀으로 틀어올려 고정시키고 있다. 스트로로 여자아이들이 마시고 있던 것은 보드카 선라이즈가 아니라 블러디 메리 같은 거였을 수도 있고, 팝콘 부스러기가 테이블과 바닥에 흩어져 있다. 나는 소매 없이 어깨가 드러난 흰 윗옷을 입은 여자아이들 중 한 명이다. 나는 백화점의 디스플레이어를 기다리고 있고 이외의 기억은 혼란스럽다. 그냥, 끊임없이 잘못 틀어놓은 LP판처럼 반복적으로 들려오던 그 피아노 소리. 늦가을의 국도를 달려가는 차 안에서 들었던 것도 같은 피아노 소리이다.

물소리가 들리고 화장실 안에서 자줏빛 원피스를 입은 여자가 나온다. 그녀는 거울 앞에서 앞머리 모양을 좀 다듬다가 핸드백에서 연한 빛 립스틱을 꺼내 바른다. 눈에 띄게 촌스러운 복장을 하고 있지만 가까이서 본 그녀의 얼굴은 깜짝 놀랄 만큼 어여쁘다. 길고 아름다운 눈동자가 초롱초롱하고 복숭아 같은 양볼을 가졌다. 어려 보이는 얼굴이었다. 긴 머리의 여자아이는 아직까지도 아무것도 하지 않고 거울을 들여다보고 있다가 창가로 가서 담배에 불을 붙인다. 자줏빛 원피스를 입은 여자가 나가버린다. 덜 잠근 수도꼭지에서 떨어지는 물방울 소리만이 일정하게 들린다. 공항의 아나운스먼트가 부산행 비행기가 곧 출발함을 알린다. 나도 담배가 그립다. 밖으로 나왔을 땐 그가 혼자 앉아 있었다. 자줏빛 원피스를 입은 여자는 없었다.

"그 여자는 이제 안 돌아올 거야. 집으로 돌아갔으니까."

그와 나는 공항의 그릴에 마주앉아서 레모네이드를 마신다. 실내에는 달콤한 방향제 냄새와 커피 끓이는 냄새가 살짝 구운 두꺼운 토스트의 냄새와 함께 나고 있다. 비행기를 기다리는 신혼부부의 물결이 이곳에도 가득하다.

"넌 좋아 보이니 다행이구나." 희미한 커피 얼룩 같은 것이 진 테이블보 위에는 은색 재떨이가 놓여 있었다. 그는 담배를 한 대 피워 물었다.

"지난주에는 세탁기가 고장났고 또 얼마 전엔 중고 야마하 피아노를 싸게 주겠다는 사람이 있었지만 방이 좁아서 포기해야만 했어. 보일러 때문에 두 번이나 수리공을 불러야 했고. 그런 것 말고는 아무런 문제가 없어."

"은행 일은 끔찍한 스트레스의 연속이야." 그는 얼굴을 찌푸렸다.

"매일 밤 잠들기 전에 술을 마셨어. 고등학교 동창 하나가 있었는데, 술을 마시고 나면 그가 생각이 나. 안 만난 지 한참이나 됐는데도. 그는 대학을 마치고는 남해안의 한 어촌으로 들어갔어. 아니, 서해안이든가. 그래. 이제 기억이 나네. 서해안이었어."

스물일곱의 그는 지치고 피곤해 보임에도 옛날처럼 멋있고 시원한 옆얼굴을 하고 금방 테니스를 하고 들어온 사람처럼 매력이 있어 보였다.

"나 사람을 기다리는 중이었어." 나는 시계를 보았다. 이제 거의 도착할 시간이 되어 있었다.

"누군데……"

"응, 백화점의 디스플레이어. 지방 백화점으로 출장 갔었거든."

"비즈니스로 만나는 거니?"

"아니."

그와 나는 그래도 한 오 분 정도 마지막 남은, 얼음이 녹아 싱거운 레모네이드를 마저 마시고 담배를 필터 끝까지 피우면서 앉아 있었다. 내가 먼저 물었다.

"그 자줏빛 옷 입은 여자, 아주 귀여운 얼굴이던데." 그가 희미하게 웃었다.

"너도 예뻐. 너랑 다닐 때 은행 친구들이 얼마나 부러워했었다고. 그 아인 처음에 나와 같은 지점에서 창구에 앉아 있었어. 시골티가 가시지 않아서 그렇지, 아주 좋은 아이야."

"이제 가봐야겠어." 나는 스커트 주름을 펴면서 일어선다.

"백화점으로 연락해도 되니?" 그가 내 뒷머리에 대고 묻는다.

비행기는 정시에 도착했고 택시 잡는 것도 어렵지 않았다. 날은 몹시 더웠지만 하늘은 파랗고 햇빛은 유리같이 날카로웠다. 이층의 내 셋집엔 손바닥만한 전망 좋은 베란다가 있었다. 나는 수영복을 입고 배스 타월을 깐 베란다에 누워 워크맨을 귀에 꽂은 채 선탠을 해야겠다고 생각하였다. 애거사 크리스티와 오일과 선글라스만 있으면 된다. 이번 여름 내내 바다에 가지 않고 일하였다. 여자아이들과 떼를 지어 바다에 가는 것이 싫증나고 디스플레이어와 같은 기간에 휴가를 얻는 것도 신경쓰여서 그만두어버렸다. 디스플레이어는 친구들과 제주도에 갔었다가 엄청나게 커다란 파인애플을 가지고 왔다.

그날 저녁, 디스플레이어와 나, 그리고 그의 작업 친구 몇 명이 지하 바에 있었다. 나는 보드카 선라이즈와 위스키 스트레이트를 번갈아가면서 마시게 되었다. 오랜 시간을 그랬으니까 아무래도 취하게 된다. 무대에는 푸른 드레스를 입은 긴 머리의 여자가 피아노를 연주한다. 커다란 파인애플 조각이 유리접시에 담긴 채로 테이블에 놓여 있었다. 남자들은 넥타이를 느슨하게 하고 여자아이들은 얼음을 커다란 그릇으로 주문하였다. 이런 여름밤의 지하 바에 내가 예전에도 있었던 것만 같은 생각이 들었다. 저 격렬한 피아노 연주도, 어두움 속에 희미한 사람들의 모습이나 조용한 소음을 내는 저 대형 룸쿨러도. 모든 것이 익숙하였지만 언제의 일인지는 기억이 나지 않았다. 사람들은 일에 대해서 이야기하고 나는 다섯 잔째인가의 위스키 스트레이트를 마셨다. 밤이 깊어지자 누군가가 스카이라운지로 올라가자는 말을 하였다. "라운지로 바로 통하는 엘리베이터가 있어. 밤의 한강이 내려다보인다구." 또 누군가는 이런 말도 하였다. "매일 보는 게 한강인데, 뭘 요란하게 그래. 난 이곳 피아노가 좋아." 결국 모두 다 스카이라운지로 올라가서 마티니를 더 마셨다. 내려다보이는 밤의 한강과 고속도로를 향하는 차들의 야경은 아름다웠다.

"너에게 줄 선물이 있어."

열어놓은 베란다 문을 통해서 밤의 바람이 불어왔다. 강물 냄새가 나는 기분의 바람이었다. 나는 둥근 쿠션에 앉아 다리를 흔들면서 담배를 피우고 있었다. 속이 좀 울렁거리는 것 같았지만 불을 꺼놓은 방에서 시원한 바람을 맞으니 괜찮아졌다. 디스플레이어는 고디바 초콜릿 한 상자와 핑크색 샤넬 립스틱을 꺼냈다.

"방수 처리 된 거래. 잘 지워지지도 않고. 색은 네가 잘 바르는 걸로 골랐어."

"고마워."

나는 어쩐지 속이 좋지 않아져서 베란다로 나갔다. 아주 멀리 아래쪽에 호텔 주차장의 불빛이 보인다.

"너 설마 거기서 토하려는 건 아니겠지. 술을 많이 먹는 것 같더라."

"토하면 뭐 어떠니. 하지만 이제 아무렇지도 않아. 잠깐 밖에 있을래."

위스키 스트레이트를 좀 많이 마신 것 같았다. 머리 한쪽이 두드리는 것처럼 아팠다.

"백화점에서 나에게 뭘 주던데. 무슨 주방용품 세트래. 그것도 너 줄게." 디스플레이어는 트렁크에서 반짝이는 검은 포장지로 포장된 상자를 꺼낸다. "난 자취하는 것도 아니고 엄마랑 사는데 무슨 주방용품 세트니."

나는 테이블 위에 펼쳐놓은 상자를 들여다보았다. 디스플레이어가 의기양양하게 말한다. "봐라, 새로 나온 디자인의 독일제 주방용품 세트야." 테이블 위에는 은빛으로 반짝이는 헹켈 주방용 가위가 있었다. 물론 다른 것도 있다. 티스푼, 과도, 뜨거운 냄비를 식탁에 놓을 때 사용하는 받침, 그리고 예쁜 주방용 저울. 가위는 단단하고 강해 보였다.

"이렇게 하는 것 싫어하지 않지?" 디스플레이어가 묻는다. 우리는 침대 속에 있다. 테이블 위에는 헹켈 주방용 가위가 그냥 놓여져 있다. 누군가 폭죽을 터뜨리는 것 같은 소리가 강으로부터 들려온다. 누가 폭죽놀이를 하나봐. 나는 속으로 생각한다. "이렇게 하다니, 어떤 것?" 나는 묻는다.

"데이트하고 섹스하고 전화하고, 이렇게. 가끔은 셰러턴 워커힐 호텔의 라운지에도 가면서. 이렇게 하는 것 네가 싫어하게 될까봐. 네가 좋아하는 걸 하고 싶어." 디스플레이어는 내 머리칼을 만지고 그리고 그는 잠이 든다. 은박지에 하나하나 예쁘게 포장된 고디바 초콜릿은 테이블과 카펫이 깔린 바닥에 흩어져 있다. 나는 초콜릿 하나를 까서 입에 넣는다. 마른 나뭇잎이나 너무 오래 익힌 양배추처럼 느껴진다. 나는 베란다로 나가 아래로 몸을 굽혀보았다. 새벽이 오려는 듯하다. 벌써 성미 급한 어느 사람은 조깅을 시작할 준비를 하고 있을지도 모른다.

나는 공항에서 그에게 푸른 사과가 있던 국도에 대해서 물어봤어야만 했다. 그러면 그는 기억을 되살려 대답해주었을 것이다. 기차를 타고 가다가 다시 버스로 갈아타야만 하는 곳이야. 근처에 강이 있고 호수도 있지. 국도로 접어들면 바다로 가는 길 쪽으로 곧 바로 가면 돼. 방안의 테이블 위에서 여러 가지 주방용품들과 초콜릿 조각과 캔커피 사이에서 헹켈 가위가 변함없이 반짝였다. 위스키 스트레이트를 너무 많이 마셨나봐. 담배에 불을 붙이고 캔에 반쯤 남아 있던 미지근해진 커피를 마셨다. 새벽이 이제 오려고 하는 마지막 여름의 어둠을 향해서 나는 속삭인다. 나는 아무것도 모른다. 섹스의 기쁨도 모르고 사랑의 감동도 없다. 멀리로 나 있는 길을 바라보면서 나는 스산한 먼지바람 속에 서 있다. 초록빛 강물 냄새와 오래된 풀잎 냄새가 나는 것 같다. 바다로 가는 길이 이쪽인가요, 하고 차를 멈추고 여행자들이 내게 묻는다. 바람이 나의 머리를 흐트러뜨리고 길가의 키 큰 마른 풀들을 눕게 한다. 그들의 차에서는 라흐마니노프의 피아노 음악이 요란하고 그들은 푸른 사과를 산다.

(1994)

여점원 아니디아의 짧고 고독한 생애

여점원 아니디아는 11월의 마지막 수요일 아침 일곱시에 눈을 뜨고 생각했다. 아, 오늘은 사촌 혁명의 집에 가기로 한 날이다.

혁명은 화요일 저녁 아니디아가 일하는 상점으로 전화를 걸어 다음날 집으로 와달라고 말했다. 화요일 저녁 아니디아가 일하고 있는 백화점 안의 골프숍은 바빴다. 그래서 아니디아는 혁명에게 응, 응 하고 건성으로 대꾸했다. 아니디아는 혁명을 오랜 시간 동안 만난 일이 없었다. 아마도 가장 최근에 만난 것이 혁명이 결혼하던 해가 아니었을까? 지금 혁명의 아이는 기숙학교에 다니고 있으니 그들은 참 오랫동안 만난 일이 없는 것이다. 혁명이 가끔 전화를 걸어오기도 하고 아니디아가 전화를 할 때도 있었다. 어쩌면 그들은 그 이후로 한 번도 전화를 한 일이 없는지도 모른다. 더 이

전의 일을 더 가깝게 생각하고 있는지도 모른다. 아니디아는 혁명의 전화를 받았을 때 새로운 물품을 주문한 장부의 계산을 맞춰보는 중이었고 폐점 시간이 가까웠기 때문에 혁명에 대해서 그다지 많이 생각하고 있지 않았다.

"수요일은 비번이라면서?"

혁명의 목소리는 지나치게 침울하지도 않고 별로 들떠 있거나 하지도 않았다. 어느 쪽인지는 알 수 없지만 걱정할 만한 느낌을 불러일으키는 편은 아니었다.

"데이트 약속 같은 것이 있다면 매우 미안하지만, 집에 좀 와줄 수 있겠어? 나 오늘밤에 여행을 떠나. 음, 회사일이야. 회의에 참석을 해야만 하거든. 짐도 다 꾸려놓았고 비행기도 예약을 해놓았어. 아니 잠깐 동안이야. 근데 문제는 이 회의에 내가 참석해야 하는 일이 너무나 갑자기, 갑작스럽게 생긴 거라서 뭐라고 말해야 할지 모르겠다. 내일 누군가가 찾아오기로 되어 있거든. 아니 내 손님이 아니고 누군가가 그 사람에게 집을 안내해주어야만 하는 상황이 되었다고."

"무슨 말인지 못 알아듣겠어, 혁명. 그러니까 뭐야, 너는 회사일로 여행을 떠나야 하고 그사이에 반드시 내일, 내일 어떤 손님이 찾아오기로 되어 있는데 내가 너의 집에 있어야 된다는 말이니? 어렵구나. 설명해줄래?"

"나, 집을 팔기로 했어, 아니디아."

"그래서?"

"부동산에서 경기가 침체되니 뭐니 해서 몇 개월을 끌고 있었어. 고객이 없다는 건데, 우리집은 기차역에서도 너무 멀고 산비탈에 있잖아. 너무 낡고 오래되어서 개축하려면 비용이 상당히 들 거라는군. 게다가 기차가 지나다니는 길이 가까이에 생겨서 소음이 심해. 나도 이제 포기하는 기분이 되어버렸는데, 집을 사겠다는 사람이 나타난 거야. 부동산에서 빈집을 보는 것보다는 누군가 집을 안내해주는 것이 더 좋을 거라는 생각이 드는데. 그리고 아니디아 넌 그 집을 잘 알잖아. 아무것도 특별히 할 필요는 없고 그냥 안내만 해주면 돼. 아, 이층 욕실의 수도꼭지가 고장나거나 전등이 들어오지 않는 것은 신경쓰지 마. 금방 수리할 수 있고 다음주에 수리공이 오기로 예약되어 있어. 정원이 망가진 것에 대해서도 불평할지 몰라. 값을 내리려고 뭔가 다른 점을 지적할지도 모르고."

"혁명, 왜 집을 팔려고 하는 거니?"

"혼자 살기에는 너무 크고 불편해. 회사에 출근하기도 멀고 난방 비용도 너무 많이 들거든."

"혁명, 너 괜찮은 거야?"

건조한 듯한 대화가 계속되는 동안 아니디아는 혁명의 목소리에서 말로 할 수 없는 어떤 불안을 느꼈다. 혁명은 아무렇지도 않은 듯이 부동산에 대해서 말하고 있지만, 오래전 혁명은 이런 목소리가 아니었다. 아니디아는 혹시 혁명이 전화기 저쪽에서 울고 있는 것이 아닌가 생각되었다. 정말로 전화기에서는 한동안 아무 소리도 들리지 않고 파도가 소용돌이치는 듯한 소음만이 멍하게 들려왔다.

"말해봐. 괜찮은 거니?"

"그래, 난 아무 문제 없어."

"부동산에서 온다는 그 사람은 몇시쯤에 온다는 거야?"

"그게 정확하지가 않아. 그 사람은 내일 아침이나 낮에 비행기를 타고 공항에 도착해서 바로 우리집으로 온다고 했는데 비행기가 정확히 언제 도착할지 알 수가 없어. 아니디아, 난 일을 빨리 끝내고 싶어."

"집을 파는 문제는 서두르지 않아도 되잖아?"

"다음달에 난 상파울루에 가."

"그리고 다시 돌아올 거잖아. 너 직업이 원래 그러니까. 서두를 일이 뭐가 있니? 그러니까, 천천히 생각해도 돼. 내일은 내가 가줄 수 있어. 하지만 너 지금 마치 떨고 있는 것 같아. 이마에 땀이 흐르고 있는 게 느껴져. 입술과 혀는 검게 타고 간이 나빠졌지? 술을 마시지 않으면 잠들 수가 없을 정도로 초조해하고 있는 거야. 그렇지? 제발 그러지 마, 혁명."

"상파울루에는, 일 때문에 가는 게 아냐. 그곳에 가게 되면 다시는 돌아오지 않아."

"혁명아."

"그전에 집을 팔고 홀가분한 마음으로 준비하고 싶어서 그래."

그곳에 가게 되면 다시는 돌아오지 않아, 라고 혁명은 말했다. 아니디아는 순간 아랫배에 날카로운 통증을 느끼고 벽에 몸을 기댔다. 폐점을 알리는 벨이 울리고 있었다. 여점원들은 마지막 손님을 돌려보내고 창고 안의 재고를 체크하고 유니폼을 갈아입고 퇴근 준비를 서둘러야 한다.

"그런 집을 산다는 사람은 흔하게 나타나는 경우가 아니니까 네가 도와주었으면 좋겠어. 아니디아, 너야말로 괜찮은 거지?"

"응, 난 괜찮아. 잠깐 현기증이 났을 뿐이야."

"건강해야 돼. 빈혈은 이제 없니?"

"그건 오래전 일인데 뭐."

"아니디아, 건강해야 돼. 내가 없어도." 오래전 아니디아가 혁명의 집에서 같이 살았을 때 아니디아는 빈혈 치료를 받으러 병원에 다닌 일이 있었다. 사촌 혁명은 그런 일까지 기억하고 있었나. 그때는 아니디아가 아직 고등학교에 다닐 때였다. 아니디아의 가족은 어느 날 밤 갑자기 갈 곳이 없었다. 아니디아의 어머니가 아니디아에게 두꺼운 속옷을 입히고 가방을 들게 하고 눈이 내리는 거리로 내보냈다. "엄마는 어디로 갈 건데?" 하고 아니디아가 묻자 부산에 있는 먼 친척집에 가정부로 일하러 간다고 했다. 그리고 아니디아는 한 번도 만날 일이 없었던 어머니의 남동생, 혁명의 아버지의 집으로 가게 되었다. 아니디아의 아버지는 도박 빚으로 집과 자동차와 가구를 팔고 마지막으로 아니디아의 피아노와 개를 팔고 그래도 갚지 못한 나머지 빚더미 위에서 자살하고 말았다. 아버지가 집으로 돌아오지 않은 지 이 년 만의 일이었다. 혁명의 아버지는 그 이 년 동안 창백해져 있던 아니디아가 빈혈 치료를 받을 수 있게 해주었다. 아니디아의 어머니는 그것에 대해 아주 많이 감사해하고 있었다.

"아니디아, 어머니는 어떠셔?"

"아직도 부산에. 전화해본 지도 오래되었어."

"내일 와줄 거지?"

"그래, 알았어. 데이트 약속 같은 것은 없어. 그러니까 너무 많이 미안해하지 않아도 돼."

"고마워, 아니디아."

혁명은 담배를 피우고 있었나, 혁명의 입술에서 담배 연기가 나와 어둠 속으로 사라져가는 소리가 들려왔다. 백화점 안의 불이 꺼졌다. 갑자기 모든 것이 꺼졌다.

"고마워. 내가 만일 상파울루에서 돌아오게 된다면, 그게 언제가 될지 모르지만 아니디아, 우리 같이 반을 만나러 가자."

반은 혁명의 아들로 장애아들을 위한 기숙학교에 다니고 있었다. 아니디아는 반을 한 번도 만난 일이 없었다는 생각이 들지만 언제나 만나보고 싶다고 혁명에게 말했었다.

"반은 어때?"

"많이 자랐어. 지난번에 만나러 갔을 때는 시를 써서 보여주었어."

"시를 썼다고?"

"음, 구름으로 만들어진 인형에 관한 시였어."

"구름으로 만들어진 인형?"

"구름으로 만들어진 인형은, 날개 없이 하늘로 멀리멀리 날아간다. 구름으로 만들어진 인형은, 내가 보고 싶어도 돌아오지 못하고, 비의 눈물을 흘린다. 대충 이런 시였어."

"혁명, 반이 보고 싶지 않아?"

"이제 혼자 살아가는 데 간신히 익숙해지고 있는데, 반도 나도 혼란을 느끼고 싶지는 않아. 아니디아, 키는 우편함에 놓아두겠어. 시간이 나면 내가 오후쯤에 전화를 할게. 아아 약속할 수는 없지만. 아침에 와주겠지?"

그때 갑자기 전화가 끊겼다. 마치 누군가가 일부러 혁명의 전화를 방해하기 위해 옆에서 전화기 코드를 뽑은 것처럼 불현듯 전화기는 신경질적인 뚜뚜 하는 음을 내더니 끊어지고 말았다. 그래서 아니디아는 혁명이 집을 떠난다면 혁명이 기르는 개는 어떻게 하나, 부동산에서 찾아온다는 그 사람은 이름이 뭔가, 그런 것들을 물어보지 못했다. 어둠 속에서 아니디아는 혁명에게 전화를 걸어볼까 생각했지만 그만두었다. 도대체 혁명의 전화번호가 아니디아는 생각이 나지 않았던 것이다. 아니디아는 어쩌면 혁명에게 한 번도 전화하지 않았을지도 모르고, 혁명도 아니디아에게 전화한 적이 한 번도 없을지도 모른다. 그런데도 아니디아는 기억이 났다. 혁명은 옛날의 그 집에서 홀로 살고 있고 큰 개를 기르고 있다. 집은 낡고 정원은 손보지 않아 황폐해졌지만 화려한 겨울 장미나무가 꽃을 피우고 있었다. 혁명은 출장이 잦은 무역 회사에서 일하고 하나뿐인 아들 반은 청각장애자로 기숙학교에서 살고 있다.

오래전 혁명의 결혼식 날 혁명의 눈이 생각난다. 혁명은 밤새 잠을 못 잔 붉은 눈으로 아니디아를 바라보았다. "혁명, 잠을 못 잤나보구나" 하고 아니디아가 다가가서 말을 걸었다. 결혼식 날 아침이슬은 풀잎에 눈부시게 반짝이고 공기에는 차고 청명한 바람이 불고 있었다. 다른 가족은 아무도 없었다. 아니디아는 유일한 친척으로 혁명의 결혼식에 참석했다. 혁명의 회사 사람들 몇몇과 아니디아가 하객의 전부인 결혼식이었고 우스울 만큼 빨리 끝났다. 아니디아는 혁명이 신부의 팔을 잡고 결혼식장을 빠져나가는 것을 보았다. 공항으로 가기 위해 혁명과 그의 신부가 탄 차가 결혼식장을 떠날 때 차 안에 있던 혁명과 아니디아의 눈이 마주쳤다. 그들은 오래오래 서로를 바라보았다. 혁명이 아직도 그날의 사진을 가지고 있다면, 흰옷을 입고 딱딱하게 굳은 표정을 짓고 있는 신부와 함께 겨울 장미처럼 붉은 입술로 웃는 아니디아를 볼 수 있을 텐데.

혁명이 결혼한 여자는 오랫동안 혁명의 유일한 여자친구였고 혁명을 떠나기 전까지는 헌신적인 아내였다. 그들은 처음에는 행복했고 그다음에는 치열하게 권태로워했고, 반이 태어난 다음에는 반의 장애를 고치기 위해 투쟁하다가 여자는 떠났다. 짧은 결혼생활 동안 이 세상의 온갖 고통과, 노래와, 희열과, 번뇌가 있었다고 혁명은 생각했다. 아니디아는 궁금한 생각이 들었다.

'내가 어떻게 그 모든 것을 다 알 수 있는 거지? 난 그 이후로 혁명을 만난 일이 없는데.'

어쩌면 혁명은 아니디아에게 전화를 한 것이 아니라 편지를 썼는지도 모르겠다. 아주 작은 일상의 느낌들에 대해서. 신기할 것도 없는 결혼생활에 대해서도.

'아니디아, 아내는 너무나 오랫동안 알고 있어서 타인이라는 느낌이 들지 않아. 우리는 아주 어려서부터 친구였고 다른 무엇이 이 세상에 있다고 생각해본 적이 없어. 그녀는 내 피부고 심장이고 그 안을 흐르는 핏줄이야. 아주 따뜻하지. 그런데 사랑이라는 것이 뭘까? 이 세상에 그런 것이 있을까? 강렬하게 집착하고 지옥을 예감하면서도 떠날 수 없는 그런 감정이 있는 걸까? 아니면 내가 그냥 모르고 있는 것뿐일까. 아니디아, 너라면 그런 것은 없다고 말하겠지. 난 내 개를 사랑하고 내 아들 반을 사랑하고 내 아내를 사랑하고, 그리고 아니디아 너를 사랑해. 그런데 이런 것들이 파이 반죽처럼 층층으로 엉켜서 나를 이루고 있는 것일까. 어느 날 내가 내 안의 질서를 배반하게 되는 그런 날이 반드시 올 것만 같다. 넌 이 세상 모든 사람들에게 연민을 느낀다고 언젠가 말했지? 행복한 사람, 불행한 사람, 그리고 행복하지도 불행하지도 않은 사람. 어젯밤 아내가 잠자리에 없어서 부엌으로 내려가보니 그녀는 양파를 썰고 있었어. 새벽 한시가 넘은 시간에 말이야. 불도 켜지 않은 채 냉장고 문을 열어놓고 그 불빛만으로. 뭐하고 있느냐고 물었더니 돌아보는데 그 눈에 눈물이 가득 고여 있었어. 그리고 수화로 말하는 거야. 자기를 놓아달라고. 처음에는 그게 무슨 뜻인지 몰랐어. 반이 태어난 이후로 우리는 서로에게 너무나 긴장하고 있어서 쓸데없는 일로 신경을 곤두세우고 다투기 일쑤였지. 난 너그러워지고 싶었어. 그녀의 어깨를 감싸주고 싶고 어려움을 같이하고 싶었던 거야. 그런데 왜 그런 것들이 그토록 어려운 거지? 나 당신에게 말할 수 없이 다정한 마음을 갖고 있어, 당신을 영원히 지켜주고 싶어, 하고 말하려는 순간에 잘못된 시간이 그사이에 끼어들어서 순식간에 기회를 잃고 말아. 입술이 바싹 마르고 입안이 타들어가지만 아무 말도 하지 못하고 그녀 앞에서 물러나온 경우가 얼마나 많았는지 그녀는 알까? 그녀가 잘 쓰지 않던 수화로 말했어. 날 놓아줘요. 당신은 날 사랑하지도 않으면서 이십 년 동안 내 곁에 있었군요. 이제 난 눈을 떴어요. 여기는 내 자리가 아녜요. 내 눈물은 양파 때문이 아니죠. 다른 모든 어려움은 당신이 가져가세요. 난 오랜 시간의 배반만으로도 버거워요.'

혁명의 편지를 아니디아는 읽었던가? 아니면 다른 수십 가지의 광고지 더미 사이에 묻혀 그대로 쓰레기통으로 들어갔던가. 어둠 속에 서 있으니 또다시 아랫배의 통증이 찾아왔다. 아니디아는 막연한 불안감과 슬픔을 느꼈다. 이제 혁명은 어쩌면 영원히 이곳으로 돌아오지 않을지도 모른다.

그래서 여점원 아니디아는 수요일 아침 일곱시에 눈을 뜨고 생각했다. 아, 오늘은 사촌 혁명의 집에 가기로 한 날이다. 혁명의 집은 시 경계선 밖에 있고 버스를 두 번이나 갈아타고 가야 한다. 오랫동안 한 번도 가보지 않았기 때문에 정확히 찾을 수 있을지 잘 모르겠다. 아니디아는 쉬고 싶었다. 백화점 여점원으로 일한 지난 십 년 동안 그랬던 것처럼 비번인 날은 늦게까지 잠을 자고 피자를 시켜다 먹고 하루종일 음악을 틀어놓고 잡지를 읽으면서. 하지만 오늘은 혁명의 집에 가야 한다. 아니디아는 옷을 입지 않고 잠드는 습관이 있었다. 그래서 아침에 눈을 뜨면 가장 먼저 깨끗하게 세탁된 속옷을 찾아 입었다. 그리고 창문을 열고 자동차 소리에 귀기울이고 잘못된 그림처럼 섬뜩하게 번지는 아침노을을 보았다. 수요일 아침 하늘은 무겁게 흐렸다. 구름으로 만들어진 인형이라고 했었나, 너는.

혁명의 집은 옛날처럼 그 자리에 그냥 그대로 있었다. 가까운 곳에 기차가 지나가고 있어서 어수선하고 시끄러워진 것을 제외하면 옛날과 다른 것이 없었다. 버스에서 내려 산기슭 길을 한참이나 올라가야 했다. 아니디아는 우편함에서 키를 발견하고 집안으로 들어갔다. 개 짖는 소리는 어디에서도 들리지 않았다. 마당에는 풀이 자라나 아니디아의 발목을 이슬로 적셨다. 겨울 장미나무가 아직도 꽃을 피우고 있었다. 장미는 붉고 초연하게 보였다. 11월에는 더욱 그렇다. 창문을 꼭 닫지 않으면 러시아워 때는 삼 분마다, 그렇지 않을 때는 오 분마다 기차가 지나가는 소리가 들릴 것이다. 아니디아는 겉옷을 벗어 푸른 꽃무늬의 소파에 던지고 부엌으로 가서 물을 마셨다. 냉장고에는 맥주와 오래된 치즈와 크래커 봉지가 들어 있을 뿐이었다. 그리고 썰다 남은 양파가 어디엔가.

날은 흐리고 추워서 태양은 어디에도 보이지 않았다. 부동산 사람이 언제 찾아올지 몰라서 아니디아는 불안했다. 샤워를 하고 싶기도 하고 배도 고팠다. 혁명의 침대에는 사람이 잔 흔적이 있었다. 아니디아는 혁명이 바삐 떠나버리고 난 그 침대에 잠시 누웠다. 혁명의 머리카락 냄새와 연한 보디 오일 냄새가 이불에 엷게 스며 있었다.

"자, 너희들은 사촌이야. 서로 만난 일은 없지만, 혁명, 이 아이는 아니디아라고 하고 아버지의 누이의 딸이다. 그러니 사이좋게 지내야 해. 당분간 이곳에서 같이 살게 될 테니까."

혁명의 아버지는 아니디아를 그렇게 혁명에게 소개했다. 이미 거의 다 자란 상태에서 처음 만난 사촌들은 서로에게 어떤 느낌을 가져야 하는 걸까? 그들은 아무 느낌 없이 서로 악수하고 잘 지내도록 하겠어요, 하고 부모님에게 약속했다. 아니디아의 어머니는 가정부로 일하러 가면서 혁명의 집에 아니디아를 보냈다. 사이가 별로 좋지 않은 남동생의 집에 아니디아를 보내면서 어머니의 마음은 아팠을지도 모른다.

아니디아의 어머니와 혁명의 아버지는 같은 아버지를 가졌지만 어머니가 달랐다. 그래서 그들은 갈등 속에 성장기를 보냈고 정식 가족에 편입되지 못한 혁명의 아버지는 상대적으로 어렵게 자라났다. 아무도 그들을 용서하지 않았다. 아니디아의 어머니는 집안이 몰락한 다음 혁명의 아버지의 편지를 받았다. 그들의 어려움을 안 혁명의 아버지가 어떻게 해서든 도와주고 싶다는 내용의 편지를 보냈던 것이다. 사생아인 남동생에 대해서 정통 핏줄의 고고함과 위엄을 보여주고 싶었던 아니디아의 어머니는 괴로웠지만 어쩔 수 없었다. 그래서 아니디아는 그곳에서 고등학교의 나머지를 마치고 백화점의 여점원이 되어 사회생활을 시작하고, 그리고 그곳을 나왔다.

혁명의 부모님은 은퇴한 다음에 비행기 여행을 하다가 죽었다. 그리고 혁명은 오랜 여자친구와 결혼하게 되었다. 혁명의 부모님이 죽음 다음에 혁명은 잠을 잘 자지 못했다. 아니디아는 밤에 혁명이 잠들지 못하고 아래층을 돌아다니는 것을 느꼈다. 현관에서 열 걸음, 소파에 앉았다가 부엌에서 스무 걸음, 그리고 마당으로 내려가 그가 사랑하는 개와 함께 밤의 산책을 떠났다. 그래서 언제나 아침이면 혁명의 눈은 눈물을 흘린 것처럼 붉었다. 그때 혁명은 대학생이었다. 아니디아는 아침에 출근하기 위해 집을 나설 때면 혁명의 신발이 흙과 이슬에 젖은 채로 있는 것을 보았다. 어딘가의 창에서 혁명이 아니디아를 보고 있을 것이다. 그들은 몇 년 동안이나 아침 식탁에서 따뜻한 눈빛을 주고받았고 저녁이면 서로가 샤워하는 소리를 들었다. 그건 일상의 음악처럼 편안하고 신비한 긴장감이었다. 그러다가 그들이 문득 다른 생각을 하게 되었을 때, 그들은 서로의 눈을 피했다.

아니디아가 집으로 돌아오니 혁명은 오랜 여자친구와 함께 소파에 앉아 있다가 벌떡 일어섰다. 혁명의 여자친구는 바닥을 내려다보고 있다가 부엌과 냉장고 청소를 한 다음에 혁명이 좋아하는 샐러드를 만들어놓고 집을 나갔다. 마치 나 때문에 서둘러서 돌아가는 것 같아, 하고 아니디아는 생각했다. 언제나 그랬다. 아니디아가 백화점에서 돌아오면 혁명과 그의 여자친구는 소파에 밀떡처럼 붙어앉아 있다가 불에 덴 듯 일어섰다. 혁명은 아미와 함께 섹스를 할 때도 나를 생각할까? 아니디아는 침대에서의 그런 것들이 궁금했다. 그래서 견디기 힘들었다. 그건 혁명도 마찬가지였다. 혁명과 아미, 그들은 결혼할 날을 손꼽아 기다리고 있었다. 아니 그들에게 결혼이라는 세속적인 의식은 불필요한 것이었는지도 모른다. 아니디아만 아니라면 그들은 곧 결혼할 거였다. 아니디아는 점점 자신이 방해물이 되어간다는 느낌을 지울 수가 없었고 마침내 집을 나가겠다고 혁명에게 말했다.

"적당한 방도 나왔고, 헌 가구를 얻었어. 침대와 옷장이야. 아무래도 나, 나가는 것이 좋겠어."

혁명은 무슨 소리냐는 듯이 아니디아를 바라보았다.

"아니디아, 여긴 넓고 여유가 많아. 왜 그런 생각을 한 거니?"

혁명은 처음에 전혀 이해하지 못하겠다는 듯한 표정을 지었다.

"공간이 부족하다는 뜻은 아니야, 혁명."

"그럼 무슨 의미야? 당장 이곳에서 못 살 이유가 있어? 너 혹시 나 때문에 뭐가 불편하니?"

"그런 것은 아냐, 알지만……"

혁명은 말없이 아니디아의 얼굴을 바라보았다. 아무도 없는 이층의 방에서 마룻바닥이 삐걱거리고 전화벨이 발작처럼 한 번, 울리다가 끊어졌다.

"나 이곳에서 더이상 신세질 수 없다는……"

"아니디아."

"신세질 수 없다는 그런 생각이 들어서. 아마 엄마도 그렇게 생각하고 있을 거야. 난 이곳에 너무 오래 있었어. 이제 학교도 졸업하고 직장도 구했는데 언제까지나 머물 수는 없잖아."

"아니디아, 우린 사촌이야."

"그래 맞아."

"사촌은 같이 살 수도 있어. 어떤 의미에서는 가족이야."

"그래도 혁명, 난 결정한 일이야. 내일 짐을 옮길 거야."

"아니디아, 혹시 너 아미 때문에 불편해서 그러는 거라면……"

"오, 혁명, 그건 아냐. 정말 아냐. 난 그냥 사촌의 집에서 오래 머무르는 것이 불편해서 그래. 정말이야."

"아니디아, 넌 돈도 없잖아."

"방을 얻을 정도의 돈은 있어."

"네 어머니를 생각해봐. 걱정하실 거야."

"이제 어머니는 생각하지 않아도 돼. 내가 그냥 여기 있는 걸로 그렇게 알게 내버려두면 돼. 도대체 왜 내가 어디에서 살 건가 하는 일로 어머니를 생각해야 하니?"

그렇게 혁명의 집을 떠나온 다음에 아니디아는 혁명을 만났던가. 혁명의 전화를 받고 혁명이 쓴 긴 편지를 읽었으며 비가 오는 깊은 밤이면 혁명을 생각했던가. 아니면 골프숍을 찾아오는 손님들 중에서 혁명이 혹시 있지 않을까 잠시 동안 멍해진 적은 없는가. 혁명이 골프 따위는 절대로 치지 않는다는 것을 알면서도. 아니, 아니디아는 아무것도 모른다. 어떻게 아니디아가 혁명과 떨어져 있던 동안 그에게 일어났던 모든 것을 제 몸의 면도날 상처처럼 선명히 기억할 수 있는지 아니디아는 모른다. 아니디아가 혁명의 집을 나온 뒤 이 주일 후에 혁명과 아미는 결혼했다. 결혼식은 시청의 강당에서 치러졌다. 아미는 이미 임신중이었고 아미가 임신한 아이는 혁명의 아이가 아니라는 소문이 파다했었지만 혁명은 그런 것에 신경쓰지 않았다.

아미는 말이 없고 침울한 인상에 머리카락과 팔다리가 어린아이처럼 가늘었다. 혁명의 쾌활한 친구들은 성적인 매력이라고는 찾아볼 수조차 없는 아미 같은 여자애와 혁명이 결혼한 것에 대해 신기해했다.

일요일, 아미와 혁명 둘이 불을 켜지 않은 집안에 있다. 그들은 아침부터 늦은 밤까지 잡지를 읽고 바흐를 듣고 단조로운 음으로 피아노를 치거나 오믈렛을 만들어 먹고 커피를 가득 따라서 마셨다. 그러는 사이 아미는 아무런 말도 하지 않았다. 혁명이 뭔가 물으면 네, 아니요, 하는 뜻으로 고개만 움직였다. 그들은 문을 모두 열어놓고 밤이 되기를 기다렸다. 풀벌레가 찢어질 듯이 소리를 내면서 울고 기차가 지나가는 여름밤이다. 혁명이 피아노 커버를 열고 〈Run To Me〉를 연주했다. 이건 아니디아가 연주하던 노래다. 혁명은 창문 밖의 잡초들이 우거진 마당을 내려다보며 아니디아, 하고 불러보았다. 부엌에 서 있던 아미가 접시를 떨어뜨렸다. 혁명은 기차가 다시 지나갈 때까지 창밖을 내려다보고 있었다.

아미의 출산일은 얼마 남지 않았다. 아미는 문득 아기가 죽어버렸으면 하고 바란다. 아미의 이마에는 땀방울이 흐르고 아미는 그대로 부엌 바닥에 주저앉는다. 이 아이는 아마 죽어서 나올 거야. 내가 왜 그런 짓을 했을까. 세상의 모든 남자들은 더럽고 섹스는 더욱더 더럽다. 생각만 해도 구역질이 나올 것 같아. 그리고 힘들다. 이 큰 집을 온통 치우고 또 치운다. 하루종일 요리를 하고 커피를 끓이고 혁명의 셔츠를 다림질하고 화초에 물을 주고 식사를 준비하고 일은 끝이 없다. 아이는 배 안에서 점점 더 자라나고 아미는 점점 더 미소를 잃어간다.

혁명은 아미의 모든 것이었다. 아주 어렸을 때부터 그들은 같이 자라났고 같이 생각하고 같은 색의 옷을 입고 폐쇄적인 성격마저도 비슷했다. 아니디아가 나타나기 전까지는. 밤이 되면 풀벌레의 울음소리가 높아지고 마당을 걸어다니는 혁명의 발소리가 기차가 지나다니는 소리 사이에 들린다. 찌는 듯이 무더운 밤이지만 아미는 이불을 턱까지 끌어당긴다. 혁명이 방으로 들어온다. 집안의 어디에도 불은 켜지지 않았지만 기차가 지나다니는 선롯가의 불빛이 집안에 비치고 있다. 혁명은 옷을 벗는다. 그들은 일요일 내내 밖으로 나가지 않고 같이 지냈다. 그들은 다른 사람과 얼굴을 마주보지 않고 대화하지 않아도 되는 일요일을 좋아했다. 혁명이 아미의 손을 잡고 입맞춘다. 아미는 혁명의 눈을 보면서 마음으로 애원한다.

'제발, 혁명, 나는 곧 애를 낳아야 돼요. 너무나 힘이 들어요.'

혁명은 하루종일 그랬던 것처럼 아무런 말도 없이 아미의 옷을 벗겼다. 아미는 거미 같은 자기의 몸이 드러나는 것이 죽음보다 싫었다. 그래, 이건 언제나 싫어하던 일이야. 나는 이걸 좋아하지 않

아. 혁명, 이건 나에게 고통이야. 고통뿐이야. 내가 너와 결혼해서 나는 이제 이 세상으로부터 안전하고 자유로워. 혁명, 그런데도 넌 나에게 장벽이야. 높고 거대하고 안전한 장벽. 그래서 나는 때로는 숨이 막혀와. 내가 죽은 다음에도 이 집은 여전히 이 자리에 있고 아무도 찾아오지 않는 일요일이 계속되고 불을 켜지 않아도 되고, 우편배달부의 벨소리에 뛰어나가지 않아도 되는 그런 삶이 계속될 수 있을까?

"불을 켜, 아미."

혁명이 아미에게 속삭였다. 혁명의 이마에서 땀이 흘러내리고 있었다. 땀이 혁명의 이마를 타고 아미의 얇고 마른 가슴에 뚝 떨어졌다.

'싫어, 그건 싫어요. 난 죽어버릴 거야.'

"난 불을 켤 거야."

'창문에서 빛이 들어와요, 기차가 지나가잖아.'

둘은 머리를 맞대고 엄청난 소음의 기차가 지나가기를 기다렸다. 유리창이 흔들리고 섬뜩한 섬광으로 방의 어둠이 산산이 부서졌다. 그리고 침묵과 다시 찾아온 어둠. 혁명이 불을 켰고 아미가 비명을 지르며 주먹으로 전구를 깨뜨려버렸다. 아미의 손에서 피가 뚝뚝 떨어졌다. 아미는 충격으로 뱃속의 아이가 죽었을 거라고 생각했다. 평화롭고 고요한 일요일이 필연적으로 끝나는 것처럼. 왜 착하고 조용하고 한없이 부드러운 혁명이 이런 일을 좋아하나,

바깥세상의 더럽고 거친 남자들과 다름없이. 결혼하기 전에는 혁명은 이런 일을 좋아하지 않았다. 아니, 아니디아가 오기 전만 해도 혁명은 섹스에 관심이 없었다. 아미는 생각하고 또 생각해도 이해할 수가 없다. 고통과 수치심 때문에 아미의 눈에서는 눈물이 흘러 뺨을 타고 내린다.

'아무도 날 정말로는 좋아하는 게 아냐. 나 아미는 이렇듯 예쁘지도 않고 관능적인 것도 아니다. 다른 사람의 호감을 얻기 위해 상냥하게 말할 줄도 모른다. 나에게는 이 세상에 태어나면서부터 혁명, 너뿐이었다. 그런데 넌 이제 나를 떠나려 한다. 같이 잠이 들고 같은 꿈을 꾸고 꿈속에서도 서로 사랑하고, 그리고 같은 아침에 눈을 뜬다. 그럼에도 불구하고 눈빛은 서서히 멀어져가고 그리워하는 다른 것이 있다. 혁명, 내가 사라지더라도 난 너와 함께 있는 거야. 어느 날 내가 영원히 보이지 않으면 그건 내가 단지 보이지 않는 것뿐이지 날 잃는 것은 아냐. 기억해줘, 난 영원히 너에게서 떠나지 않아. 이 집에서, 이 고요에서, 이 벽 속에서, 이 인생에서 멀어지지 않는다.'

아미는 가난한 상인의 막내딸로 태어나 말을 채 배우기도 전에 시골의 사당에 놀러갔다가 수호신인 뱀에게 물려 혀가 굳어져버렸다. 학교를 졸업하고 우체국에서 잠시 일을 했지만 혁명과 결혼하고 나서는 그만두었다. 아미와 혁명은 같은 마을에서 자라고 같은 학교를 다니고 같은 만화책을 읽고 마침내는 결혼했다. 혁명은 아미와 달리 훌륭한 교육을 받고 경제적으로 풍족한 환경이었고 안정된 정서를 가진 부모를 두었었다. 혁명의 부모님은 아버지의 도박벽으로 오갈 데 없게 된 조카를 맡아서 키워줄 정도로 자비심도 있는 분들이었다. 그들은 아무것도 볼 것 없는 아미에게도 친절했고 혁명과 아미의 사랑을 공명정대하게 인정해주는 착한 사람들이었다. 그런 사람들이 사고로 죽다니, 너무나 가슴이 아프다.

아미가 아들 반을 낳았을 때는 비가 내리고 있었다. 반은 아미와 혁명, 그 누구도 닮지 않았다. 금방 태어난 반이 빗소리를 들었다. 비는 내리고 또 내려 지하실이 물에 잠기게 만들었다. 아니디아는 신생아실의 유리문 밖에 서 있었다. 혁명은 집에서 피아노를 치고 있었다. 비가 너무나 내려 기차가 지나갈 수 없었기 때문에 집은 고요했다.

세 사람이 꿈꾸고 있던 것은 각각 달랐다. 아미는 아이를 낳는 내내 악몽을 꾸고 있었다. 머리가 셋 달린 괴물이 아미의 머리를 먹는 꿈이었다. 성서에 나오는 괴물이 올바르게 살지 못했던 악한 자들을 벌주고 있었다. 아미의 어머니도 그랬을까? 아미를 낳으면서 그런 꿈을 꾸었을까? 보이지 않는 곳으로 달아나서 괴물에게 잡아먹히고 싶지 않다. 아미는 눈을 뜨면서 병실 벽의 피의 손자국들을 보았다. 저건 내 거야. 아, 저건 혁명, 저건 아니디아. 그리고 아미는 다시 잠이 든다.

혁명은 비행기 사고를 당했어야 하는 사람은 부모님이 아니라 자신이었어야 한다고 생각했다. 혁명은 부모님이 바라는 것과는 달리 공부를 잘하지도 못했고 성실하고 열심히 자기 인생을 가꾸지도 못했다. 혁명은 비정상적으로 내성적이었으며, 자기보다 우울하거나 약한 사람들의 편에 설 용기도 없었고, 거대한 이데올로기에 한 번도 의심을 가져본 일이 없었으며, 장애인인 아미에게 강하고 넉넉한 남편이 되어주지도 못했다. 혁명은 그 이름에 어울리는 어떤 마음도 감히 먹어보지 못했다. 그리고 아니디아, 가난하게 살고 있는 사촌인 아니디아를 향한 그 터질 것 같은 연민을 가슴속에서 어쩌지도 못한 채 한마디 말도 없이 이 세상을 떠나게 될 터이다.

아니디아는 반에 대해서 꿈꾸고 있었다. 반은 건강하고 아름다운 아기였다. 욕실의 거울을 보면 거울은 항상 더럽고 희미하고 얼굴은 비틀려 보인다. 아니디아는 저것이 정말 내 얼굴일까, 의심하면서 거울을 닦고 또 닦는다. 일주일 내내 혁명에게서는 전화 한 통 오지 않고 비는 언제나 내리고 있다. 이것이 인생, 사람들이 말하는 인생이란 거다. 반은 거미같이 마른 아미의 몸에서 자라나서 천상의 아기처럼 이 세상에 태어났다. 반의 얼굴은 아니디아를 닮았다. 비틀린 거울이 아니라 혁명이 똑바로 바라보고 있던 그 아니디아의 정말 얼굴을. 아름다운 아기 반은 우울한 이 세 사람 사이에서 그렇게 태어났다.

아니디아가 언젠가 한번 혁명의 집을 찾아왔을 때 혁명은 싱가포르로 출장 가 있었다. 반이 태어난 지 얼마 되지 않아서 아미는 아직 부기가 빠지지 않은 얼굴로 아니디아를 맞았다. 그들이 결혼하기 전과 바뀐 것이 없었고 찬장의 그릇 하나, 욕실의 더러운 거울도 마찬가지고 살이 너무 많이 쪄서 관절염에 걸린 혁명의 개도 여전히 느릿느릿 움직이면서 아니디아의 발을 핥았다. 심지어는 음악마저도 바뀌지 않았다. 달라진 것이 있다면 침실의 전등이 깨져 있는 것 정도. 깨진 전등 파편은 치워지지도 않은 채 널려 있었다. 아미는 아니디아에게 커피를 내왔고 자기는 담배를 피웠다. 반은 잠자코 있었다.

'혁명은 없어요. 그는 출장중이죠.'

"혁명을 보러 온 것은 아녜요."

'반은 감기에 걸려 잠들었어요.'

"반을 사랑해요?"

아니디아는 커피를 마시면서 아미에게 물었다. 아미는 어떤 말도 하지 않았고 아니디아는 예전부터 그래왔듯이 일방적으로 말을 걸었다.

"내 말뜻은 그러니까, 아기가 태어나면 그 아기를 처음 보는 건데, 말하자면 낯선 사람, 이상이 아니잖아요. 그런데도 그토록 사랑하게 되나요? 그런 게 뭔가요? 생리적으로 임신했으니까, 생리적으로 사랑하게 되는 건가요? 이상해요. 이상하고 섬뜩해요. 우리 엄마도 그랬을까? 낯선 사람인 나를 팽개치고 그냥 달아났으면 지금 남의 집 가정부로 그 고생을 하면서 살고 있지는 않을 텐데요. 아, 아미 당신 눈빛은 그러니까 시시한 소리 집어치우고 이 식은 커피 마저 마시고 당장 돌아가주었으면 좋겠다, 그런 뜻이죠? 알아요, 하지만 난 내가 왜 이러는지 모르겠어요. 반이 있는 곳에 오고 싶었어요. 그애가 태어난 이후로 계속해서 그런 생각이 떠나지 않아요. 아미 당신은 말이 없으니까 아는 것이 많겠죠? 책에서 읽었어요. 말이 없는 사람은 속에 든 것이 많다고. 정말일까요? 날 너무 미워하지 말아요. 혁명을 보러 온 것이 아녜요. 반에 대해서 생각하러 왔어요. 반의 핏속에 내 피가 흐르고 있을까, 그 피는 따뜻할까, 이제 영원히 만나지 못한다면 반은 나를 알까, 그애도 자라서 어느 날 문득 정체불명의 고독감과 그리움에 시달릴 때 그 대상이 나라는 걸 알까? 이 집을 떠나 살아가면서 마당과 피안과 개가 있던 이 집에서 내가 그애를 이처럼 그리워했다는 걸 알까? 아무에게서도 들을 수 없을 테니 그애는 모르겠지요. 그 지독한 상실감의 원인이 뭔지 모르고 괴로워하겠지요. 이런 것 아세요? 이유 없는 고독은 기억 이전의 기억 때문이라고. 절대로 절대로 기억할 수 없는 기억 이전의 기억이 악마처럼 자라나 병을 만들죠. 그런 걸 갖고 있는 사람은 병이 든 채 이 세상을 살아가게 되고 건강한 사람들에게 모든 점에서 뒤처지게 돼요. 난 반이 그런 운명을 타고 난 것이 가슴 아프기도 하고 그 아이의 따뜻한 피를 손바닥에 느끼는 것 같아 기쁘기도 해요."

아미는 메마른 머리카락을 이마 위로 쓸어올렸다. 아미의 뺨은 튼 듯이 거칠었고 화장기 없는 입술은 창백했다.

"반이 많이 아픈 것 같네요."

아니디아는 아기 침대 곁에 서서 반을 내려다보았다. 반의 작은 얼굴은 붉게 달아오르고 땀에 젖어 있었다. 작은 입을 벌리고 힘겹게 숨을 내쉬고 있었다.

"그냥 단순한 감기가 아닌 것 같네요."

'그러다가 괜찮을 거예요.'

아미는 발을 질질 끌듯이 하면서 소파에서 일어나 아니디아가 쓰던 방에서 우편물을 가지고 나왔다.

'혁명이 당신의 우편물을 모아왔어요. 가지고 가세요.'

아니디아는 어머니에게서 온 편지들을 뜯어보지 않고 치워놓았다. 어머니는 아니디아가 혁명의 집에서 더이상 살지 않는 것을 모른다. 계절마다 아니디아에게 돈을 보내고 걱정하는 편지를 보내고 있다. 하지만 아니디아는 어머니에게 전화하지 않은 지가 오래되었고 어머니의 편지조차 뜯어보지 않은 지도 오래되었다. 그리고 언제나 말하곤 했다. "혁명, 니가 좀 알아서 적당히 해줘."

"저, 나를 너무 많이 미워하지 마세요. 혁명을 만나러 온 것이 아니에요."

'난 아무것도 미워하거나 하지 않아요.'

"아미 당신을 위해서 난 이 집을 떠났어요. 난 당신이 좋아요. 좀 다른 의미이기는 하지만……"

아미는 아니디아가 마시던 커피잔을 거칠게 싱크대에 내려놓으면서 수도를 틀었다. 그 소리는 차갑게 들렸다. 반이 깨어나서 울기 시작했다. 힘없고 신경질적인 울음소리였다. 아무도 반에게 가까이 다가가지 않았다. 왜 가지 않는 거예요? 하듯이 아미가 아니디아를 쳐다보았다. 아니디아는 반의 울음소리를 뒤로하고 집을 나섰다. 그리고 그 일을 기억하지 못하고 잊었다.

반은 그 열병으로 사경을 헤매다가 살아나지만 청력 장애를 피할 수는 없었다. 출장에서 돌아온 혁명은 죽음 직전까지 가 있던 반을 데리고 병원으로 갔다. 아미는 깨어진 침실 전등 아래 서 있었고 나중에는 반을 제대로 돌보지 못한 자기 자신을 너무나 심하게 학대했다. 그래서 혁명은 그런 아미를 위로하는 것이 반을 돌보는 것보다 더 힘들었다. 그리고 그들은 싸웠다. 다른 연인들처럼 소리를 지르고 물건을 집어던지고 집을 뛰쳐나가거나 하는 싸움은 아니었다. 그들은 말하지 않았다. 원래도 그랬지만 더욱더 말하지 않았다. 심지어는 눈길도 서로 피해버렸다. 집안을 침묵으로 싸늘하고 동굴처럼 어둡게 만들었고 두 사람 다 초대받지 못한 손님처럼 어색해했다. 집에 있을 때 반을 돌보는 것은 혁명의 일이었다.

가끔 전화벨이 한 번 정도 울리다가 끊어지는 일이 있었다. '아니디아야' 하고 아미는 생각했다. 아미는 양파를 썰고 있었다. 양파가 매워 아미의 눈에서는 눈물이 흘러내렸다. 아미가 섹스를 거부하기 때문에 혁명은 외로워하는가? 혁명, 나는 그것만은 당신이 원하는 대로 해줄 수 없다. 아니디아는 어떤가, 그녀는 그걸 좋아하나? 아무런 위축감도 없이 당당하게 다리를 벌릴 수 있나? 혁명도 그런 여자를 원하고 있을까? 사랑이란 무엇일까? 사람들이 말하고 있는 사랑이란. 아미는 모든 것을 기다렸다. 혁명이 자라나서 어른이 되기를 기다렸으며 우체국에 근무하면서 혁명이 대학을 졸업하고 직장을 얻기를 기다렸다. 그러고는 혁명의 부모님이 죽기를 기다렸고 아니디아가 집을 떠나기를 기다렸다. 나의 혁명, 그립고 그리운 나의 혁명. 이제 혁명은 나만의 것이다. 아니 그래야만 했다. 아무런 이물질도 없는 완벽한 소유.

우체국에서 상사와의 그 일이 없었다면, 혁명은 아미에게 좀더 부드럽고 다정하게 대해주었을까? 아니, 그렇지 않을 거야. 혁명은 말했다. 그런 것은 아무것도 아니야, 이 세상에서 전혀 중요한 일이 아니라구. 내가 아미 너를 사랑하는 이상, 아미 네가 낳은 아이는 우리들의 아이야. 그보다 더한 일이 있었다고 해도 상관없고 지나간 것은 아무것도 아니지. 하지만 아미는 터져나오는 비명을 감출 수가 없었다. 그들이 같이하는 삶은 피곤했다.

혁명, 당신이 나에 대해서 갖고 있는 것은 연민뿐이죠. 긴장과 스트레스가 온 집안에 밤안개처럼 자욱했다. 아미는 혁명이 원하는 것을 해줄 수가 없었다. 우체국 시절 상사에게 강간당한 기억 때문에 섹스를 즐길 수 없었다. 그래서 반을 사랑할 수도 없었다. 썰다만 양파 위로 아미의 눈물이 떨어졌다. 이미 밤이 깊었다. 거실에는 텔레비전만이 홀로 잠들지 않고 있다. 혁명은 어디에 있는가?

"밤에 뭘 하는 거야?"

혁명이 부엌의 입구에 서서 물었다. 아미는 뒤돌아보지 않았다. 아미는 혁명과 같이 살아가는 내내 밤이 두려웠다.

'혁명, 내 당신, 이제 그만 날 놓아줘요.'

"무슨 말을 하고 있는 거야?"

'날 놓아줘요. 당신은 날 사랑하지도 않으면서 이십 년 동안 내 곁에 있군요. 이제 난 눈을 떴어요. 여기는 내 자리가 아녜요. 내 눈물은 양파 때문이 아니죠. 다른 모든 어려움은 당신이 가져가세요. 난 오랜 시간의 배반만으로도 버거워요.'

아니디아는 잡지가 흩어진 침실과 담뱃재가 가득 쌓인 재떨이가 여기저기 놓인 거실에서 서성였다. 도대체 부동산 사람은 언제 온다는 거야? 오전이 많이 지나가 해가 높이 뜰 시간이 되었지만 어둠은 완전히 사라지지 않았다. '안개 때문일 거야' 하고 아니디아는 생각했다. 미세한 물방울이 공기 중에 떠다녔다. 그 물방울 사이로 기차가 불을 밝히고 천둥처럼 역을 지나갔다. '왜 저 기차는 역에 서지 않는 걸까' 하고 아니디아는 잠깐 궁금하게 생각했다. 부동산 사람이 온다면 집을 치우는 것이 좋지 않을까. 아니디아는 더러워진 부엌과 거실을 치우고 침실을 정리했다. 벽과 가구의 틈 사이, 소파와 침대 아래, 찬장의 그릇들 사이에는 믿을 수 없을 만큼 먼지뿐이었다. 그리고 창문을 닫고 커피를 끓이고 아니디아는 기다렸다. 무엇을 기다리는지 잘 모른 채로. 그리고 아랫배의 통증을 참았다. 아랫배의 통증은 삼 개월 정도 계속되고 있었다. '아마 빈혈 때문일 거야' 하고 생각했다. 참을 수 없을 정도가 되면 진통제를 먹기도 했지만 그런대로 견딜 수 있으면 곧 잊어버리곤 했다. 그 통증이 시작된 이후로 생리도 없었고 밥을 제대로 먹을 수도 없었다. 겨울 장미처럼 위악적으로 싱싱하던 아니디아의 얼굴이 거칠어지고 여위어갔다.

아니디아는 집안을 청소하거나 음식을 만들거나 옷을 다림질하거나 하는 것을 서툴러했다. 그런 것은 언제나 어머니가 하던 일이었고 아마 어머니는 일생 동안 그랬던 것처럼 지금도 그런 일을 하고 있을 것이다. 아마도 죽는 그 순간까지도.

혁명의 침실 서랍에서 아니디아는 오래전 편지들을 발견했다. 그리고 커피잔을 들고 소파에 앉아 그것들을 읽기 시작했다. 겨우 글을 배운 반이 혁명에게 보내온 편지들이 있었다. 사랑스러운 반, 반은 혁명의 어린 시절을 연상시켰다. 참 이상하게도. 반은 혁명의 핏줄이 아니다. 우체국에 다니던 아미가 상사에게 강간당하고 낳은 아이다. 그런데 왜 우리 모두에게 반은 혁명을 연상시키는 걸까. 아미의 뱃속에 있는 동안 아미의 눈에 비친 혁명의 모습이 그대로 반에게 투영되어 있었다. 그건 반이 아미의 뱃속에 있는 동안 혁명의 마음에 비친 아니디아를 닮아 있는 것과도 같았다. 반의 편지에는 서투른 그림과 색연필 낙서도 들어 있었다. '아빠' 하고 반은 썼다.

'아빠, 오늘은 비가 왔어요. 마당은 진흙이 되었어요. 선생님이 엄마의 얼굴을 그리라고 했는데 난 생각이 나지 않아서 꿈에 본 엄마의 얼굴을 그렸어요. 사실은 어제 꿈에 아니디아 아줌마의 얼굴을 봤거든요. 사진처럼 움직이지 않고 있었어요. 아빠, 그리고 츄파춥스 사탕을 세 개나 먹었어요.'

'아빠, 비가 아직도 그치지 않아요. 비는 열흘도 넘게 왔어요. 아니디아 아줌마가 또 꿈에 보였어요. 그때 아니디아 아줌마가 학교로 날 찾아온 것 같아서 유리창을 내다봤어요. 아빠는 또 출장을 갔나요? 나도 비행기가 타고 싶어요.'

'난 아빠가 있다는 게 좋아요. 엄마가 아프면 돌봐주실 거죠? 엄마가 아프다는 생각이 들어요. 그렇게 느껴져요. 선생님이 교통사고가 났을 때 나는 미리 알았어요. 뭔가 나쁜 일이 생기기 전에 난 미리 알아요. 어쩐지 엄마가 아프다는 생각이 많이 들어요. 엄마가 피를 흘리고 있어요.'

반의 편지 아래에 아니디아 어머니의 편지가 있었다. 아니디아가 뜯어보지 않고 내버려두었던 편지들이다. 아니디아 어머니의 편지는 얌전하게 가위로 개봉되어 있었다. 혁명은 아니디아가 보지 않고 내버려둔 어머니의 편지를 읽고 답장을 쓰고, 그리고 필요한 일이 생기면 돈을 부쳐주기도 했다. 아니디아는 혁명이 그러는 걸 알고 있었지만 아무런 참견도 하지 않았다. 망설이다가 역시 아니디아는 그걸 보지 않는다. 어쩌면 아니디아의 어머니는 부산에서 죽었을지도 모른다. 그러면 혁명은 아무런 말도 없이 홀로 부산으로 가서 장례식을 치르고 돌아왔을 것이다. 혁명은 말이 없었다. 아니디아는 혁명의 그런 점을 사랑했다.

커피를 다 마시고 나서 냉장고에 있던 코로나 맥주를 꺼내 두 병을 마셨다. 찬장 어디에도 레몬이 보이지 않았기 때문에 그냥 마시기로 했다. 규칙적으로 기차가 지나가고 마당의 안개가 점점 더 진해졌고 붉은 겨울 장미들이 안개 사이에서 젖어갔다. 아니디아는 마당을 내려다보고 있었다. 혁명의 개는 어디에도 보이지 않았다. 겨울 안개 사이에서 집과 잡초와 장미가 사라지듯이 그렇게 사라져버렸나?

더이상 멍하니 앉아 기다리는 것만 할 수는 없어서 아니디아는 목욕을 하기로 했다. 청소를 하고 커피를 끓이는 그런 일을 한 적이 한 번이라도 있었던가? 전혀 그런 적은 없다. 지금 아니디아는 맞은편 소파의 빈자리에 혁명의 커피를 따라놓았다. 찬장을 뒤져 가장 좋은 커피잔을 꺼내 따뜻하게 데운 다음에 첫번째로 뽑은 가장 좋은 향의 커피를 따라놓았다. 그리고 혁명이 좋아하는 던힐라이트에 불을 붙여 그 곁에 놓았다.

"혁명, 오랜만이야."

마치 혁명이 정말로 그 자리에 앉아 있는 것처럼 말을 걸었다.

"보고 싶었어, 혁명. 맥주 마시겠니?"

혁명은 언제나 그렇듯이 말이 없었다.

"혁명, 넌 모르지? 난 밥 먹으러 가서 누구에게도 수저를 집어 준 적이 없어, 한 번도. 커피를 마시러 가서 내 손으로 커피를 저어 본 일도 없어. 한 번도. 술을 따라준 적도 없고 젓가락으로 음식을 집어준 일도 없어. 넌 모르지?"

그리고 아니디아는 웃기 시작했다.

"그리고 태어나서 지금까지 누구를 위해서 침실 청소를 하거나 한 적도 없어. 던힐라이트에 불을 붙여준 적도 없어."

혁명은 말이 없고 던힐라이트 담배 연기만이 홀로 피어올랐다.

"그리고 가족을 포함해서 이 세상 누구도 사랑해본 일이 없어. 한 번도."

아니디아는 마시다 만 커피잔을 들고 욕실로 가서 물을 받았다. 욕조에 물이 채워지는 동안 아니디아는 옷을 벗고 커피를 마셨다. 혁명의 던힐라이트가 아직도 타고 있는 거실을 향한 문을 열어놓았다. 아니디아는 욕조에 들어가서 보이지 않는 혁명을 향해 겨울 장미와 같이 미소를 지어 보였다.

"혁명, 너와 같이 샤워하고 싶어."

보이지 않는 혁명은 말이 없었다. 아니디아의 표정이 어두워졌다. 아니디아는 완전히 물속에 잠겼다. 물속에서는 아무런 소리도 들리지 않는다. 혁명은 던힐라이트를 다 피웠을까? 아니디아가 끓여준 커피를 다 마셨을까? 숨이 막힐 때까지 아니디아는 물속에 있다가 얼굴을 내밀었다. 뜨거운 물에 온몸이 빨갛게 익었다.

'난 살이 쪘어. 최근에 더욱 찌고 있어.'

아니디아는 생각했다.

'그리고 난 죽고 싶어. 이 세상은 텅 비었어. 혁명, 넌 말하지 않았지만 이제 다시는 돌아오지 않을 거지? 그렇지?'

아니디아의 눈에서는 소리 없이 눈물이 흘렀다. 뱃속에서 이상한 소리가 나고 있었다. 마치 날카로운 바늘이 잔뜩 달라붙은 성게가 뱃속에서 요동을 치는 듯했다. 아니디아는 세번째 맥주병을 따고 혁명이 좋아하는 던힐라이트에 불을 붙이고 욕조 속에서 피웠다. 갑자기, 벨이 울렸다.

벨은 두 번 천천히 울리다가 잠시 사이를 두고 조심성 없이 성급하게 울렸다.

딩, 동, 딩, 동, 딩, 동.

아니디아는 눈물을 닦고 욕조에서 일어났다. 하루종일 해가 보이지 않는 겨울날은 벌써 어두워지려 하고 있었다. 욕조의 물이 식었기 때문에 아주 춥게 느껴졌다. 젖은 머리에서 물이 뚝뚝 떨어졌다. 아마 혁명이 말했던 부동산 사람일 것이다. 아니디아가 배스로 브로 쓰는 혁명의 엷은 유카타를 걸치고 마당으로 내려가 문을 열었을 때 부동산에서 온 사람의 구두가 내려다보였다. 검고 평범하고 깨끗한 구두였다. 새로 사 신은 지 한 육 개월쯤? 하지만 손질을 잘해서 반짝거리고 윤이 났다. 영국이나 그런 곳에서 수입한 듯한 것이고 아주 보수적인 검은 끈이 달린 구두였다. 구두의 주인은 검은 트렌치코트에 검은 장갑을 꼈으며 머리칼은 짧게 자르고 관자놀이에 흰머리가 살짝 보이는 남자였다. 키는 큰 편이었고 운동을 한 듯 몸매가 단단해 보였다. 표정에서는 아무것도 보이지 않았다. 마치 집으로 돌아가는, 결혼한 지 십 년쯤 된 남자처럼 아무런 표정이 없었다. 외교적인 마스크는 아니군, 하고 아니디아는 생각했다. 흰 유카타를 걸치고 젖은 머리칼을 하고 발갛게 익은 얼굴을 한 아니디아를 보고도 그는 표정이 전혀 바뀌지 않았다.

"17번지가 맞는가요? 혹시 집을 잘못 찾았다면 죄송하군요" 하고 그 남자는 말했다.

"여긴 혁명의 집이고 17번지도 맞아요. 난 아니디아라고 해요. 혁명의 사촌이죠. 부동산에서 집을 보러 올 거라고 혁명이 얘기해주더군요."

"혁명은 사촌에 대해서는 한마디도 말하지 않았는데요. 아, 미안합니다. 난 한 시간 전에 공항에 도착해 바로 이곳으로 와서요. 안개 때문에 비행기가 연착되고 이곳으로 오는 중에 안개가 너무 진해서 찾는 것이 힘들었어요."

부동산 사람은 예의바르고 단정하게 말했다. 말을 듣고 보니 그의 이마에서는 감출 수 없는 피곤의 흔적이 느껴지기도 했다. 아니디아는 그를 들어오게 했다.

"마당은 손질하지 않은 지가 오래되어서 좀 허물어졌죠. 하지만 손을 좀 본다면 옛날처럼 아름다워질 거예요. 개를 기를 수도 있답니다. 단, 좋아하신다면 말이죠."

겨울 장미가 다발을 이루고 있는 잡초의 덤불을 지나 집안으로 들어오면서 아니디아는 그에게 이렇게 말했다.

"혁명에게 개가 있는 걸로 알고 있는데요."

그는 발걸음을 옮기면서 마당을 둘러보았다.

"난 모르겠어요. 아마 어디엔가 있겠지만, 아, 혁명은 그 개를 너무 사랑했어요. 누군가에게 맡겨놓았는지도 모르겠어요. 커피나 뭐 드시겠어요?"

부동산 사람은 검은 트렌치코트를 벗어 소파에 놓고 홍차가 있으면 마시겠다고 했다. 아니디아는 찬장에서 홍차 티백을 찾아내서 물을 끓였다. 열린 창문으로 기차가 지나가는 소리가 들려왔다.

"기차 소리가 들리는군요."

그는 아니디아가 마시다 둔 코로나 맥주병을 바라보고 있었다. 아니디아는 맨발로 홍차를 끓여가지고 그의 앞에 놓아주었다.

"얼마 전부터 가까이로 기차가 다니기 시작했어요. 시내로 들어가는 전철 노선이죠. 하지만 역은 꽤 멀리 떨어져 있고 창을 닫으면 잘 들리지 않아요. 창을 닫을까요?"

"아니, 괜찮습니다. 이곳에서 안개를 바라보는 것도 좋은 기분이군요."

그리고 그는 말없이 홍차를 마셨다. 집을 보러 찾아온 부동산 사람답지 않다고 아니디아는 생각했다. 무엇보다도 서두르는 기색이 조금도 없다. 사업가적인 눈으로 집을 둘러보려고 하지도 않는다. 외국에서 막 도착했다면 시차나 그런 것 때문에 상당히 피곤할 텐데도 흐트러진 기색이 느껴지지 않는다. 자기통제가 엄격한 교육을 받았을 것 같은 분위기다. 아니디아는 그가 홍차를 다 마시자 집안을 안내해주겠다고 말했다.

"혁명은 가능한 한 빨리 집을 팔고 싶어해요."

"나에게도 그렇게 말하더군요."

"집이 팔리면 외국으로 이주할 생각인가봐요."

"아아."

"이층부터 보시겠어요?"

"그러죠. 아무래도 좋아요."

이층은 전등이 모두 깨지고 없는 상태여서 어둑어둑하고 열린 창문으로 습기 찬 안개가 가득 들어와 있었다. 침실이 두 개 있고 욕실이 하나, 꽤 넓은 베란다가 딸려 있었다. 혁명이 어린 시절을 보냈던 곳이다. 지금은 가구도 거의 없고 종이 박스에 포장된 책들이 잔뜩 한구석에 쌓여 있을 뿐이다. 어린아이용 책들은 보육원으로 보내려고 따로 꾸려두었다. 한쪽 벽면에 희미한 빗물 얼룩이 진 것을 제외하면 아직도 튼튼해 보이는 집이었다. 베란다는 테이블을 가져다놓고 여름밤에 맥주를 마시기에 좋았다. 벽은 모두 흰빛으로 칠해져 있고 지은 지 오래되었지만 혁명의 생각보다는 단단하고 견고했다. 아니디아의 손길이 흰 벽을 따라 움직였다. 한쪽 벽은 얼마 전에 손질을 한 듯이 새로 되어 있어서 어둠 속에서도 눈이 부셨다. 혁명은 왜 이 벽만 새로 수리했을까. 그는 집에는 별로 관심도 없고 좀 게으른 편인데도. 그리고 포치에는 바람이 불면 찰랑찰랑 소리나는 모빌 장식물이 달려 있었다. 지금은 모든 것이 11월 안개에 젖어 아무런 소리도 들려오지 않는다.

"이 집을 처음 보는 것은 아닙니다" 하고 처음에 그 남자가 말을 시작했다. 남자는 아니디아가 냉장고에서 꺼내 온 코로나 맥주와 치즈 카나페를 먹고 있었다. 시계가 저녁 일곱시를 알리는 소리가 들려왔다. 아니디아는 그 남자의 말을 들으면서 젖은 머리를 빗었다. 규칙적으로 들려오는 기차의 소음 말고는 모든 것이 아무런 소리도 내지 않고 숨죽이고 있었다. 남자의 목소리는 조용조용하고 신비로울 만큼 억양이 없었다. 아니디아는 머리를 빗던 움직임을 멈추고 남자의 말에 귀기울였다.

"두 번인가 혁명이 초대를 해서 친구들이 모였죠. 한번은 혁명이 아직 결혼해 있을 때고 아들이 태어나기 전이었어요. 친구들이라고 해야 사업 관계로 이리저리 알게 된 사람들이 대부분이었죠. 난 우연한 기회에 혁명의 회사에서 일하는 여비서를 알게 되었죠. 그녀는 어느 날 나에게 전화를 걸어서 수언씨, 같이 다이아몬드 게임을 할 친구가 있는데 가실래요? 하고 물었죠. 그녀는 귀엽게도 포커를 언제나 그렇게 불렀어요. 난 그 당시 카드를 상당히 즐겼죠. 딸 때도 있었지만 잃을 때도 많았습니다. 귀여운 그녀가 말하는 것이니 보통 때라면 당장 달려갔겠지만 그날은 어쩐지 내키지 않았어요. 잘 모르는 사람들과 게임을 한다는 것도 내키지 않았고 이제 슬슬 그녀와의 관계도 정리해야 하지 않을까, 하는 생각이 들기 시작할 때였으니까요. 하지만 그녀는 여러 번 졸랐고 마침내 내가 졌어요. 그래서 난 이 집에서 혁명을 처음 만났습니다. 저녁 여덟시에 혁명과 그녀와 나, 그리고 또다른 모르는 남자가 만나서 다이아몬드 게임을 했지요. 그때 만삭이던 혁명의 부인은 저녁을 먹은 후에 일찍 잠자리에 들었죠. 말이 없고 조용하고 상당히 폐쇄적인 사람이더군요. 하여튼 난 그날밤에 혁명이 트리플을 두 번이나 잡는 것을 보았어요. 처음에는 이거 사기 아냐 하는 생각도 들더군요. 하지만 판돈이 그다지 크지 않은 게임이었기 때문에 속마음을 드러내지 않고 여유 있게 있었습니다. 소란을 일으키고 싶지 않은 마음이 더 강했으니까요. 다음날 새벽까지 우리는 거의 쉬지 않았어요. 그러다가 새벽이 밝아올 무렵 혁명에게 전화가 걸려왔어요."

남자는 여기서 말을 멈추고 혁명의 빈자리에 놓인 던힐라이트 담뱃갑을 바라보았다.

"혁명의 것이군요. 혁명은 그날도 밤새 이걸 피웠죠."

아니디아는 혁명의 던힐라이트를 하나 집어들었다. 그 남자는 아니디아에게 불을 붙여주었다. 의식하지 않고 하는 듯한 자연스러운 행동이었다. 그는 뭔가 아주 다른 것에 빠져 있어, 하고 아니디아는 생각했다.

"혁명은 전화를 받고 처음에 단 한 마디 했어요. 그리고 오랫동안 말이 없었죠."

"뭐라고 했나요?"

"아니디아."

"네?"

"아니디아, 라고 했어요. 당신의 이름을 부르더군요. 아, 그때는 몰랐지만요."

"……"

"전화기 저편에서는 뭐라고 말하는지 들리지 않았어요. 하지만 그 전화를 받는 혁명의 모습과 분위기가 그 자리에 있던 우리 모두를 꼼짝 못하게 만들 만큼 압도적이었어요. 혁명은 점점 창백해져갔어요. 돈을 잃고 애써 여유를 부리고 있는 우리들을 앞에 두고 마치 안에서부터 혁명의 가장 진정한 내부가 붕괴되어갔다고나 할까요? 그때까지 난 혁명을 전문 도박사 정도로 알고 있었는데 이건 굉장한걸, 하는 마음이 들면서 혁명을 주시하고 있었죠.

혁명이 들고 있던 던힐라이트 담배가 맥주잔에 떨어지면서 칙 하는 소리와 함께 불이 꺼졌어요. 불현듯 상대방이 전화를 끊은 듯했습니다. 혁명이 핏발 선 눈으로 자리에서 일어섰어요. 다들 멍한 상태로 혁명을 바라보고 있었죠. 혁명이 말하더군요. 여러분, 너무나 미안하지만 난 게임을 더이상 계속할 수가 없어요. 아, 오늘은 내가 아주 운이 좋았군요. 하지만 끝까지 게임을 할 수가 없으니 돈은 모두 돌려드리겠어요. 뭐라고 사죄의 말씀을 드려야 할지 모르겠군요…… 난 이제 잠깐 어딜 다녀와야겠어요. 오래 걸리지는 않을 거예요. 아주 잠깐이면 됩니다. 급하게 사람을 만나야 될 일이 있어서요. 그렇게 말하면서 혁명은 대답도 하지 않고 집을 나갔어요. 마시던 맥주잔과 카드와 던힐라이트와 넥타이와 우리들을 그냥 남겨둔 채로. 그리고 우리들은 불도 켜지 않은 채로 그냥 앉아 있었죠. 감히 자리를 뜨거나 움직일 생각조차 못한 채로 그렇게요. 아니디아가 누구지? 하고 내가 묻자 여비서가 혁명의 사촌이에요, 하고 짧게 대답했을 뿐이에요. 여비서가 냉장고에서 나머지 크래커와 치즈를 찾아내서 남은 맥주를 전부 마셔버렸어요. 그때 마당에서 개 짖는 소리가 들렸어요. 그때 처음으로 혁명의 개를 보았어요. 쇠줄을 목에 걸고 나이든 환자처럼 어슬렁거리면서 움직이더군요. 병든 소처럼 크고 쓸쓸하게 보였어요."

남자는 여기까지 말하고 목뒤를 손바닥으로 천천히 쓸 듯하며 목을 움직였다.

"미안합니다. 좀 피곤하군요. 스무 시간이나 비행기 안에 있었습니다. 넥타이를 풀어도 될까요?"

남자는 넥타이를 풀어 아니디아에게 건넸고 아니디아는 그것을 받아 얌전히 의자에 걸쳐놓았다.

"셔츠 단추를 하나 풀어도 될까요? 목이 뻣뻣하군요. 실례가 많습니다."

아니디아는 그러라고 했다. 남자는 셔츠의 단추를 하나 풀었다. 이미 어두워진 밖에서 여전히 규칙적인 기차의 소음이 들려왔다.

"두번째 이 집에 온 것은 그후로 몇 년이나 지난 다음이죠. 아마 지난달이나 그쯤 되었을 겁니다. 많은 것이 바뀌었어요. 나는 더이상 혁명의 여비서와 만나고 있지 않았어요. 아마 혁명의 집에서 다이아몬드 게임을 한 그날 이후로는 그녀를 만나지 않았을 겁니다. 대개 한 여자와 헤어질 때면 난 그 여자에게 눈이 번쩍 커질 만한 선물을 했죠. 다이아몬드라거나 밍크 같은 것일 수도 있고 자동차일 때도 있었죠. 뭐 내 마음을 조금이라도 가볍게 하려거나 허세를 부리려는 그런 의미는 없어요. 그냥 옛날부터의 습관이 굳어진 것이라고 할까요, 자기만이 가지고 있는 강박이라고 할까요, 그런 거였어요. 그런데 혁명의 여비서에게는 그러질 못했어요. 그녀는 어느 날 갑자기 사라져버렸거든요."

남자는 거기까지 말하고 입가에 보일 듯 말 듯한 희미한 미소를 지었다. 남자의 입가에 떠오른 가느다란 주름이 이상하게 연민을 자아냈다.

"한 육 개월 정도 연락하지 못하고 있었는데 문득 생각이 났어요. 어떤 형태로든 헤어짐의 의식이 필요하다는 생각이 들었어요. 그녀는 나에게 아주 잘해주었거든요. 생일도 기억해주고 외로운 기분이 들 때면 자기 일을 제쳐두고 여행이나 이벤트를 제의했어요. 그녀 자신은 아주 가난했지만 그런 티를 나에게 전혀 내지 않았습니다. 말하자면 금전적인 것을 나에게 전혀 요구하지 않았어요. 심하게 들립니까? 하지만 이 나이가 되도록 여자들을 만나면 충분히 느낄 수 있게 되죠. 인생의 모험이라든가 자기도취를 충족시키려고 한다거나 서스펜스를 위해서 남자를 만나기도 하겠지만 그건 아마 표면적인 것이겠죠. 어쨌든 그녀는 아무런 연락처도 남기지 않고 두어 달 새에 모든 사람에게서 사라져버렸던 거죠. 난 그녀의 회사로 연락하고 그녀가 혼자 살고 있는 집으로 연락을 했지만 알게 된 것은 그녀는 지금 이곳에 없다는 대답뿐이었죠. 그녀는 혁명의 회사를 그만두고 집을 옮겼어요. 그녀의 가족이 어디에 사는지, 어떻게 사는지, 나는 아무것도 아는 것이 없었습니다. 너무나 아는 것이 없다는 것을 그 순간에야 깨달았죠. 아, 나는 여자를 만날 때 몇 가지 원칙이 있습니다. 완벽하게 지키는 것은 아니고 루즈하기는 하지만 나름대로의 원칙이죠. 그 하나는 여자에 대해서 아무것도 알려고 하지 않는다, 즉 가족이나 친구나 친척이나 셋집의 주인이나 또는 아마도 있을지도 모르는 또다른 남자친구에 대해서도. 그런 것들에 대해서 호기심을 갖지 않는다는 것이죠."

아니디아의 눈동자가 남자의 풀어진 첫번째 셔츠 단추에 가 머물렀다. 손질이 잘된 보수적인 흰 빛깔의 셔츠였다. 이미 집안은 충분히 어두워서 두 사람은 서로의 얼굴을 자세히 들여다볼 수 없었다. 남자의 얼굴에는 여전히 표정이 없었고 아니디아의 머리칼은 여전히 젖어 있었을 뿐이다.

"두번째는 뭔가요?"

"섹스를 시작하는 시점이죠."

"그게 언제인가요?"

남자는 다시 한번 얼굴에 희미한 미소를 지었다.

"만나게 된 지 스물네 시간 이내입니다."

엷은 유카타 안에서 아니디아는 다리를 오므렸다. 기차가 지나가고 있었다. 기차는 주인이 없는 혁명의 집을 뿌리째 흔들고 겨울장미가 가득한 혁명의 마당을 흔들고 허공에 뜬 아니디아의 몸을 흔들었다. 아니디아의 몸은 밤의 안개 속에서 머물지 못하고 죽은 불가사리처럼 떠다녔다. 그리고 몸안의 통증, 내장이 파괴되어 몸 밖으로 떨어져나가는 듯한 통증. 아니디아는 몸을 떨었다. 필사적으로 노력하고 있음에도 불구하고 떨림은 멈추지 않았다. 아니디아는 두 손으로 얼굴을 가렸다.

"추우신가요?"

남자가 물었다.

"맥주를 많이 마셨나봐요."

"술이 약하시군요."

"그리고 몸이 좀 아파요."

"앉아 계신 것이 불편하면 나에게 기대도 좋아요."

아니디아는 남자의 보수적인 흰 셔츠에 기댔다.

"얘기를 계속해줘요."

"내 이야기만 하고 있는 것 같군요. 지루하실지도 모르는데."

"아니, 그렇지 않아요."

"하여튼 난 그녀를 한동안 찾아 헤맸어요. 우습죠? 완벽하게 헤어지기 위해서 그녀를 찾아 헤맸어요. 그녀는 시골에서 올라왔고 도시에 살고 있는 가족은 아무도 없는 듯했죠. 난 그녀가 어느 학교를 졸업했는지도 몰랐어요. 그녀를 찾아다니는 동안 내가 모르고 있던 걸 조금씩 알게 됐죠. 그녀는 귀여운 용모에 화려한 친구들을 갖고 있었지만 그것은 거품처럼 초라하고 껍질뿐인 것이었죠. 그녀 주변의 사람들은 아무도 그녀가 처한 어려움이나 위기에 대해서는 모르고 있었습니다. 아니, 그녀가 무슨 위기에 처했다는 것은 아니지만 그런 방향으로는 그녀의 친구들 누구도 생각하지 않고 있었어요. 마치 거짓말 같았죠. 아무도 그녀의 가족에 대해서 아는 것이 없고 그녀가 숨어버릴 만한 곳을 몰랐습니다. 아니, 별로 알려고 하지 않는다는 느낌을 받았어요. 내가 그녀와 확실히 헤어지려고 생각하지 않았다면 나도 모르고 지나쳤을 그런 점들이죠. 그녀에게는 그런 것이 있었어요. 그때까지 내가 알고 지내던 다른 여자들과 그녀는 다르지 않았습니다. 적어도 내가 알고 있는 여자친구로서의 그녀는요. 하지만 그녀의 실종은, 나에게 뭔가 다른 것을 가져다주었어요. 아니 그녀의 실종 이후로 내가 그녀를 찾아다닌 시간들이 나에게 가져다준 것이죠. 난 시간이 흐르면서 서서히 죄책감이랄까, 마음의 황폐 같은 것을 느끼기 시작했죠. 아마도 그녀의 어머니나 가족이 큰 병에 걸렸거나 해서 급하게 고향으로 돌아가야 했을 수도 있고 외국으로 이민을 가게 됐을 수도 있어요. 어쩌면 결혼을 했을지도 모르죠. 그녀는 장난스럽게 말하곤 했어요.

"수언씨, 내가 결혼하게 되면 결혼식에 반드시 참석해주어야 해요, 다정한 사촌처럼요. 만일, 내가 결혼하게 된다면요."

왜 그녀는 나에게 아무런 말도 하지 않고 떠났을까요? 그녀는 적어도 알고 있었습니다. 내가 어떤 생각을 가지고 세상을 살아가는지, 그녀에 대해서 어떻게 생각하고 있는지, 그런 것들을요. 그럼에도 불구하고 어쩌면 그녀는 날 사랑했을지도 모릅니다. 어쩌면요. 그녀는 날 사랑했을 수도 있어요. 내가 굳이 그것에 대해서 알려고 하지 않았으니까 난 몰랐겠지만. 최악의 경우 그녀는 정신병자에게 납치되어서 변태 포르노 비디오에 출연당하고 살해되었을 수도 있고 교통사고로 아무도 모르게 죽었을 수도 있습니다. 그리고 난 마지막에 혁명을 생각해냈죠. 어쩌면 혁명은 그녀에 대해서 더 알고 있을지도 모른다. 그러면 그녀가 어디로 갔는지 말해줄지도 몰라. 어쨌든 그녀는 한때 혁명의 비서로 일했으니까요. 난 혁명이 기억하고 있을까 걱정되기도 했지만 그는 기억하고 있었죠. 내가 카드를 속인다고 당신은 의심했었죠? 하고 말하면서요. 그런데 찾아간 나에게 혁명은 그녀에 대해서는 아무것도 말해주지 않았어요. 그녀를 기억조차 하지 못하는 것 같았죠. 그녀의 자리에는 그녀와 비슷한 용모를 가진 또다른 여비서가 같은 종류의 서류를 들여다보고 있었어요. 그녀라는 존재의 개별성은 이 세상 어디에도 없었습니다. 나를 포함해서 사람들은 그녀 자체를 원하고 있었던 것이 아니었어요. 그녀가 할 수 있는 일은 그런 보통의 것이었습니다. 반드시 그녀여야만 했던 존재의 당위는 어디에도 없었습니다. 그건 그녀의 잘못이 아니었죠. 생의 반 이상을 살게 되어서 이제 마지막 카운트다운이 더 가까워진 사람이라면 눈치채게 되는 어떤 운명의 비밀이죠. 난 이제 받아들이는 수밖에 없었어요. 슬프기도 하지만 엄연한 현실의 모습이었으니까요. 그녀는 마치 벽 속으로 스며든 것처럼 그렇게 사라져버렸습니다."

남자는 말을 멈추고 기대어 앉은 아니디아의 머리칼과 어깨를 천천히 쓰다듬었다. 남자의 규칙적인 숨소리를 따라 그의 어깨가 움직이는 것이 느껴졌다. 흰 셔츠 안에서 남자의 어깨는 미묘하게 동물적인 율동을 하고 있었다.

"그리고 나는 그녀를 잊었습니다. 마지막으로 육 개월간 신문의 실종자 광고까지 뒤져보고 난 다음의 일이죠. 그리고 몇 년간은 외국에 나가 있기도 했죠. 최근에, 그러니까 한 달쯤 전인가 혁명에게 전화가 오기 전까지는요. 혁명은 나를 집으로 초대하고 싶다고 했죠. 그의 목소리에서 별로 다른 것은 느낄 수 없었지만 난 문득 혁명이 아마도 그녀의 소식을 들었거나 알게 된 것이 아닌가 하는 생각이 들었어요. 혁명은 날 집으로 찾아오게 했어요. 그때 집에는 혁명 혼자만이 살고 있었어요. 다른 사람은 아무도 없었죠. 밤이 되자 우리 둘은 또다시 다이아몬드 게임을 했습니다. 난 그녀에 대해서 얘기할 수 있는 기회를 엿보고 있었어요. 혁명은 술을 마신 것 같았어요. 그는 약간 긴장이 풀어진 채로 게임을 하고 있었기 때문에 그날은 내가 상당히 많이 땄습니다. 나는 혁명을 웃기기 위해 유행하고 있는 유머 시리즈를 얘기해주었어요. 기억나지도 않는 시시한 거죠. 그리고 혁명이 기분이 많이 좋아졌다고 생각한 순간 그에게 물었습니다. 그녀는 어디 있죠, 하고."

아니디아는 한기와 통증을 견디면서 남자의 말을 듣고 있었다. 소파 위에서 다리를 오므리고 몸을 움츠려서 최대한 고통과 싸우려고 애썼다. 고통은 어디에서 오는가, 아무것도 알 수가 없었고 단지 죽을 듯이 두려울 뿐이었다. 혁명, 너는 어디 있는가.

"혁명은 내 말을 듣는 순간 즉시 대답했어요. 그녀는 벽 속에 있죠. 난 다시 물었어요. 그게 무슨 뜻이죠? 그녀가 벽 속에 있다뇨? 그제야 혁명은 정신을 차린 듯이 다시 대답했어요. 미안합니다. 내가 잠깐 다른 생각에 잠겨 있었어요. 수언씨, 난 이 집을 팔고 싶어요, 하고. 너무나 엉뚱하게 튀어나온 말이라서 난 어떻게 대답해야 할지 몰라 그냥 테이블 바닥만 바라보고 있었죠. 혁명이 진지하게 다시 말했어요. 난 이곳을 떠나고 싶어요."

"미안해요."

아니디아는 자리에서 일어섰다. 몸이 아프고 추위가 느껴져서 견딜 수가 없었기 때문이다. 남자는 자기의 트렌치코트를 아니디아에게 걸쳐주고 아니디아를 안았다. 남자에게는 열 시간 전쯤에 바른 듯한 오드콜로뉴의 희미한 향기와, 비행기 안에서 쓰이는 공기 청정제와, 따뜻한 땀냄새와, 목욕용 젤리의 향기가 신비롭게 스며 있었다. 아니디아는 남자의 가슴에 고개를 묻고 남자의 목을 안고 고통을 참았다.

"미안해요. 너무 아파요."

아니디아는 다시 한번 더 말했다. 남자는 말없이 아니디아의 유카타를 벗겼다. 아니디아의 몸은 열병에 걸린 듯 뜨겁고 충혈됐다. 누군가가 우리를 바라보고 있어. 아니디아는 문득 이런 생각이 들었다. 이 세상에서 사라져버린 사람들, 아미와 혁명. 그들이 우리를 바라보고 있다. 이 집 어디에선가. 혁명, 어디 있어? 그 오래 전처럼 너를 이렇게 가지고 싶다. 새벽의 몽유 상태에서 내가 너에게 전화했을 때 너는 이 세상 어디에 있더라도 달려와주었다. 내가 죽어도 기억하지 못하는 혁명, 내 사랑. 너는 마지막까지 이 거대한 상실이 어디에서 왔는지 알지 못한 채 이 세상을 떠나야 하리.

섹스의 시작은 이랬다. 남자는 아니디아를 소파에 엎드리게 하고 등과 엉덩이에 가볍게 키스했다. 너무나 가벼운 입맞춤이어서 아니디아는 열린 창문으로 겨울 장미에 스며 있는 안개의 습기가 몸을 스쳐지나갔다고 생각했을 정도였다. 그다음 순간 남자가 아니디아의 등에 올라타자 아니디아가, 아파서 견딜 수가 없어요. 난 큰 병에 걸렸어요. 아마 죽어버릴 거예요, 그렇게 생각하는 순간 남자가 아니디아의 몸속으로 들어와버렸다. 한여름 밤 번개처럼 짧은 섬뜩한 순간이었다. 다른 것은 아무것도 생각할 수가 없었다. 지독한 고통 때문에 아니디아는 아무것도 생각할 수가 없었다. 지독한 고통 때문에 아니디아는 기절할 거라고 생각했다. 남자는 무감동한 표정, 드라이한 몸짓과 어울리게 한없이 비정서적이고 의사소통이 철저히 배제된 섹스를 했다. 기차가 지나가는 소음이 비명을 질렀고 남자의 따뜻한 정액이 얼굴에 뿌려지는 것을 느꼈다. 섹스가 끝난 다음 아니디아의 가슴에는 사나운 잇자국이 남았다.

"후회합니까?"

셔츠를 입으면서 남자가 물었다.

"아뇨."

"원하신다면 사과하겠어요. 별로 그러고 싶지는 않지만."

"괜찮아요."

"아직도 아픈가요?"

"네. 많이 아파요."

"나에게 기대세요."

"집을 사기로 했나요?"

"내 직업은 사고파는 일이죠. 혁명은 아주 좋은 조건으로 이 집을 팔기로 했어요."

"그래서요?"

"아마 사게 될 겁니다."

"혁명은 이제 돌아오지 않을 거예요."

"아니디아, 잊어요. 물방울과 물방울을 구별할 수 없는 것처럼 그렇게 잊으세요."

"혁명은 이제 나에게서 떠나고 싶어해요. 기억하지 않기를 원해요."

"기억은 위험할 뿐, 아무런 의미도 없습니다."

아니디아는 남자에게 기댔다. 남자는 나머지 던힐라이트에 불을 붙였다. 이제 밤이다. 아니디아는 혁명의 친구인 부동산 사람에게 집을 보여주었다. 혁명에게 약속한 일을 해주었다. 집을 나가 어디론가 사라져버렸다는 아미는 어쩌면 이 집에 그냥 머물러 있을지도 모른다. 집은 혁명이 혼자 살기에는 넓고 언제나 어둡기 때문에 아미가 숨어 있어도 알 수 없을 것이다. 아미는 더욱 여위고 한계까지 가날파져서 어딘가의 벽 속에 흰 그림자처럼 달라붙어 있을

지도 모른다. 어두운 밤 혁명이 홀로 잠들어 있는 이 집을 유령처럼 서성일지도 모른다. 아니, 사실 아미가 사라졌다는 것은 거짓말이고 혁명이 아미를 죽였을지도 모른다. 지하실의 벽이나 침실이나 거실의 벽에 아미를 묻고 밤마다 아미가 흐느끼는 소리를 들었을 것이다. 죽은 아미를 벽 속에 묻고 혁명은 그 자리에서 아니디아와 사랑을 나눌 수는 없는 것이다. 죽은 아미를 벽 속에 묻은 그의 인생에서 아니디아를 기억하고 살 수도 없는 것이다.

혁명의 집은 아침노을이 온 세상을 핑크빛 담요처럼 뒤덮는 시간이면 물에 잠긴 수채화처럼 투명해 보일 것이고 어두운 저녁 기차가 지나갈 때면 동굴처럼 음흉해 보일 것이다. 표현되지 못한 어두운 열정과 차마 말해지지 못한 집착이 겨울 장미처럼 아름답게 혁명과 아미와 아니디아의 생을 장식한다. 아니디아는 이 모든 것을 알고 부동산 남자는 아무것도 모르는 채로 밤의 안개를 응시하고 있었다. 아니디아가 앉은 소파 아래로 마침내 핏방울이 뚝뚝 떨어졌다. 핏방울은 아니디아의 허벅지를 따라 계속해서 흘렀다. 아니디아는 입술을 악물고 고통과 싸우느라고 이마에 땀방울이 맺혔다.

"몸을 들어요."

남자가 타월을 가지고 와서 아니디아의 몸 아래에 받쳐주었다. 타월은 금세 빨갛게 물들었다. 피는 멈추지 않고 계속 흘렀다.

"아니디아, 이건 유산이군요."

덩어리진 검붉은 피가 아니디아의 몸에서 흘러나왔다. 유산의 흔적은 끔찍했다. 삼 개월 된 임신을 파괴한 아니디아의 몸은 열에 들떴고 남자의 팔은 아니디아를 안고 있었다. 남자의 몸은 단단하면서도 따뜻하고 강하면서도 부드럽고, 또 그만큼 싸늘하고 멀었다. 아아, 이 달콤한 몰락의 고통.

당신과의 섹스는 나에게 자해였어요. 그걸 아시나요?

구름으로 만들어진 인형은, 날개 없이 하늘로 멀리멀리 날아간다. 구름으로 만들어진 인형은, 내가 보고 싶어도 돌아오지 못하고, 비의 눈물을 흘린다. 다시는 보지 못할 혁명. 아니디아는 혁명의 집을 떠나온 후 견딜 수 없는 밤이면 꿈속에서 혁명을 만나러 먼길을 걸어서 왔다. 그러한 몽유 상태는 계속되었고 그녀 꿈속의 인생은 더할 수 없이 리얼하고 치열했다. 그러다 잠에서 깨어나면 아니디아의 자아는 아무것도 기억하지 않고 아무것에도 감동하지 않는 쓸쓸하고 고독한 여점원으로 되돌아왔다.

어렵고 고독한 인생을 겪고 난 뒤, 사람들은 말한다. 그것은 아무것도 아니었어. 살아간다는 것은 어차피 견디고 또 견디는 것. 모든 고통과 경험은 보편성과 일반성을 떠나서는 존재하지 않는다. 그래서 이 세상 모든 정서는 한줄기 강물처럼 도도하게 삶이라는 거대한 테마를 따라 흐른다. 아무도 반역하지 못하고, 아무도 반란의 음모를 꿈꾸지 못하고 아무도 저항하지 못한다. 내 마음의 치열한 혁명도, 고통스러운 자아도 강물의 거센 흐름에 사라지고 아무도 개별의 생을 살 수는 없는 것. 그리하여 이 세상이 끝나는 날, 너는 내 꿈속의 낯선 사람의 뒷모습이었을 뿐이라고. 스물네 시간 안에 이루어진 비정서적이고 의사소통이 부재한 섹스에서 멀리 보이는 배경일 뿐이었다고. 내가 너의 생에서 무엇이 될 수 있나? 단지 너의 집 벽 속으로 걸어들어가 짧고 고독하게 여점원 아니디아의 생애를 걸어가는 것. 절멸絶滅.

(1998)

은둔하는 北의 사람

그의 이름은 얀. 나이는 마흔 살에서 쉰 살 사이의 어디쯤. 외모는 중국인과 일본인과 한국인을 적당히 섞은 듯한 모호한 인상. 그들 중 누구라도 될 수 있는 듯 거부감 없는 표정. 왼뺨에는 체코에서 입은 총상의 흔적이 희미하게 남아 있다. 그의 오른편 얼굴을 찍은 사진은 그가 인텔리 계층의 사람으로 보이게 한다. 약간 마른 듯한 건강한 몸에 검은 피부. 그가 가지고 있는 한국의 주민등록증은 솜씨 좋게 위조된 것이고 1953년생 김무사라는 이름으로 되어 있다. 한국에서 살게 된 지는 십 년 정도. 적어도 1987년 이전에는 그가 체코에 있었고 그 이전에는 평양과 상해에서 살았다는 것을 증명해줄 비교적 정확한 증거들이 있다. 그는 북조선으로 귀화한 일본인 여자와 재일한국인 2세인 아버지 사이에서 태어났으며 상해와 평양을 오가며 자랐다. 그의 아버지는 재일한국인 2세라는 불리한 신분 여건에도 불구하고 김일성의 특별한 신임을 받아 북아프리카에서 외교관으로 활동했다. 체코에 머무를 당시 김무사의 직업은 생화학자였으며 프라하 국립대학의 고분자 연구소에서 일했다. 그러다가 1987년 이후 그에 대한 모든 공식적인 자료가 사라져버렸다. 서류상으로는 1987년 평양으로 돌아간 것으로 되어 있지만 평양에 살고 있는 그의 친구들 중 누구도 그를 만난 일이 없다. 프라하 대학의 객원 연구원으로 남아 있는 그의 마지막 공식 이름은 김얀이었다. 서울에서 그의 존재가 최초로 확인된 것은 1993년 가을 가벼운 교통사고로 인한 일주일간 입원 기록이 전부였다. 정보부는 그의 파일 내용을 그다지 신경쓰지 않았다. 그에 관한 보고서를 작성하던 정보부의 박은 그 파일의 이름을 은둔하는 북의 사람이라 명명하고 1993년 가을, 김얀 혹은 김무사에 관한 모든 공식적인 조사를 종결했다.

북의 사람은 평양에서 태어나고 외교관인 아버지를 따라 상해에서 어린 시절을 보냈지만 그 시간에 대해서는 기억나는 것이 별로 없다. 사람들이 흔하게 상상하는 것과는 달리 그는 광적으로 정치적인 환경에서 자랐다거나 특수계층의 혜택을 당연하게 누리는 사회주의의 귀족으로 자라거나 하지는 않았다. 그는 대학에 들어가기 위해 잠을 줄이면서 공부했고 군복무를 하지 않아도 되는 신분상의 특혜에 대해서 상당한 부채감을 느끼고 있었다. 그래서 프라하 대학의 연구원으로 근무하던 중 서울에 관한 제의를 받고 그것을 수락했다. 생화학회 세미나가 열린 그해 그가 발표한 폴리머에 관한 논문을 보고 서울의 한 대학에서 찾아온 사람은 그에게 비공식적인 방문을 제의했고 평양은 간단히 그것을 허락했다. 그가 서울에서 몇 년간 머물며 생화학 연구실에서 공동 작업을 하면 서울의 대학은 평양의 대학에 그에 상응하는 보상을 할 것이며 공동의 연구에 대한 결실은 서울과 평양이 공동으로 나누게 된다. 북의 사람은 잠정적으로 그 기간을 사 년에서 육 년으로 잡았다. 프라하 대학에서의 연구 성과도 많은 도움이 될 것이다. 모든 의견이 교환되고 협의가 이루어진 뒤 서울의 정보부에서 사람들이 찾아와 그와 인터뷰를 했다. 어떤 종류의 정치적인 목적도 없으며 끝까지 신분을 비밀로 하고 서울에 있는 북의 에이전시들과는 교통하지 않으며 남조선 정권에 대해 부정적인 발언을 절대 금한다는 서약을 하게 했다. 그 인터뷰는 지루하게 몇 개월을 끌었다. 정보부의 사람들은 그에게 같은 내용의 질문을 하고 또 하고 가능한 한 말투를 바꾸도록 권유했으며 가장한 신분에 관한 온갖 정보를 반복해서 주지시켰다. 박은 당시 그를 두번째로 인터뷰하기 위해 프라하로 찾아간 사람들 중 한 명이었다.

"난 박이오."

"난 김안입니다."

"이제부터는 자신을 김무사라고 소개하기를 바라겠습니다."

"아, 김무사."

"이 서류를 읽어보시고 서명하면 됩니다. 지난번에 다 이야기된 것입니다."

"서류에 서명하는 것이라면 지난번에 끝나지 않았습니까?"

"좀더 세부적인 것이죠."

"음, 북의 물건은 아무것도 지니고 가지 말 것, 속옷까지도."

"김무사씨, 여기에 서명해요."

"어쩐지 중복되는 일을 자꾸만 하고 있다는 느낌입니다."

"김무사씨, 당신의 악센트가 아직도 좀 어색하군요."

"노력하는 중입니다만 워낙 시간이 급해서."

"마지막 줄을 잘 읽어요."

"당신은 순수한 연구인의 자격으로, 음, 끝까지 북에 대해서는 비밀을 지킬 것이며 어떤 위기의 순간에도 우리를 모르며, 여기서 우리라고 하는 것은 정보부의 사람들을 비롯해서 대학의 관리자들과 당신을 서울로 데려가기를 원했던 사람들을 말하는 겁니다. 공식적으로는 우리는 끝까지 당신을 부인할 것입니다."

"동의하시죠? 서명해요."

"난 돌아갈 수는 있는 거겠죠? 분명히 말하지만 난 정치적인 이유로 망명하려는 것은 절대로 아닙니다."

"김무사씨 당신이 우리의 기대대로 움직여준다면 당신은 다 자유로워요. 약속할 수 있습니다. 물론 돌아가는 것까지도."

김무사, 또는 김안이라고 불린 북의 사람은 서류의 마지막에 두 가지 이름으로 서명했다. 그는 이런 식의 관료적인 행정 체제에 어느덧 염증을 느끼고 있었다. 산부인과 의사인 그의 아내와 갓 태어난 어린 아들은 평양에서 살고 있었고 그는 한 달 전에 평양으로 가서 그들을 만날 수 있었다. 모든 준비가 다 아무런 문제가 없이 비밀스럽게 진행되었고 평양이나 프라하에 있는 그와 가까운 친구들조차 아무것도 몰랐다. 그는 서울에 친척이나 친구가 아무도 없었으며 남쪽의 사람들과는 이야기를 나눈 일도 없었다. 그는 가능하면 계획된 연구를 빠른 시간 안에 마치고 고향으로 돌아가기를 원했다. 저녁식사를 같이하면서 김무사는 이런 마음을 박에게 얘기했다. 박은 무표정하게 듣고만 있었다. 박의 나이는 김무사와 비슷해 보였으며 회색빛 양복을 입고 소프트한 캐스터를 피우고 있었다. 알맞은 정도의 피곤이 드러난 이마를 하고 있었고 두꺼운 스테이크를 잘 씹지도 않고 삼켰다. 약간 살이 찐 듯한 체격에 키는 김무사만큼이나 컸다. 박은 남쪽의 정보부에서 일하는 사람들에 대한 김무사의 선입견과 많이 달랐다. 자동차나 섬유를 팔기 위해서 이곳에 와 있는 상사 주재원과 다를 것이 없었다.

"당신은 권력층을 많이 알고 있는 것 같더군요."

박이 마지막 스테이크 조각을 입안에 털어넣으면서 김무사에게 물었다.

"전혀, 그렇지 않습니다. 난 그냥 연구원일 뿐이죠, 심지어는 당원도 아닙니다. 내가 아는 사람들은 대학에 있는 친구들뿐입니다."

"그렇다면 이상하군요. 우리들이 입수한 정보에 따르면 당신은 상당한 엘리트 계층에 의해 소개되었고 그만큼 특혜를 받은 인물로 기록되어 있는데. 그렇지 않다면 당신이 이런 기회를 만날 수나 있었겠소? 당신은 잘 모르더라도 반드시 누군가가 있었겠지요. 혹시 서울에 있는 P의원과 접촉한 일이 있습니까?"

"아니 없습니다. 한 번도 만날 일이 없었어요. 당연하지 않습니까."

"뭐 별로 중요하지는 않지만,"

박은 냅킨으로 입가를 닦고 캐스터에 불을 붙였다.

"본인에게 이것이 상당한 기회가 된다는 것을 잊지 마시오. 이건 내 개인 의견일 뿐이니 공식적인 입장은 아니오. 하지만 지금 P의원은 당신의 서울행을 많이 기다리고 있소. 그는 개인의 재산을 대학의 연구소에 기부할 만큼 지식에 대한 권력욕이 넘치는 사람이오. 그리고 가능하면 아주 순수한 인재, 이것이 무슨 뜻인지 아시오? 아주 순수한 인재. 가능한 한 사욕에서 멀리 있는 인재를 아주 좋아하지요. 자본주의 아래서 길들여진 천재들에게 실망을 많이 했소. 신문에는 발표되지 않았지만 그들은 여러 사람을 실망시켰지요. P의원이 아끼던 인물 중에 미국에서 공부하고 이십대에 공학박사가 된 사람이 있죠. P의원은 그의 천재를 사랑해서 그가 군복무에서 면제받을 수 있도록 뒤에서 보이지 않게 힘을 써주기도 했는데 그런 그가 대만에 있는 소프트웨어 회사로 옮겨가버렸거든요. 물론 눈알이 튀어나올 정도로 많은 돈을 받았죠. 그것도 비밀로 다루어지던 연구 실적과 함께요. 그런 경우는 많아요. 자본주의는 기회의 제도죠. 합법적으로 훔치면 됩니다. 수많은 법적인 방어장치들을 천재들은 뚫을 수 있거든요. 그건 악이 아닙니다. 당신은 침묵을 지키면서 연구소에서 일하게 되겠죠. 물망에 오른 것은 당신과 그리고 베트남인 과학자 한 명인데 P의원은 당신을 원했어요. 외국인은 절대로 믿지 못한다고 하면서. 당신, 은둔하는 서울의 생이 되겠군요. 그러나 이것이 당신 생애를 다르게 만들어줄 엄청난 기회라는 것도 말하고 싶군요. 솔직히 말하자면 당신에게 약간의 질투를 느낍니다."

박의 말이 김무사를 혼란에 빠뜨리지는 못했다. 김무사는 전향할 생각이 전혀 없었다. 그는 획일적이고 체계적인 경제체제의 삶이 인간을 황폐화시킨다고 단순하게 믿고 있지는 않았으며 생산성에 의해서 좌우되는 선악의 형태에 반감을 느꼈다. 김무사는 박이 자신을 떠보기 위해 필요 없는 말을 한다고 생각했다. 북의 공안이 김무사의 속마음을 한 번쯤 시험해볼 필요를 느껴 그 역할을 박이 담당하게 되었을지도 모르는 일이다. 아직도 전쟁은 끝나지 않았으니까 서로 긴장하는 것은 당연한 일이다.

"그건 잘 모르는 말이군요."

김무사는 천천히 대답했다.

"난 내가 어디에서 살아가든지 주체성을 잃으리라고는 생각 안 합니다. 인간에게는 인간의 길이 있습니다. 내 길은 내 가족과 친구들과 함께 있어요. 지금이 상당히 혼란스러운 시기라는 것은 인정합니다만 내가 이 일을 맡은 것은 내 개인의 자격이나 욕심에서가 절대 아닙니다. 그걸 알아주었으면 좋겠군요. 평양이나 서울 모두에 이익이 되었으면 하고 바라고 있습니다. 그러나 앞으로 내 입장에 대해 어떤 결정적인 선택을 해야만 한다면, 그럴 일이 없기를 바라지만, 나는 서울의 화이트칼라보다는 북의 광산 노동자로 살아가기를 원할 겁니다."

김무사의 대답은 조심스러웠지만 단호했다. 박은 약간의 웃음기를 머금고 김무사의 대답을 듣고 있었다. 박은 그때 서른을 금방 넘긴 나이였지만 김무사와는 비교가 되지 않게 성숙한 인생을 살았다고 자부할 수 있는 사람이었다. 어찌 아는가. 이 고상한 이상주의자 김무사가 다른 북의 사람들처럼 텔레비전 앞에서 대한민국 만세를 외치는 어정쩡하고 우스꽝스러운 광경을 보게 될지. 김무사는 박의 그런 웃음에서 선명한 적개심과 공격성을 읽었다.

처음에 김무사, 그를 국립대학 연구에 참여시키기를 강력히 원했던 사람은 상당한 권력을 가진 친구를 둔 과학자였다. 상당한 권력을 가진 사람은 당시 국회의원으로 있던 P였으며 그 사람은 정보부의 책임자를 설득했고 그만큼의 메리트를 평양에 약속했기 때문에 상당히 비정치적인 인물로 입력돼 있던 재외국 북조선인

인 김무사는 1987년 겨울 결국 서울로 올 수 있었다. 계획했던 것보다 약 한 달 정도 늦어진 시점이었다. 프라하에서 박과 만나고 난 후 약간의 술을 마신 뒤 홀로 숙소로 돌아오던 김무사는 한 발의 총격을 당했다. 김무사가 빈번하게 서울의 정보부와 접촉하는 것을 수상하게 여긴 하급 공안원 한 명이 그를 무시하라는 암묵의 지시를 망각하고 그에게 총격을 가한 것이다. 총알은 김무사의 뺨을 스치고 지나가 주차장의 기둥을 맞고 튕겨나갔다. 그래서 동경을 경유해 서울에 도착한 당시 김무사의 얼굴에는 아직도 반창고가 붙어 있었다.

김무사는 대학의 기혼 연구원들을 위한 숙소에 잠깐 머물다 대학 근처에 있는 허름한 아파트로 옮겨갔다. 긴장과 스트레스 때문에 김무사의 체중은 서울에 온 지 한 달 만에 삼 킬로그램이나 빠졌다. 같이 일하게 된 사람들은 김무사가 중국이나 일본에서 온 교포 2세인 줄로 알고 있었다. 말이 없고 얼굴이 마르고 옷차림새가 엉성한 그에게 호기심을 갖는 사람은 없었지만 한동안 김무사는 긴장 속에서 살았다. 가끔은 박이 전화를 걸어오거나 집으로 찾아오기도 했다.

"지내기는 어떠신가요?"

"견딜 만합니다."

"얼굴에 상처가 아직도 있군요. 큰일날 뻔했습니다."

"좀 놀랐습니다. 하지만 지금은 괜찮습니다."

"다른 동료들과는 어때요?"

"다들 좋은 사람들이고 수다스럽지 않고 조용하고."

"저녁 시간은 어떻게 보내십니까?"

"대개 밤늦게까지 연구실에 남아 있습니다. 새로운 프로젝트에 익숙해지기 위해서는 시간이 좀 걸리죠."

"술은 하시나요?"

"무슨 뜻입니까?"

"아, 저녁에 동료들과 술을 마시기도 하느냐구요."

"전혀. 아직은 분위기에 익숙하지 않아서."

"너무 어울리지 않는 것도 이상하죠. 적당히 넥타이도 풀어가면서 그렇게 살아야겠죠. 무슨 다른 어려움 같은 것은 없나요?"

"없습니다. 그리고 난 술을 별로 즐기지 않아요. 도서관을 좀 이용했으면 하는데 너무 서툴러서 혼자서 모르는 장소에 가는 것이 좀 두렵군요."

"김무사씨, 그렇게 너무 긴장하고 있지 않아도 됩니다. 내가 정기적으로 연락을 하도록 하겠어요. 가능한 한 자주. 그리고 친구나 어울릴 사람이 필요하다면 내가 소개시켜줄 수 있어요. 내가 소개시켜주는 친구들 앞에서는 긴장하지 않아도 됩니다. 다 아는 사람들이니까요. 여행이 하고 싶다면 그것도 가능해요. 여자친구? 그런 것에는 아직 적응이 안 되겠지만 그래도 불가능한 일은 아닙니다. 김무사 당신은 여기서 엘리트입니다. 여기서는 비정치적일지라도 엘리트는 누릴 수 있는 것이 많아요. 그렇게 꽉 굳은 표정을 하고 다닐 필요까지는 없어요. 서서히 익숙해지고,"

"박,"

"말하세요."

"난 여기에 즐기려고 온 게 아닙니다. 그렇게까지 적응하러 온 것도 아니구요."

"음."

"그냥 대학과 내 일을 수행하는 데 불편만 없으면 되는 거지요."

"내 말을 오해하시는군요."

"당신에게는 감사하게 생각하고 있습니다."

"난 내 일이니까요."

"혹 도움이 필요하다면 말하겠습니다."

"Anytime."

"혹시,"

"네."

"편지를 쓸 수 있나요? 평양에."

"가능합니다. 단 나를 통하셔야 해요."

"편지를 전해주시겠습니까?"

"그러죠."

김무사는 아들과 아내 앞으로 가는 편지를 박에게 건네주었다.

하얀 봉투의 겉봉에는 아내 이름 김숙영만이 펜으로 씌어 있었다.

"이건 내 일의 범위를 벗어나는 거지만 사람이 어디 면도날같이 정도만 걷겠습니까."

박은 우스개처럼 말하면서 언젠가 프라하에서 김무사가 인간의 길이라고 비장하게 말했던 것을 비꼰다.

"부탁드립니다. 안 된다는 것은 알지만 내가 오랫동안 찾아가지 못하게 된 사정은 알려주어야죠."

"답장이 온다면 그것도 전해드리겠습니다."

"아, 정말 감사합니다."

"그리고 김무사씨."

"네."

"혹시 북의 사람들이 연락을 해올지도 모릅니다."

"그런 적은 없습니다. 난 연구에만 전념하면 된다는 말을 들었습니다."

"난 그냥 가능한 일을 말하는 것이니까요. 굳이 피하실 필요는 없지만 나에게 알려주셔야 합니다. 나도 책임을 해야 하지 않습니까. 그리고,"

"네."

"혹시 P의원을 만나게 될지도 모릅니다."

"아, 네."

"당신을 많이 생각하고 계시니까요."

박의 추측과는 달리 김무사가 P의원을 실제로 대면한 일은 없었다. 김무사는 새벽에 일어나 대학의 연구실로 갔으며 동료들은 이 말없는 이방인에게 묘한 거리감과 호감을 동시에 느꼈다. 김무사는 정기적인 세미나에 참석해서 연구 성과를 발표도 하고 때로 감탄을 자아내기도 했다. 그는 대부분의 북방민족이 그렇듯이 본능적으로는 야만적이고 끈질긴 기질의 사람이었다. 그의 아버지의 아버지는 신의주 출생이었고 그 피의 영향이 그에게 많이 나타났다. 박은 정말로 아내의 편지를 김무사에게 전해주었다. 김무사는 그것을 읽고 또 읽었다. 그들 젊은 부부는 떨어져 있는 시간이 이타적인 목적을 위한 것임을 잘 알았다. 그래서 참을 수 있고 도리어 자랑스럽게 생각한다고 그의 아내는 편지에 썼다. 김무사는 박에게 한 달에 한 번 정도는 아내에게 편지를 써도 좋다는 허락을 얻었다. 박이 일 때문에 동유럽에 갈 일이 있는 이상은 아무에게도 말하지 않고 김무사의 편지를 평양으로 전달할 수가 있는 것이다. 박은 검은 선글라스를 착용하거나 검은 양복을 입고 비밀스러운 태도를 취하거나 하지 않았다. 서로에 대한 감정이 어쨌든, 박과 김무사는 자주 만났다. 깊은 밤, 박이 김무사의 집에 위스키를 가지고 오기도 했다.

"당신과 한잔하고 싶군요."

박은 이미 약간 취해 있는 것도 같았다.

"고급 술이죠. 은밀한 술집에 가면 당신과 내 월급을 다 합한 것만큼 비싸게 팔립니다."

"나에게는 과분하군요."

"P의원에게서는 연락이 없나요?"

"없습니다. 왜 자꾸 물으시죠?"

"그냥. 당신이 너무 쓸쓸하게 사는 것 같아서."

"난 아무 문제가 없어요. 대학의 사람들이 잘해줍니다. 다 좋은 사람들이죠. 친절하고 조용합니다."

"난 전향한 군인들을 많이 만나보았습니다."

박이 정색을 하고 목소리를 바꾸었다.

"모두 일 때문이죠. 그들은 기꺼이 대한민국 만세를 부르고 평양을 욕하고 어떤 종류의 비방이 씌어진 대본도 큰 소리로 읽어내렸습니다."

김무사는 조용히 술잔을 내려다보고 있었다.

"그들이 인간의 길을 몰랐겠습니까? 그들이 당신처럼 천재가 아니어서? 그들이 당신처럼 북에서 혜택받은 계층이 아니어서? 아아, 이건 내가 술이 올라서 기분이 좋아져서 하는 소리니까 의식하지 말고 들으세요. 그렇게 긴장한 표정을 짓지 않아도 됩니다. 그들 역시 인간의 길을 가고 있는 겁니다. 인간은 신이 아니고 완전하지 못한 존재 아닙니까? 그들에게 왜 고통이 없겠습니까. 그들에게도 당신과 마찬가지로 어여쁜 아내와 아이가 있었습니다. 그들은 아무리 오랜 시간이 지나도, 아무리 술을 마셔도 가족에 대한 이야기는 차마 꺼낼 수 없습니다. 그렇죠. 인간은 본질적으로 불가해한 존재입니다. 그들 중에는 악당도 있고 약삭빠르고 교활한 사람도 있으며 박쥐 같은 이중인격자도 있습니다. 그러나 그런 모습들은 숙명으로 타고나는 겁니다. 그것도 역시 인간의 모습이죠. 인생이 의지로 되는 것이라 생각한다면 당신은 순진한 사람이오. 가엾기조차 하오. 운명을 다스리는 힘은 눈에 보이지 않고 의식되지 않습니다. 인간이 정한 힘은 인간을 다스리는 데 한계가 있으니까요."

박은 김무사의 거실에 널브러져서 주머니를 뒤져 찌그러진 담배를 꺼냈다. 프라하에서처럼 캐스터는 아니었다. 그건 이곳에서 팔지 않아서, 하고 말하는 박에게 김무사는 불을 붙여주었다.

"당신의 말을 이해하지 못하는 것은 아니지만,"

김무사의 목소리는 낮고 어두웠지만 흔들리지 않았다.

"의식하지 못하는 힘에 나를 맡기기에 나는 아직 너무 젊다는 생각이 드는군요."

그때 전화벨이 울렸다. 김무사는 서울에 온 이후로 박 이외의 사람에게서 전화를 받아본 일이 없었다. 그들은 긴장했다. 시계의 초침만이 정확하게 울렸다.

"받으시오."

술이 바싹 깨버린 목소리로 박이 말했다.

"받으시오. 연구소의 사람일지도 모르잖소."

박이 재차 말하자 김무사가 전화를 받았다.

"김무사씨?"

"그렇소만."

"혼자요?"

"그렇소."

김은 소파에 기대어 있는 박을 슬쩍 보면서 말했다.

"난 정이라고 합니다. 평양에서 왔습니다. 지금은 서울에 있죠. 아 너무 긴장할 것 없어요. 어차피 이 전화는 도청되고 있을 테니까. 그래도 상관없는 얘기죠."

"무슨 일입니까."

"그냥 당신의 안부를 궁금해하는 겁니다. 힘들거나 어려운 일은 없나요?"

"없습니다. 감사하다고 전해주십시오."

"별말씀을. 내 일인데요. 그럼 안녕히."

전화는 끊겼다. 어차피 다 알게 될 일이기에 김무사는 박에게 사실대로 말했다. 박은 술잔에 술을 따르고 냉장고에서 갓 만든 얼음을 꺼내 넣고 레몬 조각을 띄웠다.

"지금 우리들의 대화가 누군가에게 도청당한 모양이군요."

박은 아주 유쾌한 듯했다.

"내가 이렇게 돼먹지 않은 퇴폐적인 철학을 당신에게 강의하고 있는 것이 그 누군가의 마음에 아주 안 든 모양이군요. 견제해야 할 필요를 느낀 거죠. 그건 그렇고 김무사씨 당신은 어떤 사회에서도 하류층이 되어본 일이 없으시죠?"

"그런 것 같군요."

"아마 그랬다면 당신은 좀 달랐을 거요."

박은 김무사의 어깨를 한 번, 친근하게 두드렸다.

"다시 오겠습니다."

표면적으로는 평화로운 날들이었다. 온 나라가 시끄럽고 요란하게 개헌과 선거의 열풍에 휩싸인 다음 올림픽이 열리고 김무사는 조용하게 연구실에 있을 수 있었다. 이제 앞으로 일이 년. 김무사는 그렇게 생각했다. 그는 여전히 친구가 없었고 술자리에 어울리지 않았고 박 이외에는 찾아오는 사람이 없었다. 박은 여전히 P의 원을 강하게 의식하고 있었고 김무사가 자본주의의 향락에 둔감한 것이 아주 불만이었으며 그의 경직된 사고가 우스웠고 심지어 김무사가 꼬박꼬박 박에게 존대를 바치는 것조차 융통성이 없는 행동이라고 생각했다.

"집을 옮기고 싶지 않습니까? 이곳은 너무 낡았고 국립대학의 선임연구원이 살기에는 좀 초라하군요."

박이 어느 날은 밝은 얼굴을 하고 김무사에게 이사할 것을 권했다.

"난 불만이 없어요. 이곳은 대학에서도 가깝고 조용하고 살기도 편하고 불만이 없어요."

"하지만 이곳은 곧 재개발이 시작될걸요. 그러면 당신은 이곳에 살지 못해요. 내가 이곳에서 가까운 곳에 좋은 곳을 봐두었으니까 이사하도록 하세요."

박이 말한 곳은 대학에서 전철역으로 한 정거장쯤의 거리에 있는 연립주택의 이층이었다. 연립주택은 지은 지 얼마 안 된 새것이고 화단을 만들 수 있는 베란다가 딸려 있었으며 집 뒤로는 숲이 우거진 산이었다. 처음보다 더 좋았기 때문에 김무사는 싫다고 할 이유가 없었다.

"난 월급도 넉넉하게 받고 있고 이렇게 집을 제공받고 그리고 약속대로 P의원은 평양의 대학에 연구 자금 지원도 해주었습니다. 순수 연구로만 한다는 제약이 있지만 그래도 난 감사하게 생각하고 있습니다."

김무사는 박에게 고마움을 표했다.

"P의원이 평양의 대학에 연구 자금을 지원했다는 것은 절대 비밀입니다."

박은 정색을 하고 말했다.

"설사 당신이 그를 직접 만나게 되더라도 그런 말은 입 밖에 내어서는 곤란합니다. 요즈음 P의원은 위기에 몰려 있습니다. 정적들이 정권 교체기를 이용해 그를 제거하려고 합니다. 그에게 흠이 될 수 있는 어떤 일들도 정적들은 칼날처럼 귀를 세우고 찾아내려고 하고 있습니다. 조심해야 합니다."

"아, 그렇군요. 그런데 언제 이런 집을 찾아내셨나요?"

"친구에게 부탁을 했죠. 대학에서 가깝고 은둔하기 좋은 집으로 구해달라고 했습니다."

"그나저나 이제 돌아가게 되면 당신이 보고 싶을지도 모르겠군요."

"돌아가다뇨?"

"이제 연구는 막바지입니다. 내 생각에는 길어야 이 년 정도. 모든 공로는 연구소의 소장에게 돌려질 것이고 난 평양으로 돌아가겠죠."

"음, 그렇게 된다면 나도 서운하겠군요."

"너무나 오래되어서 그곳으로 돌아가면 도리어 서먹해질 것 같은 느낌이 듭니다."

"김무사씨, 당신이야말로 이곳에서 전혀 동화되지 않은 인물 아닙니까."

"내면으로 많이 익숙해졌죠. 복잡함, 겉모습의 화려함, 불협하는 소음들, 현란한 정치, 목소리가 큰 여자들, 소비가 익숙한 사회, 그리고 그 안에 눈에 띄지 않는 조용하고 친절한 사람들."

"얼마나 되었나요, 이곳에 있은 지가."

"사 년이 넘었군요. 오 년이 다 되어갑니다. 내가 생각했던 것보다는 더 오래 이곳에 있게 될 것 같군요."

“그곳에서는 연락이 오나요?”

“음. 가끔. 그냥 전화로 안부를 묻는 정도입니다.”

“당신을 의심하거나 그러지는 않습니까? 아니, 이건 그냥 농담으로.”

“그렇지는 않습니다. 아내와 아들의 일도 말해주곤 합니다. 얼마 전엔 가족들의 비디오테이프를 우편으로 부쳐주었습니다. 아들이 이제 많이 자라서 알아보지도 못하겠더군요.”

“보고 싶겠습니다.”

“말로 다하지 못할 만큼, 그립습니다.”

“어떻습니까, 휴가 때 시간을 내서 동경이나 상해에서 가족을 만날 수도 있습니다. 그쪽에서도 괜찮다면.”

“그런 게 가능하겠습니까?”

“김무사씨, 당신은 여름에도 휴가를 가지 않고 일하신다면서요. 너무 그럴 필요야 있겠습니까.”

“특별히 할 일도 없고 갈 데도 없고.”

“우리 그렇게 빡빡한 사람들이 아닙니다.”

“가족을 만날 수만 있다면, 더이상 바랄 것이 없겠지요.”

그러나 김무사는 동경이나 상해에서 가족을 만나지 못했다. 1992년 가을, 김무사는 처음으로 아내의 편지를 받지 못하고 달을 보냈다. 그에게 가족들의 안부를 전해주던 정은 전화를 걸어서 그의 가족이 이사를 갔다고 알려왔다.

"이사를 가다니, 평양에 살지 않는단 말입니까? 집사람이 병원을 옮겼나요?"

"그런 것은 아닙니다."

정은 잠시 침묵을 지켰다.

"아무래도 국경지방으로 옮겨진 것 같습니다. 나도 더이상의 말은 듣지 못했습니다."

"국경이라니."

김무사는 멍해져서 할말을 잊었다. 그곳은 지금처럼 겨울이 시작되는 즈음 무섭게 추운 곳이다. 아내는 기관지가 나빠서 평양에서도 겨울이면 고생을 했다. 그들 부부는 결혼한 이후 거의 떨어져서 보내야만 했지만 서로에 대한 마음은 각별했다. 혹시 내가 뭘 잘못하지 않았나, 김무사는 생각해보았지만 전혀 그럴 일이 없었다. 그는 서울에서 전혀 틈을 보이지 않고 살아왔으며 사람들도 피하고 허점을 보이지 않기 위해 술도 마시지 않았다. 수년 동안 가까이 지냈던 박에게조차도 이방인의 거리를 유지하려 애썼다. 그런데 무엇 때문에.

"잘 알 수는 없지만 아마 아버님의 일이 아닌가 생각이 듭니다."

"아버님은 알제리에 계시는데요."

"모르시고 계시군요. 아버님은 알제리에서 소환되었습니다. 몇주 정도 되었죠. 뚜렷하게 드러난 일은 없지만 내 생각으론,"

"생각으로는 어떻습니까?"

"아마 당분간은 평양으로 돌아오지 않는 편이 더 좋을 것 같은데요."

"혹시 아버님에게 무슨 일이라도?"

"지금 조사를 받고 계신 걸로 압니다. 망명한 부하 외교관의 일 때문에 당의 미움을 받은 것으로 압니다. 책임을 통감하시고 스스로 탈당하셨습니다."

김무사는 기억이 났다. 얼마 전 북아프리카의 북조선 외교관 한 명이 서울로 정치적 망명을 한 일이 있다. 김무사는 무심하게 넘겼지만 그가 아버지의 부하직원이었다면 단순한 문제가 아닌 것이다. 그러나 그것이 얼마나 치명적이길래 가족들을 차가운 국경지대로 내모는가. 김무사 그는 청춘을 이국에서 바쳤고 친구도 없고 따뜻한 마음을 나눌 수조차 없는 서울에서 오직 평양에 이익이 된다는 생각으로 그 모든 세월을 보냈다. 그럼으로써 얻는 것은 그에게는 아무것도 없다. 명예도 영광도 모두 다 조국의 것일 뿐이다. 그런데, 사람들은 그가 이곳에서 즐긴다고 생각하는가? 엘리트의 인생을 향유한다고 생각하는가? 그의 이름 없었던 희생은 부주의한 하급 외교관리의 배신 앞에서 오직 물거품일 뿐인가. 김무사는 미칠 것 같은 마음에 전화통을 잡고 정에게 만나자, 만나서 이야기하자고 매달렸다.

"안 됩니다. 난 당신을 개인적으로 만나지 말라는 지시를 받았습니다. 그건 당신도 마찬가지죠. 당신은 지금 남조선의 김무사로 살고 있지 않습니까."

"하지만 이런 상황 앞에서 내가 제정신으로 남아 있으려면 어쩔 수 없습니다."

"난 지금 지시받은 것보다 더 많이 당신에게 말해주고 있는 겁니다. 당신의 가족을 처벌하려고 결정한 순간, 당은 당신이 하고 있는 연구에 대해서 흥미를 잃어버릴 수도 있습니다. 이미 P의원에게서 돈은 받았고 당신의 신분이 공식적으로는 아무것도 아닌 무국적자일 뿐이니까 충분히 가능한 일입니다."

"연락을 하려면, 어떻게 하면 됩니까."

"내가 연락을 하겠습니다."

"하지만 그것만으로는 안심하지 못합니다."

"구기동에 있는 이래형 외과에서 닥터를 찾으면 됩니다. 그가 나에게 연락을 해줄 겁니다. 그리고,"

정은 덧붙였다.

"아마 예상하지 못했던 어려움이 생길지도 모릅니다. 최악의 경우 당신은 양쪽에서 버림받을 수 있습니다. 이건 단지 내 예상일 뿐이고 그런 일이 일어나지 않기를 바라지만. 그러면 그 병원의 닥터에게 도움을 구하시오, 내가 해줄 수 있는 말은 이것뿐입니다."

"무슨 뜻인가요."

상당히 비정치적인 인물이었던 김무사의 목소리는 잠겨 나왔다.

"P의원이 실각했습니다. 그는 아마 뇌물 사건이나 그 비슷한 것으로 늦어도 내일 중에 구속될 겁니다. 핑계야 어쨌든 실각은 이미 결정된 일이라고 들었습니다. 그가 비밀리에 진행했던 우리측과의 모든 관계가 소멸될 것입니다. 서류는 이미 다 남김없이 불태워지고 디스켓은 삭제되었습니다. 당신의 존재를 포함해서 모든 것이 양측에서 부인되고 대학의 프로젝트도 중단될 가능성이 높습니다. 기억하시오, 이래형 외과, 그는 우리측의 에이전트로 일하고는 있지만 우리에게 소속된 사람은 아니니 비교적 자유롭게 당신을 도와줄 수 있을 겁니다. 시간이 걸리더라도 상황이 호전되면 그때 우리 만납시다."

정은 전화를 끊었다. 김무사는 그날밤 많은 편지를 썼다. 아내와 아들에게, 부모님과 평양에 아직도 남아 있는 그의 친구들에게, 프라하의 교수에게, 그리고 일본에 있는 친구들에게. 아직도 그를 기억하고 있을지도 모르는 그의 오랜 친구들에게. 그러나 그들이 오 년 동안이나 아무도 모르게 서울에서 은둔하고 있었던 그를 기억할까. 그리고 이 편지들 중 몇 통이나 그들에게 정확히 전달될까. 그리고 과연 그들이 그를 도와줄 수 있을까, 그들이 그를 도와줄 수 있을까. 그들이 이렇게 난데없이 연락한 김무사를 믿을 수 있을까, 믿을 수 있을까. 북에서도 남에서도 그를 신뢰하지 않을 때. 김무사는 편지를 쓰다 말고 찢고 박을 생각했다. 김무사가 박에게 먼저 연락할 수 있는 길은 없었다. 박은 근래에 들어 연락이 없었다. 김무사는 박에게 전달해주려고 편지들을 갖고 있었지만 박은 찾아오지 않았다. P의원은 정말 실각했고 재판을 받고 구속됐다. 그가 실형을 받으리라는 것은 확실했다. 그러나 연구소는 조용했고 아무도 별다른 느낌을 갖고 있지 않았다. 정이 해준 말은 기우였는지도 몰랐다. 오랫동안 박에게서 연락이 없자 김무사는 정이 일러준 구기동의 이래형 외과를 찾아갔다.

"난 김무사라고 합니다."

이래형에게 김무사는 편지를 내밀었다.

"당신에 대해서는 알고 있었습니다. 하지만 이렇게 찾아오시다니 의외군요."

닥터는 예의발랐지만 냉정했다.

"난 다른 것을 원하는 것이 아닙니다. 내 가족과 친구들에게 편지를 전해주실 수 있겠습니까? 내용은 별다른 것이 아니고 그냥 안부 편지입니다. 주소는 다 적혀 있습니다."

"노력해보겠습니다."

"날 도와주시겠죠?"

등을 돌리는 닥터를 향해서 김무사는 물었다. 무엇을 어떻게 도와달라는 것은 아니다. 김무사는 의식하지 못하는 위험한 힘이 자신을 압박하고 있는 것을 막연히 느낀다. 그것은 무엇인가, 의지와는 상관없는 그것은. 위기감에 김무사의 등줄기에 식은땀이 흐른다.

"원한다면 언제든지. 하지만 과연 당신이 내 도움이 필요할까요?"

"무슨 뜻인가요?"

"당신은 정보부의 비호를 받고 있는 것으로 아는데요."

"그건 일종의 감독입니다. 내가 원해서라기보다는, 이 상황에서 최적의 타협을 본 것입니다. 아니 그런데 내가 왜 이런 것에 대해 일일이 변명해야 하는 겁니까."

"뭐 특별히 그럴 필요는 없지만. 그리고 나는 개인적인 부탁을 받았기 때문에 당신이 도움을 필요로 하면 언제든지 도와줄 용의가 있어요. 아마 조만간 경제적인 어려움이나 뭐 그런 것 때문에 당신이 날 찾아올지도 몰라요. 그런 일은 일어나지 않기를 바라지만. 하지만 난 당신에게 묻고 싶군요. 당신은 엄청난 기회를 가졌었는데, 그토록 오랜 시간이 있었는데 왜 전향하지 않았나요?"

"난 비정치적인 목적으로 이곳에 온 겁니다. 당신도 알 텐데요."

"그렇긴 하지만."

닥터는 냉소적인 표정을 지었다.

"절대로 비정치적인 인생이란 것이 있을까요."

"난 나를 위해서 이곳에서 일한 것이 아닙니다. 난 아무런 특혜도 원한 적이 없고 조국의 작은 이익에 도움이 되기를 원했을 뿐입니다."

"난 단지 에이전트일 뿐입니다."

닥터는 정색했다.

"하지만 당신 같은 사람을 간혹 봐왔죠. 이타적이 되려는 욕망에 가득차서 무관의 명예를 얻고자 하죠. 세속적인 이익을 애써 무시하면서 도덕적인 우월감으로 이 세상을 살아가죠. 이 사회에서는 그런 인종이 엘리트가 되기도 합니다. 당신은 충분히 맛보았겠죠. 그러나 위대한 것은 어디에도 없습니다. 결국은 어떤 힘이든간에 지배를 받게 되어 있죠. 가장 가증스러운 힘은 완전하게 인간을 지배하면서 그 자신은 한없이 자유롭다고 스스로 느끼게 하는 마취력이죠. 그런 힘은 인간을 은둔하게 합니다. 정치적인 것에서 자유롭다고 상상하고 권력 구조에 순응하는 인간들을 천박하다고 생각합니다. 아, 난 단지 비천한 에이전트일 뿐 잠언적인 독설을 늘어놓는 일은 별로 어울리지 않습니다. 당신이 조만간 전향할 거라고 누구나가 생각하고 있었습니다. 그게 상식이었으니까요. 그런데 당신은 그러지 않더군요. 당신은 순수하게 지적인 활동 속에서 조용히 숨어 지냈습니다. 그런데 당신의 아버지가 위험한 지경에 놓이고 당신의 P의원이 실각하고 난 지금 당신의 전향은 아무런 의미도 없습니다. 원하는 사람도 없을 겁니다. 아마 양쪽 다 당신이 소리도 없이 그대로 사라져주기를 바라고 있을지도 모르겠습니다. 그들에게 이제 당신은 자신들의 작은 오류, 상당히 많은 비용이 들었던 잘못된 예측의 결과일 뿐일 테니까요. 그래도 좋아요. 당신이 처한 아주 사소한 어려움들을 나는 도와줄 수 있을지도 모르겠어요. 편지는 전달해줄 수 있습니다. 당신과 달리 나는 외국으로 나갈 수 있으니까요. 돈이 필요하다면 도와드리겠어요. 하지만 다른 것은, 좀더 궁극적이고 근원적인 것에는 나는 힘이 없습니다."

"그런 것들이 어떤 것입니까?"

김무사는 에이전트 닥터에게 물었다.

"예를 들자면, 당신의 정체성 같은 문제들이죠. 당신은 전향했어야 옳아요. 이제는 너무 늦었습니다."

그로부터 한 달이 못 가서 김무사가 있던 대학의 연구소는 해체되고 거의 완성 단계에 있던 프로젝트는 취소되었다. 박에게서는 아무런 연락이 없었다.

박은 눈을 떴다. 문 앞에 흰 원피스를 입은 곽이 서 있었다.

"뭐하는 거야."

박은 나른하게 물었다. 술이 덜 깨 머리가 아파왔다. 곽이 아직도 가지 않았나. 아니, 어젯밤에 만났던 여자가 곽이었나. 음, 저 계집애를 다시는 만나지 않으려고 했는데. 내가 함정에 걸렸어. 우욱, 골이 다 빠개지는 것 같군. 창밖은 아직도 부우옇게 안개가 서려 있었다. 덥고 지독한 한낮을 예감하게 하는 물방울이 가득한 공기. 박은 이마에 끈적하게 달라붙어 있는 땀을 손바닥으로 문지르면서 무거운 몸을 일으켰다. 그러면서 다시 한번 더 짜증스럽게 물었다.

"뭐하는 거냐고 묻고 있잖아."

열린 창으로 습기 찬 바람이 불어와서 곽의 원피스가 허공을 저항하듯이 날렸다. 부질없는 짓이었다. 공기는 다시 무겁게 가라앉았다. 그때 박은 보았다. 곽이 거기 있는 것이 아니라 곽의 흰 원피스가 현관 입구의 문 손잡이에 걸려 있을 뿐이었다. 신음 소리를 내면서 박은 머리를 움켜쥐었다. 정보사 군인들과 같이 술을 마시는 게 아닌데. 어떻게 해서 집으로 돌아왔는지 기억나지 않는다. 새벽에 비틀거리며 돌아와 샤워를 하면 좀 나아질까 싶어서 차가운 물을 뒤집어쓴 부분은 희미하게 생각이 난다. 박은 왜 거기에 곽이 있다고 순간 생각했을까 의아하게 생각하면서 냉장고에서 냉수가 든 유리병을 꺼내 컵에 따르지도 않고 마신다. 가슴 한편이 빠개지는 듯이 통증이 밀려왔다. 박은 울컥 기침을 해댄다. 자잘한 가구가 거의 없는 집안은 값비싼 대형 유리 테이블과 검은 가죽소파에도 불구하고 황량하고 스산하다. 박의 아내의 취향이었다. 얼룩이 진 타월과 종이봉투와 검은 담뱃재와 세탁하지 않은 옷가지들이 바닥에 흩어져 있다. 박은 담배에 성급하게 불을 붙이고 전화기의 앤서링머신을 튼다.

"집에 없나요."

처음에 들리는 것은 아내의 목소리이다. 그리고 잠시 잡음이 섞인 테이프의 불쾌한 침묵.

"집에 없나요. 지금 그곳은 새벽 세시쯤 되었겠군요. 즐거운 소식을 전해주려 했는데. 나, 계획보다 빨리 돌아갈 수 있을 것 같네요. 논문 심사가 끝났어요. 졸업식까지는 시간이 좀 있으니까 그전에 돌아갈 수도 있어요. 당신이 승진했다는 기사를 한국 신문에서 읽었어요. 축하해요. 하지만 무리하는 것은 싫어요. 그냥 평화롭게 살고 싶어요. 당신이 싫어하는 줄은 알지만. 다시 전화할게요."

박의 아내는 저널리즘을 공부하기 위해 하와이에 가 있은 지가 오래되었다. 그들 부부가 어쩐지 삐걱거리는 상태로 어렵사리 결혼생활을 유지한 지 삼 년 정도 되었을 때다. 그들은 아이가 없었다. 전화기에 대고 박의 아내는 즐거운 소식, 이라고 말했지만 그 목소리는 하나도 즐거운 것 같지가 않다. 그녀가 돌아오게 되는 사실을, 돌아와야만 한다는 현실을 두려워하고 있는 것이 선명하게 느껴진다. 돌아와서 다시 옛날과 다름없는 삶이 펼쳐진다면 그녀는 울 것이다. 그러나 어쩔 수 없다. 박과 그의 아내는 이미 마흔이 넘었고 그 상태에서 또다른 생을 시작한다는 것은 무모한 일이었다. 박의 아내는 한때 정보부의 국장으로 있던 사람의 딸이었고 그들은 박이 출장중에 있던 베를린에서 처음 만났다. 여자는 유학중이었고 베를린으로 여행을 떠나온 길이었다. 여자는 비현실적인 조용함을 가졌으며 귀족적인 분위기에서 성장했고 속된 것에 맞서 대항하는 맑고 고귀한 정서로 충만해 있었다. 그녀는 집안의 모든 여자들이 전문적이 아닌 직업을 가지거나 거친 말투를 쓰거나 돈에 관심을 가지거나 하는 것을 은연중에 죄악시하는 환경에서 자랐다. 여자의 모든 점이, 처음부터 끝까지 박을 단숨에 사로잡았다. 여자는 박이 그때껏 만난 모든 여자들 중의 여자였으며 보석 중의 보석이었다. 그래서 박은 그녀와 결혼하지 않을 수 없었다. 박과 결혼했을 때 믿을 수 없게도 서른 살이 넘은 그녀는 처녀였으며 더욱더 믿을 수 없게도 그녀는 박을 사랑했다. 박은 보잘것없는 자신의 이력을 그녀 앞에 펼쳐 보였었다.

"찢어질 정도로 가난했지. 어머니는 시장에서 노점상을 하고 아버지는 공사장의 날품팔이 인부였어. 둘 다 무학이었지. 형제는 일곱이나 되었어. 하루 한끼 먹는 것이 행운이었어. 배고픔보다 더 서러웠던 것은 우리가 게을렀기 때문에 가난하리라는 모종의 편견이었고 그 상태로 앞으로 계속해서 가난하리라는 저주였어. 사회의 중요하고 비중 있는 시선에서 완벽하게 제외되었어. 난 막내였는데 그 덕분에 가족의 부양이라는 무겁고 끝이 없는 우물 같은 수렁에서 해방될 수 있었던 거야. 형제들 중 한 명의 도움으로 간신히 대학에 갈 수 있었어. 그런 가난에서 대학이라니. 하지만 난 성공해야 했어. 내가 다른 무엇을 생각하며 살아갈 수 있겠어? 처음부터 왕족처럼 태어나 쉽게 다른 사람의 머리 위에 올라탄 그런 종류의 인간들을 난 좋아할 수가 없어. 비록 그들이 충분히 그만한 가치가 있는 인격이라고 해도. 난 그들을 능가하고 싶어. 그런 욕망으로 지금까지 달려왔기 때문에 내 인생에는 한순간도 권태나 회의란 없었어. 그러나 난 지금도 나 자신 말고 가진 것은 아무것도 없어. 힘이 되어줄 혈족도 없고 한푼의 유산도 없어."

"이제 걱정 말아요, 당신."

박의 아내는 신부의 베일을 벗기도 전에 박의 욕망과 증오를 읽어내고 그를 연민했다.

"그 모든 것, 나에게 충분해요. 그러니 당신은 그냥 당신이기만 하면 돼요."

박이 프라하에서 북의 사람 김무사를 처음 만났을 때 박은 김무사가 그가 증오할 수 있는 모든 요소를 충분히 갖춘 인물이라는 것을 알았다. 김무사는 세상에 대한 의사소통의 문을 닫은 사람이었다. 김무사가 비록 비정치적인 목적으로 P의원 개인의 영향력 아래 서울로 온다고 하지만, 그를 완전히 소유하거나 지배하려는 세력은 김무사가 전향하기를 바라고 있다는 것이 명백했다. 그걸 다 아는 평양이 어째서 모른 척하고 대학의 연구비 명목으로 P의원의 돈을 가로채고 시침을 떼고 있었는가. 그것은 당시 북아프리카의 외교관으로 있던 김무사의 아버지를 제거하려는 평양의 정적들의 각본이었을 가능성이 높다. 김무사의 아버지는 열렬한 김일성 추종자인 재일조선인 출신으로 일본에서 고급 교육을 받고 북조선으로 귀화해 사회주의적인 부와 명예를 향유할 수 있는 신분이 되었지만 평양에서의 그의 기반은 취약할 수밖에 없었다. 국내파는 끊임없이 그를 견제하려 들었다. 그래서 그는 아들인 김무사가 가능하면 평양 아닌 다른 곳에서 비정치적인 일을 하길 바랐고 학자로서 비교적 평화롭게 살기를 바랐다.

P의원은 평양과 비공식적인 통로를 갖고 있었다. 그는 이 모든 것을 알고 있었을 가능성이 상당히 높다. 김무사가 전향한다면 평양의 고위층은 김무사의 아버지를 제거할 수 있고 서울은 천재 과학자의 망명을 얻는 셈이며 P의원은 그것을 개인의 성과로 수록할 수 있고 오랫동안 대학과 연구소에 고정적으로 기부하며 정치적으로 취약한 분야에 투자해놓았던 것이 크게 성과를 볼 수 있다. 박은 P의원의 측근으로부터 그러한 정보를 입수해서 처음 김무사를 보았을 때부터 생각했다.

'이건 한판 정치쇼일 뿐이야. 이 친구도 그걸 알고 있을걸. 가족에 대한 죄책감에서 벗어나는 것이 얼마나 걸릴까. 일 년? 이 년?'

그러나 김무사는 오 년이 지나도록 미동도 하지 않았고 P의원의 암묵적인 기대를 충족시켜주고 싶었던 박의 희망은 전망이 없어 보였다. 설상가상으로 P의원은 정치적인 위기를 맞고 있기도 했다.

박이 김무사에게 집착하고 있던 그사이 비슷한 일을 하던 정보부의 직원 하나가 북아프리카의 북조선 외교관을 포섭하는 데 성공했다. 그 직원이 평양의 은밀한 지시를 받았을 가능성은 아주 높다고 박은 생각했다. 그 일로 평양의 고위층은 김무사의 아버지를 결정적으로 매장시킬 수가 있었으니까. 그날 박은 마시고 있던 술병으로 김무사의 뒷머리를 갈겨주고 싶을 만큼 분노했다. 그 자리에 김무사가 있었더라면 정말로 그렇게 했을지도 모른다. 아무것도 아닌 너 자신의 도덕적 교만을 위해, 그 허위의 위선을 위해 뭘 망쳐놓았나 보란 말이야, 이 성자 흉내를 내는 허수아비일 뿐인 자식! 박은 이를 악문다. 드물게 박은 광분했다. 그래서 박은 곽에게 전화를 했다. 곽은 결혼한 지 일 년 남짓 되었고 그녀가 결혼한 이후로 그들은 정보부 밖에서 만난 일이 없다. 파르르 떨리는 심장과 입술을 애써 감추면서 곽은 전화를 받았을 것이다. 결혼한 여자가 집을 나오기에는 너무나 늦은 시간, 그러나 곽은 박을 만나기 위해 나왔다.

"남편에게는 뭐라고 거짓말을 했나?"

사무실에서와는 다르게 곽은 진한 립스틱에 흰 원피스로 성장을 했다.

"말해봐, 뭐라고 했는지."

"친구가 아프다고 했어요."

곽의 목소리는 서러움과 환멸이 뒤범벅되어 쉬어 나왔다. 곽은 그 모든 것을 감추려고 서둘러서 술을 마신다. 그러나 창백한 그녀, 타이피스트의 머리칼은 모든 것을 말한다. 오, 당신.

"집으로 갈 수 있나?"

"어디? 우리집으로?"

곽의 눈동자가 흰자위만 남은 듯이 커진다.

"미친 소리. 그럴 수가 있나? 우리집으로 가는 거야."

"안 돼요. 부인은 어쩌구요."

"음, 유학을 떠났어. 잡아먹지 않을 테니까 제발 그렇게 눈을 희번덕거리지 말아."

"나, 난 돌아가봐야 돼요."

"오래 붙잡고 있지 않아."

박은 택시를 잡기 위해 앞서서 걷는다. 뒤따라오는 곽의 원피스가 가을바람에 처연하게 흔들린다. 마지막이라고 생각하면서 곽은 박을 뒤따른다. 언제나 그랬다. 처음 그들이 만났을 때 박은 정보부의 직원이었고 곽은 그곳의 타이피스트였다. 그리고 곽은 아버지가 감옥에 들어간 지 오 년이나 되었고 다니던 야간대학을 중퇴한 다음이었기 때문에 표정이 어두웠다. 박은 엘리베이터에서 처음 곽의 얼굴을 읽었다. 진한 화장을 시작한 지 얼마 되지 않아 촌스럽게 그려진 눈썹과 거뭇거뭇하게 얼룩진 분가루 아래 감출 수 없이 드러난 붉은 볼의 수줍음. 그 배경이 어둡기 때문에 아름다운 처녀였다. 사람들은 곽에게 말했다. 이봐 미스 곽, 이것 타이핑 좀 부탁해. 그리고 뜨거운 커피도 한 잔만. 오타가 있으면 이번에는 용서하지 않겠어. 국립대학을 나온 과묵한 젊은 남자 박이 그녀를 유혹한 다음 곽의 은밀한 마음 한편은 청혼을 기다리고 있었는지도 몰랐다. 가여울 정도로 단순한 처녀 곽. 오만한 자존심을 가장하며 세상을 향해 고개를 치켜들면 거기에는 언제나 치명적인 저주가 있었었다. 금속성의 무기, 치유될 수 없는 독.

"무엇 때문인가요?"

곽은 욕실에서 옷을 벗는다.

"나에게 다시 전화한 것은 무엇 때문인가요?"

"술 때문이겠지."

박은 웃음기 없는 얼굴로 소파에 앉아 말을 던진다. 와일드 터키의 새로운 병을 따고 있다.

"제발, 이제 그만 마셔요. 많이 마셨잖아요."

"잔소리하지 말고 깨끗이 씻기나 해. 냄새 강한 것은 별로니까."

곽은 본능적으로 몸을 움츠리고 샤워를 한다.

"내가 널 잊지 못해서 전화한 것이 기쁘지 않은가?"

"난 불안해요."

"왜, 남편 때문에?"

"아니, 당신 때문에. 날 지독하게 경멸하고 있는 것이 느껴져요."

"그건 당연하지. 남편이 있는 여자가 다른 남자를 만나면 누구나 경멸하지. 하지만 경멸당하는 게 두려운가? 그러면 이 험한 세상을 잘 살아나가지 못하지."

박은 이 사이로 웃는다. 그러나 박의 두 눈은 맹수처럼 이글거린다.

"당신이 두려워요."

"왜, 내가 너의 상관이기 때문에? 너의 몸을 알기 때문에? 이제 곧 널 안을 거라는 것을 알기 때문에?"

"당신의 위악이 두려워요."

"곽."

"네."

"유식한 체하는 소리는 집어치우고 이리 와서 날 흥분시켜봐."

박이 그녀의 몸에 손을 대려는 순간 곽은 눈물을 흘렸다. 눈물은 곽의 온몸에서 흘러내렸다. 미안해요, 곽이 계속 흐느끼며 속삭였다. 오, 미안해요. 미안해요. 이 세상 모든 일에 대해서 선명하게 알지 못하고 내 인생의 처음과 마지막을 알지 못해서 미안해요. 알지 못하는 채로 당신을 만나서 미안합니다. 곽은 다리 사이에 그의 발을 넣어 따뜻하게 하고 박의 온몸을 껴안았다. 박은 한 손으로 잔에 따른 와일드 터키를 단숨에 마셨다. 이 아둔한 여자야, 자학은 집어치워라. 곽은 눈물이 맺힌 속눈썹을 감고 박의 가슴을 깨물었다. 박이 고통으로 신음할 때까지.

"아파, 이제 그만해."

곽의 몸에 삽입하면서 박이 말했다. 곽은 잠시 한숨을 쉬며 입술을 떼었다가 다시 깨물었다. 아아, 이가 가려워서 견딜 수 없어요. 박은 사정을 오래 미룰 생각이 조금도 없었다. 여자가 흥분하는 모습을 보면서 천천히 즐길 생각도 없었다. 곽의 머리칼을 잡고 그녀가 그의 사정액을 삼키는 것을 볼 생각도 없었다. 예전에 그가 즐기던 무엇도 할 마음이 없었다. 그래서 박은 빠르게 움직였다. 곽의 다리 사이에서 흐르는 눈물로 박의 온몸이 젖어왔다. 곽이 박의 가슴을 강하게 깨물었다. 박은 눈앞에서 별이 튀는 것 같은 통증을 느꼈다. 비명을 지르면서 박은 곽의 얼굴을 때렸다. 사정 보지 않는 가혹한 주먹이었다. 곽의 얼굴이 금세 부어올랐다. 박의 가슴에 잇자국이 남았다. 박은 용서하지 않았다. 경멸과 미움을 담은 주먹이 곽의 얼굴을 계속해서 내리쳤다. 한 번, 두 번, 세 번. 마침내 뜨거운 피가 섞인 침이 곽의 입술에서 주르륵 흘러내렸다. 그 순간 박은 김무사에 대한 보고서의 마지막 부분을 생각해낼 수 있었다.

북의 사람 김무사는 빠르면 일주일 이내에 중국을 통해 출국할 것이다. 그는 이제 전향의 가치도 없고 어떤 정치적인 망명의 동기도 없다. 그의 가족이 있는 국경지방의 벌목공이나 제재소의 노동자로 일하게 될 것이다. 이 문서는 극비로 처리될 것이며 북의 사람 김무사의 출국 수속은 추방되는 중국인 불법체류 노동자의 케이스로 해결될 것이다.

박은 그랬다. 그는 어떤 종류의 대의명분도 믿지 않았다. 이 세상이 선의로 움직인다고 믿고 있는 김무사는 영원히 고향으로 돌아가지 못할 것이고 그는 이제 절대로 북의 사람 김무사에게 연락하지 않을 생각이었다.

그리고 곽은 그날 이후 옛날과 다름없이 계속해서 박의 정부로 지냈다. 표면적인 것은 달라진 것이 없었다. 여전히 박은 잦은 출장을 다녔고 곽은 정보부의 타이피스트 일을 계속했다. 그러나 곽은 결혼을 유지해나갈 수가 없었다. 어느 날 아침, 지난밤 집을 비웠던 곽에게 그녀의 남편은 서류를 내밀면서 이혼을 요구했다.

"아이도 없고 재산도 없어. 각자 짐을 가지고 갈 길로 가면 되겠지."

곽의 남편은 그 한마디를 했다. 그들은 방세를 반반씩 내는 셋집에서 살고 있었고 곽의 남편은 폐결핵을 앓는 전직 고등학교 물리 교사였다.

"떠나는 상대의 뒷모습을 보는 게 더 나쁜 거지. 그러니까 너가 먼저 떠나."

곽이 떠나면 병든 그는 돌봐주는 사람도 없이 더 초라해질 것이다. 차마 발걸음이 떨어지지 않는 곽에게 남편이 기침을 쿨럭쿨럭 하면서 손짓을 했다.

"어서 가, 명아."

곽의 이름은 명아였고 남편은 그녀를 그렇게 불렀다.

"어서 가, 명아."

"부부가 아니더라도 여기 남아서 널 돌봐주고 싶어."

"너의 목소리는 내 살을 베는 칼이다. 그러니까 어서 가."

곽은 낡은 여행용 가방을 들었다. 서서히 무너지는 잇몸에서 어느 순간 마침내 모든 이가 뿌리째 남김없이 한꺼번에 빠지는 것처럼 우리들 인생은 어느 한때에 근본적으로 붕괴된다. 곽은 그렇게 생각하려고 애썼다. 여행용 가방을 버스정류장에 놓아둔 채, 어느 순간에 한꺼번에 붕괴된다, 우리들 인생이. 그 순간이 조금 이르게 찾아오거나 조금 늦게 찾아올 뿐이다. 같은 시간, 북의 사람 김무사도 같은 생각을 하고 있었다. 그렇게 우리들 인생은 어느 순간에 붕괴된다. 그토록 오랜 시간 동안 그토록 오랜 노력이 모두 모래처럼 산산조각이 나고 수많은 편지에는 아무런 회답도 받지 못했으며 이제는 가족과 친구들이 혹시 불이익을 당할까 걱정이 되어 더 이상은 편지를 보낼 수도 없는 상황이 되었다. 김무사는 케이블 텔레비전을 보고 있었다. 그는 일본에서 만든 그 다큐멘터리 프로그램을 보지 말았어야 했다. 화면은 처음부터 앙상하게 말라비틀어진 어린아이의 얼굴에서 시작했다. 어린아이는 죽어가고 있었다. 영양실조로 인한 펠라그라를 앓고 있는 아이였다.

"북쪽의 국경지방에 사는 이 아이는 기껏 다섯 살쯤이 되어 보이지만 사실은 열 살이 넘었습니다."

NHK 내레이터의 목소리는 처음부터 비장했다.

"아이의 어머니는 산부인과 의사로 일하다가 지난해 과로와 굶주림으로 죽었고 아버지는 식량을 구하기 위해 중국으로 넘어간 뒤 오랫동안 연락이 없는 상태라고 합니다. 아마도 지난겨울 얼어 죽었거나 만주지방 어디를 떠돌이 불법 노동자로 헤매고 있을 겁니다. 아이는 오 년 전부터 병을 앓아왔습니다. 병원에는 약이 없고 먹을 것도 부족합니다. 보통 고통을 느끼면 아이들은 웁니다. 그러나 이 아이는 어머니가 죽은 다음부터 울지 않습니다. 아이의 다리는 부스럼투성이고 온종일 달라붙는 파리를 쫓을 기운도 없이 그냥 하루하루 죽어가고 있을 뿐입니다. 이 아이를 살리기 위해서는 그다지 많은 돈이 들지 않습니다. 약간의 음식과 약과 영양 보충이 있으면 됩니다. 그러나 그 약간의 것이 이 먼 나라에는 없습니다."

아이가 다리를 움직이며 하품을 하자 고름이 흐르는 종기에 붙어 있던 수십 마리의 파리떼가 날아올랐다. 아이는 고통을 느끼는가, 얼굴을 찡그리자 고뇌에 찬 주름살이 이마에 펼쳐졌다. 드문드문 빠진 연한 빛 머리칼이 드리워진 이마였다. 아이는 가려운 듯이 귀를 만졌다. 이상할 만큼 커다랗고 길쭉한 귀였다. 아이는 오래오래 만졌다. 그리고 마침내 귀에서 아이가 파낸 것은 희고 통통하고 윤기 나는 구더기 두 마리였다. 건강한 구더기는 싱싱하게 살아서 아이의 손가락 끝에서 꿈틀거렸다. 아이는 막연한 공포심에서 입을 벌렸다. 아이는 고통을 느끼는가, 침묵 속에서 아이가 느끼는 고통의 그림은 도대체 무엇일까, 그러나 아아, 제발 그걸 먹지는 말아, 부탁이다, 내 아들아, 먹지는 말아. 프로듀서가 시키는 대로 연기하고 있다고 말해! 차라리 내 살을 뜯어줄 수 있다면. 김무사는 텔레비전 앞에서 절규했다. 그만해, 이 빌어먹을 프로듀서, 너희는 지금 악몽을 연출하고 즐기고 있지, 제발 그만해! 아이의 커다랗게 벌린 입과 손가락 끝의 구더기가 클로즈업되는 순간 김무사는 떨리는 손으로 간신히 텔레비전을 끌 수 있었다. 아내가 보내준 비디오테이프에서 미소짓던 그의 아들의 순수하고 맑은 눈동자. 김무사는 그 테이프가 닳아질 때까지 보고 또 보았었다. 그런데, 오, 김무사는 머리카락을 쥐어뜯고 벽에 머리를 부딪치며 고통과 싸우려고 했다. 그는 푸르게 질렸다. 그리고 알았다.

그렇게 우리들 인생은 어느 순간에 한꺼번에 붕괴된다.

곽은 처음으로 온 버스를 타고 신림동의 종점까지 갔다. 버스 창밖으로 아무 상관 없는 가을이 마구 흘러갔다. 버스에서 내려 무거운 가방을 들고 거리를 헤매다가 곽은 문득 그곳이 언젠가 한번 차를 타고 지나쳐 갔었던 거리임을 알게 되었다. 그때 박은 운전을 하면서 말했었다.

"셋집들이 있는 거리지."

"한 번도 와본 일은 없어요."

"비교적 싸고 조용한 곳이야. 주로 임대를 하고 있어."

"어떻게 알 수 있나요?"

"음, 일 때문에 누군가의 집을 구해주어야 했었어."

"벌목공인가요?"

박이 하는 일을 대충 알고 있는 곽이 망연하게 물었다.

"크게 다르지 않아."

"고독한 사람들이겠네요."

"그렇게 생각하나?"

"한 번도 만나본 적은 없지만."

"너 같은 종류의 사람이지."

박은 힐끗 곽의 얼굴을 보고 낮게 웃었다. 웃음소리는 점점 크고 길게 이어졌다. 아직도 곽의 귓가에는 그 웃음소리가 생생하다. 곽은 그 연립주택단지 지하실에 방을 얻었다. 타이피스트로 계속해서 일할 수 있다면 방세를 내는 것이 크게 어렵지는 않을 것이다.

북의 에이전트로 일하는 이래형 외과의 닥터는 김무사에게 러시아어와 체코어를 개인 교습할 수 있는 일자리를 구해주었다. 수강생들은 빠른 시간 안에 동유럽의 언어를 익혀야 하는 무역상사 주재원들이나 그 가족이었다. 대학의 연구원으로 일할 당시 김무사는 꽤 많은 월급을 받았다. 그는 거의 사적인 돈을 쓰지 않고 지냈기 때문에 몇 년 동안 살아가기에 큰 지장은 없었지만 그런 상태는 불안했다. 하지만 이제 김무사는 도박을 해야만 한다고 생각했다. 가지고 있는 모든 현금을 달러로 바꾸어서 북의 가족에게 전해달라고 닥터에게 부탁했다.

"가족이라고 했나요?"

닥터는 예의바르게 묻고 고개를 숙여 의아심을 표현했다.

"김무사씨, 이제 당신 가족은 없습니다."

"내 아내와 아들이 국경지방에 살고 있다고 들었습니다."

"당신 아내에게는 연락이 안 됩니다. 지난해 겨울에 국경지방에서 많은 사람들이 죽었어요. 어려운 시기입니다. 무척 마음이 아프군요. 하지만 아마 서류상으로도 확인되지 않았던 많은 죽은 이들 가운데 한 사람이 아니었나 생각이 됩니다만."

"그 돈은 내가 가진 전부입니다. 그 돈을 드리겠어요. 여권을 만들어주십시오. 부탁합니다."

"돌아가시겠다구요? 농담이시겠죠."

"진심입니다. 난 다른 모든 희망을 버렸습니다. 돌아가기를 간절히 원합니다."

"분명히 말씀드리죠, 김무사씨. 당신 아내 김숙영은 죽었습니다."

"확실합니까?"

"그렇습니다."

"왜 진작 말해주지 않았습니까?"

"죽기 전에 인간은 시간이 많지 않아요. 하지만 죽은 다음에는 그렇지 않습니다. 얼마든지 기다릴 수 있는 문제지요. 그리고 이제 상황이 옛날과 많이 달라요. 당신도 그걸 인정해야 합니다. 당신 가족의 소식을 아는 것이 옛날처럼 쉬운 문제가 아닙니다."

"아들은, 아들은 앓고 있나요? 아직 살아 있습니까?"

"글쎄요."

"돌아가기를 원합니다."

"당신은 출국이 자유로운 사람이 아닙니다."

"하지만 돈이 있으면 가능하잖습니까. 돈은 드리겠어요."

"출국을 한다 해도 어디로 떠나겠습니까. 상해? 동경? 프라하? 블라디보스토크? 그곳에서 언제까지 있을 겁니까?"

"평양으로 가겠습니다."

"김무사씨."

북의 에이전트인 이래형 외과 닥터는 정색을 하고 김무사를 똑바로 쳐다보았다.

"평양은 당신의 입국을 허락하지 않습니다. 당신은 범죄자의 가족입니다. 당신 아버지가 북아프리카에서 적국의 이익을 위해 일한 것이 판명되고 재판에서 유죄를 받았습니다. 그는 공화국의 적으로 확인되고 곧 형을 집행받겠죠. 아시겠어요? 당신은 추방된 겁니다."

"오,"

김무사는 두 손으로 얼굴을 감싸쥐었다.

"난 이제 어떻게 해야 합니까. 내 아버지, 아내, 아들, 죽기까지 다시는 보지 못하고 만단 말입니까."

"그런 걸 나에게 물으십니까, 김무사씨. 당신은 막힐 것 없는 천재가 아니었던가요."

"아들을 보고 싶습니다."

김무사는 영혼이 빠져나간 몸뚱이가 허공에서 흔들리듯이 중얼거렸다.

"아들에게 먹을 것을 보내고 싶습니다."

"지금 인민은 모두 어려움을 참고 있습니다. 당신의 아들만이 그런 것은 아니죠."

"그 아이는 병들었습니다. 죽어가고 있습니다."

"당신의 아들에게만 일어나는 일은 아닙니다."

"그러면 아무것도 해주지 못한단 말입니까? 이렇게 아비가 살아 있는데 아무것도 해주지 못한단 말입니까? 제발, 당신에게도 자식이 있을 것 아닙니까."

"나도 인간입니다. 아픔을 느낍니다. 하지만,"

"네."

"김무사씨 당신을 위해서 그 돈을 가지고 있으라고 말하고 싶군요. 어디서 어려움이 닥쳐올지 우리는 아무도 예측하지 못하고 살아가니까요. 내가 이렇게까지밖에 못하는 것은 그 돈이 아들에게 제대로 전달되리라고 약속하지 못하기 때문입니다. 어차피 이겨내야 하는 것이 고통이라면 전사의 의지를 가지고 살아가야죠."

곽은 연립주택의 위층에 사는 신비스럽고 조용한 남자가 소주를 사가지고 집으로 들어가는 것을 간혹 보았다. 그는 일정한 직업을 갖고 있지 않은 듯 일하러 나가는 시간이 불규칙했다. 곽은 이미 집 근처 전철역의 포장마차에서 술을 마신 뒤였기 때문에 흔들거리면서 걸었다. 곽은 소주를 반 병 마시면서 모든 것을 타이피스트로서인 자신 탓으로 돌렸다.

'서른 살이 넘어 타이피스트로 일하는 것은 쉬운 일이 아니야.'

곽은 생각했다.

아이도 없고 재산도 없어, 남편은 그렇게 말했었다. 마치 그래서 그들이 필연적으로 헤어져야 하는 것처럼. 번개가 치는 밤이면 술 없이는 곽은 잠들지 못했다. 위층에 사는 남자도 잠들지 못하는지, 번개 치는 밤 내내 부실하게 지어진 건물 곽의 머리 위를 서성이는 소리를 들었다. 서치라이트처럼 소름 끼치게 밝은 번갯불이 번쩍이면 곽은 이불을 뒤집어쓰고 베개 속에 고개를 처박았다. 마지막 파멸의 소리는 듣고 싶지 않다. 듣고 싶지 않아. 위층의 남자도 마찬가지인가. 전쟁이 나거나 지구가 폭발하면 이런 소리가 날까. 녹슨 내 심장이 터지고 있다. 정말로 통증이 느껴지는 밤도 있었다. 박은 곽에게 아무것도 묻지 않았고 곽은 아무런 말도 하지 않았다. 그들은 같은 엘리베이터를 기다리기 위해서 서 있었다.

"미스 곽, 난 다음주부터 출장이니까 오늘 맡긴 서류를 내일 오전 중으로 타이핑해서 주도록 해."

곽을 쳐다보지 않은 채 박은 말했다. 서류는 이백 페이지가 넘는 것이고 도표와 기호가 많았다. 곽은 야근해야 할 것이다.

"네, 과장님."

"야근해야 한다면 내 이름으로 뭘 시켜 먹든지."

"그러겠어요."

엘리베이터가 도착하고 그들은 그것을 탔다. 엘리베이터는 계속해서 내려가고 있었다. 비가 올 듯이 흐린 하늘이 그들을 기다리고 있다. 희디흰 길이 어둡게 젖어 있었다. 곽은 홀로 앉아 저녁으로 샌드위치와 홍차를 시켜 먹었다. 타이핑은 단조롭고 지루한 작업이다. 손목의 관절염이나 전자파로 인한 장애를 피할 수 없는. 깊은 밤 곽은 박의 텅 빈 사무실에서 울리는 전화벨 소리를 들었다. 이 시간에 사무실로 전화를 할 사람은 없다. 곽은 망설이다가 전화를 받는다. 곽이 전화를 받자 전화는 말없이 끊어졌다. 전화기 저편의 잠깐 동안의 숨죽인 낮은 숨소리.

곽은 박에게 특별한 이유가 없는 한 세번째 수요일 밤이면 박의 집으로 갔다. 그것으로 충분하다고 그들은 생각하고 있었다. 그들이 마지막으로 만났던 지난여름의 수요일, 정보사의 군인들과 함께 술을 마신 뒤 엉망으로 취해서 잠들던 박은 말했다.

"이제 이곳에서 잠들면 안 돼."

곽이 비틀거리며 일어나 옷을 입자 박은 침대 위에서 몸을 한 바퀴 돌려 웅얼거리는 잠꼬대를 했다.

"뭐라고 했어요?"

곽이 박의 입가에 귀를 가져다대고 물었다. 박은 얕게 잠들어 있는 듯했다.

"뭐라고 했어요? 나에게 말하고 있나요?"

박은 점점 깊이 잠들어가고 있는 듯했다. 잠든 남자는 무방비의 어린아이이다. 손길이 필요하고 무의식적으로 관심을 필요로 하고 그의 미칠 듯한 권력 지향성도 이 순간만은 숨을 죽인다. 곽은 옷을 입다 말고 미소를 지었다. 박이 갑자기 눈을 번쩍 떴다.

"다시는 이곳에 오지 마."

또렷하고 냉정한 목소리였다. 곽의 원피스가 그녀의 마른 손 아래서 스르르 미끄러져내려갔다.

"뭐라고 했나요."

"다시는 이곳에 오지 말라고 했어. 다시는. 절대로. 설사 내가 전화하더라도 다시는 오지 말아."

말을 마친 박은 거짓말처럼 다시 눈을 감고 침대에 엎드려 코를 골았다. 곽은 그녀의 원피스를 침실 손잡이에 걸어놓은 채 얇은 겉옷만 걸치고 안개 가득한 새벽 밖으로 나가 택시를 잡아탔다. 박의 아내는 학위를 마쳤으니 이제 돌아올 것이다. 곽은 박과 그 아내의 애증과 연민이 뒤범벅된 치열한 관계를 잘 느끼고 있었다. 박은 곽의 손이 아내의 사진이나 책, 앨범에 가닿는 것도 무의식적으로 혐오했다. 곽은 박의 집에서 그의 아내의 흔적일지도 모를 어떤 것도 건드리지 않으려고 극단적으로 조심했다. 박의 아내는 그에게 여자로서는 숭배와 제의의 대상이고 계급적으로는 타도와 극복의 대상이며 정서적으로는 더할 수 없이 지극한 지향점이었다. 그래서 그녀가 곧 돌아올 지금 이제 서서히 박은 곽에게서 멀어지고 있었다. 더욱더 멀어지게 되면 예전처럼 정보부의 복도 멀리서 서로를 바라보고 고개를 돌려 피해버리는 일조차도 할 필요가 없을 것이다. 그때 그들은 서로 걸음을 멈추고 예의바르게 고개를 숙여 인사할지도 모른다.

"아, 저 여자는 곽명아라는 이름을 가진 나와 같은 계층 출신의 여자입니다. 에, 그리고 한때 그녀는 내 정부이기도 했었습니다. 오래전 일이지만요."

그렇게 박은 다른 사람들에게 말할 수도 있다.

늦은 밤 일을 끝내고 돌아오면서 곽은 포장마차에서 소주를 마셨다. 연립주택의 이층에 사는 신비스럽고 조용한 남자가 포장마차에 앉은 곽에게 긴 그림자를 드리우며 지나쳤다. 마르고 큰 키, 건강하지만 외로워 보이는 몸, 광물을 연상시키는 건조한 체취, 낡은 구두. 아아 소주를 사러 가는구나, 하고 곽은 생각했다. 김무사는 박의 전화번호를 알기 위해 많은 노력을 했다. 박의 이름이나 정확한 근무처나 직위에 대해서 그는 아는 것이 없었다. 박은 왜 김무사에게 전화하지 않는가. 친밀하지는 않았지만 그래도 그들은 몇 년 동안이나 동업의 관계가 아니었는가. 왜 그는 위기에 몰린 김무사를 도와주지 않는가. 김무사는 이래형 외과의 닥터에게 도움을 받아 간신히 박의 전화번호를 알 수가 있었다. 그러나 박은 김무사를 부정했다.

"누구신가요. 나는 상사 주재원일 뿐입니다."

"……"

"우리 상사는 프라하에서 철수한 지 몇 년이나 됩니다."

"……"

"설사 그렇지 않다 해도 나는 당신을 모릅니다. 다시는 전화하지 마시오."

어쩌면 다른 사람들이 있어서 박이 그렇게 말하는지도 모르겠다. 소용없는 짓이라고 생각했고 이미 약속된 일이기는 했으나 김무사는 입술을 깨물고 배신감에 떨었다. 오늘밤 마지막이라고 생각하고 전화를 했을 때는 낯선 여자의 목소리가 받았다. 여자에게는 아무런 말도 할 수가 없었다. 그래서 김무사는 아무 말 없이 전화를 끊었다. 김무사의 편지를 받은 일본인 친구들 중에는 자유주의 비밀결사에 소속된 친구가 있었다. 그는 권력의 중심부에 있지 못했기 때문에 김무사를 일본으로 망명시키려는 시도는 실패했지만 그들 비밀결사는 타도해야 할 악의 상징으로 권력에 기생하는 인간 박을 처형하기로 결정했다. 국적, S-Korea 이름 박, 소속 대한민국 정보부 국제2과 과장, 나이 43세, 외모 검은 머리 검은 눈, 178cm 83kg, 정치적 성향 극우, 죄목 영혼의 고의적 유기, 처형 시기 서울 대정전의 밤. 그들이 처형하기로 결정한 인물은 박이 처음은 아니었다. 키신저와 마틴 루서 킹 목사, 히로히토 천황과 요한 바오로 2세도 포함되어 있었다. 그들이 언제나 성공한 것은 아니지만 언제나 실패한 것만도 아니었다. 그들은 처형자들에게 킬러를 보냈으며 그들 자유주의자 스스로는 킬러를 선지자라고 불렀다.

"어디로 가나."

곽은 차가운 바람이 코트 깃을 스미며 불어오는 거리 한가운데에 서 있었다. 지금은 1997년 11월의 세번째 수요일 밤. 어디로 가나. 곽은 전철역으로 향하는 어둡고 텅 빈 거리를 내려가기 시작했다. 박은 전화하지 않았고 아무도 곽에게 전화하지 않았다. 하지만 지금은 11월의 세번째 수요일 밤. 춥고 굶주리는 겨울이 시작되는 곳. 벽을 치면서 통곡하고 통곡해도 아무 곳에도 없다. 아주 약간의 음식과 약과 영양 보충이. 곽이 걸어가고 있는 길의 저 반대편에서 북의 사람 김무사가 다가오고 있었다. 희미한 가로등 불빛이 초라한 존재들을 터무니없이 과장해 긴 그림자를 만들어주고 있다. 아무도 없는 거리에 복음을 전파하는 선지자가 경전을 손에 들고 서 있었다. 그는 추워 보였다. 곽은 주머니에 시린 두 손을 넣고 스카프로 얼굴을 감싸고 한 번도 가보지 못한 북쪽 나라의 여자처럼 걸었다. 김무사가 곽을 천천히 스쳐지나갈 때, 그 고통의 냄새가 곽을 문득 생각에 잠기게 했다.

'그는, 먼 북쪽 나라에서 온 벌목공이었어.'

거리의 선지자가 곽에게 텅 빈 모자를 내밀었다. 곽은 주머니 속의 돈을 주었다. 선지자는 그 보답으로 곽에게 경전의 아무 페이지나 펼쳐 그것을 큰 소리로 읽어주었다.

"제도나 어떤 개인의 악이 고통을 만드는 것은 아니다. 어떤 상황에 놓여 있어도 물에게 복종하는 안개처럼 피학은 스스로 가학을 찾아나선다."

곽은 선지자의 목소리를 들으면서 뒤를 돌아보았다. 북의 사람 김무사는 희미한 빛의 안개 속으로 사라지고 있었다. 그가 모퉁이를 돌아 마침내 완전한 은둔 속으로 사라져버렸을 때 곽은 꽁꽁 얼어붙은 가슴이 파열하는 듯한 통증을 느끼고 숨을 삼켰다. 곽의 생애 마지막 십오 분간 최초의 통증이었다. 숨이 막혀오고 눈앞이 희미해져갔다. 식은땀이 이마에 흘러내리고 뱃속이 뒤집어지는 듯한 구토감. 최초이자 마지막 발작. 너무나 순결했지만 이 세상 아무도 물을 주지 않았던 나무가 있었다. 이익의 나무가 아니었기 때문에. 그때 돈을 받은 선지자가 곽에게 미소를 보냈다. 선지자의 텅 빈 입이 열리자 그 속은 이가 하나도 없는 더러운 입이었다. 마치 둔중한 스패너로 하나하나 남김없이 이를 뽑힌 듯이 선지자의 잇몸은 뻥 뚫린 상처투성이였다.

"감사합니다, 아씨."

선지자가 부정확한 발음으로 계속했다.

"감사합니다, 아씨. 이 가난하고 더러운 종족을 동정해주셔서.

아씨의 자손이 대대로 영화를 누리고 저 하늘의 별처럼, 바다의 모래처럼 번성하시기를. 신은 언제나 선한 자를 도우십니다. 그리고 어느 한때, 완전히 썩어 붕괴되는 인생."

그 순간 가난한 거리의 마지막 남은 가로등 불빛이 남김없이 사라졌다. 이 세상 모든 빛이 보이지 않았다. 곽은 가슴을 움켜쥐고 혈관이 찢어지는 통증을 참으려고 안간힘 쓰면서 거리 한가운데서 서서히 쓰러졌다. 곽이 마지막으로 본 것은 빛 하나 없는 세상, 11월 세번째 수요일 밤에 찾아온 서울 대정전의 순간이었다.

(1998)

차가운 별의 언덕

어느 커플에게나 갈등이 있을 것이다. 나와 남편의 경우, 그것이 처음 다가온 것은 결혼하기 전 남편이 한국 지역학회 모임에 참석하고 돌아온 밤의 일이었다. 그날 나는 집에 머물렀다. 아마 잠들어 있었던 것 같다. 자정이 가까운 시간 남편은 전화해서 이야기를 좀 해야겠으니 신촌으로 나와달라고 했다. 그런 일은 한 번도 없었기 때문에 나는 좀 놀랐다. 남편의 목소리는 특별하지 않았고 결혼을 앞둔 남자의 목소리치고는 다소 사무적이었다. 남편은 언제나 드러내놓고 상냥한 편은 절대 아니었다. 내가 옷을 입고 외출 준비를 하자면 시간이 걸릴지도 모른다고 했더니, 다른 것은 아무것도 필요 없으니 그냥 입은 채로 나오라고 했다. 그리고 말했다. 이십 분 안에 도착했으면 좋겠군. 나는 속으로 코웃음쳤다. 어떻게 이십 분 안에 도착하란 말인가. 남편이 언제나 술을 마시면 차를 세워두고 술이 깨기를 기다리는 장소는 잘 알고 있었다. 아무리 차가 없는 시간이라 해도 이십 분은 무리였다. 그러나 나는 아무런 불평도 하지 않고 전화를 끊었다. 나는 한 시간 후에 약속 장소에 도착했다. 남편은 화를 내지는 않았다. 다른 것에 대해서 얘기했다. 한마디의 서론도 없는 것이 남편의 특징이었다.

"오늘 신윤학 원장을 만났어. 네 안부를 묻더군."

"그랬나요? 그분이 오셨군요. 그분이 대학을 떠난 다음에 만난 일이 없어요. 지난번엔 결혼하게 되었다고 전화드렸어요."

"제자들과 같이 오셨어. 그 제자들 중에 내가 아는 놈이 하나 있지. 고등학교 동창이야. 그놈이 이상한 말을 하더군."

"무슨 말?"

"신원장이 대학에 있을 때 너와 같이 북해도에 갔었다고."

"네, 그건 맞아요."

그때 신윤학 원장은 대학에 있었고 지역학 연구소 일을 하고 있었다. 나는 국회사무처에서 통상관계 자료담당 보조로 일하고 있었다. 계약직 사원이었다. 신윤학 원장은 일 때문에 연구소를 자주 찾아간 나에게 아버지보다 더 잘해주었다. 그래서 나는 그를 좋아하지 않을 수 없었다. 북해도에 같이 간 것도 그런 이유였다. 더 먼 곳이라도 같이 갔을 것이다. 남편의 동창이 그때 신원장의 대학원생 중의 한 명이었다면 그 일을 알고 있는 것도 이상할 것은 없다. 그러나 신원장을 만나지 않은 지는 오래되었다. 신원장은 국제통상 관련 전문학자였지만 동시에 정부의 무역정책에 관한 자문위원이기도 했다. 신원장이 대학을 떠나게 된 것도 정부 산하기관의 원장으로 임명되었기 때문이다. 그 이후로 나는 그를 만난 일이 없다. 말하자면 지나간 일인 것이다.

"그와는 어떤 사이였나?"

"그는 아버지 같은 사람이었어요."

"흠."

남편은 별다른 말이 없었지만 별로 믿고 있지 않다는 것은 분명했다. 신원장은 나보다 스무 살은 많았고 내가 그를 좋아한 것은 사실이지만 그만큼 어려운 존재인 것도 사실이었다. 남편은 전혀 엉뚱한 오해를 하고 있는 셈이었다. 남편은 한동안 말이 없었다. 동창에게서 그런 말을 들었으니 남편은 자존심이 상했을 것이다.

"미안해요. 먼저 말하지 못해서. 하지만 특별히 말해야 할 그 무엇이 있는 관계는 아니었어요."

"네 나이가 스물한두 살에 나를 만난 것도 아니니 그전에 남자가 있었다고 해도 잘못이라고 할 수는 없지. 하지만 오늘 난 놀랐고 유쾌하지 않았어. 동창 놈들이 다들 그 이야기를 알고 있으면 난 드러난 바보가 되는 게 아닌가."

"하지만 다 오해인데요, 뭘."

"그걸 말이라고 하는 거야? 소문이라는 게 어디 그런가?"

남편의 언성이 좀 높아졌다. 그러나 곧 진정했다.

"호텔에 드나드는 걸 누가 본 적은 있나?"

"무슨 말을 하는 거예요?"

"사실만 말해. 드나드는 걸 본 사람이 있냐고."

"그런 건 없어요. 당연하잖아요."

"또 만날 건가?"

"누굴요?"

"신원장이지 누군 누구야. 또 만날 거냐구."

"이봐요, 그분은 나에게 정말 잘해주셨어요. 나를 지금 직장에 취직시켜주기도 했어요. 모른 척하고 살 수는 없는 분이에요."

"오, 그렇군."

"하지만 정말로 신경쓰인다면 행동을 조심하겠어요. 사람들이 오해할 수 있는 일은 하지 않겠어요."

"진작에 여자가 처신을 잘했어야지."

돌아오는 길에 생각했다. 어쩌면 이 결혼은 없던 일이 되어버릴지도 모르겠다. 가족과 직장 동료, 친구 들에게 모두 청첩을 해놓았는데. 뭐라고 하면 좋을까. 이 상황은 남편도 비슷했다. 남편을 더 설득할 수는 있었다. 알고 있는 것은 모두 다 오해라고. 그러나 나에게는 단호하게 그렇게 할 수 없게 만드는 무엇이 있었다. 남편이 화를 내고 있는 것은 나를 향해서가 아니고 추문 그 자체이며 어쩌면 그가 진심으로 불쾌해하고 있는 것만은 아닐 거라는 희미한 짐작이 있었기 때문이다. 그는 인간관계에서 트릭이라는 것을 별로 모르는 편에 속했다. 적어도 그 스스로 계획하고 조정하는 트릭 말이다. 그런 점이 쓸데없이 단순한 인상을 주기도 했다. 결국 나는 남편에게 더이상 아무런 변명도 하지 않기로 결심했다. 설명을 하다보면 점점 더 애매한 단어가 오갈 것이 분명했다. 그러면 상황은 뜨거운 공기 주머니처럼 부피만 커질 것이 분명했다. 남편의 태도도 나만큼이나 모호했다. 결정적인 것을 묻거나 강요하지도 않았다. 자존심 때문일 수도 있고 아주 원칙적인 인생관 때문이기도 했을 것이다. 그때 나는 남편에 대해서 속속들이 안다고 할 수가 없었다. 그는 어떨 때는 아주 부유해 보였고 또 그 반대일 때도 있었다. 어느 순간에는 나를 좋아하고 있는 듯하다가 또 어느 순간에는 전혀 반대로 느껴지기도 했다. 남자란 이십대의 어느 한 순간을 제외하고는 여자를 로맨틱한 대상으로 보지 않는다는 것이 내 생각이었다. 그래서 나는 남편의 그런 태도를 신경쓰지 않았다. 남편은 이미 마흔 살이 넘었던 것이다. 심지어 어느 순간에 남편은 결혼하기로 결정한 것을 후회하는 듯해 보이기도 했다. 그러나 그것을 노골적으로 표현하지는 않았다. 그에게는 이미 아이들이 있고 기분대로만 행동 양식을 결정할 수 없다는 것을 잘 알고 있었다. 그래서인지 모든 일은 예정대로 진행되었다. 나는 가족과 직장 동료들과 친구들에게 결혼이 취소된 일에 대해서 일일이 변명하고 그들의 동정을 받지 않아도 되었다.

그 이후에 서로 충분히 긴장하고 있어서 이상할 정도로 문제가 없었지만 그래도 서먹서먹해지는 순간이 왔다. 바로 미자 때문이었다. 나는 결혼하기 전까지 미자와 함께 살았다. 미자는 내가 국회사무처에서 일하기 전의 직장인 지도 제작소의 사환이었다. 지도 제작소는 수백 명의 직원들이 일했고 서로 신경쓰지 않는 분위기였다. 직장생활은 처음이라서 나는 좀 외로웠던 것 같다. 미자는 그때 야간 고등학교에 다니고 있었고 시골에서 올라왔고 결정적으로 아토피 얼굴을 가지고 있었기 때문에 얼굴을 마주쳐도 사람들이 아침 인사도 하지 않는 존재였다. 언제나 말없이 휴지통을 비우거나 우체국 심부름을 하다가 시간이 되면 교복으로 갈아입고 학교로 갔다. 허름한 지하의 구내식당에서 내가 처음으로 미자에게 말을 걸었을 때 미자는 혼자 밥을 먹고 있었다. 나는 한 자리 건너에 앉아 있던 미자의 곁으로 그릇을 들고 다가갔다. 어느 학교 다녀요? 아, 나도 여기 들어온 지 일주일밖에 안 돼요. 무서울 정도로 복잡하고 사람들이 많군요. 지도 제작소라고 해서 박물관처럼 고요할 거라고 생각했어요. 그러다가 나는 말했다. 우리 친구해요. 난 너무 이곳이 외로워. 미자는 나보다 열 살이나 어렸고 앞니가 삐뚤어지게 자랐기 때문에 입을 조그맣게 하고 말하는 습관이 있었고 바람이 불면 심해지는 아토피 얼굴 때문에 실외에서는 고개를 숙이고 다녔다. 불쌍하게도 예쁜 아이가 아니었다. 눈에 띄는 아이도 아니었다. 그 나이 또래의 사환들은 남자 얘기와 속옷 얘기로 하루 온종일을 보냈는데 그들은 촌스럽게 생긴 미자와 어울리려 하지 않았다. 그렇게 미자와 나는 친구가 되었다. 언젠가 내가 한번 지하철에서 지갑을 잃어버린 일이 있었다. 신분증과 신용카드와 헬스클럽 회원권과 선물로 받은 부적, 현금은 얼마 되지 않았지만 그런 것들을 잃어버리게 되어 속상했는데 오후에 누군가 내 책상 위에 포장지에 싸인 물건을 가져다놓았다. 새 지갑이었다. 번쩍거리는 인조가죽으로 만든 흔하고 고급스럽지 않은 지갑. 미자는 사환 봉급으로 일당 팔천원을 받으면서 나에게 그것을 사주었던 것이다. 나는 고마워, 하고 간단하게 말했고 미자는 매점에서 샀는데 좋은 것은 아녜요, 하고 부끄러워했다. 미자에게 말하지는 않았지만 나는 그 지갑을 한 번도 사용하지 않았다. 도저히 그럴 수가 없었다. 그것은 너무 번쩍거리고 너무 시장 물건같이 보였고 난 한 번도 그런 것을 사용해본 적이 없었던 것이다. 하지만 미자의 행동은 조용히 나를 감동시켰다. 내가 바쁜 듯하면 미자는 소리 없이 나를 도와주기도 했고 아침에 출근하면 가장 먼저 커피를 가져다주었다. 나는 만원 지하철에 시달렸지만 우아하게 앉아 고마워, 하고 말하면서 천천히 커피를 마실 수 있게 되었다. 미자와 나는 커피잔 너머로 비밀스러운 미소를 교환했다. 그런 광경을 보고 있는 사무실의 다른 누군가가 반드시 미자에게 커피나 다른 심부름을 시키곤 했다. 이봐, 한가하면 나도 한 잔 부탁해.

그때 나는 방이 두 개인 아파트먼트에서 지내고 있었다. 미자가 방을 옮겨야 할 일이 생기자 나는 미자에게 함께 지내자고 했다. 작은방을 비워주면 된다. 미자는 처음에 부담스러워했으나 나는 괜찮다, 나는 원래 다른 사람을 심하게 타는 편이 아니다, 그러니 신경쓰지 않아도 된다, 이렇게 말하면서 미자를 설득했다. 미자는 혼자 지내기엔 수입이 너무 적었고 학교에 학비도 내야 했고 병원에 다녀야 했고 약값도 들었으니 나와 함께 지내면 생활비도 거의 들지 않아 더 좋을 것이라고 생각했다. 우리는 그렇게 몇 년간 같이 지냈다. 같이 살게 되면서 나는 미자가 요리나 청소를 도맡아 하지 않게 신경을 썼다. 그것은 비교적 잘 지켜졌다고 생각한다. 내가 결혼을 하게 되었을 때 나는 미자를 혼자 두고 가는 것이 마음에 걸렸다. 미자는 지도 제작소 사환 일을 그만두고 구청에서 일하고 있었다. 정식 직원은 아니다. 구청은 필사본으로 된 옛날 호적을 정리하는 작업을 하고 있었고 그것은 상상 이상으로 방대한 일이었다. 미자는 특수 타자기로 필사본 호적을 현대적 양식으로 옮겼다. 가끔 밤늦은 시간에 들어와 혼자 텔레비전을 보고 앉아 있는 미자를 보면 내 보이지 않는 곳에서 잔잔한 소름이 돋았다. 스무 살, 가장 아름다울 나이가 아닌가. 미자는 말하곤 했다. 난 너무 이상하게 생겨서 남자들이 좋아하지 않아요.

남편에게 미자와 함께 지내는 것에 대해서 물어본 것은 실수였다. 남편은 황당해했다. 남편에게는 이미 두 아이가 있었고 그것은 완전한 가족이었다. 이미 이루어져 있는 그 가족의 평화를 깨뜨리지 않기 위해서 모두가 노력해야 할 것이다. 미자와 같이 살겠다는 생각은 그런 점에서 도움이 되지 않는 생각이었다. 남편은 그날 처음으로 나에게 진심으로 결혼할 의사가 있는지 의심스러워했다. 남편과 그리고 그의 아이들도 모두 불편해할 것이다. 나는 내 실수를 깨닫고 서둘러 변명했다.

"난 그저, 미자는 낮에 직장에 나가고 조용한 성격이니까, 정말 있는지 없는지 잘 모를 정도로요. 오, 미안해요. 난 단지 미자는 내가 힘들 땐 도와주고 아플 땐 돌봐줬으니까, 언제나 당신이 집에 있는 것도 아니고 그리고 아이들도 놀아줄 누군가가 있으면 더 좋을 수 있잖아요. 손님이 온다거나 하면 집안일도 도와줄 수 있고. 하지만 미안해요. 가족들에게 부담이 된다는 것은 잊었군요. 내 생각만 했어요."

"난 아직 메이드를 고용할 정도로 여유 있지는 않아."

남편의 대꾸는 나에게 충격을 주었다.

"메이드라뇨, 미자는 하녀가 아녜요. 친구예요."

"너에게는 친구일지 모르지만 나나 아이들은 그 존재를 어떻게 받아들여야 하나? 그리고 너희들 상당히 어울리지 않는 친구였어. 그거 알고 있나? 그애는 너보다 나이도 열 살이나 어리다면서? 야간 고등학교를 나온 전직 사환에게 아이들을 맡기라고? 게다가 얼굴에는 피부병이 있잖아. 그런 아이에게 아이들과 같이 놀아주고 집안일을 도와달라고 한다고? 도대체 진지하게 생각이나 하고 한 말인가?"

"그건 피부병이 아녜요. 아토피 얼굴이에요. 전염되는 것이 아니라구요. 바람이 불면 심해질 뿐이에요. 그때 당신도 같이 미자의 병원에 갔었으니까 잘 알고 있잖아요. 그런데 왜 그렇게 말하나요?"

"남들이 뭐라고 하겠나? 가족도 아니고 고용인도 아니고. 난 불편하고 어색한 것은 다 싫어."

"좋아요. 그렇다면 가끔 놀러오는 것 정도는 상관하지 않겠죠?"

"음. 그렇지."

그 이후에도 나는 미자와의 관계를 끊지 않았다. 남편은 이런 나를 이해하지 못했다. 내가 쓸데없이 동정심이 넘쳐서 미자를 친구 대접해주고 있으며 어떨 때는 반대로 내가 불쌍한 미자를 마구 부려먹고 한푼도 지불하지 않는다고 비난했다. 내가 남편과의 결혼을 결심한 가장 큰 이유는 무리 없는 인생을 살고 싶어서였다. 그런 의미에서 나는 가능한 한 남편의 의견을 존중하리라 생각하고 있었지만 미자에 대해서만은 고집을 부렸다. 남편이 보기에 미자는 내 친구로 받아들이기에 지나치게 초라하고 별 볼 일 없다고 느꼈을 것이다. 남편의 친구나 아는 사람들 가운데에는 미자와 비슷한 부류의 사람은 하나도 없었다. 남편은 직장의 하급 직원이나 나이와 환경이 심하게 다른 사람들을 친구, 라고 부르는 것을 이해하지 못했다. 그러나 눈앞에서 문제를 일으키지 않는다면 소란스럽게 굴기 싫어하는 남편의 성격을 알고 있었기 때문에 나는 이 상태를 남편에게 서서히 익숙하게 만들어야겠다는 생각을 했다.

세번째 트러블은 남편의 아이들에 관한 문제였다. 남편에게는 사내아이가 둘 있었는데 결혼하기 전에 난 그들을 한 번 보았다. 그때 아이들은 남편의 부모님 댁에서 머무르고 있었다. 큰아이는 그해 중학교에 들어갔고 작은아이는 유아들을 대상으로 하는 유치원에 다니고 있었다. 큰아이는 남편을 닮아 차갑고 어른스러웠다. 예의바르게 인사하고 모자를 만지작거리지도 않고 다리를 흔들지도 않았다. 큰아이를 대하는 남편의 태도도 적당히 냉담했지만 그 눈빛은 남달랐다. 저 아이는 내 아들이다. 그래서 난 자랑스럽다, 라고 하는 느낌이 온몸에서 느껴졌다. 작은아이는 아쉽게도 아직 아기였다. 아이스크림을 먹다가 흘리기도 하고 커다란 포크를 만지작거리다가 아버지에게 야단을 듣기도 했다. 큰아이처럼 반듯하게 잘생기거나 의젓한 구석은 없어 보였다. 역시 막내라서 그런가봐, 하고 내가 한마디하자 남편은 이래봬도 조금만 더 자라면 제 형처럼 의젓해질 거야. 누구 아들인데, 하고 대답했다. 남편의 어투는 묘하게 변명하는 것처럼 들렸다. 남편은 절대로 그런 식으로 말할 사람이 아니었기 때문에 순간 나는 이상해져서 입을 다물었다. 아이들이 없었다면, 왜 그런 식으로 말하는 거예요? 하고 물었을 것이다. 그런데 큰아이와 눈이 마주치자 나는 아무 말도 할 수가 없었다. 큰아이의 표정은 순진한 미소 뒤에서 금방 울 것 같았다. 그 아이는 이 자리가 싫은 것이다. 아버지가 동생을 야단치는 것도 싫고 낯선 사람과 저녁을 먹는 것도 싫고 그리고 나도 싫은 것이다. 그 나이에는 모든 것이 거슬리고 모든 것이 불편하다. 아직 아버지에게 정면으로 반항할 힘을 갖기 이전의 불안하고 미숙한 나이였다. 나는 큰아이의 표정에서 그런 것들을 읽고 이건 생각만큼 간단한 문제는 아니겠군, 하고 생각했다. 큰아이에 대한 남편의 편애는 저녁식사 내내 숨길 수 없이 드러났다. 첫아이가 태어나던 날의 감격은 잊을 수가 없다는 말을 했던 것도 기억난다. 곧 면도를 하게 될 거고 이제 금방 키가 자라 어른이 될 거야. 난 저 나이일 때 자유형 이백 미터에서 우승했었지. 이 아이도 나를 닮았어. 정상에 어울리는 얼굴을 하고 있어. 스테이크를 써는 남편의 목소리가 큰아이를 향하고 마치 향기로운 소스가 고기에 스며들듯 아이와 남편의 얼굴에 윤기가 돌았다. 작은아이에 대해서 남편은 길게 얘기하지 않았다. 아직은 사자가 아니야. 그게 전부였다. 그러나 작은아이는 포크로 식탁을 두드리면서 소리쳤다. 난 별이야. 난 별이야. 난 별이야. 엄마가 그랬는데. 변성기가 시작된 큰아이의 목소리가 동생을 막았다. 그만둬, 무슨 소리 하는 거야, 바보같이. 조용히 있어야 한다고 내가 말한 것 잊었어? 저녁 식탁은 조용했다. 나이프가 접시를 가볍게 치고 바닥으로 떨어졌다. 남편은 필요 이상으로 천천히 입가를 냅킨으로 닦았다.

그래, 넌 별이야. 엄마가 그렇게 말한 것 언제까지나 잊지 말아.

그때 별을 안고 속삭여주지 못했다. 난 통나무처럼 딱딱한 포즈로 립스틱을 다시 칠했을 뿐이다.

큰아이는 그 얼마 후 중학교를 마치지 않고 남편의 여동생이 있는 뉴욕으로 유학을 떠났다. 신혼여행을 끝내고 돌아와보니 큰아이는 없었다. 그가 어디로 갔느냐고 물어보니 그제서야 남편은 그 아이의 유학을 알려주었다. 그것이 나 때문이라는 것은 쉽게 짐작할 수 있다. 남편도 남편의 부모도 모두 강력하게 부인했지만 말이다. 가끔 그 아이를 생각하면 무서워진다. 그 아이는 축소된 남편 그 자체였다. 남편이 그 아이와 전화 통화하는 것을 듣고 있으면 남편은 언제나 마지막에 말하곤 한다. 안 돼, 별은 너무 어려. 그리고 별은 미국에서 태어나지도 않았잖아. 너와는 달라. 큰아이는 별과 같이 있고 싶다고 남편에게 말한 것이다. 아버지, 그럼 언제 별이 이곳에 올 수 있나요? 중학교는 마쳐야 하지 않겠니. 왜 그렇게 재촉하는 거냐. 그애는 늦되어서 아직 애기야. 너와는 달라. 알면서 그러는구나. 큰아이와 통화를 끝낸 남편은 서재에 파묻혀 있다가 갑자기 나에게 차를 마시자고 했다. 그것은 말없는 화해의 포즈 같았다. 그리고 티 테이블 위에 부동산 경기에 관한 기사가 실린 신문을 펼쳐놓은 채 눈으로 그것을 읽으면서 뜨거운 차를 불지도 않고 마셨다. 우리는 거의 대부분 침묵 속에서 늦은 저녁을 보냈다. 남편은 한동안 신윤학 원장이나 미자에 관해서 묻지 않았다. 남편의 퇴근 시간은 언제나 자정에 가까웠고 언제나 잠이 부족해했다. 결혼하기 몇 년 전쯤 남편은 투자해놓은 것이 실패하는 바람에 집을 팔게 되었다고 고백한 일이 있었다. 살고 있는 집을 전세로 전환했다는 것이다. 고급 차를 몰고 다니고 시청의 의사 결정에 영향력을 미치는 자리에 있었지만 결혼 이후 알게 된 남편은 눈에 보이는 것보다 실속이 없었다. 정반대라고 해도 좋을 정도였다. 갖고 있는 주식의 가격은 떨어지기 시작했고 은행에는 적지 않은 빚이 있었다. 사립학교에 다니는 큰아이에게 보내주어야 하는 돈도 만만치 않았다. 내가 계속해서 직장에 다니지 않았으면 우리는 많이 절약하며 살아야 했을 것이다. 그래서 낮에 별을 돌봐주기 위해 별도의 고용인이 있어야 했다. 나는 내가 고용인에게 지불하는 비용보다 더 많은 것을 벌어들인다는 것을 스스로에게 인식시켜야 했다. 도무지 무엇을 위해서 어떻게 살아가는가, 하는 문제가 지갑을 열기만 하면 막연해지는 기분이었다. 그렇게 해서 나와 남편과 별. 우리는 삼인 가족이 되었다. 나는 남편과 별에게 좋은 동반자, 좋은 가족이 되고 싶었다. 나쁘게 하려는 마음 같은 것은 조금도 없었다. 남편은 언제나 바빴기 때문에 주말이면 나는 별과 함께 외출했다. 롯데월드나 에버랜드, 동물원이나 어린아이들을 위한 연극 공연이나 애니메이션 영화는 빠뜨리지 않았다. 별은 가볍고 작고 소프트했다. 그래서 나에게 쉽게 엄마, 하고 불렀다. 나는 놀라서, 아줌마에게 그렇게 부르면 안 돼, 하고 주의를 주었지만 불현듯 마음속으로는 별이 정말 내 아이라면 얼마나 좋을까, 그런 생각이 들었다. 별은 희고 연약했으며 야외에서 노는 것보다는 그림책을 좋아했다. 그러나 냉정하게 평가하면 흔한 아이였다. 별과 나는 피가 통한 관계는 아니었다. 저녁을 준비하면서 나는 양파를 썰다가 손톱을 반이나 베어버린 사고를 당했다. 아마 그때 난 다른 것을 생각하고 있었을 것이다. 생각보다 아프지는 않았다. 손 전체가 뜨거워졌을 뿐이다. 그때 별이 주방에 들어왔다는 것을 나는 몰랐다. 별이 울었다. 그렇게 큰 소리로 우는 아이는 처음 보았기 때문에 나는 당황했다. 별에게 주방에서 나가라고 했으나 별은 꼼짝하지 않고 내 스커트에 매달렸다. 죽으면 싫어. 무서워. 죽지 마, 가지 마. 별은 그렇게 울었다. 나는 그때 전율을 느꼈다. 그것은 보통의 아이들이 그런 상황에서 할 수 있는 말이었지만 나는 따뜻한 것, 내 품으로 들어오는 별의 병아리 같은 몸에서 느껴지는 광적인 관계의 힘을 읽었던 것이다. 어쨌든 나에게 그것은 피보다 더 강렬한 것이었다. 저녁의 집은 언제나 텅 비고 별과 나 둘뿐이었다. 나는 그 별이 어디에서 왔을까 혼자 상상하는 것이 즐거웠다. 그러나 내 사랑은 은밀했다. 별에게 알리고 싶지 않았다. 우리들의 이별은 너무나 자명한 것이었다.

전반적인 경기의 침체로 부동산 가격이 많이 하락했을 때 나는 이쯤에서 집을 다시 사두는 것이 좋지 않을까 생각했다. 집주인은 어차피 투자하기 위해서 사둔 것이니 가격만 맞는다면 팔지도 모른다. 결혼하기 이전부터 약간씩 저축한 것이 있고 거래 은행에 전화해서 대출 가능 여부를 물어보고 회사의 직원 대부를 신청해두었다. 그리고 모든 곳에서 긍정적인 대답을 들었을 때 나는 남편이 거래하는 부동산으로 전화했다. 우리가 살고 있는 집의 시세를 알아보려는 것이었다. 그런데 부동산의 사람이 알려준 것은 의외의 사실이었다.

"집을 사시겠다구요? 투자하시려 한다면 아무래도 아파트가 좋습니다."

"투자하려는 것이 아니고 우리가 살고 있는 집을 사고 싶어서요. 먼저 가격을 알고 싶어요."

"그 집을 또 삽니까? 작년에 사셨잖아요."

"무슨 말이세요? 우린 그동안 전세로 살고 있었어요."

"그럴 리가요. 작년에 남편께서 다시 사셨습니다. 제가 담당이어서 잘 알고 있습니다. 모르시고 계셨나요? 부동산 가격이 최고일 때 파셨다가 하락하는 시점에서 되샀기 때문에 이익을 보셨어요."

남편의 말만 그대로 믿고 열심히 저축하고 있었던 내가 갑자기 부끄럽고 우스워졌다. 남편에게 먼저 말하지 않고 부동산에 전화부터 건 것이 잘못이었다. 남편은 자신의 재산 상황에 대해서 나에게 이러쿵저러쿵 말하기 싫었던 것이다. 나도 남편에게 집을 사야 하지 않을까, 저축을 하고 있다, 매달 주는 생활비가 부족하다, 별의 새 겨울 외투가 필요하다, 이런 식의 말을 한 번도 해본 일이 없다. 지난달 내 차가 출근길에 얼어붙은 도랑에 처박혀버렸을 때도,

회사가 연말 회계감사를 받는 중에 관리자의 자금 유용 혐의가 드러나 내가 전임자의 자료까지 들고 감사원으로 들어가야 했을 때도 난 그런 일들을 남편에게 말하지 않았다. 그러므로 남편이 나에게 뭔가 말하지 않은 것이 있다면 그것은 상대에 대한 부정적인 감정 때문이라고 할 수는 없었다. 남편은 내가 남편의 경제 문제에 관여하지 않기를 바라는 것이다. 미자가 구청 일을 그만두게 되었을 때 나는 병이 났다. 그다지 약한 몸은 아니었고 감기도 잘 걸리지 않았지만 수년 동안 긴장된 결혼생활을 한 것이 무리를 일으킨 것이다. 한 달 동안 병가를 내고 집에서 쉬었다. 속마음으로는 아무도 없는 곳으로 여행을 떠난다면 나을 것 같은 병이었지만 아무에게도 그런 마음을 이야기하지는 못했다. 남편은 내가 신경쓰지 않게 조심하고 친구를 집으로 초대하지도 않고 별에게도 소란을 피우지 못하게 주의를 주고 전화도 대신 받아주었다. 나는 하루종일 침실에서 빈둥거릴 수 있었지만 마침내 저녁식사 자리에서 고통을 호소하고 말았다. 왜 그러는 거냐고 남편이 물었다.

"결혼하기 전에 내가 이렇게 아프면 미자가 돌봐주었어요."

남편은 지금 상태에 어떤 불만스러운 점이 있느냐고 물었다. 나는 없다고 했다. 하지만 언제까지나 남편이 나 때문에 일찍 퇴근해서 들어오고 별이 오후 내내 혼자서만 노는 그런 상태를 유지할 수는 없다. 남편은 뺨보다 더 핏기 없이 탈색한 내 입술과 링거 주삿바늘 자국이 있는 내 팔을 보더니 불만스러운 듯 고개를 돌리고 헛

기침을 하고 마침내 허락했다.

"그렇다면 좋아. 네가 정 그래야 한다면 미자를 당분간 집에 있게 하지. 하지만 그 아이가 승낙해야 가능한 문제 아니겠어? 넌 언제나 말했잖아. 미자는 메이드가 아니라고."

그래서 미자는 집에 머물면서 나를 돌봐주고 청소와 요리를 하고 별과 놀아주기도 했다. 별을 유치원에 데려가고 데려오고 하는 일을 즐겁게 해주었기 때문에 나는 아픈 목에 스카프를 두른 채 거리로 나가지 않아도 되었다. 나는 빠르게 생기가 돌아오고 직장에도 나갈 수 있었다. 언제 미자를 돌려보낼 거야? 미자에게 새 직장이 생기면, 미자가 결혼하게 된다면. 나는 남편에게 이런 이야기를 했다. 내가 계속해서 미자와 있고 싶어하자 남편은 마침내 포기하고 조건을 달았다.

"알았어, 알았어. 너 그렇게 보지 않았는데 은근히 고집이 있군. 하지만 이것만은 내 생각대로 해야 해. 미자가 우리집에 있는 이상, 미자에게 돈을 지불하도록 해."

"무슨 말이에요. 미자는 메이드가 아니에요."

"그래도 지불해. 지불하지 않으면 나는 미자를 이곳에 있게 할 수 없어. 멀쩡한 남의 집 딸을 우정이란 이름으로 무보수로 부리는 일은 난 할 수 없어. 그러니 내 말대로 해."

미자는 돈을 받지 않겠다고 했다. 나는 미자의 이름으로 은행에 구좌를 만들었다. 그것을 보여주자 남편은 조금 안심했다. 여전히 우리들의 저녁은 조용했다. 별은 아홉시가 되면 목욕을 하고 자야 했다. 텔레비전은 일곱시까지만 볼 수 있었고 콜라나 초콜릿은 먹지 못하게 했다. 남편의 생각이었다. 나는 남편이 아직 어린아이인 별에게 너무 엄격한 것은 아닌가 생각했다. 아직 어린아이이다. 게다가 따스한 친엄마의 손길 없이 자라는 아이이다. 가혹하게 버릇 들이기를 할 필요가 있을까. 별은 보호자가 자주 바뀌는 성장기를 거쳐가고 있었다. 그래서 혼란을 겪고 있는 것이 느껴졌다. 별은 근본적으로는 착하고 상냥하고 다감한 아이였다. 수줍음이 많고 나를 좋아하고 아버지를 무서워하였다. 그 모든 것이 남편과 달랐다. 어린이답게 떼를 쓰다가도 아버지의 엄한 눈길 한 번에 움츠러들곤 했다. 남편은 별에게 이런 말을 자주 했다. 나는 그러지 않았다. 혹은 네 형은 그러지 않았다. 아직 어린 별은 이 말 속에 들어 있는 도저히 저항할 수 없는 강력한 비난과 훈계를 눈치채고는 울음도 그치고 장난감을 치우고 혼자 옷을 갈아입었다. 그러나 나와 같이 있을 때 별은 비교적 버릇이 없는 편이었다. 가끔 엄마에 대해서 말하고 싶어했다. 어린 별은 얼굴도 기억나지 않고 그 존재감 자체도 희미한 엄마에 대해서 무척이나 말하고 싶지만 아는 것이 아무것도 없다. 그래서 별은 절망에 얼굴이 일그러졌다. 내가 알았다면 별에게 이야기해주었을 것이다. 그러나 나도 모른다. 그런 날, 나는 별에게 콜라와 초콜릿을 사먹이고 때로 아주 멀리까지 드라이브를 가기도 했다. 국도의 모퉁이를 돌면 바다가 나온다. 눈이 내릴 때도 있었다. 희미한 회색빛 저녁 안개 사이로 노란 모자를 쓴 사람이 자전거를 타고 다가온다. 가까이서 보면 그는 사람이 아니고 가로등이었다. 별이 지루해하지 않게 나는 운전하는 내내 노란 모자를 쓴 사람이 나오는 신비한 동화를 말해주었다.

별과 함께 목욕을 하고 있었다. 욕조 속에서 별은 갑자기 내 목에 안겼다. 나는 아줌마가 좋아. 좋아. 나도 그래. 나도 별이 좋아. 그 상태에서 별을 안고 욕조에서 나왔다. 그러다가 젖은 타일에 발이 미끄러졌다. 나는 별과 함께 넘어졌다. 나는 무릎을 약간 깬 것에 불과했지만 별은 코피가 나고 이마에 멍이 들었다. 욕조에 머리를 부딪혔던 것이다. 우는 별을 안아서 달래고 나와 이마에 약을 발라주었다. 그날은 마침 남편이 드물게 빨리 들어온 날이었다. 남편은 나에게 조심하지 그랬어, 짧게 말했을 뿐이다. 다른 비난의 태도 같은 것은 없었다. 별의 이마에 타박상 물약을 발라주고 지혈을 시켰다. 나도 무릎이 아팠지만 참고 있었다. 남편은 별을 재우라고 했다. 나는 쉬고 싶었지만 회사에 페이퍼를 제출해야 할 시간이 임박했기 때문에 책상에 앉아야만 했다. 한 시간 정도 키보드와 씨름을 하고 갈증을 느껴 물을 가지러 냉장고로 걸어갔다. 돌아오는 길에 별의 방을 들여다보았다. 별은 잠들어 있었고 남편이 별의 침대에 앉아 별의 상처 난 이마를 고개 숙여 들여다보고 있었다. 남편은 평상시에 별에게 극단적일 정도로 관심이 없었기 때문에 나는 충격을 받았다. 나와 눈이 마주치자 남편은 순간적으로 난

감한 표정을 지었다. 나에게 그 장면을 들켜서 뭐라 말할 수 없이 당혹해했다. 나는 내가 들여다보지 말아야 할 것을 몰래 훔쳐본 것 같은 마음이 들었다. 그래서 반사적으로 사과했다. 오, 미안해요. 그리고 서둘러 내 책상으로 돌아왔다. 남편은 별을 사랑하고 있었던 것이다. 큰아이를 사랑하는 것만큼 별도 사랑하고 있었다. 큰아이와 마찬가지로 별도 남편의 아이이니 당연한 것이다. 나만 몰랐던 것이다. 그래서 바보같이 남는 시간을 모두 별을 위해서 보냈다. 나는 키보드를 두드리고 있었지만 머릿속은 다른 생각의 파편들로 어지러웠다. 어쩌면 그것은 질투였을지도 모른다. 하지만 표면적으로는 잠시 동안의 소외감이었다. 내가 속한 이곳에 또다른 보이지 않는 이너 패밀리Inner Family가 있었던 것이다. 먼 뉴욕에서 서울까지.

그날 잠들기 전, 차를 마시는 자리에서 남편은 이미 여러 번 읽고 또 읽었을 석간을 펴 들고 앉았다. 시간은 이미 새벽 한시가 넘었다. 남편을 위해서는 인스턴트 커피를, 나를 위해서는 아이스티를 준비했다. 남편은 인스턴트 커피를 좋아했고 아무리 늦은 시간에 마셔도 잠들 수 있었다. 나는 프린트한 페이퍼에 집중하고 있는 척했다. 찻잔은 매끄럽게 윤이 났고 설탕 그릇이나 테이블 위의 도자기 인형은 더이상 기름때에 절어 있거나 하지 않았다. 미자가 온 다음부터 무엇인가 우리 생활의 밑바닥부터 달라졌다. 고용인이 있어도 구석구석은 먼지가 끼고 구질구질하던 집안이 통째로 세제에 담겼다 나온 것처럼 청결해졌다. 생활에 둔감한 남편도 이런 것을 의식할 정도였다. 남편은 나에게 뭔가 하고 싶은 말이 있는 눈치였다. 나는 연필을 들고 페이퍼의 마지막 부분을 밑줄을 쳐가며 읽었다. 남편이 식탁 위에 있는 도자기 인형을 만지작거렸다. 나는 한 번도 유심히 본 일이 없었지만 그것은 손바닥 반만큼 한 핑크빛 도자기였는데 사람의 얼굴을 한 돼지였다. 나는 식탁 위의 그 도자기 돼지의 존재는 알고 있었지만 그 돼지가 사람의 얼굴을 하고 있었다는 것은 그날 처음 알았다. 한가하게 식탁에 앉아 도자기를 들여다보고 있을 시간이 없었기 때문이다. 그런 것이 복을 가져다준다는 글을 오래전에 잡지에서 읽은 것이 기억났다. 나는 어떠한 종류의 미신도 믿지 않는다. 미니어처 취미 따위는 처음부터 없었다. 그 사람의 얼굴을 한 돼지 도자기는 내가 이 집에 오기 전부터 거기 있었던 것이다. 식탁용 도자기 인형. 여자들의 물건이다. 누가 그것을 사다놓았을까. 남편의 어머니? 숙모? 첫번째 아내? 여비서? 결혼기념일 혹은 밸런타인 선물? 첫번째 관계를 가진 뒤 그 속옷으로 싼 도자기 인형을 소유하고 싶은 남자에게 선물하는 것이 여학생들 사이에 유행했던 적도 있다. 물론 남자는 아무것도 모르고 그것을 받아 책상 서랍 구석에 던져놓고 잊어버린다. 그런 도자기 인형을 하나도 준비해놓지 못한 여학생은 노골적으로 바보 취급을 당했다. 나도 그런 여학생들 중의 한 명이었다. 나는 인형 따위를 좋아하지 않았고 사춘기 소녀들 사이에서 유행하는 미신도 믿지 않았고 그리고 소유하고 싶은 남자 따위도 없었기 때문이었다. 물론 지금은 그런 유행을 기억하는 사람도 없겠지만 말이다. 사람의 얼굴을 한 돼지 도자기는 여학교 시절의 소외감을 생생하게 해주었다.

"뭘 생각해?"

남편은 여전히 사람의 얼굴을 한 돼지 도자기를 만지작거리면서 건성으로 물었다.

"그냥요. 내일까지 이 페이퍼를 제출해야 하거든요."

"아직 완성되지 않았어?"

"통계 수치는 여러 번 들여다봐도 신뢰감이 생기지 않는군요."

"어차피 통계 부분은 네가 하지 않았잖아."

"그건 그렇죠."

"그러면 이제 신경쓰지 마. 벌써 한 달째 들여다보고 있군그래. 그리고 여기 흥미 있는 기사, 읽어봤어?"

"신문 볼 시간이 없었어요."

"여기 봐. 내주쯤에 개각이 있을 예정인데, 통상부의 인물로 신윤학 원장의 이름이 거론되고 있군."

"오, 그런가요."

"물론 다른 사람들도 있어. 신윤학 원장은 나이가 좀 많고 관료 경력이 짧은 것이 흠으로 지적이 되었어. 하지만 다른 후보자들도 나름대로 핸디캡이 있군. 신윤학 원장의 해외 인맥과 외교 수완이 높은 점수를 얻을 것도 같은데."

"관심이 많군요."

"관련 분야니까."

남편은 신문에서 눈을 떼고 태연한 어조로 대답했다. 그리고 덧붙였다.

"신윤학 원장을 요즘도 만나나?"

"결혼한 이후로 한 번도 만난 일이 없어요."

나는 아이스티를 한 모금 마셨다. 남편의 눈은 표정이 없었다.

"흠. 왜, 나 때문에?"

"오해했잖아요."

"하지만 만나지 않을 거라고 하지는 않았잖아."

"전화 통화는 있었지만, 그것도 한참 되었어요."

"왜, 너는 마음만 먹으면 얼마든지 가능하잖아. 퇴근 후에도 되고 주말에도 된다. 내가 언제나 늦으니 말이야."

"주말에는 거의 언제나 별과 함께 시간을 보냈어요."

"그래서 신윤학 원장과는 이제 만나지 않는단 말이지?"

"원하지 않았잖아요. 처신을 잘하라고 했잖아요."

"그건 당연한 일이지. 하지만 나 때문에 순수한 아버지와 딸 같은 그런 관계가 망가진다면 그건 내가 원하는 바는 아니야. 그 정도로 융통성 없고 답답하지는 않아."

"어쨌든, 결혼 이후에 난 바빴어요. 모르시겠어요? 결혼 전과 너무 달라요. 시간이 없어요."

"그래도, 축하 전화 정도는 걸어주는 것이 좋지 않을까."

"뭘 축하해요?"

나는 어리둥절했다.

"이것."

남편은 신문 기사를 톡톡 가리켰다.

"말도 안 돼요. 결정된 것도 아니고 추측 기사일 뿐이잖아요. 그리고 그게 사실이 되면 나 따위는 전화 통화를 할 수도 없을 거예요."

"하지만 전화하는 것이 예의라고 생각하는데."

"알았어요. 그렇게 해보겠어요. 하지만 이런 일이 있다고 해서 전화한다면 그런 것은 너무 속물스럽군요."

"너는 때로 아주 견고해. 어떨 땐 우스울 정도야."

"결혼했으니까, 이제 너무 집밖에 호기심을 가지는 것은 싫어요. 그런 것, 결혼 전에 충분하잖아요. 사실은 신윤학 원장님이 지난주에 나에게 전화해서, 결혼생활의 어려움이라든가 그런 것 얘기하고 싶으면 찾아오라고 하셨지만, 네, 네 하고 말하기만 했어요. 이제 결혼했으니 원장님도 나에게 북해도에 가자거나 하지는 않겠지만, 알게 모르게 원장님에게는 묘한 롤리타리즘이 있어서 딸 연배의 여자들을 가까이하기를 좋아하세요."

말을 하다 말고 나는 입을 다물었다. 너무 많이 얘기하고 있다는 느낌이 들어서였다. 남편이 들어서 결코 유쾌할 리 없는 얘기였다. 나는 흘낏 남편을 관찰했다. 남편은 내 말을 한마디도 놓치지 않고 들었겠지만 딴청을 피우고 있었다. 남편은 가능하면 트러블을 일으키는 것이 싫은 것이다. 그는 무슨 일이든지 정면 대결을 좋아하지 않았다. 내가 알아서 하겠지. 그렇게 결론을 내린 듯했다. 그가 불친절하기는 해도 나를 신뢰하고 있다는 것을 잘 알기 때문에 나는 미미한 죄의식을 느꼈다.

그날은 토요일이었다. 나는 출근하지 않아도 되는 날이었지만 낮에 시내에서 약속이 있었고 저녁때는 남편의 친구들을 집으로 초대해놓았다. 격의 없는 친구들이었고 간단한 저녁을 먹는 자리였지만 다음날인 일요일은 남편이 출장을 가게 돼 있었다. 아침 아홉시 비행기였다. 토론토에서 열리는 회의에 참석한 다음 뉴욕에 하루 들러 여동생과 큰아이를 만나고 돌아올 예정이었는데 일정이 빠듯했다. 국제회의에 참석하고 돌아오면 비행기 안에서부터 보고서를 작성하기 시작해야 한다. 그만큼 피곤한 것이다. 남편 친구들과의 모임은 몇 년 전부터 정기적으로 이루어지는 일이고 한 번 날짜를 변경하면 도저히 맞추기 힘들어지기 때문에 남편은 그냥 진행하기를 원했다. 토요일 아침 남편은 출근하면서 나에게 물었다.

"신윤학 원장에게는 전화했나?"

"아뇨. 잊어버리고 있었어요."

"참, 정신을 어디다 두고 사는 거야? 뭐 그렇게 기억력이 없나?"

"정신이 없었어요. 하지만 그게 뭐 그렇게 중요한 일인가요."

"오늘 중에 전화하도록 해. 그리고 오늘 저녁에 친구들이 오는데 간단하게 하면 돼. 너무 요란하게 하지 말아. 격식도 필요 없고. 고등학교 친구들이니까."

"알았어요. 오늘은 출근하지 않으니까. 미자와 내가 어떻게 하겠어요. 그리고 신원장님에게는 당신이 직접 전화해도 좋잖아요."

"내가 하는 것과 네가 하는 것은 다르지."

"차라리 직접 찾아가서 인사드릴까요, 당신이 원하는 것 같으니."

"뭐, 그러든지. 하지만 남들 눈에 띄지 않도록 해."

"이봐요, 농담이죠?"

남편은 픽 웃고 말았다. 남편은 웃음에 인색한 사람이었기 때문에 그게 뭐 유쾌한 농담이라고 웃고 그러나 생각이 들었다. 남편이 출근한 다음 나는 신윤학 원장에게 전화를 했다. 원장님은 내 전화를 반가워하셨다. 첫마디가 힘들지, 힘들지? 였다. 나는 어쩐지 눈물이 날 것 같아서 두 눈을 깜박거렸다. 아, 내가 너를 만나 밥이라도 사주고 싶지만 이제 너는 유부녀구나, 남편의 허락이 있어야지, 하고 원장님이 말하는데 쓸쓸하게 들렸다. 마음고생이 없어야 할 텐데. 아이들이 잘 따라야 할 텐데. 원장님이 걱정했다. 난 다 괜찮아요. 내가 뭐 어린앤가요. 하지만 원장님이 보고 싶군요. 그래요. 다음주 내내 남편이 출장을 떠나니 원장님을 찾아가겠어요.

내가 신원장과 통화하고 있을 때 미자가 방으로 들어왔다. 뭐야, 미자. 내가 눈짓으로 묻자 미자는 나, 오늘 오후에 집에 가봐야 할 것 같아요, 했다.

"집? 고향을 얘기하는 거야?"

"네."

"아아. 그래. 그렇다면 가야겠지. 하지만 너 표정이 왜 그러니. 좋지 않은 일이라도 있어?"

"아니에요."

미자는 고개를 저었다.

"말해봐, 괜찮아. 부모님에게 안 좋은 일?"

"그런 거 아녜요. 사실은 오빠가, 결혼한다고 해서."

그리고 미자는 덧붙였다.

"괜찮겠죠?"

"오, 그렇구나. 그래 다녀와."

"별을 유치원에서 데리고 온 다음에 떠나겠어요."

미자가 방을 나간 다음에 나는 신원장과 계속해서 통화했다. 원장님. 보고 싶어요. 사랑해요. 그래요. 건강하세요. 신원장은 나도 널 사랑한다, 하고 대답했다.

전화를 끊은 다음에 나는 외출 준비를 했다. 이미 미자가 청소를 마쳐놓았고 별의 아침을 먹이고 유치원으로 데리고 간 듯했다. 나와 남편은 아침을 먹지 않는다. 오후에 미자가 없으니 나는 외출에서 빨리 돌아와 중국요리를 배달시켜서라도 남편의 친구들을 대접해야 할 것이다. 문득 이상한 생각이 들었다. 미자는 나와 알고 지낸 내내 한 번도 고향이나 가족이나 오빠에 대해서 말한 적이 없다. 그리고 미자는 우리집의 메이드가 절대 아니다. 비록 남편의 결벽 때문에 내가 미자의 구좌에 매달 입금하고 있기는 하지만. 그런데 마치 허락받는 것처럼 나에게 물어왔다. 괜찮겠죠?

결혼한 이후에 은도를 만나는 것은 처음이었다. 내가 기억하고 있는 은도는 키가 크고 얼굴이 거무스름하고 테니스를 좋아하고 미소를 지으면 수줍은 듯이 보였다. 당연히 그런 은도를 좋아하는 여자들은 많았다. 나도 그중의 한 명이었다. 그러나 나는 그것을 숨겼다. 은도가 나를 그냥 가볍게 생각하고 있음을 알았기 때문이다. 우리는 한 계절에 한 번 정도 만났다. 가을이 되어 뜨거운 햇빛 아래 차가운 바람이 불어오고 색이 변하지 않은 이른 낙엽이 바람에 날리고 악몽을 꾸기 시작하면 아, 이제 은도에게서 연락이 오겠구나, 하고 생각했다. 그러다가 우리는 서서히 멀어졌다. 한 계절은 두 계절이 되고 일 년이 되었다. 나는 그사이에 다른 남자애들을 만났다가 헤어졌다. 일 년도 더 넘어 나를 찾아온 은도는 그사이의 시간은 아무것도 기억하고 있지 못했다. 우리가 언제 만났던가, 지난여름? 아니 겨울? 아니면 작년 가을이었던가. 미안해. 나는 시간을 잘 기억하지 못하겠어. 은도, 너 피터팬, 그동안 어떻게 살았지? 나야 뭐 언제나 외롭지. 미친놈처럼 일만 했어. 너의 애인은 아직도 건강하신가?

은도는 신원장에 대해서 말하고 있는 것이다.

"신원장에 대해서 말하는 거라면, 그분은 내 애인이 아니야."

"그래도 사랑하고 있고, 같이 북해도에 갔었잖아."

"그 말, 이제 두 번만 더 들으면 백 번이야."

"아직 양로원 신세는 아닌가보지."

"너보다 오래 살 거야."

"시간이 얼마나 있는 거야?"

"세시까지는 들어가봐야 해. 저녁때 손님들이 오기로 했어."

"어? 역시 결혼은 사람을 만드는군. 손님들 저녁 대접이라니. 너 혼자 그런 일을 다 하는 거야?"

"그렇게 됐어. 미자가 고향으로 갔어."

"미자라니, 그때 말했던 메이드 아이? 아직도 데리고 있는 거야?"

"무슨 소리야. 미자는 메이드가 아냐."

"남편은 그녀에 대해서 뭐라고 하지? 그녀는 예쁜가?"

"도대체 뭘 알고 싶은 거야?"

"쳇, 세상에 어디 남자가 없어서 그런 파시스트와 결혼하다니."

은도는 클클 웃으면서 침대 위에서 나른하게 몸을 굴리더니 사이드테이블 위의 손톱 다듬는 나이프를 들고 손바닥을 찌르는 흉내를 내면서 휘파람을 불었다. 룰룰루. 나는 벽에 걸린 시계를 뚫어지게 바라보고 있었다. 시간은 두시 십분을 가리키고 있었다. 싸늘한 날이었지만 손바닥을 갖다대보니 이마에서 땀이 흐르고 있었다. 산酸에 담가놓은 듯이 눈동자가 아파왔다. 놀라서 눈을 뜨니 바로 눈앞에서 은도가 손톱 다듬는 나이프를 들고 나를 노려보고 있었다.

"뭐하는 거야? 저리 치워."

"그냥 장난일 뿐인데 뭘 땀까지 삐질삐질 흘리면서 놀라고 그래?"

"난 이제 가야겠어."

"마음대로 해."

나는 침대에서 내려와 옷을 입었다. 은도는 냉장고에서 맥주를 꺼내 마셨다. 커튼을 여니 부연 대낮이었다. 공기 중에는 불쾌하게 달콤한 냄새가 떠다녔다. 방향성 화합물의 냄새였다. 침대는 땅콩크림이 든 비스킷 가루로 버석거렸다. 내가 옷을 입고 핸드백을 손에 들었을 때 바로 옆 건물에서 소방차의 사이렌이 귀를 찢을 듯이 가까이 들렸다. 펄쩍 뛰어오를 만큼 커다란 소리였다. 그래서 은도가 몸을 돌리고 나에게 말했을 때 나는 처음에는 잘 알아들을 수가 없었다.

"돈, 가진 것 있어?"

은도를 만난 것은 어쩌면 실수였을지도 모른다. 호텔 드나드는 것을 누군가 본 사람이 있나? 하고 남편은 물었었다. 시내에 있는 은도의 집으로 오면서 나는 조심했다. 옛날에는 이렇게까지 신경쓰지는 않았다. 분명, 은도는 남편이 갖지 못한 것을 갖고 있었다. 그가 한때 나의 깊은 꿈에 등장하던 눈물의 인물이라는 것도 그중의 한 가지였다. 그 혼돈의 시간은 지금 다 지나갔다. 그렇게 믿는다. 나는 근본적으로 낭만주의자가 아니었다. 그러나 귀를 찢는 듯한 사이렌 소리에 섞여 편도선이 부어오르는 고통을 느꼈다. 은도는 나를 쳐다보면서 다시 한번 더 반복했다.

"돈, 가진 것 있어?"

"많지는 않아. 얼마나 필요해?"

태연을 가장하려 했으나 어쩔 수 없이 내 목소리는 떨렸을 것이다. 나는 핸드백을 열고 지갑을 찾았다. 그때쯤 이미 내 몸은 머리카락 끝부터 발끝까지 고통에 떨리고 있었다. 은도는 맥주를 꿀꺽하고 삼키면서 그 장면을 놓치지 않고 보고 있었다. 핸드백 속의 내 손이 마구 떨리면서 지갑을 찾아 헤매는 것까지.

"음, 사실은 메밀국수가 먹고 싶었는데 이제 그런 생각은 사라져버렸어."

은도는 내 팔을 잡고 평소보다 훨씬 더 다정하게 말했다.

뭐야, 겨우 그런 거였어. 나는 긴장이 풀렸다.

"그 정도야 먹고 싶으면 먹어도 좋아."

"정말 괜찮겠어? 겨자소스가 곁들여 나오는 메밀국수야. 하지만 무리하지는 마."

"뭐가?"

"너와 같이 먹고 싶었는데 세시까지 들어가봐야 한다고 말했잖아. 아까는."

"아아, 그것."

나는 입술을 깨물었다. 은도는 내 공포를 차근차근 즐기고 있었던 것이다.

내가 집에 도착했을 때는 다섯시가 넘어 있었다. 거실의 전화벨이 사정없이 울리고 있었다. 나는 집어던지듯이 구두를 벗고 전화를 받으면서 미친듯이 머릿속으로 저녁 식단을 어느 식당에서 주문해야 할까 생각하고 있었다. 저녁식사가 시작되기로 약속된 시간은 여섯시였다.

"뭐하는 거야, 집 전화는 받지도 않고 핸드폰은 꺼놓고. 도무지 연락할 수가 없잖아. 어디 갔었던 거야?"

남편은 화가 나 있었다. 나는 한 손으로 귀고리를 빼고 스타킹을 벗고 중국요릿집의 전화번호를 찾고 있었다.

"네, 저어."

"뭘 꾸물거리는 거야. 오늘 친구들이 온다고 한 것은 잊었어?"

"아니에요. 저어 갑자기 약속이 길어졌어요."

"음. 무슨 약속인데."

"신원장님을 만났어요."

"뭐?"

"당신이 만나보는 것이 좋겠다고 했잖아요."

남편은 갑자기 말이 없었다. 더이상 화를 내지도 않았다. 당황하고 있는 것이 느껴졌다. 더이상 나에게 화를 낼 수 없기 때문에 코뿔소처럼 달려오던 그 속도를 진정하지 못해서 그런 것이다.

"미안해요. 신원장님을 만나서 같이 차를 마시고 오느라고 늦어졌어요. 전화를 드렸더니 마침 시간이 빈다고 하셔서요. 미안해요. 어쩔 수 없이 주문 요리가 되겠군요. 다음번에는 잘하겠어요. 마침 미자도 고향에 내려가고 없어요. 내가 신원장님을 만난 것, 잘못한 것이지요?"

"음. 미자도 없다면 너 혼자서는 무리겠지. 어쩔 수 없잖아. 격식을 차리지 않아도 되는 저녁식사니까 아무래도 상관없어."

"시간 안에 다 준비하겠으니 걱정하지 마세요."

"아까 화낸 것은 네가 집에 없을까봐 신경이 쓰여서 그런 것이니 개의치 말도록."

"신원장님이 당신 안부도 물으시던데요."

"그런가."

"그리고 통상부의 일에 대해서는."

나는 마지막 말을 하기 전에 조금 숨을 가다듬었다.

"신원장님은 별로 마음에 두고 있는 것 같지 않았어요."

"다른 말은 없었고?"

"네. 별다른 것은 없었어요."

"음, 알았어. 난 여섯시경에 도착할 예정이야."

남편이 전화를 끊기가 무섭게 나는 중국요리와 일식집의 도미구이와 생선초밥과 국숫집에서 화려한 비빔국수를 주문하고 서둘러 샐러드를 만들기 시작했다. 그런 식으로 분산해서 주문해야 가능한 한 빠른 시간 안에 많은 요리를 준비할 수가 있다. 남편이 온 것은 정각 여섯시, 그리고 곧 남편의 친구들이 아내를 데리고 나타났다. 그들은 주문한 요리라는 것을 잘 알면서도 내가 요리 솜씨가 좋다고 칭찬했다.

"정말이죠. 지난번의 해파리 요리는 정말 좋았어요. 오늘 도미구이도 맛있지만."

남편의 친구인 엔지니어가 도미구이를 칭찬하면서 말했다.

"아, 지난번의 해파리 요리, 그건 내가 한 것이 아니고 미자가 했어요. 그날 보셨죠? 그애가 한 거예요."

"미자라니, 그날 그 메이드 말입니까?"

"미자는 메이드가 아녜요."

"메이드라니, 이 집에 메이드를 두시나요? 파출부가 아니고?"

아이들에 대해서 얘기를 나누던 회계사의 아내가 이 대화에 끼어들었다. 회계사의 아내는 지난번 저녁식사 모임에 오지 않았기 때문에 미자를 몰랐다. 남편의 표정에 난감함이 스쳤다. 나 역시도 이 대화가 마음에 들지 않았지만 회계사의 아내가 묻는 말을 무시할 수는 없었다.

"미자는 메이드가 아녜요. 그냥 친구죠."

"무척 어려 보이던데요. 여기 산다고 하지 않았나요?"

엔지니어는 마치 미자에게 관심이 있는 남자처럼 집요했다. 아마 그는 약간의 술을 마셨기 때문에 적당한 선에서 끊어야 한다는 것을 잊었을 수도 있다.

"여기 살지만, 메이드가 아녜요."

"오늘은 보이지 않는군요."

"고향에 다니러 갔어요."

"오, 지방 출신인가요?"

회계사의 아내가 묘한 표정을 지었다. 그러면 그렇지 하는 얼굴이었다. 회계사의 부인은 지방 출신을 싫어했다. 그건 회계사도 마찬가지였다. 그 자리에 모인 고등학교 동창들 전부의 생각이기도 했고 그리고 남편도 마찬가지였다. 그 자리의 남편과 고등학교 동창들은 서울의 사대문 안에서 태어났고, 그들은 지방에서 올라와 서울에서 일자리를 구하는 사람들을 서울의 슬럼화를 부채질하는, 마치 중국인 불법체류 노동자 정도로 간주했다.

"그녀는 예쁜가요?"

회계사의 아내가 마침내 결론을 내렸다는 투로 물었다. 나는 미자를 좋아하지만 미자가 결코 예쁘지 않은 아토피 얼굴을 가졌다는 것을 부정할 생각은 없었다. 그래서 고개를 흔들기만 했다. 그때 대화를 듣고만 있던 엔지니어의 아내가 말했다.

"어쩌면 파출부를 부리는 것보다 나이 어린 메이드가 더 나을지도 몰라요. 집안에 공간만 있다면. 어휴, 도무지 파출부들의 그 무지한 직업의식이라니. 고집들은 황소보다 더 세기만 하고 주먹구구식이고 무슨 말을 해도 쓸데없는 잔소리로 여기고. 글쎄, 낮잠이나 잘 궁리를 하면서."

"그래, 맞을지도 몰라요. 나도 직장에 다니지만 않으면 파출부를 상대하지 않아도 되겠지만. 아이들이 파출부 아줌마 무서워서 집에 들어가기 싫다고 하는 말을 듣고 기가 막혔어요."

"그러면 직장에 다니지 않으면 되잖아요?"

좀 날카로운 듯한 이 어조는 전업주부 콤플렉스가 강한 엔지니어 아내의 말.

"그게 되나요? 페미니즘이란 단어가 나타나면서부터 여자들 살기가 더 피곤해졌어요. 아이를 낳아야 하고 인테리어 디자이너가 되어야 하고 언제나 친구 같고 연인 같은 아내가 되어야 하고 신문도 읽어야 하고 다이어트도 해야 하고 그리고 적어도 일 년에 이천오백만원은 벌어야 하잖아요."

그 모든 조건에 들어맞는 여자는 당사자밖에 없었지만 회계사 아내는 마치 그런 조건이 대다수의 여자들의 문제인 것처럼 토로한 다음 마지막에 피곤해 피곤해 하고 덧붙였다.

"게다가 고집 센 파출부를 부리는 요령도 터득해야 하고. 안 그런가요?"

회계사의 아내는 사람들을 둘러보면서 동의를 구했다. 사람들은 다들 침묵 속에서 그것을 인정했다. 회계사의 아내의 눈빛이 나에게 머물렀을 때 나는 말했다.

"우리 어머니는 내가 대학에 다닐 때 파출부 일을 했어요. 물론 지방 출신이었죠."

맥주잔을 입으로 가져가던 남편의 표정이 아주 미미하게, 근육의 저 아래서부터 경직되는 것을 느꼈다. 그러나 나 혼자만의 느낌이었다. 다른 사람들은 호기심 반, 경멸감 반으로 나를 주시하고 있었다.

"훌륭한 어머님이시군요."

회계사가 중얼거렸다. 그의 표정은 감탄을 가장하고 있었지만 그다음에 이어질 내 발언을 궁금해하고 있었다.

"물론 훌륭한 지방 출신도 많아요."

회계사의 아내가 변명했다.

"그러니까, 뭐야, 이 집에 있는 예쁜 메이드는 오늘 고향으로 내려갔다 그 말이군. 에이, 결론치고는 시시한데."

엔지니어가 이렇게 말하고 남자들은 맥주를 마셨다. 나는 더이상 아무 말도 하지 않았다. 더이상 사람들이 나에게 말하기를 강요했으면 나는 식탁에 이마를 찧으며 울어버렸을지도 모른다. 그런 일이 일어나지 않아 정말 다행이다. 만일 그 자리에서 그런 일이 일어났으면 나는 남편이 불쌍해서 죽고 싶었을 것이다. 그래서 사람들이 모두 돌아갈 무렵에는 나는 취해 있었다. 남편도 약간은 취해 있었다. 남편의 출장 준비는 완벽하게 되어 있었다.

"아홉시 비행기라면, 늦어도 새벽 여섯시에는 집을 떠나야 돼요."

"왜 그런 말을 했나?"

"뭘요? 빨리 주무세요."

"뭐하러 그런 말을 하는 거야."

"당신 취했어요."

"날 물 먹였어. 친구들 앞에서. 내가 바보 취급 당하고 살 만큼 물컹이로 보이나. 이제 날 남편으로 생각하지 말아. 이제 우린 남이야."

나는 아무 대답도 하지 않고 등을 돌리고 누워 베개에 얼굴을 묻었다. 남편도 나와 같은 모양으로 등을 돌리고 누워 있었다. 그러나 내 눈에서는 눈물이 흘러내렸다. 눈물. 아직도 이런 것이 나에게 남아 있었나, 하는 생각이 든다. 내 안구는 사막처럼 말라버린 지 오래이기 때문이다.

남편은 일요일 새벽에 떠났다. 서류 가방과 노트북과 여행 가방을 싣고 공항으로 떠나면서 나는 이상한 마음이 들었다. 가장 흔한 예로 무엇인가를 잊었을 때 그리고 그 잊은 것의 정체를 미처 깨닫기 전에 먼저 엄습하는 본능적인 불안감이다. 나는 내가 잊은 것이 무엇인가 찬찬히 기억해보려고 애썼다. 자동차 키, 현관 키, 핸드백, 영수증, 세금을 내야 하는 날짜, 신원장의 전화번호. 무엇 하나 잘못된 것은 없었다. 공항으로 가는 길에 나는 말없이 운전을 했고 남편은 어색하게 사과했다. 어젯밤에는 술 때문에 너에게 심하게 말한 것 같다. 미안하다. 나 역시 마찬가지로 남편에게 사과했다. 아녜요. 내가 잘못했어요. 역시 술 때문인 것 같군요. 이제 술은 마시지 않겠어요. 출장을 떠나는데, 내가 언짢게 해서 미안해요. 집으로 돌아와 현관문을 열쇠로 여는데 갑자기 내가 잊은 것이 생각났다. 어제 아침 미자와 같이 유치원으로 떠난 이후 별을 보지 못했다.

토요일 아침 미자는 별을 데리고 유치원으로 갔다. 그다음 나는 곧 외출했다. 미자는 집으로 돌아왔다가 오후 세시쯤 되어 별을 데리러 유치원으로 갔을 것이다. 그리고 늦어도 세시 삼십분이면 집에 돌아와 있어야 한다. 중간에 아이스크림 상점이나 슈퍼마켓에 들렀다고 해도 네시에는 집에 돌아왔을 것이다. 그때 나는 집에 없었다. 은도를 만나서 예정보다 오래 있었기 때문이다. 미자는 별을 데리고 돌아온 다음에 나를 기다리다가 떠났을 것이다. 별을 혼자 빈집에 남겨둘 수가 없었을 것이다. 그러면 별은 어디에 있나. 침대에도 없었고 장난감방에도 없었고 텔레비전 앞에도 없었다. 외출에서 돌아온 다음에 별을 찾아봤어야 했다. 하지만 그때 난 저녁을 준비하느라 바빴고 남편이 화를 내는 바람에 어쩔 줄을 몰랐다. 손님들이 온 다음에는 남편과 나는 다 같이 술을 마셨다. 그리고 오늘 아침까지도 별을 찾지 못했다. 상황을 완전히 깨닫자 내 머리끝에서부터 전기가 오기 시작했다. 아아, 별은 어디로 갔나.

가장 먼저 나는 별의 유치원으로 전화를 걸었다. 그러나 일요일이라서 아무도 전화를 받지 않았다. 별의 유치원 친구 중 한 명에게 전화를 해서 물어볼까 하다가 그러면 그 아이의 부모가 별이 사라진 것을 눈치챌지도 몰라서 그만두었다. 나는 미자의 집을 모르고 전화번호도 모른다. 미자의 고향이 경북 어디의 오지라는 것만 알고 있다. 미자는 돌아온다고 했던가. 아무것도 기억나지 않았다. 그때 나는 신원장과 통화하고 있었다. 잠시 동안 나는 멍했다. 나는 별을 잃었다. 내 잘못이다. 남편은 나를 탓할 것이다. 어젯밤에도 오늘 아침에도 나는 별이 없는 것을 몰랐다. 별이 목욕탕에서 다친 밤 별의 침대에 몸을 기울이고 있던 남편의 뒷모습이 떠올랐다. 이너 패밀리. 나는 비난받을 것이다. 그러나 곧 이런 생각을 하고 있는 자신을 비난했다. 아무도 믿지 않겠지만 나는 별을 사랑했다. 먼저 별을 찾아야 했다. 남편의 부모님과 형에게 전화해봤지만 별은 그곳에 없었다. 미자가 그들에게 별을 데리고 갔으면 먼저 그들이 나에게 전화해주었을 것이다. 그들은 도리어 나에게 언제 별을 데리고 한번 놀러오라고 말했다. 미자가 별을 데리고 갔을 다른 곳은 도저히 생각나지 않았다. 오후 내내 미자가 알고 있는 모든 사람들에게 전화했다. 미자에게는 친구도 없었다. 그러나 구청에는 미자의 옆에 앉아 있던 타자수가 있을 것이고 그녀는 무엇인가 알 수도 있다. 나는 초조하게 전화기의 버튼을 쉴새없이 눌러대어, 마침내 구청 숙직실을 통해 미자와 함께 근무한 타자수의 전화번호를 얻을 수 있었다. 미자의 곁에서 근무했다던 여자는 껌을 씹고 있었다.

"미자라구요? 그럼 알아요. 최근에 연락이 있었냐구요? 네? 잘 안 들려요. 네. 여긴 시끄러워서요. 아뇨. 최근에 연락한 일은 없어요. 미자의 고향은 잘 몰라요. 하지만 구청에 미자와 같은 고향이라는 사람이 있었는데요. 그라면 잘 알 거예요."

구청 지적과에 근무한다는 다른 직원이 미자와 고향이 같다고 했다. 그 직원은 미자의 옆 마을에 살았으며 몇 년 전 내려간 고향에서 우연히 미자를 만났기 때문에 잘 기억하고 있다고 했다. 하지만 어렵게 연락이 닿은 그도 자세한 집의 위치나 전화번호 등은 모르고 있었다. 그냥 어떤 마을, 고속도로에서 한참을 벗어나 지방도로를 달려야 하는 어떤 산간 마을의 한 구석, 길고 어두운 터널을 지나 두번째로 나타나는 계곡에서 언덕을 넘어가야 하는 마을이라고 말했다. 나는 연필로 그의 말을 메모했다. 두번째 나타나는 계곡에서 언덕을 넘으세요. 마치 언덕이 사라져버릴 듯이 가파른 길 아래쪽에 마을이 있습니다. 분명히 그곳이라고 들었어요. 지적과 직원은 성의 있게 가르쳐주었지만 그도 정말로 확실하게 미자가 그곳에 산다는 생각은 들지 않는 듯했다. 내가 알아보고 불렀을 때 그녀가 그렇게 말했을 뿐입니다, 하고 덧붙이는 것을 잊지 않았다. 그러나 나는 그 말에라도 매달려야 했다. 남편에게 알려야 하는 것은 아닌가 하는 생각이 문득 들었다. 그러나 남편은 아직 비행기에 있을 것이고 가능하면 남편이 첫번째 스케줄을 시작하기 전에 나는 이 문제를 해결할 생각이었다. 망설이다가 결국은 경찰을 찾아갔다. 미자가 별을 데려가지 않았을 수도 있었다. 그러나 경찰은 처음부터 단순한 유괴로 생각했다.

"그러니까, 별을 마지막으로 본 것은 어제 아침이라는 말이죠?"

"네, 미자와 함께 유치원으로 갔어요."

"유치원에서 돌아오는 것을 보았습니까?"

"그건, 보지 못했어요. 난 외출에서 늦게 돌아왔거든요. 미자는 그전에 떠난다고 했어요."

"무슨 외출이었습니까?"

"그냥, 시내에서 친구를 좀 만났어요."

"집에 전화하거나 하시지 않았나요?"

"하지 않았어요."

"그런데 집에 돌아오니 별이 없었군요. 그런데 눈치채지 못했다구요."

"네."

"아, 그건 좀 이해하기 힘들군요. 어떻게 그럴 수가 있죠?"

"저녁에 손님들이 오기로 되어 있었어요. 그래서 너무 바빴어요."

"그래도 그렇지."

"저어, 남편은 오늘 캐나다로 출장을 떠났어요. 귀국하기 전에 아이를 찾아야 돼요."

"미자라는 그 아가씨, 고향에 갔을 리가 없어요."

"하지만 고향에서 오빠가 결혼한다고 그랬는데요."

"주인집 아들을 유괴해가는 사람이 고향에 갈 리가 있나요. 바보가 아닌 다음에야."

"미자는 고용인이 아니에요. 그리고 미자가 별을 유괴하다뇨. 그건 틀렸어요."

"뭐가 다릅니까. 월급을 주셨다면서요. 그리고 상황이 뻔하잖아요. 오빠가 결혼한다는데 축의금 같은 것은 들려 보냈습니까?"

"아뇨, 미처 생각하지 못했어요. 어제는 아침부터 좀 정신이 없었어요."

경찰은 미자가 별을 유괴했을 거라고 단정하고 있었다. 미자의 고향집 정도는 조회해보면 금방 알 수 있지만 어차피 고향에 가지 않았을 테니 조회해봤자 소용이 없을 거라고 했다. 그는 자신이 내 사건을 담당하게 되었지만 자기가 담당하고 있는 사건은 이것을 비롯해 여섯 건의 유괴 사건과 두 건의 가출 사건이 더 있다고도 했다. 그래서 아주 피곤하다는 말도 덧붙였다. 라면 한 그릇 마음 편히 먹을 시간도 없다는 것이다. 그런 사건들은 대부분 비슷비슷하기 때문에 종류별 유형별로 분류해서 동시에 여러 개의 사건을 분석하는 것이 시간을 절약시켜준다고 했다. 그의 분석에 의하면 미자가 별을 데리고 가버린 것은 내가 월급을 많이 주지 않고 인색하게 굴었기 때문이라고 했다. 말하자면 흔하게 일어나는 유괴인 셈이다. 어이없는 말이었다. 미자는 메이드가 아니다. 만나는 모든 사람에게 해명하고 다닐 수는 없는 것이다. 나는 경찰에게 충분히 설명했다. 어제 나는 외출할 때 핸드폰을 꺼놓고 있었고 연락하기 힘들었기에 미자는 별을 맡길 데가 없어 당황했을 것이다. 미자에게 연락만 된다면 설명이 되겠지만 나는 미자가 있는 곳을 알 수가 없다. 그리고 혹시 모르는 사고가 걱정된다. 그것뿐이다. 잘 알지도 못하면서 미자를 의심하지 말았으면 좋겠다. 그러자 경찰은 그러면 왜 지금까지 아무런 연락이 없겠느냐고 하면서 종이와 펜을 가져다주며 나에게 어제의 행적에 대해서 자세하게 진술서를 쓰라고 했다. 누구를 만나서 어디로 갔으며 얼마나 머물렀는가 하는 것까지. 나는 내가 왜 이런 것을 써야 하는가. 이것이 별의 실종과 무슨 상관이 있는가 물었지만 경찰은 대답하지 않았다. 그 대신 볼펜 찌꺼기가 묻은 토시를 팔에서 벗겨냈을 뿐이다. 그는 그 자신의 말대로 정말 바쁘고 피곤해 보였다. 지독한 가죽 냄새가 나는 향수를 쓰고 있었다.

"남편은 분명히 출장을 간 것이 맞습니까?"

"무슨 말인가요? 그는 공무로 회의에 참석하러 간 거예요."

"미자라는 그 메이드 아가씨는 예쁜가요?"

나는 절망적인 분노를 느꼈다.

집으로 돌아와 혹시 전화가 올까 초조하게 거실을 서성였다. 경찰이 두 번 전화했고 보험회사에서 보험기간 만료를 알리는 전화를 걸어왔을 뿐이다. 경찰의 생각은 이랬다. 미자는 돈 때문에 별을 유괴했다. 그러니 늦어도 이십사 시간 이내에는 어떤 종류든 연락을 해올 것이다. 그때 추적하면 된다. 그런 식이었다. 나는 그들과 토론하는 것을 그만두었다. 시간은 지나갔지만 아무런 연락도 오지 않았다. 나는 소파에 앉아 있다가 순간적으로 잠이 들었는데 당연하게도 악몽을 꾸었다. 악몽의 내용은 전화벨이 울리는 것에서부터 시작되었다.

나야.

악몽 속의 전화 목소리는 남편의 것이었다.

별을 바꿔. 별과 통화하고 싶어.

별은 없어요.

내 목소리는 떨려 나왔다.

별이 왜 없다는 거야? 너, 별을 지키지 않고 어디에 가 있었나.

나는 신윤학 원장님을 만나러 갔었어요. 그러라고 했잖아요.

오, 참 그랬었지. 새 내각의 발표는 있었나?

아직 아니에요.

이봐, 만일 말이야, 만일이야. 네가 과거에 만나온 사람이 신윤학 원장이 아니고 별 볼 일 없는 그 아래의 대학원생이었다면, 만약에, 그랬다면 나는 굉장히 수치스러울 거야. 내가, 당키나 한 말인가. 별 볼 일 없이 집과 사무실을 왔다갔다하고 월급날이나 기다리고 시간이 나면 여자애들이나 집적거리는 그런 삼류 원숭이 같은 인종을 네가 알고 지냈더라면. 부끄러운 일이야. 그렇지 않은 것은 알지만, 만일, 만일에 그렇다면…… 내 별을 잃어버린 너를 용서하지 않겠어.

같은 장면이 무수히 반복되었다. 내가 별의 생모가 아니라는 것을 안 경찰들이 내가 유괴범과 한패라며 몰아붙이고 있었다. 그 사람들의 그림자 뒤로 다리가 없는 미자가 미끄러지듯이 지나갔다. 지나가면서 나에게만 들리는 목소리로 미자가 속삭였다.

난 너무 이상하게 생겨서 남자들이 좋아하지 않아요.

남편은 일주일 뒤에 돌아올 것이다.

나는 손별입니다.

나는 별의 방 침대 곁의 어린이용 칠판에 씌어진 별의 글씨를 읽고 있었다. 칠판은 스위치를 누르면 불이 들어와 어두운 곳에서도 사용할 수 있었다. 크레파스로 색칠된 스케치북이 몇 권이나 있었다. 별은 여러 가지 다른 색의 크레파스로 같은 문장을 반복해서 써놓았다. 아마도 미자가 시킨 것 같았다.

나는 손별입니다. 내 방은 이층 왼쪽 끝에 있습니다. 내 옆방은 형 손벽의 방입니다. 형은 지금 뉴욕에 있습니다. 아버지는 회사에 있습니다. 어머니도 회사에 있습니다. 미자 누나는 동화책을 읽고 있습니다. 많은 돈이 필요합니다. 오빠가 감옥에 갔습니다. 별을 데리고 가면 어쩌면.

그리고 아래에는 푸른색으로 트럭이 한 대 그려져 있었다. 미자는 동화책을 읽고 있다. 별은 동화를 들으면서 생각나는 대로 글씨를 쓴다. 그래서였을 것이다. 이 이상한 문장은. 별은 어머니가 없는 것을 제외한다면 행복한 아이였다. 가출했다고는 도저히 생각할 수 없었다. 아직 그렇게 어린데 지금쯤 별은 집에 돌아오고 싶어서 울 것이다. 방 하나를 가득 채운 장난감, 그토록 좋아하던 크레파스, 자전거를 타고 놀 수 있는 넓은 마루, 여러 개의 게임기, 야구 세트와 캔디 박스, 무엇이든지 들어주는 사람들. 별은 가출하지 않았을 것이다. 그토록 어린아이니 당연하지 않은가. 경찰이 생각하고 있는 것은 틀렸다. 미자는 무엇인가 돈이라거나 뭐 다른 것이 필요했다면 나에게 말했을 것이다. 나는 어떻게 해서든지 도와주었을 것이다. 그런데 미자는 아무것도 말하지 않았다. 이십사 시간이 지나도 아무런 전화도 걸려오지 않았다. 그러자 경찰은 이제 나에게 남편이나 다른 가족들에게 알려야 하지 않겠냐고 물어왔다.

"남편은 출장중이에요."

내 대답은 기운이 없었다. 나는 잠들지 못했다. 회사에는 휴가원을 냈지만 사정을 설명하지 못했기 때문에 상당한 대미지를 감수해야 할 것이다.

"왜 도대체 미자의 집으로 연락해보지 않는 거죠?"

"그 메이드 아가씨가 고향으로 갔다는 증거는 어디에도 없으니까요. 이십사 시간 동안 확인된 모든 변사체와 행려병자에 대해 수

소문해보았지만 어린 남자아이는 아무데도 없군요. 공개수사로 전환하려면 남편의 동의가 필요해요. 그리고 아이가 실종되던 날 당신의 행적에 대해서도 조사를 해야 합니다. 이해하세요."

"그건 다 말했잖아요. 그리고 미자는 메이드가 아녜요."

"그날 시내에서 친구를 만났다고 했지만 정확히 누군지, 이름과 신분을 확인할 수 있게 작성해주세요."

"난 남편에게 알리기 전에 해결하고 싶어요."

"잘 해결될 겁니다. 이건 문서의 형식을 갖추자는 것뿐이죠."

"신윤학 원장님을 만났어요."

"아, 그분."

경찰은 알고 있다는 듯이 고개를 끄덕였다.

"새 내각에서 이름이 거론되고 있죠. 잘 아는 사이입니까?"

"은사예요."

나는 대충 대답했다.

"당신이 그날 그분을 만난다는 것을 남편도 알고 있었나요?"

"물론이죠. 말했으니까요."

"아 네. 장소는?"

"시내에 있는 I호텔이죠."

"커피숍?"

"네. 당연하잖아요."

"그렇군요. 남편에게 연락은 있었습니까?"

"남편은, 공무로 출장중일 때는 집으로 전화하지 않습니다. 그리고 곧 돌아올 거예요. 일하고 있을 남편에게 지금 연락해봐야 아무런 도움도 못 되고 일에 지장만 줄 테니까요."

"신윤학 원장의 일을, 조사해봐도 좋겠습니까?"

"그렇게 하세요."

나는 마음 편하게 대답했다. 신원장은 장관이 될지도 모르는 사람이었다. 경찰이 결코 그렇게 하지 못하리라고 나는 잘 알고 있었다.

"다른 사람을 만났죠?"

"뭐예요?"

"어쩌면 당신이 만난 사람은 신윤학 원장이 아닐지도 몰라요. 다른 사람일 수도 있다는 생각이 드네요. 뭐 이 유괴 사건과는 아무런 상관이 없겠지만. 너무 그러지 마세요. 돈이 궁한 애인에게 아이를 유괴시키는 자작극이라고 보고서를 쓰지는 않을 테니까요."

"그 말에 책임질 수 있나요? 남의 가정을 무책임하게 비웃는군요."

"아아, 실례. 하루종일 이런 일만 상대하고 있으면 이런저런 비슷한 일들이 마구 혼동되어서요. 사실은 얼마 전에 아주 비슷한 일이 있었죠. 여기서 얼마 멀지 않은 고급 주택가에서 일곱 살 난 여자아이의 유괴 사건이 있었는데 아이 엄마와 그녀의 애인의 자작극이었던 것이 밝혀졌죠. 그래서."

경찰은 돌아가면서 다시 한번 더 사과했다.

“정말 미안하게 됐습니다. 아마도 내일은 협박 전화가 올 테죠. 그러면 범인을 자극하지 말고 나에게 연락해줘요.”

“알겠어요.”

“아마도 그 메이드 아가씨가 직접 전화하지는 않을 겁니다. 남자친구를 시키겠죠.”

“메이드가 아니라니까요.”

“아, 그랬지, 참. 이런, 호출이 왔군요. 또다른 유괴된 아이의 어머니가 호텔로 들어갔다는군요.”

경찰은 호출기 번호를 보면서 아무렇게나 지껄여대고 떠났다. 나는 식은 커피를 마셨다. 저런 것을 유도신문이라고 하는 것일까. 출장에서 돌아온 남편은 물을 것이다. 내 별은 어디 갔나? 남편의 별은 어디로 갔나?

커피를 다 마시지 못하고 나는 일어섰다.

고속도로에서 한참을 벗어나 지방도로를 달려야 하는 어떤 산간 마을의 한 구석, 길고 어두운 터널을 지나 두번째로 나타나는 계곡에서 언덕을 넘어가야 하는 마을이라고 말했다. 나는 직접 미자의 고향으로 찾아가볼 생각이었다. 스웨터를 겹쳐 입고 털모자를 썼다. 가방을 들고 문을 잠그고 키를 두 손 안에 꼭 쥐었다. 나는 이 집에서 삼 년을 살았다. 지나가는 잘 모르는 사람들이 거리에서 이 집을 본다면 부유하다고 생각할 수도 있는 그런 집이다.

밤은 이미 시작되었다. 문득 이런 생각이 떠올랐다. 어쩌면 나는 다시 이곳으로 돌아오지 못할지도 모른다.

나는 밤의 한가운데를 향해서 한참을 운전했다. 한 번도 쉬지 않았다. 찾아가겠다고 한 신원장과의 약속은 지키지 못할 것이다. 나는 그를 사랑하지만 우리들 사이에는 아무것도 일어나지 못하고 말았다. 북해도에서 신원장은 말했다. 나는 늙은 몸이다. 남자로서는 너에게 아무것도 해주지 못한다. 그 사람과 결혼해서 행복해지기를 바란다. 그는 마치 내가 젊었을 때의 모습을 그대로 보는 것 같더군. 그 사람이란 지금의 남편을 말하는 것이었다. 그때 은도는 신원장의 조교였다. 은도는 공부를 계속하지도 않았고 크게 성공하지도 않았고 보스가 되어야겠다는 야망도 없었고 영원히 피터팬으로 살며 공적인 삶의 내용을 최소화하기를 원하는 소시민적인 자유주의자에 불과했다. 남편은 그런 정치적 자유주의자들을 언제나 동물원 안의 자유분방한 원숭이라고 표현했다.

두번째 나타나는 계곡에서 언덕을 넘으세요. 마치 언덕이 사라져버릴 듯이 가파른 길 아래쪽에 마을이 있습니다.

결국 모든 것은 허영에서 비롯되었다. 내가 가진 내용의 처음부터 끝까지. 몰랐다고 변명하는 것은 유치한 일이다. 그러나 진지한 열정을 따라 선택했다고 해도 달라지지 않았을 것이다. 내 주변 사람들의 배역이 바뀐다고 해서 내가 달라지는 것은 아니다. 나는 자아와 타인을 혼동하는 일은 하지 않는다. 나는 후회하지 않는다.

나는 앞으로 나아간다. 살아간다는 것은 단지 그런 것이기 때문이다. 영원의 시간이 응축된 섬광의 순간, 그리하여 나는 불멸이 된다. 그것이 무엇인지는 나도 모른다. 모든 사람이 궁극적으로 소유할 수 있는 것은 죽음뿐이다. 다른 모든 것의 내용은 가벼운 눈물이다. 극단을 수용한 다음 나는 강해진다. 내 존재의 모든 것. 부정하지 않는다. 아름답다고 말하지도 않는다. 변명도 후회도 없이 앞으로 간다. 그리운 것이 있어도 뒤돌아보지 않겠다.

나는 계곡에서 언덕으로 가는 길을 간신히 찾았다. 어디에도 불빛 따위는 없었기 때문이다. 길은 포장이 되어 있었지만 차 한 대가 간신히 지나다닐 수 있는 넓이였다. 분명히 짐승의 울음소리도 들려왔다. 무심코 쳐다본 하늘에는 믿을 수 없을 만큼 커다란 별들이 떠 있었다. 별은 멀고 냉담하고 엄격하게 보였다.

그곳의 이름은 차가운 별의 언덕이었다.

(1999)

개종

처음 만나 두 마디 정도 얘기를 나누게 되면 남자아이들은 예외 없이 담배빵을 자랑했다. 그것은 손등이나 팔꿈치 아래, 드물게는 가슴이나 목에 있기도 했다. 셔츠 단추를 여미면서 그들은 득의만만한 표정을 지었다. 군입대를 피하기 위해, 친구들과 우정을 과시하기 위해, 여자아이들에게 뭔가 자랑할 거리를 갖기 위해, 구로고등학교에 다녔기 때문에, 단순히 꼰대에게 반항하기 위해, 술과 본드에 취해, 이도저도 아니면 도무지 화가 나서 견딜 수 없었기 때문에. 이유는 제각각이었다. 그러면서 자랑스러워하는 그애들의 표정을 보며 나는 내가 남자로 태어나지 않은 것을 다행으로 생각했다. 내가 남자로 태어났다면 나 또한 그런 식의 의식을 치르지 않을 수 없었을 것이다. 친구들에게 숨기고 있었지만 나는 불이 무서웠다.

그 남자가 나에게 처음으로 말을 건 것은 여름이 시작될 무렵이었다. 1983년의 비 오는 여름. 방학중의 어느 날. 엄마의 샌들을 신고 보도블록이 다 깨져나간 17번지의 비탈길을 내려오고 있었다. 반항하는 의미에서 우산은 당연히 쓰지 않았다. 그 남자는 왜소하고 수줍은 몸을 하고 있었다. 그 남자는 가스 검침원이었지만 마치 싸구려 제복을 입은 우편배달부 같은 표정을 하고 있었다. 그리고 나에게 크리스천이 될 생각은 없느냐고 말을 걸었다. 그 처음의 목소리가 너무나 절실하게 들려왔다. 그 남자는 너무 많은 무게를 두고 나에게 목소리를 내었던 것이다. 내가 가톨릭이라고 대답하자 개종을 위해서 대화를 하자고 했다. 굳이 그럴 생각은 없었다. 개종 말이다. 그때 난 마지막으로 성체를 모신 것이 언제였는지 기억나지도 않았고 따라서 고백성사를 해본 기억도 아득했다. 그러나 그 남자의 무언가가 나를 연민하게 했다. 호기심이었을 수도 있고 그 나이에 흔한 반항심이었을 수도 있다. 그래서 나는 그 남자를 따라 그의 교회로 갔다. 교회는 버스정류장을 여러 개 지나 대도시의 빈민가가 늘 그렇듯이 정비되지 않은 개천과 대처승이 운영하는 암자가 모여 있는 둑방 거리를 지나 한복을 짓는 집과 야미로 틀니를 맞추어주는 기공사의 상점이 있는 으슥하고 그늘진 좁디좁은 골목 가장 끝, 전당포 건물 이층에 있었다. 사람들이 기도하고 있었다. 목사는 보이지 않았다. 나는 그때까지 목사라는 직업을 가진 사람을 한 명도 만나본 일이 없었다. 나는 제단과

향불과 촛대를 찾으려고 두리번거렸다. 그러나 아무것도 없었다. 심지어는 풍금도 없었다. 나를 데리고 온 가스 검침원은 성경책을 주면서 읽으라고 했다. 그리고 묵상하라고 했다. 나는 흥미를 잃어버린 채 담배 색깔의 성경책 페이지를 훌쩍훌쩍 넘겼다. 나는 이미 시편을 제외한 구약을 다 읽어본 경험이 있고 이해하지 못했지만 신약의 반 이상을 읽었었다. 기억나는 내용은 아무것도 없었지만 성경이 상당히 음탕하면서도 재미없는 책이라는 것 정도는 알고 있었다. 열 명 정도 되는 사람들은 마룻바닥에 무릎을 꿇고 앉아 있었고 창밖으로 양철 홈통에 물이 떨어지는 소리만 지겹도록 규칙적으로 들려왔다. 나는 하품을 했다. 그때 허름한 시장의 야채상 복장을 한 마흔 살 정도의 남자가 앉은자리에서 갑자기 말을 시작했다.

형제 여러분. 내가 기도를 하면서 들은 말씀을 알려드릴까 합니다. 나는 오늘 아침 병원에서 청소를 마치고 집으로 돌아가던 중 육교 위에서 언제나 보던 거지 노인이 보이지 않는다는 것을 알았습니다. 내 주머니에 동전이 있으면 주곤 하던 거지였습니다. 지난주까지도 나는 그를 보았습니다. 눈이 하나뿐인 늙은 거지였지요. 나는 그를 보면서 나에게는 그래도 돌아갈 따뜻한 집이 있으니 내가 얼마나 행복한가 그렇게 생각해왔습니다. 그 거지는 너무 늙고 병들고 그를 돌봐주는 가족도 하나 없을 테고 살아 있다는 것이 도저히 기쁨일 수는 없었을 테니까요. 오랫동안 만나던 그가 궁금해진 나는 집으로 가는 길에 있는 파출소에 들러서 얼굴을 아는 순경에게 혹시 그가 어디로 갔는지 아느냐고 물었습니다. 순경이라면, 그가 어디 시설에 수용되었거나 하면 알고 있을 테니까요. 그런데 순경이 말했습니다. 그 노친네는 좋은 곳으로 갔소. 네? 어디로 갔다고요? 처음에 알아듣지 못한 내가 되묻자 순경은 답답하다는 듯이 다시 말했습니다. 죽었단 말이오. 시립 병원에 있을 거요. 아, 네. 그렇군요. 수고하십시오. 나는 파출소를 나와 계속해서 집으로 걸어갔습니다. 내가 그 거지와 마지막으로 이야기를 나눈 것이 생각났습니다. 지난 토요일 나는 육교를 건너면서 주머니에 손을 넣어봤는데 천원 지폐가 손에 잡히는 것 아닙니까. 주머니에 그런 돈이 있을 일이 거의 없는 나는, 새벽에 백동전을 다섯 개만 들고 집을 나서거든요. 이상하다는 생각이 들어, 주머니를 마구 휘저었지요. 그러다 생각이 났습니다. 그날 병원에서 환자의 구토물을 치워주었더니 환자의 아내가 미안해하면서 돈을 주었거든요. 그래서인가 난 좀 기분이 좋았습니다. 그런데 그날따라 그 거지 노인은 나를 보더니 이가 하나도 없는 입을 벌리면서 웃었습니다. 발음도 엉망인 채로 말하더군요. 고마워, 정말 고마워. 무엇이 고맙다는 것인지 모르겠습니다. 나는 주머니를 뒤졌지만 동전은 찾아지지 않았습니다. 나는 땀이 밴 손으로 주머니 속에서 천원짜리 지폐를 꼭 쥔 채 엉거주춤하고 있었습니다. 그리고 말했습니다. 미안합니다. 오늘은 동전이 없어서요. 내 말을 알아들었는지 못 알아들었는지 거지 노인은 내 뒷모습에다 대고 여러 번 말했습니다. 고마워, 정말 고마워. 집으로 돌아와 생각하니 나는 점점 몸 둘 바를 모르게 고통스러워졌습니다. 나는 방관자였습니다. 내가 크리스천이 아니라면 관대히 넘어갈 수도 있겠으나 나는 이 세상의 소금이 되기로 약속한 종입니다. 그런데 일순간 천원 한 장의 가벼운 세상의 유혹이 나를 크리스천이 아닌 사람들과 하나도 다를 것이 없게 만들었습니다. 결정적인 순간에 잠깐 부정할 수 있는 편리한 것이 신앙이라면 나는 무엇 때문에 여기 있습니까. 재물의 달콤함에 연연한다면 수행자가 도대체 무엇을 할 수 있겠습니까. 우리 가족은 다섯 명입니다. 아내와 세 아이들이 있습니다. 지난 오 년 동안 우리들의 유일한 꿈은 방 두 칸짜리 집으로 이사를 가는 것입니다. 그것을 위해서 많은 노력을 했습니다. 아내는 집에서 철사로 꽃을 만들었고, 하루에 스무 시간 일한 적도 있습니다. 아이들은 겨울에도 털신을 신지 못했습니다. 그래서 우리들은 이제 방 두 칸짜리 집으로 이사할 수 있는 작은 희망을 모았습니다. 그런데 형제 여러분, 나는 오늘 기도의 회답을 들었습니다. 그리스도라면 어떻게 하셨을까요. 나는 내 저축의 전부를 빈민 구제 기금에 기부할 것을 결심했습니다. 진정, 그리스도의 마음으로 살고 싶습니다. 아멘.

책상에 엎드리면 자꾸 잠이 왔다. 나는 대학에 갈 마음이 없었다. 성적은 좋은 편이었다. 1983년 측정한 내 아이큐는 백사십구였다. 수학을 좋아했고 국어와 미술이 싫었다. 대학에 가지 않기로 결정하자 성적이 떨어졌다. 당연한 일이었다. 수업 시간, 나는 책상에 엎드려 잤다.

그때 나에게는 한 명의 친구가 있었다. 내 인생을 통틀어 유일한 친구가 되었던 아이다. 우리가 친구가 된 것은 언제나 맨 뒷자리, 선생님들의 가시권 밖에 있는 자리에 나란히 앉았기 때문이다. 성모여자고등학교. 삼학년 美반 나는 오십삼 번이고 그 아이는 오십사 번이었다. 성모여자고등학교의 모든 여자아이들은 가톨릭으로 세례를 받았다. 버스에서 만난 한 남자아이와 공교롭게도 서로 관심을 가지게 되면서 우리는 어쩔 수 없이 의식하고 경계하며 서로를 깊이 알게 되었다. 1983년의 질투는 불처럼 뜨거웠다. 나는 불이 무서웠다. 그래서 나는 먼저 손을 놓았다. 그리하여 내 유일한 친구는 1983년에 마침내 승리의 여신이 되어 버스에서 만난 남자아이와 잘 수 있었다. 그때 나는 부끄럽게도 아직 처녀였다. 나는 그 아이가 나보다 먼저 그럴 수 있는 남자아이를 찾았다는 사실에 공포스러운 열등감에 휩싸였다. 그 열등감은 평생 나를 지배했다.

친구에 대해서, 생각나는 것이 있다. 1989년 그 아이는 결혼했다. 결혼하기 전 그 아이는 수없이 많은 신원 조회의 관문을 거쳐 대통령 전용기의 승무원으로 일했다. 그 아이로 하여금 일을 그만두게 만든 것은 한 육군 포병 대위와의 사랑이었다. 포병 대위와 결혼한 뒤 그 아이는 충북의 산골이나 강원도의 철책선 해안같이 포병부대가 있는 거칠고 황폐한 마을을 돌아다니며 살았다. 때로는 마을 옆 생수 공장에서 생수병 마개를 고정하는 아르바이트를 하기도 했다. 내가 그 아이를 찾아간 것은 1992년 겨울이었다. 그때 그 아이는 대광리에서 아들 하나를 낳고 살고 있었다. 내가 찾아간 날 그 아이는 연탄불을 꺼트려 고생하고 있었다. 장교 아파트는 빈 곳이 없어 하사관 숙소에 살고 있었는데 비포장길 위로 일자형으로 광부들의 막사처럼 지어진 곳이었다. 우리는 같이 연탄불을 피워내려고 애썼다. 그곳에서는 하사관의 아내들과 다른 장교의 아내들이 낮에 노크도 없이 불쑥불쑥 들어오는 구조여서 담배를 피울 수 없다고 내 친구가 말했다. 아기를 낳은 다음 그 아이는 몸매가 예전처럼 돌아오지 못했다. 저녁이 되어 내가 집으로 돌아가기 위해 기차역으로 떠날 시간이 되자 그 아이는 포대기에 아기를 들쳐업고 말없이 따라나섰다. 1992년 서울에서는 그런 올드 패션인 포대기로 아기를 등에 업는 사람은 아무도 없었다. 거기다가 그 아이는 푸른색 비닐 슬리퍼에 무릎이 나온 자주색 코르덴 바지를 입었다. 이러지 마. 내가 말렸다. 역까지는 혼자 갈 수 있어. 아기를 데리고 집에 있으렴. 그러자 그 아이가 말했다. 괜찮아. 이곳은 시골이야. 부끄럽지 않아. 하지만 나는 부끄러웠다. 그런 옷차림의 친구와 나란히 겨울 먼지 날리는 긴 길을 걸어 역으로 갈 생각을 하니. 겨울의 대광리는 쓸쓸하다. 언제쯤인가 내가 한때 알던 남자아이가 이곳에서 군복무를 마쳤을 것도 같은 그런 곳. 그 남자아이의 얼굴처럼 모든 것이 선명하지 않은 곳. 덩그러니 투박한 사각형의 아파트와 낮은 슬레이트 지붕 사이로 축사와 논이 펼쳐져 있고 메탈릭 핑크의 저녁 하늘을 따라 전신주가 끝 간 데 없이 이어진다. 친구는 아기를 업고 있었기 때문에 빨리 걷지는 못했다. 그때 군용 트럭 한 대가 우리를 보고 멈췄다. 김대위 사모님 아니십니까. 어디 가세요? 역으로 가신다구요? 타세요. 모셔다드리겠습니다. 나는 먼지 풀풀 날리는 트럭 짐칸에 타기 싫었지만 남편의 부하인 사병에게 시골 아낙네 같은 미소를 짓고는 그 아이는 사양하지도 않고 올라탔다. 그리고 칭얼거리는 아기를 달래고 달리는 트럭의 찬바람을 막기 위해 아기의 얼굴에 제 목도리를 둘렀다. 친구의 아기는 1997년 교통사고로 죽게 된다. 1997년은 친구에게나 나에게나 고통스러운 해가 될 터였지만 그때 대광리에서 우리는 그것을 몰랐다.

일자리가 필요해요. 가스 검침원에게 말했다. 가스 검침원은 영양실조에라도 걸린 듯이 노란 얼굴을 들어 나를 보았다. 그의 입가에 까마귀의 발자국 같은 주름이 자잘하게 잡혀 있었다. 그래서 그의 미소는 의도와 반해서 언제나 상대편의 마음을 언짢게 만들었다. 여름 점퍼 속에서 앙상한 그의 가슴이 벌럭벌럭 움직이는 것이 보였다. 그에게는 버거워 보이는 전화번호부보다 두꺼운 검침 기록 대장이 힘들게 그의 팔에 안겨 있었다. 아이들을 좋아하십니까? 그가 물었다. 별로. 내 대답에 실망으로 그의 얼굴이 일그러졌다. 아이들을 돌보는 자리가 있기는 한데. 그가 말끝을 흐렸다. 그럼 좋아요. 일자리는 취미가 아니잖아요. 내가 위로했다. 탁아소 일은 생각보다 힘듭니다. 아이들의 부모는 대개 노동을 하고 있거나 부부가 같이 매달려야 하는 작은 상점을 가지고 있습니다. 그들은 피곤하기 때문에 아이들에게 신경을 쓰지 못합니다. 그래서 아이들은 황폐하고 좀 난폭합니다. 언어도 한정적이고 글을 읽거나 계산도 못합니다. 보수는 그다지 많지 않습니다. 월요일부터 토요일까지 일합니다. 좋겠습니까? 탁아소는 개천 냄새가 숨막히게 밀려오는 초등학교 뒤편에 위치하고 있었다. 보모는 두 명이었는데 머리를 같은 모양으로 자르고 버석버석한 회색 옷을 입고 있었다. 황폐한 것은 아이들이 아니라 탁아소의 시설과 보모들의 표정이었다. 시설은 교회의 지나친 청빈 지향 때문이고 보모들의 표정은 피곤에 지쳐서 그런 것임을 눈치채기는 어렵지 않았다. 아이들은 대부분 교회 신도의 아이들이었다. 삼십 명쯤 되는 아이들을 돌보기란 정말 쉽지 않았다. 내가 주로 한 일은 아이들의 점심과 간식을 챙겨주고 설거지를 하고 화장실 청소를 하고 파리와 모기와 바퀴벌레를 잡고 마지막에는 아이들이 좋아하는 천사로 분장해서 신의 목소리를 대신 들려주는 것이다. 물론 연극이다. 두 시간 일했을 때 나는 벌써 후회하고 있었다. 아이들은 갓난아기부터 열세 살이 된 아이들까지 다양했다. 대소변을 가리지 못해서 끊임없이 걸레를 들고 쫓아다녀야 하는 아이부터 내 치마 속을 들여다보려고 호시탐탐 노리는 열세 살 난 남자아이들까지 정신을 차릴 수 없게 만들었다. 그런 아이들은 내가 지나가는 길에 손거울을 놓거나 심지어는 다리를 걸어 넘어뜨리기까지 했다. 주방에 혼자 있는데 물을 달라고 뒤에서 다가오면 겁이 날 지경이었다. 그들은 테이블에서 컵이나 포크를 떨어뜨린 다음 그것을 줍기 위해 테이블 아래로 들어가서 한참 동안이나 내 다리를 들여다보고 있기도 했다.

키가 작고 뚱뚱한데다 머리가 어깨에 파묻힐 듯이 목이 짧은 만삭의 여자가 입을 열었다.

형제 여러분, 나는 내 죄를 고백하려 합니다. 내가 교회를 알기 이전에 나는 시골에서 올라와 공장에서 일하며 희망 없는 하루하루를 보내고 있었습니다. 예쁜 옷도 사고 싶었고 머리핀도 사고 싶었고 맛있는 자장면이나 만두가 먹고 싶기도 했습니다. 시골에서 살 때는 서울에 올라오기만 하면 이런 꿈들이 이루어질 것이라 기대했습니다. 월급을 타서 시골집에 보내고 남는 것으로 살아가기는 빠듯했지만 시장에서 꽃무늬 치마도 사고 플라스틱 머리핀도 사서 하고 다녔습니다. 포장마차에서 소시지구이란 것도 먹어봤습니다. 나는 열아홉 살이었습니다. 공장의 다른 여공들은 주말이면 남자를 만나러 나갔습니다. 나에게도 남자를 그리워하는 마음이 생겼습니다. 남자를 만나서 같이 영화를 보고 밥을 먹고 커피도 마시고. 그것은 도대체 어떤 기분일까요. 시간이 갈수록 나는 우울해졌습니다. 시골에서 홀로 올라온데다가 예쁘지도 않은 나는 친한 친구도 없었고 공장에서 데이트하자고 말을 걸어오는 남자도 없었고 선물 같은 것을 주는 남자는 더더욱 없었습니다. 어느 날 밤, 나는 용기를 내서 새 꽃무늬 치마를 입고 사람들이 놀러 나가는 거리로 나갔습니다. 밤인데도 불빛은 휘황하고 영화관에서는 사람들이 쏟아져나오고 있었습니다. 눈물이 날 것 같았습니다. 내 마음이 허전했어요. 시골에서는 배부르게 먹고 예쁜 옷을 입고 있으면 온 세상에 그대로 만족할 것 같았는데 그게 아니고 도무지 알 수도 없는 슬픔이 몰려왔습니다. 나는 상점들을 기웃거리며 여기저기 걸어다녔습니다. 아무도 아는 척하는 사람은 없었지만 텅 빈 방으로는 돌아가고 싶지 않았습니다. 그때 어떤 남자가 나를 따라오고 있는 것을 알았습니다. 그 남자는 몇 미터 뒤에서 나를 따라오면서 내 눈치를 살피고 있었습니다. 내가 뒤돌아보면 다른 데를 쳐다보는 척하고 내가 도도하게 머리를 들면 두려워하는 표정을 지으며 움츠러들면서도 내 주변을 떠나지 않았습니다. 내 가슴은 미친듯이 뛰고 얼굴은 상기되고 땀이 흘렀습니다. 마침내 나에게도 뭔가가 일어나고 있었던 것입니다. 걱정이 되었습니다. 남자에게 뭐라고 말하면 좋은지, 나는 아는 것이 없었기 때문입니다. 잡지책이나 텔레비전에서 본 대로 그렇게 하면 될까요. 그런데 아무것도 생각이 나지 않는 것입니다. 그렇게 열심히 봤는데도. 그런데 다행히 그 남자가 먼저 용기를 내어 말을 걸었습니다. 시간이 있느냐고 했습니다. 처음에는 없다고 해야 한다는 것 정도는 알았지만 우물쭈물하고 말았습니다. 얼굴만 빨개진 채로요. 그 남자에게 이끌려 난 생전 처음으로 소주라는 것을 마셔보았습니다. 지독하게 쓰더군요. 그 남자는 공단 안에 있는 어느어느 공장에 다닌다고 자신을 소개했습니다. 그리고 여관에 갔습니다. 신발을 들고 들어가야 되는 여관이었습니다. 나는 정신이 없었기 때문에 어떻게 일이 그렇게 되었는지 기억도 잘 나지 않습니다. 그 남자는 나를 좋아한다면서, 처음 보고 반했다고 미친듯이 내 몸을 만지면서 말하던 것은 기억납니다. 그리고 그 남자를 다시 만나지는 못했습니다. 내가 임신을 안 것은 삼 개월이 지나서였습니다. 자꾸 몸이 무겁고 잠이 쏟아졌습니다. 속이 좋지 않고 쓴 물도 넘어오고 아침에 치약을 물면 구토가 났습니다. 생리도 없었습니다. 배가 점점 불러오자 더럭 겁이 났습니다. 거들을 두 개나 껴입고 일했지만 배는 점점 불러와서 가까운 사람들이 눈치채게 되었습니다. 병원에 갔습니다. 어쩌면 좋을까요. 눈앞이 캄캄했습니다. 시골집에다 말하면 야단맞을 것이 겁이 났습니다. 의사가 낙태를 하라고 했습니다. 돈은 십만원이 필요하다고 하더군요. 나에게는 십만원이 없었습니다. 두어 달만 지나면 모을 수 있으리라 생각하고 그러겠다고 했어요. 두 달이 지나 찾아가니 이번에는 이십오만원이 필요하다고 했습니다. 아이가 그동안 컸다는 거지요. 나는 다시 절망에 휩싸였습니다. 나는 입맛을 잃고 두려움과 공포 때문에 꺼멓게 타들어가며 살았습니다. 아니 살아 있다고 할 수도 없었어요. 이 문제를 이야기할 어떤 사람도 도움도 곁에는 없었습니다. 미혼모를 위한 시설이 있다는 것도 몰랐고 무엇보다 아이를 뱄다는 사실이 부끄럽고 두려워서 다른 사람에게 드러내놓고 도움을 구한다는 것이 뻔뻔하게 느껴졌습니다. 딱 한 번, 그 남자가 일한다고 했던 공장으로 찾아가 본 일이 있었습니다. 하지만 나는 그 남자의 이름도 모르는걸요. 얼굴 생김새도 이제는 잘 기억나지 않습니다. 그래서 아무것도 하지 못하고 다시 돌아왔습니다. 내가 다시 이십오만원을 모으면 의사는 더 큰돈을 요구할 테고 그러고 나면 아이를 낳을 때가 되어버릴 것입니다. 죽고만 싶었습니다. 하루하루가 지옥이었습니다. 그러다가 교회를 알게 되었습니다. 그러다가 문제의 핵심을 알게 되었습니다. 나는 내 실수의 대가로 임신하게 되었고 아기를 낙태하려고 했습니다. 그것이 살인이라는 아무런 의식도 하지 못했습니다. 지금은 내가 돈이 없었던 것이 얼마나 다행인지 모른다고 생각하고 있습니다. 덕분에 살인을 피할 수 있었으니까요. 무지했던 관계로 순결을 지키지 못했으나 교회를 알게 된 지금 아무리 사소하고 미천한 생명이라도 그리스도는 사랑하시고 보호하신다는 것을 알게 되었습니다. 나에게 이런 시련이 다가온 것도 그리스도께서 고통을 통해 나를 키우시려는 큰 사랑의 표현이었다고 생각하고 있습니다. 가난하고 무지한 부모를 원망하기도 하고 내 순결을 빼앗아간 그 남자를 미워하기도 했습니다만 이제 그런 것은 없습니다. 그리스도께서 날 사랑하신다는 것을 알게 된 다음부터 나는 그분이 주신 사랑을 이 세상을 향해서 표현하고 자기를 희생하는 엄숙한 생이 기다리고 있다는 것을 믿습니다. 그리고 이제 그것이 궁극의 기쁨인 것을 압니다. 진정, 그리스도의 마음으로 살고 싶습니다. 아멘.

근이를 만난 것은 내가 탁아소에 출근한 지 이틀째 되는 날이었다. 근이는 탁아소에서 가장 불량스러운 열세 살 소년 오윤과 함께 있었다. 오윤은 야구 선수가 되어 돈을 많이 번 다음 코카콜라병 같은 몸매를 한 여자를 만나 결혼하는 것이 꿈인 아이였다. 누나 같은 여자요, 하고 덧붙이면서 오윤은 나를 빤히 쳐다보았었다. 가슴이 풍만하고 엉덩이가 큰, 자기보다 성숙한 여자가 무조건 좋아 보이는 나이에 있는 아이들이었다. 근이는 오윤의 친구였다. 그래? 하고 나는 쳐다보지도 않은 채 심드렁하게 대꾸했다. 오윤의 친구라니, 별로 반가운 마음이 아니었다. 그런데 근이는 오윤과 많이 달랐다. 누나, 오늘 오윤과 함께 놀아도 되나요? 하고 근이는 조심스럽게 인사한 다음 물었다. 내가 처음으로 그것을 망설이지 않고 들여다본 다음 충격처럼 잊지 못하게 된 남자의 눈은 일생 동안 근이, 그가 처음이었다. 그리고 그 이후란 없었다. 나에게 남자라는 존재가 그런 식으로 다가올 줄은 정말 몰랐다. 그렇다. 처음부터 나는 근이가 좋았다. 시간이 흐른 다음 하찮은 먼지가 되어 모든 것은 사라져버렸으나 지금, 상기해보면 너무 고통스러워 돌이키고 싶지 않을 정도로 은밀하고 지독한 달콤함이었다.

나는 몸안에 뜨거운 화로를 껴안고 더러운 전당포 건물의 층계에 주저앉았다. 나는 불이 무섭다.

가스 검침원이 입을 열었다.

음악이 왜 惡이냐고 물었습니까? 음악은 우리 마음을 감상적으로 만들어 정확한 판단을 할 수 없게 만듭니다. 마음이 감상적이 된다는 것은 자기애와 연민을 강화시킨다는 것을 뜻합니다. 그러면 우리는 나약해집니다. 수행을 견뎌낼 의지를 잃게 되고 눈물을 흘리거나 춤을 추거나 노래를 부르게 됩니다. 노동보다는 유희를 즐기게 되고 즐기기 위해서 부를 축적하고 싶어집니다. 세속적인 행복을 추구하여 결국은 자기 자신만을 사랑합니다. 내가 남보다 가난하고 내가 남보다 더 많이 일하고 내가 남보다 더 낮은 곳에 있다고 불만을 품게 됩니다. 온갖 감상적인 문학도 마찬가지입니다. 전혀 고행하지 않으면서, 인생은 고행이라고 쉽게 말합니다. 파괴된 에고를 불행이라고 울부짖습니다. 자기애가 강해질수록 연민은 더욱더 자기 자신만을 향합니다. 이타적이라는 것은 자기 밥그릇에서 먹고 남은 찌꺼기를 남에게 던져주는 것이 결코 아닙니다. 진실한 애정도 마찬가지죠. 자기애의 충족을 위해서 대상을 고르고 자기 감정에 충실하면서 애정을 진행시키고 그리고 감정이 소멸된 다음에는 자기를 위한 변명을 준비하는, 그런 것이 아닙니다. 그 협소한 에고를 제외하고 나면 이 우주에서 사람에게 남는 것은 무엇입니까? 신앙은 그럴듯해 보이는 장신구가 아니고 자기 연민을 충족시키는 신경안정제도 아니고 입신의 도구도 아니고 교회란 자선사업을 대행해주는 기관도 아니고 군림하는 것도 아닙니다. 신앙을 선택하는 것은 분명한 자기 이외의 절대적인 타자를 인정하는 것입니다. 그것이 우선입니다. 자신을 위한 신앙이 아니고 신앙을 위한 자신입니다. 온갖 교리는 부수적입니다. 불필요하기조차 합니다. 직업으로서의 성직자나 제의를 위한 절차나 그 자체가 프로파간다가 되어버리는 찬송가의 가사나 직업 부흥사, 온갖 프로그램, 전 세계적인 조직, 십자가와 뾰족탑의 상징, 학위를 가진 목사, 심지어는 교회를 위한 과도한 헌금도 필요 없습니다. 내 신앙은 사랑처럼 은밀하지만 침묵만으로도 알 수 있습니다. 형제 여러분, 그대의 전 인생을 던져 노동하십시오. 그러나 동시에 최후까지 가난하십시오. 진정, 그리스도의 마음으로 살고 싶습니다. 아멘.

종로에 갈래? 도서관에서 물건을 챙겨나오는데 남자애들이 말을 걸었다. 같은 도서관에 다니는 고등학교 남자애들이다. 주로 공부는 뒷전이고 당구장에서 사는 애들이었다. 종로 3가 뒷골목의 술집이 이들에게 인기였다. 고등학생에게도 술을 팔았고 그곳 디스코텍은 주민등록증을 보여주지 않아도 무사통과였다. 너 요즘 이상한 교회 다닌다면서? 하고 다른 애가 물었다. 그날은 디스코텍에 가서 맥주를 마시고 놀았다. 남자애가 세 명에 여자애가 세 명이었다. 춤을 추고 있는데 갑자기 음악이 꺼지고 방송이 나왔다. 단속이 떴으니 이십 세 미만의 손님들은 화장실에 있는 뒷문으로 나가라는 내용이었다. 에잇, 잡쳤네. 뒷문으로 나가는 아이들에게 웨이터가 주중의 다른 날에 올 수 있는 티켓을 나누어주었다. 뭐 어때. 다음에 오지 뭐. 하루 굳었잖아. 아이들은 단성사 뒤편으로 몰려갔다. 앗! 그때 여자아이들 중의 한 명인 경애의 얼굴이 굳어졌다. 저만큼 앞에서 걸어오던 남자도 경애를 보고는 역시 얼굴빛이 변하더니 걸음을 빨리해서 쫓아오는 것이 보였다. 야, 빨리 가자. 경애가 내 팔을 잡더니 다급한 목소리로 말했다. 왜 그래. 뭐가 문제야? 다른 애들이 뭔지도 모르면서 물어댔다. 나는 금방 알 수 있었다. 덩치가 좋은 저 남자는 경애가 두 번 정도 만난 적이 있는 유도대학 남자가 틀림없다. 두 번 만나고 경애는 싫증이 나서 전화번호도 엉터리로 가르쳐주고 바람맞혀버린 것이다. 꼴에 대학생이라고 얼마나 폼은 잡는지. 경애가 그 남자 대학생 흉을 온 도서실이 떠들썩하게 보고 다녔기 때문에 여자애들은 다 알고 있었다. 그런데 그 남자를 세상에, 종로 네거리에서 만난 것이다. 이러는 사이 그 남자 대학생은 성큼성큼 다가와 경애의 앞에 서더니, 이 싸가지 없는 기집애 봐라? 했다. 싸가지 없기는 누가 없다고 그래? 이미 피하기를 포기한 경애가 표독스럽게 덤비자 남자가 손을 치켜들더니, 이년이 덤비기는, 누구를 바람맞혀놓고, 하면서 경애를 때릴 듯이 굴었다. 고등학교 남자애들은 폼을 잡으면서 이봐, 왜 그래, 말로 해, 하고 건들거리다가 그 남자의 뒤편에 스모

선수 같은 유도대학 학생 서너 명이 다가오는 것을 보자 얼굴빛이 바뀌면서 뒤로 물러났다. 너 오늘 나랑 얘기해. 남자가 경애의 팔을 잡아끌자 경애가 뿌리치려고 한다. 뭐야, 그 말투는. 무식한 게 힘만 좋아가지고. 경애의 그 말은 유도대학 학생들을 모두 화나게 했다. 그 남자는 경애의 뺨을 때렸다. 그래, 너는 얼마나 잘났니. 순 고삐리 날라리가. 나와 다른 여자애는 경애를 구하려고 그 남자의 양팔에 매달렸다. 뭐야, 너 깡패야? 경애야, 도망쳐. 갑자기 집단으로 싸움이 붙었다. 우리와 같이 온 고등학교 남자애들도 합세했다. 그러나 싸움은 너무 쉽게 끝났다. 우리는 일방적으로 얻어맞았다. 다른 여자애는 머리채를 휘어잡히고 나는 가슴을 쥐어박혔다. 이 새끼들, 남자면 다야? 힘만 세면 다냐구. 화가 나서 남자의 팔을 물어버리자 유도대학 남자애들이 달려들어 내 허리를 걷어차고 땅바닥에 쓰러뜨리더니 구둣발로 짓밟고 또 짓밟았다. 다른 남자애들이 둘이나 달려들었지만 한 번의 펀치에 나가떨어졌다. 뭐 이딴 것들이 다 있어. 이마에 피도 안 마른 것들이 세상 무서운 줄을 모르는군. 고등학교 남자애들 중 하나가 오기가 나서 근처 포장마차에서 소주병을 집어가지고 와 미친개처럼 유도대학 남자애의 뒷머리통을 후려갈겼다. 맞은 남자애는 얼굴이 홀딱 다 젖었다. 그는 비틀거리더니 소주병을 든 남자애의 두 팔을 잽싸게 꺾었고 다른 대학생들이 번갈아가며 그 남자애의 얼굴에 구둣발 펀치를 날렸다. 유도대학 남자애들은 마지막으로 쓰러진 내 머리를 세게 걷어차고는 침을 뱉었다. 야, 가자, 별 개똥 같은 것들이. 덤비기는 어딜. 경애가 나에게 다가와 내 머리를 만지면서 물었다. 괜찮니? 괜찮아? 나는 입술이 터지고 이가 흔들렸다. 잇몸에서 비릿한 피가 새어나오는 것을 느꼈다. 아아, 씹새끼들. 눈알을 뽑아버리고 싶어. 갈가리 찢어서 죽여버리고 싶어. 기름을 붓고 산 채로 태워버리고 싶어. 반드시 그렇게 하고 싶어.

엉망이 된 얼굴을 하고 탁아소로 나갔다. 보모들은 내 얼굴을 보고 놀라는 것 같았으나 아무도 이유를 묻지 않았다. 나는 바람도 통하지 않는 좁은 주방에 가서 세수를 하고 들썩거리는 잇몸을 지그시 물었다. 시려서 아무것도 씹을 수가 없었다. 그때 근이가 들어왔다. 그 아이는 탁아소의 아이가 아니었지만 오윤을 따라 탁아소 주변을 맴돌다가 점심을 탁아소에서 먹고 돌아갔다. 왜 그랬어요? 근이가 물었다. 누가 그랬어요? 내가 대답이 없자 근이가 다시 물었다. 초조하고 불행해 보이는 음성이었다. 남자가 그랬어. 누가 이런 짓을 하겠니. 내가 쌀쌀맞게 대꾸했다. 어떤 남자? 그애는 내 곁으로 와서 다가앉았다. 아빠가 그랬어요? 아니면 남자친구? 둘 다 아니야. 나는 가까운 곳에서 근이의 눈동자를 들여다보자 향료를 뒤집어쓴 것처럼 숨이 막혀왔다. 까맣고 부드러워 보이는 눈동자에 어린 소년의 거무스름한 건강한 피부는 벨벳 같았다. 근이의 코 옆에는 쌀알만한 희미한 흉터가 있었다. 어린 아기일 때 보행기에서 넘어진 듯했다. 아무 상관 없는 남자들이야. 왜 아무 상관 없는 남자들에게 맞고 다녀요, 누나. 그러면 어떡해. 너라면 때리는데 안 맞을 수 있어? 그런 게 아네요. 지켜주는 사람이 있다면, 그런 일은 일어나지 않아요. 근이는 답답하다는 듯이 목소리를 조금 높였다. 지켜주는 사람? 세상에 그런 건 없어. 나는 아이들이 점심시간에 먹을 오뎅을 칼로 썰기 시작했다. 화끈거리는 멍든 이마 한쪽을 두들기면서. 근이는 내가 썰어놓은 오뎅을 커다란 접시에 담고 플라스틱 밥그릇을 행주로 닦았다. 그리고 고개를 숙여 내 스커트에 묻은 기름 얼룩을 한참 들여다보았다. 나, 야구공을 오십 미터도 넘게 던질 수 있어요. 그렇게 말을 시작했다. 어떨 때는 오윤이보다 잘해요. 키가 조금만 더 큰다면, 지금은 누나보다 한참 작지만, 백 미터도 십삼 초에 달려요. 나, 누나를 지켜줄 수 있어.

삼십 명의 아이들이 밥을 먹는 식탁의 가장 끝자리에 앉아서 나와 근이는 천천히 밥을 먹었다. 푸석푸석한 질 낮은 쌀로 지은 밥에 반찬은 익히지 않은 오뎅과 흰 김치뿐이다. 기도 시간에 우리는 눈을 뜨고 서로를 들여다보았다. 식탁 위에서 두 손이 아주 망설이듯이 가까워졌다.

왜 저 아이에게 언제나 밥을 주는 거죠? 두 명의 보모가 탁아 업무 시간이 끝난 다음 나에게 물었다. 어쩌다 한 번 정도는 문제가 없지만 저 아이가 언제나 와서 밥을 먹는다면 우리는 입장이 곤란해져요. 아시겠지만 이 탁아소 아이들의 부모는 그다지 넉넉한 사람들이 아닙니다. 우리가 한끼 쌀이 아까워서 그러는 것은 아닙니다. 이곳에 아이들을 맡긴 부모는 한 달에 이만원이라는 돈을 내고 있어요. 물론 운영비로는 턱없이 모자랍니다. 나머지는 교회가 보조하고 있어요. 교회도 부자는 아닙니다. 저 아이가 이곳이 아니면 밥을 먹을 수 없을 정도로 가난해서 그렇다면 우리도 눈을 감겠어요. 하지만 전혀 그렇지 않아요. 저 아이는 이 동네에서 살기는 하지만 드물게 있는 고급 주택가에서 살고 오윤과 같은 공립학교에 다니고는 있지만 오윤과는 환경이 많이 다릅니다. 저 아이의 어머니는 일을 나가지 않고 저 아이는 공부할 수 있는 책상과 가지고 놀 책과 장난감이 있습니다. 저애에게 탁아소는 반드시 필요한 어떤 것이 아닙니다. 그냥 놀러가는 친구 집 같은 거죠. 저 아이가 오윤과 친구라서 언제나 친하게 지내는 것 우리도 잘 알고 있습니다. 그러나 우리 탁아소 아이들을 보세요. 하루에 우유 한 잔과 과일을 먹이기 위해서 비가 새는 지붕을 고치지도 못하고 있습니다. 그리고 이곳은 단순한 탁아소뿐만이 아니고 신앙의 학교이기도 합니다. 그런 상황에서 탁아소의 아이가 아닌 다른 아이가 와서 지낸다면 통제할 수밖에 없습니다. 우리는 저 아이를 어떻게 대해야 할지 혼란스러워지는 것입니다. 이해하세요.

근이는 나조차도 참지 못하고 남기는 맛없는 밥을 언제나 맛있게 먹고 김치와 짠지뿐인 반찬도 남기는 법이 없었다. 탁아소의 아무리 더러운 어린아이라도 울면 안아주었고 그리고 내 설거지를 돕기도 했다.

1983년 그해, 우리들은 교복을 벗었다. 아무도 교복을 입을 수는 없었다. 머리를 기르는 자유는 1982년부터 주어졌다. 내가 대학을 가지 않겠다고 하자 아버지는 그래, 딸자식이 대학에 가서 데모하는 꼴을 보느니 차라리 수녀가 되는 것이 낫겠다, 라고 했다. 버스를 타고 신촌의 거리를 지나가면 거의 언제나 대학생들은 데모를 하고 있었지만 나는 그들이 왜 데모를 하는지 그 이유도 모르고 있었다. 언젠가 학교의 한 아이가, 대학생들이 데모하는 이유는 길가의 포장마차 영업을 허가해달라는 거라고 말했다. 가난한 사람들이 운영하는 포장마차를 철거하지 말아달라는 것이다. 그 말을 들은 다음부터 나는 데모 행렬로 신촌의 큰길이 다 막혀버려 사람들로 가득한 버스에서 기약 없이 기다려야 하는 상황이 되면, 막연히 생각했다. 아, 또 포장마차 때문에 데모하는구나. 광주나 5·18에 대해서 말하자면 나는 광주가 전라도에 있는지 경상도에 있는지도 몰랐다. 국토 지리는 내가 선택한 과목이 아니었기 때문이다. 탁아소 일이 끝난 뒤 도서관이나 학교로 가 아이들을 만난 다음 그해에 유행하던 벙벙하게 부푼 항아리 모양의 치마를 입고 밤의 길가에 앉아 우리는 지나가는 군인들의 버스를 향해 손을 흔들고 한창 유행하던 김수희의 노래를 불렀다.

공부를 하는 아이들도 있었다. 방학인데도 학교에 나와 조지 오웰의 『동물농장』 강독 스터디를 하거나 버트런드 러셀을 읽었다. 러셀의 영어는 원칙적이라 쉬웠으나 내용이 하품 났다. 오웰은 모르는 단어가 너무 많아 지겨웠다. 그래도 꾹 참는 아이들이 있었다. 그러나 그해 시험은 객관식으로만 출제하기로 약속되어 있었기 때문에 그런 식의 강독은 성적을 올리는 데 별로 도움을 주지 못했다. 대학에 꼭 가야 하는 아이들은 필사적이었다. 삼차원 벡터 문제를 하나 푸는 데 한 시간이 걸리는 아이들은 마침내 눈물을 보이고 만다. 약삭빠른 아이들은 그 한 시간 동안 연대기별로 나열된 역사 문제집을 외웠다. 심지어 어떤 아이들은 고등학교를 졸업할 때까지 몰mole이나 함수function 개념을 이해하지 못하는 경우도 있었다. 18세기 규방문학의 문법이나 백악기의 화석에 대한 순수한 열정을 가지는 아카데미즘은 앞으로 우리가 살아가는 데 아무런 도움을 주지 못한다는 것은 확실했다. 존 듀이 식으로 말하자면 교육은 실용이 아니었던가. 그러나 도시 중산층 내지는 중산층에 속한다고 생각하는 사람들에게 대학은 최소한의 소양인 것도 사실이었다. 그것만큼 실용적인 목적도 따지고 보면 없는 것이다. 1983년, 그때 대학은 수요와 공급의 불균형이 심각하던 때였다. 베이비붐 세대의 마지막쯤에 해당하던 그때, 대부분의 아이들은 형제가 세 명이나 네 명, 혹은 그 이상이 되는 가정에서 자랐다. 사춘기 시절 형제들과 방을 같이 쓰거나 이층 침대에서 자는 것은 흔한 경험이었다. 고등학교에 아이들은 많은데 대학은 그렇지 못했고 좋은 대학은, 그래서 선택받은 아이들이나 꿈꿀 수 있는 곳이었다. 언젠가의 홈룸 시간에 내 순서가 되어 나는 아이들 앞에서 로

사리오를 외운 다음에 묵상의 기도를 올려야 했다. 그때 말했다.

너희들은 참 이상해. 잠도 많이 자고, 공부도 잘 안 하고 게다가 머리도 나쁘면서 왜 대학에 가려고 하지? 난 이해할 수가 없단다. 재봉사나 점원이 되는 것이 더 낫지 않겠어? 그러면 돈도 벌 수 있잖아. 그게 훨씬 실용적이지 않을까.

한 클래스에서 육십 명이 공부했고 그중의 반이 안 되는 아이들이 대학을 갔다. 대학을 의식하지 않고 공부를 한다는 것은 결혼을 의식하지 않고 남자를 사귄다는 말만큼 멍청하게 들렸다. 가끔, 프로가 되겠다는 목적 없이 책을 보는 아이들이 있다. 에스페란토어나 수화를 공부하던 아이들이 주로 그런 취급을 받았다. 탁아소 아르바이트를 하던 나도 그랬고 UFO에 관한 책을 열심히 모으던 다른 아이도 마찬가지였다. 우리는 드러난 바보들이었다. 또다른 의미로 실용적이지 못했다.

근이의 집을 찾아갔다. 난 벨을 누른 다음에 근이를 만나러 왔어요, 하고 말했다. 근이의 어머니의 표정이 갑자기 복잡해졌다. 근이의 어머니는 나를 소파에 앉게 하고 서둘러 냉장고에서 파인애플 주스를 꺼내주더니 이층을 향해서 불렀다. 건이야, 네 여자친구가 찾아왔어. 빨리 내려와봐. 내가 파인애플 주스의 스트로를 쪽쪽 빨고 있으니 내 또래 정도 되어 보이는 머리를 짧게 깎은 사내애가 눈이 휘둥그레져서 뭐야, 그럴 리가 없어, 하면서 뛰어내려왔다. 그는 근이와 닮았다. 우리는 서로 멀뚱하니 쳐다보기만 했다.

그는 근이의 형 건이였다. 근이의 어머니는 내가 당연히 건이의 친구일 것이라고 생각한 것이다. 난 근이를 만나러 왔어요, 하고 한 번 더 말하자 이층의 난간 사이로 근이의 모습이 나타났다. 방학 숙제 교재를 손에 든 모습이었다. 아, 누나가 내 숙제를 도와주러 왔군요. 문제가 풀리지 않아서 누나에게 전화하려던 참이었어요, 하고 근이가 말했다.

얇은 종이의 포장을 벗기니 빗과 거울의 화장 세트가 나왔다. 내가 별로 좋아하지 않는 모양이었다. 시장 거리의 양품점에서 팔고 있는 것이었다. 가스 검침원은 자신이 스물일곱 살이라고 했다. 나는 좀 놀랐다. 그가 마흔 살은 되었을 거라고 생각하고 있었기 때문이다. 우리는 식은 커피를 놓고 다방에 앉아 있었다. 화장 세트나 다방이나 커피는 모두 가스 검침원에게 어울리지 않았다. 나에게도 어울리지 않았다. 그래서 나는 불편했다. 나는 어떻게 하는 건지 잘 모릅니다. 가스 검침원이 말했다. 소년 시절에는 꿈이 있었습니다. 시인이 되고 싶었어요. 그 말을 한 다음 그는 너무나 수줍어했다. 그러나 지금, 그 꿈을 접었습니다. 그러나 다른 꿈이 있습니다. 당신을 좋아합니다. 가스 검침원의 목젖이 긴장으로 부들부들 떨렸다. 나는 이런 것, 잘 못합니다. 한 번도 여자를 개인적으로 생각해본 적이 없기 때문입니다. 유치하기도 하고 초라해 보이기도 할 겁니다. 그러나 나는 모르겠어요. 어떻게 하면 여자들이 좋아하고 매력 있는 남자가 되는지. 외모가 멋있고 돈이 많으면 당연하겠지만 나는 그러지 못합니다. 그래서 당신이 나를 좋아하지 않는 것은 잘 압니다. 하지만 적어도 친구 정도는 될 수 있겠죠. 그렇죠? 말하지 않으려고 했지만, 미안합니다. 가스 검침원은 사과하듯이 고개를 숙였다. 그리고 나를 올려다보았다. 그래서 시를 썼습니다. 너무 오랜만의 일이죠. 당신에게 보여주고 싶습니다.

당신은 천사가 분명하군요/ 내 심장을 가져가버렸으니/ 그러나 당신이 놓아달라고 하시면/ 나는 재가 되어 당신의 굴뚝에 보이지 않게 숨어 있겠어요/ 내가 없어도/ 나는 당신이 좋으니까요/ 정말이에요

유치하다고 생각하면서 나는 고개를 저었다. 1983년의 그것이 내가 이 세상에서 받을 유일한 구애라는 것을 몰랐다.

자아, 여러분 여기 모이세요. 누나가 이제 연극을 할 테니까요. 이제 천사가 나옵니다. 어머, 여기 이렇게 날개가 달렸군요. 너무 아름다워, 천사는 이렇게 춤도 추고 노래도 하는군요. 그런데 이 사람은 누구야. 오, 천사를 사랑하는 남자로군요. 여러분, 그런데 천사를 사랑하는 남자는 다리를 저는군요. 이런, 눈도 멀었어요. 게다가 문둥병에도 걸렸네. 목이 말라 입술을 떨고 있군요. 자, 이제 천사가 말합니다. 마귀야, 물러가라.

아이들이 웃고 떠드는 뒤에 가스 검침원이 서 있었다. 나는 남

자 역할을 맡은 오윤의 이마를 지팡이로 쳤다. 그러자 오윤이 정말로 병자 흉내를 내면서 우스꽝스러운 목소리를 내었다. 아아, 아주머니, 이번 달은 가스를 너무 많이 쓰셨어요! 정말이에요! 가스 검침원의 표정이 봄날의 눈사람처럼 허물어졌다. 오윤은 내가 읽어준 각본대로 신이 나서 떠들었다. 나는 당신이 좋아요, 정말이에요! 정말이에요! 가스만 많이 쓰지 않으면 돼요. 정말이에요!

피크닉을 갔다. 그해 여름은 비가 많이 왔기 때문에 계곡에는 물이 넘쳤다. 우리는 배낭을 메고 있었다. 수요일이었기 때문에 산에는 사람이 없었다. 나무 그늘 사이로 땀을 흘리면서 걸어갔다. 공기도 뜨겁고 흙도 뜨겁고 바람도 뜨거웠고 나뭇잎들이 내뿜는 산소도 뜨거웠다. 아직 채 마르지 않은 잎새의 이슬조차도 염산처럼 화끈거렸다. 우리들 얼굴도 붉게 달아올랐다. 길도 없는 계곡 사이로 폭포처럼 물이 쏟아지고 있었다. 깊은 바위 사이에는 수정 같은 물이 고여 곱게 썩은 나뭇잎들이 가라앉아 있고 천지에는 고요함이 있었다. 나는 그 물 한가운데로 걸어들어갔다. 그리고 고개를 숙여 주체할 수 없이 뜨거워진 머리부터 천천히 그 물에 담갔다. 몸은 물속에서 시체처럼 둥둥 떴다. 아아 차가워. 신발을 벗고 블랙 진을 벗고 티셔츠를 벗고 헝겊 브래지어를 벗고 마지막 속옷도 벗었다. 바위는 미끈거리고 이름 없는 멸치보다 작은 생선들이 지나다녔다. 너도 벗고 들어와, 아주 시원하단다. 내가 불렀다. 다시 태어나는 기분이야. 봐, 상처들이 낫고 있어. 마치 전쟁이 끝난 것처럼 평화로워졌다. 물속에서 우리는 장난치고 배낭에 넣어 온 푸른 사과를 던지면서 놀았다. 그의 작은 몸이 개구리처럼 내 젖가슴에 엉겼고 서로 장난으로 엉덩이에 잇자국을 내기도 했다. 남동생이 없는 나는 성숙하지 않은 어린 사내아이의 페니스를 가까이서 들여다본 일이 없었다. 언제나 불발로 그쳐버리고 말았던 사건들에 등장하는 남자애들의 페니스는 예외 없이 스탠바이 상태였다. 열세 살 난 사내애의 그것은 열아홉 살이나 혹은 그것보다 나이가 많은 다른 남자애들의 것과 많이 달랐다. 그의 것은 위압적이지도 않았고 위협하거나 폭력을 예감시키지도 않았다. 나는 물위에서 하늘을 향해 둥둥 떠 있었다. 물속에서는 그가 내 엉덩이를 간지럽히고 있었다. 나는 웃으면서 그를 밀쳤다. 곧 이가 시려왔다. 뼛속까지 얼음처럼 차가워져서 입술이 푸르게 변하고 있었다. 믿을 수 없었다. 그렇게 불처럼 뜨거웠는데. 우리는 서둘러 물에서 나와 배낭에서 타월을 꺼내 몸을 닦았다. 아이 추워. 나는 떨렸다. 그의 페니스도 아기 것처럼 조그맣게 줄어들어 있었다. 나는 타월로 그의 몸을 닦아주고 그의 둥글고 포근한 어깨에 입술을 대고 그의 손가락, 그의 가슴에도 입맞추었다. 근이는 좀 수줍어하면서 가만히 있었다. 그리고 난 그의 조그만 페니스에도 입맞추었다. 차가웠다. 그의 것은 입을 크게 벌리지 않아도 한입에 들어왔다. 나는 그의 것을 덥혀주려는 의도로 따뜻하게 빨았다. 반은 장난이었다. 우리는 그때 놀고 있었던 것이다. 그러자 갑자기, 이런

저런 생각을 할 사이도 없이, 그가 커졌다. 나는 놀라고 숨이 막혀 와 혀를 멈추었다. 이처럼 예상하지 못했던 상황이 앞으로 살면서 또 있을 것 같지 않았다. 너는, 열세 살이 아닌가. 아직 뭐가 뭔지도 모르는 나이가 아닌가. 나는 그때까지 남자 아이들이란 성인이 되기 전까지는 전혀 발기하지 않는 것으로 알고 있었기 때문이다. 그도 나 이상으로 놀라고 있었다. 우리는 서로 조금씩 다른 이유로 충격을 받고 떨어졌다. 찌르는 듯한 쇼크 때문에 우리는 한동안 말을 잊었다. 잠시 혼자 있고 싶다고 그가 말했다. 나는 이해했다. 그는 한 십 미터 정도 떨어진 바위 위에 가서 앉았다. 그동안 나는 물속의 푸른 사과를 주웠다. 김밥을 꺼내고 나를 위해서는 보온병에 든 커피를, 그를 위해서는 콜라를 꺼냈다. 아직 가을이 되지 않았지만 바람이 불자 나뭇잎들이 푸르게 떨어졌다. 피리 같은 소리를 내면서 낯선 새가 숲에서 날아갔다. 난 한동안 그 여운에 귀기울였다. 그리고 그가 돌아오기를 기다리면서 옷을 입었다.

1983년 여름, 첫사랑의 시작이었다.

시내 유명 학원의 강사가 만들었다는 학력고사 예상 문제지를 들고 가스 검침원이 나를 찾아왔다. 이것을 힘들게 구했습니다. 그는 수줍게 입을 열었다. 이번에 시험을 보게 되잖아요. 많은 도움이 될 것입니다. 나는 대답했다. 고맙지만 나는 대학에 가지 않을 거예요. 왜죠? 대학을 나온다고 해서, 나에게 달라질 것은 아무것도 없으니까요. 그렇다면 대학을 가지 않고 무엇을 하겠습니까?

아마 수녀가 될 것 같군요. 수녀라고 했나요? 네, 맞아요. 집에서 그렇게 바라니까요. 아. 가스 검침원은 얼굴을 일그러뜨렸다. 지나친 슬픔이 왜소한 그의 몸을 뿌리부터 흔들고 있었다. 내가 할 수만 있다면 그를 아프지 않게 해주고 싶다. 연민으로 내 마음은 떨렸다. 그러나 나는 여전히 몇 발짝 떨어진 채 그보다 더 높은 곳에서서 그를 내려다보기만 했다. 왜요? 안 되나요? 난 아직 처녀고 성모여자고등학교를 다녔고 영세를 받았고 아버지는 수녀원에 기부할 능력이 있어요. 수녀가 될 수 있다는 뜻이죠. 그것은 이제 당신을 보지 못한다는 뜻입니까? 아녜요, 졸업하기 전까지는 교회에 나가겠습니다. 탁아소 일도 열심히 할 거예요. 그러나 개종은, 하지 못하겠습니다. 미안합니다.

개종은, 시간이 많이 걸리는 일입니다.

물건을 파는 것처럼 나를 설득하려 하는군요.

나를 알지 않습니까. 나를 비웃어도 좋습니다. 당신이 나를 비웃고 멀리멀리 가버려도 좋습니다. 내가 바라는 일은 시간이 많이 걸리는 일이니까요.

1997년 겨울, 나는 지하도로의 오토워크 위에 서 있었다. 아흔살 난 노인을 휠체어에 싣고 주차장으로 가는 중이었다. 오토워크 위에서 나는 노인에게 노인의 딸들이 외국에서 보내온 엽서를 읽어주었다. 1997년까지 나는 처녀인 채로 있었다. 나는 누구에게도 구속되어 있지 않았으나 자유롭지도 않았다. 나는 언제나 어디론가 떠가고 있었으나 아무 곳도 약속된 장소는 없었다. 1989년이 되어서야 근이는 나에게 말하기를, 이제야 수녀가 된다는 것이 무엇을 의미하는지 알았다고 했다. 그해 근이는 미국 시민이 되었다. 아주 희미한 바람이 지나갔다. 나는 근이에게 전화했으나 근이는 받지 않고 자동응답기가 받았다. 근이는 자동응답기에 나에게 보내는 메시지를 남겨놓았다. 어쩌란 말인가. 나더러 어떻게 하라는 말인가. 그런 일이 반복되다가 내가 마지막으로 전화했을 때 근이가 남겨놓은 메시지는 이랬다. Let me go. 잘못 들은 것이 아니었다.

나는 엽서에서 눈을 떼지 않았다. 나는 여전히 오토워크 위에 있었고 손에는 엽서를 들고 있었고 다른 손으로 노인의 휠체어를 잡고 있었다. 그러나 1997년 그해 나에게 무엇인가 일어났다. 나에게 목소리가 들렸던 것이다. 그 순간에는 잘 알 수 없었다. 그러다가 시간이 지난 다음에야 그것이 나에게 찾아온 아주 찰나의 개종의 순간, 많은 시간이 흐른 다음에야 느껴진 교감인 것을 알았다. 그는 그렇게 말했었다. 개종은 시간이 걸리는 일입니다. 그러나 나는 더이상 성모여자고등학교 삼학년 美반이 아니고 1983년의 비는 그치고 그해부터 지금까지 침묵의 고통 같은 가뭄의 시간이 펼쳐졌다. 가질 수 없었던 내 유일한 남자, 근이는 떠나갔고 그 이후 내 시간은 먼지가 되었다. 의식조차 날려버리는 그토록 황폐

했던 시간. 건조해서 유황 냄새가 나던 갈라진 피부. 그런 때 나에게 개종의 순간이 불처럼 다가왔으나 너무 늦었다. 나에게는 변화할 그 무엇이 남아 있지 않았다. 나는 1997년의 오토워크 위에 있었고 그것은 멈추지 않았다. 어느 순간 이후부터 시간은 역류한다. 서서히 질량을 잃어버리고 지구의 홀로그램 한가운데를 걸어가고 있다. 질서를 잃은 1983년과 1997년과 이만 년 뒤의 수도원과 선사시대의 연인이 내 몸안에 함께 있다. 당신을 좋아해요. 정말이에요. 나는 오래전부터 내 개종을 예감하고 있었으나 이제 그것이 아무것도 바꾸어줄 수 없는 순간에 찾아왔다는 것도 알게 되었다. 그리고 나는 여전히 불이 무서웠다. 초라한 가스 검침원의 제자가 되어서 무서울 정도의 금욕에 몸을 맡기고 마침내 이 세상에서 화형당하고 싶지 않았다. 그러나 오토워크는 계속해서 앞으로 나가고 휠체어 위의 노인은 드디어 찾아온 죽음에 대한 환희 때문에 몸을 떨고 있었다. 마지막이 다가오기 직전, 나는 뒤돌아 그를 불러보고 싶었으나 불타는 오토워크에서 공포 때문에 혀가 굳었다.

(1999)

징계위원회

토요일 아침 열시에 징계위원회가 열릴 예정이니 참석해달라는 통지를 받은 것은 화요일 오후였다. 김시무는 그것을 읽은 다음에 책상 아래 휴지통으로 집어던져버렸다. 참석할 생각은 없었다. 게다가 토요일 아침 열시라면 일 때문에 시청에 출근하기에는 너무 어울리지 않는 시간이다. 어떤 바보가 이런 생각을 했는지 모르겠다. 징계위원으로 위촉된 것은 일 년 정도 전의 일이지만 그동안 한 번도 징계위원회가 열린 일은 없었다. 징계위원이란 것은 시청의 고급 관리나 외부 기관에서 위촉된 사람들, 그리고 영향력 있다고 생각되는 민간인들 중에서 추천된 자들로 이루어졌다. 김시무의 경우에는 두번째에 해당되었다. 징계위원으로 위촉되었다고 해서 명예가 되는 것도 아니고 급료를 받는 것도 아니고 이런 식의 무례에 가까운 통지를 받는 것뿐이다. 김시무는 앞으로 시의원이 될 생각도 없었고 정당에 기부금을 내고 정치 연구원 직책을 얻는다거나 공천을 노리고 싶은 생각도 없었다. 김시무가 징계위원 촉탁을 승인한 것은 그가 속한 건축연구소가 시 중앙공원의 조경 사업권을 따내려 하고 있을 때 의뢰를 받았기 때문이었다. 그러나 토요일 아침 열시에 시청으로 출근해야 한다는 것을 알았더라면 그는 절대로 승낙하지 않았을 것이다. 그것을 승인하든 하지 않든 관계없이 일정한 액수의 뇌물이 담당 국장의 자동차 트렁크로 들어가야 했으니까 말이다. 결과적으로 축소돼버린 중앙공원의 조경 예산은 연구소의 기대에 훨씬 못 미치는 이익을 가져다준 것뿐이다. 지금 와서 그는 실패한 선택이었다고 생각하는 중이었다.

"토요일 아침 열시라니, 누구 놀리나. 난 가지 않겠어. 전화가 온다면 그렇게 대답해주도록."

김시무는 비서에게 신경질적으로 이렇게 말했다. 게다가 그는 금요일 오후에 휴가를 떠나려고 생각하고 있었다. 아내와 아이들은 벌써 일주일 전에 해안으로 떠났다. 이런 상황에서 토요일 아침 열시의 징계위원회라니. 김시무는 시청에서 자신의 존재를 잊었기를 바랐다. 한 명 정도 참석하지 않는다고 해서 징계위원회가 열리는 데 아무런 지장이 없을 것이라는 생각을 했다. 그러나 수요일 아침이 되자 징계위원이라고 자신을 소개한 사람이 김시무를 방문했다.

"시 징계위원회 위원인 박학석이라고 합니다."

방문자는 경상도 지방 억양이 남아 있는 말투를 쓰고 무늬가 맞지 않는 천박한 인상을 주는 양복을 입고 있었다. 머리는 삐죽거리게 깎았고 땅콩기름이라도 바른 듯이 입술이 번들거렸다. 나이는 김시무보다 열 살 정도는 많아 보였다. 키는 보통이었지만 등이 구부정해서 왜소하고 작아 보였다. 처음 보는 사람이었지만 그는 김시무에게 친근하게 굴었다. 그러나 김시무는 그의 옷차림이 별로 마음에 들지 않았기 때문에 불쾌한 것을 참고 있었다. 하지만 그의 경상도 억양을 참는 데에는 상당한 노력이 필요했다. 김시무는 경상도 억양을 싫어했다.

"원래 직업은 치과 의사죠. 병원은 역 근처에 있습니다."

박학석이 입을 벌리고 미소짓자 니코틴에 변색된 온통 뻐드렁니투성이인 그의 이가 보였다. 김시무는 기가 막혔지만 시비 걸지 않았다.

"아, 미안하군요. 나는 단골인 치과가 있어서. 의사는 처가 쪽 일가죠."

박학석은 벌린 입을 다물지 않고 수초 동안 그 형태로 미소를 유지하더니 김시무의 농담을 눈치채고 소리내서 웃었다.

"유감입니다. 하지만 내가 선생에게 가족들 치아 교정을 맡기라고 찾아온 것은 아니니 괜찮습니다."

그리고 박학석은 덧붙였다.

"사실 난 페이 닥터일 뿐입니다."

그 나이에? 김시무는 비웃듯이 놀랐다. 비서가 차를 가지고 오자 박학석은 새삼스럽게 자리를 단정히 하면서 수줍은 듯이 비서의 옆얼굴과 다리를 힐끔힐끔 보았다. 뭐 이런 게 다 있지? 김시무는 대상이 마음껏 경멸해도 되는 수준이라는 것을 알게 되자 갑자기 관대해지고 싶은 이상한 욕망이 피어올랐다. 이 작자의 얘기를 진지하게 들어주고 싶어진 것이다.

"예쁜 아가씨군요. 당신의 비서는."

"예쁘긴 하지만 아가씨는 아닙니다. 다섯 살 난 아들의 어머니죠."

"아, 그러신가요."

박학석은 찻잔을 입가에 가져가다 말고 좀 놀라더니 소심하게 말했다.

"이곳 연구소는 진보적인 분위기인가 보군요."

"기혼의 여비서를 고용하기 때문에 하시는 말씀 같은데 아주 단순한 사고의 전환 같은 거죠. 비서는 단지 비서일 뿐이지 기혼이냐 미혼이냐 하는 것이 문제될 소지가 없지 않습니까. 그런데 이렇게 찾아오신 이유는?"

"아. 참, 그렇군요."

박학석은 자세를 바로 하고 만년필이라도 꺼내듯이 안주머니에 손을 넣었다. 그러나 그가 꺼낸 것은 만년필이 아니고 세탁한 지 오래돼 보이는 검은색 손수건이었다. 박학석은 그것으로 땀이 흐르지도 않는 이마를 닦았다.

"본론부터 말씀드리죠. 위원회에 회부된 안건에 대해서 말씀드리려는 겁니다. 이렇게 하는 것이 부담되시지는 않겠죠? 자료를 보셨으면 알겠지만 그 횡령 액수라는 것이 미미합니다. 게다가 자료에는 나와 있지 않지만 그가 횡령했다는 것도 결국은 시청의 공보관이 조작한 겁니다. 암, 조작이고말구요. 아시겠지만 구백만원 정도는 공보관이 재량을 발휘할 수 있는 액수입니다. 그가 이번에는 리베이트 액수를 조작한 겁니다. 이건 확실해요. 공보실 말단 직원인 박승규는 공보관에게 이용당한 겁니다. 내가 증거를 댈 수도 있어요. 그리고 폭행 건에 관해서는."

"아, 잠깐만."

김시무는 손을 들어 박학석의 말을 중지시켰다.

"말씀중에 죄송하지만 난 일이 있어서 위원회에 참석하지 못합니다."

"그게 무슨 말입니까? 참석하지 못한다니요. 당신은 시 징계위원회의 위원이 아닙니까?"

"그건 맞지만 난 금요일 해변으로 떠나기로 되어 있습니다. 아내와 아이들이 그곳에 가 있어요. 만나기로 되어 있습니다. 위원회 일은, 단지 나는 위원의 한 사람일 뿐이고 과반수의 참석만 있으면 되는 일이니까요."

그리고 김시무는 좀 짜증스럽게 덧붙였다.

"그리고 외부기관 위촉위원이라는 것은 어차피 구색 아닙니까."

"아니, 난 이해할 수가 없군요."

박학석의 얼굴은 금세 붉게 달아올랐다.

"공적인 일이고, 당신은 시의 일의 일부를 위임받은 것인데, 납세자의 한 명으로서, 그렇게 무책임하게 해변이라니, 아이들이라니, 난 도무지 무슨 말인지."

"내 가족과의 계획을 거스를 만큼 그 일이 결정적인 것은 아니지 않습니까. 적어도 나에게는 분명히 그렇군요."

김시무는 잘라 말했다.

"하지만 당신이 그 자료를 읽어보았다면 회부된 안건에 대해서 분노를 느낄 겁니다. 도대체 누가 그러지 않겠어요. 공보관은 자신이 삼킨 시 예산을 신문사에 리베이트한 것으로 조작하고 죄 없는 직원을 횡령으로 몰아붙였습니다. 그 직원에게 과거에 폭행당한 것까지 한꺼번에 싸잡아서요. 공보관은 폭행당한 일 때문에 박승규에게 앙심을 품고 있는 것이 확실합니다. 박승규라는 그 직원은 구백만원을 횡령한 것이 아닙니다. 그가 신문사에 전달해준 봉투에 수표가 들어 있었다 믿고 있습니다만 그것은 단지 상품권이었을 뿐입니다. 공보관은 그에게 봉투를 주면서 분명히 수표라고 말했다는군요."

"말도 안 되는 소리."

김시무는 코웃음쳤다.

"있을 법이나 한 얘깁니까. 그래서 박승규라는 직원이 수표를 상품권으로 바꿔치기했다구요? 그런 어린애 장난 같은 얼토당토 않은 일이 시청에서 일어난다면 개도 웃겠군요. 난 그런 일로 두통거리를 만들기는 싫습니다. 내 일만 해도 숨이 휘몰아칠 지경인데. 그리고 돈에 관련된 횡령 사건이면 무엇 때문에 징계위원회 따위를 열고 있습니까. 경찰에 수사를 맡기면 되는 거죠. 경찰은 그럴 때 필요하잖아요."

"공보실의 신문사 리베이트 건을 경찰에 수사를 맡기라니요."

"피차들 다 알지 않습니까."

"그래도 공식화되지 못하는 부분 아닙니까."

"어쨌든, 난 참석하지 못합니다. 그리고 그쪽에서 보내온 자료라는 것도 읽어보지 않았어요. 가지 못할 테니까. 위원들이 열두 명이나 되는 것으로 알고 있는데 다른 사람들이나 찾아가서 설득해보시죠."

"위원들은 열두 명이지만 여섯 명은 시청의 직원이고 그들은 공보관의 사람이라고 봐야 되죠. 나머지 여섯 명은 외부인이지만 그중의 두 명은 현재 외국에 있고 나머지 두 명은 여자입니다. 한 명은 과거 시청 교통국장의 미망인이고 나머지 한 명은 시내 사립 여자고등학교의 교장으로 있는 오십대의 얌전한 노처녀입니다. 그녀는 가타부타 말 없이 기권표를 던질 것이 뻔해요. 반대 의견을 제시할 수 있는 사람은 당신이 가장 유력합니다."

"당신도 있지 않습니까. 위원회에 참석해서 직접 말씀하시지 그래요."

"물론 그렇게 하겠지만,"

박학석은 조금 의기소침한 표정을 지었다.

"징계위원회에 참석해보신 일이 한 번도 없는 것 같군요. 사람들을 만나보신 적이 없죠? 그들은, 나를 별로 신뢰하지 않습니다."

"그럴 리가요. 당신은 시에서 위촉한 사람인데요. 신뢰하지 않는다면 그럴 리가 없지 않습니까."

"물론 노골적으로 그러지는 않습니다만."

박학석의 목소리는 지나치게 높았다.

"내 힘만으로는 부족하니까요. 당신의 말이라면 시 위원회 사람들도 무시하지는 못할 겁니다. 당신을 설득하려면 내가 어떻게 하면 됩니까. 시간이 있으시다면 점심을 들면서 천천히 그 사건의 처음부터 끝까지 말씀드릴 수 있어요. 아주 더러운 일이죠. 암, 더럽고말구요. 조직의 관성이 한 무고한 하급 사무원을 말살하고 있죠. 난 분개를 느낍니다."

"진정하시죠."

"게다가 위원회의 일원인 당신은 주말을 해변에서 보내기 위해, 아내와 아이들이라니, 그렇게 쉽게 의무를 무시하다니, 난 이해가 안 됩니다."

"당신이 이해하지 못해도 어쩔 수 없어요. 우리 가족은 이 휴가를 얻기 위해 일 년을 기다렸습니다. 게다가 아이들은 그곳 해변 학교의 캠핑에 참가하고 있습니다. 금요일엔 '아버지의 밤' 행사가 있습니다. 저녁에 아버지와 함께하는 연극 공연이죠. 토요일 오전엔 해변에서 바비큐 파티도 있어요. 아이들에게 오래전부터 약속한 일이죠. 그리고 난 오늘 점심 약속이 있어요. 이런, 벌써 나가봐야 할 시간이군요."

박학석은 다시 한번 더 얼굴이 시뻘게져서 자리에서 일어섰다.

"난 선생의 생각이 바뀌기를 바랍니다. 지난 호인가 선생의 사진을 잡지에서 본 기억이 나는군요. 진정한 오피니언 리더라면 그러시는 것이 당연합니다. 하, 아버지의 밤 바비큐 파티라니."

"오피니언 리더라니, 무슨. 이봐, 이 손님이 나가신다는군."

김시무는 실소한 채 박학석을 무시하고 비서에게 말했다. 박학석이 돌아간 다음 김시무는 약간의 의문이 생겼다. 저런 인간이 시 징계위원이라니. 그리고 단지 구색을 위해서 있는 외부 위촉위원이 아무것도 아닌 시의 일에 저렇게 흥분하고 있는 것도 우스꽝스럽다. 그러나 나는 가지 않겠다. 저런 명분뿐인 일로 귀찮게 하는 사람은 용서하지 않겠다. 김시무는 연구소의 캡틴과 클라이언트를 만나 점심을 먹기로 되어 있었다. 캡틴과 김시무는 건축기사 초년생으로 일할 당시 처음 만나 친구가 되었고 지금도 물론 친구로 지낸다. 그러나 연봉으로 본다면 캡틴이 김시무의 두 배쯤은 쉽게 넘는다. 부동산과 투자 수익 상황으로 본다면 더욱 비교가 되지 않을 것이다. 캡틴은 건축기사보다는 경영자로 성공한 사람이었다. 점심이었지만 그들은 유난히 두꺼운 생선회가 나오는 일식집으로 갔다. 클라이언트가 술을 마시지 않기 때문에 데운 정종을 주문하는 것은 하지 않았다. 하지만 캡틴은 맥주를 마셨다. 김시무는 돌아오는 길에 캡틴에게 징계위원회의 일을 말할까 하다가 그만두기로 했다. 결국 가지 않기로 한 것이고 박학석이란 존재 따위는 신경쓸 것이 없다고 결론지었다. 캡틴은 운전을 하는 김시무에게 주말 휴가에 대해서 물어왔다.

"시무, 금요일에 떠난다고 했지?"

"금요일 정오쯤 떠나려고 해."

"아이들이 좋아하겠군."

"이미 지금쯤 정신없이 놀고 있겠지. 워터스키장이 생겼다는군. 밤마다 러시안 무용수들이 나오는 퍼레이드도 펼쳐지고 아이들을 위한 인형극과 팬터마임 공연도 있다는군."

"시무, 자네 아내도 결혼 전에 마임 배우였지, 아마?"

"정확하게 하자면 마임 학교를 이 년 다녔지. 정식으로 극단 단원이 되기 직전에 나와 결혼했으니까."

"결혼한 후에는 별다른 활동이 없었지?"

"전혀. 아이들 키우는 일이 만만치 않아. 미장원 갈 시간도 없다고 불평이 대단했어."

"시무, 난 말이야, 내 아이들이 어디 있는지 모르겠어. 우린 한

십 년 정도 정신이 없었잖아. 얼마 전에 내 아이들이 어디 있나 갑자기 궁금해져서 아이들 방문을 열었지. 잠자는 아이의 엉덩이를 만져보고 싶더라니까. 얼마나 오래전인지, 내가 그런 걸 좋아했지. 잠자는 아이도 분명히 좋아했다구. 밤늦게 돌아와서 내 꼬마천사야, 하면서 이불 아래에 있는 동그란 엉덩이를 만지면 두 명의 아이들이 깊이 잠들어 있다가도 방그레 미소를 짓곤 했지. 갑자기 그 생각이 났어. 그래서 방문을 열었더니 귀에 피어싱을 한 머리카락이 노란 녀석 하나가 불쑥 튀어나오면서 그러는 거야. 대디, 왜 노크도 없이 문 열어요, 라고."

김시무와 캡틴은 배꼽을 잡고 한참을 웃어댔다. 체중이 구십 킬로가 넘는 캡틴이 몸을 흔들면서 웃자 차에 진동이 느껴졌다. 캡틴은 너무 웃어서 눈물이 난다면서 손수건을 꺼냈다.

"아아 우스워. 키는 거의 나보다 머리 하나는 더 커서, 퉁명스럽게 대드는 꼴이라니. 가만히 보니 얼굴이 날 닮기는 닮았더군. 아, 그래서 얘가 내 아들이구나 했지."

캡틴은 김시무보다 결혼을 빨리 해서 큰아이가 벌써 고등학교에 다니고 있었다. 김시무의 큰아이는 올해 중학생이 되었다.

"그건 그렇고 시무, 자네 막내 아이의 일은 안됐네."

캡틴이 진지하게 표정을 바꾸고 말했다. 김시무의 아내는 얼마 전에 세번째 아이를 임신했지만 팔 개월째에 조산되고 말았다. 아이는 인큐베이터에서 이틀을 버티다가 죽었다. 아내는 그 일로 심하게 충격을 받았다. 충격을 받기는 김시무도 마찬가지였다. 그 일로 그들 부부는 우울해했다. 눈을 마주치는 것을 피했고 서로 큰 목소리를 내지도 않았다.

"괜찮아. 타고난 수명 아닌가. 어쩌겠나."

"이번에 해변으로 가면 아이들 엄마를 잘 위로해주게. 상심이 크겠지."

"난 그런 방면에 영 재주가 없어서. 자네도 알잖아. 뭘 어떻게 표현해야 할지 잘 모르겠네."

"장미 같은 걸 선물해주는 것도 좋아."

"장미라고?"

"그렇지. 바구니에 가득 담긴 장미 말일세. 직접 들고 가는 것보다 배달 서비스를 이용하는 것이 생색이 더 나지. 난 매년 하고 있어. 그리고 꽃을 싫어하는 여자는 없다네."

"나는 아직 한 번도 해본 일이 없는데……"

"드는 돈이나 정성에 비해서 효과가 크지."

"집사람은 그렇게 감상적인 여자는 아니야. 나와 비슷하네."

"하지만 이번 일은 여자에게는 큰 충격일 걸세. 많이 상처받았을 거야."

"한번 생각해보지."

그날 김시무가 퇴근하려고 사무실을 나오니 여비서의 책상에 리본이 둘러진 커다란 장미 바구니가 놓여 있었다. 도무지 두 팔로

안을 수 있을 것 같지 않게 큰 것이었다. 현기증이 날 정도로 붉고 진한 색의 장미였다. 사람들의 협소한 상상력이란 도무지. 김시무는 맥이 빠지고 좀 시시해지는 기분이었다. 그러나 여비서에게는 크게 웃는 낯을 지어 보였다.

"이봐 정인, 오늘이 무슨 기념일인가보군. 아니면 아침에 부부싸움을 했든지. 그나저나 그렇게 보이지 않던데 정인의 남편은 다감한 스타일인가보군."

여비서는 자리에서 엉거주춤 일어서며 좀 난감한 표정을 지어 보였다. 여비서는 결혼하기 전부터 김시무의 비서였다. 그래서 그들은 서로 잘 알고 있었다. 서로의 배우자에 대해서도 취향이나 성격을 잘 알고 있었다. 김시무가 아는 여비서 정인의 남편은 장미바구니를 보낼 스타일이 아니었다. 그는 아주 융통성 없고 몰취미한 제약회사 영업 간부였다. 언젠가의 주말에 두 부부가 저녁을 같이 먹었을 때 여자들이 없는 자리에서 정인의 남편이 김시무에게 말한 적이 있다. "김선생님은 여자들에게 적응할 줄 아는 타입으로 보이는군요. 나는 도무지 그러지 못하겠습니다. 솔직히 말하자면 여자들의 과도한 낭만 지향에는 혐오감마저 느낄 때가 있어요. 젊은 시절에는 그것을 눈치채지 못해서 여자들과 화합할 수 없었고 나이가 들어서는 속에서 느글느글한 것이 올라오더군요. 나는 내 아내에게 다른 모든 것에 대해서 관대하다고 자신 있게 말할 수 있습니다만 기념일에 작은 선물을 사가지고 들어오지 않으면 토라진다든지 상냥하게 한마디 말을 해달라고 한다거나 같은 모양의 티셔츠를 입자고 한다거나 그런 것, 이유 없이 눈물을 흘린다거나 이 음악을 처음 들었던 날이 기억나지 않느냐고 하면서 클라이맥스도 없는 밋밋한 피아노 연주곡을 두 시간씩 틀어댈 때, 화를 내지 않을 수 없습니다. 다른 남자들은 어떻게 참고 있는지 모르겠어요." 그런 여비서의 남편을 생각하면서 김시무는 미소를 지었다. 장미라니. 게다가 저렇게 무식할 정도로 많은 양이라니. 뭔가 심각한 트러블이 있었음이 틀림없군. 누군가 곁에서 조언했겠지. 이봐, 장미를 보내라구. 꽃을 싫어하는 여자는 없으니까.

"그런 게 아니에요, 부소장님."

여비서는 자리에서 엉거주춤 일어나려는 몸짓을 했다. 그녀의 핸드백은 책상 위에 놓여져 있고 작은 바이올렛 무늬가 수놓인 장갑은 핸드백 곁에 얌전히 자리를 지키고 있었다. 여비서는 일 년 내내 엷은 모슬린 천으로 된 장갑을 착용했다. 아주 작은, 눈에 띄지 않을 정도로 섬세한 금 체인이 장갑에 달려 있는 날도 있었다. 여비서의 검은 가죽 핸드백 안에는 같은 모양의 손바닥 반만한 검은 가죽 지갑이 있고 그 안에는 지갑보다 더욱 작은, 복잡하게 세공된 은 십자가가 든 것을 김시무는 알고 있었다. 그것을 꺼내 보여주면서 여비서는 살짝 얼굴을 붉혔었다. 그녀가 그것을 꺼내 보여줄 용기를 가지게 된 것은 김시무가 그녀의 섬세하고 귀족적인 취향에 관심과 감탄을 가져주었기 때문이었다.

"하하, 뭘 수줍어하나. 정인은 좀 뻔뻔해질 필요가 있어. 조금 있으면 학부형이 될 텐데."

"정말 그런 게 아니에요. 저어, 저녁식사는 상공회의소에서 하시게 되나요?"

"그렇지. 일곱시에 그곳에서 만찬을 겸한 출판기념회가 있어. 알고 있지? 이런 서둘러야겠군. 아 참, 남편에게도 안부 전해. 얼마 전에 승진을 했다면서. 조만간에 저녁식사를 같이 한번 해야지."

"저어 부소장님."

여비서는 김시무의 타이를 바로잡아주면서 말을 꺼내려는 듯하다가 입을 다물었다.

"내일 아침 일곱시 반에 조찬 미팅이 있는 것 잊지 마세요."

"그럼. 잊지 않고 있지. 늦잠을 자지 말아야 할 텐데."

"알람을 맞춰놓으세요. 자신이 없으시면 제가 모닝콜을 할까요?"

"그래주면 고맙겠어. 언제나 누가 깨워주는 데 익숙해져서 아내가 집에 없으니 불안하군."

"여섯시에 모닝콜을 하겠어요."

"그래 고마워. 정인도 잘 자라구."

엘리베이터 문이 닫히는데 밖에 서 있는 여비서의 얼굴에 그늘이 스쳤다. 복잡한 표정이었다. 아무래도 싸운 것이 틀림없어. 김시무는 그렇게 생각했다. 여비서는 김시무를 붙들고 하소연이 하고 싶었을지도 몰랐다. 그러나 김시무는 시간이 없었다. 상공회의

소 비즈니스 홀에서 열리는 출판기념회는 김시무의 대학 선배가 여는 것이다. 책은 건축경제학 관련 계통이어서 일반인들은 접근하기 어려운 분야의 책이었고 한국에는 이렇다 할 전문가가 없는 것도 사실이었다. 그러나 김시무의 선배는 자비로 출판기념회를 열기로 했다. 그에게 책을 출판한다는 것, 그리고 출판기념회까지 연다는 것은 명백하게 과도한 호사 취미일 것이었다. 그래서 오늘 참석하기로 한 사람들도 대학에 있는 사람보다는 개인적으로 가까운 사람들이 대부분이었다.

"이런 말도 안 되는 책을 내다니. 돈을 처들여서 말이지. 도대체 제대로 이해하는 사람이 하나라도 있나."

상공회의소 비즈니스 홀의 입구에는 검은 양복을 입고 손님들을 안내하는 김시무의 선배의 모습이 보였지만 가까운 친구들은 드러내놓고 그런 말을 하고 있었다. 책에 대해서 뭐라고 한마디 코멘트를 해주어야 할 것이지만 김시무 자신도 그 책의 내용은 한마디도 이해할 수 없었다고 하는 것이 정직할 것이다. 물론 자세히 정독하지는 않았고 서점에서 구해 두어 페이지 정도 훌훌 넘겨보았을 뿐이다. 하지만 김시무는 명색이 일급 건축기사에 건축연구소의 부소장이 아닌가.

"이봐, 왔나."

비즈니스 홀의 입구에서 김시무의 대학 동창이 어깨를 툭 치면서 말을 걸어왔다. 그는 대학 졸업 후 엉뚱하게도 공인회계사가 된 친구다. 김시무는 사람을 두루뭉술하게 사귀는 취향이 있었다. 대부분의 무난한 사회생활을 하는 남자들이 그럴 것이다. 마음을 터놓을 정도로 특별히 친하게 지내거나 붙어다니는 친구도 없지만 특히 냉담하거나 배제시키는 친구도 없다. 그러나 그중에서도 비교적 가까운 편이었던 친구다. 그가 김시무와 비슷하게 담백한 스타일이어서일 수도 있고 아버지들 역시 같은 대학을 나온 선후배 사이여서 그럴 수도 있다. 살고 있는 구역이 같았고 술이나 여자에 대한 취향이 크게 다르지 않았고 별로 열성적이진 않지만 집안이 같은 가톨릭이었고 성장 과정이나 경제적인 수준이 비슷했고 나중에는 비슷한 과정을 거쳐 동류의 여자와 결혼한 것도 만만치 않은 우연이었다. 그 동창이 김시무와 책을 낸 선배에게 제안을 해온 것은 이 년쯤 전의 일이다. '박터 트라스'라는 중소기업의 주식을 사라는 것이다. 회계 감사를 나갔다가 알게 된 기업인데 적어도 일 년 안에 열 배는 성장할 수 있다는 비전을 잡았다는 것이다. 그는 이미 박터 트라스에 적지 않은 돈을 투자할 생각이라는 것도 덧붙였다.

"도대체 박터 트라스가 무슨 뜻이야?"

선배가 물었었다.

"이름이 뭐가 중요합니까? 독일어 같군요."

김시무의 친구인 회계사는 이름 같은 것은 중요하지 않다고 주장했다.

"중요한 것은 물때를 잘 타는 것이죠. 우리 세 사람은 다 전문 주식 분석가도 아니고 증권투자에 대해서 아는 것도 없고 그리고 전문가가 되고 싶은 생각도 없는 사람이지만 이건 일확천금의 기회가 될 테니까요. 이런 이익은 분석해서 얻는 소규모의 이익이 아니라구요."

"난 지금 여유가 없어. 아내에게 말하면 찬성하지 않을 거야. 그리고 독일어에 그런 단어는 없어."

김시무가 먼저 솔직하게 털어놓았다.

"난 월급쟁이야. 투자하고 자시고 할 상황이 아니네. 내 생각에는 라틴어 같군. 아니면 그리스어이든지."

선배도 마찬가지였다.

"그건 나도 마찬가지예요. 하지만 모두 아멕스, 갖고 있죠?"

그래서 그들은 도박을 했다. 아메리칸 익스프레스는 회원들 간의 상호 보증으로 최고 일억원을 대출해주고 있었던 것이다. 그들은 삼각 보증을 했다. 회계사의 설득에 넘어가기도 했지만 혹시 하는 기대가 없었던 것도 아니었다. 그러나 회계사의 추측은 보기 좋게 틀렸다. 그래서 그들 세 명은 아멕스 회사에 매달 백만원이 넘는 이자를 꼬박꼬박 일 년도 넘게 갖다 바치고 있는 신세가 되었다. 아무도 아내에게 말한 사람이 없었기 때문에 골치가 아픈 것도 같았다. 김시무는 도저히 참지 못하고 이제 최소한의 원금이라도 회수하는 것이 어떨까 생각하고 있는 중이었다.

“어떻게 지냈나? 늦더위가 심하다고 뉴스에서 크게 다루던데.”

“글쎄. 늦더위라니. 햇빛은 쳐다보지도 못하고 미친놈처럼 일만 하고 있으니 지금이 여름인지 겨울인지 모르겠네.”

“피서도 안 가고 있었다고? 자네답지 않군. 연구소 일이 바쁜 모양이지?”

“다 자네 덕분이지. 피서는 무슨, 얼어 죽을.”

“이봐, 그 문제 때문이라면 내가 할말은 없지만 자네보다 내가 더 죽을 맛이네. 난 장남 아닌가. 그 와중에 막내 여동생까지 출가시켜야 했다구. 하지만 이왕 이렇게 된 거 조금만 더 기다려봐야지. 그건 그렇고 아이들과 집사람은 다 잘 있겠지?”

“못 본 지 일주일? 지금 해변에 있네. 금요일엔 나도 내려갈 거야.”

“결국 피서로군. 지금쯤은 해변이 한적해서 놀기 좋겠군.”

그들은 각자의 이름이 나란히 적힌 테이블에 가서 앉았다. 이름이 쓰여진 패찰 곁에는 저자의 사인이 든 책이 놓여 있었다. 이런, 이러면 책이 두 권이 되겠군. 김시무는 속으로 생각했다. 요식 행사는 최소한으로 끝내고 선배는 김시무의 테이블로 와서 스테이크를 먹었다.

“도무지 이해할 수가 없군요.”

회계사는 책의 페이지를 넘기면서 선배에게 물었다.

“뮌헨 스타디움에 숨겨진 국가보장제도의 모순이 도대체 무슨 말입니까?"

"그건 내가 박터 트라스를 이해할 수 없었던 것과 같네."

그들은 실소했다. 선배는 그들과 같은 테이블에 앉아 있던 두 사람을 소개했다. 한 사람은 사십대 후반 정도의 피부가 하얀 여자였고 다른 사람은 서른 살 정도의 마르고 키가 큰 남자였다.

"인사하게. 시무, 이쪽은 정원영씨. 사립학원 화란재단 이사장의 따님이고 화란여중의 교장으로 계시지. 내 누님과 여고 동창이기도 하신 분이고. 이 젊은이는 정원영씨의 조카인 정민섭씨. 경제경영서 전문 출판사를 운영하는 분이네. 이번에 나온 내 책을 출판하신 분이기도 하지."

"사실은 아버지가 하시던 일입니다. 전 아직 부족하죠."

젊은이가 겸손하게 대꾸했다. 김시무는 스테이크를 썰다가 손등이 정원영의 블라우스에 가닿았다. 작고 얌전해 보이는 여자였다. 도무지 입을 열어 큰 소리를 낼 것 같지 않은 여자였다. 여학교의 교장이라는 직업과는 심하게 어울리지 않는다. 십 년 전만 해도 남자들의 눈길을 충분히 끌었을 법한 여자였다. 소심해 보이고 나약한 표정을 짓고 있지만 목깃이 턱까지 올라오는 하이 네크라인 블라우스로 늘어진 목의 주름을 감추고 있는 것이나 완전히 뒤로 넘긴 헤어스타일로 귀엽게 생긴 이마를 드러내고 있는 것이나 조심스럽게 마주친 눈길에 절대로 미소를 잊지 않는 것이나 모두 이 여자가 충분히 남자들의 시선에 길들여져 있다는 것을 의미한다고 김시무는 생각했다. 말하자면 치밀하게 계산된 소극성이다. 김시무는 이런 인상을 주는 여자를 몇 명 정도는 알고 있다. 그러나 그들 중 상류층 출신은 아무도 없다. 그렇다면 이건 이상한데. 김시무는 스테이크를 씹으며 묵묵히 선배와 정민섭의 대화를 들으면서 적당한 순간에 끼어들기도 했다. 그러나 처음부터 끝까지 신경쓰고 있었던 것은 정원영의 나이에 어울리지 않게 희고 통통한 손등이었다. 손톱에는 진줏빛 에나멜이 칠해져 있었다. 그녀가 손을 펴자 작은 손등 위로 희미한 주름들이 거미줄처럼 퍼졌다. 그러나 이상할 정도로 매끈거리는 느낌을 갖게 하는 손등이었다. 김시무는 잠시 스테이크 써는 것을 멈추고 정원영의 손등을 바라보았다. 뼈와 근육은 피부 깊숙이 숨어버리고 부드럽게 발효된 빵처럼 부풀어 있는 작은 손. 김시무를 쳐다보지는 않았으나 정원영도 그의 시선을 눈치챈 것이 틀림없었다. 그녀는 냅킨으로 손을 닦는 척하면서 김시무의 시선을 벗어났다.

"자네, 지난번의 그 일은 어떻게 되었어? 시 스포츠센터 말이야."

회계사가 말이 없는 김시무가 심심해할 거라고 생각했는지 화제를 돌려 물었다.

"그 일은 아직 보류중이야. 타산도 맞지 않고 무엇보다 이번 분기에 예산이 감축될 가능성이 많아서. 캡틴이 비관적이지. 시청 공사 일은 무리해서라도 하려고 하는 캡틴이지만 이번 일은 좀 입맛이 당겨 하지 않더군. 하지만 아마 하는 쪽으로 결정이 날 것 같네.

다른 건축사무소가 치고 들어오면 앞으로의 계약 건이 많은데 쓸데없는 경쟁사를 키워주는 셈이 되니까."

"아 참, 정원영씨, 화란학원에서도 기숙사를 지을 계획이 있다고 들었는데요. 그건 어떻게 됩니까? 이 친구는 아주 유능한 건축가고 조경 전문가이기도 하죠."

선배가 김시무를 가리키면서 정원영에게 물었다. 정원영의 눈길이 반사적으로 김시무를 향했다가 눈동자가 불안하게 흔들렸다. 이 여자는 낯선 사람을 정면으로 쳐다보는 것에 익숙하지 않은 듯하군. 김시무는 정원영을 안심시켜주기 위해서 일부러 시선을 정원영의 입술쯤으로 고정하고 물었다.

"그것, 흥미를 느끼는데요. 말씀을 들을 수 있을까요."

"오, 별다른 것은 없어요. 오빠의 생각이죠. 아직 교육청에서 허가를 받지는 않았지만 가능하다면 사설 기숙학교를 세우는 것이 오빠의 생각이라서."

"물론 정원이 딸린 거겠죠?"

"네, 그럼요. 가능하다면."

정원영은 미소를 지었다.

"와인을 한잔하시죠."

회계사가 정원영의 잔에 와인을 채우면서 김시무를 향해서 의미 있는 미소를 지어 보였다.

"전 술을 잘 못해요."

"이건 음료수죠. 여성을 위한 겁니다. 혹시 차를 가지고 오셨나요?"

"아뇨. 조카가 운전을 해줄 거예요."

저녁 시간은 두 시간 정도 되어 끝났다. 선배는 돌아가기 전 김시무와 회계사에게 말했다.

"박터 트라스인지 뭔지, 난 이제 도저히 버틸 힘이 없다. 다음 주말까지는 다 청산하고 싶을 뿐이야. 이젠 더이상 돈 빌릴 데도 없어. 너희들도 어떻게 결정을 내려주기 바라."

"난 아멕스에서 전화를 받고 있어요. 돈을 회수하고 싶어하는 눈치던데."

김시무도 그 일만 생각하면 우울했다.

"난 아멕스의 전활 매주 받아. 그렇지만 지금 주식을 팔면 수수료 제하고 뭐하고 나면 뭐가 남겠어. 누가 이따위 구제금융 시대가 올 줄 알았나. 경기가 회복되면 나아지지 않을까요. 난 좀더 버텨보자는 데 걸겠어. 기왕 이렇게 된 거."

회계사는 좀더 버티자는 쪽이었다.

"못 알아듣겠어? 난 빈털터리란 말이야. 완전히 털렸다구. 아내에게 숨기는 것도 하루이틀이지. 구제금융 좋아하시네. 우리가 망한 것은 구제금융 때문이 아냐. 단순한 미스 초이스 때문이었다구. 황금 벼락을 맞을 생각에 앞뒤 안 가린 거잖아. 네놈도 그걸 인정 좀 해라."

"선배님이 손 떼신다면 삼각 보증은 어떻게 됩니까."

"그러니까 하는 말 아닌가. 의견 일치를 봐야잖아."

"선배, 나도 완전히 그로기 상태지만 어차피 손해보는 마당인데."

"큰애 바이올린 스쿨에 유학 보내주기로 한 것도 무기한 연기했네. 아버지로서 체면이 말이 아니야."

"선배, 이 상황에서 바이올린 스쿨 유학이라니요. 아이를 잘 달래세요."

"애는 달랜다 치고 아내는 어쩌나? 날 완전히 무능력자로 몰아붙이는데. 자기 돈으로라도 유학을 보내겠다고 펄펄 뛰고 있네."

"아멕스에 회담을 신청하면 어떨까요. 우리는 모두 하이 그레이드 회원이니 장기 대출이라면 이자율을 좀 낮춰줄지도 모릅니다."

"그래요. 그 방법밖에는 없죠."

그들은 주차장으로 차를 가지러 내려왔다. 정원영이 주차장 입구에 서 있다가 김시무에게 말을 걸었다.

"무슨 말씀들을 하셨나요?"

"무너지는 중산층에 관한 토론이죠."

호호 하고 짧게 웃은 다음에 정원영이 말했다.

"중산층, 그런 것이 정말로 존재했을까요."

"개개인의 허상이었을지도 모르죠."

"구제금융 때문에 사회구조가 허물어졌다는 것이 정말 사실일까요."

"변한 것은 하나도 없을지도 모릅니다. 나는 1988년에도 서울역에서 무수한 홈리스들을 봤습니다. 그때 한국은 호황기였죠. 구제금융 이전에 그들은 그렇게 언론의 조명을 받는 입장이 아니었습니다."

그들은 마주보고 미소를 지었다. 이번에 정원영은 김시무의 눈길을 피하지 않았다. 조카의 차가 다가오자 정원영은 다시 새침한 표정으로 돌아갔다. 김시무는 명함을 꺼내 정원영에게 주었다.

"전화를 주십시오. 언제 점심이라도 대접하겠습니다."

집으로 돌아간 김시무는 커튼을 열고 창문을 열고 선배의 건축경제학 책을 소파 한구석에 집어던지고 냉장고에서 물을 꺼내 마신 다음 자동응답기를 확인하고 샤워를 했다. 회계사가 늦더위란 표현을 한 것은 어쩌면 맞는 것도 같다. 에어컨이 없는 곳에는 거의 간 일이 없는데도 눈치채지 못한 끈끈한 땀이 온몸에 달라붙어 있었다. 휴가를 가본 지가 언제였나 기억도 나지 않는다. 삼 년쯤 전에 아이들과 백제의 무령왕릉이 있는 곳으로 여행을 갔고, 돌아오는 길에 서해안에 들렀던 기억이 난다. 왕의 미라를 보고 싶다고 한 것은 아이들이었다. 실제로 그들이 본 것은 유리벽 안에 들어 있는 검은 관이었을 뿐이다. 아직 어렸던 작은아이는 울음을 터뜨리면서 김시무의 품에 안겼다. 아이들, 그래 나에게 아이들이 있었지. 김시무는 소파에 앉아 두 눈 사이에 손을 대고 잠시 감상적인 생각에 빠졌다. 전화벨이 울렸다.

"선배, 뭡니까."

"참석해주어 고맙네."

"무슨 그런 의례적인 인사를. 생략해도 좋잖아요."

"아, 그리고 자네가 떠난 다음에 얘기했는데 아멕스에 말하는 것은 어쩌면 비전이 있을지도 몰라. 1997년도 환율로 계산해서 그동안의 이자를 환불받을 수 있는 조항을 찾았다고 전화가 왔어."

"병 주고 약 주는군. 그래봤자 손해가 얼만데. 생각하면 속이 아프니 난 차라리 잊어버리려고 해요. 하지만 조만간 대책이 없으면 나도 어렵습니다."

"한숨만 나오는 건 마찬가지야."

"선배, 그래도 대단하시네요. 이런 책을 쓸 여유도 가지고."

"뭐 그동안의 논문을 모아놓은 거지."

"이상한 방면의 호사 취미가 있더군요. 아 그런데 물어보고 싶은 게 있습니다."

"뭔데?"

"그 여자, 정원영에 대해서 잘 아시나요?"

"음. 잘 안다고까지야. 사실은 그 여자의 오빠와 더 잘 안다고 할 수 있지. 오늘 본 그 무미건조해 보이는 비쩍 마르고 젊은 친구 정민섭의 아버지지."

"누님의 친구라면서요."

"썩 친한 것은 아니고, 그냥 학교를 같이 다녔다는 정도지. 그런데 왜 그러나?"

"저 사실 가능하다면 독립을 준비하고 싶습니다."

"캡틴 밑에 있기가 불편한가보군."

"아직은 때가 아니지만 적어도 일이 년 내에는. 캡틴은 나와 맞지 않는 부분이 있어요. 나는 평생 시청 공무원들 로비나 하면서 일하기는 싫습니다."

"그게 안전하잖아. 그래서 이번에 타격이 없었다면서. 내가 보기에 그 캡틴은 아주 잘하고 있어."

"난 좀 다르게 하고 싶습니다. 그러기 위해서 이제 서서히 독자적으로 일하고 싶기도 해서요. 학원 이사장의 딸이라면 도움이 될 것도 같습니다."

"아, 기숙학교 건을 말하는 거구만. 내가 그 얘기를 처음 들은 것은 정원영의 오빠인 정사장에게서였어. 폼나게 투자해서 고급 사립학교의 효시를 열고 싶은 생각이 다분한 것 같은데. 그렇다면 정원영이 교장으로 갈 확률이 높지."

"어떤 여잡니까? 정원영은."

"그녀, 아직 미스야."

"꽤 미인이었을 것 같은데, 왜."

"그런 집안의 딸이니 주변에 남자도 많았겠지만, 왜 그랬는지는 알게 뭐야. 아마 쉰이 넘었을걸. 내 누님과 동갑이니. 피바디에서 교육심리학 석사를 했고 게이오에서 무슨 연수를 받았다고 들었는데."

"나이보다 젊어 보이는데. 사귀는 남자가 있을지도 모르겠군요."

"아마 없을 거야. 그런 말은 듣지 못했네."

그리고 선배는 덧붙였다.

"소문나는 일은 아예 근처에도 가지 않는 성격으로 보이더군. 뭐, 사람을 아주 안 사귄 것은 아니겠지만, 우리 누님 말로는 지나치게 정신적인 여자라고 하더군. 하지만 그건 내 누님의 생각일 뿐이고, 난 다르네. 아무리 대인 관계가 소극적인 여자라고 해도, 그 나이가 되면 어쩔 수 없이 외롭겠지."

여비서가 모닝콜을 해온 시간은 정확히 여섯시였다. 김시무는 침대 위에서 굴러떨어질 뻔하며 잠에서 깼다.

"부소장님, 일어나세요. 여섯시예요."

"음, 아, 누구라구. 정인이군. 이런 새벽부터 웬일이지?"

"부소장님, 오늘 아침에 조찬 미팅 있다니까요. 모닝콜 해드리는 거예요. 얼른 샤워만 하고 나오세요. 이른 아침이라 차는 막히지 않을 거예요."

"아아 이런. 맞아 그랬지. 잘 잤어? 고마워서 어쩌지, 점심 같이 할까."

"그래요. 얼른 일어나세요."

"커피 한잔 마실 시간도 없겠는걸."

조찬 미팅에 참석한 사람은 일곱 명으로 모두 건축연구소의 임원들이었다. 그들은 현재 진행중인 시 외곽의 동물원과 테마 공원 사업에 관한 브리핑을 받고 의견을 교환하면서 연구소 구내식당에서 아침을 먹었다. 메뉴는 믿을 수 없게도 대구 지리와 현미밥과 밀전병이었다. 도대체 아침 일곱시 반부터 이런 것을 먹을 생각을 하는 사람은 어떻게 생긴 사람인가. 김시무는 캡틴을 쳐다보았다. 아침을 정식으로 먹는 것이 캡틴의 오랜 습관인 것은 알고 있지만 이건 좀 심하다. 김시무는 아침을 먹지 않고 블랙커피 두 잔이면 된다고 생각하는 부류였다. 좀 식욕이 생긴다 싶으면 스크램블 정도가 고작이었다. 김시무는 김이 무럭무럭 오르는 대구 지리를 보면서 불쾌감마저 느꼈다. 그리고 현미밥이라니, 이런 것은 말이나 먹는 것이다. 요즈음 들어 그토록 오랜 친구이자 사업 파트너인 캡틴에게 사소한 것에서 불만이 쌓이는 것은 무슨 연유인지 모르겠다. 동업의 기간이 너무 길었을지도 모르겠다. 김시무는 현미밥을 먹는 둥 마는 둥 하고 미팅이 끝나자마자 식탁에서 일어섰다. 사무실로 올라가니 여비서가 커피를 끓이고 있었다.

"아침식사는 어땠나요? 미팅에 늦지는 않았구요?"

"아침식사 얘기는 꺼내지도 마. 나에게 말 시키지 말고 커피나 한잔 줘. 아, 정인에게 화내는 것은 아니니 기분 상하지 말고."

여비서가 가져다준 커피를 두 잔 연거푸 마시자 기분이 좀 나아졌다. 여비서에게 심하게 말한 것 같아 사과하는 의미에서 원하는 메뉴의 점심을 사겠다고 했다. 여비서는 고개를 갸웃하더니 샤부

샤부를 먹고 싶다고 했다. 종업원이 무릎을 꿇고 앉아 서빙하는 샤부샤부 집에서 김시무는 선배의 책을 꺼내 여비서에게 주었다.

"이게 뭐죠?"

"내 선배가 쓴 책이야. 나에게는 두 권 있으니 하나를 줄게. 뭐 별로 재미없는 책이지만."

"건축경제학? 처음 들어보는 말이군요."

"단어 조합하기를 좋아하는 사람들의 말이지."

"어쨌든 고마워요."

"어제 남편과는 잘 화해했나?"

"네?"

"화해를 위해 꽃까지 보내왔잖아."

"아아, 그것."

정인은 입술을 깨물었다.

"남편과 문제가 있었지? 그래서 어제 나에게 의논하려고 했었지? 미안해. 어제는 이 책을 쓴 선배가 출판기념회를 한다고 해서 참석해야만 했었어."

"알고 있어요. 저어 부소장님, 남편의 문제가 아녜요."

"그럼 정인의 문젠가?"

"그런 것이 아니라. 말씀드리기 곤란하군요."

김시무는 웃음을 터트렸다.

"내가 말했지. 조금 더 뻔뻔해져도 된다고. 뭔가 은밀한 이야기라면 하지 않아도 좋아. 하지만 그래도 내가 인생의 선배인데 정인에게 도움이 될 수 있을 거라고 생각하는데."

"역시, 말하지 않는 편이 좋겠어요."

"그래? 그렇다면 내가 정인에게 하나 물어도 되나?"

"뭔데요?"

"이봐, 여자들도 정말 흥분하나?"

"어머, 뭐예요? 그런 말!"

"아니, 난 진지하게 정인에게 카운슬링하고 있는 거야. 결혼한 지 이십 년 가까이 되지만 그건 모르겠더라구."

"사모님에게 물어보시면 되잖아요."

"그런 문제는 말야, 자기 파트너에게는 절대로 사실을 말하지 않을 거 같아. 특히 내 아내 같은 타입은."

"정말 곤란하군요, 그런 말이라니."

"그러면 또다른 것 하나 물어볼까."

"장난하고 있군요. 그런 건 싫어요."

"난 장난이 아냐. 엄청 진지하다구. 정인 말고는 물어볼 사람이 없어서 그래."

"뭔데요?"

"쉰 살 정도 되면 여자가 어떤 기분이 들지?"

"무슨 뜻이죠?"

"음, 정인이 쉰 살 정도 됐는데, 결혼하지 않았다는 것만 제외한다면 불만이 없는 환경이야. 멋진 남자가 나타나서 유혹한다면, 여전히 낭만적인 마음이 일어나나? 왜 여자들은 그런 것 좋아하잖아. 멋진 남자, 꽃, 우연하고 환상적인 만남, 인생이 한순간 들썩거릴 정도의 연애."

"글쎄요. 어려운 문제군요. 얼마나 멋진 남자냐 하는 것이 포인트가 아닐까 싶은데."

"나 정도면 어때?"

"이런, 또 장난이군요. 왜 그러시는 거예요."

"아니 난 진지하다니까."

"불가능한 것도 아니죠. 하지만 난 싫어요."

"왜?"

"상상해본 적은 없지만 어쩐지 무서워요."

"뭐가 무섭지? 이건 로맨틱한 얘기라고."

"아녜요. 그 로맨틱한 농담에는 뭔가 다른 것이 있어요."

"정인, 쓸데없이 예민하군. 그래서 연애를 못하는 거야. 왜 세상일에 바로바로 못 부딪치나? 남자가 여자에게 좋다고 하는 것은, 단순한 거야. 정치는 그것을 해석하는 사람들의 이야기지 당사자들의 문제는 아니라고."

"하지만 저도 그렇고 부소장님도 결혼하신 분이잖아요."

"뭐?"

"괜히 쉰 살이니 어쩌니 해서 초점을 흐리고 있죠. 저도 부소장님이 참 좋은 분이라고 생각해요. 남자로서 매력이 있고 괜찮은 분이세요. 적당히 드라이하면서 눈빛도 강하고 예의바르고 사회적으로 성공도 하셨죠. 하지만 안 돼요. 부소장님 부부와 우리 부부는 너무 가까워요."

"이봐, 이봐. 무슨 얘기를 하는 거야?"

"농담을 끝내자구요. 그냥 농담은 농담일 뿐이잖아요."

"알았어, 정인. 알았다구. 나도 널 정말 좋은 여자라고 생각하고 있었어. 하지만 다른 생각은 없었어. 정말이야."

"그것이 정말 솔직한 마음인가요?"

김시무는 난감했다. 어떻게 대답해도 정인이 상처받는 것은 피할 수 없을 것 같았다. 그래서 그는 침묵을 지키기로 결정했다.

"거기에 대해서는 아무것도 말하지 않겠어. 앞으로도 아무 말도 하지 않겠어. 날 이해하겠지? 우리 좋은 관계였고 앞으로도 그렇게 지내기를 바랄 뿐이야."

김시무는 조금 낮은 목소리로 정인의 어깨를 안고 이렇게 말해 주었다. 정인은 말없이 고개를 끄덕였다.

"미안해요, 부소장님. 언제부턴가 기회가 있으면 말씀드리려고 했지만 꺼내기가 쉽지 않았어요."

"왜 나에게 미안하나. 도리어 내가 미안하군. 정인이 고민하고 있는 줄은 몰랐어."

점심을 먹고 사무실로 돌아왔을 때 김시무의 자동응답기에 캡틴의 호출이 남아 있었다. 김시무는 오후에 현장을 방문하도록 되어 있었고 캡틴도 이것을 알고 있었다. 아주 급한 일이 아니라면 호출하지 않았을 것이다.

"미안해. 아직 현장으로 떠나지는 않았군. 급하게 할말이 생겨서."

캡틴은 책상 위의 우편물을 뒤적였다.

"내가 오전에 편지를 하나 받았어. 퀵서비스로 온 것이네. 보낸 사람은 처음 보는 이름인데, 하여튼 좀 이상한 내용이라서 상의를 하려고. 내가 어디 두었더라."

김시무는 시계를 들여다보았다. 현장까지 가려면 두 시간으로는 부족할 것이다. 게다가 지금은 차도 한참 막힐 것이다. 지금 떠나도 해가 질 때까지 돌아오려면 빠듯할 텐데 뭔지 모르는 편지 따위로 시간을 빼앗기는 것이 마음에 들지 않았다. 살이 찌고 몸집이 둔한 캡틴은 머리 회전에 반해서 행동은 느린 편이었다. 간신히 편지를 찾아 캡틴은 김시무의 앞에 앉았다.

"뭐 시원한 것 좀 들겠나? 날이 덥군."

"아니, 생각 없네. 날이 더운가? 난 잘 모르겠는데."

"자네는 신기하게 더위를 타지 않더군. 난 여름이 싫어."

"나도 땀을 흘리네. 그건 그렇고 뭐 때문인가? 난 현장에 가봐야 되는데."

"아아, 이것. 시무 자네 시 징계위원회의 일을 맡고 있었지?"

"그렇지. 그게 편지와 무슨 상관이 있나?"

"이번 토요일에 참석하지 못한다고 했다면서?"

"금요일에 떠나야 하니까. 그런데 그게 뭐가 문제가 되나?"

"박학석이라는 사람이 보냈네. 자신이 시 징계위원회의 일원이자 납세자의 한 사람으로서 자네가 직무 유기를 한다는 생각이 들어서 편지를 쓴다고 하더군."

"뭐야!"

"그리고 우리 연구소가 지난 오 년간 시 예산 조경사업의 거의 대부분을 따낸 사실에 대해서도 자세히 알고 있더군. 그의 주장에 의하면 매년 정부로부터 연구비를 보조받는 명목의 연구소가 어떻게 이익사업에 열성적으로 손을 댈 수 있느냐는 거야. 건축학회에 제출한 논문의 수준까지도 언급하고 있어. 이미 이 년 전에 와세다 건축연구소에서 발표된 내용과 일부 일치한다는 거지."

"그런 문제를 왜 그자가 참견하나!"

"그리고 그의 말에 의하면, 우리가 시의 고위직과 결탁해서 힘들이지 않고 계약을 따내고 있는 것이 공정하지 못한 일이라고 비분강개하고 있다네."

"그래서 뭐 어쩌라는 것인가? 그런 족속들은 마음대로 떠들게 내버려둬. 그러다 지치면 관두겠지. 내용은 하나도 심각할 게 없지 않나."

"그래. 내용은 하나도 심각할 게 없어. 뭐 공개된다고 해도 새로운 사실도 아니고 문제될 것도 없네. 그러나 박학석이란 자는 자네가 징계위원회에 끝내 불참할 경우 우리 연구소의 부정한 영업에 관해서 정식으로 시에 탄원할 예정이라고 적었네."

"미친놈!"

김시무는 신음처럼 내뱉었다.

"그리고 시의 대응이 미흡할 경우 언론에 고발한다고 으름장을 놓는군. 도대체 이번 징계위원회의 안건이 뭔데 이 난리인가?"

"나도 모르겠네. 모르겠어. 뭐 구백만원이 어떻고 하는 말을 들은 것도 같지만 신경쓰지 않았네. 더러운 쥐새끼 같은 놈. 감히 협박을 해."

"내가 시청에 있는 친구에게 전화해서 알아봤네. 그도 박학석에 대해서 그런 말을 하더군. 쥐새끼 같은 약삭빠른 작자라더군. 남의 약점을 캐는 귀신같은 재주가 있어서 시청의 관료들이 아무리 그를 증오하더라도 정면에 대고는 아무 말도 하지 못한다네. 뇌물 사건, 인사 청탁, 업무의 부실, 책임 소재 불분명한 일들, 도박과 혼외정사 같은 구린내나는 사생활, 비리 사슬이나 조직적인 모순, 비합리적인 행정 절차의 곳곳에서 그가 정보를 캐내고 있다는군. 언론에 발표되지 않은 정보들이지. 그는 그것을 적절한 시기에 이용해먹는 모양이야. 그래서 노골적으로 무시하지는 못하지만 속으로는 다들 구더기보다 더 싫어하는 인물이지."

"도대체 그의 정체는 뭐야? 내게는 치과 의사라고 하더니."

"그가 치과 의사인 것은 맞아. 그러나 그의 관심사는 관청 주위를 억울한 민원이 있는 것처럼 어슬렁대면서 먹이가 될 만한 정보를 물면 끝까지 놓지 않고 징그럽게 따라붙는 하이에나 짓이지. 그런데 문제는 그런 그가 시청 내 국장과 비서실장의 권력 암투에 깊이 개입돼 있다는 것이고. 그는 필요한 때에 필요한 쪽에 먹음직스러운 정보를 흘림으로써 사람들이 자신의 존재를 무시하지 못하게 만드네."

"하, 정말 쓰레기 같은 브로커 놈이구먼."

"아마 그 자신은 로비스트라고 생각하고 있을 걸세."

"그런데 그자가 노리는 게 뭔가? 그자도 목적이 있을 거 아냐. 치과 의사면 치과 의사답게 얌전히 남의 썩은 이에서 흐르는 고름이나 들여다보고 있을 것이지 뭐하러 그런 스파이 짓을 하는 거야. 그런 짓을 해서 얻는 게 뭐야?"

"그게 좀 미심쩍네."

캡틴은 미간을 찌푸리고 편지를 들여다보았다.

"시청의 사람들도 그가 왜 그렇게 집요하게 달라붙는지 이해하지 못하더군. 다른 어떤 브로커보다도 심하다는군. 그를 유난히 싫어해서 제거하려고 했던 국장과 과장 각각 한 명이 옷을 벗었네. 국장은 뇌물 관련 스캔들이었고 과장은 승진에서 이유 없이 뒤로 밀리는 불이익을 당했네. 그 과정에서 두 사람 모두 다 당시나 혹은 그 이전의 혼외정사 건이 들통나는 수모를 당해야 했지. 그 두

건을 모두 다 박학석이 뒤에서 조종했다는 것이 중론이지만 물증은 없네. 그리고 미비한 법규 때문에, 행정 절차의 부조리나 혹은 공무원의 부주의로 부당한 일을 당했다고 생각하는 사람들을 뒤에서 조종해서 끊임없이 상급 기관에 탄원을 하게 만드는 재주도 지녔지. 한번 당한 사람들은 아주 꿈에 볼까 두려워하는 인물이네. 이름조차 상기하기 싫어하지. 그런데 그렇게 함으로써 그가 얻는 것이 무엇일까. 돈도 아니고 명예도 아니네. 그래서 시청의 사람들은 오래전부터 그를 편집증 환자로 생각하고 있다는군. 행정 조직에 대한 악질 바이러스 정도라고 생각하면 되겠지. 그러니 백신이 전혀 없네. 돈으로도 달랠 수 없으니."

잠시 침묵이 흘렀다. 캡틴이 먼저 입을 열었다.

"시무, 자네 반드시 금요일에 해변으로 가야 하나? 하루 정도 늦출 수는 없나?"

"무슨 소리 하는 건가. 그런 쓰레기 하이에나 때문에 내가, 우리가 벌벌 떨어야 하나. 캡틴답지 않네."

당당한 목소리로 대꾸했지만 김시무는 희망이 사라지는 것을 느꼈다. 아주 더러운 구덩이에 빠졌군. 사적인 사정만 내세울 상황이 아니라는 것을 알았다.

"음, 그렇게 생각하나."

"그리고 그자가 알고 있는 내용은 시에서도 다 아는 일이네."

"하지만 공론화된다면 문제는 다르네. 어떤 형태로든 결론을 지어야 하니까. 게다가 언론까지 들먹였어. 그렇게 되면 시에서도 어쩔 수 없네. 관료들은 언론을 가장 두려워하네."

"고약한 일이군."

"최선의 경우라 해도 우리가 대미지를 피할 수 없어. 그는 단순한 로비스트가 아니네. 아주 악질이야."

"할 수 없지. 캡틴이 그렇게 신경쓰고 있다면. 하지만 이번 일이 끝나면 난 시에 징계위원 사퇴서를 제출하겠어. 관청의 일이라면 이제 정말 지긋지긋하네."

"그렇게 하도록 하게. 하지만 자네 실제로 징계위원회에 참석한 적은 한 번도 없지 않나."

"이번 한 번으로 족하네. 충분히 당하고 있어. 생각해보게. 캡틴은 박학석이란 작자를 실제로 본 적이 없어서 그렇지, 도대체 품위도 없고 염치도 없어 보이는 놈이야. 그런 인간에게 이렇게 쉽게 두 손 들고 만다는 것은 기가 막히는 일이네."

"진정하게 시무. 이건 헤게모니 싸움이 아니지 않은가. 그리고 단지 하루만 시청에 나가주면 되는걸. 그다음에는 다 잊어버리게. 필요하다면 월요일까지 쉬어도 좋네. 나도 일이 이렇게 된 것에 대해서 정말 미안하게 생각하네."

김시무는 온몸에서 힘이 빠져나가는 것을 느꼈다. 화가 나서 견딜 수 없었다.

"아내에게는 뭐라고 하지? 그리고 아이들에게는. 그렇게 기다렸는데. 해변 학교의 아버지 날을."

"장미를 보내게. 큰 것으로."

캡틴이 위로했다.

"아이들이 인형극과 바비큐 파티에 대해서 언제나 말하곤 했는데. 그 프로그램이 집으로 배달되었을 때부터."

"내가 아는 꽃 배달 업체는 아이들을 위해서 장미 바구니 속에 초콜릿 장미를 곁들여주네. 진한 초콜릿빛 장미와 잘 구별되지 않을 정도지. 그리고 큐피드 모양의 막대사탕도 곁들여주네. 아이들에게 위로가 될 거야."

"후, 초콜릿과 막대사탕이라."

"어때, 오늘 저녁에 집으로 와서 저녁을 들겠나? 아내가 요리를 준비하는 것 같던데."

"아니, 고맙지만 저녁엔 약속이 있을 것 같네. 그리고 도대체 그 인간은 어떻게 해서 우리 연구소에 관한 정보를 하루 만에 얻어낼 수 있었을까."

"미리 파악하고 있었을지도 모르지. 그러고도 남을 인간이라니까. 그런데 이건 우스개로 덧붙이는 얘긴데 그가 편지의 마지막에 이상한 말을 썼네."

"또 뭔가."

"자네가 여비서 정인을 흠모하고 있다는 말이네."

말하고 나서 캡틴은 웃음을 터뜨렸다. 재미있어 죽겠다는 태도였다. 그는 몸을 좌우로 흔들면서 눈물을 흘리며 웃었다. 처음부터 이 말이 하고 싶었지만 캡틴 나름대로도 조크를 던질 수 있는 시간을 기다린 것이다. 그러나 김시무의 얼굴은 모욕감 때문에 창백해졌다.

"세상에 말도 안 되는 중상모략이야."

"어쩌면 이미 관계가 깊어졌을지도 모른다는 말도 썼어. 미안하네. 난 웃지 않을 수가 없네. 이자는 정말 필사적으로 자네를 징계위원회에 참석시키려고 하는 거야. 자네에게는 미안한 말이지만 정말 눈물겹더군. 나라면 성의에 감복해서 열 일 제치고 나갈 거라고 생각했어."

"그래서 내가 위원회에 참석하지 않으면 그 일을 가지고 나와 정인의 집에다가 떠들 생각이었군."

"당연하지. 그게 가장 즉각적인 효과가 있는 일 아닌가. 관료들의 책상을 몇 달씩 돌아다닐 복잡한 서류도 필요 없고."

그리고 캡틴은 도무지 멈출 수 없다는 듯이 다시 웃어댔다.

"캡틴, 이해하지 못하겠나? 이건 폭력이야. 최악의 폭력일세."

"하루만 위원회에 참석해주면 되는 것 아닌가."

"그렇게 단순하게 생각하나? 다음번에 이런 일이 없으리라고 어떻게 보장하지?"

"자네가 이제 위원직을 사퇴하면 이렇게 얽힐 일도 없지 않나."

"아니야. 이 방법은 거의 나에게 증오를 품은 것처럼 보이는데."

"그가 찾아왔을 때 심하게 대했나?"

"아냐. 예의를 차렸어."

"무슨 이유인지 모르지만 자네에게 심한 악의를 가지고 있는 것으로도 보이는군. 하지만 이번 일만 소리 없이 지나면 내가 보장하지. 내가 돕겠어. 적어도 자네 가정에 관한 일이라면 내가 법정에 서는 한이 있더라도 증언하겠어. 하지만 그럴 만한 일이야 있겠나. 자네가 얌전하게 위원회에 참석만 해준다면 그도 망가진 자존심을 회복하게 되고 그러면 쓸데없이 소모적이기만 한 신경전은 끝나지 않나 싶네."

"그런 걸로는 위로가 안 되네. 난 심하게 기분이 상했어."

"그리고 이건 그냥 단순한 관심인데 정인과는 정말 그런 오해를 불러일으킬 만한 사이인가?"

"캡틴!"

"도대체 이번 징계위원회의 안건이 어떤 내용인지 너무 궁금해지는구먼."

"제대로 기억나지 않아. 뭐 시청 공보실에서 신문사 리베이트 건이 관련돼 있고 그 돈을 하급 직원이 횡령했다는 등의 지저분한 사건이지."

"시청의 신문사 리베이트 건이라고?"

캡틴이 흥미를 보였다.

"도대체 무슨 신문사야?"

"나도 몰라. 물어보지도 않았네."

"박학석이란 인간과 어떤 형태로든 그 사건이 연결되어 있는 것이 분명하군. 그가 뭐라고 하던가? 회부된 안건에 대해서 횡령을 인정하는 쪽이던가?"

"그렇지 않네. 사회정의가 어쩌고 하면서 모든 것이 공보관의 수작이라고 하더군."

"자넨 뭐라고 할 건가. 위원회에 나가서 말이야."

"난 맹세코 아무 말도 하지 않을 거야. 시궁쥐보다 더 더러운 놈, 내가 참석하는 것이 아무런 의미가 없다는 것을 증명해 보이겠어. 서랍처럼 입을 다물고 있어야지."

"자네 아내에게 장미 보내는 것을 잊지 말게. 그리고 이 편지 읽어보겠나."

캡틴이 박학석의 편지를 내밀었다. 김시무는 이마에 주름을 잡고 단숨에 편지를 읽어내려갔다. 캡틴의 말이 다 맞았다. 적어도 편지만을 본다면 이성적이고 합리적인 논조였다. 박학석이라는 작자는 보기보다는 지능적으로 변신하는 것이 틀림없다.

"그리고 여기 있네, 꽃 배달 서비스 회사의 전화번호."

그날 김시무가 현장에서 돌아왔을 때 이미 퇴근 시간이 한참이나 지나 있었지만 그는 사무실에 들렀다. 딱히 집에 일찍 들어가야 할 이유도 없었고 머리가 복잡해서 잠시 생각하고 싶기도 했기 때문이다. 책상 위에는 여비서가 메모를 남겨놓았다.

'정원영이라는 분에게서 전화입니다. 오후 다섯시 이십분. 연락 바랍니다. 남기신 번호는 02-3472-1785 정인.'

김시무는 물끄러미 메모를 바라보고 있었다. 여비서는 반드시 그럴 필요가 없는데도 불구하고 언제나 자신의 이름을 메모지에 남겼다. 평소 같으면 김시무는 별다르게 생각하지 않고 넘겼을 것이다. 그러나 지금은 달랐다. 해변에 있는 아내에게 꽃을 보내기 위해서 꽃 배달 서비스 회사에 전화를 하면서도 김시무의 마음은 개운하지 않았다. 여비서는 오랜 시간 그와 함께 일했다. 서로 손발이 너무 맞아 타인이라는 의식조차 하지 못할 때가 있었다. 그렇다고 해서 그녀가 남자처럼 터프하거나 중성적인 이미지는 아니었다. 김시무는 그런 여자들은 좋아하지 않았다. 여비서는 지나칠 정도로 여성적인 편이었다.

"네, 꽃 배달 서비스입니다."

김시무가 생각에 잠겨 있는 사이 전화가 연결되었다.

"장미를 배달하고 싶은데요. 가장 큰 것으로 해주시오."

"시간과 장소는요?"

"해운대의 대우 마리나 비치 아파트 302동 706호. 내일 오전 중에 도착하면 됩니다."

"받는 분 성함은요?"

"미란과 그녀의 아이들."

"전하실 메시지가 있나요?"

"있습니다. 약속을 지키지 못해서 미안하다. 토요일 저녁에 내려가겠다. 그렇게 써주시오."

"네 알겠습니다. 다른 주문 사항은요?"

"아, 그리고 너희들을 사랑한다고 써주시오. 혹시 초콜릿 장미가 있습니까?"

"있습니다. 얼마나 넣어드릴까요?"

"두 명의 아이가 한 번에 먹을 수 있는 양이면 좋겠는데."

"여섯 송이 정도면 되겠네요."

"그리고 큐피드 모양의 막대사탕도. 같은 수로 넣어주시오."

"네 알겠습니다. 더이상 다른 것은 없으십니까?"

"이제 됐습니다."

"내일 오전에 배달하고 확인 전화를 드리겠어요. 신용카드 번호와 전화번호를 불러주세요."

전화를 끊은 김시무는 다시 한번 더 여비서의 메모를 내려다보았다.

집으로 돌아온 김시무는 샤워를 하고 진한 향기가 나는 쉐이빙 크림을 잔뜩 바른 채 면도를 했다. 애프터 쉐이브를 바르고 잘 쓰지 않는 불가리 옴므를 살짝 뿌렸다. 김이 서린 거울을 손바닥으로 닦아내자 거기 자신의 모습이 보였다. 김시무는 키가 178센티미터에 75킬로그램의 체중을 유지하고 있었다. 정기적으로 스포츠를 하고 있지는 않지만 초등학교 때부터 중학교까지 그는 꽤 우수한 주니어 하키 선수를 지냈다. 대학 시절에는 사이클을 해서 대표 선수의 기록에 도전한 적도 있었다. 그 자신감이 젊은 시절 내내 그를 지배했었다. 지금도 그의 허벅지는 긴장하고 있지 않을 때도 암석처럼 단단했고 허리 부분에는 군살이 없었다. 이 년 전에 담배를 끊었고 아직 머리도 빠지지 않았다. 이쯤 되면 마흔다섯 살인 그는 굉장한 럭키 가이일지도 모른다. 동갑인 캡틴을 생각하면 더욱 그렇다. 캡틴은 김시무보다 키가 십 센티나 작은데 체중은 거의 이십 킬로그램이나 더 나간다. 머리가 M자 형으로 빠지기 시작한 지는 오래되었고 작년에는 가벼운 심장 쇼크로 입원을 하기까지 했다. 캡틴이 김시무보다 운이 좋았던 것은 그의 아버지가 명동 암시장의 거부였다는 점 정도밖에 없다. 김시무는 정성 들여 면도를 끝낸 다음 세탁소에서 찾아온 속옷과 셔츠를 입고 타이까지 정성 들여 매었다. 마흔 살이 넘은 이후에는 자신보다 나이 많은 여자와 관계를 가졌던 일이 없다. 당연하지 않은가. 정원영과 약속한 시간은 밤 열시였다. 김시무는 열시 이십분 전에는 도착할 예정이었다.

"토요일엔 시청의 무슨 위원회에 참석해야 하거든요."

정원영은 조심스럽게 말을 꺼냈다. 그녀의 스타킹이 다리에서 흘러내리는 소리가 물에 젖은 실크와 실크가 스치는 것처럼 들렸다.

"아침 아홉신가 열시인가 그래요. 귀찮은 일이긴 하지만 일종의 의무감을 가져야 하는 일이라서. 몇 년 전에 그런 비슷한 일에 나간 적이 있어요. 썩 유쾌한 일은 아녜요. 점심 전에 끝나기가 어려울 것 같네요."

"어떻게 결론이 내려질 것 같습니까?"

"잘 모르겠어요. 난 결정하지 않을 거예요."

"왜죠?"

"상관없는 일이잖아요."

방은 완전히 어두웠다. 한 점의 희미한 빛도 없었다. 이미 영화가 시작된 어두운 극장으로 막 발을 내디뎠을 때처럼. 정원영은 불을 켜지 마세요, 했다. 희미한 소리조차 내지 않았다. 김시무는 예의를 지키기 위해서 그녀의 머리카락에 입맞추고 그녀가 신경쓰고 있는 것이 명백한 아랫배에는 손대지 않았다. 콘돔이 필요하냐고 묻자 그녀는 아니라고 대답했다.

금요일 아침 출근하자마자 김시무는 여비서를 방으로 불렀다. 언제나처럼 사무실로 뛰어들면서 '좋은 아침이야, 정인 잘 잤어? 혹시 어젯밤 꿈속에서 날 만나지 않았나? 난 봤는데' 이런 식으로 인사하지도 않고 무거운 걸음걸이로 말없이 사무실로 들어와 인터폰을 통해서 호출했다. 여비서가 커피를 가지고 들어오자 역시 말없이 손짓으로 앉으라고 했다.

"미스 문, 말해봐. 수요일 퇴근 때의 그 장미, 누가 보낸 거지?"

여비서의 입가가 순간 굳어졌다. 위기를 만난 토끼같이 눈꺼풀 아래에서 빠르게 굴러가는 눈동자 소리가 들리는 듯했다.

"날 속일 생각은 하지도 마. 남편이 보낸 게 아니었지?"

"남편이 보냈다고 말한 적은 없어요."

간신히 틈새를 발견한 토끼가 안간힘을 쓰며 변호했다.

"나도 미스 문의 사생활에 관여하고 싶은 생각은 추호도 없어."

김시무의 목소리는 자신이 듣기에도 그럴듯하게 냉정했다.

"하지만 미스 문이 그런 장미와 달콤한 서비스를 받은 다음에 부주의하게 나에 대해서 함부로 지껄였다면 용서할 수 없어."

"부소장님, 함부로 지껄이다니, 무슨."

"그 거지 껄렁패 같은 놈에게 뭐라고 했는지 다 말해봐, 말해보라니까!"

"아무 말도 하지 않았어요."

여비서의 눈에서는 금방이라도 눈물이 쏟아질 것만 같았으나 김시무는 공격을 늦추지 않았다.

"우리가 뭐 어떤 사이라고? 내 감정이 어떻다고? 그 거지 껄렁패가 어떻게 생각했겠나, 그 정도 머리도 없어? 왜 쓸데없이 있지도 않은 말을 만들어내나, 만들어내기는. 그 정도로 생각 없는 여자였나? 난 미스 문이 보통 여자들과는 좀 다를 줄 알았는데. 그동안 그래서 신뢰한 거야."

한마디 한마디 씹어내듯이 턱에 힘을 주면서 김시무는 발음했다. 그는 뭐라고 표현하기 힘들 정도로 불쾌했던 것이다. 감기로 한창 앓고 있을 때 익히지 않은 해삼을 덩어리째 삼킨 것 같은 기분이었다. 여비서의 남편은 말했었다. 여자들의 '느글느글한 낭만 지향'이라고. 바로 그 기분이었다. 이제 정확히 알겠어. 왜 그가 그렇게 말했는지.

"전 정말 아무것도 말하지 않았어요. 부소장님을 어떻게 생각하느냐고 물어서."

"그래서 뭐라고 했어?"

"좋은 분이지만 결혼하신 분이라고 했어요. 그러면 부소장님이 절 어떻게 생각하는 것 같으냐고 묻더군요. 그래서."

"그래서 우리가 뭐 특별한 사이라도 되는 것처럼 그렇게 부풀렸나?"

"아니에요. 절대 그러지 않았어요."

여비서의 눈에는 눈물이 맺혔다. 슬픔이라기보다는 이 상황이 몸 둘 바를 모르게 수치스러운 것이다.

"잘 모르겠지만, 부소장님이 어쩌면 절 좋아하시는지도 모르겠다고. 그렇게 말했어요. 맹세코 그것뿐이었어요. 다른 것은, 하나도 말하지 않았어요. 그런 말을 한 것은 죄송해요. 하지만 단 한마디였어요. 그리고 그분도 더이상 캐묻거나 하지는 않았어요. 그래서 의심하지 않았어요."

"단 한마디라도 그렇지, 뭐하러 그런 얘기를 아무 상관 없는 그런 놈에게 하나?"

"그분은 신사처럼 보였어요. 상냥하고 예의바르게 대해주셨어요. 나쁜 사람이라고는 꿈에도 생각하지 못했어요. 게다가 치과 의사라고 하시던걸요. 나와 부소장님이 무척 어울려 보인다고 하면서, 그렇게 말을 꺼내면서. 좀 질투가 난다고 하시더군요."

"그랬군. 그런 사탕발림과 장미에 넘어갔군. 그래서 동화를 썼군. 아니 미스 문, 아직도 자기가 뭐 무도회의 공주라도 된 듯한 기분이야? 정신 차려. 당신은 해고야."

여비서는 의미를 모르겠다는 듯이 눈물에 젖은 눈으로 김시무를 바라보기만 했다.

"내일부터 출근하지 않아도 되니 알아서 판단해. 남편에게 다 까발려서 긁어 부스럼을 만들어 실업수당으로 살아가는 신세가 될지, 아니면 집에서 살림이나 하면서 시간이 나면 논리학 책이라도 좀 읽든지. 당신 때문에 내가 당한 망신을 생각하면 이 정도로 넘어가는 것을 다행이라고 생각해. 하지만 이 시간 이후로 당신 얼굴을 안 봤으면 좋겠군."

"부소장님. 설마, 진심은 아니시겠죠."

여비서는 그제야 상황의 심각성을 깨달은 듯이 얼굴이 일그러졌다.

"잘못했다고 말씀드렸잖아요. 앞으로는 절대 그런 일이 없을 거예요. 약속드려요."

"당신의 약속 따위는 이제 필요 없어. 퇴직금과 해고수당은 경리부에서 보내줄 거야. 난 지금 캡틴을 만나러 가는데 돌아올 때는 당신이 없었으면 좋겠어."

캡틴은 책상에 앉은 채 블랙베리파이를 먹고 있었다. 파이 부스러기가 책상 위에 흩어져 있었다. 거의 수프 접시만큼 커다란 컵에 커피가 찰랑찰랑하게 담겨 있었다.

"시무, 이른 시간에 왔군. 이것 좀 들겠나? 세상에서 가장 맛 좋은 블랙베리야."

"아니, 난 오전에는 탄수화물을 잘 먹지 않네."

김시무는 딱딱하게 대꾸했다.

"유감이군. 간식도 친구가 있으면 더 달콤한 법인데."

"아침으로 먹는 것이 아닌가?"

"난 새벽 다섯시에 아침을 먹었네. 내 비서가 단골집에서 블랙베리파이를 사가지고 왔는데 유혹을 참기 어렵더군."

"그게 유혹을 참기 어려운 정도인가? 그렇게 커다란 조각을 먹으면서. 잔소리 같지만 들어두게. 그렇게 단것을 먹어대느니 차라리 담배를 다시 피우는 것이 나을지도 몰라."

"담배 얘기는 하지 말게. 아아, 다비도프 한 개비만 있었으면."

커피를 홀짝 마시다 말고 캡틴은 울 것 같은 표정을 지었다. 캡틴은 지금 담배를 끊기 위해서 분투하는 중이었다.

"할 이야기가 있어서 왔네. 내 비서가 그만두기로 했어."

"정인이?"

캡틴은 날카로운 눈으로 김시무를 보고 물었다.

"자네가 해고시켰나?"

"합의를 본 것이네."

"그 일 때문에?"

"그렇다고 볼 수 있지."

"음. 새 비서를 구해야겠군. 당분간 내 비서에게 자네의 스케줄 관리를 부탁하면 되겠지. 하지만 좀 서운하네. 정인은 오랫동안 일하지 않았나. 팔 년? 구 년? 괜찮은 여자였는데. 상냥하기도 하고 나름대로 유능하고 게다가 일품인 다리를 갖고 있었는데."

탐색하는 듯한 눈길로 캡틴은 김시무를 훑어보았다.

"좀 앉게. 왜 그렇게 서성대나. 피곤해 보이는군. 눈도 충혈되고. 아내에게 꽃은 보냈나?"

"그래. 보냈지. 초콜릿 장미와 막대사탕도 같이 보냈네. 하지만 분명히 싸늘해져 있을 거야."

"어차피 내일밤이면 만날 텐데 뭘 그러나. 그리고 오후에 건축 저널의 기자가 찾아오기로 했는데, 함께 만나겠나?"

"안 돼. 오후에는 일이 있네. 관심 분야의 논문과 자료를 좀 뒤져볼 것이 있네. 그리고 어제 현장에서 문제점을 몇 가지 발견했어. 예상하지 못했던 일이라서, 어차피 오늘 해변으로 가지 못할 바에야 그 일을 해결해야겠네. 현장 설계 담당자와 애기를 해야겠어. 어쩌면 저녁때는 현장에 한번 더 가봐야 할지도 몰라."

"현장의 문제점이라니?"

"지하수 때문이야."

"설계 변경이 필요한 정도인가?"

"그걸 설계 담당자와 애기해봐야지. 심각한 정도라고 판단되면 변경은 불가피하네. 그렇다면 한번 더 현장을 보고 담당자와 함께 건물주를 설득해봐야지."

"음, 차질이 있을 것 같으면 나에게 알려주게. 그리고 자네의 관심 분야라는 것은 또 뭔가?"

"사립 기숙학교의 조경에 관한 것이야."

"사립 기숙학교? 일반적인 애기는 아니군. 하, 그리고 쥐꼬리만한 학교 재단 예산에서 뭐 파먹을 것이 있다고."

"기념비적인 작품을 머릿속에 담고 있다보면 언젠가 기회가 주어지지 않겠나."

"기념비적이라고? 자네에게 명예욕이 다 있는 줄은 몰랐네."

"하여튼 난 가겠어. 내일 시청에 갔다가 오후에 해변으로 가겠네. 화요일에 돌아오겠어."

"잘 위로해주라구."

"노력하겠지만 아내와는 길게 말하면 어쩐지 삐걱거려서."

"자네 아내가 아니라 정인 말일세."

김시무가 사무실로 내려오니 그사이 여비서는 집으로 돌아가고 없었다. 몹시 서두른 듯 대부분의 물건을 챙기지 못하고 핸드백과 장갑만을 가지고 간 듯했다. 그녀가 아끼던 화분과 가족사진이 보이지 않았을 뿐이다. 그녀가 언제나 손을 씻곤 하던 주방의 싱크대 앞 거울에는 희미한 손자국이 남아 있었다. 김시무가 사용하는 찻잔은 씻겨져 물방울이 묻은 채 선반에 놓여 있었다. 순간 김시무의 마음이 편하지 않았다. 그러나 곧 그는 생각을 바꿨다. 이미 결심한 일이다. 시간은 빠를수록 좋고 방법은 단호할수록 좋다.

금요일 저녁, 현장 설계 담당자와 함께 건물주에게서 술과 중국요리를 대접받았다. 중국술을 취하도록 마신 것은 실수였다. 김시무는 정신없이 잠들었다가 두통과 전화벨 소리에 잠이 깼다. 그는 전화기를 집어들고 잠이 덜 깬 채 소리질렀다.

"뭐야, 정인."

"이봐, 정신을 아직 못 차리는군. 이제 일어나야지."

캡틴의 전화였다.

"자네가 늦잠을 잘 것 같아서 내가 전화를 걸었어. 이제 깨워줄 아내도 없고 여비서도 없잖나."

캡틴은 조크를 던졌다.

"지금 도대체 몇시야? 우, 지겨운 시청, 징계위원횐지 뭔지. 오늘 내가 그놈을 만나면 씹어먹어버려야지."

"투덜거리지 말고 일어나 샤워하게. 머리에 찬물을 뒤집어쓰면 기분이 나아지겠지."

김시무는 화를 삭이지 못하고 면도하다가 기어코 살을 베었다. Oh, shit! 김시무는 젊은 시절에나 쓰던 욕을 뱉어냈다.

김시무가 시청 회의실에 도착했을 때 백 명은 들어갈 규모의 회의실에는 네 명의 사람들이 모여 있었다. 그들은 커피를 마시고 있다가 동시에 김시무를 바라보았다. 두 명의 여자와 두 명의 남자였다. 김시무는 정원영과 눈이 마주쳤지만 그 둘은 무표정하게 가벼운 눈인사만 건넸다. 어쨌든 그들은 공식적으로 상공회의소에서 이미 한 번 만난 일이 있는 안면인 것이다. 의자에 왜소하게 파묻혀 있는 박학석의 뻐드렁니가 눈에 들어왔으나 김시무는 알은척하지 않았다.

"이제 다 모인 것 같으니 우리끼리 간단한 회의를 시작합시다. 그전에 초면인 분들도 있으니 먼저 소개부터 할까요."

부담스러울 정도로 깔끔한 정장을 차려입은 중간 정도 키의 남자가 일어서더니 김시무에게 자리를 권하고 말했다. 그는 주름 하나 없는 셔츠와 바지에 금빛 커프스 단추, 녹색 타이를 맸고 머리는 한 치의 빈틈도 없이 빗어 넘겼다. 한 시간 전에 면도를 말끔하게 끝낸 얼굴을 했고 손톱과 눈썹은 남성 전용 뷰티숍에서 정돈한 듯했다. 멜로드라마의 정치인 역할을 맡은 연예인처럼 보였다.

"안녕하십니까. 난 유종민이라고 합니다. 무역업을 하고 있습니다. 하하, 사실은 이틀 전에 브라질에서 이곳에 도착했습니다. 위원회가 열린다는 소식을 그때서야 듣게 되었죠. 몸도 피곤하고 다른 일도 많았지만 이게 어떤 일입니까. 초면이시죠? 전 당신에 대해서 들었습니다, 김시무씨. 다른 분들을 소개해드리겠습니다. 전부 초면일 테니까요."

유종민이 처음 가리킨 사람은 자줏빛 하이넥 블라우스에 크림색 정장을 입은 정원영이었다.

"이분은 화란여중 교장으로 계시는 정원영 여사십니다. 그리고 화란학원 이사장의 따님이시죠. 화란학원 이사장님께서는 지난번 선거 때 이 구역에서 출마하기도 하셨습니다. 그리고 그 곁에 계시는 분은 김유엽 여사님. 1987년까지 시청 교통국장으로 계시던 차현 국장의 미망인이십니다. 그리고 이분은 박학석이라고 치과 의사십니다. 그리고 시립대학의 교수이신 또 한 분이 더 계시지만 그 분은 현재 출장중으로 애틀랜타에 계시죠."

"처음 뵙겠습니다. 김시무라고 합니다. 건축기사죠."

김시무는 간단하게 인사하고 자리에 앉아 고개를 반쯤 숙이고 손가락을 이마에 갖다댔다. 절대로 진지하지 않겠다는 태도였다.

"우리는 오전 중에 간단한 의견서를 제출하면 됩니다. 그러면 우리의 일은 끝나는 것입니다. 모두 다 자료는 충분히 검토해보셨겠죠? 더 필요한 사항이 있으면 시에 요구하라고 되어 있습니다만 나는 이 정도로 충분하다고 생각했습니다. 김시무씨, 자료는 다 읽어보셨겠죠?"

"보지 못했습니다."

자세를 바꾸지 않은 채 김시무는 퉁명스럽게 대꾸했다.

"그건 왜죠?"

전 교통국장의 미망인이 물었다. 그녀는 정원영보다 몇 살은 더 어려 보였지만 볼품없을 정도로 마르고 날카로워 보였다. 오랜 독신 생활의 스트레스가 아주 나쁘게 작용한 것 같았다. 검은 펠트 천으로 만든 모자를 벗어 곁에 놓아두었고 융통성이라고는 없을 것 같은 얇고 빈약한 입술에 거친 질감의 회색 천으로 만든 윗옷을 입고 있었다. 목소리는 고르지 않은 불안한 음역을 가지고 있었다. 십중팔구 저 여자는 종교에 귀의하고 있을 거라고 김시무는 생각했다.

"여기에 나오게 된 것은 예상하지 못했던 일이었습니다. 다른 예정이 잡혀 있었죠. 그런데 여러 가지 사정상 여기 참석하게 되었습니다. 그게 좀 갑작스러운 결정이어서. 자료를 읽어보지 못했습니다."

"괜찮아요. 나에게 여분이 있습니다."

경상도 억양의 박학석이 끼어들었다. 김시무는 그를 노려보지 않기 위해서 외면했으나 박학석은 냉큼 서류 더미를 김시무의 앞에 가져다놓았다.

"간단히 읽어보시고 의견서를 쓰십시오. 그러면 됩니다."

박학석은 시치미를 떼고 김시무에게 말했다. 한동안 회의실 안은 서류를 뒤적이는 소리뿐이었다. 서류의 맨 앞장에는 외부위원들에게 보내는 시장의 편지가 들어 있었다.

'시청의 예산은 세금으로 운영되고 있습니다. 시민이 공무원을 고용하고 있는 셈입니다. 위원 여러분은 명망과 학식으로 위촉되신 분들입니다. 무임이고 이름이 나는 일은 아니지만 그 자체를 명예롭게 여기시고 적극 협조해주시기 바랍니다. 감사합니다.'

"저는 사실 이런 일에 시간을 오래 끄는 것은 낭비라고 생각하는 편입니다."

유종민이 말을 꺼냈다.

"횡령 액수가 구백만원인가요? 음, 그렇군요. 구백만원이면, 일개월 감봉이 적당합니다. 더이상은 그 본인에게 괴로운 일이 될 테니까요."

"그것뿐입니까?"

박학석이 불만스러운 듯이 대꾸했다.

"난 뭔가 다른 조치가 따라야 한다고 생각했어요. 왜 그 공보관에게는 아무것도 묻지 않는 거죠?"

다른 사람들의 시선이 미미하게 박학석에게 향했다. 여자들은 경멸의 표정을, 유종민은 난감해하는 표정을 지었다. 이 자리가 처음이고 시간에 빠듯하게 온 김시무는 처음에는 잘 느끼지 못했지만 이곳에 있는 사람들은 박학석을 괴로운 존재로 여기고 있다는 것을 이제 알 수 있었다. 캡틴이 알려준 바가 사실이라면 박학석은 시청에서도 어쩌지 못하고 위원회에 참석시키고 있는 것이고 이미 다른 사람들도 다 알고 있을 것이다. 어쨌든, 난 아무런 의견도 표시하지 않겠다. 김시무는 팔짱을 낀 채 어서 이 자리가 끝나기를 기다렸다.

"김시무씨는 어떻게 생각하고 계십니까?"

유종민이 도움을 구하는 목소리로 김시무를 불렀다.

"이 일에 대해서 공보관에게도 책임을 물어야 한다고 생각하십니까?"

"시장님은 이 일이 수습된 다음에 공보관을 산하 사업소로 전임시키려고 생각하고 계십니다. 그러니 이 자리에서 우리가 언급할 필요는 없다고 생각해요. 이 자리는 박승규의 횡령 건에 대한 징계위원회일 뿐이죠."

김유엽이 억양이 심한 카랑카랑한 목소리로 다시 끼어들었다.

"하, 말도 안 되는 소리. 산하 사업소라고? 육 개월이나 일 년이면 다시 그 자리에 눌어붙어 앉을 인간이오."

박학석은 김시무를 바라보았다.

"김시무씨, 당신도 뭐라고 말을 해주시오."

"난 왜 이런 자리가 열려야 하는지 아직 납득하지 못하겠소, 선생."

김시무가 표정은 바꾸지 않은 채 말했다.

"아니 뭘 납득하지 못한단 말입니까?"

박학석은 김시무의 대꾸가 고마운지 빼드렁니를 드러내면서 화색이 도는 얼굴을 했다.

"전부 다요. 도대체 왜 '횡령'이라는 단어를 쓰고 있는지 맘에 들지 않소. 이건 명백한 절도 행위로군요. 절도 사건은 우리들이 판단할 수 없소. 경찰이 할 일이오. 시 예산 구백만원을 훔쳤다면 그건 큰일이오. 그리고 이미 이렇게 되도록 다 짜인 일이라면 뭐하러 위원회 같은 것을 소집하는 거요? 이건 시 예산을 지키기 위해 시민의 의무를 다하는 것이 아니라 명백하게 예산을 낭비하는 일이잖소. 내 생각에는 이건 전부 다 관료적인 절차에 지나지 않는군요."

"아니, 그건 당신이 잘못 생각하고 있는 점도 있어요."

유종민이 분위기를 무마시키려고 했다.

"김시무씨, 당신은 처음이라 적응이 안 될 수도 있어요. 네, 이해합니다. 그러나 관료들에게는 관료들의 절차라는 것이 있어요. 최대한 많은 사람들의 합의를 도출해야만 하는 일이죠. 볼펜 하나를 쓰는 일부터 건물 벽의 색깔을 무엇으로 하는지까지. 효율성을 최대로 따지는 우리들의 일과는 다를 수가 있는 겁니다. 내부 문제로 한정하자는 것은 시의회와 시장님의 생각입니다. 우리는 그냥 그 박승규라는 인물이 어느 정도의 징계를 받는 것이 적당할까 생각해서 시 위원회에 의견서를 제출하기만 하면 됩니다. 간단한 일이죠."

"난 공보관의 처벌을 강력하게 피력하겠습니다. 박승규는 일 개월 감봉을 받아도 좋습니다만 공보관의 음모가 있다는 것을 조사하라고 하겠습니다."

이렇게 말한 박학석은 김시무를 향해서 히쭉 웃어 보였다.

"물론 김시무씨 당신도 나와 비슷한 생각일 줄로 압니다."

뭐야, 저 웃음은. 김시무는 머리칼이 쭈뼛해지는 불쾌감을 느꼈다. 뭐야, 저것이 바로 협박의 정체였던가. 더러운 놈. 아무것도 아닌 공권력의 끄트머리에서 찌꺼기를 탐내면서 킁킁거리는군. 김시무는 속으로 욕을 퍼부었다. 그리고 문득 생각이 나 물었다.

"그런데 공보실에서 리베이트를 주려고 한 신문사는 어떤 신문사입니까?"

"서류를 보시면 알 것 아닙니까."

박학석이 냉큼 대꾸했다.

"글쎄, 서류의 어디쯤에 있는지. 워낙 분량이 많고 글씨가 촘촘해서요. 사건의 개요에도 신문사라고만 나오고 명확하게 이름이 드러나 있지 않군요."

"가제트지입니다."

유종민이 한숨을 쉬면서 말했다.

"무슨 가제트죠?"

"시티즌 가제트."

"그런 신문도 있습니까?"

김시무는 어리둥절해졌다.

"지방지입니다. 시 뉴스를 주로 하고 파산이나 임용, 지방자치 단체가 주관하는 시험의 합격자 같은 내용을 싣고 있죠."

그리고 유종민은 덧붙였다.

"모르시는 것 같은데 여기 김유엽 여사님이 운영하는 신문사입니다."

회의실 안은 이미 식어버린 커피를 젓는 소리만 들렸다.

그들, 김시무와 유종민은 복도의 흡연 구역에 서 있었다. 여자들은 화장을 고치러 화장실로 들어갔고 박학석은 회의실에 남아 전화를 걸고 있었다. 회의 도중 잠시 동안의 휴식이었다. 토요일 시청의 복도는 인기척 하나 없이 고요했다. 건물은 오래되었지만 튼튼해서 지진에도 견딜 수 있을 것 같아 보였다. 아마도 일제시대에 지어진 것 같다. 창은 이중이었고 쓸데없는 장식 없이 견고했으며 아무것도 깔려 있지 않은 바닥은 건물 외벽과 같은 화강암이었다. 중앙 복도에는 어느 관공서나 그렇듯이 대형 거울이 설치되었고 터무니없이 커다란 관엽식물이 자리잡고 있었지만 그뿐이었다. 엘리베이터도 없고 천장의 스프링클러나 전자식 환기 장치, 감시 카메라나 사무실 입구에 설치되는 ID 카드를 체크하는 장치도 보이지 않았다.

유종민은 복도 끝, 흡연 구역의 창을 열고 담배를 꺼내 불붙였다. 김시무는 커피를 마시고 싶어 주변을 둘러보았으나 벤딩 머신만 눈에 띌 뿐이었다. 그는 인스턴트 커피는 마시지 않았다. 그래서 포기했다.

"권태로운 일이죠, 정말 그렇죠."

유종민은 딱한 표정을 지었다.

"하지만 어쩌겠습니까, 우리 생활은 모두 이곳과 무관하지 않습니다."

"난 아니오."

김시무는 부정했다.

"그럴 리가요. 당신은 건축연구소의 부소장으로 알고 있습니다. 정부 예산에서 상당 부분 보조를 받고 있는 것으로 알고 있는데요."

"중앙정부의 학술 예산이죠."

"그래도 당신네 연구소의 일을 허가해주는 곳은 이곳 시청이잖습니까."

유종민은 반도 넘게 남은 담배를 비벼 끄고 성급하게 새 담배에 불을 붙였다.

"금연자신가 보군요. 실례가 되지 않았으면 하군요."

"괜찮소."

"그런데 어떻게 생각하십니까? 공보관에 관한 언급을 굳이 해야 하나요? 박학석이라는 저 사람은 고집이 대단합니다. 개인적인 의견서를 쓰는 동시에 우리 의견을 수렴해서 작성한 보고서가 필요하기 때문에 골치 아프군요."

"당신 생각은 어떻소?"

"난 그냥, 심플하게 감봉 일 개월로 끝내기를 바랍니다. 시끄러운 것도 싫고 박학석이 두고두고 악악대는 것도 싫고 김유엽이라는 말라깽이 여자가 앙심을 품는 것도 원하지 않습니다. 공보관의 일을 덮어두면 박학석이 입에 거품을 물고 포기하지 않을 거고 부각시키면 김유엽이 가만있지 않을 겁니다. 아무 영향력 없는 관보나 다름없는 신문에 구백만원이라니, 나도 당신만큼 기가 막힙니다. 이건 명백한 붙어먹기죠."

"그런데 저 박학석이라는 자는 왜 그렇게 공보관을 물고 늘어지는 겁니까."

"모르고 계셨나요?"

유종민은 눈을 가늘게 뜨고 김시무를 보았다.

"내년에 부시장이 출마할 겁니다. 박학석은 부시장 진영에서 일하겠죠. 현재 공보관은 부시장의 가장 강력한 견제 세력입니다. 그래서 박학석은 어떤 방향으로든지 이 사건을 팽창시키려고 하는 겁니다. 박승규를 파면하거나 하는 것도 생각했을 겁니다. 그러나 그 정도가 되면 박승규는 가만히 있지 않겠죠. 상급 기관에 탄원할 겁니다. 하지만 파면되지 않는다면 그도 가만히 있을 겁니다. 시끄럽게 일이 번져 그의 절도가 인정되면 처벌을 피할 수 없을 테니까요. 그러나 그것으로 시 관료들 전체를 뒤흔드는 파장이 생길지도 모르고 예상하지 못했던 부작용이 생길 수 있습니다. 그러니까 박학석은 공보관의 일을 이 위원회가 건드려주기를 원하고 있는 겁니다. 어떤 방법으로라도 좋죠. 그냥 벌집처럼 건드려주기를 바라는 겁니다. 이건 어디까지나 내 개인의 생각일 뿐입니다만 이번 사건도 박학석이 꾸민 일인지도 모릅니다. 박승규라는 다혈질의 젊은 하급 직원을 적당히 구슬려서요. 원래 박승규는 공보관에게 미움을 받고 있었으니까요. 그러나 지금 김유엽의 입장은 반대입니다. 이 일을 외부 기관에서 조사한다면 시티즌 가제트라는 신문사에 대한 조사도 불가피해지니까요. 김유엽은 이 일이 커질까봐 가장 안절부절못하는 사람이겠죠. 지금, 아주 태연한 척하고 있지만 말입니다."

그리고 유종민은 말소리를 낮췄다.

"사실 김유엽은 차현 국장의 아래에 있던 사람들을 부추겨 시청을 등에 업고 신문사를 키웠습니다. 누구나 다 공공연하게 아는 얘기죠. 그 사이에서 별별 루머가 다 돌았죠. 김유엽, 보기보다 지저분한 여자입니다. 지금은 어떨지 모르겠지만 차현 국장이 죽은 뒤 남자가 한둘이 아니었다더군요."

"음."

"하긴 이해가 가는 부분이 없지는 않죠."

유종민은 저 혼자서 고개를 끄덕였다.

"여자가 혼자 있으면 얼마나 견디기 힘들겠습니까. 여자의 몸으로 혼자서 신문사를 일으키자면요. 외롭기도 하겠죠. 하지만 추잡한 일은 추잡한 일이죠."

"김유엽은 잘 모르겠지만 정원영은 한 번 만난 일이 있죠. 상공회의소 비즈니스 홀인가. 출판기념회였죠."

"아, 정원영 여사를 압니까? 그녀는 다릅니다. 김유엽하고는 다른 종류죠."

"어떻게 다르다는 거죠?"

"그녀는 좋은 집안에서 태어났고 좋은 교육을 받았고 평생 진흙밭에는 들어가본 일이 없는 핏줄이죠. 이런 데 나오는 여자치고는 지나치게 말이 없는 편이죠. 결혼하지 않은 것은, 아마도 종교적인 성향 때문이라고 사람들이 말하고 있습니다. 숭배자가 왜 없었겠습니까. 그런 집안의 딸이고 아름다운데. 나는 장사꾼에 불과하지만 가끔 그런 종류의 여자를 만날 때가 있습니다. 아주 가끔이죠. 나는 그럴 때면 언제나 감탄합니다."

유종민은 거의 찬미하는 표정을 지었다.

"그리고 그 박학석이라는 사람, 내가 충고하지만 가까이하지 마세요. 절대로요. 하지만 정면으로 대응하지는 마세요. 적당히 거리를 두고, 사소한 이익이라면 그냥 던져주고 마세요. 너무 가까이하거나 단순하게 적개심을 보이면, 좋을 것이 없습니다."

"난 이제 위원회 일을 그만둘 생각입니다. 그러니 더이상 그와 만날 일도 없죠."

"아니 왜죠?"

"시청의 일을 맡기로 한 것은 우리 연구소 소장의 생각이었습니다. 난 이런 것이 적성에 맞지 않아요. 반면에 소장은 그렇지 않죠. 내가 실제로 이렇게 끌려나오게 될 줄은 몰랐습니다. 소장은 내가 이렇게 하는 것이 연구소를 위해서 무리가 없을 거라고 생각한 겁니다. 난 이제 염증을 느낍니다."

"그래서 그렇게 굳은 표정을 하고 있었군."

"기분 상했습니까?"

"아녜요. 그렇지 않습니다. 난 어쩔 수 없지만요. 시청의 허가가 없으면 하기 어려운 일들이 많습니다. 관료들 책상에서 한 달씩 굴러다니는 서류가 얼마나 많은데요. 수없이 많은 도장과 사인과 허가 증명이 필요한 온갖 절차에 불과한 일들. 난 징계위원회 말고도 청소년 보호위원과 시립 노인복지회 임원까지 맡고 있습니다. 그렇게 되면 시청에 아는 사람도 많이 생기게 되고 수많은 절차가 필요한 온갖 일들이 훨씬 손쉽게 풀립니다. 아, 당신을 이해해요. 내가 이런 사업에 손대서 벌여놓지만 않았더라도 당신처럼 생각했을 테니까요. 사실 오늘 이곳에 나타나지 않은 시립대학의 교수도 언제나 그런 말을 하곤 했었죠. 하지만 그는 어쩔 수 없이 입장이 시립대학의 교수라서, 참석해서는 마치 당신과 같은 표정을 하고 있었어요. 결국 이해관계가 없으면, 무관심할 수밖에 없죠."

"박승규라는 사람에 대해서 좀 조사해봤는데요."

휴식 시간이 끝난 다음 김유엽이 입을 열었다.

"단지 참고로 하기 위해서였습니다. 이 사람이 작년에 공보관을 폭행한 사건이 있었던 것은 알고 있죠? 둘은 사이가 나빴던 것이 사실이죠. 그리고 박승규는 결혼하지 않고 여자와 동거하고 있으며 은행에 빚이 삼천만원 있습니다."

김유엽은 말을 끊었다. 사람들은 침묵을 지켰다. 유종민은 이마를 긁으면서 생각에 잠긴 척했고 박학석은 얼굴을 찌푸린 채 팔짱을 끼고 서류를 내려다보고 있었다. 정원영은 가느다란 금팔찌가 감긴 손목을 만지작거리면서 멍하니 창문 쪽을 바라보고 있었다. 김시무는 볼펜으로 메모지에 낙서를 하면서 그런 정원영에게 신경쓰고 있었다. 젊은 시절에는 정말 고적한 아름다움을 가지고 있었을 여자였다. 지금도 괜찮지만. 지나치게 말이 없는 것을 제외한다면. 도무지 목소리를 들을 수조차 없지 않은가. 그녀가 어떻게 교장이란 자리에 있는지 알다가도 모를 일이다. 김시무는 그 도마뱀 같은 박학석이 의외로 점잖게 고개를 꼬고 앉아 있는 것이 이상하다는 생각이 들었다. 어쩌면 박학석은 이 사건이 어떤 식으로 끝나든 그 결과가 중요한 것이 아니고 사람들에 대한 영향력을 일으키기 위해서 이벤트를 열었을지도 모른다는 생각을 했다. 박학석이 없었다면 위원들은 유종민의 생각대로 일 개월 감봉으로 간단하게 서류 작성을 마치고 이른 오전에 시청을 떠나버렸을 것이다. 여기 모인 위원들은 아무도 이 사건 자체에 대해서는 관심이 없을 것이라고 김시무는 확신했다.

도대체 누가 언제 어떻게 무엇을 위해 돈을 횡령했는지 아는 사람도 없고 알고 싶어하지도 않는다. 우편으로 받은 서류 뭉치를 소중한 듯이 뒤적이고는 있지만 아무도 그것을 읽지 않았을 것이다. 그리고 이제 사람들은 서서히 지루함을 느끼고 있었다.

"말도 안 되는 소리. 그건 이 사건과 아무 관련도 없고 그리고 사악한 음해입니다."

예상대로 박학석이 반발했다.

"그는 돈이 필요했을 겁니다. 도박 빚을 갚지 않으면 손가락을 잘라버린다는 위협을 받고 있었으니까요."

의외로 강한 어조로 김유엽이 내뱉었다.

"그래서 일 개월 감봉으로 하자는 겁니다. 우리는 형사가 아니고 횡령 건에 대해서는 시청에서 이미 결론을 내리지 않았습니까."

유종민이 사람들을 달랬다.

"뭐가 횡령이라는 거요. 엄연한 절도지요."

김시무는 히죽거리는 박학석이 불쾌해서 차갑게 말을 던졌다.

"그가 횡령이든, 절도든 했다면 공보관도 책임을 벗어날 수 없다고 의견서에 적지 않으면 나는 사인하지 않겠습니다."

박학석은 할말을 다 했다는 것처럼 어깨를 들썩거리고 김시무를 향해서 한마디했다.

"그나저나 당신의 어여쁜 여비서는 잘 있나요? 그날 맛있는 차를 얻어먹어서 언젠가 한번 인사를 해야 하는데."

김시무는 얼굴이 순식간에 화끈거리는 것을 느꼈다. 이, 후레자식. 그러나 침착해야지. 사람들의 밋밋한 시선이 잠시 김시무에게 머물렀다. 나는 이따위 자식과 아무런 관련이 없다, 김시무는 변명하고 싶었지만 유종민이 재빨리 말을 꺼내는 바람에 기회를 잃었다.

"그러면 이렇게 할까요. 공보관에게 혐의는 없지만 부하 직원에게 편견을 가지고 있었던 관계로 둘의 의사소통이 원활하지 못했다. 그것에 대한 책임은 피할 수 없다."

이렇게 말하고 유종민은 자신의 민첩한 머리가 만족스럽다는 표정을 지었다. 그러나 김유엽이 불만을 나타내었다.

"시청의 징계위원들이 좋아하지 않을 겁니다. 그들은 공보관에 대해서 공식적으로는 완벽한 결백을 인정했으니까요. 말씀드린 대로 산하 사업소로 전임될 텐데요."

"거기다 공보관의 지휘 능력에 의심이 간다는 말도 언급해주시오."

박학석은 굽히지 않았다.

"그렇게 하지요. 김유엽 여사님, 이런 언급이 들어간다고 해도 공보관의 인사 기록 카드에는 어떤 기록도 남지 않습니다."

"난 공보관을 걱정하고 있는 것이 아닙니다. 쓸데없이 오해받기는 싫어요. 이런 일에 신문사가 연루되어서 정말 괴로울 뿐이에요."

"신문사에 관한 언급은 어디에도 기록하지 않겠습니다. 정부 기록 문서로 보존된다 해도 걱정하실 것 없습니다. 그렇지 않습니까? 누가 이런 징계위원회의 회의록을 들춰보려고 하겠습니까. 이건 중요한 일도 아닙니다. 우리는 지금 대외적인 일을 하는 게 아니죠. 이건 시청 내부의 아주 사소한 인사 문제에 불과합니다."

유종민은 이마의 땀을 주먹으로 닦았다. 아주 다급한 심정 같았다.

"어떻습니까? 박학석 선생. 당신이 말한 대로 쓰는 대신 신문사에 관한 언급은 전혀 하지 않겠습니다. 공보관과 신문사의 관계를 연상시키는 어떤 말도 하지 않겠습니다. 그 대신 공보관의 지휘 능력에 관한 회의적인 문장은 넣겠습니다. 만족하십니까?"

제발 이대로 끝났으면 하는 마음에서 사람들은 간절하게 박학석을 바라보았다. 그래서 박학석이 고개를 끄덕이자 휴우 하고 안도하는 표정들이 되었다.

"저어,"

그때 정원영이 입을 열었다. 거의 한마디도 하지 않고 있던 그녀가 입을 열자 사람들은 그녀를 돌아보았다. 무슨 폭탄선언을 하려고 그러나, 겁먹은 표정들이 되었다.

"이제 중요한 건에 대해서는 의견 일치를 보신 건가요? 전, 점심 약속이 있어서 빨리 끝냈으면 해요."

뭐야. 김시무는 어이없는 마음과 동시에 희미한 실망을 느꼈다. 가능하다면 그녀와 함께 점심을 먹으면 어떨까 하는 마음이 있었기 때문이었다.

"그럼요. 이제 끝입니다. 그렇죠? 이제 한 삼십 분간 각자 의견서를 간단하게 작성하십시오. 장황하지 않아도 됩니다. 내가 대표로 전체의 의견서를 작성하도록 하겠습니다. 그러면 한 시간 안에 모든 것이 끝날 수 있습니다. 그럼요."

김시무는 다른 사람들과 함께 의견서를 썼다. 그의 의견은 짧았다.

'횡령한 박승규는 일 개월의 감봉이 적당하다고 생각함. 그를 제대로 감독하지 못한 공보관에게는 적절한 다른 조치가 있어야 한다고 생각함.'

왜 이런 것이 열려야 하는지 한심하다고 쓰려고 했던 처음의 생각은 사라져버렸다. 어차피 자기와는 아무런 상관이 없는 일이고 어떤 형태로 결론이 나더라도 사실과는 거리가 멀 것이다. 이제 김시무는 그것을 알았다. 나는 정의의 재판관 역할을 하는 것이 아니다. 그러니 아무 상관 없다. 박학석이 두렵거나 그가 일으킬 문제가 귀찮아서 그런 것은 아니다. 그렇게 생각하면서 김시무는 자기 자신에게 변명했다. 유종민이 총무부에 의견서를 제출하고 그들이 모든 절차를 마치고 회의실을 나오는데 김시무의 책상 앞에는 반으로 접힌 메모지가 놓여 있었다. 김시무는 화장실로 가서 그것을 읽었다. 정원영의 메모였다. 그래, 어차피 고속도로는 막힐 것이다. 조금 늦게 출발한다고 해서 이제 와서 달라질 것은 없을 것이다. 아버지의 밤은 이미 끝났다.

"오늘 참석해주셔서 감사합니다. 아이들과 약속이 있으시다고 했는데도 불구하고."

화장실 입구에서 박학석과 마주쳤다. 박학석은 이제 아쉬운 것이 없다는 말투로 거드름을 피웠다. 김시무는 그를 무시했다.

"다음에 또 공익을 위한 이런 자리에서 만나게 되겠군요. 당신이 가족의 볼일을 희생하고 참석해주신 것 잊지 않겠습니다."

"이제 그럴 일은 없을 것 같습니다. 난 이 위원직을 사임할 생각이오."

"아니, 무슨 말입니까?"

"말 그대로죠. 선생, 쉬운 한국말도 모릅니까?"

"잘 모르시는 모양인데 이건 선택받은 명예이기도 합니다."

"선생이나 많이 누리시죠. 그런데 뭐, 원하는 것은 얻으셨나요? 왜 내가 굳이 참석해야 하는지 모르겠군요."

"원하는 것이라뇨, 나는 그저 정당한 합의를 위해서 한 사람이라도 많은 위원이 참석하기를 바랐을 뿐입니다."

"당신 의견에 동조하는 한 사람이 아니고?"

"아니, 그러지 말고 어디 가서 점심이라도 드실까요?"

"미안하군요. 약속이 있어서."

김시무는 바삐 그를 떠났다. 김시무는 언제나 경상도 사람이 싫었다. 정확히 말하자면 김시무의 예민한 청각은 경상도 사람의 억양을 참지 못했다고 하는 것이 옳을 것이다. 그건 개인적인 기호의 문제였다.

그러나 그는 이런 자신의 기호를 가까운 사람 누구에게도 말하지는 않았다. 김시무는 그렇게 말함으로써 전라도 사람으로 오해받을 수 있다는 것을 잘 알고 있었다. 그렇게 오해받는 것은 더 참을 수 없었기 때문이다. 정원영과의 약속까지는 한 시간 정도 시간이 있었다. 김시무는 사무실로 들어가 시간을 보낼 생각이었다. 그가 막 사무실의 의자에 앉았을 때 전화가 울렸다. 캡틴이었다.

"잘 끝났나?"

"잘인지 뭔지, 끝나기는 했네."

"어떻게?"

"뭐가?"

"결과 말일세."

"흠, 일 개월 감봉이라더군."

"오, 그거 안됐군."

"안되기는. 그는 시 예산을 횡령했다는 판결을 받은 입장인데. 하지만 내가 볼 때는 차라리 그 상사인 공보관이나 아니면 박학석이 계획적으로 횡령했다고 보는 것이 더 타당한 것 같더군. 적어도 방조의 가능성은 있었네."

"오, 그런가. 그런데 혹시 그 일에 대한 사실을 알고 있나?"

"나는 모르네. 당연하지 않은가. 그냥 단순히 박승규라는 그 직원이 꿀꺽 삼켜버렸을 수도 있네."

김시무는 퉁명스러웠다.

"나 말고 다른 사람들도 별로 알고 있지 않더군. 알고 싶어하지도 않아. 그러면서 완벽한 시간 낭비에 정성을 들이고 있는 거야, 관료들이란."

"정인에게 퇴직금을 지불했네."

캡틴이 화제를 바꿨다.

"그런가."

"상당히 충격을 받았더군. 자네가 좀 심하지 않았나?"

"난 정당하다고 생각하네. 내가 어떤 망신을 당했는지는 잘 알지 않는가. 그녀는 실수로 없는 말을 만들어서 박학석이라는 쓰레기에게 정보를 준 거야. 설사 그녀가 내 정부였다 해도 용서받을 수 없는 실수를 한 거야."

"정인이 그러더군. 아마 부소장님은 정원영이라는 다른 여자를 사귀기 시작했나봐요. 그래서 날 해고한 거예요. 하지만 난 원망하지 않겠어요. 그러더군."

"뭐, 기가 막혀 할말이 없네."

"정인이 좀 감성적이라는 것은 인정할 수 있어."

"그것은 남에게 피해를 주는 위험한 성향이네. 그녀는 좀더 자기 역할에 충실했어야 했네."

"새 비서는 자네가 구하겠나? 아니면 연구소에서 알아보나?"

"나는 신경쓰지 않을 테니 캡틴이 알아서 해주게."

당신은 정말 찬미할 만한 여자다. 나는 당신을 만나게 된 것에 대해서 감사한다. 사람을 규정하는 것은 유전자와 그가 걸치고 있는 의상이다. 그 두 가지 다 당신은 나를 감동시켰다. 당신을 좀더 일찍 만났으면 하고 아쉬워한다. 당신의 몸이 욕망에 떨고 그것을 부끄러워하고 있는 것이 느껴진다. 당신, 원하는 것을 해라. 내가 이루어주겠다. 김시무는 소리내지 않고 조용히 정원영을 등뒤에서 안았다. 그들의 점심은 뚜껑이 덮인 접시에 담겨 식탁에 놓여 있었다. 낮이었기 때문에 정원영은 옷을 벗지 않겠다고 했다.

그들은 강물이 보이는 창가에 앉아 단편적인 대화를 나누었다. 그들은 징계위원회에 대해서 말하지는 않았다. 그것은 그들에게 별로 의미 없는 시간이었기 때문이다. 김시무는 아내와 전직 여비서 정인, 그리고 정원영에게 그 나름의 적절한 대우를 한다고 믿었다. 그것을 정원영에게 얘기했다. 정원영은 귀를 기울였다. 김시무는 최근 사이가 좋지 않은 아내에게 최선을 다해야 했지만 징계위원회 때문에 약속을 지킬 수 없었고, 한심하기 때문에 오랜 여비서를 도저히 해고하지 않을 수 없었다. 여비서 정인과 관계를 가진 것은 아주 오랜 옛날, 그녀가 결혼하기도 전의 일이다. 짧은 관계였고 그녀가 결혼하자 그것으로 끝이었다. 나는 유부녀와 통정하는 것을 원하지 않았다. 그리고 나는 그것을 기억할 생각도 없었다. 그러나 그녀는 오래오래 그 일을 잊지 않고 있었던 것이 확실하다. 그래서 그녀는 나와의 관계를 과장했다. 그녀는 역할에 어울리지 않는 생각으로 오버한 것이다. 나는 지금까지 열심히 일했고 정말 성실했다고 자신 있게 말할 수 있다. 나 자신을 위한 것도 있지만 그 대부분은 가족을 위한 것이다.

나는 사회에 이익이 되는 인간이 되려고 노력했다. 내 자리에서 언제나 내 몫을 다했다. 그러므로 내가 고용중인 사람에게 그 정도의 충실함은 요구할 수 있다고 생각한다. 내 모든 것을 이렇게 털어놓는 유일한 사람이 정원영, 당신인 것이 지금 나는 좋다. 다른 사람은 아무도 이해하지 못한다. 모두들 자기 입장에서 생각할 것이다. 당신 이마에 입맞춘다.

당신의 그런 점이 얼마나 나에게 매혹적이었는지 모른다. 정원영이 김시무의 벗은 하반신을 향해 얼굴을 기울이면서 말했다. 나는 많은 초인들을 만나봤다. 피바디에 있을 때는 히피였고 일본에 있을 때는 목숨을 건 지독한 군국주의자이기도 했다. 파계한 승려도 있었고 초능력자도 있었고 지금은 지상에서 사라진 사회주의자도 있었다. 그들의 정말 모습은 모른다. 어쩌면 그들에게 정말 모습 따위는 없었을지도 모른다. 그러다 어느 순간부터 나는 일상의 언어 말고는 말하지 않게 되었다. 학교에서도 사무실에서 결재를 마친 다음 중요한 일과는 대부분 교감에게 맡기고 나는 명상에 빠진다. 당신을 처음 본 순간부터 좋았다. 당신에게 가까이 가닿고 싶었다. 그때 나는 내 껍질을 뚫고 허공으로 치솟는 날카로운 욕망을 알 수 있었다. 당신이 신비스럽지 않아서 그랬다는 생각이 든다. 그러나 지금, 나는 늙어가고 있다. 어쩌면 지쳤을지도 모른다.

이렇게 당신을 보고 있으면 내가 이 세상에 보내는 마지막 인사라는 생각이 든다. 안녕, 잘 가라. 짧은 말이다. 그것뿐이다. 삶이 영원하다면 나는 이렇게 당신을 안지 않았을 것이다. 지독한 고독을 선택한 이 고행이 약속해주는 것이 있다면 나는 당신을 욕망하지도 않았을 것이다. 정원영의 블라우스가 김시무의 다리 사이에서 바람 소리를 내고 있었다.

시무, 우리는 이제 마지막이다. 적어도 이런 식으로는 만날 수 없다. 오늘 이후, 나는 당신을 그냥 건축가 김시무로 알고 있을 것이고 당신은 나를 단지 클라이언트로 만날 것이다. 영혼을 뒤흔드는 감정 같은 것은 이 세상에는 없다. 혹 우연히 마주쳐 점심을 같이 먹을 수는 있다. 상공회의소의 만찬에서 같은 테이블에 앉을 수도 있다. 그러나 더이상 이런 식은 아니다. 우리 사이에 있었던 일은 마치 징계위원회에 회부된 시청의 사건과 같다. 실체는 없거나 혹은 중요하지 않다. 충실해야 하는 것은 역할이다. 그것이 조직인간이다.

(1999)

집돼지 사냥

하늘의 길

기차에서 내리면 철도 분기점의 역이다. 차가운 불꽃이 튈 듯이 따끔거리는 공기다. 12월 한 달 내내 비는커녕 눈도 내리지 않았다. 웅덩이의 물은 얼어붙거나 아니면 말라버렸다. 어느 해, 극동의 겨울은 극심하게 차고 건조한 경우가 있는데 지금이 바로 그런 때였다.

택시를 타고 하늘의 길, 이라고 말한다.

그러면 택시는 나를 그곳으로 데려다준다. 길에는 끈적이는 수액의 흔적이 검은 화석처럼 말라붙은 나무들이 늘어선 가로수가 있고 도로는 질 나쁜 아스팔트로 포장되어 있다. 조금 달리다보면 길가 담벼락에 페인트로 씌어진 글자가 보인다. '하늘의 길 농장,

여기서부터 1.5km'. 어두운 보라색 가지들이 아직 서리를 머금고 있는 이른 아침. 길 오른편은 불에 타다 만 빈약한 숲이고 왼편은 도시로 이어지는 낮은 담벼락의 변두리 길이다. 농장은 오래지 않아 나타난다. 그곳에는 구별되지 않는 표정의 건물들이 동·호수를 기록한 노란색 번호를 옆에 매단 채 화난 것처럼 입을 꾹 다물고 있었다. 그곳에서 내가 맨 처음 만난 사람은 12동이라고 씌어진 곳에서 걸어나오는 한 노파였는데 그녀는 너무 나이가 많이 들어 보였기 때문에, 이미 이 세상 사람이 아닌 것 같았다.

여느 농장과 달리 이곳에서는 수탉들이 울지 않는다. 양계장도 축사도 없기 때문이다. 하늘의 길에서는 고기를 생산하지도 먹지도 않는다. 그렇기 때문에 올가가 그곳으로 가겠다고 결심하기가 더 쉬웠을 것이다. 올가의 딸 이밀에게는 더욱 상관이 없었을 것이다. 이밀은 이제 겨우 다섯 살 반이 되었을 뿐이니 올가의 식탁에서 떨어지는 빵 부스러기와 올가가 씹어주는 곡물로 충분할 것이다. 이밀은 서른다섯 살이 넘어 낳게 된 딸이므로 올가는 출산 전부터 뭔가 잘못되는 것이 있지 않을까 염려했다. 다행히 이밀에게는 아무런 이상도 나타나지 않았지만 아이를 낳은 다음 올가의 어금니가 몽땅 빠져버렸다. 올가는 틀니를 해넣어야만 했다. 이밀을 낳기 전 올가와 나는 이 년 동안이나 서로 소식을 주고받지 못했다. 그러다가 올가는 나를 그녀의 집에 들어와 살게 했다. 그때가 이밀이 태어나기 겨우 몇 주 전이다. 이밀이 태어나던 날에도 나는 올가의 집에 있었다. 그즈음 이미 올가는 아마 모종의 결심을 하고 있지 않았나 싶다. 때 이른 진통으로 조산원의 산파가 달려오기를 기다리며 올가는 침대 위에서 불안해하고 있었다. 올가의 손목이 틀 정도로 추위가 계속되던 날이었다. 손목을 잡아주기를 바라는 것일까? 나는 올가의 손을 잡으려고 했지만 올가는 뿌리쳤다.

나는 반년에 한 번 정도 올가와 이밀을 만나러 간다.

면회 신청의 절차는 필요하지만 어디까지나 요식적인 것이다. 올가는 이밀이 가벼운 감기에 걸려 농장 내 진료소에 데리고 갔다고 했다. 나는 웨이팅 룸에서 잠시 기다렸다. 대형 무쇠난로 위에서 찻주전자가 끓고 있었다. 반쯤 열린 화덕 입구를 통해서 시뻘겋게 타는 숯이 보였다. 손을 가까이 가져가면 너무 뜨거웠고 난로 앞에서 조금만 비켜나면 이마와 뺨이 금세 싸늘해졌다. 그것을 반복하는 새에 반시간도 되지 않아서 올가가 나타났다. 두꺼운 울 스카프를 머리에 두르고 팔에는 토시까지 끼고 있었지만 콧물을 훌쩍이고 있었다.

"아침식사 메뉴는 소금을 넣은 콩죽과 두부와 호밀빵이야. 배춧국도 나오지. 지금 식당에 가면 먹을 수 있어."

올가는 나에게 식사할 것을 권했지만 나는 거절했다. 세면대만큼 커다란 잔에 가득한 커피가 마시고 싶을 뿐이었다. 발은 얼어서 이미 감각이 없었다. 얼음 구덩이가 있는 축축한 땅을 딛고 농장 입구에서부터 오래도록 걸어왔기 때문이다. 택시는 농장 안으로 들어오지 못했다. 올가는 자신의 방으로 가자고 했다. 올가의 방은 15동에 있었다. 식당과 통해 있는 뒷마당을 지나쳐갔는데 얼린 배추를 넣고 끓인 국냄새가 향긋했다. 올가는 토시를 여미고 나는 코트의 깃을 올려서 추위와 바람을 피했다. 우리는 서로의 안부를 묻고 또 물었다.

올가의 외모는 젊은 시절에 상당히 강하고 날카로운 인상을 주었다. 그러나 나이가 들면서 흰머리가 생기고 뺨의 곡선이 빠르게 허물어지고 눈가에 주름이 깊어지면서 좀더 그윽하고 여운이 있어 보이는 외모로 변했다. 올가의 왼편 뺨에는 검은 반점이 핀 것이 눈에 띄고 눈 주변은 푸르스름하게 변했는데 지난번 방문했을 때는 몰랐던 점이다. 한때 올가는 내 모든 것이었다. 나는 그녀가 밟고 지나간 흙에 입맞추었다. 그러나 그녀의 한숨과 불평, 표독스러운 말투나 과민함 때문에 내가 얼마나 고통받았는지. 그러나 어느 순간부터 그녀는 달라지기로 결심했고, 도시에서 태어나고 자란 그녀가 이제 화장기 하나 없는 얼굴에 아무런 장식도 없는 거친 섬유의 옷을 입고 흙을 파헤치거나 찬물에 손을 담그는 농장 일을 하고 있다. 오 년 전만 하더라도 감히 상상조차 할 수 없었던 일이다. 그녀의 두번째 남편이 죽고 이밀이 태어난 직후 올가는 변했다. 올가는 패밀리 네임을 버리고 이름을 바꾸고 가진 것을 버렸다. 지금도 여전히 나에게 올가는 소중한 존재이지만, 그것은 11월의 달빛이나 1982년의 의자처럼 거리를 두고 멀리 있을 뿐이다.

이밀의 뜨거운 이마를 만져주었다. 열이 있었다.

"심각하지는 않아. 약을 먹고 잘 쉬면 곧 나아진다는군."

올가가 커피를 끓이면서 말했다.

나는 올가의 커피를 마셨다. 싸구려 커피였지만 맛이 좋았다. 설탕은 흑설탕뿐이고 크림은 없었다. 창밖으로 흐리고 무겁게 축 처진 하늘이 낮게 펼쳐졌다. 전신주들과 까치집과 농장의 배추밭이 보였다. 올가가 고개를 숙이고 나에게 커피를 더 따라주었다. 스카프 사이로 바랜 회색빛 머리칼이 한 움큼 스르르 흘러내렸다. 올가의 어깨에서 스웨터가 피곤하게 걸려 있었다. 올가는 몸집이 더 풍만해지고 움직임이 느려졌으며 가끔 한숨을 쉬고는 이유 없이 얼굴을 붉혔다. 붉힌 얼굴 위로 일부러 구겨놓은 듯 까칠까칠한 주름이 잡혔다. 창가에 자리잡은 올가의 탁자 위에는 『데리다와 비트겐슈타인』 그리고 비트겐슈타인의 책 『Blue and Brown Books』가 놓여 있었다. 우리가 'BBB'라고 부르던 책이다. 올가는 책을 읽는 것마저 멈춘 것은 아니었다. 지난번에는 올가의 부탁으로 새롭게 번역된 비트겐슈타인의 『철학적 탐구』를 가져다주기도 했다. 이미 올가는 그 책을 독어본 두 종류에다 1998년에 출간된 영어본과 1994년에 번역된 것을 갖고 있었다. 의자가 삐걱삐걱 소리를 냈다. 방이 좁아서 주방의 한편을 커튼으로 막고 거실로 쓰고 있었다. 난방의 온기는 겨우 거실 쪽에만 머물 뿐이었다. 한 시간 후면 급행열차가 출발할 것이다. 나는 한번 더 이밀의 이마를 만졌다. 열이 좀 내린 것 같았다. 이밀은 말끔하게 눈을 뜨고 의심하듯이 나를 보기만 했다. 반년 전에 보았을 때보다 더 마른 듯했다. 광대뼈와 턱이 뾰족하고 슬픈 듯이 얇은 입꼬리가 처지고 신경질적이고 아름다운 얼굴선을 가진, 젊은 시절 올가의 모습을 닮아가고 있다.

"돌아가면 요란에게 안부 전해줘."

두 잔째의 커피를 마시고 나자 올가가 몸을 굽혀 세번째 커피를 따라주면서 말했다. 올가는 지난번에도 내 안부를 차근차근 물었고 싸구려 커피를 끓여주었으며 마지막으로는 요란에게 안부를 전해달라고 했다. 나는 커피를 마시고 올가는 커피 주전자를 손에 든 채 서 있기만 했다. 매번 다른 점은 하나도 없었다.

급행열차를 타러 역에 도착하니 기름을 태우는 악취가 나는 가운데 선로에서 기차들이 연결되는 소음이 들려왔다. 이른 아침과는 달리 사람들이 많아져 부산하고 어수선했다. 나는 조간신문을 두 종류 사고 동전을 찾아 농장으로 전화를 했다. 농장에서 전화를 받은 사람은 올가가 체육관 청소를 하러 갔으며 체육관에는 전화가 설치되어 있지 않다고 말했다.

"급한 일인가요?"

하고 농장의 사람은 전화기 저편에서 물었다. 윙윙 울리는 낡은 전화기의 소음이 대화를 방해했다. 나는 수화기를 귀에 바싹 가져다댔다. 하지만 하늘의 길에서 들리는 목소리는 점점 더 멀어지기만 했다.

"급한 일이라면 사람을 체육관으로 보내서 불러오도록 하겠습니다. 혹시 체육관 청소를 마쳤다면 그다음에는 재봉실에서 작업을 하고 있을 테니까 찾기는 어렵지 않아요. 삼십 분 후에 전화를 다시 걸어주시겠습니까?"

수화기 안에서 벌떼가 우는 듯이 윙윙거리는 소리가 발작적으로 가까워졌다가 사라졌다. 하늘의 길에서는 개인 전화를 쓰지 않았다. 나는 괜찮다고 말했다. 급한 일 따위는 조금도 없었던 것이다. 역 구내를 조금 서성거리다가 읽지 않은 신문을 쓰레기통에 버렸다. 이미 충분히 커피를 마셨지만 입안이 말라왔다. 급행열차의 개찰이 시작되었다. 나는 기차에 올라탔다. 플랫폼에 서 있는 사람들에게서 하얀 입김이 나왔다. 삐익삐익 하고 메마른 벨이 울렸다. 이윽고 기차가 출발했다. 황폐한 배추밭과 그 사이사이의 물웅덩이들과 믿을 수 없을 정도로 같은 모양의 정거장과 정거장과 정거장들이 지나갔다.

Everybody wants to know my story

'내 아버지는 뚜쟁이에 마약 밀매업자였고 어머니는 삼류 나이트클럽의 가수였다. 나는 버스 터미널의 나무의자에서 태어났고 일생을 통틀어 삼 년 동안 학교를 다녔다. 쇼무대에서 처음 노래를 부른 것은 열다섯 살이 되기 전이고 열여덟 살이 되기 전에 사생아를 둔 아버지가 되었다……' 1950년대의 〈자서전 블루스〉를 부르던 가수라면 이렇게 노래할지도 모른다. 그러나 M의 경우는 많이 달랐다. 무엇보다 1950년대에 그는 아직 태어나지도 않았거나 모태에서 꼬물거리는 파충류 형태를 띤 반半생명체에 불과했을 것이고 그의 아버지는 부동산 사무실 운영에서부터 택시 운전사까지 일생 동안 열두 가지도 훨씬 넘는 직업을 전전했기 때문에 뭐라고 규명하기 어려운 사회적 정체성을 가진 인물이었는데다가 어머니는 세 명의 노인들과 여섯 명의 어린아이들을 시중드는 일로 젊음과 건강을 다 망친 채 햇빛도 들지 않는 자선병원의 무료 병동에서 죽어갔다. 냉소하거나 비현실적이거나 반전시위를 하거나 환각제를 음용하는 아티스트의 기질 같은 것은 그 누구도 갖고 있지 않았다. M은 일전에 신문기자와의 인터뷰에서 자신의 아버지는 우울하게 한 시대를 마감한 강제 퇴직 공무원이었고 어머니는 이화여대를 나온 인텔리 여성이었으나 일생 동안 아버지의 양심적인 청렴으로 인해 고생하신 분으로 소개한 바 있는데 이는 말짱 헛소리 중의 헛소리일 뿐이다. 그의 아버지가 부정 공무원 축출이 단행될 때 잠시 동안 임시직으로 시장 공관에 근무하다가 그만둔 것은 사실이지만 그건 까마귀 날자 배 떨어진 식이 되어버렸을 가능성이 큰 것으로, 뭐 아무래도 상관없는 일이겠지만 어쨌든 M이 블루스 같은 것은 한 번도 들어본 적이 없다는 사실만은 분명하다. 게다가 M이 장담하기로는 자신이 아직 그 어느 누구의 아버지도—물론 그가 아는 범위 내에서—아님이 명백하다는 것이다. M이 처음으로 돈을 모은 것은 시청에서 위탁받은 도축장과 정육 도매상점 운영을 통해서였다. 그러나 그는 언제나 자기 자신이 화가나 문필가가 되어야 한다고 생각하고 있었으며 소설을 통해서—『자서전 블루스—내 이야기를 듣고 싶다고?』—그것을 이루었다. 자기 자신의 입장을 미화하기 위해서겠지만 M은 항상 대중을 상대로 하는 예술가에게는 '직공의 세기'가 있어야 한다고 말했다. 인생과 사회에 대한 인위적인 수련 말이다. 요란은 M을 대학 시절에 만났다. 그 이후부터 M은 잊지 않고 요란을 생일 파티에 초대했다.

"혼자 올 거라고는 생각지도 못했는데."

문을 열어준 M은 추위와 피곤에 오돌오돌 떨고 있는 요란의 푸르스름한 입술을 딱하다는 듯이 쳐다보면서 말했다.

"날씨가 많이 추워졌어. 자동차의 히터가 작동이 안 돼. 집은 난방장치가 이상이 있나봐. 이번주는 모든 게 최악이야. 난초가 얼어 죽었어. M, 거기 타월 좀 집어줘. 뭐가 어떻게 되는 건지 모르겠어. 난 그냥, 잠깐만 머물다가 갈 거야. 오래 있을 여유가 없어. 정말이야. 집안에서도 털양말을 신고 있어야 하는걸. 고리키의 글에 나오는 것처럼 두터운 털양말이야. 이런, M 너희 집과는 많이 달라. 창틀마다 종이테이프를 붙이고 두꺼운 담요를 벽에 걸고 그래도 목욕탕과 창고 벽에는 얼음이 얼고 있어."

요란은 M이 건네준 타월로 머리를 닦으면서 빠르게 지껄여댔다. 요란은 말이 많다고는 할 수 없었으나 한번 입을 열면 너무 많은 이야기를 한꺼번에 쏟아내는 경향이 있었다. 그것은 불안해 보이기 일쑤였다.

"이것 봐, 요란. 집안에 난방이 고장났다니, 참 안타까운 일이군. 하지만 난 희태에 대해서 묻고 있는 거야. 분명히 같이 온다고 하지 않았어?"

"난 그렇게 말한 적 없어. 그는 오늘 새벽 기차를 타고 전처를 만나러 갔어. 뜨거운 커피 끓여놓은 것 있어? 미지근한 것 말고 입술이 활활 델 것 같은 그런 커피 말이야. 없다고? 지금 끓이고 있는 중이라고? 그렇다면 기다려야겠지. 아, 그는 전처를 만나러 지방엘 갔어. 오늘 오전 중으로 돌아온다고 했으니 아마 지금쯤은 돌아오고 있는 길이 아닐까 생각해. 그런데 빵이나 뭐 그런 것 없을까? 난 식사가 시작되기 전에 먼저 뭘 좀 먹고 싶어. 접시나 포크 같은 도구 없이 빨리 먹을 수 있는 것 말이야. 배가 몹시 고프거든. 게다가 집안일에 대해서라면 난 여기 서서 한 시간도 넘게 지껄일 수 있을 정도로 할말이 많아. 하지만 지금 일단은 어디 좀 앉았으면 좋겠어."

M은 수다스러운 요란을 데리고 식당으로 갔다. 그곳에는 이미 M의 또다른 초대 손님인 미타와 항, M의 사촌인 마리와 중학교 물리 선생인 오강주가 있었다. 요란은 가장 마지막에 도착한 손님

인 셈이었다. 미타는 요란과 오래전부터 잘 아는 사이이고 항과 동거 커플이었다. 항은 현재 실업중이었기 때문에 미타는 두 가지 일을 하고 있었다. 변두리 학원에서 아이들에게 수학을 가르치는 것과 밤에 일하는 스낵바 아르바이트다. 마리는 십이 년 동안의 수녀생활을 청산하고 부모와 함께 살고 있는, 매력이라고는 찾아볼 수 없는 노처녀였다. 오강주는 키가 크고 건방진 웃음소리를 가진 해병대 출신인데 독선적인 프라이드를 지나치게 감추지 않아서 어디서나 미움을 받고 있는 존재였다. 그들은 이미 뜨거운 국그릇을 앞에 두고 있는 참이었다.

"자, 여기 나타난 여자를 보라구. 이른 아침부터 먼길을 달려와서 매우 지친 상태야. 게다가 집안에는 문제가 생겨 풀이 죽은 채로군. 남자친구는 전처를 만나러 여행을 갔대. 그래서 오늘 같이 오지 못했어."

M은 이미 잘 알고 있는 사이인 그들을 새삼스럽게 그런 방법으로 소개했다. 요란이 자리에 앉자 가정부가 새 국그릇과 쌀밥을 가져다주었다.

"생일 축하해, M."

요란은 아직도 얼어붙은 턱을 덜덜 떨듯이 하며 간신히 인사했다. 어쨌든, 오늘은 M의 생일 모임인 것이다.

"새책이 성공하고 있다니 반갑군, M. 우리는 조금 전까지 그 얘길 하고 있었거든. 그리고 요란, 집안의 문제라니 어떤 것이지?"

오강주가 국물을 떠 삼키면서 말했다. 오강주는 M의 책이 언제나 지루하다고 느끼는 편이었지만 칭찬하지 않으면 질투한다고 생각될까봐 신경쓰고 있었다.

"집안의 난방이 잘못됐나봐. 북극처럼 춥다는군."

M이 요란을 대신해서 말했다. 요란은 가정부에게 뜨거운 국 대신 커피가 마시고 싶다고 부탁하는 참이었다. 다른 사람들은 밥과 오이 초절임과 생선을 먹고 있었다. 생일이라고 해서 특별한 음식은 나오지 않았다. 그것이 M의 스타일이었다.

"게다가 왜 하필 오늘 같은 날 희태는 전처를 보러 가는 건지. 우리들, 오래전부터 약속하지 않았어? 이른 아침이니까 모두 모이기에 아무 지장이 없다고 해서, 그래서 결정한 거잖아. 그도 모르지 않을 텐데."

미타가 친구 요란을 위해서 한마디했다. 그리고 오강주가 계속 물었다.

"도대체 희태는 언제 떠난 거야? 지난주에 통화할 때만 해도 그런 말은 듣지 못했는데. 그리고 집안의 난방이 고장났다면 수리업자에게 전화만 하면 될 텐데 뭐가 문제라는 거지?"

가정부가 커피를 가지고 왔다. 정말로 김이 펄펄 나고 있는 커피다. 요란은 아무것도 넣지 않은 채로 마시기 시작했다.

"처음에는 물론 전화했었는데 일이 바쁘다고 오지 않았어. 수리업자 말이야. 두 번이나 전화해서야 간신히 나타났는데, 오자마자 지하실에 문제가 있다는 결론을 내리고 배관공을 불러달라고 했어. 그래서 배관공에게 전화했더니 일당을 두 배로 주지 않으면 예약을 할 수가 없다고 했어. 일이 너무 밀려 있어서 그렇다는군. 게다가 다음날은 블루 마르타 기념일이라서 아무도 일하지 않는다는 거야. 블루 마르타 기념일이라는 것은 나도 처음 듣는 얘기였어. 그날은 배관공이나 벽돌공이나 하수도 수리업자나 보일러공들은 아무도 일하지 않는대. 그래서 도대체 블루 마르타가 누구냐고 물어봤는데 아무도 모르더군. 그게 중요한 것이 아니고 일하지 않는다는 것이 중요하다는 거야."

"일종의 비밀 노동조합이 아닐까? 예전에 비슷한 말을 들은 적이 있어. 완전히 일하지 않는 것이 아니라 그 조합에 가입한 비밀 회원들에게만 노동을 제공하는 거지."

말없이 밥을 먹고 있던 항이 거들었다. 그동안 항은 좀 여윈 것도 같았다. 항이 일자리를 잃었을 때 사람들은 미타와 항이 헤어질 거라고 생각했다. 한 사람의 수입으로 둘이 함께 살기에는 그들은 너무 가난했고 미타의 수입은 보잘것없었기 때문이다. 항은 예민하고 다정한 성격이었지만 고집이 센 것이 흠이었다. 미타는 항을 잃고 나면 이제 다시는 다른 남자를 찾지 못할까봐 두렵다고 요란에게 말한 적이 있다.

"말도 안 되는 소리!"

오강주가 강한 어조로 받아쳤다.

"그런 종류의 기능 노동자들이 조합을 결성할 리는 없어. 고임금에다가 자유직업을 가지고 있는데. 게다가 잘 숙련된 기능공들의 수는 언제나 부족하기만 해서 그들은 언제 어디서든지 일거리를 구할 수 있는데 무엇 때문에 조합 따위를 결성할 필요가 있겠어? 그런 이상한 소문은 나도 들은 적이 있지만 믿을 것이 없어. 농담성 루머일 뿐이야. 뭐, 블루 마르타 기념일이라고? 누군가 장난으로 지어낸 것이 틀림없어."

"왜 배관공들은 조합을 결성하면 안 된다는 거지?"

미타가 끼어들었다.

가정부가 도미구이를 가져다놓았다. 사람들은 이미 가자미구이와 넙치를 다 먹은 다음이었다. 생선은 기름을 발라 구웠기 때문에 사람들의 입술이 불빛에 번들거렸다.

"난 배관공들이 조합을 결성하면 안 된다고 말한 적은 없어."

오강주의 예의 그 전투적인 어조가 미타를 향했다.

"블루 마르타라는 이름이 너무 우스꽝스러워서 누군가 농담으로 지어냈다는 생각이 든 거야. 그 근거를 댈 수 없으니 비밀 조합이라는 허풍도 뒤따른 거고. 그러니까 블루 마르타 기념일이라는 것이 비밀 조합의 이름일 리는 없다는 것뿐이지. 난 배관공들이 조합을 만들 현실적 필요가 없다는 걸 논증해 보였을 뿐이라고."

"사실 그 이름이 좀 이상한 것은 맞아. 요란, 그렇지?"

M이 분위기를 가볍게 하기 위해서 요란을 보고 동의를 구했다.

요란은 고개를 끄덕였다.

“역사상 비밀결사라고 이름 붙은 것들은 루머로 판명된 것들이 대부분이야. 난 그런 사실에 기초해서 추리해본 거지.”

오강주가 논쟁의 결말은 반드시 자신이 내려야 한다는 듯이 덧붙였다. 그러나 미타는 입술을 비죽거리며 대꾸했다.

“하지만 로마 시대의 기독교나 일본 식민지 시대의 공산당 운동이나 모두 당시로는 비밀결사와 다르지 않았어. 그런데 그건 루머가 아니었잖아?”

오강주는 지지 않고 뭔가 말하려고 했으나 M이 그의 어깨를 잡고 다른 말을 시작했다.

“날씨가 너무 추워서, 요란이 고생이 많을 거야. 그래서, 요란? 말해봐. 우리가 뭘 도와줄 수 있을지도 몰라. 그래서, 블루 마르타데이라서 난방시설을 손볼 수 없었단 말이지? 가엾은 요란. 아, 이제 고백하지만 사실 난 다음 작품을 구상중이야. 그 작품에 요란 너와 희태의 이야기를 쓰려고 해. 물론 가명을 쓸 거야. 어떤 방법으로 가공할지는 생각중이야. 어때? 굉장하지 않아? 내가 너희들에게 보내는 호의로 받아줘.”

커피를 마시던 잠시 동안 요란은 이마를 찌푸렸다. 그런 것은 생각해보지도 못했지만 일단 싫었다. 도무지 책으로 쓸 만한 무엇이 있는 것은 아니었다. 그들은 흔한 커플이었다. 언제나 친절하고 지나칠 정도로 잘해주는 M이지만 이런 제의는 반갑지 않았다.

"정말 멋지지 않니? 요란, 내가 너라면 너무 근사한 기분일 거야."

마리가 열을 올리며 흥분한 어조로 말했다. 마리의 얼굴은 상기되고 눈동자가 빛났다. 마리는 사촌 M을 열렬하게 숭배하고 있었다. 어쩌면 마리는 질투하는 건지도 몰랐다.

"글쎄, 난 잘 모르겠어. 하지만 사생활이 드러나는 것은 좀 어색해."

요란은 머뭇거리며 말했다.

"사생활이라니, 넌 아직 글이 무엇인지 잘 모르고 있어서 그래. 글은 근본적으로 픽션이야. 설사 그것이 사실이라 할지라도 말이지."

"우리 말고 항과 미타의 이야기는 어때?"

아직도 요란은 내키지 않는다는 표정을 지었다. M이 달랬다.

"요란, 왜 그러지? 넌 기록으로 남는 거야. 소극적인 것이 미덕이라고 생각하는 것은 웃기는 유산이지. 그런 태도는 시골에서 막 올라온 바보 같군. 그런 행동은 요란 너답지 않아. 물론 난 너희들이 끝까지 반대한다면 그 계획을 포기하겠지만."

그때 가정부가 조각내서 튀긴 생선과 이름을 알 수 없는 소스를 바른 연어를 가지고 왔다. 사람들은 염치 차리지 않고 배부르게 먹었다. 마지막으로 커피가 나왔다. 요란은 복통으로 속이 뒤집힐 것 같았다. 기름기가 많은 음식을 이른 아침부터 먹었기 때문이다.

"요란, 몸이 불편해?"

미타가 걱정했다.

"추운 집안에서 불편하게 잠들어서 그래. 전부 다 그 집돼지 때문이야. 집돼지가 아니었으면 난방을 고칠 수 있었을 텐데."

요란이 투덜거렸다. 사람들은 식사를 마치고 자리에서 일어섰다. M의 식당은 따뜻했지만 밖은 무척 추운 날씨였다.

"돼지라니, 그게 무슨 소리야?"

요란의 코트 입는 것을 도와주던 M이 물었다.

"블루 마르타 기념일이 지나고 나서 배관공이 지하실로 내려갔을 때 집돼지를 발견했지 뭐야. 그래서 모든 일이 꼬여버렸어."

"요란, 지하실에서 애완용 돼지를 기르나보지?"

마리가 담배에 불을 붙이면서 물었다. 그들 중 마리는 유일한 끽연자였다. 불을 붙인 담배를 눈빛까지 번득이며 빨았다.

"애완용 돼지가 아냐. 몸집이 거대한 집돼지를 말하는 거야. 냄새가 고약하고 심술궂고 잔인하게 찢어진 작은 눈에 하루종일 꿀꿀 끼륵 꺼억 하는 트림 소리를 내고 다니는 날카로운 이빨의 처치곤란한 짐승 말이야. 그걸 한번 본 배관공은 다시는 우리집으로 오지 않겠다고 했어. 지하실 배관을 수리할 수가 없다는 거야."

"이상한 일이군."

펠트 모자와 머플러로 무장하면서 오강주가 고개를 갸웃거렸다.

"돼지가 있는 것이 배관공의 일과 무슨 상관이 있다는 거지?"

"그게 아냐."

요란은 답답해졌다.

"집돼지는 뱀이 고개를 쳐들듯이 갑자기 나타났다가 들고양이보다 빠르게 사라져버리거든. 배관공은 기분이 나쁘다는 거야. 더러운 짐승을 다른 데서 기르라고 하는 거야. 그래서 내가 대답했지. 이봐요, 난 저 짐승을 기르고 있는 것이 아니에요. 저 짐승은 그냥 여기서 사는 짐승이죠. 나도 어쩔 수 없어요. 바퀴벌레나 지네처럼 살충제로 죽는 종류가 아니잖아요. 처음부터 여기 사는 짐승이라구요. 마룻바닥에 사는 개미나 벽에 구멍을 파고 사는 털거미나 카펫의 진드기나 하수관의 시궁쥐나 오래된 서재에 사는 종이벼룩처럼 저 돼지도 이 집에 사는 거예요. 그러니 신경쓰지 말고 배관을 어떻게 좀 해줘요. 그랬더니 배관공은 내 말을 믿지 않고 아주 불쾌한 낯빛을 하더니 공구박스를 챙겨서 트럭을 타고 떠나버렸어. 그다음에는 전화를 해도 예약을 받지 않겠다는 거야."

"그렇다면 아주 쉬운 일이야. 돼지를 쫓아내면 되는 거잖아."

M이 어이없다는 듯이 픽 웃었다.

"걱정할 것 없어. 다음주에 내가 장비를 가지고 가서 돼지를 쫓아내주지. 그런데 요란, 그놈은 암놈일까, 수놈일까?"

"잘 모르겠어. 사실 난 돼지를 자세히 본 적이 없어."

"몇 마리나 되지?"

"음…… 적어도 두 마리 이상이라고 생각해."

"얼마나 크지? 무게는 얼마나 나갈까?"

"하, 정말로 유심히 보지 않아서 자세히는 몰라. 크기는 이 정도고 무게는 한 삼백 이상?"

요란은 두 팔을 양쪽으로 가득 벌려 상상할 수 있는 돼지의 사이즈를 그려내 보였다.

"뭐야, 그러면 굉장히 큰 놈이잖아?"

사람들이 모두 놀랐다. 마리가 벌떡 일어나더니 불안한 표정으로 M에게 달려왔다.

"M, 그만둬. 너무 크잖아. 잡아먹힐지도 몰라."

"무슨 소리, 돼지는 사람을 잡아먹지 않아."

M은 마리를 무시하고 요란에게 더 이야기해보라고 했다.

"하지만 잘 모르겠어. 어디에 숨어 있다가 갑자기 나타나는지. 내가 본 것으로는, 털빛이 검고 온몸이 축축하게 젖어 있고 끊임없이 뭔가 쩝쩝거리는 소리를 냈던 것으로 기억해. 그리고 솔직히 너무 덩치가 커서 무서웠기 때문에 가까이 가서 보지 않았던 거야. 돼지는 금방 사라져버리고."

"걱정할 필요 없어. 그런데 희태도 알고 있어?"

"알고 있긴 하지만, 난방 문제까지는 아직 몰라."

M은 자신만만한 미소를 지었다.

"돼지를 사냥하는 것은 전문가의 일이야. 너희들도 알겠지만 난 그런 일이 처음이 아니거든. 아마도 내가 해치울 수 있을 거야."

생일 아침 파티가 끝났다.

섹스리스 커플

요란이 희태를 처음 만났을 때 희태는 공장의 기숙사에 머물면서 밤에는 책을 읽거나 가끔 술을 마시러 바에 가거나 하면서 얼굴이 반반한 여공들 중에 데이트할 상대가 있나 찾고 있는 중이었다. 희태는 첫번째 결혼이 실패로 끝난 후 계속해서 혼자였고 요란은 남자친구와 헤어진 지 육 개월이나 지났기 때문에 새로운 남자를 만날 기회를 찾고 있었다. 그래서 그들은 쉽게 가까워졌다. 희태는 대개 비트겐슈타인이나 러셀을 읽고 번역하는 것이 취미였다. 어떻게 하는 것이 가장 의미가 잘 통하면서도 간결한 문장이 될까 오랫동안 고심하곤 했다. 단지 취미일 뿐인데! 그의 전처와는 비트겐슈타인 클럽에서 만났다고 했다. 클럽에는 나이든 지방대학 학생과 일자리를 잃은 몽상가, 에스페란토어 강사와 뭔가 근사한 것을 배워보고 싶은 변두리 학교의 여학생들이 항상 붐비는 편이었다. 그의 전처는 그곳의 교사였고 그들은 밤늦도록 김빠진 맥주를 앞에 두고 비트겐슈타인의 문장 하나하나를 번역하는, 보다 적절하고 정당한 길을 찾기 위해 토론하고 또 토론하고 했다는 것이다. 요란은 취미로서의 철학 클럽이나 번역 행위에 전혀 관심이 없었다. 생각해볼 것도 없이 지루한 일임이 분명했다. 그러나 요란은 곧 희태가 M의 책도 읽고 있다는 것을 알았다. 요란은 희태가 내심으로는 M의 책을 좋아하고 있으며 M이 가진 대중적인 매력도 미덕이라고 생각한다는 것을 알았다. 그들은 즐겁게 대화를 나누고 마침내 요란은 희태를 M에게 소개해서 자연스럽게 그들은 친구가 되었다.

희태는 이마에 주름이 있고 키는 컸으나 자세가 구부정하여 실제보다 나이들어 보였다. 손가락은 휘었고 팔에는 불탄 자국이 있었다. 그는 한때 마술을 배우려 했고 그 일 도중에 알코올램프로 화상을 입은 자국이라고 들었다. 어쨌든 요란은 희태를 성적인 매력 때문에 선택한 것은 아니었다. 사실 희태는 섹스어필하기에는 지나치게 어두운 편이었다. 그들이 처음으로 함께 잠자리에 들었을 때 불을 끈 방안에 가만히 서 있는 희태의 몸은 어둠 그 자체보다도 더 어두웠다. 희태는 팔로 자신의 몸을 감싸듯이 꽤 오랜 시간 안고 있었고 요란은 의자에 앉아 맨발의 발바닥을 긁으면서 생각에 잠겼다.

"좋아?" 하고 희태가 물었다.

"좋아" 하고 요란이 반사적으로 대답했다. 그러나 무엇이 좋다는 것인지 전혀 알 수가 없었다. 희태는 겨우 자기 자신의 몸을 번데기처럼 감싸안고 있을 뿐이니 말이다. 요란은 자신이 느끼는 감정의 정체를 파악하기 위해 애썼다. 그것은 놀랍게도 증오감이 아니라 정반대에 있는 그 무엇이었다. 요란은 언제나 가까이 다가오는 남자들에게 갈망과 함께 증오를 느꼈다. 그것은 이제 너무나 익숙한 일이 되어버린 습벽 같은 고통이다. 남자와 같이 저녁을 먹는

다. 비싼 레스토랑에서 근사한 연주를 들으면서 술을 마신다. 그리고 당연한 수순으로 남자가 그녀의 집에 들르기를 원한다. 그들은 커피를 마시거나 벽장이나 지하실의 구조에 대해서 이야기한다. 그리고 그들은 눈빛을 교환하고 껴안고 다정하게 입을 맞춘다. 남자가 그녀의 옷이 벗겨지기를—전부 혹은 일부가—원한다. 대개 그런 것이다. 이미 남자가 그녀의 벽장에 대해서 이야기할 때부터 요란은 맹렬하게 그 남자를 증오하게 되는 것이다. 아니면 지하실의 구조에 대해서 남자가 떠들어댈 때부터인지도 모른다. 처음 방문한 남자들은 거의 모두가 요란의 집 지하실에 흥미를 가졌다. 그것은 전쟁 이전에 지어진 상태 그대로였는데 거의 집 일층 전체의 크기와 맞먹을 정도로 넓었다. 게다가 구조도 복잡해서, 지하 벙커처럼 좁다란 통로와 여러 갈래의 복도에 또 원래는 여러 개의 방으로 나뉘어 있기도 한 것이다. 비록 지금은 낡은 소파나 처치 곤란한 초록빛 카펫이나 장롱처럼 부피 큰 물건을 넣어두는 용도로밖에 쓰지 않지만 허물어진 나무벽을 들추어내면 검은 흙먼지 저편에서 깊은 허공처럼 입을 벌리고 있는 또다른 방의 입구가 나타나는 경험을 할 수 있다. 물론 그녀의 지하실이 투탕카멘 왕의 무덤처럼 비밀의 공간은 아니다. 그렇게 갑작스럽게 나타난 텅 빈 방으로 들어가보면, 곰팡내 나는 습한 공기가 불쾌하게 코로 밀려들어오고 겨우 사람이 하나 들어갈 만한 공간에 잡동사니와 쥐똥이 흩어진데다가 홍수 때 허물어진 흙벽이 보일 뿐이다. 그러나 사내아이들은 대개 그런 장소를 좋아했다. 정복자를 기다리고 있는 듯이 보이는 장소 말이다. 요란은 그들에게 지하실은 그냥 아무것도 없이 텅 빈 창고일 뿐이며 그곳을 헬스 시설로 만들거나 당구실 혹은 음악실로 만들 생각이 없다는 설명을 여러 번 반복해야만 했다. 요란의 집은 이미 방이 일곱 개나 되니 더이상 시간과 돈을 들일 이유가 없는 것이다. 그때쯤이면 요란은 입술 아래서부터 시작해서 쓴 물처럼 고이기 시작하는 상대에 대한 이유 없는 갑작스러운 증오감에 당황하게 된다. 그 증오감은 너무나 집요해 심지어 어떤 경우는 살의를 느낀 적도 있다. 불과 반시간 전만 해도 그 남자들은 친밀하고 매력적이어서 같이 자도 좋다고 생각할 정도였다. 그러나 언제나 요란은 자신의 방에 들어와서 마구 셔츠를 벗으면서 근시에다가 성냥개비 같은 팔다리를 가진 주제에 지하실이 어떻고 전쟁이 어떻고 호치민이나 롬멜 장군이 어떻고 떠들어대는 남자들이 싫었다.

이미 성욕은 깊고 어두운 우물 저 밑바닥으로 가라앉아버렸다. 요란에게는 더욱 다행스러운 일이었다. 성욕의 충족을 위해서 남자들의 몸에서 나는 냄새와 무례하고 폭력적인 언행과 둔감하게 함부로 내는 소음과 결정적인 순간에 마음의 밑바닥을 치는 증오감마저도 견뎌내지 않으면 안 되었던 것이다. 모든 것들은 요란에게 슬픔이었다. 요란은 희태가 좋았다. 그러나 성욕은 분명히 다른 문제다. 그동안 충분히 겪어오지 않았던가. 그 순간에 요란에게 필요한 것은 바로 위안이었다. 요란에게서 조금 떨어져 영원히 다가오지 않을 것처럼, 마치 서서히 사라지기로 작정한 것처럼 서 있는 어두운 희태의 몸은 요란에게 성욕과 증오감을 동시에 앗아갔다. 그토록 치열하고 가증스러운 것들 말이다. 그리고 그것을 대신하는 감정의 에너지가 저 아래로부터 차오르는 것을 느꼈다. 그것은 굳이 묘사하자면 더할 수 없는 위안을 제공하는, 마치 외계로부터 오는 듯한 아주 어두운 빛이라고 할 수 있었다. 섭씨 일천 도가 넘는 빛, 그러나 화상으로 위협하지 않으며 아무것도 보이지 않는. 그는 요란에게 상처를 주지 않기 위해서 일부러 멀리 있는 금성인처럼 보였다. 요란은 알 수 없는 힘에 의해서 흥분했지만 육체적인 것은 전혀 아니었다.

그들은 처음의 두 번 이후 서로 합의에 의해서 성관계를 가지지 않았다. 흔히 말하는 섹스리스 커플이 된 것이다. 그러나 그것 때문에 어느 한편이 욕구불만에 시달린다거나 충족감을 느끼지 못한다거나 마음이 냉담해진다거나 권태롭다거나 불안해한다거나 하는 점도 없었다. 심지어는 필요하다면 그 사실을 다른 사람들에게 알리기도 했는데, 그 점으로 인해 구설수에 오르는 것을 두려워하지도 않았다. 그들은 행복했고 마음의 안정을 얻었다. 또다시 새로운 상대를 찾기 위해 영원히 서성이지 않아도 된다는 안심 말이다.

"그와 헤어진다면 나는 아마 다시 한번 고아가 된 기분일 거야."

언젠가 요란은 오랜 친구인 미타에게 털어놓았다. 그러나 미타는 현실적인 여자였다. 미타는 희태가 전처와의 관계를 완전히 정리하지 못하고 방황하고 있는 것 같아 마음에 걸린다고 말했다. 그러나 요란에게 그따위 말은 뭘 모르는 퉁방울 같은 소리일 뿐이다. 요란과 희태가 느끼고 있는 이 깊은 유대의 감정을 전혀 알지 못해서 하는 말인 것이다.

"그것은 뭐라고 말하기 어려워. 그의 전처는 신경쇠약인가 뭔가 하는 병이어서 오랜 요양이 필요한 거야. 더구나 아이도 기르고 있잖아. 난 아무렇지도 않아. 우리는 비록 남들과 좀 다르다면 다를 수 있지만 말이야, 우리들 스스로에게는 더없이 좋은 느낌이야. 난 이 상태가 가능하면 오래 유지되기를 바라고 있어."

이미 세 명의 남자와 동거 경험이 있는 미타는 요란이 세상물정 모르는 어린아이에 지나지 않는다고 생각하고 있었다. 부드러운 음식을 먹고 순면 옷을 입고 자라고 부모의 돈으로 사립대학을 나오고 게다가 교외에 있는 멋진 집을 상속받고 옷장에는 실크 블라우스가 가득한 그런 어린아이 말이다. 그런 아이에게는 이 세상의 현실적인 모든 충고란 다 코웃음쳐지게 앙상하면서 왜소하고 불쾌한 것들일 뿐이다. 그러니 미타의 말이 귀에 들어오지 않는 것도 당연하다.

벽장 문

요란은 서른 살이 되던 해 어린 시절에 살던 집을 상속받았다. 집은 교외에 있었고 한국전쟁 이전에 지어져서 오래되었으나 해마다 보수를 해서 낡았다는 느낌은 들지 않았다. 원래는 뜰이 더 넓고 단층이었으나 지금은 마당 한가운데에 축대가 들어서고 이층을 지어올린 모습이었다. 그래서 집의 반쪽은 늘 어두웠고 축대를 따라서 야생 담쟁이와 검푸른 이끼가 피어났다. 위층은 아래층보다 이십 년 이상 뒤에 지어졌고 이미 그때는 건축의 유행이나 다른 것들이 낙성했던 당시와 너무 많이 달라져 아주 기묘하게 아래층과 불균형을 이루고 있었다. 하얀색으로 칠한 창틀이며 장미 화분 모양을 한 베란다의 장식이며 물동이를 들고 있는 여인들의 모양을 한 문손잡이며 마루에 깐 터무니없는 색의 카펫까지 모두 흔히 말하는 상식적인 조화와는 거리가 멀었다. 그에 비해서 아래층은 식민지 시대의 오래된 극장이나 관공서의 축소된 모형을 보는 듯했다. 거무스름하게 변한 견고한 돌벽과 두텁고 완강한 문들과 장식이 없는 크지 않은 창틀까지. 요란은 이 집에서 여섯 살이 될 때까지 살았다. 그때 요란을 돌봐준 사람이 어머니였는지 다른 아주머니였는지는 기억나지 않았다. 원래 이 집은 독신으로 세상을 떠난 요란의 부유한 아주머니의 소유였다. 요란에게는 한 손으로 다 꼽을 수 없을 정도로 많은, 결혼하지 않은 부유한 아주머니들이 있었다. 요란의 집안은 구한말 시절부터 매우 부유했고 집안의 여자들에게 상당한 재산이 돌아가도록 한 가계의 규약이 지켜지고 있었기 때문에 그 시대로서는 상당히 독특하게도 여자들이 전통에 따르지 않고 살 수 있었다. 그 규약을 만든 사람은 한말 한국을 잠시 방문했던 영국인 탐험가의 딸로, 그녀는 요란의 고조할머니가 된다. 요란과 사촌 자매들이 이 집을 비롯해서 다른 재산을 아버지가 아닌 아주머니들로부터 상속받는 것은, 따라서 전혀 이상한 일도 아니고, 어린 시절부터 약속된 것이나 마찬가지인 셈이다. 집의 원래 소유주였던 아주머니도 아주 어린 시절에 이곳에 살았고 어느 날 아주머니의 아주머니로부터 이 집을 물려받았다. 집은 어린 요란이 도시에서 학교를 다니게 된 뒤 다른 친척이 와서 살다가 그들도 외국으로 떠나서 몇 년 동안은 비어 있었다. 요란이 반드시 이 집에서 살아야 할 필요는 없었다. 어쨌든 불편할 테니 말이다. 그러나 요란은 이곳에서 살기로 결심했다. 어린 시절의 기억은 아무것도 떠오르지 않았다. 같이 살던 여자가 어머니였는지 다른 아주머니들 중의 한 명이었는지도 도무지 기억해낼 수 없었다. 그 당시 이곳은 도시계획에 편입되지 못한 시골이었다. 집 근처 어딘가에 우물도 있었으며 수돗물이 나오는 집은 몇 채 되지 않았다.

아래층에서 이층으로 올라가는 층계 중간에 벽장이 자리잡고 있다는 것이 특별한 점이었다. 보통의 경우라면 거울이나 고무나

무 화분이나, 안주인이 멋을 내는 사람이면 콘솔이 자리잡고 있다. 요란이 이곳에 살 때 이런 형태의 벽장이 있었는지 기억나지 않았다. 혹은 어린아이에게는 위험하므로 잠가놓았는지도 모르는 일이다. 벽장에는 황갈색 페인트칠이 된 낡은 문짝이 달려 있었다. 문은 매우 커서 벽 전체를 거의 덮고 있었다. 내부는 견고하고 보기보다 넓었다. 어른이 네 사람은 들어갈 수 있는 넓이였다. 처음 발견했을 때 벽장 안에는 아무것도 없었다. 내부의 벽을 두드려보면 둔중한 울림이 왔다. 완전한 고체의 덩어리에서 나오는 소리가 아닌, 어딘가의 숨겨진 허공에서 터져나오는 울림이었다. 벽장에 들어가 문을 안에서 닫으면 아무것도 보이지 않는다. 그 안에서 벽을 두드려보면 삼 초나 사 초 정도의 시간이 흐른 다음에 아주 멀리서 북소리처럼 희미하게 연속적인 어떤 울림이 느껴지는 것이다. 벽에 귀를 가져다대고 손바닥이나 주먹으로 벽을 쿵쿵 치면 잠시 동안 영문을 알 수 없는 불안한 침묵이 흐른 다음, 으으으 하고 메아리 같은 것이 저멀리 아래쪽에서 시작되고 그 소리는 이윽고 여러 개의 잔 줄기가 점차 모여 합쳐서 흐르는 이른봄 강물의 절규처럼 점점 도도하게 커지면서 가까이 올라오는 것이 느껴진다. 날씨나 상황에 따라서 북소리 같기도 하고 신음 소리 같기도 하며, 세찬 바람이나 물소리처럼 들리기도 하고 어떨 때는 소리라고 하기에도 애매하고 단순한 공기의 진동이라고 하기에도 의심스러운 그런 것이다. 희태를 데리고 와서 요란은 그에게 그 소리를 들려주었다.

"어때?"

요란은 희태가 신기해하며 벽에 귀를 딱 붙이고 서서 주먹으로 벽을 쿵쿵 두드리고 있는 것을 보면서 재미있다는 듯이 물었다.

"지옥의 난장이 나라에서 들려오는 소음 같지 않아?"

"음, 대장간의 불꽃이 타면서 이글거리는 소리처럼 들리는데."

희태는 말했다.

"아니면 이건 지하실에서 들려오는 소리 같아. 땅속 깊은 곳의 암석이 지진이 일어나기 전에 요동치면서 흔들리는 것 같잖아. 이 집에서 가장 깊은 곳이 지하실이 아니겠어? 지하실의 숨겨진 방에서 유령들이 울부짖는 것일지도 모르지."

"무슨 엉뚱한 소리야. 그건 동화 같은 생각이야. 숨겨진 방 같은 것은 없어."

요란은 어이없어 했다.

"그런데 그게 맞는다면, 어째서 지하실의 진동이 여기서 느껴지는 것일까? 다른 곳에서는 들리지 않는데."

"그것보다 무슨 생각으로 이런 곳에다 벽장 따위를 만들었는지 신기한 일이야."

요란은 쿡쿡 웃었다. 그리고 그들은 밖으로 나가기 위해서 벽장문을 밀었으나 이상하게도 벽장문은 아무런 잠금장치를 하지 않았는데 열리지 않았다.

“이상하다. 좀더 세게 해봐. 문이 열리지 않을 리가 없잖아.”

벽장문은 오래전에 만들어진 것이어서 자동으로 잠기는 장치가 있다거나 특수한 센서가 있다거나 하진 않았다. 단지 밖에서 열쇠로 잠글 수 있게 되어 있었는데 실제로 열쇠 따위는 갖고 있지도 않았다. 비어 있는 벽장이 아닌가. 아무래도 무엇인가 이상이 생긴 듯했다. 결국 희태는 문을 부수기로 결심했다. 그가 하나 둘 셋 하면서 문에 몸을 날렸을 때 벽장문은 어이없게도 간단히 떨어져나가버리고 그 충격으로 희태의 몸은 층계를 계속 굴러서 아래층 주방 앞까지 굴러가버리고 말았다. 벽장문은 결국 잠겨 있는 것이 아니었다. 희태는 몸을 있는 힘껏 층계 아래로 날린 꼴이 되고 말았던 것이다. 녹슨 열쇠 구멍의 무엇인가 사소한 오차가 순간적으로 문이 열리는 것을 방해했던 것 같았다. 다행히 희태는 크게 다친 곳은 없었지만 그 일로 벽장문은 완전히 망가져버렸다.

층계를 올라갈 때마다 입을 쩍 벌리고 있는 벽장을 마주본다는 것은 좀 오싹한 일이었기 때문에 그 일이 있은 후 요란은 서둘러서 벽장문을 수리하기로 했다. 사실 집은 너무 오래되었고 몇 년간이나 비어 있었기 때문에 수리가 많이 필요했다. 문이란 문은 모조리 여닫을 때 삐걱삐걱 소리가 나고 창문 틈새마다 비가 새어드는 것은 보통이고 철근은 모조리 녹슬었고 배수 파이프는 물이 샜다. 작동하지 않는 전등 스위치가 두 개나 되고 아래층은 전선이 매우 낡아 누전의 위험이 있었다. 요란은 주로 이층에서 생활하기 때문에 오래되어 낡은 아래층의 문제들은 서서히 고쳐나가리라 생각했지만 벽장문의 경우는 심각하게 느껴졌다. 요란의 생각에 벽장문이란 단지 사이즈가 맞는 두 개의 나무판을 가져와 경첩으로 벽에 고정시키고 메탈 소재의 손잡이를 드라이버로 박아넣으면 완성되는 간단한 것이었다.

"그럼, 간단한 일이지. 그런데 색은 무엇으로 정했어?"

M이 큰 소리로 이렇게 물을 때까지 요란은 벽장문의 색에 대해서는 생각하지 못하고 있었다.

"색이라니?"

요란은 멍하니 되물었다.

"벽장문을 다시 만든다고 했잖아. 그렇다면 그 문의 색을 무엇으로 할 것인지 결정했느냐고 묻고 있는 거야."

M은 참을성 있게 설명했다.

"몰라…… 그런 것은 생각하지 못했어. 그런데…… 벽장의 문이란 대개 나무로 만들어지는 것 아냐? 그러니 나무색이 아닐까?"

요란은 머리칼을 쓸어올리면서 냉담하게 대답했는데, 어쩐지 멍해지고 놀림을 당한다는 생각이 들어서였다.

"나무도 여러 가지지. 요란 너의 집 벽은 흰색이었던가? 층계는? 그리고 유리창은? 천장은? 전등갓은 핑크색이었나? 조화를 생각해야 할 것 아냐. 그런 것을 아직 생각조차 하지 않았단 말이야? 어떻게 그럴 수가 있지? 당장 내일이라도 제재소 사람이 와서 벽장문을 무슨 색으로 할 건가요? 하고 묻는다면 아직 생각하지 않았으니 아무것으로나 해주세요, 원재료의 색 그대로 말이죠, 하고 말할 셈이야? 오, 그랬다가는 당장 끔찍한 일이 일어나고 말걸. 싸구려 니스를 칠한 호박색 벽장문이 보란듯이 들어올 거라구. 특별한 생각이 떠오르지 않았다면 왜 디자이너에게 물어볼 생각을 안 했지?"

M은 일단 한번 마음을 먹으면 무서운 속도로 일을 추진해야만 직성이 풀리는 사람이었다. 자신의 일이든 남의 일이든 그랬다. 가구 디자이너와 실내디자인 사무실에 전화를 걸어 어드바이스를 구하고 대강의 비용을 묻고 그리고 어떤 스타일로 할 것인지, 인도 스타일인지 이태리 스타일인지 지중해풍인지 타일랜드 스타일인지 아니면 유행하는 미니멀리즘 스타일인지 요란에게 이것저것 물어댔다.

"유행하는 스타일을 원하는 것이 아니에요. 무슨 거창한 스타일을 원하는 것도 아니구요. 난 그냥 단순한 벽장문을 원하는 것이죠. 튼튼하고 잠금장치도 고장나지 않고 사람이 안에 갇혀도 위험하지 않은 그런 것이죠."

"그렇다면 전자 카드키를 원합니까? 그렇다면 비용이 추가돼요. 넘버 기능이 첨가되면 더욱 추가되겠는데요. 그리고 문에는 부조로 장식을 넣으면 어떨까요. 우리들은 아주 뛰어난 모형들을 많이 가지고 있죠. 〈프로메테우스의 고난〉이나 〈백조와 레다〉 같은 그림이 인기가 많습니다."

디자인 사무실과 얘기하는 것은 같은 자리를 뱅뱅 도는 것처럼 진전이 없었다. 디자인 따위는 아무래도 상관없으니 어서 벽장문이 만들어졌으면 좋겠다고 요란은 간절하게 바라게 되었다. 뻥 뚫린 벽장에서는 한밤중에도 괴괴한 바람 소리나 신음 소리 비슷한 것이 날 때가 있었다. 오래된 집이 외부와의 기압이나 온도의 차이로 충격을 받을 때마다 벽장은 부르르 떠는 듯했다. 문이 없는 벽장은 입을 크게 벌리고 고통을 토하는 환자와 같았다. 전화로 몇 번이나 재촉을 한 다음에 간신히 벽장문은 완성되었다. 그리고 그것은, 어쩌면 당연한 거지만, 요란이 상상하던 것과는 아주 다른 모양이었고 비용도 만만치 않았다. 우선 벽장문은 금속으로 만들어진 것이었다. 아무런 장식도 없는 금속 문은 거울처럼 사람의 모양이 비쳐 보였으며 나무로 만든 정교한 손잡이가 달려 있었다. 손잡이의 모양은 구부린 국자 모양으로 되어 있었고 감촉이 부드러웠다. 요란은 자신이 분명히 나무로 만든 문에 금속으로 만든 손잡이, 라고 표현했던 것을 기억해내었다. 디자이너는 이것을 착각했었나보다. 그리고 가능하면 간단하고 단정하며 지나치지 않은 것으로 주문했는데 요란의 생각으로는 거울처럼 매끄러운 층계참의 벽장문은 그다지 간단한 것이 아니었다. 자동 잠금장치 같은 것은 없었고 대신 안에서도 문을 잠그거나 열 수 있게 해놓았다. 그리고 벽장 안에 조명을 설치했다. 양쪽 문이 맞닿는 자리에 작은 무늬가 새겨져 있었다. 반인반수 부조인데 일그러진 표정으로 고통스러운 듯이 몸을 뒤틀고 있었다. 날카로운 창끝이 반인반수의 등에 내리꽂히는 중이었다. 창을 찌르는 사람의 모습은 보이지 않았다. 반인반수는 짐승의 머리와 인간의 육체를 가졌다. 벽장문을 열면 그것은 두 조각으로 깨어졌다가 문을 닫으면 날카로운 금속성의 소리와 함께 하나로 합쳐졌다.

집돼지 사냥

벨이 울려 나가보니 M이었다. 아직 해가 뜨기도 전 싸늘하고 습기 찬 새벽이었다. 검고 어두운 구름이 지면 가까이 깔려 있고 마지막 별들이 흐릿하게 반짝였다. M은 깜깜할 때 집을 떠나온 것이 분명했다. M이 타고 온 그랜드 체로키가 요란의 집 앞에 세워져 있고 M은 차 뒷부분에서 뭔가를 열심히 끄집어내는 중이었다. 요란은 잠옷 위에 스웨터를 걸치고 털양말을 신고 털목도리를 둘둘 두른 상태였다. 한겨울의 새벽공기는 깜짝 놀랄 만큼 차가웠다. 현관문을 열 때 손이 쩍쩍 달라붙을 정도였다.

"이렇게 빨리 왔어?"

요란이 하품을 참으면서 물었다.

"이른 아침에 온다고 말했잖아. 돼지 사냥은 원래 새벽에 하는 거라구."

M이 차에서 꺼내는 것은 커다란 방수 트렁크와 마닐라삼 밧줄, 말의 목이라도 비틀 수 있을 만큼 커다란 펜치와 타월, 손전등과 방취 스프레이 한 박스, 사냥용 나이프 세트, 알 수 없는 상표가 붙은 갈색 유리병들, 아이스박스와 카메라, 분말 방부제라고 씌어진 상자와 마지막으로 욕조만큼 커다란 빈 플라스틱 박스였다. 요란은 영문을 모른 채 M이 그 짐짝들을 집안으로 운반하는 것을 보고만 있었다.

"뭐하는 거지? 조금이라도 도와주면 좋잖아. 서둘러야 한다구. 돼지는 말이야, 주로 밤에 이동하는 것이 상식이니까. 해가 뜬다면 집으로 돌아가버릴 것이 분명해."

"이것 봐, M."

요란은 실내용 슬리퍼 차림이었다. 요란은 M이 돼지를 사냥하러 오겠다는 말을 들었던 것이 언제였나 기억해내려고 애썼다. 날짜를 약속한 것은 생각난다. 그것이 오늘이었던가. 요란은 돼지에 대해서 M에게 충분히 설명하지 않았다. 단지 그것은 몇 마리의 돼지이고, 지하실에 나타나 배관공을 놀라게 해서 배관공이 수리를 거부했다는 것이 전부였다. 여전히 난방은 작동되지 않았다. 하지만 돼지는 봄이 되어 들장미 덩굴에 잎이 나고 어린 나무줄기에 물이 촉촉하게 오르고 늪지대에 들쥐와 개구리가 꿈틀거리기 시작하여 자연 상태에서도 먹이를 충분히 구할 수 있게 되면 더이상 집안에 나타나지는 않을 것이다. 그때 가서 집을 고쳐도 상관없었다. 물론 추위는 처음에 견디기 힘들었지만, 전기스토브를 틀고 가스로 더운물을 약간씩 데워서 쓰다보니 아주 못 견딜 정도는 아니었다. 불편했지만 요란은 기다릴 생각이었다. 요란은 주로 이층에서 생활하고 지하실로는 좀처럼 내려가지 않았다. 그러므로 돼지들과는 좀처럼 마주칠 일이 없는 것이다. 사실대로 말하자면, 요란은 아직 한 번도 돼지의 모습을 정확히 본 일이 없었다.

요란이 처음에 본 것은 이곳에서 거무스름한 거대한 짐승 두 마리가 낮은 소나무숲 사이로 사라지는 광경이었다. 짐승들은 서두르지도 않았고 조심하려고도 하지 않은 채 굉장한 소음을 내면서 끼룩거리고 있었다. 요란이 그들을 본 것은 아주 짧은 순간이었다. 그러나 그들의 몸집이 생각보다 몹시 크며 털이 짧고 지방질이 많은 집돼지 종류라는 것은 알 수 있었다. 두번째는 희태와 함께였다. 본 것이 아니고 그냥 들은 것이다. 그들은 침실에 잠들어 있었는데 이층 복도에서 이상한 소리가 나는 바람에 요란은 잠이 깨었다. 처음에는 희태가 화장실에 다녀오는 것으로 생각했다. 그러나 곧 희태가 옆에 그대로 누워 있으며 이미 잠이 깬 채 신중한 표정으로(비록 어두웠지만 분명히 그렇게 느꼈다) 귀기울이고 있는 것을 알았다. 그들은 둘 다 도둑이 들었다고 생각했다. 그러나 곧 물이 스며든 고무풍선에 바람이 빠지듯이 끼이욱! 하는 소리가 들려왔다. 요란은 푹 웃음을 내지르고 이불을 머리끝까지 뒤집어썼다.

"신경쓸 거 없어. 돼지야."

"돼지라니?"

희태가 물었다. 그는 그때까지 요란의 집에 돼지가 나온다는 것을 모르고 있었다. 곧이어 매우 육중한 물체가 층계를 쿵쿵거리며 내려가는 소리가 들렸다. 비교적 딱딱한 굽이 있는 발이 나무를 깐 층계를 밟는 금속성의 소리가 들리고 곧이어 철벅거리는 습기 찬 피부가 벽을 스치며 얼룩을 만들어놓는 듯한 소리가 들린다. 짐승은 꿔여억꿔여억 하는 소음을 끊임없이 내며 힘겹게 층계를 내려가고 있다. 꿔여억꿔여억 하고 거칠게 뿜어져나오는 비명 사이로 첩첩첩 꾸억 첩첩첩 꾸억 하는 좀더 작은 소리도 들려왔다. 아마도 짐승은 두 마리 이상인 듯했다. 요란은 희태를 안심시키기 위해서 그의 머리를 안고 쓰다듬었다.

"해 없는 짐승이야. 먹을 것을 찾지 못해서, 그래서 여기서 돌아다니는 거야."

희태는 오랫동안 잠을 못 이루었다. 그러나 희태는 이불 아래서 요란의 손을 꼭 잡았고 요란은 금방 다시 잠이 들었다. 그러나 다음날 아침 그들이 눈을 떴을 때 집안 어디에도 돼지 오물은 없었다. 페인트 칠한 벽은 깨끗했고 똥이나 오줌도 보이지 않았다. 마치 두 사람이 동시에 같은 꿈을 꾸었다고 생각될 정도였다. 침실 문의 손잡이는 매끈했고 걸죽한 짐승의 침 같은 것은 묻어 있지 않았다. 지하실로 통하는 문은 얌전히 닫혀 있었고(그 문은 원래 잠금장치가 없었다) 아래층의 낡은 카펫에도 무거운 네발짐승의 발자국이나 눌리거나 스친 자국은 보이지 않았다. 요란은 달걀과 베이컨을 굽고 희태는 빵을 꺼내 썰었다. 언제나 있는 흔한 아침은 아니었다. 희태는 요란의 집에서 살지 않았고 아침을 먹는 일은 더욱 드물었기 때문이다. 희태가 엔지니어로 일하는 공장은 요란의 집에서 급행열차를 타고 두 시간이나 걸리는 곳에 있었다. 그래서 그들은 같이 사는 문제는 좀더 보류하기로 했다. 요란은 시내의 비즈니스 호텔인 '로사'의 장기 투숙객이었다. 그들은 대개는 로사 호텔에서 주말을 보냈다. 요란의 집은 그러므로 희태에게는 낯선 장소였던 것이다. 그날 희태는 전날 출장 관계로 오후까지 출근하면 되었다. 요란은 두껍게 썬 빵에 달걀과 베이컨을 듬뿍 넣고 병에 든 머스터드 소스를 듬뿍 뿌렸다. 가스불에서는 양송이 수프가 기분좋게 끓고 있었다.

"요란, 왜 집돼지를 키우는 거지? 고양이나 이구아나나 토끼도 아니고 돼지라니 너무 크지 않아? 시끄럽기도 하고 말이지."

희태는 요란이 만든 샌드위치를 베어먹으면서 물었다.

"기르다니?"

요란은 이마를 찡그리고 잠시 생각에 잠겼다. 희태는 아마도 모든 것을 처음부터 끝까지 완벽하게 오해하고 있는 것이 틀림없다.

"희태, 나는 돼지를 기르고 있지 않아."

"그렇다면 왜 돼지가 집안을 돌아다니는 거지?"

희태는 더욱 이해할 수 없다는 표정을 지었다.

"그건 그냥 야생 돼지일 거야. 숲에서 먹이가 없어 내려온 돼지 말이야."

"이해할 수 없어."

"희태, 바퀴벌레나 지렁이와 다르지 않아."

희태는 요란의 완강한 이 말에 입을 다물더니 나머지 샌드위치 한 조각을 다 먹어치울 때까지 별다른 말이 없었다. 어쨌든 희태는 이곳에 올 일이 거의 없는 것이다.

세번째는 지하실에서였다. 정확히 하자면 배관공이 집채만한 돼지를 보았다고 소리를 지르는 것을 들었을 뿐이다.

"정말이라니까요. 사람의 세 배는 되어 보이는데요. 지하실의 흙벽 사이로 사라졌어요. 아, 굉장한 냄새군요! 이 냄새에 질식해서 죽겠습니다. 저 거대한 오물 덩어리를 좀 보십쇼!"

배관공이 가리킨 곳에는 풀잎과 과일 찌꺼기가 채 소화되지 않은 짐승의 대변 덩어리가 지하실 여기저기에 흩어져 있었다. 오래된 음식물 쓰레기통을 뒤집어엎은 것처럼 독하고 시큼한 구린내가 풍겼다. 크고 작은 발자국들이 돌아다닌 흔적이 있고 못 쓰게 된 가구들이나 오래된 책더미들은 축축한 분비물로 얼룩져 있었다. 낡은 수도 파이프에서 새어나온 물기가 지하실 흙바닥을 축축하게 만들어놓아서 안 그래도 이미 지하실 바닥은 진흙처럼 축축한 상태였다.

"게다가 말입니다, 내 손을 물었어요. 믿어지십니까? 난 손해배상을 청구하겠어요. 뒤에서 다가와 콱 하고 내 손을 물었는데 내가 볼트를 휘두르자 번개처럼 피하더니 사라졌어요. 얼마나 날쌘지 보기와는 다릅니다. 보세요, 이 이빨 자국을! 하마터면 피가 날 뻔했잖아요! 내가 당신이라면 지하실을 막아버리겠어요. 돼지들이 숲에서 여기까지 굴을 파놓은 것이 분명하니까요. 그들은 자유롭게 이 집을 돌아다닐 겁니다. 일단 여기서 먹을 것을 찾았을 테니, 겨울 내내 들락거릴 것이 분명해요. 충고 하나 할까요? 개를 기르세요. 사냥개를 두 마리 이상 기르고 밤낮으로 집을 감시하게 하세요. 장담하지만 그러지 않으면 돼지들이 이 집을 쑥밭으로 만드는 데는 오래 걸리지 않을 겁니다."

배관공은 이 밖에도 다 기억하지도 못할 말들을 늘어놓고 사라졌다. 지하실의 배관은 점검해볼 생각도 하지 않고 말이다. 요란은 배관공의 기세에 눌려 수리 건에 대해서는 아무런 말도 하지 못했다. 그 지역의 배관공들은 모두 담합이라도 한 것처럼 보였다. 요란이 전화를 하면 모두 약속한 듯이 말하곤 했다. "숲에서 기어나온 집돼지를 기르시죠? 시청에서 사육 허가를 받았나요? 얌전한 동물이고 사람을 해치지 않는다는 그런 말은 필요가 없죠. 사육 허가를 받으려면 돼지우리와 입마개와 환기장치가 필요하죠. 지하실에서 길러도 좋다는 승인도 필요해요. 그래야 만일의 사고 때 보험금을 탈 수가 있거든요. 돼지에게 물리거나 하는 것 말이죠. 게

다가 저희 블루 마르타 조합은 위험하다고 판단되는 장소에서의 작업은 거부할 수 있도록 권리를 부여하고 있는걸요."

한밤에 갑자기 복도의 모퉁이를 돌 때 거대하고 냄새나는 집돼지와 마주치지 않을까 하는 두려움이 요란에게 없는 것은 아니었다. 불쾌한 동물이라고 생각하는 것은 다르지 않았다. 배관공이나 희태나 M처럼 말이다. 요란은 점점 아래층의 큰 주방에서 식사를 만들어 먹는 횟수가 줄었다. 이층에 있는 간이주방에서 냉동 밥을 데워먹거나 카레 요리를 만들어 먹고 서둘러 잠자리에 들었다. 지하실에 숨겨진 물건을 찾으러 내려간다든지 어두운 구석이 많은 아래층을 서성인다든지 하는 일은 하지 않게 되었다. 침실 문을 닫고 나면 한밤에 평균 한 번 정도는 돼지가 집안을 돌아다니는 소리가 들렸다(소리를 들었을 뿐이다). 그것은 첩첩 하면서 현관 바닥의 리놀륨이나 장화 밑창의 우레탄 고무를 빨아먹는 소리였다. 왜 사람들은 집돼지가 아무런 위협이 되지 못한다는 것을 모를까. 잠들기 전에 잠깐 동안 요란은 그렇게 생각했다. 그러나 아침에 쓰레기통이 뒤집혀져 퉁퉁 불은 국수와 두부 찌꺼기가 흩어진 것을 보게 되는 것은 불쾌한 경험이었다. 난방이 안 되어서 발이 시린 것도 불쾌감의 이유 중 하나였다. 그러나 요란은 결코 자신의 집을 찾아온 집돼지를 죽이기를 원하지는 않았다.

"이것 봐, M."

요란은 침을 꿀꺽 삼키고 다시 한번 더 M을 불렀다.

"이건 마치 야생 돼지 사냥이라도 한판 벌이는 것 같잖아."

"왜, 그러면 안 되나? 네가 원하는 것도 그거잖아."

M은 태연하게 말을 받았다

"나는 엽사 자격증이 있어. 이런 돼지 사냥은 지겹도록 해봤다구. 흔한 유럽산 멧돼지가 아니라 정말로 집채만한 야생 돼지들이지. 너는 잘 모르는 모양인데 토지를 침식시키고 숲속 보호종인 작은 동물들의 둥지를 망가뜨리고 귀중한 곡식을 먹어치우는 돼지들은 인도적인 차원에서도 사냥의 대상이야. 신대륙에서는 이미 모두 그렇게들 하고 있지. 돼지들이 농작물과 화전민들의 개간지에 얼마나 많은 피해를 주는지, 넌 아마 상상도 못할 거야. 그렇지만 일단은 이 짐들을 집안으로 옮기는 것은 거들어주었으면 하는데."

"저어, M."

요란은 M의 기세에 눌려 카메라 가방과 유리병들을 집안으로 옮기면서 M이 무엇인가에 대해서 단단히 잘못 알고 있는 것을 설명해주어야겠다고 생각했다.

"뭘 잘못 알고 있는 모양인데, 이 집에 나타나는 것은 집돼지 종류야. 사나운 야생 돼지가 아니라구. 사람을 해치지 않아. 화전민들의 개간지 따위도 이 주변에는 없어. 그리고 너 설마 집안에서 엽총을 쓸 생각은 아니겠지?"

"물론이지. 내 사냥총을 썼다가는 이런 낡은 집은 서까래가 무너질지도 몰라. 그리고 화약 냄새가 사라지는 데는 시간이 오래 걸린단 말이야. 돼지를 잡는 데는 개를 풀어서 모는 방법도 있고 야생 돼지용 덫을 쓸 수도 있어. 내가 가지고 있는 건 뉴질랜드에서나 쓰는 건데 무시무시하게 생긴 거야."

"개라고?"

요란은 얼굴빛이 금방 회색이 되었다. 날카로운 이빨을 갈면서 짐승의 목줄기를 죽을 때까지 물고 늘어지는 수렵용 하운드 종이 연상되어서였다.

"놀랄 것 없어. 집안에서 어떻게 개를 쓴다고 그래. 내가 한 방에 돼지를 죽여주는 자비로운 무기를 가지고 왔으니 안심해도 좋아."

집안으로 들어온 M은 먼지와 흙투성이인 장화를 털고 장갑을 벗고 두 손을 비볐다.

"어, 정말 냉기가 흐르는데. 따뜻한 차 한잔 정도는 기대했는데 그런 것이 있을까 회의스러워."

"그나마 온기가 있는 곳은 침실뿐이야. 더운물은 금방 준비되니까 차를 끓여줄게. 어서 이층으로 올라가."

"돼지는 어디에 있지?"

이층으로 올라가면서 M이 물었다.

"나도 몰라."

요란이 고개를 저었다.

"배관공이 지하실에서 보았고 희태와 난 침실에서 소리를 들었어. 그리고 해질녘에 집 앞 숲으로 사라지는 뒷모습을 보았어."

"뒷모습이 어떻게 생겼지?"

"특별한 것은 없었어. 매우 크고 거무스름하고 다리가 짧고 두 마리가 기우뚱거리듯이 걷고 있었어."

층계참에 있는 벽장의 거대한 금속성 문에 M과 요란의 모습이 물속에 잠긴 유령처럼 흔들리며 비쳤다가 사라졌다. M은 그 모습을 보며 희죽 웃었다.

"근사한 벽장문 디자인이야. 요란, 그렇지 않아?"

요란은 가스에 물을 데우고 도자기에 담긴 찻잎을 꺼내 주전자에 넣었다. M은 전기스토브 가까이 앉아 두꺼운 재킷과 모자를 벗었다. 그리고 가지고 올라온 커다란 방수 트렁크를 열었다. 그 안에서 나온 것은 기계장치가 되어 있는 활이었다. 스포츠용으로 사용하는 것보다 좀더 크고 활의 촉이 날카롭고 단단해 보였다.

"석궁이잖아."

요란은 차를 가지고 오다가 그것을 보았다.

"맞아, 석궁이야. 그렇지만 네가 흔히 알고 있는 그런 석궁이 아냐. 이건 아주 죽인다구. 활촉의 길이가 이 인치도 넘고 특수 강철로 만든 거지. 털가죽이 두껍고 피부가 단단하면서 출혈이 쉽지 않은 몸집이 큰 포유류도 죽일 수 있도록 만들어진 거야. 코끼리까지라면 몰라도 돼지나 하마 정도야."

석궁은 검은 금속형의 몸체로 되어 있었고 흔히 볼 수 있는 것보다 훨씬 더 컸으며 활을 겨냥할 수 있는 기계장치가 정교하게 되어 있었다. 몸체는 금방 기름칠한 듯이 반들반들 윤이 났고 날카로운 활촉은 사정거리는 짧으나 살상 효과가 뛰어나도록 배려되어 있었다. 즉, 좀 무거워도 피부를 찢고 살가죽을 후벼파서 내장에 치명적인 상처를 입히고 과다한 출혈을 유발하기에 쉽도록 특수한 촉이 달려 있으며 전자동 장전 장치에 반 다스의 화살이 연발 가능하도록 한 것이다. M은 뜨거운 차를 훌훌 마시며 두 눈 사이에 석궁을 가져다대고 겨냥하는 연습을 하고 있었다.

"걱정할 것 없어, 요란."

M은 차를 마시는 둥 마는 둥 하고 자리에서 일어섰다.

"내 생각에는 아마도 돼지는 이 근처 숲에서 살다가 먹이가 모자라서 집으로 내려온 것으로 보여. 그러니 먹이로 유인하면 어떨까. 그리고 요란, 너의 집에서 가장 축축하고 진흙 바닥이 있고 벌레 유충이나 작은 동물들이 발견되는 그런 곳이 어디지?"

둘은 마주보고 동시에 말했다.

"지하실."

M은 만족스러운 듯이 두 손을 비비며 일어섰다.

"그렇군. 그럴 거라고 생각했어. 지하실에 분명히 습기와 진흙 바닥이 있을 거야. 지금 당장 내려가보는 것이 어때? 돼지는 주로 밤이나 새벽에 먹이를 찾아 이동하지. 어둡고 차가운 공기를 좋아하거든. 다른 육식동물들도 피할 수 있고 말이야. 낮에는 진흙 구덩이나 굴에서 낮잠이나 자는 거지. 여분의 활통을 좀 들어주겠어? 그리고 그 가방을 가져다줘. 사냥용 펜치가 들어 있어. 돼지 가죽을 가능한 한 빨리 벗겨내서 수축되기 전에 태닝 용액 처리를 해야 근사한 박제가 나올 수 있거든. 진짜처럼 보이느냐 마느냐 하는 것은 순전히 가죽의 무두질에 달려 있는 거야. 두고봐. 내가 놈을 잡아서 멋진 전시물을 만들어버리겠어."

M은 석궁과 활통을 들고 요란은 그의 사냥 가방을 들고 지하실로 내려갔다. 요란은 M이 돼지의 박제를 만들려고 하는 것이 마음에 들지 않았다. 돼지란, 더구나 집돼지란 어디에서나 볼 수 있는 흔한 짐승이어서 압도적인 뿔을 가진 야크 사슴의 머리나 잘라낸 곰 발바닥으로 만든 재떨이처럼 박제 상품이 될 수 없는 것이다. 그런 것도 돈이 될 수는 있을 것이다. M은 돈이 되는 일이라면 무엇이든지 할 수 있을 것이다. 그러나 M은 위험이나 불편을 무릅쓰고 밀렵을 해야 할 정도로 가난하지는 않다. 그렇다면 무엇인가? 그는 타고난 무자비한 모험가인가?

"저기, M."

지하실로 내려가는 문을 기세 좋게 미는 M의 뒤를 주춤거리며 따라가면서 요란이 불렀다. 습기 찬 바람이 훅 불어오면서 지린내와 곰팡내가 뭉텅이며 달려올라왔다.

"왜?"

"저 욕조는 뭐에 쓰는 거야?"

"욕조라니?"

"저기 현관에 놓인 것 말이지."

"아아, 저것."

M이 크게 웃음을 터뜨렸다. M은 몸집이 크고 동작이 시원시원해서 그의 모든 행동은 필요 이상으로 자신감이 넘쳐 보였다.

"저것은 욕조가 아냐. 사냥감을 담는 용기지. 돼지가 죽은 다음에는 말이야, 수렵용 펜치와 나이프를 이용해서 최대한 빨리 가죽을 벗겨내고 피를 뺀 다음 고기를 저기 옮겨 담아서 운반하는 거야. 아아 요란, 조금도 겁먹을 필요는 없어. 내가 다 할 테니까. 그 다음에 지하실을 모조리 청소하고 나서 배관공을 부르는 거야. 이번에는 블루 마르타니 뭐니 하는 기묘한 핑계를 대면서 게으름을 부리려고 하지 못할걸."

"그리고 M."

요란은 여전히 불안한 기색이 감추어지지 않는 목소리였다.

"또 뭐야?"

M이 약간 신경질적인 높은 목소리로 물으며 계단을 밟다 말고 뒤를 돌아보았다.

"혹시 돼지가 말이지, 네가 생각하는 것보다 더 힘이 세다거나 쉽게 죽지 않는다면 어쩔 셈이지?"

요란은 머릿속에 그려지는 잔인한 상상에 남몰래 몸서리쳤다.

"뭐야, 그런 일은 없어."

M이 가볍게 코웃음쳤다.

"돼지가 죽이기 쉬운 동물은 아니라는 것은 나도 인정해. 돼지의 급소는 목덜미 뒤편이야. 뒤에서 보이는 어깨와 어깨 사이의 중앙을 한 번에 맞추어서 끝내버려야 해. 그래야만 상처 입은 돼지가 화나서 날뛰는 것을 막을 수 있어. 돼지의 가죽은 두껍고 단단해서 출혈을 잘 일으키지 않아. 그래서 급소를 한 번에 공격하지 못하면 사냥꾼이 위험해질 수 있어. 자, 발밑을 조심해. 꽤 어둡군그래. 전등 스위치는 어디 있는 거지? 그나저나 너도 마리와 다를 것이 없군그래. 마리는 내가 사냥을 하는 것을 몹시 싫어하지. 살상인데다가 위험하다는 거야. 그녀는 내가 돼지에게 잡아먹힐까봐 몹시 겁을 내고 있지. 그게 말이 된다고 생각해?"

그리고 M은 머리를 젖히고 껄껄 웃었다. 요란은 어쩌면 그 말이 사실일지도 모른다는 생각이 들었다. 그러나 M에게 그따위 충고들은 아무런 도움이 되지 못할 것이다. M은 방취 스프레이를 꺼내 지하실의 층계와 자신과 요란의 몸에 뿌렸다. 지하실로 내려가자 음산한 고요함이 두 사람을 감쌌다. 요란이 스위치를 찾아 불을 켜자 실내가 드러났다. 지하실 입구는 좁고 긴 복도였다. 오랜 시간 동안 이 집에서 산 사람들의 잡동사니가 쌓여 있어서 한 사람이 다니기에도 좁은 장소였다. 이런 곳을 그 커다란 돼지가 매일같이 다녔다니 신기한 일이다. 바닥에는 거무죽죽한 물기가 고여 있었다.

"내 생각대로야."

M이 몸을 기울여 바닥의 흙을 조금 떠서 냄새를 맡았다.

"이건 돼지 오물이 섞인 진흙이야. 지나간 지 얼마 되지 않았군 그래."

"어디서 돼지를 쏠 건데?"

요란은 M이 들고 있는 석궁을 보면서 물었다.

"돼지가 달아나지 못할 막다른 곳에 숨어 있으면 좋을 텐데."

그들은 모퉁이를 돌았다. 작은 창고 정도 크기의 지하방이 나타났다. 그곳의 전등은 더욱 어두워서 바닥이나 벽의 흙이 모두 검게 보였다. 곰팡이가 핀 수도 파이프가 일부 노출되어 있었다. 그 주변으로 소리도 없이 물기가 흙에 스며드는 냄새가 났다. 그리고 코를 찌르는 듯한 오물 냄새는 더욱 강해졌다. 지하실에는, 일단 비교적 완전한 형태로 남아 있는 것으로, 두 개의 방이 있었다. 가구와 쓰지 않는 물건들을 쌓아놓은 이 방은 좁고 더러웠지만 전등도 있고 튼튼하게 남아 있는 데 반해서 또다른 하나의 방은 북쪽 흙벽이 무너져내리고 있는데다가 십수 년 전에 서쪽 벽을 다시 만드는 수리를 한 흔적이 있으나 그것이 완벽하지 않아서 목조 지지물이 뒤틀려 있었다. 쥐와 다른 짐승들이 굴을 파거나 자연적으로 흙이 무너져내려 모양이 이상해진 곳도 그 방이었다. 그곳에는 철제 캐비닛과 금고가 있었다. 요란은 그 방에 거의 들어간 적도 없었다. 그러나 어디에나 돼지 오물이 묻어 있으리라는 것은, 보이지는 않아도 코를 찌르는 냄새만으로 충분히 알 수 있었다. 그러니 발밑을 빠르게 지나다니는 쥐들 정도는 그다지 문제라는 생각도 들지 않았다.

"쉿! 조용히."

그때 M이 입에 손을 가져다대고 몸을 웅크리면서 말했다.

"잘 들어봐, 무슨 소리가 들리지 않았어?"

"난 잘 모르겠는데."

요란은 얼떨떨해져서 귀를 기울였으나 들리는 것은 발밑에서 흐르는 듯한 깊은 물소리 같은 바람 소리뿐이었다.

"흙을 파는 듯한 소리가 들렸다가 사라졌어. 이리 와봐."

M이 찾아간 곳은 쓰지 않고 있는 지하실의 또다른 방이었다. 요란은 그 방에 들어가기 싫어서 M의 뒤에서 목을 빼고 방안을 들여다보려고 했으나 몹시 어두워서 아무것도 보이지 않았다. M이 사냥 가방에서 손전등을 꺼내 켰다.

"이것 봐."

M이 가리킨 것은 철제 캐비닛을 쌓아놓은 뒤편이었다. 벽으로 막혀 있어야 할 그곳은 뻥 뚫려 있었다. 누군가, 아마도 짐승이 부드럽고 축축한 흙을 파내고 동굴을 만들어놓은 것처럼 보였다. 원래 무너져내린 벽들은 그대로였으나 누군가 일부러 만들어놓은 듯한 그런 비슷한 흙무더기가 방 전체에 여기저기 흩어져 있었다. 시큼하게 썩는 냄새가 진동했다.

"이것 좀 봐."

M이 바닥에서 뭔가를 집어올려 요란의 코 가까이에 가져다댔다. 허공에서 흔들리고 있는 그것은 죽은 쥐였다. 보통 집쥐의 세 배는 되어 보이는, 거의 새끼 돼지만한 크기의 쥐였는데 미라처럼 체액이 모두 빠져나가버려 주름진 커다란 회색의 빈 주머니처럼 보이는 것이 허공에서 흐물거리고 있었다.

"돼지 짓이야."

M이 말했다.

"돼지가 이런 짓을 한단 말이야?"

요란이 의심스럽게 물었다.

"야생 돼지는 새끼 사슴이나 두더지 정도는 잡아먹어버리지. 초식동물이라고 해서 고기를 전혀 먹지 않는다고 생각하면 그건 오산이야. 오랑우탄이나 하마나 기린도 작은 쥐나 사슴을 잡아먹는 일이 있어. 집돼지라고 해서 다를 것이 없겠지."

"그럼 이제 어떻게 해야 하지?"

"아마 우리가 오는 기미를 눈치채고 달아났을 거야. 방취 스프레이를 좀더 뿌리고 여기서 기다리고 있으면 다시 나타나겠지. 돼지들은 반드시 다시 나타나게 되어 있어. 여기만큼 따뜻하고 먹을 것이 많은 안식처는 겨울 숲에는 없을 테니까. 난 여기 지하실 입구에서 기다리겠어. 그러니 넌 감자나 양배추나 사과처럼 돼지가 좋아하는 먹을 것을 가져다줘. 방취 스프레이를 반드시 뿌려야 해. 놈은 후각이 예민하거든. 몇 킬로미터 밖에서도 감자의 냄새를 말지. 그리고 최대의 약점을 가지고 있는데, 그건 끊임없이 내는 헉헉헉 쩝쩝쩝 하는 소리야. 그러니 놈이 온다면 반드시 알 수가 있지."

요란은 주방으로 가서 바구니 속에서 썩어가고 있는 감자와 냉장고 속에서 말라가고 있는 사과를 허둥지둥 자루에 담아 지하실로 가지고 갔다. 그사이에 손이 시퍼렇게 얼어왔다. M은 부드럽고 두터운 산양가죽 장갑을 끼고 있었다. M은 가방에서 꺼낸 잡지와 소형 트랜지스터 라디오, 보온병을 곁에 내려놓고 편하게 자리잡은 다음에 석궁을 무릎에 안았다.

"춥지 않아? 담요라도 가져다줄까?"

요란은 뭔가 위로의 말을 해주어야 할 것 같아서 그렇게 말했다.

"전혀 춥지 않아."

그러나 요란은 추위 때문에 제정신이 아니었다. 추위가 고통이 될 수도 있다는 것을 이번 일을 계기로 알게 되었다. 로사 호텔에 머물고 있었다면 이런 일도 없었을 것이다. 로사 호텔은 난방시설이 완벽한 요란의 방이 있고 희태의 공장과도 가까워서 주말이나 퇴근 후에는 자유롭게 만날 수 있다. 도심이라 쇼핑하기도 쉽고 환경도 온통 쾌적할 뿐이다. 극장이나 레스토랑도 마음만 먹으면 언제든지 갈 수 있다. 당연히 도심 어디에도 냄새나는 돼지 따위는 없다. 다음주에는 반드시 로사 호텔로 가리라 요란은 생각했다.

로사 호텔에 모이는 소설가 M과 그의 친구들

친구들은 모두 요란이 왜 그 집을 팔고 로사 호텔에서 아주 살든가 아니면 좀더 편리한 아파트먼트를 얻어서 살지 않는지 궁금하게 생각했다. 상속받은 이후부터 그 집은 언제나 골칫덩이인 것처럼 보였으니 말이다. 요란은 가족이 없는 상태에서 오래 살아왔지만 성인이 될 때까지 누군가 항상 곁에서 요란을 보살펴주었고 여러 아주머니들이 생일이면 파티도 열어주었다. 요란은 직업을 갖지 않고도 살아갈 수 있는 사람이었는데, 때로 그 이유로 요란은 고독을 느끼기도 했다. 요란은 영어와 불어를 구사했지만 컴퓨터를 할 줄 모르고 잡지 디자인이나 메이크업에 전혀 흥미를 느끼지 못했다. 요란은 대학 시절 잠시 동안 소설 습작을 위한 특강을 들은 적이 있는데 그때 M을 만났다고 들었다. 마리가 수녀생활을 그만둔 뒤에는 M은 거의 항상 사촌누이 마리를 데리고 다녔기 때문에 그의 친구들은 전부 다 마리와도 아는 사이가 되었다. 하지만 요란은 마리를 좋아하지 않았다. 지나치게 헤비 스모커인데다가 남에 대한 험담을 하기 좋아하고 립스틱 색을 센스 없이 고른다는 것이 그 이유였다. 그러나 가장 주된 이유는 M에 대한 애정을 숨기지 않고 노골적으로 드러내서 다른 사람들을 불편하게 한다는 것이다. 처음에 마리에 대해서 동정적이던 오강주도 나중에는 불편함을 드러내게 되었다. 요란은 그것이 오강주가 M을 질투하고 있는 것으로 해석했다. 물론 오강주는 그것을 간단히 부인했고 나도 그렇게 생각지는 않았다.

요란이 로사 호텔에 살고 있을 때는 친구들은 M의 집이나 로사 호텔로 몰려들곤 했다. 처음에 내가 그들을 만났을 때 그들의 삶은 줄거리가 없는 소설과도 같이 느껴졌다. 좋다 나쁘다는 견해가 아닌 느낌 그대로의 표현이다. 아마 그때까지도 나에겐 올가에 대한 인상이 지워지지 않아서 그 영향을 받은 탓도 있겠지만 그들에게는 뭔가 결여된 것이 강하게 느껴졌다. 그것은 운명적 결핍이라기보다는 자의적 생략이라고 표현하는 것이 옳을 것이다. 예를 들자면 올가의 경우(언제나 본의 아니게 올가와 요란의 경우를 비교하게 된다. 요란이 이런 점을 지적한 적은 한 번도 없지만, 나는 행여나 미타의 영향을 받은 요란이 이런 내 무의식적인 습관에 대해서 너무 많이 신경쓰지 않기를 간절히 바랄 뿐이다) 언제나 분명한 것을 좋아했다. 분명하고 행동하는 삶의 지침 같은 것 말이다. 근본적 채식주의자이므로 유제품을 먹지 않는다거나 종교적 이념을 따른다는 것이 사유의 영역에만 머문다면 그것은 무지와 악의가 결합된 경우보다 더 나쁜 것이므로 현실과의 타협은 있을 수 없다는 것 등의 생각을 아주 자랑스러워했다. 그러나 그런 생각은 때로 촌뜨기처럼 보여질 수도 있다. M과 그 친구들에게라면 말이다. 내 젊은 날은 온통 올가를 향해 열려 있었기 때문에 그녀와 완전히 헤어지고 난 후 나는 상당히 피폐해졌을 것이다. 적어도 요란의 친구들에게 나는 분명히 그렇게 보였다. 요란의 가장 가까운 친구라고 할 수 있는 미타는 몸집이 작고 뾰족한 코를 가진, 안경을 쓴 여자였는데 내가 전처와의 관계를 깨끗하게 정리하지 못하고 우유부단하게 결정을 보류하는 기회주의자라고 단정하고 있었다. 그녀의 남자친구인 항은 말수가 적고 의기소침해 보이는 사람인데 의대를 다니다 중퇴하고 미술을 공부하겠다고 아카데미를 다니다가 애니메이션 일을 했는데 지금은 실직 상태이다. 비록 일거리를 갖고 있을 때조차도 그의 통장 잔고는 언제나 실직 상태와 내용상으로 다를 바는 없었지만 말이다. 그는 마리나 요란과 같은 여자를 노동을 혐오하고 남자나 찾아다니는 머리가 텅 빈 지푸라기 인형으로 생각했고, M의 책 따위는 쓰레기라고 평가하는 것이 분명했다. 그러나 워낙 과묵하고 언쟁을 싫어하고 대인관계에 소심했으므로, 여러 사람들의 화제에는 절대로 끼어들지 않고 입을 굳게 다물고 있는 편이었다. 미타가 자리에서 일어서면 같이 일어서고 미타가 화장실에 가면 자신도 따라갔다. 저들을 보고 있으면 알 수 없게 눈물이 난다고 요란이 말한 적이 있다. 오강주 역시 M의 소설이 싸구려라고 생각한다고 나에게 고백한 적이 있다. 지나치게 대중적이라는 것이다. 그러나 신문에 이름이 나는 근사한 소설가와 친구라는 사실은 무엇과도 바꿀 수 없이 멋진 것이므로 자신의 의견을 굳이 M에게 밝힐 생각은 없어 보였다. 그가 가진 친교의 이유는 비교적 분명하고 현실적인 것이고 그래서 그는 M과의 우정에 가장 적극적인 편이었다.

요란을 처음 사귀던 무렵 로사 호텔로 가면 이들을 거의 언제나 만날 수 있었다. 그들 중에는 부유한 사람도 있었고 가난한 사람도 있었고 콧구멍으로 회색 연기를 뿜어대면서 남자를 찾기 위해 눈을 번득이는 마리와 같은 노처녀가 있었는가 하면 남자와의 관계가 주는 지나친 결합력과 감정의 조임 때문에 지쳐 있는 미타도 있었고 낙천적인 M과 가식적인 오강주와 눈치나 감정이 좀 둔한 듯한 요란의 대화가 있었다. 그들은 퍽 오랜 시간 동안 친구로 지내왔지만 당장 내일부터 영원히 만날 수 없게 된다 해도 오늘밤의 작별 인사에 뭔가 다른 덧붙임의 말이 있을 것 같지 않은, 그런 친구들이었다. 그들은 서로 사랑하거나 증오하거나 하는 감정이 그다지 중요하지 않아 보이는 그런 종류의 관계를 유지하고 있었다. 그렇다고 해서 사무적이라거나 이해관계로 얽혀 있다거나 하지는 않았다. 언제나 만나면 따뜻한 차를 권하고 어려운 일이 생기면 돕고 싶어하고 친절하려고 노력했다. 명분이나 원칙이나 가톨릭교회와 같은 단어를 싫어하고 예술이나 스타일이나 무국적 등의 단어를 좋아했다. 그중에서도 M은 선천적으로 엔터테이너의 기질을 타고난 사람이었다.

요란이 로사 호텔을 떠난 것은 겨울이 시작될 무렵이었다. 태어날 때부터 기관지가 좋지 않았던 요란은 도시의 매연과 오염된 겨울 안개가 폐렴에 좋지 않으니 시골생활을 해보라는 의사의 권고를 받아들인 것이다. 요란이 그 집으로 떠난 지 한 달 정도 되었을 때 나는 요란을 방문할 수 있었다. 나는 요란이 좋았다. 이 말은 가능하면 같이 있는 시간이 많았으면 좋겠다는 그런 의미다. 그러나 요란의 그 집은 너무 먼 곳에 있었다. 요란에게도 그랬다. 그녀는 어린 시절의 일을 기억하지 못했다. 그러나 여섯 살 이전의 일을 기억하지 못한다고 해서 한 인간이 살아가는 데 크나큰 불편은 없는 것이다. 그녀에게는 그 집 자체의 기억은 남아 있어도 그 집에서의 삶에 대해서는 기억나는 것이 없는 것이다. 나는 침대에 누운 채 요란의 부드러운 등을 만지면서 침실의 천장을 바라보고 있었다. 천장은 부조 조각물이 있고 엷은 블루로 칠해져 있었다. "뭔가 생각나는 것이 없어?" 하고 물어보면 요란은 고개를 흔들면서 단지 짧게 "없어" 하고 대답했다. 부옇거나 희미하거나 아른하거나 가물거리는 것이 아니라 기분이 상쾌할 정도로 기억의 제로, 백지상태이고 떠오르는 것은 전혀 없다고 했다. 우리들이 그런 식의 대화를 나눈 것은 진정코 요란의 어린 시절이 궁금해서라기보다는 단순한 호기심이고 유희였다. 옷을 모두 벗은 채 우리는 한 침대에 들어가 몸이 따끈따끈해질 때까지 껴안고 그동안 있었던 일이나 하고 싶었던 얘기, 갑자기 생각난 듯한 안부 인사, 저녁은 무엇을 해먹을까 그런 얘기들을 나누었다. 같이 있어서 유쾌하고 즐거우면서 마음이 편하고 평화로워지는 그런 여자친구를 가져서 정말 행복하다는 생각이 든다. 그날 갑자기 밤에 잠이 깨었다. 꿈속에서 올가가 나타났던 것이다. 올가가 아무런 예고도 없이 나를 떠나고 이혼을 통보하고 정통 교단에 있다가 파문당한 한 성직자와 결혼하기까지의 일이 무성 슬라이드 영화처럼 조각난 필름으로 꿈속에 나타났다. 마지막으로 나타난 곳은 하늘의 길이었다. 쓸쓸한 겨울 배추밭가에 나이들고 지친 올가가 서 있었다. 내가 달려가자 그녀가 고개를 돌렸는데 그 얼굴은 요란의 것이었다. 나는 소스라치게 놀라서 잠이 깨었다. 요란이 이전에 올가가 그랬듯이 나를 떠난다고 생각했기 때문이다. 그런 생각이 든 것은 그때가 처음이었다. 그리고 지금 현재 요란이 나에게 얼마나 소중한 존재인가 깨달았다. 왜냐하면 나는 꿈속에서 이루 말할 수 없을 정도의 슬픔을 느꼈기 때문이다. 가슴 위에 집채만한 돌을 올려놓고 있는 듯했다. 옆자리에 누운 요란을 확인하고 꿈이었음을 안도하는데 바로 문밖에서 첩첩첩 꺼억 하는 아주 괴상하고 불쾌한 소리가 들렸다. 요란은 그것이 집돼지의 소리니 신경쓸 것 없다고 했다. 도시에서 떨어진 지역이라서 그렇다는 것이다.

로사 호텔에서 살고 있을 당시 아마도 6월 혁명의 마지막 무렵, 요란은 길을 가다가 일단의 군중의 무리로부터 스프레이 세례를 받은 적이 있다. 붉은 스프레이였다. 아직 젊은 여자였던 요란이 어떤 직업도 가지지 않고 호텔에서 살아가는 것에 대한 누군가의 불만이었다. 그 일 이후로 요란은 군중을 두려워하는 경향이 생겼다. 군중이란 개개인으로서는 겁 많고 냉소적이며 빈약한 존재이지만 집단으로서는 구호에 경도되기 쉽고 공격적이 되는, 이중적인 존재이다. 요란이 굳이 이런 불편한 시골집을 팔지 않고 주변에 인적도 없는 데서 거주하고 있는 것은 그런 도시 군중에 대한 두려움도 한 이유가 될 거라고 나는 짐작한다. 아주 간단한 일, 예를 들자면 시간제 비서 일이라든지 통역이라든지 사무 같은 일은 요란에게는 비교적 어렵지 않을 것이다. 그러나 요란은 적절하게 사회로 편입할 타이밍을 잃어버려서 이제는 어디서부터 어떻게 끼어들어야 할지 알 수 없다고 말했다. 친구들은 거의 모두 직업을 가지고 있고 요란보다 훨씬 더 부유한 사람도 적극적으로 사회활동을 하고 있다. 이미 그들은 모두 자리를 잡고 앉아서 직업이 없는 사람들을 대신해서 그들의 몫까지 함께 경제활동을 하고 있는 것이다. 이제 요란은 명실상부한 여분의 존재였다. 경제계획이 언제나 잊지 않고 마지막에 배려해주는. 요란은 돈을 버는 것은 노동 자체가 아니라 시스템의 순환이라고 생각하고 있었다. 그리고 자신은 노동을 할 의사가 없는 것이 아니라 이미 그 시스템에 올라탈 때를 놓친 것뿐이라고. 실업 상태가 길어질수록 새로운 직업을 구하는 것이 점점 더 힘들어지고 명분은 희미해지고 의욕도 사라지는 것과 마찬가지다.

M은 가족이 없는 요란에게 마치 형제와 같은 존재로 보였다. M은 사교의 폭이 상당히 넓은 사람임에도 불구하고 요란과 그 친구들에게 언제나 많은 시간을 할애했다. M은 요란과 그 친구들과는

매우 다른 부류의 인물이었다. 그가 쓰는 책은 거의 언제나 성공적이었고 예술적인 매력도 있었다. 그는 또 푸주한 출신이라는 자신의 출신 성분을 숨기지 않고 떠들고 다녔다. 글을 쓰기 이전에 그는 그것으로 돈을 모았으며 그래서 사실 꽤 부유하기도 했다. 소설가가 된 다음에도 그는 샌님 같은 문필가의 생활을 경멸해서, 아직도 시간이 나면 오스트레일리아로 사냥을 떠나곤 했다. 그는 서른이 넘고서야 글에 대해서 체계적인 공부를 하기 위해 소설 강좌를 들었는데, 강좌를 들은 이유는 무엇인가 배울 점이 있을 거라 기대해서가 아니고 그 무엇도 새로운 것은 없다는 사실을 확인하기 위해서였다고 했다. 내가 그를 모를 때, 그의 소설은 분명히 매력적이었다. 그는 아무 곳에도 구속되지 않은 것처럼 보였고 그의 자유로운 영혼은 스스로를 표현하는 데 아무런 장애를 알지 못하는 것처럼 보였다. 사실 그는 천재적인 스토리텔러였다. 그러나 내가 그를 실제로 만났을 때, 그가 여러 면에서 과대평가되고 있다는 인상을 받았다. 그는 성급했고 신경질적이었으며 인간에 대한 깊은 이해보다는 스토리 자체의 매력에 더 깊이 사로잡히는 스타일리스트였던 것이다. 그는 캐주얼한 내용을 심오한 듯이, 그리고 심오한 내용을 캐주얼하게 포장하는 일에 집중하고 있었다. 그가 사랑하는 일은 스토리를 요리하는 스킬인 셈이다. 그는 심지어 야만인이라든지 소설의 인상파, 무식한 푸주한 등의 혹평을 듣는 것을 즐기기까지 했다. 그가 요란에게서 우리들 사이의 일을 듣고 난 이후, 우리의 일을 소설로 쓰고 싶다고 여러 번 말한 것으로 알고 있다. 요란은 불쾌하게 생각했다. M은 곱슬거리는 짧고 굵은 머리털에 목덜미에서는 항상 땀냄새가 풍겼고 값비싼 두터운 양가죽 코트를 허드레 작업복인 양 걸치고 다니면서 언제나 발목이 긴 검은 장화를 신고 큰 보폭의 걸음으로 돌아다녔다. 그런 그의 모습은 간혹 마치 거대한 돼지 같다는 느낌이 들 때가 있다.

육식

쿡, 하는 소리가 들렸다. 쿵, 하는 울림이 아니고 크고 둔중한 것이 목표물에 명중된 다음 어떠한 진동도 없이 완강하게 버티고 틀어박힌 쿡, 하는 소리. 그리고 삼사 초간의 침묵. 요란은 따듯한 침대 속에 들어가 몸을 녹이려고 하다가 그만 잠이 들어버렸다. 그러나 그 잠은 짧고 불안했으며 불규칙한 결절을 가지고 있었다. 지금 사냥이 시작되려 하고 있다는 긴장감 때문일 것이다. 요란은 쿡, 하는 소리가 들려오기 전부터, 사실 그것은 정확한 소리라기보다는 단지 어떤 충격에 가까운 것이었지만, 그 소리를 기다리며 잠자리를 설치고 있었는지도 몰랐다. 쿡, 하는 소리는 한 번뿐이었다. 그다음에는 조바심 날 정도로 지루한 침묵이 이어졌다. 요란은 침대 속에서 발가락을 꼬물거리며 이제 사냥은 끝났다고 생각했다. M의 석궁이 집돼지를 겨냥해서, 한 번에 쿡, 끝내버렸을 것이다. 집돼지 따위를 죽이는 데 그토록 수선을 피울 일이 없을 것이다. 이제 아마도 M은 금방 죽은 집돼지를 펜치와 나이프를 이용해 가죽을 벗겨내어 태닝 용액에 담그고 피를 빼고 고기를 발라내어 욕조 모양의 용기에 담고 발톱과 이빨을 공들여서 뽑아낸 다음 방부 처리할 것이다. 혼자서는 일이 벅찰 것이니 요란을 부를지도 모른다. 이제 다시는 돼지는 나타나지 않을 것이다. M에게 고맙다는 인사를 해야 할 것이다. 집돼지는 해롭지 않은 짐승처럼 보이지만 그것을 죽인다는 것은 어쨌든 상당히 귀찮은 일임에 틀림없는 것이다. 그렇다, 상당히 귀찮다. 그래서 요란은 돼지가 죽지 않기를 바란 것이리라. 요란은 자신도 모르게 반사적으로 손을 목덜미에 가져다대보았다. 이런 곳에 화살이 쿡, 하고 박히게 되면, 어떤 느낌일까. 요란은 냉기가 흐르는 복도로 나가기가 싫어 이불 속에서 M이 부르는 소리를 기다리기로 했다.

우르르 흙더미가 무너지는 듯한 울림이 시작되었다. 처음에는 미약하고 사소하게 시작했으나 곧 그 소리는 점점 커지고 무시무시하게 진동했다. 무너지는 소리처럼 들렸으나 곧 다시 고통에 찬 신음 소리처럼, 화가 나서 울부짖는 소리처럼 들리기도 했다. 목구멍 깊은 곳에서 쥐어짜는 듯이 금속성으로 투박하고 소름 끼치는 소리였다. 돼지가 내는 비명이라고는 믿기 어렵게 그 고통에는 어떤 서사가 들어 있었다. 요란은 황급히 귀를 막고 울음을 삼켰다. 돼지는 한 번에 죽지 않은 것이다. 단지 기절했거나 죽은 척하고 있었을 뿐이다. M은 그걸 모르고 성급하게 돼지의 털가죽을 벗기려고 펜치를 들이댄 것이다. 그래서 돼지가 화가 난 것이다. 돼지가 날뛰면 M도 곤란할 것이다. 이런 생각을 하고 있는 순간에도 그 소리는 점점 커지고 점점 가까워져서, 마침내는 이 침실 안에서 살육이 일어나고 있는 것만 같았다. 요란은 도저히 참을 수 없어서 일어나서 슬리퍼를 신고 지하실로 가 M을 도와주어야겠다고 생각했다. M을 돕거나 아니면 돼지라도. 그때 무엇인가 크고 육중한 것이 성급하게 층계를 허둥지둥 뛰어올라오는 소리가 들렸다. M에게 쫓긴 돼지가 이층으로 올라오는 것이다! 끔찍한 비명은 여전히 계속되고 있었다. 요란은 슬리퍼를 신고 밖으로 나갔다. 문 바로 앞에서 M을 만났다. 다급하게 허둥거리며 계단을 뛰어올라온 것은 돼지가 아니라 M이었다.

"빗맞았어. 놈은, 엄청나게 크고 교활하기 이를 데 없어. 와, 내가 본 것 중에서 최고야! 두 마리가 나타났는데 한 마리는 굴로 도망쳐버렸어. 다른 한 마리는 지금 지하실에 있어. 빗맞았기 때문에 길길이 날뛰고 있지. 좀더 탁 트인 시야가 필요해서 이곳으로 왔어. 그나저나 요란, 이층이 더러워져도 이해해주겠지? 집안에 피를 뿌리는 건 피하고 싶었지만, 돼지를 유인하기에는 이층 계단만한 곳이 없다는 생각이 들어서야."

M은 빠르게 지껄였다. 돼지가 석궁을 빗맞고 길길이 뛰고 있다고 했지만 요란의 눈에는 상처 입은 것은 M 자신인 것처럼 보였

다. M의 콧잔등은 긴장과 흥분으로 새빨개져 있었는데 땀과 분비물로 번들거렸다. 셔츠 단추는 열어젖힌 채 양가죽 코트 주머니에는 장갑이 아무렇게나 쑤셔넣어져 있었으며 한 손으로 누르고 있는 목덜미에서는 피가 배어나오고 있었다. 눈동자는 희번덕거리고 콧김을 쉭쉭 소리나게 내뿜고 있었다. 그 소리는 놀라울 정도로 돼지와 다르지 않았다.

"그 새낀, 쥐를 찾아서 잡아먹고 있었어. 따뜻한 지하실 굴로 겨울 쥐들이 모여드니 쥐들을 따라서 이곳으로 온 거야. 그러다가 찍찍거리는 쥐새끼를 입에 물고 빠각거리며 뼈를 씹고 있는데 그만 나와 눈이 마주친 거지. 그 냉혹하고 심술궂어 보이는 눈이라니! 제대로 겨냥했어야 하는데 그 눈 때문에 그만 손이 떨려버렸어. 빌어먹을 돼지놈! 이번에는 결코 놓치지 않아. 아래층 지하실 문을 서랍장으로 막아놓고 왔는데 문을 부수고 올라올 기세야."

아래층의 지하실 문 쪽에서 정말로 온몸으로 부딪히는 듯한 쿵쿵, 하는 소리가 들려왔다. 서랍장은 크기는 하지만 거의 비어 있어서 그다지 오래 시간을 벌어주지는 못할 것이다.

"돼지가 올라오려면 이 계단뿐이야. 어디에 숨어 있다가 겨냥하는 것이 좋을까?"

"M, 이쯤 했으면 경찰에 신고하는 것이 어떨까?"

"말도 안 되는 소리. 그렇다면 돼지 박제는 포기해야 해. 그리고 집으로 들어온 돼지 따위를 죽이는 데 왜 일일이 경찰의 도움을 받아야 하지? 날 믿으라구, 요란. 이번에는 절대로 실수하지 않아. 모르고 있었어? 난 뉴질랜드 1급 엽사 자격증을 가진 놈이야! 이번에는 뒷목덜미 어깨 사이에 정확히 박아줄 테니까."

큰소리를 쳤지만 M의 목소리는 높낮이가 들쑥날쑥하고 고르지 않았다. M도 불안해하고 있는 것이다. 생각했던 것보다 돼지가 너무 크고 힘이 좋았던 것이다.

"그 상처는 뭐야?"

요란이 걱정스럽게 물었다.

"이거? 별거 아니야. 옥도정기나 좀 바르면 소독될 거야. 그놈이 튀어나온 송곳니로 날 공격했어. 빗나갔으니 망정이지."

"큰일날 뻔했잖아. 붕대로 감아줄까?"

"그럴 필요 없어. 출혈도 거의 없어. 그리고 들어봐, 지금 놈이 올라오고 있는 것 같아."

이윽고 무거운 물건이 스르르 밀리는 소리가 나더니 슉슉거리는 소리가 더욱 분명하고 크게 들렸다. 돼지는 일층을 여기저기 돌아다니고 있는 듯했다. 생각났다는 듯이 바닥을 첩첩거리며 핥는 소리에서 부르릉거리며 트럭 같은 콧김을 부는 소리, 육중한 무게를 실은 딱딱한 발굽이 마룻바닥을 달각거리며 돌아다니는 소리, 그리고 무엇보다도 푹 절어 있는 듯한 짐승의 오물 냄새가 가깝게 느껴졌다. 머지않아 냄새를 맡을 것이고 그러면 돼지는 곧 이층으로 올라올 터였다.

"벽장으로 들어가."

요란은 새로운 벽장문을 열면서 소곤거렸다.

"뭐라고?"

"벽장으로 들어가서 이렇게 문을 조금만 열고 있으면 아래층에서 올라오는 것을 정면으로 볼 수 있잖아. 그때 눈과 눈 사이의 정면을 겨냥하면 어떨까. 아니면 돼지가 이층으로 계속 올라갈 때 그 급소를 쏠 수도 있고 말이야."

"그렇군. 그 생각을 못했어. 아주 좋은 생각인데. 요란, 능력 있는 사냥꾼이 되겠어."

M은 서둘러서 벽장 안으로 들어갔다. 그리고 문을 일 인치 정도 열었다. 그러면 일층에서 계단으로 올라오는 물체는 한눈에 잡히게 된다. 석궁을 그 열린 틈새로 겨냥하고 있으면 게임의 나머지는 식은 죽 먹기 아닌가.

"난 이층에 올라가 있겠어."

요란은 입술을 새파랗게 하고 말했다. 하지만 정작 자신은 그다지 추위를 느끼지 못했다. 이층에 올라가서 전기스토브 앞에 웅크리고 싶었지만 지금은 돼지 사냥에 동참하고 M의 상처를 치료해 주는 것이 더 급할지도 몰랐다.

"좋아. 그리고 아침식사는 뜨거운 사과파이와 커피와 콩죽으로 하고 싶어. 준비해줄 수 있겠지?"

M이 마지막으로 말했다. 세 가지 다 인스턴트라면 요란이 늘 준

비해놓고 있는 것이다. 그리고 M은 그걸 잘 알고 있다.

이층 간이주방의 냉장고 앞을 서성이다가 요란은 얼어붙은 손가락을 녹이기 위해 스토브 앞에 가 앉았다. 라디오를 켜자 모차르트의 신포니아 콘체르탄테가 흘러나왔다. 요란은 볼륨을 높였다. 바로 그때 요란은 어어억 하는 낮은 비명소리를 들은 것 같았으나 정확하지는 않다. 안 돼 안 돼, 저리가 하는 소리를 들은 것도 같다. 그 사이사이에 맹렬하게 첩첩첩 하는 소리도 들려왔다. 그러나 요란은 꼼짝하지 않고 있었다. 요란은 사냥하는 장면을 보고 싶지 않았던 것이다. 사실은 그것 때문에 괴로웠다. 요란은 구급상자에서 반창고와 소독약을 꺼내고 냉장고에서 인스턴트 사과파이와 냉동 죽을 꺼내고 가스에 물을 끓였다. 이유를 알 수 없는 눈물이 한줄기 마른 뺨 위로 흘러내렸다. 요란은 손바닥으로 눈물을 닦았다. 사과파이와 죽은 레인지에 넣고 데웠다. 요란은 돼지가 나오는 집에서는 살 수 있어도 돼지가 죽은 집에서는 살 수 없었다. 그러자 몹시 우울해졌다. 마음이 무거웠다.

무엇인가 쿵, 하고 쓰러지는 듯한 소리가 났다. 요란은 라디오의 볼륨을 낮췄다. 그리고 귀기울였다. 창밖으로는 아침해가 뿌연 안개를 뚫고 떠오르는 것이 보였다. 바삭 말라버린 겨울 숲 너머로 붉은 연기가 피어오르듯이 날이 밝고 있었다. 요란은 M을 적극적으로 제지하지 못한 것이 마음에 걸렸다. 요란은 돼지를 진심으로 마음에 걸려 하지 않았다. 왜 그걸 분명히 말하지 못했을까 후회가 되었다. 잠시 후에 요란은 마침내 아래층으로 내려가는 계단으로 조심스럽게 다가갔다.

"M."

아무런 대답이 없었다.

"M, 어디 있어요?"

벽장이 내려다보이는 위치까지 왔을 때 요란은 충격을 받고 우뚝 멈추었다. 벽장문은 완전히 부서져 있었다. 마치 전속력으로 달려오는 열차가 지나가버린 듯한 그런 광경이었다. 요란의 가슴이 젖은 흙더미처럼 무너져내렸다.

"M."

조심스럽게 가까이 다가갔다. 이미 그곳에는 어떤 인기척도 없었다. M은 돼지를 잡아서 지하실로 끌고 간 다음 이미 펜치를 사용하는 중인지도 몰랐다. 요란은 망가진 벽장문에 자신의 모습이 기묘하게 산산조각되어 비치는 것을 보았다. 벽장 안에는 아무도 없었다. 단지 M이 사용하던 석궁이 떨어져 있을 뿐이었다. 요란이 그것을 집어들자 묵직한 금속성의 몸체에서 혈흔이 묻어나왔다. 화살은 여섯 발 모두 발사되었다. 두 개는 벽장 안에서 발견되었다. 벽에 박혀 있었다. 왜 M은 아무 쓸데 없이 벽장 벽에 구멍을 낸 것일까. 핏자국은 벽장 안과 계단에 모두 떨어져 있었다. 아래층까지 길게 이어진 핏자국의 마지막에는 언뜻 가발처럼 보이는, 검고 곱슬거리는 검은 실뭉치 같은 것이 떨어져 있었다. 계단을 다

내려간 요란이 그것을 집었다. 그러자 참을 수 없이 강렬한 비린내가 훅 끼쳤다. 덩어리진 피와 피부 조각이 축 늘어졌다. 머리 뭉치 같이 보이는 것은 정말로 사람의 머리 뭉치였다. 다른 사람 아닌 M의 것이었다. 아직도 M의 시큼한 땀냄새가 가시지 않았으며 피투성이의 머리 가죽은 따끈했다. M의 값비싼 양가죽 외투와 장화는 현관의 리놀륨 바닥 앞에 떨어져 있었다. 어느 것이나 사정없이 찢기고 피투성이였다. M은 돼지에게 잡아먹혀버리고 만 것이다. 야생 돼지는 작은 짐승을 잡아먹는다고 했다. 집돼지라고 해서 다르지 않을 것이다. 그러면 사람을 잡아먹는다는 것이 불가능한 일은 아닐 것이다. 분노한 돼지는 이층으로 기세 좋게 올라왔을 것이고 벽장문에 비친 자신의 모습을 보고 다른 돼지라고 생각했을 것이다. 그래서 앞뒤 생각 없이 공격했을 것이다. 그 바람에 M은 석궁을 겨냥할 기회를 놓쳐버렸을 것이고 돼지는 M을 씹어 삼켰을 것이다. 무슨 이유에선지 머리털은 먹지 않고 말이다. 마리의 걱정이 그대로 맞았다. 일급 사냥꾼 M은 어이없게도 집돼지에게 먹혀버린 것이다. 그리고 한동안 집안은 침묵이었다. 요란은 머리끝에서 발끝까지 덜덜 떨고 있었다. 이층의 라디오에서는 아직도 모차르트의 신포니아 콘체르탄테가 끝나지 않았다. 바닥에 떨어진 M의 양가죽 코트 주머니에서 자동차 키가 삐죽 나와 있는 것이 보였다. 요란은 그것을 집어들었다. 그랜드 체로키의 키였다. 요란은 현관문을 닫고 집밖으로 달려나왔다. 큰 숨을 쉬고 차갑고 신선한 공기를 폐 가득히 들이마셨다. 해가 떴으나 공기는 빙하 속에 고개를 처박고 있는 것처럼 차가웠다. 그러나 요란의 이마에는 땀방울이 흘렀다. 요란의 몸에서는 시큼한 땀냄새가 났다.

에필로그

그들은 그 일이 있은 이후 십육 개월을 같이 지내다가 헤어졌다. 요란은 어느 날 저녁 잠옷 위에 스웨터를 걸친 차림으로 희태의 기숙사에 나타났다. 게다가 발에는 실내용 슬리퍼를 신은 채였다. 요란의 얼굴은 때와 눈물로 얼룩이 졌고 심한 기침을 하고 있었다. 그들은 서로 감싸 안은 채 오래도록 가만히 있었으며 끊임없이 입맞추고 너를 떠나지 않겠노라고 반복해서 말했다. 극심한 공포와 절망의 기운이 두 사람을 더욱 가깝게 했다. 요란은 다시 로사 호텔에서 살게 되었다. 누구도 요란에게 M에 대해서 묻지 못했다. M에 대한 질문을 받으면 요란은 소리없이 울기 시작했고 그러면 요란의 기침이 멈추지 않았기 때문이다. 요란에게 필요한 것은 따뜻한 차와 난방이 잘된 집과 군중에게서 밀폐된 공간이면 충분했다.

십육 개월 후 그들은 손을 잡고 거리를 걷고 있었다. 그때는 봄 축제중이었다. 요란은 거친 질감의 회색 투피스에 흰 모자를 쓰고 있었다. 그때쯤에는 요란은 많이 건강해져서 보통 사람들처럼 혼자 여행을 다니거나 버스를 타고 시내를 돌아다니거나 백화점이나 극장을 다녀도 기침을 하지 않았다. 바람이 불 때마다 결혼식의 풍경처럼 꽃이 떨어졌다.

"너를 가져서 난 안심이 돼."

요란이 마른 뺨을 돌리고 희태를 향해 미소지었다.

"언제나 이렇게 있을 거야, 오래오래. 널 보면서 꽃 핀 거리를 걸을 거야. 이렇게 죽을 때까지."

"나도 마찬가지야. 무슨 일이 있어도 너를 떠나지 않아."

"희태, 정말로 너를 좋아해."

요란이 한숨처럼 말했다. 그리고 그들은 군중 속으로 스며들어 갔다. 그곳은 퍼레이드가 벌어지는 곳이었다. 무용수들과 분장한 악단과 여고생 고적대의 행렬이 이어졌다. 퍼레이드를 보려고 사람들이 모여들었다. 더 좋은 위치를 차지하기 위해 사람들은 서로 밀치고 앞으로 나아가려고 했다. 그들은 천천히 걸으려고 했으나 사람들이 너무 많아 포기했다. 어느새 그들도 사람들에게 떠밀려서 난폭할 정도로 빠른 속도로 앞으로 나가고 있었다. 그러나 그들은 손을 놓지 않았다. 고적대는 빠른 박자로 〈Summer Time〉이나 〈Because I Love You〉 같은 경쾌한 곡들을 연주하면서 행진했다. 구경꾼들도 팔을 흔들고 고개를 흔들흔들하면서 박자를 맞추었다. 걸음을 옮길수록 사람들의 숫자는 점점 늘어났다. 이제 저녁이 되고 그러면 불꽃놀이가 시작될 예정이기 때문이다. 퍼레이드의 중간쯤에서 그들은 잡고 있던 손을 놓쳤다. 정확히 말하면 요란이 희태의 손을 망설이면서 살짝 놓았다. 손수건을 꺼내려고 했거나 아니면 퍼레이드를 좀더 잘 보기 위해서 앞으로 나아가고 싶어했는지도 모른다. 더워서 손에 땀을 닦기 위해 잠시 동안만 손을 놓으려고 했을 수도 있다. 그러나 그들은 그 손을 다시는 잡을 수가 없었다. 군중들이 점점 늘어나는데다가 그 근처에서 퍼레이드가 두 갈래 방향으로 갈라졌기 때문이다. 사람들도 퍼레이드를 따라서 갈라지고 그 와중에 희태는 요란이 어디로 갔는지 찾을 수가 없게 되었다. 회색 투피스에 흰 모자를 쓴 여자들은 많았다. 그해 봄은 무채색이 유행했다. 희태는 퍼레이드를 끝까지 따라갔다가 요란을 찾지 못하자 그들이 헤어졌던 그 지점으로 돌아왔다. 그때 이미 해는 기울었고 퍼레이드 군중은 흩어졌다. 희태는 그곳에서 세 시간이나 기다렸지만 요란은 나타나지 않았다. 요란과 비슷해 보이는 여자들은 스무 명도 넘게 지나갔다. 그들은 모두 회색 투피스에 흰 모자를 썼으며 요란과 비슷하게 화장을 했다. 자세히 보면 생김생김이 요란을 닮기까지 했다. 그러나 요란이 아니었다. 그들은 모두 희태에게 냉랭한 무표정을 던지고 지나갔기 때문이다.

요란은 로사 호텔에도 다시는 나타나지 않았고 시골에 있던, 한때 돼지가 나온다고 시끄러웠던 요란의 집은 폐쇄되었다. 이듬해 겨울에 노처녀 마리는 늘 꿈꾸던 대로 부유한 청년 실업가를 만나서 결혼하게 되었는데 결혼 이후에도 어머니와 함께 살 생각이어서 집을 수리하려고 벽돌공을 불렀더니 마침 그 주가 블루 마르타 기념일이라서 일을 못한다는 통보를 받았다.

(2001)

어느 하루가 다르다면, 그것은 왜일까

'어느 하루가 다른 하루들과 다르다면, 그 이유는 무엇일까. 혹은 수많은 하루들과 조금도 다르지 않다면, 그것은 또 왜일까' 김씨의 부인은 이런 제목을 가진 희곡을 썼다. 그것은 제목만큼이나 거창한 어떤 연극을 위한 것이었다. 그녀가 쓴 희곡에 의하면, 반원형으로 움푹 들어간 커다란 무대 위에는 칸을 최대한 무수히 나누어서 수많은 조그만 방들이 여러 층으로 촘촘히 자리잡게 된다. 무대가 드넓은데다가 방들의 배치 자체가 반원형으로 커다란 곡선을 그리고 있으므로 한가운데에 앉은 관객을 제외하면 무대 위의 모든 방들을 전부 다 자세히 보기는 힘들 테지만, 그런 것은 이 연극과 상관이 없다. 방들은 많으면 많을수록 좋았다. 김씨의 부인은 처음 희곡을 쓸 때 무대를 일 년의 하루들에 해당하는 삼백육십오 개의 방으로 꾸몄지만, 실제 공연을 준비하면서는 백 개가 조금

넘도록 현실적으로 조정을 했다.

각각의 방은 저마다의 하루를 의미했다. 그 방들은 얼핏 보면 비슷하기는 했지만 사실은 아주 똑같지는 않게 꾸며져 있었다. 어느 한 방 창가에 파란색 커피 주전자가 있다면, 다른 방 탁자 위에는 빈 꽃병이 있거나 하는 식으로 말이다. 어떤 방에는 침대가 있고 어떤 방에는 소파가 놓였다. 그런가 하면 어떤 방은 전체가 욕실이고 어떤 방은 거실이나 현관이 되었다. 정해진 대사는 한마디도 없었다. 배우들은 내키는 대로 아무 방이나 들어가서, 그 방에 적합하다고 생각되는 하루 분의 즉흥연기를 하면 되는 것이었다. 꽃을 가지고 들어가 꽃병에 꽂아도 되고 다음에 들어간 배우는 그 꽃을 다시 쓰레기통에 버려도 된다. 쓰레기통이 없다면 창밖으로 던져버려도 무방하다. 방에 있는 커피를 마시거나 침대나 소파에 드러누워 낮잠을 자도 된다. 한 방에서의 연기가 충분하다고 생각되면, 즉 하루의 연기를 다 마치면, 배우들은 다른 방으로 이동했다. 그렇게 아침부터 저녁까지의 가상의 하루를 배우 자신이 임의의 행동으로 채우는 것이 연극의 내용이었다. 사람들이 실제로 자신의 하루를 자기 멋대로 사는 것처럼 말이다. 우연히 한 방에 두 명의 배우가 들어서게 되면 그들은 필연적인 것처럼 사랑에 빠졌다가, 서로의 하모니가 모두 소진되면 미련 없이 하루를 마치고 그 방을 떠났다. 하루가 지났다고 해서 모든 사랑이 그대로 종말을 맞으라는 법은 없지만 여러 개의 방을 불규칙하게 돌아다니다가 그들 연인이 서로 다시 만나 사랑을 계속하는 경우보다는—물론 그런 일도 일어나기는 했다. 연출자가 엄격하게 금지하기는 했지만, 대개는 연습을 진행하다가 눈이 맞아버린 배우들이 남몰래 서로 약속을 해놓은 케이스였다—다른 방에서 다른 상대를 만나 다시 사랑에 빠지는 일이 더 흔했다.

긴 연극이 진행되는 도중에 갑자기 불이 꺼지는 방들이 생겨나는데, 그것은 그 순간 그 방에 있던 배우의 죽음을 의미했다. 그러면 그 배우에게는 연극은 끝난 셈이었다. 그는 더이상 다른 방으로 들어갈 수도, 불 꺼진 그 방을 나올 수도 없었다. 한때 사랑에 빠졌던 연인이 죽어버린 상대편 배우는 그 커다란 무대의 무수한 방을 아무리 돌아다녀도 옛사랑을 다시 만날 수 없었다. 불이 꺼진 방에는 아무도 들어갈 수 없기 때문이다. 어떤 방에서 언제 불이 꺼질 것인지는 미리 정해놓지 않기 때문에 배우들은 자기가 언제 죽게 될지 아무도 몰랐다. 그래서 그들은 보이지 않는 화살에 맞은 것처럼 갑자기 죽었다. 위대한 작가들이 늘 꿈꾸었던 것처럼 글을 쓰던 타자기 앞에서, 창가의 화분 곁에서 오늘 하루는 다른 하루들과 어떻게 달라야 할 것인지 생각에 잠겨 있다가, 바지를 갈아입다가, 전화 통화를 하다가, 뜨거운 사랑을 나누다가, 자살을 시도하다가, 잠을 자다가, 잠을 자기 위해서 옷을 벗다가, 지루해서 하품을 하다가, 혹은 슬픔이나 절망의 어떤 밑바닥에서, 혹은 가장 절실히 살아 있고자 원하는 기쁨의 어떤 순간에.

그런데 그 희곡을 실제로 무대에서 공연하려고 준비하다보니 심각한 문제가 발견되었다. 각각의 하루가 얼마나 길지에 대해서 김씨의 부인은 아무런 규정을 해놓지 않았기 때문이다. 배우들은 기분에 따라 하루의 템포를 조절했고, 자신만의 내부 시계에 따라 하루가 지났다고 생각되면 알아서 방을 바꾸었다. 그래서 어느 방에서는 이제 아침이 시작되는데 바로 그 옆방에서는 오후나 저녁이 연기되는 경우가 흔히 생겨났다. 두 사람이 함께 한 방에 들어가는 경우에 혼란은 더욱 가중되었다. 같은 방안에서 한 사람은 아침을 살고, 다른 사람은 하루의 다른 시간을 살게 되는 것이다. 그러면 그들의 사랑의 동거에는 차질이 빚어졌다. 사랑이 아침에 하는 말과 밤에 건네는 눈빛이 각자 다르기 때문이었다. 또는 어떤 사람은 이제 막 사랑을 시작하려는데 상대편은 자신에게만 보이는 석양의 어스름을 향해 사랑의 마지막을 연기할 준비가 되어 있곤 했다. 그러다 그 방에서 하루의 사랑을 다 마친 한 사람이 혼자 방을 나가버리면, 남아 있는 사람은 갑자기 어쩔 줄을 모르게 되었다. 그들은 버림받았다고 느끼며 좌절하거나 원한을 품었다. 즉흥극에 몰두하다보니 배우들은 종종 그 좌절과 원한을 연기가 아닌 실제 감정으로 받아들여서, 무대 위에서 그야말로 즉흥적으로 싸움을 벌이기도 했다. 또다른 문제는, 방들의 수를 배우들보다 훨씬 더 많게 해두기는 했지만, 그래도 한 방에 세 사람이나 심지어 네 사람이 한꺼번에 들어가게 되는 경우도 생겨나는 것이다. 그러면 그들은 매우 복잡한 사랑, 삼각관계나 그 이상의 혼란스러운 상황에 저도 모르게 몰입할 수밖에 없었다. 한 방에서는 현실에서처럼 파트너의 시선을 피해 몰래 숨어버릴 공간이 없기 때문에 그런 얽히고설킨 연애 관계는 자존심의 상처와 다툼을 부르곤 했다. 그러다보니 연습을 시작하고 얼마 지나지 않아서 무대의 어느 구석에서는 여러 가지 이유로 인해 난장판과 아수라장이 벌어지는 날이 드물지 않게 되었다.

이대로라면 연극은 정체를 알 수 없는 뒤죽박죽이라는 평을 받을 것이 분명했으므로 연출자는 뭔가 통제가 필요하다고 느꼈다. 그래서 묘안을 짜내 하루를 두 번의 벨소리로 규정하기로 했다. 즉 첫번째 벨이 울림과 동시에 모든 배우들이 아침을 시작하는 것이다. 그러다 두번째 벨이 울리면 동시에 하루를 마감하는 식으로 말이다. 그러나 아주 완벽하게 보이는 이 방법을 배우들은 전혀 마음에 들어하지 않았다. 극중 세계에서 시간은 현실과 별개로 흘러가고, 배우들은 하루를 현실의 시계가 아닌 자신들의 감각에 의존해서 진행할 수밖에 없는데, 언제 하루를 마감하는 두번째 벨이 울릴지 예측할 수 있단 말인가. 그러면 이제 막 오후의 시간에 접어들었는데 갑자기 두번째 벨이 울리면 당장 하루를 미완성으로 끝내야 한단 말인가. 그리고 하루의 시간을 모두 통일해서 일괄적으로 정해놓는다면, 어떻게 즉흥연기라는 것이 가능하겠는가. 마음속으로 시간을 열심히 측정하면서 즉흥연기에 몰입하기란 사실상 불가능한 것이다. 어떤 방에서는 그물 스타킹에 망사 속옷을 입은 미지의 여인을 만나고 어떤 방에서는 혼자서 잠만 자게 될 텐데, 그런 하루들을 어떻게 모두 똑같은 시간으로 연기하란 말인가. 게다가 벨소리와 함께 모두 동시에 우르르 몰려가서 시작하고 한꺼번에 끝내는 하루가 이 즉흥연극에 어울리기나 할 것인가. 배우들은 자기들이 명령에 따라서 팔다리를 움직이는 양철 머리의 군인이 아니며, 벨소리가 울릴 때마다 이리저리 자동적으로 방을 바꿀 수 있게 훈련된 쥐가 아니라고 불평했다. 그러나 연출자는 그 방법만이 연극을 현실적으로 실현 가능하게 하는 유일한 해결책이라고 끝내 고집을 부렸다.

또 연출자는, 만일 어떤 방에 들어갔는데 그 안에서 이미 두 배우가 사랑을 나누고 있다면, 뜻하지 않은 침입자가 된 세번째 배우는 아무것도 못 본 척하고 즉시 방을 나올 것을 지시했다. 이 방법은 처음의 벨소리 묘안보다 더욱 크나큰 반발을 불러왔다. 이번에는 비웃음과 조소가 넘치는 반발이었다. 배우들이 주장하기를, 자신들은 미리 프로그램된 컴퓨터게임의 등장인물이 될 생각이 없기 때문에, 현실의 가능한 모든 요소들을 간과하는 어리석은 명령에 따라서 그대로 연기할 수는 없다고 했다. 이 연극은 기본적으로 대사나 지문이 정해지지 않은 즉흥극이다. 그런데 왜 세번째 사람은 병든 장님처럼 고분고분 물러나야 하는가? 원하기만 한다면 그들은 아슬아슬한 삼각관계나 아니면 애인의 눈을 피해 장롱 속에서 몰래 나누는 밀애의 달콤함이나, 뻔뻔한 거짓말과 배신으로 얼룩진 극적인 불륜이나, 세 명이 모두 한 침대에서 즐기는 순수한 환락이나 아니면 그보다 더한 어떤 비열한 쾌락도 얼마든지 총천연색으로 펼쳐 보일 열의에 불타고 있는데 말이다. 그리고 기왕 논쟁을 시작한 김에 배우들은 한발 더 나가서, 왜 하루의 도중에는 방을 나가거나 들어오는 일은 할 수 없는지를 따지고 들었다. 우리는 종종 타인을 방문하고 타인의 방문을 받는다. 그런데 반드시 우연히 같은 날 한 방에 들어온 사람들끼리만 교제와 관계가 허용되는 것의 의미는 무엇인가. 또한 하루가 끝났다고 하여 절대적으로 방을 바꿔야만 하고, 그것도 함께 있던 배우와 반드시 헤어져야 하는 방식으로 바꿔야만 하는 이유는 무엇인가. 이런 식이라면 배우들은 감옥이나 정신병원, 혹은 수용소의 풍경을 연출할 수밖에 없다는 것이었다. 연출자는 배우들이 자신의 머리 위에 올라서려고 하는 것이 마음에 들지 않았을뿐더러, 기본적으로 배우들이 원하는 그런 극단의 무제어와 즉흥성은 이 연극이 추구하는 목적을 도리어 혼란스럽게 할 뿐이라고 생각했기 때문에, 그런 식으로 한다면 연극은 대책 없는 뒤죽박죽 상태로 빠져들 것이고, 지켜보는 관객들뿐만 아니라 연기하는 배우들도 자신들이 하고 있는 행위의 정체가 무엇인지 알 수 없게 될 것이며, 만일 그런 것을 원하는 게 사실이라면, 결국은 연습이나 연출자조차도 필요하지 않다는 말과 무엇이 다르겠느냐고 화를 내며 대꾸했다. 어떤 관객이 그런 무정부 상태의 소요에 불과한 난장판을 구경하기 위해 굳이 극장으로 오겠는가.

그런 의견 차이가 깊어지면서 연출자와 배우들 간의 갈등은 화해의 기미 없이 점점 심각한 대결의 분위기를 이루더니, 마침내는 실제 공연 첫날 배우들이 모두 출연을 보이콧해버리고 아무도 극장으로 나오지 않는 최악의 사태가 일어나고 말았다. 아니 단 한 사람, 김씨의 부인만 제외하고는. 김씨의 부인도 그 연극에 배우의 한 사람으로 출연하게 되어 있었던 것이다. 공연 시간이 임박할 때까지 배우들이 아무도 나타나지 않자 김씨의 부인은 일생일대의 큰마음을 먹고 연출자에게 말했다. "나 혼자서라도 연기할 수 있을 것 같아요. 어차피 상대 배우가 반드시 필요한 것도 아니고 또 관객들 입장에서도 그 많은 방을 전부 다 한눈에 본다는 것이 불가능하긴 하니까 무대가 가득차야 할 필요도 없을 것 같군요. 내가 방과 방을 돌아다니면서 혼자 연기하겠어요. 그러면 당신이 늘 두려워하던 그 혼란도 일어나지 않을 것이고, 그러면 적어도 큰 문제 하나는 해결되는 것 아닐까요." 그렇게 하면 배우로서 자신은 실패할 수는 있겠지만 적어도 자신의 희곡만은 살아남으리라는 욕심 때문에 엄청난 모험을 자청한 것이었다.

그러나 연출자의 생각은 좀더 냉정했다. 이미 신문과 미디어에서는 이 연극의 실험적인 형태에 관심을 갖고, 일상적 삶의 자화상을 의도적인 지루함과 잠재된 광기로 무장한 즉흥의 오케스트라로 연주하게 될 그것을, 비록 상당히 비판적인 어조이긴 하지만 여러 번 언급해온 터였기 때문에 지금 와서 극의 형태를 파격적으로 바꾼다는 것은 있을 수 없는 일이라는 것이다. 그리고 단 한 명의 배우가 연기하기에는 무대 자체가 터무니없이 크고 광활해서, 관객들은 백 개가 넘는 방 중 어느 한 방에서 배우가 연기하고 있는지 찾아내는 데만 한참이나 시간을 들여야 할 것이었다. 그렇다고 해서 그녀가 연기하는 방에만 조명을 밝혀준다면, 그것은 애초부터 이 연극이 표방하고 있는 유일한 가시적 테마—무수하게 병행하는 하루들—에 적합하지 않다. 뿐만 아니라 무대 전체에 비해 방 하나의 크기가 너무 작으므로 관객들이 방 하나에서 일어나는 일을 연극 전체의 줄거리라고 생각하고 주의를 갖고 살펴보기에는 무리가 있으며, 게다가 무대의 형태상 공연중 아무도 없는, 따라서 아무 일도 일어나지 않는 텅 빈 방들만 지켜보고 있어야 하는 관객들이 생겨난다. 그리고 무엇보다도, 이것은 일인극으로 기획된 것이 결코 아니며, 절대 일인극이 되어서는 안 될 그런 연극임이 너무나 분명한데다가, 어떤 한 배우의 대사나 지문을 위주로 해서 진행되는 작품도 아니었던 것이다. 그것은 무수하게 병행하는 무의미한 무작위의 무명의 인간들을 나타내주어야지 한 사람의 배우에게 주의를 집중시켜서는 절대 안 되도록 만들어진 그런 연극이었다. 어떤 종류의 스포트라이트도 부인되는 연극이었다. 연출자는 그러므로 설사 천재 배우라 해도, 어쩌면 바로 그런 이유 때문에 더더욱, 혼자서는 이 연극을 맡아 할 수 없다고 잘라 말했다. "이 연극에서 중요한 것은, 누구도 주인공이 될 수 없어야 하는 것이니까 말입니다. 그 누구도 이름을 갖거나 얼굴을 가져서는 안 됩니다. 그렇지 않나요? 여기서 개인성이란 곧 대량의 익명과 동일하게 되는 셈이고, 그 이상이 되어서는 절대 안 됩니다—이 부분에서 그는 입술을 꾹 다물고 비장한 표정을 지었다. 그 비장함이 과도하게 느껴졌기 때문에 김씨의 부인은 저도 모르게 움츠러들고 말았다. 이상한 일이다. 희곡을 쓴 사람은 바로 김씨의 부인 자신이 아니던가. 그런데 왜 놀라게 되는지 스스로도 납득할 수 없는 일이다—여기서 배우들은 한 방에서 서로 만났다 해도, 다음 방에서는 이미 상대편을 기억할 수 없는 것은 물론이고, 심지어 다른 배우를 보고는 자기가 만났던 그 배우라고 생각하고 연기를 계속해야 합니다, 그렇게 믿어야 하는 거예요. 아니 착각이 아니라 그것이 곧 여기서는 사실로 되어버린다는 겁니다. 왜냐하면 비록 그들이 스스로 연기를 창조해내고는 있지만, 이것은 '그들의' 이야기가 아니기 때문이에요. 적어도 내가 만드는 연극에서라면 그래야 합니다. 그것이 내 해석이니까요. 그렇게 관객들은 물론 배우들도 새로운 인식의 세계에서 새로 태어나야 한단 말입니다" 하고 그는 강조했다. 그의 강조는 필요 이상으로 완강하게 들렸다. 그의 말은 원칙적으로 틀린 것은 아니었다. 극본을 쓴 장본인인 김씨의 부인이 가장 잘 알고 있는 일이다. 그리고 연출자가 굳이 지적하지 않은 사실이기는 하지만, 김씨의 부인은 당시에 이미 십 년 이상이나 배우를 직업으로 삼아 살아왔지만 천재는커녕 뛰어나거나 훌륭한 배우라는 의례적인 찬사조차도 한 번도 들어볼 기회가 없었던, 대개는 눈에 띄지 않는 평범한 조연배우에 머물고 있었던 것이다.

그리고 또 한 가지, 연출자의 조목조목 이어진 설명에서 김씨의 부인이 불현듯 느낀 것은, 극작가가 되고자 하는 자신의 욕망을 그가 알아차린 것은 아닐까 하는 생각이었다. 스스로 희곡을 쓴 김씨의 부인이 극작가가 되고자 한다는 것은 그다지 희귀한 추측은 아닐 터이나, 자신이 쓴 희곡의 유일하고도 대표적인 성격을 배반하면서까지 홀로 연기를 펼치겠다고 나설 정도로 무엇인가 되어보겠다고 하는 욕망의 강렬함과 다급함을 타인에게 들켰을지도 모른다는 것은, 김씨의 부인에게 마음이 아플 정도의 크나큰 수치감을 안겨주었다. 경우와 정도를 넘는 욕망은 허영심의 다른 이름일 것이며 허영심은 곧 허기와 결핍을 의미한다고, 적어도 연출자 자신은 속으로 그렇게 생각했을 것이 분명하기 때문이다. 그래서 그는 필요 이상으로 강한 어조로 이 연극이 가진 익명성의 중요성을 강조했으리라. 연출자의 일그러진 표정에서 김씨의 부인은 그의 질문들을 읽었다. 무엇을 위해서 이 여인은 백 개가 넘는 방, 거의 백 명에 이르는—결국은 자신을 위한 가상에 불과하게 될—배우들이 필요했단 말인가? 무엇 때문에 이 모든 엄청난 대량의 익명이 필요했단 말인가? 만일 그것이 간단하게 자신 한 사람의 연기로 대체될 수 있다고 생각하고 있었다면, 무슨 이유로 굳이 그런 대소동을 인공적으로 만들어내야만 했단 말인가? 이 여인이 스스로 탄생시켰고 연출자인 자신이 어떤 반대에 부딪혀도 끝내 지켜내려고 했던 이 연극의 주제이자 내용—망각, 익명, 반복, 복제, 분산, 고립—을 이 여인은 히로인이 되고자 하는 욕망으로 인해 송두리째 간단히 뒤집어버릴 수도 있다고 나오지 않는가. 그렇다면 이 연극이 시작된 명분도 거짓되고 허무할뿐더러, 지금 본질을 살리기 위해 분투하다가 좌초될 운명에 처한 것조차도, 도무지 애초에 그 본질이라는 것이 단지 정반대의 것을 위한 수단에 불과했다면, 도대체 왜 이렇게 되었어야만 하는지 그 이유가 사라지는 셈이 아닌가.

결국 연극은 무산되었고 관객들의 항의와 매스컴의 비난이 쏟아지면서 어처구니없이 비용만 많이 든 해프닝이자 스캔들이란 오명만 얻은 채 시작도 못하고 막을 내린 결과가 되어버렸다. 심지어 어떤 신랄한 비평가는 그 작품이 실제로 공연되었더라면 관객들은 아무런 내용도 이해하지 못한 채 통제 불능의 과장된, 그러나 지겹도록 모노톤인 대혼란이 벌어지는 무대를 속수무책으로 지켜보고만 있어야 했을 테니, 그런 식으로라도 무산된 것이 그나마 천만다행이라는 말까지 한 것이다. 실제로 그 비평가는 리허설이 벌어지는 극장에 들렀다가, 연출자가 이미 예견한 그런 문제 말고도, 배우들이 저마다 마음에 드는 방을 찾으려고 좁은 복도를 서둘러 왔다갔다하다가 서로 부딪쳐 넘어지거나, 남자배우와 남자배우 혹은 여자배우와 여자배우가 방 하나를 놓고 서로 혼자만 들어가겠다고 다투거나, 아니면 일단 한 방에 들어간 동성 배우가 자신들의 관계를 순수한 갈등이나 우정으로 국한해야 할지 그렇지 않고 연애 감정으로 극화시켜야 할지 합의를 내리지 못한 채 우스꽝스럽게 어긋나는 대화만 무의미하게 나누다가 어정쩡하게 하루를 끝내버리거나, 또는 어떤 배우는 방안에서 하루종일 게으르게 코만 후비다가 나가는가 하면, 다른 배우는 지난밤의 과음 때문에 방안 침대에 누워서 리허설 내내 잠만 자고 나서 그것이 자신에게는 하루에 대한 실감 넘치는 진지한 연기였다고 주장하거나, 혹은 심지어 몇몇 약삭빠른 배우들의 경우 자신의 다른 급한 개인적 일거리를 가지고 와서는 무대 위에서 연기의 일부인 척하면서 해치우거나 하는 모양들까지 전부 보았던 것이다. 그것은 김씨의 부인의 첫번째이자 마지막 희곡작품이었다. 극작가가 되어보고자 했던 김씨의 부인의 꿈은 그렇게 무너져내리고 말았다. 그녀는 두 번 다시는 희곡을 쓰지 못했다.

김씨의 부인은 보았다. 그녀는 보는 것을 좋아했다. 항상 다른 톤과 다른 음영을 가지고 나타나는 색과 모양, 그리고 소리와 감촉까지도, 예외 없이 우아하고 인상적인 형태들, 사람들, 모든 형체의 사람들, 의미심장한 움직임들, 의미를 갖추거나 감춘 몸짓들, 희미한 것들과 정지된 것들, 보이는 것들과 보이지 않는 것들 모두를. 김씨의 부인은 동시에 세 개의 방에서 살고 있었다. 그녀는 세 개의 방에서 세 개의 다른 풍경, 말없는 세 개의 장면, 세 개의 서로 치환되지 않는 나라들을 보는 것을 즐겼다. 그녀는 각각 멀리 떨어진 다른 도시에 세 개의 집을, 세 개의 자신의 방을 갖고 있었던 것이다. 물론 상상 속에서의 일이다. 그러나 그녀가 진정으로 원한다면 아주 불가능할 일도 아니었다. 먼 도시로 가서 하나의 방을 빌리고, 은행을 통해 지속적으로 방세를 지불하기만 하면 되는 일이니 말이다. 그러면 그녀는 방 열쇠를 받게 되고, 언제든지 마음이 내킬 때 그곳에 들를 수 있는 것이다. 그렇게 하면 집 하나를 통째로 빌리는 것보다 비용도 훨씬 싸게 들면서 비어 있는 집을 멀리서 관리해야 하는 부담에서도 벗어날 수 있다. 전화를 따로 가설하지 않아도 되고 운이 좋으면 공용 텔레비전을 가질 수도 있다.

그렇게 자신의 방을 방문하는 것은 여행지에서 호텔을 찾아가는 것과 달랐다. 여행지의 호텔은 싱가포르나 서울, 보고타나 다마스쿠스 할 것 없이 전 세계가 동일했다. 사람들은 그것을 국제 규격이라고 불렀다. 그리고 당연한 일이지만, 호텔방을 떠날 때는 자신의 짐을 놓아두면 안 되고 핀 하나까지 모조리 갖고 떠나야만 하는 것이다. 김씨의 부인은 어느 해 휴가에 갔던 한 도시에서 가장 아끼는 선글라스를 잃어버렸다. 그녀가 그 도시에 머물 때 유난히 가을햇살이 눈부셨기 때문에 그녀는 항상 선글라스를 지니고 다녔다. 식당이나 주유소, 극장과 꽃 파는 상점, 신문을 파는 노점과 아이스크림 가게, 그리고 다리가 아플 때마다 들렀던 카페들. 그런 장소 중 어느 한 곳에 선글라스를 두고 왔겠지만 그 장소들이 너무 많기 때문에, 정확히 어디에 두었는지 기억해내는 것이 도저히 불가능했다. 머물던 호텔방에 선글라스를 놓아두지 않은 것은 분명했지만, 그래도 혹시나 하는 마음에 김씨의 부인은 호텔로 전화를 걸어보았다. 잃어버린 물건이 무엇이냐고 묻는 카운터 직원의 질문에 김씨의 부인은 선글라스라고 대답했다. 그러자 그 직원은 별로 서두르지도 않는 느릿한 말투로 대답했다. "유감입니다만 우리 호텔에 분실물로 신고된 물품 중에 흰색 테의 나비 모양 선글라스는 없군요. 있는 것이라곤 파란색과 갈색으로 무늬가 들어간 우산, 대나무와 일본 여인들의 그림이 있는 하얀색 목욕가운, 거의 새것인 비듬 제거용 특수 샴푸, 폭이 넓은 파자마 바지, 검은 가죽 장갑 한 짝, 오른손이군요, 남성용 세면도구가 들어 있는 욕실 가방 하나, 그 밖에 손수건과 양말, 카메라, 반지, 귀고리와 색이 들어가지 않은 돋보기가 하나, 호텔 것이 아닌 타월과 중국어로 된 책 두 권, 무슨 책인지는 모르겠지만 성경은 아닌 것으로 보이는군요. 불교와 관련된 것은 아닐까요…… 시내 지도와 박물관 할인 쿠폰, 마리오네트 극장에서 산 그림엽서 묶음 그리고……" 그 호텔은 작은 도시의 구시가지, 자그마한 분수대 광장에 면해 있는 작고 아담하고 유서 깊은 구식 건물이었다. 객실도 작았고 텔레비전 같은 물건도 없었으며 방안에 들어서면 입구에 이유를 알 수는 없지만 계단이 한 칸 있어서, 비록 '계단 조심'이라는 팻말이 천장에 매달려 있기는 했지만, 조금이라도 부주의한 손님들은 예외 없이 발을 헛디디고 홀로 겸연쩍어 하도록 되어 있었다. 오래된 건물을 호텔로 개조하면서 어쩔 수 없이 그대로 남겨놓은 계단인 듯했다. 하지만 침대 바로 곁에 나 있는 좁고 길쭉한 창으로 내려다보이는 광장은 대개의 오래된 광장들이 그러하듯이 아름다웠고, 창을 열어두면 저녁마다 악사들의 손풍금 소리가 들려왔으며, 흰색과 회색이 섞인 기묘한 모양의 두건과 제복을 걸친 신교도 수녀들이 둘씩 짝을 지어 지나가는 것을 지켜볼 수 있었다.

호텔 직원이 마치 끝없는 시처럼 나열해주는 분실물 리스트를 듣고 있던 김씨의 부인은 터져나오는 웃음을 주체하지 못하고 그만 손으로 입을 막고는 당황해하면서 전화를 끊어버렸다. 사람들이 그토록 다양하고 많은 물건들을 호텔방에 두고 떠난다는 것을 미처 생각해본 적이 없기 때문이었다. 그리고 그녀는 자신의 방을 생각했다. 그녀가 살고 있는 이 도시와 저 도시의, 그녀의 여행지가 되는 도시의 작은 골목에 자리잡고 있는, 아니 그 방이 있는 도시를 향해서 그녀가 여행을 떠나곤 하는 그런 방들을. 그곳에 김씨의 부인은 선글라스뿐 아니라 낡은 파자마나 샴푸, 세면도구와 우산, 굽이 닳아버린 여름용 구두나 티눈 연고나 다리 면도기까지도 잃어버리거나 다른 사람에게 들킬 걱정 없이 그대로 두고 떠나올 수가 있을 것이다. 그리고 그런 물건들은 김씨의 부인이 언제라도 그곳을 다시 찾아가기만 하면 옛 애인처럼 늙어가면서 그대로 기다리고 있으리라.

그녀의 그런 방 중 한 개는 서울에, 두번째는 신혼여행을 갔던 상하이, 그리고 나머지 한 개는 그녀 자신이 가서 살고자 원했으나 결국 한 번도 갈 수 없었던 먼 도시에 있었다. 마지막 방이 있는 세번째 도시는 사실 어떤 뚜렷한 지명을 갖고 있지를 못해서, 마치 도시 자체가 방랑자가 되어 끊임없이 이동하는 것처럼 이곳저곳으로 스스로 이름과 모양을 바꾸곤 했다. 아침마다 그녀는 상상 속에서 세 개의 방의 창을 활짝 열고 세 개의 저마다 다른 도시의 햇빛과 소음을 받아들였다. 세 개의 이불의 먼지를 턴 다음 세 개의 부엌에서 밥을 끓이거나 빵을 자르고 차를 만들었다. 세 종류의 집주인들과 다른 세입자들과 아침 인사를 나누고 라디오의 볼륨을 높였으며, 책상에 앉아 먼 곳으로 편지를 쓰거나 먼 곳에서 온 편지를 읽었다. 김씨의 부인은 그 세 개의 방에서 모두 각각 다른 세 개의 이름과 신분증을 갖고 있었다. 세 개의 서로 같으면서도 별개인 이름과 세 개의 서로 다르면서도 같은 하루는 비밀스러운 마법이었다. 세 개의 방에 있는 라디오에서는 서로 다른 언어로 뉴스가 방송되었고 옆방에서 임시로 묵는 단기 여행자들이 여행안내서와 지도를 뒤적이는 소리, 낯선 사람들의 가라앉은 목소리, 전화벨 소리, 책을 펼치면 나타나는 점괘를 일러주는 미지의 음성, 속삭이는 연인들의 밀어, 마루를 밟고 화장실로 가는 발걸음, 허약한 고양이들의 애처로운 울음, 모든 것이 각자 다른 언어로 이루어졌다. 심지어는 그 각각의 방에서 꾸는 꿈조차도 다른 언어의 지배를 받는 것이었다. 서로 이해하지 못하는 언어로 짜인 양탄자의 현란한 무늬들이 세 개의 방을 날아다녔다. 세 개의 상상을 김씨의 부인에게 속삭였다.

김씨의 부인은 보았다. 노란색 담장과 짙은 벽돌색 지붕, 길쭉한 사각형 유리창과 빗물받이 홈통, 그리고 굴뚝 위의 비둘기 한 마리가 가볍게 목을 굴리는 울음소리를. 허공에서 살고 있는 존재들이 그러하듯이 지붕 위 버둘기의 울음소리에는 바람에 흔들리며 멀리 흩어지는 보이지 않는 뿌리가 느껴졌다. 그늘 없이 팽팽하게 펼쳐진 파란 하늘 아래 문득 잠이 깬 일요일 이른 아침이 보인다. 그곳에 창이 있다. 그리고 그 바깥에 세상의 풍경이 있다. "당신의 주소를 알려줘요" 하고 목소리가 창밖에서 속삭인다. 김씨의 부인은 그 목소리를 보았다. 비둘기는 날아가버리고 대신 굴뚝 위에는 목소리가 앉아 있다. 목소리는 이제 막 공연을 시작하려는, 검은 옷을 입은 키 크고 호리호리한 곡예사처럼 보였다.

'그러면 내가 공연 진행이 결정되는 대로 편지를 보내줄게요. 우리가 그날 A92번 고속도로에서 만날 수 있을지 없을지…… 당신이 아직도 마음속으로는 망설이고 있다는 걸 짐작하고 있어요.

그것은 너무나 빠르고, 너무나 예상하지 못했고, 당신이 지금껏 알고 있던 세상의 어떤 것과도 너무나 달랐으니까요. 내가 말해준 속담을 기억하고 있겠지요? 우리는 할 수 있습니다, 그러나 우리가 반드시 해야 하는 건 없습니다. 이 말은 우리 삶의 많은 일에 그대로 적용이 된답니다. 그러니까 마음을 놓아요, 떨지 말아요. 당신의 마음을 잔잔한 물위의 연꽃처럼 평화롭게 가져요……'

이제 해가 좀더 높이 떠오르면 더워지겠지만 지금 이 시간에는 열린 유리창으로 들어오는 아침공기가 매우 서늘하다. 포근하고 게으른 뒤척임과 곧이어 라디오에서 흘러나오는 짤막한 아침 여섯시 뉴스. 언제인가, 내가 잠을 깬 이 순간은. 언제인가, 하루의 처음 무심코 펼쳐든 책 속의 이야기가 그대로 나 자신의 것으로 되어버리는 그런 때는. 이미 나 자신이거나 앞으로의 나 자신인 그것들. 돈을 받지 않고 장난 삼아 점을 보던 엉터리 점쟁이는 '책점'이라는 것을 쳤는데, 자신이 갖고 있는 책들 중에서 아무것이나 한 권을 골라 무작위로 페이지를 펼치고 임의의 문장을 고른 다음 그 문장이 곧 사람의 운명을 알려주는 것이라고 주장하곤 했다. 책 속의 문장이 갖는 성격이 카드의 그림이나 별자리의 운행과 근본적으로 달라야 할 이유는 또 무엇이란 말인가? 물론 그렇게 나타나는 문장들은 운명을 알려준다고 믿기에는 너무나 엉뚱하거나 무의미해 보이는 것들도 많았지만, 점쟁이는 그야말로 물 흐르는 듯한 말솜씨를 갖고 있었으므로 화려한 수사로 가득찬 암시로, 단순한 문장을 근사하게 포장해 내놓곤 했다. 그때 김씨의 부인은 쥘 베른의 『어느 중국인의 고통』을 보고 그 삽화에 나오는 아름다운 과부 레우 양으로 분장을 하려고 애쓰고 있었고, 책의 속표지에는 하늘에 커다랗게 뜬 종이우산에 지은이와 제목이 멋을 낸 필체로 씌어 있었으며, 그 아래로는 혼란에 잠긴 19세기 중국 대륙이 펼쳐졌다.

대나무가 우거진 강물 위에서 전투가 벌어지고 있는데, 사람들이 생사를 걸고 싸우는 가운데 고깔 모양의 모자를 쓴 농부가 어깨에 물지게를 지고 강가를 천천히 지나가고 있으며, 저 먼 배경에서는 우뚝하게 높이 솟아오른 돌탑과 커다란 사자상이 달빛 아래 교교히 자태를 드러내고 있는가 하면 머리카락을 밀고 동그란 안경을 쓴 학자들은 탁자에 앉아 토론을 벌이고 강물 속에서는 유령 같은 사람들이 가라앉아 멍한 표정으로 죽음으로 떠내려가고 있는 삽화였다. 그 연극은 쥘 베른의 여러 작품을 혼합하여 만든 극본으로 공연한 것인데, 비록 대학에서 열린 학생들의 공연이기는 하지만 김씨의 부인이 드물게 공동 주연을 맡았던 몇 안 되는 작품 중의 하나였다. 극본을 쓴 작가도 역시 학생이었는데, 그는 쥘 베른의 공상모험 시리즈에 반쯤 미쳐 있는 문학도이면서 그 책점을 치는 점쟁이가 세 들어 사는 집의 아들이기도 했다. 문학도는 점쟁이의 방에서 그야말로 멋진 삽화가 들어 있는 1967년판 스위스 디오게네스 출판사의 쥘 베른 시리즈를 발견했고, 그 그림들을 자신의 연극 무대에 활용하기로 한 것이다. 모든 것이 묘한 기괴함으로 가득찬 그림들이었다. 김씨의 부인은 그 책을 받아들고 그 속표지 그림을 보는 순간, 자신이 분장하게 될 아름다운 과부 레우 양의 서구적인 외모보다 무너져가는 중국 제국을 배경으로 한 묵시록적 풍경에 더 마음이 끌렸다. 바람을 잔뜩 안고 있는 커다란 돛대, 검은 강물, 입에 칼을 물고 어두운 물속을 헤엄치는 자객들, 수면에 걸린 둥그런 달, 그리고 배 위의 한 철학자와 그의 주변을 꼼짝 못하게 에워싸듯이 그림의 테두리를 빽빽하게 장식하고 있는, 필요 이상으로 날카롭게 그려진 톱니 모양의 대나무 이파리들. 책점을 치는 점쟁이는 당연히 이 쥘 베른 시리즈도 점치는 데 활용했는데, 세밀하면서도 음침한 분위기를 풍기는 이 펜화들이 그의 예언에 스며 있는 드라마틱한 암시와 비현실적인 색채를 상당 부분 뒷받침해준 것은 분명해 보였다.

언제인가, 길고 긴 꿈을 꾸고 난 후 자리에서 일어나 그 꿈에 대해서 긴 생각에 잠겨 있는데, 그 생각에 잠긴 길고도 움직임이 없었던 장면 자체가 또하나의 이어진 꿈이었던 때는. 김씨의 부인은 머리맡을 더듬어 종이와 펜을 찾는다. 깨끗하게 빨아 다림질한 잠옷과 어젯밤에 마시다 만 차 식은 냄새와 아직 완전히 사라지지 않은 잠의 냄새가 침상에 고여 있었다. 그런 냄새 속에서 김씨의 부인은 누운 채 천천히 글자를 써나간다.

'그래서, 당신이 보내주신 편지를 받고 내 가슴은 행복감으로 가득찼습니다. 우리들의 첫 마주침은 보기 드물게 강렬했던 것이 맞아요. 눈길과 눈길이 얽히고 도저히 떨어지지 못했으니까요. 어떻게 하면 그런 눈길에 사로잡힐 수 있을까, 언제나 꿈꾸어왔던 바로 그런 눈길이었습니다. 나의 현실에서 일어날 거라고는 생각하지 못했던, 그리고 실제로 겪고 나니 이것을 모르고 그대로 살다가 늙어 죽었더라면 가슴이 너무나 아팠을 거라고 생각되는, 그러나 이 표현은 자체가 모순이겠지요. 끝까지 모르고 말았다면, 절대로 가슴이 아플 수는 없을 테니까. 그러나 어떤 가슴 아픔도 당신을 알게 되었는데, 당신을 가지지 못하고, 함께 있지도 못하고, 그냥 스쳐지나가버리고 마는, 그런 가슴 아픔을 능가하는 것은 없을 거예요. 지금 이 순간, 난 어떻게 하면 당신에게 달려갈 수 있을까 그 생각밖에 없습니다. 하지만 당신은 너무 멀리 있고, 게다가 앞으로도 계속 여러 도시를 돌아다니며 공연해야 할 일정이 잡혀 있는 몸이니. 어떻게 설명하면 좋을까요, 모든 감정들이 너무나 빠르게 진행되고 있어서 그것을 일일이 종이에 옮겨 적는 속도가 감정의 속도를 따라가지 못하고 있어요…… 우리가 이번 달 동안 한 번도 만나지 못한다 할지라도, 어쨌든 8월이 되면 우리는 적어도 하루 동안 함께 영화 촬영을 할 수 있습니다. 난 감독에게 이미 승낙을 해놓았어요. 당신도 출연할 예정이라고 들었구요. 감독은 그때 말했답니다. 이번에는 절대로 예정대로 촬영을 진행하겠다고 말이에요. 그러니까, 하늘이 무너지지 않는 한, 만일 그때가 되기 전에 이 세상이 무서운 재앙을 만나 갑작스럽게 멸망해버린다면 나는 절망 때문에 그보다 먼저 죽어버릴 거예요. 우리는 만나게 되는 거예요. 출연자 중에 원작을 읽지 않은 사람은 나 혼자뿐이겠지만, 그리고 모두들 곧 그 사실을 알아차리겠지만, 난 아무 상관 없어요. 중요한 것은, 어찌됐건 우리는 만나게 된다는 그 사실뿐일 테니까요.'

그런가 하면 다른 형태의 오전도 있다. 두텁고 검은 비구름이 몰려오기가 무섭게 하늘에서 굵은 빗방울이 떨어진다. 사람들이 모두 약속한 듯이 동시에 비슷한 각도로 고개를 숙이고 검은 우산을 펼쳐든다. 제3세계의 어느 수도에서라면 그것은 무언의 집단 시위처럼 보였으리라. 집안에 있는 사람들은 빗물이 들이치는 걸 막으려고 서둘러 창을 닫는다. 노점에서 복숭아를 고르던 김씨의 부인은 첫번째 빗방울이 목덜미에 떨어지는 순간에 머리를 든다. 그리고 바로 이런 순간과 이런 장면을, 언젠가 이전에도 분명 보았을 거라는 생각을 하게 된다. 그것은 조금도 놀라운 일은 아니다. 김씨의 부인은, 언제나, 항상, 많은 것을 보고 있으니까. 흠뻑 젖은 길과 그 위를 날렵하게 지나가는 자전거, 빗물 웅덩이가 만들어내는 반사된 그림자들, 그림자들의 그림자들, 순간적으로 사라진 햇빛에 갈 길을 잃어버린 느리고 실패한 그림자들, 과장되게 펄럭거리는 신문지, 어색한 즐거움이 섞인 당황한 몸짓들, 바닥에 떨어진 딸기 아이스크림 덩어리, 젖은 개털에서 풍기는 짙은 냄새와 함께 문안으로 빠르게 달려들기. 이런 것들이 형성하고 있는 우연하고 순간적이며 수없이 반복되는 것만 같은 유일한 장면들을.

……그리고 책상 위의 편지와 그 위에 올려놓은 개 머리 모양의 문진, 창을 닫는 것을 잊어버려 방안에 가득 날리는 서류와 종이, 메모를 적은 쪽지들. 비 오는 날의 축축한 하얀 나비들. 빗물을 머금고 기울어진 화분의 꽃잎들.

김씨의 부인은 자신이 본 무수히 많은 것들에 대한 너무 많은 기억을 갖고 있기 때문에, 그 기억들의 얼굴을 한 번씩 불러내오는 데는—설사 충분히 잘 알고 있는 장면이라 할지라도—차를 한 잔 다 마셔야 할 정도로 오래 걸리며, 시간이 지나갈수록 테두리가 닳아버린 그 장면들은 알아보기 힘든 희미하고 어렴풋한 윤곽의 덩어리로 변해가고, 그렇게 서서히 소멸되는 과정을 통해서 때로는 전혀 알 수 없는 다른 형태로 둔갑해버리기도 한다. 경우에 따라서는 기억 한가운데에 둥글게 뚫린 커다란 하얀 구멍을 기억의 내용이라고 생각하기도 하며, 그러나 그 내용이 무엇인지는 당연히 알지 못한 채.

때로는 자신이 알고 있는 한 결코 스스로 보거나 상상한 것이 아님에도 불구하고, 김씨의 부인의 기억 속에 하나의 방을 차지하고 있는 미지의 풍경들이 있다. 그것이 어디에서 왔는지 그녀는 알지 못한다. 김씨의 부인은 자신의 안에 오래전부터 도사리고는 있으나 자신은 알지 못하는 그것들을 다른 사람의 기억이나 상상이 주인을 잃고 허공을 떠돌다가 어느새 그녀의 방으로 들어와 자리를 잡은 것으로 짐작한다. 이런 경우 김씨의 부인은 자신이 경험의 세계를 벗어나 신비로운 현자의 꿈을 대신 꾼 듯이 남몰래 생각되기도 하는 것이다. 어젯밤이나 아니면 이십 년 전 어느 날 밤의 꿈. 그런 꿈속에서 그녀는 밤이 되면 아무도 없는 나라에서 흰 당나귀가 거꾸로 서서 밤하늘을 딛고 걸어다니는 것을 보게 된다. 별들이 발밑에서 설탕처럼 사각거린다.

문 앞에서 주머니에 손을 넣어본 김씨의 부인은 당연히 그곳에 있어야 할 열쇠가 없는 것을 알게 되었는데도 담담하기만 했다. 사라진 것은 자신의 열쇠가 아니라 누군가 다른 사람의 열쇠라는 느낌이 들었기 때문이며, 누군가 다른 사람의—언젠가 열쇠를 잃어버린—기억 속으로 잠시 들어와 있다는 생각이 열쇠를 잃어버렸다는 현실적인 자각보다 훨씬 더 강렬했던 것이다. 그 느낌은 자신에게는 어떤 실제의 사고가—열쇠를 잃어버린다거나 하는 따위의—발생하지 않으리라는 막연한 확신에 기인하고 있었다. 일어나지 않거나, 일어나더라도 어떤 가상의 영역에서만 일어날 것이라는. 분실은 일시적으로 보이지 않게 되는, 혹은 보이지 않는다고 착각하게 만드는 현상이다. 그것은 사물이 거기 없다는 것과는 본질적으로 다른 의미이다. 사물이 있는 방과 자기 자신이 있는 방이 순간적으로 일치하지 않는 것뿐이다. 만일 누군가—김씨의 부인은 언제나 그러하듯이 실타래처럼 풀리는 상상 속으로 빠져들어갔다—'실제로' 열쇠를 잃어버린다면, 극심하게 현실적인 감각이 뒤따를 것이다. 그것은 육체적인 동요를 부른다. 두통과 현기증, 조바심이나 히스테리, 그리고 궁극적으로는—김씨의 부인이 지금 갖고 있는 담담함과는 정반대인—불행이라고 이름 붙일 수 있는 불편하고 우울한 기분을 느끼게 할 것이다. 하지만 불행이나 절망, 그런 것은 단순한 상상을 넘어서는 더할 수 없이 생생한 삶의 세계를 표현하는 단어였다. 이 부분에서 김씨의 부인의 상상은 앞으로 나아가지 못하고 머뭇거렸다. 만일 상상이 책이라면 김씨의 부인은 여기서 그만 책을 덮고 말았을지도 모른다. 더이상 그것이 아무런 신탁의 말도 해주지 못하도록. 그러나 절망은…… 그것은 피부가 없는 몸이었다. 일부러 자극하지 않아도 우주 자체가 고통이 된다. 그것은 마비된 느낌과 호흡, 사무치는 무력한 갈망이 지배하는 검은 회화였다. 육지로 올려진 물고기가 인간의 언어를 말할 줄 알았다면 이미 오래전에 그것에 대해서 알려주었으리라.

어쩌면 우리가 아직 모르고 있는 그것에 대해, 하고 김씨의 부인은 생각했다.

그러나 물고기는 말을 할 줄 모를 것이고, 우리는 영원히 그것에 대해서 알지 못할 테지.

언젠가 그런 말을 들은 것 같다…… 그래, 아주 오래전에……

김씨의 부인이 빈털터리에다 늙기까지 한 국제 바람둥이의 꼬임에 넘어가서 대학을 그만두고 그와 함께 살겠다고 짐을 싸서 집을 나서기 직전에, 그녀의 부모가 그런 말을 했던 것 같다. 인간의 말년에 다가오는 불행과 절망에 관련된 어떤 비유를. 경솔함이나 책임감의 결여가 가져오는 결과와 관련된 인생의 긴 우화를. 마지막에는, 너는 그것에 대해서 영원히 모르고 말 테지, 하는 체념과 질책의 문장으로 끝나는. 연극배우이기도 했던 그 남자를 대학생이던 김씨의 부인이 처음으로 보았을 때 그는 무대에서 다음과 같은 대사를 낭독하고 있었다. 그 무대는 한 사람의 배우가 나와서 낭송극으로 씌어진 연극 대본을 홀로 낭독하는 것이 내용의 전부였다.

그러나 나는 일생 동안 모험을 즐겼던 사람이며, 언제나 기약 없는 방랑자로 살아온데다, 악기와 티셔츠와 바지 한 벌 이상의 것을 소유해본 적이 없으며, 많은 가난한 나라들을 맨발로 돌아다니다가, 오직 길에서만 친구들을 만났고, 그렇게 내가 만난 모든 사람들은 명상의 여행자였으며, 안나푸르나에 가서는 사랑의 여신을 만나 그 품에 안길 수 있었습니다. 나는 음악가요, 마리오네트극 공연예술가이며, 연극과 영화에 출연하고 작곡도 하지만, 기본적인 생활은 주로 극장과 축제마당에서 공연을 벌이고, 외발자전거 서커스와 바이올린과 손풍금을 연주해서 해결하고 있어요. 나는 특히 손풍금이 좋답니다. 그건, 내가 온몸으로 연주한다는 것을 가장 잘 느끼게 해주는 악기니까요. 이제 시작될 우리들의 우정은, 이 모든 것을 함께 안고 가게 될 것입니다. 내가 아직은 모르는 당신의 모든 것과 더불어서 말입니다. 그러나 이 문장을 쓰는 나는 조금의 망설임도 없습니다. 내가 아직 모르는 당신의 모든 것, 그것은 나를 지금 이 자리에서 조금도 물러서게 하지 못하니까요. 나는 우리들의 관계에서, 우리가 알고 있는 우리들 자신의 모든 것과 동시에 우리가 아직 모르고 있는 우리들 자신의 모든 것을 다 감당할 준비가 되어 있습니다. 그리고 당신도 그렇게 되도록 도와주고 싶습니다…… 그러나 나는, 행여 이것이 당신에게 상처를 주게 될까봐, 내 모든 것이, 우리들 앞에 놓인, 가능한 모든 종류의 인간적 친밀감을 전부 다 요구하게 될 이 가까운 미래의 포괄적이며 모험적인 우정이, 당신에게 상처로 작용하게 될까봐, 두렵다는 것을 먼저 밝혀야 할 것 같습니다……

김씨의 부인은 도서관에서 열쇠에 관한 짧은 이야기를 찾아냈다. 1979년 『주간조선』에 실린 글이었다.

'197×년 우리 가족은 신문사의 특파원이던 아버지를 따라 베이징에 가 살고 있었다. 그해 11월 어느 일요일, 평소에 부모님과 친하게 지낸 프랑스 외교관이 우리를 점심식사에 초대했다. 아침부터 흐리고 비가 부슬부슬 내리는 날씨였다. 부모님과 우리 세 명의 형제자매들은 자동차를 타고 반시간쯤 떨어진 곳에 있는 프랑스 외교관의 집으로 갔다. 점심식사를 마친 후 두 가족은 중국 전통 연극을 구경하기 위해 그리 멀리 떨어지지 않은 국립극장까지 갔다. 극장에서 나온 것은 아마도 오후 다섯시경이었던 것 같다. 해가 저물어 이미 어두운데 여전히 하늘은 잔뜩 흐렸고 빗줄기가 좀더 거세져 있었다. 집에 도착해서 현관 앞에 선 다음에야 아버지는 열쇠가 보이지 않음을 알게 되었다. 아버지가 프랑스 외교관의 집에 전화를 걸어 혹시 열쇠를 그곳에 떨어뜨리지나 않았는지 물어보는 동안 우리들은 차 안에서 불안하게 기다리고 있었다. 프랑스 외교관은, 당장은 보이지 않지만 조금 더 찾아볼 테니 십 분 후쯤 다시 전화를 걸어달라고 했다. 십 분 동안 우리는 들어갈 수 없는 집 현관 앞에서 차를 세운 채 굵은 빗방울을 쳐다보고 있었다. 그러나 열쇠는 끝내 발견되지 않았다. 아마도 중간 어디선가 흘린 것 같았다. 극장에서일지도 모르고 극장으로 가는 길에서였는지도 모른다. 그렇게 되니 열쇠를 다시 찾을 가능성이란 없어 보였다. 집 열쇠는 두 개가 있었다. 하나는 아버지에게 있고 다른 하나는 집으로 출퇴근하는 가정부가 갖고 있었다.

그날은 일요일이라 가정부가 출근하지 않는 날이었다. 우리는 사십대 중반으로 보이는 그 가정부가 어디에 사는지 몰랐다. 하지만 그 가정부를 소개해준 사람은 중국 외교부의 직원으로 아버지가 몇 번 만난 적이 있는 '가오'라는 남자였다. 키가 땅딸막하고 얼굴이 통통하며 피부가 여자처럼 희고 고와 보이는 그에게 연락하면 가정부를 찾는 것은 어렵지 않으리라 생각한 아버지는, 중국 외교부에 전화를 걸어 당직자에게 상황을 설명하고 가오의 연락처를 얻어냈다. 물론 그전에 필요한 연락 번호를 구하기 위해 일단 먼저 프랑스 대사관으로 가야만 했다.

다행히 가오에게 연락이 닿을 수는 있었다. 하지만 그는 우리에게 가정부의 주소를 즉시 가르쳐주지 않았다. 자신도 주소를 알지 못하니 다른 누군가에게 물어봐야 한다면서 말이다. 그러나 그건 거짓말일 게 분명했다. 외국인 가정에서 가정부로 일하는 여인들이 중국 외교부의 통제하에 있는 것은 다 아는 사실이기 때문이다. 우리는 축축하고 차가운 바깥의 어둠을 바라보면서 난방도 안 되는 대사관의 대기실 의자에 앉아 마냥 기다리고 있어야 했다. 얼마나 시간이 지났는지 몰랐다. 가장 나이 어린 막내는 소파에 누워 잠이 들고 말았다. 아버지는 다시 가오에게 전화를 해보았다. 그러나 이번엔 가오가 집에 없었다. 그의 아내도 그가 어디에 있는지 모른다고 했다. 이제는 모든 것을 포기하고 가까운 친구의 집으로 가서 하룻밤 신세를 지고 다음날 가정부가 집으로 오기를 기다리는 편이 더 낫지 않을까 생각하고 있을 무렵 대사관으로 우리를 찾아온 사람이 있었다.

가오가 아니었다. 처음 보는 두 명의 군인이었다. 한 명은 키가 작고 커다란 모자를 썼는데 흐릿한 불빛에 드러난 얼굴은 기괴할 정도로 마르고 광대뼈가 튀어나왔으며 눈동자는 얼음처럼 차갑고 무표정했다. 시선으로 사람의 뺨을 칠 수 있는 얼굴이란 바로 그런 것이리라. 다른 한 명은 그보다는 좀더 인간적인 인상이었으나 훈련된 무뚝뚝함을 태도에 간직하고 있는 점은 똑같았다. 차에는 그들 외에도 사복 차림의 통역이 한 명 타고 있었다. 통역은 그들 중에서 가장 눈에 띄지 않는 외모와 차림새를 가진 사람이었다. 하지만 평범한 외모와 태도의 그에게서 아버지는 좀처럼 설명하기 힘든 위협적인 느낌을 받았다. 그는 웃거나 악수를 하면서도 타인을 바싹 긴장하게 만드는 작고 날카로운 눈빛을 하고 있었던 것이다. 나중에 아버지는 그 통역에 대해서 간혹 회상하면서, '그건 뱀의 눈동자와 놀랍도록 같았어. 그를 처음 보자마자 물리지 않으려고 나도 모르게 목을 움츠렸다니깐' 하고 말하곤 했다. 아버지는 만다린어를 어느 정도는 말할 줄 알았지만 그들은 통역을 통한 대화를 원했다. 대화가 진행되면서 아버지는 통역의 역할이 통역 자체에 있는 게 아니라 뭔가를 감시하는 것이라는 느낌을 받았다. 감시의 대상은 아버지 자신이거나 그 두 명의 군인일 수도 있고, 이유를 짐작할 수 없기는 해도 이제 그들이 앞으로 만나게 될 가정부일 가능성도 배제하지 못하며, 아니면 그 모두를 포함한 우연한 이 돌발 상황 자체일 수도 있었다. 이미 들어서 다 알고 있을 텐데도—아버지는 그 상황을 중국 외교부에도, 가오에게도 이미 여러 번이나 자세히 설명한 뒤였다—다시 한번 더 열쇠를 잃어버리게 된 아버지의 설명을 조용히 듣고 난 그들은 가정부가 사는 곳으로 우리를 안내해주겠다고 했고, 우리는 차를 타고 그들의 차를 뒤쫓아 한 번도 가본 적이 없는 베이징의 서민 구역 안쪽으로 깊숙이 들어갔다.

똑같은 모양의 집들이 꼬리에 꼬리를 물고 이어졌다. 빗물에 시커멓게 반사되는 판자와 드물게 기와로 지붕을 얹은 집들. 집 한 채가 눈앞에 나타났다고 생각하는 순간 그것은 수십 채의 집들이 서로 웅크려 모인, 검게 젖은 헝겊의 언덕임을 깨닫게 되고, 다시 그것은 수십 개의 광대한 언덕이 모여 이루어진 커다란 산이었음이 드러났다. 처음에는 자동차 밖 어둠 속에 아무도 없는 것이라고 생각되었지만 곧, 그 어둠 자체는 수천 수만의 무표정한 검은 눈들의 안구가 모여서 이루어진 것임을 알게 되고, 물고기의 알처럼 번들거리는 어둠의 눈동자, 시간이 한참 흐른 다음에야 생각과 감정을 감춘 그 눈들은 흐물거리며 빗물 속으로 흘러가듯이 서서히 흩어지면서, 어둠이 조금씩 자신을 드러내기 시작하고, 금속성으로 번득거리는 검은 빗줄기 사이로 비슷한 모양의 윗옷과 바지를 입은 많은 사람들의 모습이 줄을 지어 유령처럼 지나쳐가는 것이 보였다. 사실상 빗소리 이외에는 아무것도 들리지 않았으나 이상하게도 나는 그들의 신발이 돌바닥을 디딜 때마다 물이 철벅거리는 소리와 미끈거리는 모양이 마치 내 피부에서 일어나는 일인 양 그대로 느껴졌다. 우리의 차 곁으로 한 명씩 스쳐지나갈 때마다 마치 비밀스러운 것을 훔쳐보는 양 아주 짧은 순간 동안 우리를 뚫어질 듯 응시하던 그들의 커다랗게 벌어진 희미한 눈동자들과……'

이것은 내가 오래전에 꿈에서 보았던 바로 그 광경 그대로이군, 하고 김씨의 부인은 반사적으로 생각했다. 그러나 그것이 정녕 '꿈'이었는지, 어느 도시의, 어느 방에서 일어난 일을 본 것인지, 아니면 다른 사람의 전화 통화 내용을 스쳐가며 듣거나 무심코 펼친 어떤 책에서 읽게 된 것인지 그것은 확실하게 기억할 수 없었다. 그러나 기억이란 얼마나 신기루와 비슷한지. 아무것도 없는 돌투성이 황야의 지평선 저멀리에서 황금빛으로 피어나 이 세상의 자연에서는 자라지 않는 종의 오렌지꽃을 활짝 피운다. 사실에는 여러 가지 종류가 있다. 그것이 정말로 있는가, 혹은 정말로 있었던 것인가, 혹은 정말로 있었던 사실로 남아 있게 될 것인가. 김씨의 부인은 자신이 그 어디에도 속하지 않는 사실에서 살고 있다고 느낄 때 가장 행복했다.

'우리는 더이상 우리들이 어디에 있는지 알 수 없었다. 우리들의 눈앞에 있는, 젖은 석탄처럼 검은 숲이 우거진 거대한 산이라고 생각했던 것이 사실은 끝없이 닥지닥지 붙은 집들과 악취 풍기는 좁다란 수로, 거무스름한 돌로 덮인 골목길과 빗물에 젖은 무수한 사람들의 그림자들이 어우러져 이루는 덩어리였음을 알게 된 이후에도 마찬가지였다. 모든 것이 어둠과 함께 뒤엉켜 있었다. 그러면서 그 뒤엉킨 것들이 스스로 자신들끼리 저울처럼 완벽한 조화를 이루면서, 뒤엉킴의 질서를 통해 풍경에 균형을 부여하고 있는 것이었다. 더이상은 차가 들어갈 수 없었기 때문에 우리들은 차 안에 앉아서 두 명의 남자들이 빗속으로 사라지는 뒷모습을 보고 있었다. 통역은 차 안에 남았다. 그들은 왜 이런 수고를 하는 것일까. 그것이 내 머릿속에 떠오른 의문이었다. 우리에게 간단히 가정부의 주소를 가르쳐주었으면 될 것을. 말이 없고 무표정하며, 몇 단어의 영어와 불어를 이해하고 간단한 고갯짓으로 의사 표현을 하는, 우리가 항시 '난'이라고만 불렀던 그 중년 가정부의 자그마한 모습이 어렴풋하게 생각났다. 그녀의 정부는 자신의 국민이 외국인과 개인적으로, 특히 이처럼 예외적인 경우에 아무런 통제 없이 자유롭게 접촉하는 것을 원하지 않는 것이라고밖에는 생각할 수 없었다. 비록 그것이 여분의 열쇠 하나를 주고받는 간단한 일일지라도.'

김씨의 부인은 잡지 읽기를 멈추었다. 더이상은 열쇠에 관한 이야기가 나오지 않기 때문이었다. 결국 이것은 중국에 관한 이야기로군. 그러니 그들이 열쇠를 받았는지, 가정부가 그 일로 외국과 내통한 스파이라는 혐의를 받고 공개적으로 처벌을 받았는지, 그리고 내 열쇠가 어디에 있는지는 절대 나와 있지 않겠지, 하고 그녀는 생각했다. 그러나 그다음은 생각을 계속할 수가 없었다. 중국에 관해서 그녀는 신혼여행지였던 상하이의 인터콘티넨털 호텔과 그 주변 말고는 사실상 알고 있는 것이 없었기 때문이다. 더구나 1970년대의 중국이라면, 그때는 사람들이 중국을 중국이라고 부르지도 않던 시절이 아닌가. 김씨의 부인은 자신도 그때 남들처럼 『중국의 붉은 별』을 읽었다는 걸 생각해냈다. 그러나 제목 이외의 다른 것은 하나도 생각이 나지 않았다. 쥘 베른의 『어느 중국인의 고통』도 있었지. 그리고 그 내용은, 과부 레우 양을 흠모하는 어떤…… 김씨의 부인은 그 중국인의 고통이 무엇인지 당연히 알지 못했다. 그 책을 읽은 것이 아니라 그 책의 일부 내용을, 더욱 정확히 말하자면 삽화와 관련된 에피소드 위주로 인용한 극본을 읽은 것이 전부이기 때문이다. 그러나 김씨의 부인은 강하게 각인되어 남아 있는 그 책의 제목과 삽화의 장면 때문에 자신이 그것을 읽었다는 사실을 조금도 의심하지 않는 것이다. 심지어는 그 내용을 아직도 기억하고 있다는 확신마저 든다. 그에 비하면 직접 읽은 『중국의 붉은 별』에 대해서는 읽었다는 사실을 포함한 모든 것이 의심스럽기만 한데.

"미안하지만, 난 지금은 그 사무실 열쇠를 갖고 있지 않아요. 분명히 그곳 담당자에게 넘겼다구요. 작년이라고 했나요? 나는 작년에 상하이에서 육 개월 동안 일을 했습니다. 정확히 말하자면 상하이에 있는 스위스의 건설회사였어요. 네 맞아요, 상하이로 떠나기 전에 전부 넘겨주고 왔단 말입니다. 한 가지도 남김없이. 그러니깐 작년에 상하이에 있었지, 절대로 그곳에서 일한 건 아니라구요."

아, 열쇠 이야기로군. 김씨의 부인은 무의식중에 귀를 기울였다.

"아니, 난 돌아가지 않아요. 육 개월이 지난 뒤 더이상 재계약을 하지 않았거든요. 그야 상하이로 떠날 때는 떠오르는 대륙 아시아에서 일자리를 얻어 간다는 기대에 마음이 잔뜩 부풀었지만, 운이 나빴던지 고약한 일만 계속 당하고 말았지 뭡니까. 결정적으로 급료 수준도 제네바의 본사에서 들었던 것보다 낮았고 일도 생각보다 너무 힘들었어요. 첫날부터 공항에 도착하자마자 마중나온 사람을 따라 가방도 풀지 못하고 회사로 가서 바로 일을 시작했다니까요. 내가 있던 부서는 주로 상하이에 거주하는 유럽인의 공동임대주택들을 관리하는 일을 맡았지요. 그런데 나는 중국어를 못하는데 아무도 나에게 중국 법률에 대해서 설명해주지 않는 거예요…… 영어로 번역된 자료조차 없었죠. 현지의 법률이나 규정을 모르면 내가 어떻게 주택관리지침을 세우고 그에 따라 행동을 할 수가 있겠어요. 다른 사람들은 그런 건 무시하고 기존 상황을 유지하면서 일하는 것 같았지만 난 혼란을 많이 느꼈죠. 일단 시작부터 학교에서 배운 것과 너무 달랐으니까 말입니다. 확실한 원칙도 없이 엎치락뒤치락하면서 주먹구구식으로 일이 진행되고 있다는 느낌을 지워버릴 수가 없었습니다. 그렇게 하면 안 되는 거잖아요. 그런데 어느 날은 기어코 끔찍한 사고가 나고 말았어요."

말하는 사람은 옆방에 살고 있는 필립이었다. 필립의 방문은 반쯤 열려 있었는데 그는 전화로 누군가와 통화를 하는 중이었다. 전화기를 들고 선 채로 뒷모습을 보이고 있었다. 전화기는 집안에 한 대뿐이었으므로 누구든지 전화를 쓰고자 하는 사람은 기다란 선을 끌고 전화기를 방으로 가지고 들어가든지, 아니면 복도에 서서 통화를 해야만 했다. 회선을 공동으로 사용하기 때문에 본인이 전화를 걸었을 경우 복도에 비치된 전화 통화 내역 카드에 자신이 건 번호와 일시를 적어놓으면 월말에 전화비 고지서를 받은 집주인이 그 내용을 종합해서 비용을 매겨주는 식이었다. 김씨의 부인은 그가 통화를 끝내면 혹시 그녀의 열쇠를 보지 못했는지, 아니면 그가 열쇠를 혼동해서 부엌에 있던 그녀의 열쇠를 다른 짐과 함께 가방에 넣고 상하이로 가져가버린 것은 아닌지 물어봐야겠다고 생각했다.

"……지붕 위에 올라가서 청소를 하던 중국인 일꾼 하나가 추락하는 사고였어요."

가엾은 필립. 김씨의 부인에게는 그 문장이 '중국에서 일하던 나는 지붕 위에 올라가서 청소를 하다가 그만 땅으로 추락하는 사고를 당하고 말았습니다' 하는 것으로 들렸다. 경험이란 살아감으로 보여지는 것들과 살아감의 바깥에 있는 어떤 것들로 이루어진다. 그것은 살아감을 구성하는 두 개의 성격처럼 보이기도 한다. 김씨의 부인은 병원 대기실에 앉아 있었다. 바로 그때가 김씨의 부인에게는 두 개의 살아감 중 어떤 한 부분에서 다른 부분으로 넘어가는 월경의 순간이었을 것이다. 모든 국경에는 감시초소가 있다. 그들은 증명서나 세금, 혹은 뇌물을 원한다. 그녀는 무엇을 지불했던가. 의료보험카드, 여행자보험카드, 여권 아니면 단지 신용카드? 김씨의 부인은 방금 어떤 주사를 한 대 맞았는데, 아무도 그것이 어떤 주사인지 알려주지 않았으므로 그녀 자신도 전혀 짐작하지 못하는 채로 주사의 효력을 견디고 있는 참이었다. 눈을 감고 의자 등받이에 기대앉은 김씨의 부인의 머릿속에는 언젠가 한 번 자신이 머물렀던 듯이 생각되는, 그러나 사실은 한 번도 본 적이 없는 외국의 휴양지임이 분명한, 그런데도 불구하고 자신이 그곳에 있었다는 생각이, 아니 바로 지금 현재 거기에 있다는 생각이 드는, 그 형태와 색채가 기묘하게 변형되어 보이는 어떤 바닷가의 모습이 떠올랐다. 좁다란 만으로 이루어진 활 모양의 해변이었으며 하늘은 낮고 푸르스름했다. 대기는 흐릿한 갈색과 연한 핑크색이 어우러져 있었다. 김씨의 부인은 보았다. 해변을 산책하는 사람들은 모두 움직이지 않는 사진이거나 그림이었다. 화려한 색의 양철이거나 마분지나 색종이 혹은 털실 뭉치이거나 단추가 달린 헝겊이었다. 그들의 행복한 미소나 표정, 파도에 젖지 않게 붙잡고 있는 옷자락이나 줄에 묶인 개들과 펼쳐든 양산도, 그리고 웃음소리와 유쾌한 분위기까지도 모두 움직임이 없이 풍경의 화면에 고정된 채였다. 파도만이 규칙적인 템포로 그 해변으로 밀려오고 있었다. 파도가 밀려올 때마다 그녀의 머리도 그 물의 무게를 이기지 못하고 따라서 한쪽으로 기울어지곤 했다. 밀려온 파도는 다시 바다를 향해 떠나가는 게 아니라 그녀의 내부에 그대로 쌓여갔다. 그녀의 어떤 부분은 그렇게 익사할 수밖에 없는 운명이었다. 점점 차올라오는 물은 곧 슬픔의 수위를 가리켰다. 그것은 그녀가 혼자서 온몸으로 감당해내기에는 너무나 벅찬 무거운 슬픔이었다. 마음이 침울하게 가라앉거나 우울해지는 것이 아닌, 폭포처럼 쏟아지는 격앙된 감정, 통제할 수 없는 파도를 타고 극단의 해변으로 정신없이 밀려가는 느낌이었다. 김씨의 부인은 고개를 돌리고, 자신도 미처 깨닫기 전에 옆자리에 앉은 어떤 사람을 향해 낮게 중얼거리고 있었다.

왜 이렇게 슬픈지 이유를 모르겠어요.

김씨의 부인의 흐릿한 시선을 마주한 옆자리에 앉은 사람은, 흘낏 짧게 그녀를 쳐다보고는 아무런 대꾸도 없이 고개를 돌려버렸다. 그런데 다행히도 마침 지나가던 간호사가 그 말을 들었다.

그 주사를 맞으면 기분이 즉시 들뜨면서 좋아진다고 하는 사람들도 꽤 있답니다. 그래서 공연히 우울증을 호소하면서 꼭 그 주사를 맞겠다고 병원으로 오기도 해요.

예전에 보았던 것 같은 어떤 광경이 떠오르면서, 그 광경은 특별히 인상적인 기억과 연관도 없는데, 그래서 감정적이 될 아무런 이유가 없는데도, 슬픔 때문에 죽어버릴 것 같군요. 눈물이 흘러 앞이 다 안 보일 지경인데요.

조금만 기다리면 그런 감정은 다 사라질 거예요. 그런 건, 일종의 일시적인 부작용에 불과하거든요. 나중에는 기분좋고 유쾌한 감정만 남을 겁니다. 정말이에요.

간호사는 친절하게 일러주고 병실 안으로 들어가버렸다.

김씨의 부인은 대기실 의자에 앉아 흐느껴 울었다. 그러지 않을 수가 없었다. 해변으로 파도가 규칙적인 리듬을 타고 밀려올 때마다 심장이 프레스에 눌리듯이 무자비하게 조여들었다. 마치 부드러운 스펀지가 손아귀 안에서 힘껏 비틀리는 것처럼. 그러나 그것은 이상하게도 내용이 하나도 없는 슬픔이었다. 하얀 기억의 구멍을 향해서 그녀는 통곡했다. 고등학교 때의 합창단 생활 이후 그렇게 소리를 질러본 적은 없었다.

비누를 사용한 다음에는 반드시 스펀지를 이렇게 꼭 짜놓도록 해요.

이것은 집주인 여자의 설명이었다.

그대로 놓아두면 악취가 난단 말이에요

김씨의 부인은 고개를 끄덕이기만 했다.

그리고 열쇠는 한 사람당 하나뿐이니까 잃어버리지 않도록 아주 주의해야만 해요. 한 사람이 열쇠를 잃어버리면 이 집에 사는 사람들 모두의 열쇠를 전부 교체해야만 하거든요. 그게 안전상의 원칙이니까요. 그뿐 아니라 이 건물의 모든 입주자가 건물 현관문의 열쇠를 바꿔야 해요. 상상만 해도 엄청난 일이겠죠? 게다가 비용도 전부 분실한 사람이 지불해야 한단 말이에요.

"아니, 그는 정식 직원이 아니고 말하자면 시골 출신의 임시직 잡부에 해당하는 사람이었습니다. 회사는 그를 위해서 보험을 들 의무가 없었고, 바로 그 이유 때문에, 비용이 싸게 들기 때문에 회사가 그를 고용한 셈이죠. 그는 병원으로 옮겨졌지만 별다른 치료는 행해지지 않았습니다. 누가 병원비를 지불하겠어요? 아홉 명이나 되는 그의 식구들은 병원 앞으로 몰려와 그의 목숨이 아니라 자신들 앞날의 생계를 걱정하면서 울고 있었어요. 그건 아마 병상에 누워 있는 환자 자신도 마찬가지였을 겁니다."

여전히 통화를 계속하는 채로 필립은 방밖으로 나와 물을 마시러 부엌으로 들어갔다. 전화선이 그의 뒤를 충실한 검은 개처럼 기다랗게 뒤따르고 있었다. 김씨의 부인은 몸짓만으로 필립에게, 혹시 자신의 열쇠를 보았느냐고 물었다. 그러면서 열쇠라는 말을 가리키기 위해 김씨의 부인은 입을 크게 놀리며 단어 모양을 만들어 보였다. 그러나 필립은 금방 이해하지 못하고 수화기를 손으로 막으면서 뭐? 하고 입모양으로 반문했다. 김씨의 부인이 현관에 걸린 열쇠함을 가리키면서 다시 한번 더 묻자 그제서야 이해한 필립은 본 적이 없다고 고개를 저었다. 그러는 중에도 전화기 저편에서는 상대편이 뭐라고 계속해서 빠른 말투로 필립에게 물어대는 게 들려왔다. 그래서 김씨의 부인은 더이상 그에게 말을 붙일 수가 없었다.

"왜 지붕에서 떨어졌느냐구요? 그건 나도 모르죠. 내가 어찌 알겠습니까. 그가 지붕에서 떨어지기를 원했는지 아니면 그날따라 부주의하게 일했는지. 난 그에 관해서 아무것도 몰라요. 그가 숙련된 지붕 청소부였는지 아니면 그날 처음으로 지붕 위로 기어올라간 초보 인부였는지. 그건 내 일과 직접적으로는 상관없는 거였죠. 중국인 인부를 구하는 것은 전적으로 중국인 직원이 담당하고 있었단 말입니다. 그 중국인 인부가 보호 장비를 착용하고 있었냐구요? 그걸 내가 어떻게 알아요? 보호 장비 착용이 법으로 정해져 있는지 어떤지 우리는 모른다고 말했잖아요. 중국인 직원들은 알고 있었을지 모르지만 난 몰랐단 말입니다. 하지만 지붕 청소 하다가 떨어진 게 그가 처음이었던 것은 맞아요. 지붕 청소는 이전에도 이루어졌지만 아무도 떨어지지는 않았다고 하니까요. 그래서 회사에서는 전적으로 인부가 부주의했던 탓이니 그의 책임이라고 했구요. 아마 보호 장비 같은 건 처음부터 아예 있지도 않았을 겁니다. 그런 얘기를 한 번도 들어본 적이 없으니…… 중국식 지붕이 어떤 모양이냐고 물었습니까? 글쎄 그건 잘…… 하지만 우리가 관리하던 집들은 모두 유럽인만을 위한 외국인 전용 공동 빌라였어요. 그 집들의 지붕은 모두 유럽인들이 선호하는 빨갛고 각이 진 안장 모양의 경사진 형태였죠…… 나는 상사에게 가서, 생명의 소중함에 대해서 적어도 한 번은 얘기할 필요가 있다고 생각했습니다. 무시당할 것이 분명하긴 했지만 말입니다. 그리고 내 예상이 그대로 맞아떨어졌죠. 다른 직원들도 아무도 신경쓰지 않았어요. 놀라울 만큼요. 중국인들은 더욱 냉담했습니다. 그들은 태연하게 말했죠. 바로 옆 병실에는 벌써 일본인 환자가 도착해서 이제나저제나 그의 장기를 기다리고 있는 중이라고."

왜 사람들은 처음에는 열쇠에 대해서 얘기하는 척하면서 결국에는 중국에 관한 화제로 옮겨가버리는 걸까. 신문을 펼치면 경제면과 문화면, 여행·레저면에 중국에 관련된 특집기사가 항상 눈에 띄고 길거리를 다니다보면 달라이 라마 대강연회 포스터와 함께 베이징올림픽을 기념하는 중국 문화 전시회 포스터가 벽에 붙어 있다. 그런가 하면 제3세계의 불우 아동과 결연을 맺고 특정 아동에게 매달 일정 액수를 후원해주자는 원조 단체의 프로그램에서도 중국이 등장한다. 사람들은 중국에 관해서 즐겨 말한다. 하지만 그들이 말하는 내용은 저마다 다 다르다. 시골과 대도시, 이 도시와 저 도시, 남부와 북부, 동쪽과 서쪽, 이 민족과 다른 민족들이, 불교도와 이슬람교도와 샤머니즘, 여름과 겨울이, 비행기와 기차가, 사막과 습지, 부자와 가난한 자들이 저마다 제각각의 파장을 갖고 서로 다른 파노라마로 펼쳐졌다. 그러나 김씨의 부인이 보는 그 이야기들의 먼 배경은 언제나 같았다. 흰 구름에 덮인 높은 산속 동굴에는 늙은 용이 살며 까마득한 절벽에는 폭포가 흐르고 드넓은 푸른 대나무숲은 바람이 불 때마다 신비로운 소리를 내면서 기울어진다. 베이징에 있는 천자의 궁궐에는 일 년 내내 전세계의 속국에서 온 사신들이 공물을 바치기 위해 다투어 몰려든다. 중국은 전쟁을 벌여 식민지를 만들어 다스리는 대신 그런 식의 상업적 계약을 이행하도록 함으로써 속국들을 통제해왔기 때문이다. 그런가 하면 미디어가 사랑하는 단골 메뉴도 있다. 피부에 들러붙어버린 시커먼 전족을 한 노파, 인신매매와 성적 학대에 무력하게 노출되어 있다는 소녀들, 무자비한 문화혁명과 마오 어록……

"내가 본 상하이는 허상의 도시였어요" 하고 필립이 말하고 있었다. 중국은 서로 다른 타인들의 눈에 보여진 것들로 이루어진 나라였다. 그리고 그들 타인들은 모두 서로 다른 것을 보게 되어 있었다. 오래전에 사람들은 마르코 폴로가 거짓말쟁이라고 했지만 사실은 그도 그의 눈에 보이도록 되어 있는 것만을 보고 돌아왔을 것이다. 『중국의 붉은 별』에 나온 중국과 『어느 중국인의 고통』에 나온 중국, 신혼여행지의 중국이 달랐던 것과 마찬가지로. 신혼여행 내내 상하이 시내를 한 번도 떠나지 않았고 『어느 중국인의 고통』도 읽지 않은 김씨의 부인은 중국에 대해서 이렇게 결론을 내렸다.

그런데, 열쇠는 김씨의 부인의 주머니에 그대로 들어 있었다. 김씨의 부인은 놀라지 않았다. 용이 들어 있었다고 해도 놀라지 않았을 것이다. 김씨의 부인은 열쇠로 문을 열고 머리를 꼿꼿하게 쳐든 채 가방을 끌고 안으로 들어갔다. 처음에 나타난 작은 방의 공기는 미지근하고 시들어가는 꽃잎과 축축한 이끼와 왁스 냄새가 났다. 측면에는 곧장 다른 방으로 통하는 문이 나 있고, 다른 방은 또다른 방으로 연결되고 있었다. 각각의 방들은 싸구려 가구와 천이 씌워진 의자, 중국산 종이 전등갓 등으로 꾸며졌고 책장에는 몇 권의 책이, 탁자에는 지도와 열차 시간표 등이 흩어져 있었지만 사람의 모습은 보이지 않았다. 방들을 계속 통과하다보니 도중에 주방이 나왔는데, 주방에는 여러 개의 테이블이 놓였고 거기에 사람들이 모여앉아 차나 맥주를 마시거나 신문을 읽고 있었다. 사람들의 표정은 살짝 피곤해 보였고 김씨의 부인을 향하는 그들의 시선은 멍하고 희미했다. 단지 김씨의 부인이 그들의 시선 안에 들어왔기 때문에 바라본 것이지 바라봄의 대상 자체에는 별 관심이 없다는 듯 짧게 미끄러지는 시선이었다. 다른 방보다 더 크지 않은 주방에는 빨간 조끼를 걸친 남자가 사람들에게 음료수나 간단한 먹을 것을 날라주고 있었고 같은 모양의 빨간 조끼를 걸친 다른 남자가 전기화덕 앞에서 달걀을 부치거나 샌드위치를 만들고 커피를 끓이고 있었기 때문에 매우 북적였다. 김씨의 부인은 여행 가방을 끌면서 그들 사이를 아주 조심스럽게 비집고 통과해야만 했다. 주방의 공기는 김이 잔뜩 서려 축축하고 끈적거렸고 음식 냄새와 기름 냄새, 커피찌꺼기 냄새가 진하게 뒤엉켜 있었다. 여긴 마치 환기통이 고장난 기차 화장실 같군, 하고 김씨의 부인은 주방을 바삐 빠져나가면서 생각했다. 주의하느라고 하기는 했지만 그래도 가방에 발을 부딪힌 몇 명의 사람들로부터 불평을 들어야만 했다.

주방을 지나니 또다시 다음 방이 나왔다. 빈방들은 계속 이어졌다. 김씨의 부인은 가방을 끌고 계속해서 앞으로 걸었다. 이번에 방들은 연이어 직선으로 하염없이 이어지고 있었다. 방과 방 사이에는 모두 문이 열려 있었기 때문에 김씨의 부인은 자신의 앞에 반듯한 고속도로처럼 놓인 방들의 기나긴 행렬을 한눈에 똑바로 볼 수 있었다. 양편의 창으로는 백조가 노니는 초록빛 강과 호수, 정교한 소나무가 자라는 일본 정원, 별다른 특징 없는 상업지구의 변두리들, 파도치는 바다, 들판, 모자를 쓴 여인들, 꽃병과 과일들이 흘러가며…… 어느 순간에 방들은 모두 바닥이 놋쇳빛으로 번쩍이는, 어디가 끝인지 알 수 없는 기다란 유리의 갤러리로 변한 듯했다. 김씨의 부인은 숨막히는 흰빛으로 가득찬 그 속에 있었다. 김씨의 부인이 걸음을 옮길 때마다 빛은 스스로 형체를 바꾸면서, 마치 그녀의 몸이 물로 이루어진 양, 수면에서 어른거리는 햇살처럼 무수한 그물과 창살을 만들며 헛되이 그녀를 가두려고 했다. 투명하고 밀도가 없는 빛의 몸이 그녀와 뒤섞였다. 그러나 김씨의 부인은 자신도 모르는 사이 스스로 물이 되어 그 사이를 빠져 흘러나갔다. 그러다 어느 순간 문득 김씨의 부인은 저멀리 앞쪽 어느 방과 방 사이의 문지방에 한 남자가 서 있는 것을 보았다. 남자의 얼굴은 분명히 보이지는 않았다. 멀리 떨어져 있기도 했지만 빛을 등지고 있었기 때문에, 반쯤 빛에 어우러져버린 거무스름한 실루엣으로만 나타날 뿐이었다. 그러나 김씨의 부인은 그가 주방에 있던 남자들처럼 빨간 조끼 차림이고 손에는 식당의 종업원들이 들고 다니는 휴대용 영수증 발급기처럼 생긴 물건을 든 것을 알아차릴 수 있었다. 그곳은 김씨의 부인이 모르는 세계였다. 그 연쇄적인 방들, 창밖의 풍경이 숲에서 도시로, 여름에서 겨울로 이동하며 빛과 물의 국경을 넘나드는 그 방들은 김씨의 부인이 서울에도, 상하이에도 그리고 이름이 정해지지 않은 제3의 도시에도 갖고 있는 방이 아니었다. 그것은 덜컹거리는 기차였고 그 남자는 표를 검사하는 검표원이었다. 드디어 남자가 서 있는 곳까지 온 김씨의 부인은 그에게 편지를 내밀었다. 그러자 그들을 둘러싸고 있는 빛이 서서히 희미해져갔다. 기차는 어두운 동굴 속으로 들어가고 있었다.

비행기를 타고 열다섯 시간 이상을 날아온 김씨의 부인은 공항에서 곧장 버스를 타고 기차역으로 간 다음 간신히 시간을 맞추어 기차에 올라탔다. 미리 확인해본 바에 의하면 기차가 출발하는 시간은 오후 다섯시 십오분으로, 그 기차를 놓치면 다른 기차를 타고 한밤중에 낯선 도시에서 두 번이나 갈아타거나, 아니면 다음날까지 기다려야만 했던 것이다. 바퀴 달린 커다란 여행 가방을 끌고—그녀는 다시는 집으로 돌아가지 않을 생각이었기 때문에 최대한 많은 짐을 담을 수 있도록 특별히 커다란 가방을 원했다—어깨에는 괴테의 『파우스트』를 포함한 여러 권의 책과 간단한 소지품이 든 무거운 가방까지 멘 채로, 여전히 귀는 먹먹하고 수면부족에다 이코노미석의 좁은 공간에 장시간 갇혀 있었던 경험 때문에 아직도 질식할 듯한 기분으로, 자신이 거의 한나절을 뒤로 날아왔다는 사실을 잘 실감하지도 못하면서, 그러는 동시에 그 사실에 스스로 어느 정도는 감탄하고 많이 어리둥절해하면서, 김씨의 부인은 열차의 빈 좌석을 찾아 자리를 잡을 수 있었다. 김씨의 부인은 언제라도 꺼내서 반복해서 읽을 수 있도록 가방 앞주머니에 그 편지를 가지고 있었다. 겨우 한 달 전에야 김씨의 부인이 받았던 편지였다.

그 편지는 김씨의 부인이 걷잡을 수 없는 사랑에 빠져버린 외발자전거 공연가가 자신의 공연 일정과 스케줄을 알려주기 위해서 오래전부터 김씨의 부인에게 보내기로 되어 있던 예정된 편지였다. 그런데 거기에는 예상하지 못한 하나의 새로운 사실이 추가되어 있었다. 그의 아내가 떠나기로 결심했다고 적혀 있는 것이었다. 편지에 의하면, 아직 떠난 것은 아니지만 아내의 결심은 확고하고, 인도로 돌아가 가족들과 함께 지내면서 인도 전통음악을 공부하기를 원한다는 내용이었다. 그리고 그는 계속해서 썼다. 자신은 아내의 그런 결정에 아무런 반대 의사도 갖고 있지 않으며, 앞으로 한 달여 동안 국경지방에 있는 도시들을 돌아다니며 거리 공연을 할 예정이라고.

난.

거리 공연가가 편지에서 김씨의 부인을 불렀다. 몇 번이나 불렀다. 그는 김씨의 부인의 이름에서 마지막 음절을 간략하게 만든 그 한 음절을 좋아했다. 그는 아무도 김씨의 부인을 부르지 않은 그런 방식으로 그녀를 불렀다. 그는 누구와도 구별되는 깊고 아름다운 목소리를 가지고 있었다. 그리고 검은 망토를 두른 마법사이기도 했다. 그의 목소리는 자신이 말하는 대사를 살아 있는 비둘기로 만들어 하늘로 날려보낼 수 있었다. 가방에서 꺼낸 나무 오리를 울게 할 수 있었다. 그 오리가 주둥이를 이용해 검은 표지의 책에서 운명의 페이지를 펼치도록 할 수도 있었다. 그리고 그가 그 페이지에 적힌 문장을 읽으면, 그것은 시가 되었다. 관객들은 자신도 모르게 사로잡혀 가슴 떨리는 한숨을 내쉬었다. 그는 청년처럼 우아하게 마른 아름다운 몸과 은빛의 아름다운 머리칼을 가졌다. 비록 주름졌으나 여전히 아름다운 미소를 피워내는 얼굴도. 피에로의 코를 달고 기다란 장대 위에 올라서서 우스꽝스러운 광대 연기를 할 때조차도 그는 아름다운 배우였다. 그것은 그의 몸짓에서 드러나고 있었다. 설사 그가 연기하던 방의 불이 꺼져 실제로는 무대 위에서 그의 모습을 전혀 볼 수 없게 된다고 해도, 그럼에도 불구하고 그가 다른 때가 아닌 바로 그 순간에 '아름답게 보인다'는 사실을 의심할 관객은 아무도 없을 것이다. 그것도 더욱 변함없는 방식으로 아름답게. 그는 놀랍게도 암사슴처럼 젊은 김씨의 부인이 늘 꿈꾸어오던, 오직 불분명한 갈망들로 이루어진 분명한 존재였다. 김씨의 부인은 그것을 알아보았다. 그리고 그들은 이끌렸다. 사랑에 빠졌다. 짧고 눈부신 기적의 순간이었다.

갑자기 기차가 캄캄한 어둠 속에서 덜컹 멈추어섰다. 그곳은 원래 기차가 정차하기로 되어 있는 정류장은 아니었다. 그러나 원인을 알 수 없는 고장으로 인해서, 기차는 더이상 갈 수가 없으니, 승객들은 모두 이곳에서 다른 기차로 갈아타야 한다는 것이었다. 게다가 이곳은 작은 역이라 연결편이 많지 않기 때문에, 승객들은 시간표를 유심히 살펴보고, 가능한 연결편이 있는 가까운 큰 도시로 가는 기차를 타는 방법도 고려해보아야 할 것이라고 안내방송이 나왔다. 김씨의 부인은 그 자리에 쓰러져 그대로 잠이 들 수 있을 정도로 지치고 피곤했으나 가방을 끌고 다른 사람들 틈에 섞여 기차에서 내려 황량한 플랫폼에 섰다. 하늘에는 우유 방울처럼 창백한 별들이 맺혀 있었고 지상에는 멈추어선 기차와 이어진 선로, 그리고 김씨의 부인이 있었다. 별들이 이들을 내려다보고 있었다. 그곳은 아마도 지금 현재 거리 공연가가 시내의 한 레스토랑에서 저녁 공연을 펼치고 있을 그 도시로부터 겨우 사십 킬로미터 정도 떨어진 작은 마을의 한 역이었다.

제복을 입은 역무원이 멍하니 서 있는 김씨의 부인에게 다가와 목적지를 물었다. 그리고 반시간 정도만 기다리면 목적지로 가는 기차를 탈 수 있을 거라고 일러주었다. 그가 말하는 사이에 기차가 한 대 도착했다가 잠시 정차 후에 다시 떠났다. 그는 말했다. 김씨의 부인이 '반시간 정도' 기다리고 있다가 기차를 타면 된다고. 플랫폼에 걸린 기차 시간표에도 그렇게 나와 있었다. 그러나 만일 기차가 연착을 한다면? 김씨의 부인이 원래 타고 왔던 기차도 예정 시간보다 십오 분이나 늦게 바로 전 역에 도착했던 것이다. 그래서 약속된 '반시간 정도' 후에 김씨의 부인이 타야 할 기차가 아니라 전혀 엉뚱한 기차가 플랫폼에 도착한다면 어떻게 그걸 알 수 있단 말인가. 기차의 몸통 어딘가에 노선이나 기차 번호가 씌어 있지 않다면? 아니면 빠르게 달려와서 우뚝 멈춰버릴 기차에서 김씨의 부인이 그 표시를 놓치기라도 한다면? 기차가 멈추어 섰는데, 기차의 행선지가 가장 앞쪽의 기관차 앞유리창에만 붙어 있다면? 그러면 김씨의 부인은 무겁고 커다란 가방을 거추장스럽게 끌고 가장 앞쪽으로 가서 그 표시를 확인한 다음에 기차를 타야 하리라. 그러나 과연 기차가 이렇게 작은 역에서 그렇게 오래 정차하고 있을지? 방금 지나간 기차도 겨우 삼십 초 남짓만 멈춰 있지 않았던가. 그리고 가장 큰 문제는, 시간표상에 나와 있는 정돈된 형식 말고, 실제로 지금 눈앞에 도착해 있는 이 기차가 어디로 가는 것인지, 그것을 알려주는 정규적인 방법이 무엇인지, 그러므로 기차가 도착할 때 어떤 부분을 유심히 눈여겨봐야 하는지 김씨의 부인이 전혀 모른다는 것이었다. 기차의 가장 앞에 전광판으로 나타나는지 아니면 객실 차량 옆에 안내 팻말이라도 붙어 있는지. 전자 안내판이 설치된 큰 도시의 역에서라면 필요 없는 걱정이겠지만 플랫폼이 한 개밖에 없는 이 작은 역에는 그런 시설은 되어 있지 않았다.

김씨의 부인은 그제서야 갑자기 몰려오는 두려움으로 가슴이 조여들었다. 만일 오늘의 마지막 기차가 될 그것을 놓치기라도 한다면? 아니, 그러다가 잘못된 기차에 올라타고 아주 다른 곳으로 가버리기라도 한다면? 그러면 거리 공연가는 김씨의 부인이 마음을 바꾸고 오지 않기로 결정한 거라고 생각해버릴 것이다. 두려움에 굴복했다고 믿을 것이다.

나의 난, 당신이 두려워하고 있다는 것을 잘 알아요. 이해하기도 합니다.

거리 공연가는 여러 번이나 이렇게 했던 것이다.

김씨의 부인은 오랫동안 자신의 희곡에 대해서는 거의 잊고 있었다. 망각해버렸다기보다는 의식의 표면으로 떠올리는 일을 습관적으로 피해버린 것이다. 하지만 그것은 출판되지도, 공연되지도 못한 것이니 어떤 형태로든 잊히는 것은 당연할지도 몰랐다. 그래서 여러 해가 지난 어느 날, 그 희곡에 대해서 기억하고 있는 사람을 우연히 만나게 되었을 때는 놀라움과 희미한 두근거림과 동시에, 제발 그 사람이 공연이 좌절된 자세한 내막까지는 기억하고 있지 말아주었으면 하는 반사적인 바람까지 가졌던 것이다. 그러나 김씨의 부인의 이런 기대는 처음부터 이루어질 희망은 없어 보였다. 왜냐하면 그 사람은 바로 그 희곡을 무대에 올리기 일보 직전까지 가지고 갔고, 그럼에도 불구하고 배우들과의 관계를 망치는 바람에 결국 공연이 취소되게 만든데다가 더구나 김씨의 부인이 자신의 내밀한 욕망을 들켰다고 생각하고 절대로 두 번 다시는 만나지 않게 되기를 간절히 바랐던 장본인인 그 연출자였기 때문이다. 자주는 아니지만 김씨의 부인은 여전히 무대 활동을 하고 있었고 그도 역시 마찬가지로 계속 연출자로 일하고 있었으므로 보통의 경우라면 그들이 서로 마주쳤다는 것은 사실 큰 우연이라고 할 수는 없었다. 특이한 점이라고 한다면 연출자는 그사이 가족들이 살고 있는 남아메리카로 이민을 떠났고, 한국이 아닌 그곳에서 연극연출자로 일한다는 것이다. 오랜만에 한국을 방문하게 된 그는 시간을 내서 혼자 연극 공연을 보러 왔다가 역시 마찬가지로 혼자 공연을 보러 온 김씨의 부인과 우연히 마주쳤던 것이다. 김씨의 부인의 불안은 어긋나지 않아서, 그는 예상대로 그간의 안부를 물은 다음, 곧장 그 희곡에 관한 이야기를 꺼내는 것이었다.

김씨의 부인은 처음에는 적절한 대답을 찾지 못해 곤란했고 다음에는 부끄러움에 얼굴이 달아올랐다. 연출자가 김씨의 부인의 희곡이 자신이 연출한 작품들 중에 인상이 크게 남는 작품 중의 하나였다고 칭찬하면서 혹시 그 이후에 다른 작품을 썼느냐고 물었기 때문이다. 이 사람은 그 희곡으로 인해 우리 모두가 얼마나 곤란한 일을 겪었는지 그사이 다 잊었단 말인가? 투자자에게는 엄청난 손해를 끼쳤고 지원금을 준 정부 단체로부터는 엄중한 경고를 받았으며 여러 번의 다툼으로 인해 배우들 간의 사이도 돌이킬 수 없이 벌어졌고 결과적으로 나는 다시는 희곡을 쓸 생각도 못하고 있는데. 하지만 김씨의 부인은 이런 사실들을 일일이 지적해주는 대신에 애매한 미소만 입가에 띄우기로 했다. 그것은 자신이 상상할 수 있는 영역을 넘어설 만큼 커다란 꿈과 욕망을 가졌던 한 여인, 그러나 다른 사람에게 그것을 한 조각이나마 드러내 보이기를 극도로 두려워하여 엄청나게 과장된 대형 장치 속의 한 조그만 방에서 수많은 다른 자기 자신들 속에 숨어버리는 것이 필요했던, 그렇지만 어떤 우연한 사고로 다른 방들의 불이 동시에 다 꺼져버리고, 자신의 방 하나에만 불이 밝혀지자 그동안 조심스럽게 유지해오던 자신의 익명을 일시적으로 망각했던 여배우와, 그녀에게 그 익명의 의무를, 비록 의도한 것은 아니라도 불유쾌한 방식으로 일깨워주었던 한 연출자와의 재회였다. 김씨의 부인은 그와 함께 있는 것이 불편했다. 그와 어쩔 수 없이 연관되어 있는 그 사건—김씨의 부인은 그 일을 그렇게 명명했다—을 필연적으로 상기해야만 하기 때문이었다. 그러나 연출자는 이번에도 김씨의 부인과 생각이 달랐다. 그는 김씨의 부인과 오랫동안 얘기하고 싶어했다. 특히 그 희곡에 대해서. 우리가 어떻게 했더라면 일을 그 지경으로까지 몰고 가지 않고 무대에서 성공적으로 공연할 수 있었을까, 좀더 자유로운 분위기로 배우들에게 재량권을 주면서 그들이 연기의 테두리 안에서 머무르게 통제할 방법은 정녕 없었을까, 모노톤의 파노라마를 더욱 효과적으로 나타낼 수 있을, 우리가 미처 생각하지 못했던 다른 방법이 있지는 않았을까. 성공하기만 했더라면 그것은 우리 두 사람 모두에게 정말로 엄청난 기회였을 텐데! 연출자의 모놀로그는 끝없이 이어지기만 했다. 그는 중간중간에 머리를 마구 흔들면서 "어쨌거나 그런 미친 것을 다 기획하다니, 우리는 그때 모두 머리가 어떻게 되었던 것이 틀림없어! 그 엄청난 방들! 엄청난 배우들! 무의미를 증명하기 위해서 그토록이나 힘들어야 했단 말인가!" 하거나 "비평가들이 실제 공연을 봤더라면 아마 어쩌면 더욱 사납게 비판을 해댔을지도 모르는 일이지, 하하!" 하고 혼자 무릎을 치면서 웃음을 터뜨리기도 했다. 그러다가 문득 생각난 듯이 김씨의 부인을 향해 고개를 숙이고, 심각하고 낮은 목소리로 말하는 것이었다.

"이제야 고백하자면 난 말이죠, 사실 그때 공연이 완전히 무산된 다음에 이런 생각을 했었습니다. 당신이 제안한 내용을 받아들였더라면 어땠을까, 하는 뒤늦은 후회 말입니다. 무대 위의 수많은 방 중에서 단 한 개의 방 안에 유일한 진짜 배우인 당신이 있는 겁니다. 그렇다고 나머지 방들이 모두 죽어 있는 건 아니니까 불을 꺼둘 필요는 없어요. 다른 방들에는 배우 대신에 마리오네트 인형을 하나씩 집어넣어놓는 겁니다. 인형들에는 미리 간단한 기계장치를 해놓아서 혼자서 빙빙 돌면서 춤을 추거나 앉아 있거나 서 있거나 간단한 동작을 되풀이하도록 하고, 간혹은 한 방에 두 개의 인형을 서로 사랑을 나누는 포즈로 눕혀놓거나 하는 거죠. 관객들은 첫눈에 얼핏 보아서는 누가 인형이고 누가 진짜 배우인지 금방은 구별할 수 없지만, 그래도 어느 정도 시간이 지나면 어느 방에 진짜 배우가 들어 있는지 알아차릴 수밖에 없지 않겠어요? 마리오네트 인형들이 영화에 나오는 잘 만든 로봇처럼 자연스럽게 연기하는 게 아니라 그야말로 인형처럼 고개나 갸우뚱거리고 팔다리나 대충 대롱거릴 뿐일 테니까. 그러므로 그 인형들은 눈속임을 위한 것이 아니에요. 그 반대로, 진짜 발견을 위한 도구가 되는 겁니다. 관객들이 당신을 알아보는 그 순간부터 관객들의 입장에서는 진짜 연극이 시작되는 셈인 것이니까. 인형들도 당신과 마찬가지로 일정 시간이 지나면 방을 바꾸도록 할 수가 있어요. 하지만 인형들의 역할은 어디까지나 인형들로 머무는 것뿐이고, 무대의 메인이 될 진짜 즉흥연기는 당신이 홀로 펼치는 것입니다. 관객들은, 수동적으로 무대를 쳐다보기만 하는 게 아니라, 수많은 마리오네트 클론 중에서 '당신'을 알아보아야 하는 임무를 부여받는 셈이죠. 물론 이런 공연을 위해서는 무대에 특별한 기계장치가 필요하겠지만, 어때요, 해볼 만하다는 생각이 들지 않나요? 왜 우리는 처음부터 그런 생각을 하지 못했을까요?"

처음에는 분명 불편하게만 느꼈던 그 연출자를 언제부터 사랑하게 되었는지 김씨의 부인은 정확히는 기억할 수 없었다. 그들은 연출자가 남아메리카로 돌아가는 전날까지 매일 만났다. 그들은 긴 시간 동안 연극과 희곡, 특히 김씨의 부인이 쓴 그 희곡에 대해서, 어떻게 하면 그것을 성공적으로 만들 수 있었을까 이야기를 나누고 또 나누었다. 이미 한 이야기도 반복해서 화제에 올리곤 했다. 그러다 어느 순간 김씨의 부인은, 그가 그리워하거나 적어도 회고하는 대상이 그녀의 희곡작품 자체가 아니라, 이미 지나가버렸으며 다시는 돌아오지 않을 연출자 자신의 활기차고 도전적인 젊음이라는 사실을 깨닫게 되었다. 그것을 알아차리는 순간 김씨의 부인의 마음은 고무공이 튀어오르듯 한결 가벼워지면서, 뭔가 죄를 지은 듯한 기분에 싸여 언제 그 죄목이 그의 입에서 튀어나올지 몰라 조마조마해하면서 그 앞에 앉아 있지 않아도 된다는 크나큰 안도감을 느꼈다. 그 이후부터 김씨의 부인은 훨씬 더 부드럽고 관대하며 다정한 미소를 그에게 보낼 수 있었다. 그것은 지금까지의 애매하거나 회피하는 미소가 아니었고, 약점이 잡혔다고 느끼는 자가 비굴하게 내보이는 방어와 애원의 미소도 아니었다. 그것은 기꺼이 즐겨 청취하는 자들만이 갖는 거침없고 적극적인 미소였다. 순수한 숭배의 마음을 굴욕감 없이 드러내 보일 수 있는 소녀의 미소였다. 그 특별한 미소는 진한 향수에 잠겨 있는 연출자의 마음을 사로잡았다. 그는 자신이 여전히 젊고 열정적이며, 지난날 한때 그러했던 것처럼 모험이나 광기를 두려워하지 않고, 그 어떤 것에도 아첨하지 않으며, 심지어 타인에게도 그런 열정을 전파할 수 있는데다가 자신의 열정으로 인하여 타인의 마음에도 마찬가지의 불꽃이 피어나게 할 수 있다는 환상 속으로 빠져들어갔다. 말할 것도 없이 그것은 김씨의 부인의 미소가 있었기에 가능해진 환상이었다.

김씨의 부인은 보았다. 연출자의 눈빛이 어느새 점점 더 선명하고 강렬해지면서, 숱이 많이 빠진 부스스한 머리칼과 마른 입술에는 윤기가 흐르고 구부정하던 어깨와 목덜미도 꼿꼿하게 힘이 들어가 더이상 위축되고 움츠린 자세가 아니며, 말투도 예전의 건방진 단호함을 되찾아가는 것을. 백 명에 가까운 배우들을 혼자 상대하며 그들을 단번에 물리칠 수 있다고 믿고 타협을 경멸하던 그런 자신만만한 표정이 그의 얼굴에 서서히 떠오르는 것을. 그때 문득 김씨의 부인은 마음 한구석이 뜨거워지는 것을 느꼈다. 잊힌 것들은, 처음부터 아예 존재하지 않았던 것들과는 달리, 잊힌 채로 남아 있어서는 안 되는 것이었다. 그것은 어떤 형태로든 다시 되살아나야 하는 사명을 띠고 있었다. '왜 우리는 처음부터 그런 생각을 하지 못했을까요?' 하는 그들의 최초의 질문은 어느새 '왜 우리는 처음부터 서로를 알아보지 못했을까요? 그토록 많은 시간을 함께 보냈는데……' 하는 질문으로 바뀌고 있었다.

그러나 그들의 사랑이 아무리 구원의 빛으로 가득찬 것이라 해도, 그것은 오래 지속되지는 못할 운명이었다. 연출자는 남아메리카로 되돌아가야 했고 서로의 가족을 외면할 수 없는데다가—연출자는 이미 몇 달 전에 할아버지가 된 몸이기도 했다—그들 스스로가 이 사랑은 너무나 운명적이기 때문에, 오래가서는 안 될 것이라는 본능적인 방어의 성벽을 쌓고 있었기 때문이다. 그들이 원하는 것은 물속에서 막 육지로 스스로 튀어올라온 물고기가 생의 마지막 짧은 순간에 비로소 눈동자에 담게 될 온갖 찬란한 것들이었다. 그것은 햇볕의 뜨거움과 꽃의 향기와 하늘을 나는 앵무새와 불을 뿜는 화산과 아지랑이 속을 나풀거리는 나비로 표현되는 찬란한 것들이고, 바로 그런 물고기의 몸과 허공 사이에 놓인 경계의 순간에만 경험할 수 있기 때문에 결코 전해지지 못할 전설의 장면들이며, 따라서 유일한 것이다. 그러나 또한 어떤 식으로든 헤어짐을 수긍하는 사랑은 이미 사랑이 아닌 사랑의 찌꺼기에 불과한 것임도 자명했다. 그들은 이제, 어떻게 하면 사랑의 인스피레이션을 죽이지도 않으면서, 그 성격이 서서히 말라 변질하는 것을 막을 수 있을까, 마치 그것이 그들을 살아 있게 하는 최후의 열쇠라도 되는 것처럼, 필사적으로 궁리하기 시작했다.

거리 공연가는 낭독을 계속했다.

그러나 정말로 두려운 것은, 우리가 그런 두려움 때문에 아무것도 시도해보지 못한 채 그대로 멈추어버리고 말지도 모른다는 불안한 가능성입니다. 그러면 우리는 도중에 불현듯 기차에서 내릴 것이고, 기차 시간표를 이해하지 못할 것이며, 역무원의 말도 알아듣지 못하고, 소중한 편지나 기차표를 잃어버리고, 그리하여 목적지를 눈앞에 두고서 더이상 앞으로 나아가는 대신에, 입술을 깨물면서 헛되이 절망하고, 그리고 되돌아가버릴지도 모릅니다. 우리의 혀가 낯선 언어 앞에서 굳어버리는 바람에 어느 순간인가 자연으로부터 부여받은 마법의 몸짓까지 잃어버린다면 말이지요. 그러면 우리는 빠르게 털실이나 헝겊, 마분지나 양철 조각으로 바뀝니다. 색종이가 되어 흩날립니다. 그래도 어느 날인가 우리는 해변으로 놀러갈 것입니다. 그곳에서 즐겁게 웃을 것입니다. 비록 우리가 그때 서로의 행복한 순간을, 그림 속을 산책하는 자가 되어 일시적으로 스쳐갈 일이 생길지는 몰라도, 나와 당신, 그리고 당신과 나를 기다리는 다른 특별한 일은 더이상 없을 겁니다.

나는 살아오면서 두려움들을 수없이 목격해왔고 스스로 두려움에 휩싸인 적도 여러 번입니다. 내 두려움으로 거대한 성을 쌓고, 그 안에 나를 가두려고도 했습니다. 네팔로 떠나기 전, 법률 공부를 완전히 중단해버리기 전, 스물두 살이란 젊은 나이로 아버지가 되기 전, 안나푸르나에 올라가기 전…… 두려움에 대항한 나의 선택은 항상 적절한 것이었을까요? 그리고 당신의 선택은? 유감스럽게도 나는 당신에게 그것을 미리 가르쳐주지 못합니다. 나는 당신의 선생이 아니에요…… 그리고 당신이 무언가를 배우고자 한다면, 적어도 그것은 나를 포함한 누군가의 입에서 나오는 경구를 통해서는 아니어야 하겠죠. 그러나 그런 두려움이 우리의 길을 막아설 것이라는 점만은 분명해 보이므로, 나는 두려움에 대해서, 두렵지만 계속해서 얘기할 수밖에 없습니다.

그리하여 우리가 두려워하며, 우리 안에서 한순간 솟아올랐던 그 말없는 환한 노래를 더이상 부르지도 못하고 이해하지도 못한다면, 나의 난, 이 편지는 세상에서 가장 무의미하고 파렴치한 거짓말로 남아버릴 겁니다. 파렴치한 것은 단순히 진실이 아닌 것보다 더 나빠요. 그것은 거짓말을 이용하는 것이니까. 그러면 이 편지는 차라리 씌어지지 않는 편이 더 나았을지도 모르는 일이죠. 두려움에 사로잡힌 우리는 곧장 침묵의 무덤으로 달아나 거기에 누워버릴 겁니다. 그곳에서는 아무런 일도 일어나지 않고, 어떤 노래도 없으며, 이 사람의 얼굴은 저 사람의 것과 차이가 없고—사람들은 거기에 '근본적으로'라는 말을 붙이기도 합니다—이 사람의 기억은 저 사람의 것과 다르지 않거나 달라야 할 이유가 없습니다. 나의 난, '무덤'이란 말이 당신을 움츠러들게 하는가요? 설사 당신이 젊은 날의 나처럼 두려움을 가진 채 뒤로 물러서려 한다고 해도, 나는 당신에게 앞으로 가라고 몰아세우지 않을 것입니다. 나는 살아오면서 두려움을 이해하는 법을 배웠습니다. 자신의 것은 물론 타인의 것도 말이죠. 나의 난, 그러므로 나는 당신을 이해합니다. 당신을 겁주려는 것이 아니에요. 재촉하는 것도 아니며, 당신이 어떤 결정을 내릴지라도 당신을 원망하거나 저주하지 않습니다. 당신이 나를 잊고 돌아간다고 해도, 그곳에서도 당신은 여전히 무대에 서고 어쩌면 극본을 쓸 수도 있겠지요. 당신은 또한 사랑을 하기도 하고 받기도 할 겁니다. 당신은 행복할지도 몰라요,

그것도 아주 오랜 시간 동안!

내가 상상하는 것은 좀더 다른 겁니다. 지금 내 눈은 더 멀리를 보고 있어요. 많은 시간이 지나간 뒤, 우리의 죽음에서 풍기는 악취가 수많은 사람들의 죽음으로 이루어진 도시의 쓰레기 더미 위를 떠돌다가, 그 위에 새로 세워지는 또다른 도시의 지하 수로에서 사라지는 것을. 연기와 강물이 한 세상을 이루었다가 또다른 연기와 강물에게 자리를 내어주는 것을. 너무나 오랜 시간, 허공조차 사라지게 될 그런 시간이 흘러가는 것을. 나의 오필리어여, 그러다 어느 날 하루는, 우리들이 살아 있을 때의 어떤 날들이 그러했던 것처럼 믿기 힘들게 눈부신 때가 단 한 번 있어서, 무덤 위에 눈 덮인 아득히 높은 산과 그 위에 맑은 호수가 생겨나, 우리는 그 물속을 무게도 부피도 없이 너울거릴 겁니다. 미래의 순례자들이 물속에 있는 우리의 눈을 말없이 들여다볼 것입니다. 우리가 예전에 서로를 들여다보았듯이 말이죠. 그때 사방이 아무리 꿈처럼 아름답고 이슬이 천지에 영롱하다 해도, 우리들은 이미 아득히 오래전부터, 사라진 침묵 그 이상의 아무것도 아닐 테지만, 우리는 물속에서, 그들을, 순례자들을, 그들의 고통에 찬 눈을 마치 우리들의 것인 양, 한때 우리들의 것이었던 양 가만히 들여다볼 것입니다.

그리고 또 내가 보는 것은, 당신이 나처럼 나이들게 되었을 때의 어느 날, 이미 내가 이 세상에서 사라지고 없는 어느 날의 일입니다. 그날 당신이 많은 것을 보게 되며, 그렇게 바라본 사물들 중

무언가가 당신의 기억을 건드려, 그 기억이 우리들 주변을 서성이게 되고, 그리고 어느 순간 당신은 이 편지를 읽던 때를 떠올리게 되며, 그날 하루, 정처 없는 산책에 나선 당신, 생명의 열정은 미지근하고 검게 굳은 피는 이상할 정도로 천천히 흐르며, 무엇을 잊었는지 기억하지도 못하면서—아마도 당신은 그것이 열쇠라고 생각할지도 모르겠군요—당신은 하루종일 그것을 찾아 이곳저곳을 정처 없이 떠돌 것입니다. 이 방 저 방을 느리게 돌아다니며, 간혹 누군가 당신을 도와주지 않을까 헛된 바람을 가지고 창밖을 바라볼 테지요. 그러면 항상 당신을 형성해왔던 다른 사람들의 의식과 기억이, 당신이 연기해온 인물들, 당신을 연기해온 인물들이 정체를 숨긴 채 창문에 차례로 나타났다 사라질 것입니다. 그 나타났다 사라짐이 일정한 속도를 갖고 있기 때문에, 당신은 기차를 타고 있다는 생각을 할지도 모릅니다. 창문에서 나타나는 그들은 반대 방향에서 오는 기차를 타고 당신을 스쳐지나가면서, 당신과 마찬가지의 생각에 잠겨 있을 것입니다. 당신이 때로 스스로를 정녕 낯설게 여기는 것은, 그런 가상의 인물들에 대한 당신의 유난히 높은 감수성과 호응력에 기인하기도 합니다. 하지만 당신은 일생 동안 헛되이 그들 사이를 헤매고 다닐 테지요. 그들을 마치 당신 자신처럼, 그렇게 친근하고 남몰래 안타깝게 여길 것입니다. 나는 아무것도 말하지 않습니다. 분명 지금 어둡고 깊은 불안과 두려움을 마주하고 있을 나의 난, 당신이 어떤 결정을 내린 상태로 그날을 맞이하게 될 것인지에 대해서는. 그러나 어떤 경우라도, 그날도 여전히 당신 기억의 깊은 아궁이 속에서는, 타오르지 못한 불씨가 오랜 세월 동안 저절로 말라 죽어가는 쓰라린 냄새를 풍기고 있을 것입니다.

(2007)

해설

재난 장치 고안자

권희철(문학평론가)

1. 기억의 천재는 어떤 재난을 겪어야 하는가

1885년경 우루과이강 연안의 프라이 벤토스라는 작은 마을에서 불행한 사고가 일어났다. 한 청년이 반쯤 길들인 야생마를 타다가 낙마하여 전신마비 상태가 된 것. 하지만 불행한 청년의 주장에 따르면 이 사고는 아주 작은 대가를 치르고 커다란 선물을 받는 계기가 되었다. 낙마 사고로 의식을 잃었다가 깨어나보니 갑작스럽게 지각력과 기억력이 완벽해졌기 때문이다. 그는 완벽한 지각력 덕분에 이 세계의 무한한 차이들을 남김없이 음미할 수 있게 되었고, 완벽한 기억력 덕분에 아주 오래된 것들의 가장 사소한 부분들까지 모조리 기억해낼 수 있게 되었다. 그 때문에 그가 혼자서 느끼고 기억하는 삶이 세계가 생긴 이래 모든 사람들이 느끼고 기억하는 삶보다 더 크고 풍부하다고 생각될 지경이다. 사고 이후의 상태와 비교해볼 때, 사고 이전의 그는 보면서도 보지 못하고 들으면서도 듣지 못하며 거의 모든 것을 잊어버린 채 살아가고 있었다는 사실을 깨달았다. 움직일 수 있다 한들 그게 무슨 소용인가, 사람들은 삶의 거의 모든 내용을 알아차리지 못하거나 잊어버리는 바람에 조금도 맛볼 수가 없는데. 나는 비록 침대에 누워 지내는 신세지만, 극단적으로 풍요로운 삶을 있는 그대로 맛보고 기억할 수 있으니, 내가 전신마비 상태라는 것에 개의치 않는다! 이것이 불행한 청년의 주장이다. 그가 실제로 하루 만에 라틴어 사전을 모조리 암기하고 그 덕분에 라틴어로 된 까다로운 책들을 읽고 스페인어로 번역하여 암송할 수 있었으니 그의 주장이 사실일지도 모른다. 보르헤스의 소설 「기억의 천재 푸네스」 이야기다.

이 소설의 화자가 이레네오 푸네스에게 주어진 선물에 찬탄하는 장면을 보자.

> 우리는 한 번 쳐다보고서 탁자 위에 놓여 있는 세 개의 유리컵을 지각한다. 그러나 푸네스는 포도나무에 달려 있는 모든 잎사귀들과 가지들과 포도알들의 수를 지각한다. 그는 1882년 4월 30일 새벽 남쪽 하늘에 떠 있던 구름들의 형태를 기억하고 있었다. 그는 기억 속에서 그 구름들과, 단 한 차례 본 스페인식 장정의 어떤 책에 있던 줄무늬들, 그리고 케브라초 무장 항쟁이 일어나기 전날 밤 네그

루강에서 노가 일으킨 물결들의 모양을 비교할 수 있었다. (……) 칠판에 그려놓은 원, 직각삼각형, 마름모와 같은 것들이 우리가 완벽하게, 그리고 즉각적으로 인지할 수 있는 그런 형상들이다. 이레네오에게는 말의 곤두선 갈기들, 언덕 위의 가축떼들, 다른 모양으로 바뀌는 불길, 그리고 그것의 셀 수 없이 많은 재들, 긴 임종의 밤 동안 수없이 바뀌는 망자의 얼굴들을 가지고 그러한 일이 일어났다. 나는 그가 하늘에서 한꺼번에 얼마나 많은 수의 별들을 보았는지 상상하기조차 힘들다.[1]

푸네스만이 맛볼 수 있는 풍요로운 삶이 어떤 것인지에 대해 이 인용문 이상의 다른 설명이 필요할 것 같지 않다. 하지만 이 소설은 푸네스의 놀라운 능력에 대해 찬탄하는 것에서 끝나지 않는다. 오히려 이 소설의 화자는 푸네스의 능력이 어떤 의미에서는 무능력임을 지적한다. "그렇지만 나는 그가 사고를 할 수 있을 것인가 하는 의심이 들곤 했다. 사고를 한다는 것은 차이점을 잊는 것이며, 또한 일반화를 시키고 개념화를 시키는 것이다. 푸네스의 풍요로운 세계에는 단지 거의 즉각적으로 인지되는 세부적인 것들밖에 없었다."[2] 시시때때로 움직이고 변화하는 다양한 차이들이 무시

1) 호르헤 루이스 보르헤스, 황병하 옮김, 「기억의 천재 푸네스」, 『픽션들』, 민음사, 1994, 183~184쪽.

2) 같은 책, 188쪽.

되거나 망각될 때에만 다양한 속성과 양상들의 다발이 하나의 동일한 대상으로 성립될 수 있고, 다양한 대상들을 포괄하는 일반적인 개념이 성립될 수 있으며, 이러한 과정 없이는 체계적인 사유도 불가능하다. 이 때문에 푸네스는 3시 14분에 옆에서 본 개가 3시 4분에 앞에서 본 개와 동일한 '개'라는 이름으로 불린다는 사실에 골머리를 앓고, 거울에 비치는 무수히 많은 다양한 이미지들이 모두 자신으로 이해되어야 한다는 사실과 화해하기 어렵다. 소설 안에서 충분히 표현되지는 않았지만 푸네스의 세계에서 모든 사물들은 무한히 증식하는 차이들로 인해서 동일한 하나의 대상으로 머물러 있지 못하고 우글거리고 흘러넘치고 어떤 개념에도 붙잡히지 않고 빠져나가 더이상 사물들이 아니게 될 수밖에 없다. 푸네스의 능력의 무능력은 말하자면 "침입해들어오는, 피할 수 없는, 존재existence의 익명적 소음을 분쇄하지 못하는 불가능성"[3]이다.

*

「기억의 천재 푸네스」가 환기하는 '차이에 대한 무한한 인식과 기억의 능력의 무능력'이라는 착상을 가지고 다시 이 소설을 읽어보면 이 소설의 구성에는 문제가 있는 것으로 밝혀진다. 「기억의

---

3) 에마뉘엘 레비나스, 서동욱 옮김, 『존재에서 존재자로』, 민음사, 2003, 108쪽.

천재 푸네스」를 읽는 한 철학자는 다음과 같이 지적하고 있다. "그런데 이 소설의 가장 의심쩍은 부분은 일반개념을 모르는 푸네스가 '말'을 하고 있다는 사실일 것이다."[4] 자신의 모습이 매 시각 다르다는 점에 당황하고 모든 사람이 저마다 너무나 다르기 때문에 그들을 통칭해서 '사람'이라고 부른다는 사실을 받아들일 수 없는 푸네스가 '나는 사람이다'와 같은 문장을 이해하거나 그런 문장으로 사고할 수 있을까? 그런 점들을 생각해보면 푸네스가 말을 할 수 없었으리라는 점은 자명해 보인다. 그런데 혹시 모든 개별적 사물에 각각의 고유한 이름을 붙이는 것이 가능하다면, 푸네스도 말하고 사고할 수 있게 되는 걸까. 하지만 문제는 언어가 무한한 이름들을 갖느냐 그렇지 않느냐가 아니다. 무한히 증식하는 차이들이 '개별적 사물' 각각의 동일성을 침식하고 유동적인 것으로 바꿔놓으며 불어나게 한다면, 사물들이 그 어떤 장소에도 얌전히 고정되어 있을 수 없고 한편에서는 이미 녹아 없어져버리는가 하면 다른 한편에서는 새롭게 태어나거나 분화되어 다른 사물들로 불어나는 중이라면, 그 무수히 많은 이름들과 개별적 사물들 사이에 어떻게 안정적인 관계를 형성할 수 있겠는가. 푸네스의 세계에서는 고정된 사물이 안정적으로 현전할 수 없다. 무한하게 풍부한 차이를 낳고 있는 생성이 전면화되는 대신에 반대로 현전하는 사물

4) 서동욱, 「잠이란 무엇인가?」, 『일상의 모험』, 민음사, 2005, 75쪽.

이 없기 때문에 무無처럼 보이는 과잉된 충만함 그 자체만이 남아 있는 것, 그것이 푸네스의 세계다. 여기까지 오면 현전하는 사물이 없는 세계에서 푸네스가 대체 무엇을 기억할 수 있을지도 알 수 없는 일이 된다. 모든 차이를 알아보고 기억할 수 있는 자에게는 기억할 만한 것이 아무것도 남아 있지 않게 된다. 이상한 말이지만, 기억의 천재 푸네스가 기억의 천재 푸네스라는 바로 그 점이 이 소설의 놀라운 착상을 배반하는 것이다.

그러니까 「기억의 천재 푸네스」는 망각의 능력과 무능력 그리고 차이와 동일성에 대한 흥미로운 생각들을 촉발시키고 있지만 그 생각들을 끝까지 밀고 나가지는 않은 셈이다. 이 미심쩍은 부분, 끝까지 밀고 나가지 못한 부분을 「틀뢴, 우크바르, 오르비스 테르티우스」와 같은 보르헤스의 또다른 소설로 보완할 수 있을 것 같다. 이 소설에 나오는 가상의 혹성인 틀뢴은 푸네스의 고향 별처럼 보인다. 거기서는 "아무도 명사들의 현실성에 대해 믿지 않는다."[5] 틀뢴의 세계에는 고정된 개별 사물들 대신에 어떤 상태들의 변화와 움직임만이 있기 때문이다. 만일 거기에 우리 세계에서의 고정된 개별 사물과 유사한 무엇인가가 있다면 그것은 단지 "시학적 필요성에 따라 어느 순간 집합되었다가 흩어지는 관념적인 실체들"의 "무한히 지속"되는 "다른 실체들과[의] 결합"의 '순간'일

5) 호르헤 루이스 보르헤스, 황병하 옮김, 「틀뢴, 우크발, 오르비스 테르티우스」, 『픽션들』, 민음사, 1994, 32쪽.

뿐이다.[6] 그러므로 이 세계를 묘사하는 『틀뢴의 백과사전』이 있다면 혹은 그것의 틀뢴어 교정판 『오르비스 테르티우스』가 있다면, 이 백과사전은 지구의 책들의 형태와는 다르게 결코 어떤 끝에 도달하여 완결될 수 없고 다만 계속해서 쓰여지고 있고 이미 쓰여진 백과사전의 일부조차도 그 중간 페이지 어딘가가 증식하며 불어나고 있을 것이다. 틀뢴의 백과사전이야말로 (언제나 아직도) '도래할 책'(그러나 완결된 형태로 도래해 있을 수는 없는 영원한 미래의 책)일 것이다. 그리고 이 도래하고 있는 책을 따라 읽는 일은, 그 유동적인 파도에 휩쓸리는 일은, 생성 그 자체를 전면화시키며 현전하는 사물이 없기 때문에 무無처럼 보이는 과잉된 충만 그 자체만이 출렁거리는 틀뢴의 세계를 구현하는 일이 될 것이기 때문에, 체계화되고 안정된 사물들의 세계를 믿고 그 안에서 살고 있는 우리 같은 평범한 사람들에게는 재난과도 같은 일이 될 것이다.

> 틀뢴과의 접촉과 그것이 가진 관습의 침투는 이 세계를 해체시켜버렸다. (……) 이미 (감동적인 일화들로 가득한) 틀뢴의 조화로운 역사에 관한 가르침은 나의 어린 시절을 지배했던 그런 역사를 쓸어가버렸다. (……) 지구상에서는 영어와 불어, 그리고 바로 이 스페인어조차도 사라지게 될 것이다. 세계는 틀뢴이 될 것이다.[7]

6) 같은 면.

7) 같은 책, 49~50쪽.

바로 이 재난을 푸네스는 '선물'로 받아들인 것이다.

2. 장치 혹은 텍스트 체험

앞에서 다룬 보르헤스의 소설들은 신비하고 아름답지만 곱씹어 보자면 약간은 음산해지는 '재난'(현전하는 사물들은 모두 녹아 없어지고, 존재(생성)의 시끄러운 침묵만이 흘러넘치는 이 상황을 나는 차라리 시詩라고 부르고 싶다)의 대략적인 내용을 우리에게 거의 쾌활하게 전달해주고 있다. 하지만 이 소설들은 재난에 대해 픽션화된 '설명'과 '이해'를 제공하기는 하지만, 그리고 그것만으로도 우리를 충분히 놀래주고 즐겁게 만들어주었지만, 우리가 그 재난 안으로 들어가서 무엇인가를 '체험'해볼 수 있게 해주는 텍스트의 미로를 건설한 것은 아니다. 보르헤스의 소설을 읽을 때, 텍스트 안에서 우리가 무엇인가를 작동시킬 수도, 그 텍스트가 우리 마음의 무엇인가를 작동시킬 수도 없다.

배수아의 소설을 읽는 자리에서 보르헤스에 관한 이야기를 이렇게 길게 늘어놓은 것은 이 때문이다. 몇몇 소설들에서 보르헤스가 그랬던 것처럼, '존재(생성)의 시끄러운 침묵' 혹은 '현전하는 사물이 없기 때문에 무無처럼 보이는 그러나 무한하게 풍부한 차이를 낳고 있는 생성 그 자체'라는 시적 재난의 영역에 도전한 작가들 가운데 한 사람이 바로 배수아이기 때문이다. 그리고 그러한 도전이 지적이고 환상적인 소설을 통해 그러한 영역을 가리켜 보이는 설명적 표지판 세우기에서 멈추지 않고, 어떤 내용을 전달하는 것을 넘어서, 재난 발생 장치를 고안하고 독자가 그것을 작동시킬 수 있는 만큼 자신만의 체험을 가져갈 수 있도록 유혹하는 대단히 희귀한 작가가 바로 배수아이기 때문이다.

이런 관점에서 배수아의 근작들 『북쪽 거실』(2009), 『올빼미의 없음』(2010), 『서울의 낮은 언덕들』(2011), 『알려지지 않은 밤과 하루』(2013), 『밀레나, 밀레나, 황홀한』(2016)을 찬찬히 다시 읽을 수도, 반쯤만 드러나 있는 장치들을 하나씩 끄집어내어 여러 버튼들을 순서를 바꿔가며 눌러볼 수도 있을 것이다. 하지만 여기서는 '대표중단편선집 해설'의 범위를 초과하지 않도록, 『올빼미의 없음』에 수록된 「어느 하루가 다르다면, 그것은 왜일까」(2007) 한 편만을 작동시키기로 하자. 이전의 작품들을 쓸 때 작가가 그런 것을 의식했을 리 없지만, 이전의 작품들은 그 나름의 완결성을 갖고 있는 것이지만, 이전의 작품들이 아직 도착하지 않은 「어느 하루가 다르다면, 그것은 왜일까」를 점점 더 당겨오고 있는 일종의 예비 작업으로 읽힐 수도 있다는 점을 이 글의 후반부에 덧붙이기로 하자. 그리고 미리 말해두지만 '한 편만을 읽기로 하겠다'고는 해도 우리의 작업이 생각만큼 간단해질 수는 없을 것이다. 이 한 편이 뭔가를 '이해'해보려는 우리의 독해에 저항하고 독해 그 자체를 뒤엉키게 만들고 거의 불가능한 일처럼 보이게 만든다는 바로 그 점을 드러내는 장황한 작업이 우리가 이 글에서 하려는 일이기 때문이다.

*

우선 「어느 하루가 다르다면, 그것은 왜일까」의 내용을 다음과 같이 요약하는 것이 아주 잘못된 것은 아닐 것이다.

〈'김씨의 부인'은 연극을 하던 대학생 시절 우연히 어떤 연극배우의 낭송극을 들은 적이 있다. 그녀는 그가 언제나 꿈꾸어오던 바로 그 존재라는 사실을 알아보았다. 그는 늙은 유부남이었고 국제적인 바람둥이였으며 빈털터리에 불과했지만 그녀는 사랑에 빠진 나머지 그와 함께하기 위해 대학을 그만두고 부모를 버리고 집을 나선다. 하지만 그녀는 공연하며 세계 각지를 방랑하고 있는 그에게 가는 데 끝내 실패한다. 그런데 김씨의 부인이 들었던 그 남자의 낭송극 공연은 돌이켜보건대 예언적인 것이었다. 왜냐하면 그 내용은 이런 식이었기 때문이다. '당신은 낯선 것 앞에서 두려워할 것이고 머뭇거릴 것이고 그 때문에 당신은 실패하게 될 것이다. 당신이 두려운 나머지 낯선 것 앞에서 뒷걸음질칠 것이므로 당신은 생생한 인간이 아니라 움직이지 않는 사진이나 그림자 신세가 될 것이다. 그리고 알 수 없는 상실감에 시달리며 무엇을 잃어버렸는지도 모르면서 모르는 그 무엇을 찾아 계속해서 헤매게 될 것이다.' 이후 그녀는 변변치 못한 배우 경력을 이어가다가 '어느 하루가 다른 하루들과 다르다면, 그 이유는 무엇일까. 혹은 수많은 하루들과 조금도 다르지 않다면, 그것은 또 왜일까'라는 거창한 제목의 희곡을 쓴다. 그것은 무수하게 병행하는 하루들을 살아가는 익명의 인간들을 거대한 규모의 다중 즉흥극으로 표현하려는 실험적인 계획이었는데, 배우들과 연출 사이의 갈등 끝에 공연이 무산되고 말았다. 한편 그녀는 상상 속에서 세 개의 방에서 동시에 살아가면서 그 방의 창을 통해 서로 다른 풍경을 동시에 바라보기를 좋아했다. 그 상상적 풍경들을 나열하는 것이 이 소설 중반부의 대부분을 차지한다. 다른 한편 시간이 한참 흘러 김씨의 부인은 무산된 그 공연을 함께 준비했던 연출가와 우연히 재회했다가 사랑에 빠진다. 그러나 두 사람은 그들의 사랑이 너무나 운명적이기 때문에 오래가서는 안 될 것이라고 다가오는 이별을 미리서 수긍해버렸다.〉

위의 요약은 본래의 소설이 당당하게 내뿜고 있는 혼란스러움에 비하자면 지나치게 얌전하고 가지런하며 심지어 논리정연하다. 각각의 장면들은 그 자체로 너무나 매혹적이지만 그 장면들의 관계를 어떤 식으로 받아들여야 할지 독자들을 난감하게 만드는 이 소설은, 한편으로는 위의 요약과 같은 방식으로 독자들 스스로가 각각의 장면들을 재조립해 사건들의 선후 관계를 복원해서 완결된 하나의 이야기를 만들어내도록 유혹하면서도 다른 한편으로는 그러한 완성을 지속적으로 방해하는 요소들을 촘촘하게 심어두고 있기 때문이다.

예를 들어 김씨의 부인이 상상 속에서 동시에 세 개의 방에서 살아가고 있다는 점을 소개하는 가운데 "자신의 방을 방문하는 것은 여행지에서 호텔을 찾아가는 것과"는 다르다는 점이 부연되는 장면을 보자.

1 그렇게 자신의 방을 방문하는 것은 여행지에서 호텔을 찾아가는 것과 달랐다. 여행지의 호텔은 (……) 전 세계가 동일했다. 사람들은 그것을 국제 규격이라고 불렀다. 그리고 당연한 일이지만, 호텔방을 떠날 때는 자신의 짐을 놓아두면 안 되고 핀 하나까지 모조리 갖고 떠나야만 하는 것이다. 김씨의 부인은 어느 해 휴가에 갔던 한 도시에서 가장 아끼는 선글라스를 잃어버렸다. (……) 머물던 호텔방에 선글라스를 놓아두지 않은 것은 분명했지만, 그래도 혹시나 하는 마음에 김씨의 부인은 호텔로 전화를 걸어보았다. 잃어버린 물건이 무엇이냐고 묻는 카운터 직원의 질문에 김씨의 부인은 선글라스라고 대답했다. 그러자 그 직원은 별로 서두르지도 않는 느릿한 말투로 대답했다. "유감입니다만 우리 호텔에 분실물로 신고된 물품 중에 〔①-1〕 흰색 테의 나비 모양 선글라스는 없군요. 있는 것이라곤 파란색과 갈색으로 무늬가 들어간 우산, 대나무

와 일본 여인들의 그림이 있는 하얀색 목욕가운, (……) 호텔 것이 아닌 타월과 〔②-1〕 중국어로 된 책 두 권, (……) 〔③-1〕 마리오네트 극장에서 산 〔④-1〕 그림엽서 묶음 그리고……" (……) 〔그 호텔에 머물 때 침대 곁〕 창을 열어두면 저녁마다 악사들의 〔⑤-1〕 손풍금 소리가 들려왔으며, 〔①-2〕 흰색과 회색이 섞인 기묘한 모양의 두건과 제복을 걸친 신교도 수녀들이 둘씩 짝을 지어 지나가는 것을 지켜볼 수 있었다.

〔⑥-1〕 호텔 직원이 마치 끝없는 시처럼 나열해주는 분실물 리스트를 듣고 있던 김씨의 부인은 터져나오는 웃음을 주체하지 못하고 그만 손으로 입을 막고는 당황해하면서 전화를 끊어버렸다. 사람들이 그토록 다양하고 많은 물건들을 호텔방에 두고 떠난다는 것을 미처 생각해본 적이 없기 때문이었다.(427~429쪽)

끝없는 시처럼 들리는 분실물 리스트가 흥미롭기는 하지만, 선글라스 분실과 관련된 이 길고 많은 문장들이, 국제 규격으로 만들어져 아무런 개성도 없는 현실의 '호텔'과 김씨의 자신만의 고유한 정체성들을 증식시키고 있는 상상의 '방'이 서로 다르다는 사실을 설명하는 데 별로 기여하는 바는 없다. 인용문의 앞뒤에 배치된 이야기의 흐름, 공연이 무산되는 과정이나 낭송극 배우와의 만남과 이별에도, 이 장면은 관여하지 않는다. 이야기의 완성이라는 측면에서는 별 쓸모없는 이 장면은, 냉정하게 말하자면, 이 소설에서 어떤 일이 벌어지고 있는지 이해하려는 시도를 지연시키거나 방해하고 있다고까지 할 수 있다. 그런데도 이 장면은 왜 이렇게 길게 삽입되어 있는 것인가. 작가는 퇴고 과정에서 이 장면을 삭제했어야 하는 것이 아닐까? 산문정신이라는 것이 본래 정보의 핵심으로 곧장 접근해들어가는 것이 아니라, 그 주변의 엉뚱하고 잡다하며 사소한 것들까지 탐욕스럽게 건드리면서 계획과 예측의 바깥에서 뭔가를 발견해내는 것이라는 식으로 이 장면을 방어하려 해서는 안 된다. 이 장면은 그보다 섬세하고도 심오하며 무엇보다 이상한 장치이기 때문이다.

이 점을 설명하기 위해, 길고 번거롭기는 하겠지만, 소설 속에서 흩어져 있는 다른 장면들을 나란히 놓고 함께 읽기로 하자.

> **2** 그때 김씨의 부인은 쥘 베른의 〔②-2〕『어느 중국인의 고통』을 보고 그 삽화에 나오는 아름다운 과부 레우 양으로 분장을 하려고 애쓰고 있었고, 책의 속표지에는 (……) 혼란에 잠긴 19세기 중국 대륙이 펼쳐졌다.(433쪽)

> 김씨의 부인은 자신도 그때 남들처럼 〔②-3〕『중국의 붉은 별』을 읽었다는 걸 생각해냈다. 그러나 제목 이외의 다른 것은 하나도 생각이 나지 않았다. 쥘 베른의 『어느 중국인의 고통』도 있었지. (……) 김씨의 부인은 그 중국인의 고통이 무엇인지 당연히 알

지 못했다. 그 책을 읽은 것이 아니라 그 책의 일부 내용을, 더욱 정확히 말하자면 삽화와 관련된 에피소드 위주로 인용한 극본을 읽은 것이 전부이기 때문이다. 그러나 김씨의 부인은 강하게 각인되어 남아 있는 그 책의 제목과 삽화의 장면 때문에 자신이 그것을 읽었다는 사실을 조금도 의심하지 않고 있는 것이다. 심지어는 그 내용을 아직도 기억하고 있다는 확신마저 든다. 그에 비하면 직접 읽은 『중국의 붉은 별』에 대해서는 읽었다는 사실을 포함한 모든 것이 의심스럽기만 한데.(448쪽)

3 나는 음악가요. 〔③-2〕 마리오네트 극 공연예술가이며, 연극과 영화에 출연하고 작곡도 하지만, 기본적인 생활은 주로 극장과 축제마당에서 공연을 벌이고, 외발자전거 서커스와 바이올린과 손풍금을 연주해서 해결하고 있어요. 나는 특히 〔⑤-2〕 손풍금이 좋답니다.(440쪽)

4 "이제야 고백하자면 난 말이죠, 사실 그때 공연이 완전히 무산된 다음에 이런 생각을 했었습니다. (……) 무대 위의 수많은 방 중에서 단 한 개의 방 안에 유일한 진짜 배우인 당신이 있는 겁니다. (……) 다른 방들에는 배우 대신에 〔③-3〕 마리오네트 인형을 하나씩 집어넣어놓는 겁니다."(468쪽)

5 김씨의 부인은 보았다. 〔④-2〕 해변을 산책하는 사람들은 모두 움직이지 않는 사진이거나 그림이었다. 화려한 색의 양철이거나 마분지나 색종이 혹은 털실 뭉치이거나 단추가 달린 헝겊이었다. 그들의 행복한 미소나 표정, 파도에 젖지 않게 붙잡고 있는 옷자락이나 줄에 묶인 개들과 펼쳐든 양산도, 그리고 웃음소리와 유쾌한 분위기까지도 모두 움직임이 없이 풍경의 화면에 고정된 채였다.(451쪽)

6 그러나 정말로 두려운 것은, 우리가 그런 두려움 때문에 아무것도 시도해보지 못한 채 〔④-3〕 그대로 멈추어버리고 말지도 모른다는 불안한 가능성입니다. (……) 그러면 〔④-4〕 우리는 빠르게 털실이나 헝겊, 마분지나 양철 조각으로 바뀝니다. 색종이가 되어 흩날립니다. 그래도 어느 날인가 우리는 해변으로 놀러갈 것입니다.(472~473쪽)

1~6까지의 인용문들은 이야기의 흐름 속에서 인과관계를 통해 연결되는 사건들 혹은 장면들은 아니다. 하지만 각 부분들이 서로를 희미하게 예감하거나 돌이켜 떠올리게 만들기 때문에 미묘하게 서로를 끌어당기거나 밀쳐내고 있는 것처럼 보인다.

사례들을 하나씩 따져보자. 1의 ②-1 "중국어로 된 두 권의 책"은 처음에는 아무런 의미도 없는 사물처럼 보인다. 그것은 선글라스를 잃어버린 김씨의 부인이 호텔에 잃어버린 선글라스가 보관되어 있는지 확인하려고 전화했다가 불필요하게도 길게 듣게 된 분실물 목록 가운데 하나다. 그것은 잃어버린 선글라스를 찾는 일과도, 김씨의 부인과 낭송극 배우 사이에서 벌어진 일련의 사건들과도 아무런 관련이 없다. 이야기의 진행에서는 거의 무의미한 항목이기 때문에 어쩌면 이 소설을 읽는 대부분의 독자들이 호텔 직원이 이런 항목을 말했다는 사실조차도 망각하게 될 것이다. 하지만 2를 읽어나갈 때 어떤 독자들은 "중국어로 된 두 권의 책"에 대한 기억을 어렴풋하게 떠올렸을 것이다. 『어느 중국인의 고통』이나 『중국의 붉은 별』이 중국어로 쓰여진 것은 아니지만, 이 책들은 소설 속에서 제목이 밝혀진 단 두 권의 책이며 김씨 부인이 읽은 중국과 관련된 단 두 권의 책이다. "중국어로 된 두 권의 책"이 소설이 진행되면서 미묘하게 모습을 바꾸고 예상하지 못한 장면에서 다시 등장하는 셈이다. 내가 지금 아주 사소하고 미미한 유사성만을 가지고 아무 관련이 없는 두 장면을 억지로 연결지으려 한다는 의심이 들 수도 있겠다. 하지만 우리가 앞의 '논리정연한 요약'에서는 누락할 수밖에 없었던 두 개의 장면(자신들의 열쇠를 잃어버렸기 때문에 여분의 열쇠를 갖고 있는 중국인 가정부를 찾아다니는 가족 이야기. 그리고 작년에 중국에 있는 건설 회사에서 일하기 위해 떠나느라 담당자에게 열쇠를 넘겼으므로 이제는 사무실 열쇠를 갖고 있지 않다는, 우연히 듣게 된 옆방에 사는 필립의 통화 내용) 모두

가 중국을 배경으로 하고 있다거나, 김씨의 부인의 상상 속 세 개의 방 가운데 하나가 신혼여행지였던 상하이에 있다거나 하는 이유로 '중국'이라는 기호는 소설 속에서 내내 배경음으로 울리고 있다("왜 사람들은 처음에는 열쇠에 대해서 얘기하는 척하면서 결국에는 중국에 관한 화제로 옮겨가버리는 걸까."(456쪽)). 또 이 소설의 내용 대부분이 실제로 벌어진 일인지 김씨의 부인의 상상 속에서 벌어진 일인지 모호하게 처리된 가운데 김씨의 부인이 내내 몰두하고 있는 '상상'은 '책 읽기'로 은유되고 있으며("만일 상상이 책이라면 김씨의 부인은 여기서 그만 책을 덮고 말았을지도 모른다."(439쪽)) '운명을 말해주는 책'에 대한 에피소드가 수 차례 삽입되어 있기 때문에("책을 펼치면 나타나는 점괘를 일러주는 미지의 음성"(431쪽), "언제인가, 하루의 처음 무심코 펼쳐든 책 속의 이야기가 그대로 나 자신의 것으로 되어버리는 그런 때는."(432쪽), "그는 (……) 검은 표지의 책에서 운명의 페이지를 펼치도록 할 수도 있었다."(462쪽)) '책'이라는 기호 역시 마찬가지로 배경음의 일부를 이룬다고 할 수 있다. 이 때문에 우리가 이 텍스트를 읽어나가다가 2의 ②-2, 3『어느 중국인의 고통』과『중국의 붉은 별』을 발견할 때, '중국'과 '책'이라는 기호가 반복해서 울려퍼지는 배경음 덕분에 1의 ②-1 "중국어로 된 두 권의 책"을, 서사적으로나 논리적으로 아무런 관계가 없는데도 흐릿하게 떠올리게 되는 것이다.

마찬가지로 1의 ③-1과 ④-1이 결합되어 있는 "마리오네트 극장에서 산 그림엽서 묶음"도 처음에는 김씨의 부인의 관심 밖에 있으며 서사적으로는 아무런 기여하는 바가 없이 분실물 목록에 나열되고 있는 무의미한 사물들 가운데 하나로 읽힌다. 하지만 이 소설 속에서 김씨의 부인을 움직이는 가장 강력한 인물로 설정되어 있는 낭송극 배우는 3의 ③-2에서 스스로를 "마리오네트 극예술 공연가"로 지칭하고 있고, (김씨의 부인의 두번째 사랑의 파트너로 등장하는 남성 예술가라는 점에서) 낭송극 배우의 패러디처럼 보이는 연출가는 4의 ③-3에서 문제의 무산된 공연을 성공시키기 위해서 "마리오네트 인형"이 필요했다고 뒤늦게 주장한다. 또한 낭송극 배우는 자신의 공연에서 우리가 낯선 것에 대한 두려움 때문에 움츠러든다면 "우리는 빠르게 털실이나 헝겊, 마분지나 양철 조각으로 바"뀔 것이라고 경고하는데(6의 ④-4), 털실이나 헝겊, 마분지나 양철 조각이 된 인간이란 인간을 닮았지만 더이상 살아 움직이는 인간은 아닌 "멈추어" 있는(6의 ④-3) '인형'을 떠올리게 만든다. 그리고 김씨의 부인은 자신이 그런 경고를 들었다는 사실은 잊어버린 채로 "화려한 색의 양철이거나 마분지나 색종이 혹은 털실 뭉치이거나 단추가 달린 헝겊"처럼 보이는 사람들 다시 말해서 인형과도 같은 사람들이 "화면에 고정된" "사진이나 그림"을 상상 속에서 본다(5의 ④-2). 이런 방식으로 '인형'은 '그림엽서 묶음'과 연결되고, 이러한 연결 속에서 낭송극 배우는 연출가와 또다른 연결선을 갖게 되고, 1, 3, 4, 5, 6 사이에 이야기와는 별 관계가 없는 모호한 인력引力들의 교차가 생겨난다.

한편, 1의 호텔방에서는 어디선가 "손풍금"(⑤-1) 소리가 들려오는데 이것은 낭송극 배우가 특히 좋아하는 악기다(3의 ⑤-2). 호텔 직원이 읽어내려가는 분실물 목록은 흡사 시처럼 들리는데(⑥-1) 위의 인용문들에는 포함되어 있지 않지만, 낭송극 배우의 특징 중에 하나는 "검은 표지의 책(……)에 적힌 문장을 읽으면, 그것은 시가 되었다"(462쪽)는 것이다.

*

지금 우리의 설명에서는 실제 페이지의 배치로부터 인용문들을 오려내서 바로 앞뒤에 붙여놓았기 때문에 인용문들 사이의 유사성이나 연결 관계가 비교적 분명하게 드러나 있지만, 실제의 텍스트 체험 과정에서는 이들 인용문들 사이에 다른 많은 에피소드들이 주의를 뺏고 있으며 이 인용문들이 전혀 다른 맥락 속에 들어 있기 때문에 우리가 지적하는 요소들끼리의 유사성이나 연결 관계는 망각 속에 묻혀 있기 쉽고, 예감이나 회상, 인력과 척력이 훨씬 더 은밀하고 불확실하다는 점을 강조해두고 싶다. 이 요소들끼리 서로를 부르는 소리는 예민한 독자들에 의해서만 가시화되고 강화될 수 있는 것이다. 그것은 마치 이야기의 흐름과는 무관하게 이 텍스트 안에 어떤 요소들끼리 서로를 향해 실핏줄을 뻗어 무엇인가를 공급하거나 교환하고 있는 것처럼 보인다. 그 요소들은 별다른 의미도 없이 여기저기에서 잔상처럼 남겨져 있거나 유령처럼 느닷없이 출현했다가 반복되는 과정에서 미묘하게 모습을 바꾼다는 점에서 '이미지'라고 할 수도 있을 것이다. 「어느 하루가 다르다면, 그것은 왜일까」 전체에 퍼져 있는, 모호한 인력들의 복잡한 교차로 짜여 있는, 이 이미지의 혈관-순환계는 사건들의 연결과 전개를 통한 이야기의 흐름을 교란하며 자신만의 독자적인 흐름을 이야기의 흐름 위에 덧씌우고 있는 것처럼 보이기도 한다.[8] 예민한 독자들일수록, 이 혈관-순환계 장치를 더 격렬하게 작동시키는 독자들일수록, 이 소설에서 완결된 이야기를 끄집어내는 데 더 커다란 장애를 겪고 불분명한 회상과 예감 사이에서 이미지들의 인력과 척력 사이에서 현기증을 느끼게 될 것이라는 점을 다시 한번 강조하고 싶다.

---

8) '이미지만의 독자적인 흐름'에 대해서 조금 더 설명하기로 하자. 1의 ①-1에서 김씨의 부인은 잃어버린 것이 단지 선글라스라고만 말했는데도 호텔 직원은 어떻게 그것이 "흰색 테의 나비 모양 선글라스"라는 것을 알았을까. 1의 ①-2에서 둘씩 짝을 지어가는, 흰색과 회색이 섞인 두건과 제목을 걸친 수녀들은 두 날개를 팔랑거리는 '흰 나비'를 연상시키는 데가 있지 않은가. 다른 장면에서 비 오는 어느 오전을 상상하며 방안 풍경을 묘사할 때, "창을 닫는 것을 잊어버려 방안에 가득 날리는 서류", "빗물을 머금고 기울어진 화분의 꽃잎들"과 함께 "비 오는 날의 축축한 하얀 나비들"(437쪽)을 동시에 떠올리는 것은 우연인가. '나비'처럼 이 방 저 방을 날아다닐 수 있는, 그 위에 어떤 형태나 색채라도 다시 그

그리고 이런 관점에서 보자면 다음의 인용문은 이 소설이 스스로의 스타일을 평가하고 정리하는 장면처럼 읽힌다.

아침마다 그녀는 상상 속에서 세 개의 방의 창을 활짝 열고 세 개의 저마다 다른 도시의 햇빛과 소음을 받아들였다. (……) 세 개의 방에 있는 라디오에서는 서로 다른 언어로 뉴스가 방송되었고 옆방에서 임시로 묵는 단기 여행자들이 여행안내서와 지도를 뒤적이는 소리, 낯선 사람들의 가라앉은 목소리, 전화벨 소리, 책을 펼치면 나타나는 점괘를 일러주는 미지의 음성, 속삭이는 연인들의 밀어, 마루를 밟고 화장실로 가는 발걸음, 허약한 고양이들의 애처로운 울음, 모든 것이 각자 다른 언어로 이루어졌다. 심지어는 그 각각의 방에서 꾸는 꿈조차도 다른 언어의 지배를 받는 것이었다. 서로 이해하지 못하는 언어로 짜인 양탄자의 현란한 무늬들이 세 개의 방을 날아다녔다. 세 개의 상상을 김씨의 부인에게 속삭였다.(430~431쪽)

려볼 수 있는 '하얀' 무엇인가를 연상시키는 무형의 이미지가 이 텍스트 전체에 희미하게 퍼져 있기 때문에 이곳 저곳에서 '흰색 테의 나비 모양 선글라스'나 '양쪽 날개를 팔랑거리는 나비처럼 보이는, 둘씩 짝지어 걷는 흰 두건의 수녀' '비 오는 날의 축축한 하얀 나비들'이 돌출하고 있는 것이 아닐까? 혹은 소설 속에서 이 세 지점을 읽으며 지나갈 때 어떤 예민한 독자들에게는 회상과 망각이 기묘한 비율로 요동치다가 '흰 나비' 이미지만의 독자적인 흐름을 재구성하고자 하는 의욕을 불어넣는 것이 아닐까.

논리적으로나 서사적으로 위의 요소들은, 그리고 그녀의 세 개의 방은, 서로 연결되지 않는다. 그러므로 이 요소들은, 그리고 그녀의 세 개의 방 각각에서 통용되는 언어들은, 서로를 이해할 수 없다. 그러나 기이한 방식으로 이 요소들은 한데 엮여 현란한 무늬를 가진 양탄자로 짜이고 이 마법의 양탄자에 올라탈 수 있는 예민한 독자들을 이야기의 흐름이 이끄는 곳과는 다른 어딘가로 데려간다. 그리고 예민한 독자라면 여기에 혈관-순환계의 사례들, 양탄자의 무늬를 짜고 있는 여러 가닥의 실들을 얼마든지 추가하며 지금까지의 논의를 훨씬 더 길게 만들 수 있을 것이다. 하지만 이 소설 속에 현란한 무늬의 양탄자가 있다는 사실을 입증하는 작업은 이 정도에서 그치기로 하고, 이 양탄자가 어떻게 이야기의 흐름을 교란하고 그 완성을 방해한다는 것인지에 대해 더 설명해야 할 것 같다. 앞에서도 언급한 셈이지만, 인과관계 속에서 사건들이 전개되는 이야기의 각도나 속도와는 구분되는 이미지의 각도와 속도가 서로를 끌어당기는 바람에 이야기의 본래의 흐름이 자꾸만 일그러지고 있다는 것이 교란과 방해의 기본적인 양상일 것이다.

하지만 그것이 전부는 아니다. 앞에서 살펴본 1에서 6까지의 사례에 국한해서 말한다면, 이미지의 흐름은 이야기의 진술을 배반하게 만든다. 1은 현실의 호텔을 찾아가는 것과 상상의 방을 방문하는 것은 명백히 다른 것이라고 진술한다. 하지만 호텔 직원이 나열하는 분실물들은 텍스트의 다른 공간 장면들에서 유사한 이미지로 다시 돌아나면서(마치 망각의 장막을 뚫고 희미한 기억이 피어오르듯이) 독자들이 그 구분되는 장면들이 겹쳐 있는 것처럼 느끼게 만든다. 그런데 그런 식으로 서로 다른 장면을 겹쳐놓는 순간들이야말로 상상의 방을 방문하는 몽상적 행위, "세 개의 저마다 다른 도시의 햇빛과 소음을 받아들"이고 "다른 언어의 지배를 받는" 행위를 수행하는 순간이 아닌가. 다시 말해서 1의 진술과 반대로 현실의 호텔을 찾아갔던 것이 독자의 텍스트 체험 속에서는 상상의 방을 방문하는 일의 계기가 되어주는 것이 아닌가. 그렇다면 이미지의 혈관-순환계가, 현란한 무늬의 마법의 양탄자가, 의미의 일관성(여기서는 '현실의 호텔을 찾아가는 것과 상상의 방을 방문하는 것은 다르다'는 명제의 일관성)을 산출하거나 유지하는 일을 방해하는 것이 아닌가.

게다가 1에서 길게 나열되는 것은 '분실물' 목록이다. 그런데 지나치게 산만하고 혼란스러워 보이는 김씨의 부인의 삶과 상상에 대해 낭송극 배우와 이 소설의 서술자는 그것이 망각의(=기억의 '분실'의) 여정이라고 예언하거나 규정한다.

> 7 〔세 개의 방을 갖고 있는〕 김씨의 부인은 자신이 본 무수히 많은 것들에 대한 너무 많은 기억을 갖고 있기 때문에, (……) 시간이 지나갈수록 테두리가 닳아버린 그 장면들은 알아보기 힘든 희미

하고 어렴풋한 윤곽의 덩어리로 변해가고, 그렇게 서서히 소멸되는 과정을 통해서 때로는 전혀 알 수 없는 다른 형태로 둔갑해버리기도 한다. 경우에 따라서는 기억 한가운데에 둥글게 뚫린 커다란 하얀 구멍을 기억의 내용이라고 생각하기도 하며, 그러나 그 내용이 무엇인지는 당연히 알지 못한 채.(437쪽)

8 그날 당신이 많은 것을 보게 되며, 그렇게 바라본 사물들 중 무언가가 당신의 기억을 건드려, 그 기억이 우리들 주변을 서성이게 되고, (……) 그날 하루, 정처 없는 산책에 나선 당신, 생명의 열정은 미지근하고 검게 굳은 피는 이상할 정도로 천천히 흐르며, 무엇을 잊었는지 기억하지도 못하면서—아마도 당신은 그것이 열쇠라고 생각할지도 모르겠군요—당신은 하루종일 그것을 찾아 이곳저곳을 정처 없이 떠돌 것입니다.(475~476쪽)

사람들이 생각 이상으로 호텔에서 다양하고 많은 물건들을 잃어버리는 바람에 길고 긴 시처럼 보이는 분실물 목록을 만들어냈던 것처럼, 상상 속에서 언제나 너무 많은 것을 보고 있는 김씨의 부인의 기억은 테두리가 닳아버리고 무정형의 덩어리가 돼버리거나 "기억 한가운데 둥글게 뚫린 커다란 하얀 구멍"으로 기억들이 빠져나가고 소멸된다. 김씨의 부인이 잃어버린 물건을 찾아보려고 호텔에 전화를 걸었던 것처럼, 김씨의 부인은 어떤 기억을 분실한 줄도 모르는 채로 그것을 찾기 위해 정처 없이 떠돈다. 김씨 부인의 기억과 관련한 가장 은밀한 차원과 일상적으로 드러나 있는 호텔 직원의 일상 업무의 차원이 서로 호응하면서 이런 질문들이 떠오른다. 그런데 호텔의 그 길고 긴 분실물의 목록은 과연 김씨의 부인과 관련이 없는 것일까? 그것들이야말로 그녀가 잃어버린 줄도 모르는 그 분실물이 아닐까? 혹은 선글라스를 잃어버린 적이 없는 것이 아닐까? 2에서 읽은 적이 없는 『어느 중국인의 고통』은 그 내용을 기억한다고 확신하고, 읽은 적이 있는 『중국의 붉은 별』은 그것을 읽었다는 사실을 포함한 모든 것이 의심스럽기만 한 것처럼?

여기에 '결정 불가능성'의 측면을 추가하기로 하자. 낭송극 배우는 김씨의 부인에 대해 "그러나 어떤 경우라도, 그날도 여전히 당신 기억의 깊은 아궁이 속에서는, 타오르지 못한 불씨가 오랜 세월 동안 저절로 말라 죽어가는 쓰라린 냄새를 풍기고 있을 것"(477쪽)이라고 저주처럼 들리기도 하는 예언을 한다. 두려움 때문에 그녀가 아무것도 시도해보지 못하고 멈춰버릴 것이기 때문이라는 것이다. 그것은 비유컨대 "불현듯 기차에서 내"리는 것이고 "그리하여 목적지를 눈앞에 두고서 더이상 앞으로 나아가는 대신에, 입술을 깨물면서 헛되이 절망하고, 그리고 되돌아가버"리는 것이다(472~473쪽). 그리고 실제로 "갑자기 〔김씨의 부인이 탄〕 기차가 캄캄한 어둠 속에서 덜컹 멈추어 섰다. (……) 김씨의 부인은 (……) 기차에서 내려 황량한 플랫폼에 섰다."(463쪽) 그러니까 김씨의 부인은 그의 예언대로 낯선 것에 대한 두려움 때문에 어떤 금기를 위반하는 의지 같은 것이 허약해지는 바람에 그와 만나서 완전히 새로운 생을 여는 그 길을 포기한 것이다. 그녀는 그 기차에서 내리지 말았어야 하고 방랑자에게로 가는 '결단 혹은 의지의 기차'를 끝까지 추진해야 했다. 그러니까 그녀가 그 하얀 구멍으로 놓쳐버린 결정적인 기억이란 낭송극 배우와의 만남을 통해 불러일으킨 낯선 것을 향한 열정과 기쁨의 순간들이다. 그것을 망각했기 때문에 이후 그녀의 인생이 퇴락하고 말았다. 과연 이렇게 결론 내려도 될까? 김씨의 부인은 낭송극 배우와의 결합이라는 해피엔드에 도달하지 못했기 때문에 아무것도 끝맺지 못한 채로 무엇을 잊었는지도 모르는 채로 무수한 상상의 방들을 헤매는 진정으로 낯선 체험을 했던 것이다. 그러니까 그에게로 가는 이야기의 기차가 멈춰 섰기 때문에 그녀만의 이미지의 기차가 질주하기 시작했으며, 이 이미지의 기차의 질주야말로 진정으로 낯선 것이기 때문이다. 그러니까 이 텍스트 안에서 기차는 멈춰 있는가 질주하고 있는가. 결정 불가능하다. 게다가 이 소설 속에 포착되고 있는 장면들 가운데 무엇이 상상의 방에서 목격한 것이고 무엇이 현실에서 겪은 것인지 확정할 수 없다면(우리는 이미 현실의 호텔과 상상의 방을 간단히 구분하기 어렵다는 사실을 확인했는데), 낭송극 배우에 대한 모든 기억들 또한 상상의 방에서 목격한 것이 아니라고 어떻게 장담할 수 있겠는가(특히 낭송극 배우가 이 소설 속에 처음 등장하는 431쪽을 보라. 그것은 상상의 방에서 내다본 풍경으로 보이지 않는가). 상상의 방들 사이를 기차 여행 하고 있는 한 여자가 그 여행을 멈출 수 없게 만드는, 결코 되찾을 수 없는 망각된 기억이 있다고 상상하면서, "기억의 깊은 아궁이 속에서는, 타오르지 못한 불씨가 오랜 세월 동안 저절로 말라 죽어가는 쓰라린 냄새를 풍기고 있을 것"이라고 상상하면서, 그 불씨의 기원을 상상하고 그곳으로 향해 상상의 여행을 한 결과가 낭송극 배우이자 마법사인 그 남자라는 가상의 인물인 것이 아닐까. 낭송극 배우와 그의 예언은 김씨의 부인의 망각의 심연인가 상상의 첨탑인가. 결정 불가능하다.

여기까지 오면 지금까지의 논의를 다음과 같이 정리할 수 있을 것 같다. 「어느 하루가 다르다면, 그것은 왜일까」에는 이미지의 혈관-순환계 '장치'가 있다. 그것을 장치라고 부르는 이유는 그것을 독자가 작동시키는 만큼 어떤 효과를 발휘하는 것이지, 거기에 확정된 의미나 내용이 담겨 있는 것이 아니기 때문이다. 그리고 일단 이 장치를 작동시키면 독자는 '김씨의 부인이 상상의 방을 돌아다니며 기억과 관련한 어떤 혼란을 겪는다'는 내용을 이해하게 되는 것이 아니고 독자 또한 텍스트 내부의 여러 방들을 돌아다니며 김씨의 부인이 겪었던 것과 유사한 기억과 관련한 어떤 혼란을 체험하게 된다. 〈김씨의 부인이 무엇인가를 잊고 있으면서도 흐릿하게 남아 있는 기억 때문에 그 근방을 헤매고 다니는 중이다. 그러느라 스스로는 열쇠를 찾아다닌다고 착각하고 기차를 타고 있다는 착각에 빠질 때도 있다〉는 정보를 우리는 이야기의 흐름 속에서 추출해낼 수 있다. 우리는 그런 불행한 여자의 삶을 이해하거나 해석할 수 있다. 하지만 이 소설이 우리에게 제공하는 것은 그런 이해나 해석이나 이야기의 차원에 머물지 않는다. 1~8 사이에 은밀하게 퍼져 있는 이미지의 혈관-순환계는 우리가 텍스트를 읽어나감에 따라 그 앞의 어떤 진술이나 장면이 반복되고 있거나 변형되고 있다는 어렴풋한 지각을 제공하고, 그 지각의 실체를 구체적으로 파악하려 할수록 사실관계를 확정하기 어렵다는 사실을 알게 되기 때문에 무엇인가가 손아귀에서 빠져나가는 느낌을 반복해서 체험하게 된다. 그러니까 7과 8을 읽고 이해하거나 해석할 수 있는 그것을 우리는 1~8 사이에 은밀하게 퍼져 있는 혈관-순환계의 작동 버튼을 누르는 만큼 실제로 '체험'하는 것이다. 그리고 그 체험이 강렬해질수록 이야기는 배경으로 물러나 앉고 희미해지며 그 이야기를 완성하고자 하는 욕망까지도 희석시킨다.

또한 결정 불가능성 속에서, 이야기의 기차를 탈선시키며 질주하는 이미지의 기차의 아름답지만 기이한 소음 속에서, 독자들은 어떤 사물, 어떤 인물, 어떤 상황에 대해서도 확신하기 어렵고 그것에 어떤 확실성이나 안정성을 부여할 수 없다. 암시와 회상, 망각과 착각 사이를 오가는 현기증. 그 현기증 사이로 모든 확실한 것들이 빠져나가는 미끌거리는 느낌. 이것이 배수아의 소설이 우리에게 제공하는, 익숙하고 안정적인 사물들의 세계가 녹아 없어지기 직전에 이르는 재난의 체험이다. 이 재난이야말로 우리에게 '새로운 것'에 대한 체험의 입구로 데려다준다는 점을 다시 강조할 필요가 있을까. 그런 점에서 우리가 이미 읽은 인용문 7을, 이 소설이 스스로를 요약한 것이라고 읽을 수도 있다. 이 요약이야말로 「기억의 천재 푸네스」가 끝까지 가지 않고 남겨둔 지점이라고 덧붙이면서.

김씨의 부인은 자신이 본 무수히 많은 것들에 대한 너무 많은 기억을 갖고 있기 때문에, 그 기억들의 얼굴을 한 번씩 불러내오는 데는—설사 충분히 잘 알고 있는 장면이라 할지라도—차를 한 잔 다 마셔야 할 정도로 오래 걸리며, 시간이 지나갈수록 테두리가 닳아버린 그 장면들은 알아보기 힘든 희미하고 어렴풋한 윤곽의 덩어리로 변해가고, 그렇게 서서히 소멸되는 과정을 통해서 때로는 전혀 알 수 없는 다른 형태로 둔갑해버리기도 한다. 경우에 따라서는 기억 한가운데에 둥글게 뚫린 커다란 하얀 구멍을 기억의 내용이라고 생각하기도 하며, 그러나 그 내용이 무엇인지는 당연히 알지 못한 채.(437쪽)

3. 재난의 조짐에서 파열의 가속까지

돌이켜보면 이런 재난의 조짐이 배수아의 초기 소설들에도 이미 있었던 것 같다. 예컨대 「푸른 사과가 있는 국도」(1994). 이 소설 속의 주인공 화자가 처한 상황은 다음의 대화를 통해 어느 정도 파악될 수 있다.

그는 〔차 안에서〕 스케치북을 꺼내어 데생을 하고 있는 나에게 말을 걸고 싶어하였다.

"차 안에서 그림을 그릴 수 있니?"

"대충하는 거야. 내가 그리는 게 아니고 나도 모르는 어떤 누가 내 안에서 나를 강요해. 그러면 흔들리는 차 안에서라도 그릴 수밖에 없어."

"너는 말을 항상 그렇게 하니."

그는 내가 자기 엄마나 누나처럼 말하지 않는다고 언제나 비난하였다.

"그리고 싶으면 그려야 돼. 이런 식으로는 왜 말 못하니. 넌 내가 너를 이해 못하는 것을 즐기고 있어."

나는 스케치북을 탁 소리나게 덮었다. 이것은 그가 가장 싫어하는 행동이다. 나는 일부러 그렇게 한다. 그가 처음에 생각한 얌전하고 약간은 섹시한 키 백육십오 센티의 백화점 여점원은 어디로 갔

나. 와이셔츠의 단추를 달아주지도 않고 유행하는 링 귀고리를 하기 위해 귀를 뚫지도 않고 비번일 때는 머리도 감지 않은 채 오후 내내 좁아터진 방안에서 나오지도 않고 이젤 앞에서 쟁반에 담긴 사과를 그리고 있는 나.

"너는 화가가 아니잖아."

처음에 그는 조용히 말하기 시작한다.

"그리고 그 사과는 너무 파래. 원래는 초록에 붉은 핑크가 섞여 있을 뿐이야. 그렇게 칠하니까 어쩐지 섬뜩하게 보인다."(28~29쪽)

그녀에게는 남자친구에게도 이해받지 못하는, 말하자면 "너무 파"랗기 때문에 "섬뜩하게 보"이는 '푸른 사과' 같은 것이 있다. 그것이 그녀를 바로 그녀 자신으로 만들어주는 것이겠지만, 세상이 그녀를 그리고 그녀가 세상을 불편하게 느끼게 만든다. 남자친구를 비롯해 사람들 전부는 합심한 듯, 그녀가 소통 가능한 평범한 언어로 말하길 원하고 그녀의 푸른 사과에 일상적인 붉은 핑크가 더 많이 포함되기를 원한다. 그것을 견딜 수 없었기 때문에 그녀는 가출한 것이었지만, 그녀가 집을 떠난 뒤 만난 남자친구도 다른 사람들과 다를 바 없었고 생계를 위해 그녀가 일하고 있는 백화점의 세계도 마찬가지다. 그녀를 길들이려는 세계는 대체로 가부장적인 것으로 혹은 그런 세상의 이치에 투항한 여성들의 것으로 그려지기 때문에 이 소설은 한편으로 '지루하고 속물적이며 억압적인 남성들과 갈등을 겪는 혹은 그들에 의해 희생당하는 여성 서사'의 일종으로 읽히기도 한다. 그녀의 사촌은 의대생과 결혼하여 행복한 부르주아 가정을 이룬 듯하지만 "그녀에게서는 무엇인가 빠져나간 것이 느껴진다. (……) 옛날의 오래된 사진관에서 빛나는 한여름의 거리로 뛰쳐나오던 불타는 뺨을 가진 소녀는 어느 순간엔가 죽어버린 것이다."(48쪽) 또 (아마도 주인공과 다른 종류의 푸른 사과를 갖고 있을) 그녀의 친구 소영은 "엄마가 좋아"할 만한 "내무부의 공무원. 서른 살이고 십칠 평 아파트를 갖고 있는 둘째 아들"(48~49쪽)과 결혼해서 안정적인 삶에 순응하는 듯했지만 부르주아의 주방의 아이콘과도 같은 "백화점에서 그날 오후에 새로 산 주방용 가위 (……) 몹시 단단하고 견고한 (……) 은빛 나는 걸로"(55쪽) 손목을 그어 죽음에 이른다. 그러므로 이 소설은 세계와 갈등하는 개인성의 모험을 여성의 관점에서 다시 쓰는 90년대 소설의 한 사례로 기록될 수 있다.

하지만 나는 이 소설의 다른 부분을 강조하고 싶다. 이 소설에는 도처에 '푸른 사과' 혹은 그것의 변형이 등장한다. 푸른 사과를 살 때 그 옆을 지나가던 "어두운 푸른색 버스"(10쪽), 도중에 푸른 사과를 샀던 여행에서 돌아온 뒤 전화를 걸어온 남자가 만들어내는 "푸른 불꽃" "푸른 담배 연기"(13쪽), 그녀가 남자와 첫 데이트 때 입었던 "푸른 원피스"(15쪽), 여행에서 돌아오던 길가에 보이던 "아직 푸름이 가시지 않은 나뭇잎들"(28~29쪽), 그 남자와 헤어진 뒤 다른 남자와 만나던 중 무대 위에서 본 피아노 치는 여자가 입은 "푸른 드레스"(67쪽). 만약 그 푸름이, 인간이든 자연이든 성숙기에 이르러 배신하게 되는 영혼의 어떤 격렬한 색채라면, 여름이 오면 나무가 스스로를 덧칠하는 것이 아니고 나무도 모르는 어떤 누가 나무 안에서 나무를 강요하기 때문에 뿜어낼 수밖에 없었으나 자연의 이치에 순응하느라 얼마 지나지 않아 배신하게 되는 무성한 푸르름과도 같은 것이라면, 「푸른 사과가 있는 국도」는 '성숙' 혹은 '세상(자연)의 이치와의 화해'를 거부하고 '푸름의 이미지'를 곳곳에 침투시키고 증식시킨다고 말해야 할 것 같다. '푸른 사과'의 이미지는 처음에는 서사적 필요 이상으로 증식되고 변형되는 듯하지만 결국에는 이 변형되면서 증식되는 푸른 사과의 이미지가 이야기의 방향을 '지루하고 속물적이며 억압적인 남성들과 갈등을 겪는 혹은 그들에 의해 희생당하는 여성 서사'에서 이탈시킨다. 그녀는 전체적으로 푸르게 염색되는 이야기 속에서 착란을 일으키고 이 이야기는 그녀가 착란을 통해 '푸른 사과를 파는 여인'으로 변신하는 이야기로 변경된다.

그때 차 안에서 흐르던 피아노 음악처럼 우울하면서 낡은 햇빛처럼 창백하였던 그 푸른 사과의 거리. 아, 그때 피아노 음악이 있었던가, 그냥 라디오 채널에서 흘러나오던 전인권과 비슷한 목소리의 유행가가 아니었을까. 단조롭고 지루하게도 느껴지던 피아노소

나타의 첫 도입부가 지나고 클라이맥스로 치열하게 전개되는 피아노 음악. 그런 피아노 음악을 들은 것은 훨씬 이전, 어둑어둑한 한 여름의 지하 바에서가 아니었을까. 무대에서는 푸른 드레스를 입은 여자가 피아노를 연주하고 있다. 밖은 이미 밤이었으나 무척이나 덥고 금방이라도 소나기가 쏟아질 것처럼 습기가 많은 한여름 날이었다. 그러나 실내는 대형 룸쿨러가 작동되고 있었고 여자아이들은 특별히 달콤하게 만든 보드카 선라이즈를 스트로로 조금씩 마시고 있었다. (……) 어느 여름날인가 나는 그곳에 있었고 고등학교를 채 졸업하지 않은 여자아이들이 바다로 놀러갈 비용을 벌려고 아르바이트를 하던 곳이었다. 아니 어쩌면 나는 완전히 잘못 기억하고 있는지도 모른다. 그 피아노가 있던 바는 서해안 국도에서 푸른 사과를 사던 그날부터 한참이나 지난 뒤의 풍경인 것도 같다. 피아노의 나른한 음률이 숨막히는 지하의 어둠을 더욱 낮게 가라앉히고 푸른 옷을 입은 피아니스트는 긴 머리를 핀으로 틀어올려 고정시키고 있다. (……) 나는 소매 없이 어깨가 드러난 흰 윗옷을 입고 있는 여자아이들 중의 한 명이다. 나는 백화점의 디스플레이어를 기다리고 있고 이외의 기억은 혼란스럽다. 그냥, 끊임없이 잘못 틀어놓은 LP판처럼 반복적으로 들려오던 그 피아노 소리. 늦가을의 국도를 달려가는 차 안에서 들었던 것도 같은 피아노 소리이다.(62~64쪽)

〔푸른 사과를 샀던 그 여행으로부터 이 년 뒤〕 그날 저녁, 디스플레이어와 나, 그리고 그의 작업 친구 몇 명이 지하 바에 있었다. 나는 보드카 선라이즈와 위스키 스트레이트를 번갈아가면서 마시게 되었다. 오랜 시간을 그랬으니까 아무래도 취하게 된다. 무대에는 푸른 드레스를 입은 긴 머리의 여자가 피아노를 연주한다. (……) 남자들은 넥타이를 느슨하게 하고 여자아이들은 얼음을 커다란 그릇으로 주문하였다. 이런 여름밤의 지하 바에 내가 예전에도 있었던 것만 같은 생각이 들었다. 저 격렬한 피아노 연주도, 어두움 속에 희미한 사람들의 모습이나 조용한 소음을 내고 있는 저 대형 룸쿨러도. 모든 것이 익숙하였지만 언제의 일인지는 기억이 나지 않았다.(67쪽)

저 격렬한 음악, 아마도 푸른 불꽃의 이미지로 채색되었을 음악은(그래서 연주자의 드레스는 푸르게 물들고), 푸른 사과를 샀던 여행 이전에 들었던 음악인가, 그 여행의 자동차에서 흘러나온 음악이었나, 아니면 그로부터 이 년 뒤 새로운 남자(디스플레이어)와 함께 듣게 될 음악인가. 그게 아니라 도처에 증식하던 '푸른 사과'가 시간 전체를 물들이고 있기 때문에 그게 어느 때였는지 구분하는 것이 불가능해진 것일까. 그러니까 이 소설의 주인공이 다음과 같은 예감을 반복할 때, 그것은 미래의 어느 순간에 대한 음울한 상상이라기보다, 차라리 그녀는 이미 미래에 푸른 사과를 누군가에게 건네주고 있었을 것이고, 사실 그녀는 기억할 수도 없는 오래 전 과거에 미래의 자신으로부터 푸른 사과를 건네받은 적이 있으며, 그런 방식으로 세상이 거부하고 교정하고 순화시키고 싶어하는 푸른 불꽃이 유령처럼 모든 시간 모든 장소에서 잔존하며 방황하고 있다는 사실에 대한 암시가 아닐까. 이 텍스트가 점점 더 푸른색으로 물들어감에 따라 어떤 예민한 독자는 책장을 넘기고 있는 자신의 손가락 끝이 파랗게 변하고 말았다는 사실을 깨닫거나 앞으로 파랗게 변할 것이라는 예감에 시달리거나 그게 아니고 과거 어느 순간에 이미 파래졌던 것이라는 착란에 시달리게 되는 것이 아닐까.

> 먼지투성이 길가의 푸른 사과를 파는 여인들. (……) 그래, 종이 봉투에 담긴 푸른 사과를 팔면서 이 거리에서 살아도 좋겠구나. 밤이 어두워지면 무거워진 발을 질질 끌듯이 하며 낮은 산들 너머 강가의 집으로 돌아가는 나의 뒷모습이 보인다.(9~10쪽)

> "나는 그때 그런 생각이 들었거든. 그 거리로 찾아가서 푸른 사과를 파는 여자가 될 것 같았어. (……) 왜 그런지는 나도 몰라. 언젠가는 나도 저렇게 늙고 초라해져서 먼지투성이 국도에서 사과를 팔게 되리라는 예감이 들었을 뿐이야. 그것도 형편없는 푸른 사과를. 저녁이 되어 아무도 이 푸른 사과를 사러 오지 않으리라는 예감

이 확실해질 때까지. 내가 영원히 가지 못할 먼 데로 나 있는 길을 바라보면서 손으로 짠 두꺼운 스카프로 얼굴을 가리고 아주 어두워질 때까지 그렇게 있을 것 같은."(17쪽)

새벽이 이제 오려고 하는 마지막 여름의 어둠을 향해서 나는 속삭인다. 나는 아무것도 모른다. 섹스의 기쁨도 모르고 사랑의 감동도 없다. 멀리로 나 있는 길을 바라보면서 나는 스산한 먼지바람 속에 서 있다. 초록빛 강물 냄새와 오래된 풀잎 냄새가 나는 것 같다. 바다로 가는 길이 이쪽인가요, 하고 차를 멈추고 여행자들이 내게 묻는다. 바람이 나의 머리를 흐트러뜨리고 길가의 키 큰 마른 풀들을 눕게 한다. 그들의 차에서는 라흐마니노프의 피아노 음악이 요란하고 그들은 푸른 사과를 산다.(70쪽)

이미지의 증식이 착란을 수반하는 가운데 이야기의 방향을 틀어놓고 있다는 점에서, 「푸른 사과가 있는 국도」는 「어느 하루가 다르다면, 그것은 왜일까」를 예비하는 것처럼 보인다. 그런 방식으로 다른 작품들을 읽어나가는 것이 크게 잘못된 일은 아닌 것 같다.

「여점원 아니디아의 짧고 고독한 생애」의 '내용'을 가지고 대체 무슨 일이 있었던 것인지(혁명은 그의 아내 아미를 견디지 못하고 살해한 뒤 벽 속에 숨겨두고는 그 집을 부동산에 넘기고 해외로 도피한 것일까? 두 사람은 인정하려 들지 않았지만 사촌간인 아니디아와 혁명은 서로 사랑하는 사이였을까? 그것이 살인사건의 배경이 되었을까?)에 대해서 따져본다거나 거기서 어떤 가르침(사랑은 결국 "강렬하게 집착하고 지옥을 예감하면서도 떠날 수 없는 그런 감정"(79쪽)인가? "아무런 이물질도 없는 완벽한 소유(97쪽)"에 대한 불가능한 망상인가?)을 얻어보려는 시도에도 물론 나름의 소득이 있겠지만, 이 소설의 결정적인 대목은 '스며들기'인 것 같다. 아니디아는 혁명의 가정사에 대해 전해들은 바 없지만 혁명의 느낌과 생각들은 아니디아에게 어느새 스며들어 모든 사정을 다 알게 된다("아니디아는 궁금한 생각이 들었다. '내가 어떻게 그 모든 것을 다 알 수 있는 거지? 난 그 이후로 혁명을 만난 일이 없는데.'"(79쪽)). 혁명과 아미 부부의 아들인 반은 사실 혁명의 핏줄이 아니다. 반은 혁명이나 아니디아와 아무런 생물학적 연관 관계를 갖고 있지 않지만, 혁명과 아니디아의 무엇인가가 반에게 스며들어 있어 반의 외모는 마치 혁명과 아니디아의 생물학적 아들처럼 보인다("그런데 왜 우리 모두에게 반은 혁명을 연상시키는 걸까. 아미의 뱃속에 있는 동안 아미의 눈에 비친 혁명의 모습이 그대로 반에게 투영되어 있었다. 그건 반이 아미의 뱃속에 있는 동안 혁명의 마음에 비친 아니디아를 닮아 있는 것과도 같았다."(99~100쪽)). "〔혁명의 감정상의 배반이 견디기 어려웠던〕 아미는 더욱 여위고 한계까지 가냘파져서 〔혁명의 집〕 어딘가의 벽 속에 흰 그림자처럼 달라붙어 있을지도 모른다. 어두운 밤 혁명이 홀로 잠들어 있는 이 집을 유령처럼 서성일지도 모른다."(120~121쪽) 다시 말해서 아미는 혁명의 집 벽 속에 스며들었다. 그런데 사라지고 없는 혁명은 어디로 간 것일까. 그 또한 아미가 그랬던 것처럼 실은 아니디아의 집 벽이든 마음의 벽이든 어딘가로 걸어들어가 스며들어 있는 것이 아닐까? 아니디아 또한 자신의 삶을 이렇게 정리한다. "단지 너[혁명]의 집 벽 속으로 걸어들어가 짧고 고독하게 여점원 아니디아의 생애를 걸어가는 것. 절멸絶滅."(123쪽) 현실 세계에서 사라지는 것, 절멸하는 것, 그러나 비가시적인 차원 어딘가에 스며들어가 유령으로 잔존하는 것. 이 음산한 상황이야말로 「여점원 아니디아의 짧고 고독한 생애」가 공들여 반복하는 것이다.

이 유령적 잔존에 대한 감각이 재난의 조짐이 될 수 있다고 이 소설은 주장한다. "절대로 절대로 기억할 수 없는 기억 이전의 기억이 악마처럼 자라나 병을 만들죠. 그런 걸 갖고 있는 사람은 병이 든 채 이 세상을 살아가게 되고 건강한 사람들에게 모든 것에서 뒤처지게 돼요."(94쪽) "기억은 위험할 뿐, 아무런 의미도 없습니다."(120쪽) 하지만 유령적 잔존을 감각할 수 없는 상태가 곧 '고독'이라고, 그것이 현실에서의 삶의 실체라고, 그런데 그것은 아무것도 아니라고 이 소설은 주장한다. 그런 점에서 우리는 외롭지 않기 위하여, 근원적인 고독에서 벗어나기 위하여, 아무것도 아닌 상태를 벗어나기 위하여 재난을 필요로 한다고도 말할 수 있다. 그 재난이야말로 리얼하고 치열한 것이라고도 말할 수 있다.

아니디아는 혁명의 집을 떠나온 후 견딜 수 없는 밤이면 꿈속에서 혁명을 만나러 먼길을 걸어서 왔다. 그러한 몽유 상태는 계속되었고 그녀 꿈속의 인생은 더할 수 없이 리얼하고 치열했다. 그러다 잠에서 깨어나면 아니디아의 자아는 아무것도 기억하지 않고 아무것에도 감동하지 않는 쓸쓸하고 고독한 여점원으로 되돌아왔다.

어렵고 고독한 인생을 겪고 난 뒤, 사람들은 말한다. 그것은 아무것도 아니었어.(122쪽)

*

이런 유령적인 분위기가 지배적인 소설들에 비하면 「은둔하는 北의 사람」「차가운 별의 언덕」「개종」「징계위원회」「집돼지 사냥」은 비교적 '완결된 이야기'로 보인다. 남북 양측의 모종의 계획에 의해 신원을 위장한 채 한국에서 연구원으로 숨어 지내는 얀 혹은 김무사가 남북 양측에서 버림받게 되는 한편 김무사를 감시하는 박의 숨겨진 정부情婦 곽이 박으로부터 버림받는 이야기, 두 아들을 가진 남자와 결혼한 여자가 옛 애인과 은밀히 재회하느라 정신이 팔렸던 날 아들이 실종되는 이야기, 반항적인 열아홉 여고생이 돈을 벌기 위해 탁아소에서 아르바이트를 하다가 거기서 열세 살 꼬마 아이 근을 만나 사랑에 빠진 이야기, 건축연구소 부소장인 김시무가 가족 여행을 이유로 시에서 열리는 징계위원회 참석 요구를 무시하려 했다가 박학석이라는 불쾌한 자의 술수 때문에 불편을 겪는 한편 옛 애인이기도 한 비서 정인을 해고해야만 했고 그 와중에 정원영이라는 여자와 정사情事를 치르는 이야기, 요란의 집 지하실에 돼지가 출몰한다는 말을 듣고 그 돼지를 사냥하러 온 M이 그 돼지에게 잡아먹힌 이야기. 배수아 소설 특유의 음산하고 기괴한 분위기들은 여전하지만 이들 이야기에는 사건의 선후 관계가 분명하고 어떤 인물이 이런저런 요소들 때문에 다른 인물과 혼동되는 일이 없으며 이야기의 흐름과 별도로 흐르는 이미지의 운동도 거의 감지되지 않는다. 그런 점에서 배수아의 '재난 장치'에 익숙하지 않은 독자들이라면 이들 소설부터 읽는 것이 수월할 수도 있겠다.

하지만 이 이야기들도 재난으로부터 마냥 안전한 것은 아니다. 야생의 돼지가 숲 어디서부턴가 굴을 파 집으로 찾아오고 밤잠을 어지럽히고 아침의 주방과 거실에 지저분한 흔적을 남기는 방식으로 안정적인 삶에 서서히 균열을 내기 시작하다가 마침내는 살인적인 면모를 드러내 우리를 집에서 쫓아낼 것이기 때문이다(「집돼지 사냥」). 삶이 성가셔지는 이유가 부당한 제도와 이상한 사람들 때문인 듯 보여도 나 자신이야말로 그 부당한 제도에 복무하는 이상한 사람이라는 사실이 밝혀질 것이기 때문이다(「징계위원회」). 평범한 일상의 아래에는 사랑에 관한 열정이라고 해야 할지 타락에 관한 열정이라고 해야 할지 결정하기 어려운 어떤 불꽃이 일렁이고 있고 그것이 곧 안정적으로 보였던 일상의 궤도를 이탈시킬 것이기 때문이다(「개종」「차가운 별의 언덕」). 처음에는 완벽해 보였던 계획과 의지도 예상치 못했던 변수 때문에 일그러지게 되고 그뒤에는 모든 것을 한순간에 잃게 되기 때문이다(「은둔하는 北의 사람」). 이 총체적인 파국의 기미 혹은 그 과정이나 결과가 이들 소설의 내용이고 주제인 것이다. 이 때문에 이들 소설의 말미에는 다소 돌출적이고 그래서 이야기의 완결성의 차원에서 보자면 과잉처럼 보이는, 거의 묵시록적으로까지 보이는 장면들이 삽입되어 있다. 재난의 전조처럼 보이는 장면들은 예컨대 이런 식이다.

> 서서히 무너지는 잇몸에서 어느 순간 마침내 모든 이가 뿌리째 남김없이 한꺼번에 빠지는 것처럼 우리들 인생은 어느 한때에 근본적으로 붕괴된다. 곽은 그렇게 생각하려고 애썼다. 여행용 가방을 버스정류장에 놓아둔 채, 어느 순간에 한꺼번에 붕괴된다, 우리들 인생이. 그 순간이 조금 이르게 찾아오거나 조금 늦게 찾아올 뿐이다. 같은 시간, 북의 사람 김무사도 같은 생각을 하고 있었다. 그렇게 우리들 인생은 어느 순간에 붕괴된다. 그토록 오랜 시간 동안 그토록 오랜 노력이 모두 모래처럼 산산조각이 나고 (……) (「은둔하는 北의 사람」, 163쪽)

선지자의 텅 빈 입이 열리자 그 속은 이가 하나도 없는 더러운 입이었다. 마치 둔중한 스패너로 하나하나 남김없이 이를 뽑힌 듯이 선지자의 잇몸은 뻥 뚫린 상처투성이였다. (……) "(……) 신은 언제나 선한 자를 도우십니다. 그리고 어느 한때, 완전히 썩어 붕괴되는 인생."

그 순간 가난한 거리의 마지막 남은 가로등 불빛이 남김없이 사라졌다. 이 세상 모든 빛이 보이지 않았다. 곽은 가슴을 움켜쥐고 혈관이 찢어지는 통증을 참으려고 안간힘 쓰면서 거리 한가운데서 서서히 쓰러졌다. 곽이 마지막으로 본 것은 빛 하나 없는 세상, 11월 세번째 수요일 밤에 찾아온 서울 대정전의 순간이었다. (「은둔하는 北의 사람」, 176~177쪽)[9]

나는 오래전부터 내 개종을 예감하고 있었으나 이제 그것이 아무것도 바꾸어줄 수 없는 순간에 찾아왔다는 것도 알게 되었다. 그리고 나는 여전히 불이 무서웠다. 초라한 가스 검침원의 제자가 되어서 무서울 정도의 금욕에 몸을 맡기고 마침내 이 세상에서 화형당하고 싶지 않았다. 그러나 오토워크는 계속해서 앞으로 나가고

9) 여기서도 이미지에 의한 사물들의 감염을 확인할 수 있지만(인생의 붕괴를 표현하기 위해 동원된 은유가 선지자의 입에서 이를 뽑아버린다), 그것이 「푸른 사과가 있는 국도」나 「어느 하루가 다르다면, 그것은 왜일까」 수준의 착란까지 밀어붙여지지는 않았다.

휠체어 위의 노인은 드디어 찾아온 죽음에 대한 환희 때문에 몸을 떨고 있었다. 마지막이 다가오기 직전, 나는 뒤돌아 그를 불러보고 싶었으나 불타는 오토워크에서 공포 때문에 혀가 굳었다. (「개종」, 262쪽)

이 장면들에 대한 별다른 설명이 필요할 것 같지 않다. 다만 앞에서 언급한 소설들은 (대개의 배수아 소설과는 달리) 현실을 작동시키는 어떤 힘들 혹은 규칙들(겉보기에 평화로워 보이는 관료들과 하급자들의 사무실 혹은 그들의 가정 밑바닥에서 들썩거리고 있는 불온한 기운들과 그것을 짓누르는 위선적인 원칙들, 비밀스러운 것과 공식적인 것이 일정한 비율로 뒤섞여 있는 정치 상황들)을 재현하는 측면이 있지만, 위의 인용문과 같은 장면들이 하도 강렬한 인상을 주기 때문에 이 소설들이 실상 현실의 재현보다는 재난을 위한 주문이 되기를 욕망하는 것처럼 보인다는 사실을 덧붙이고 싶다.

「은둔하는 北의 사람」에서 「집돼지 사냥」에 이르기까지의 소설들은, 그러나 그 재난이 어떤 체험으로 이루어지는지에 대해서 상상하고 표현하는 데에는 별다른 관심이 없는 것 같다. 이 소설들은 다만 우리에게 익숙한 세계가 붕괴 직전임을 선포하거나 그렇게 되기를 바라는 소망을 현실 세계에 대한 날카롭고 정밀한 재현과 함께 병치시키는 것까지를 해내고 있다. 하지만 이 소설들이 그 나름의 발견과 쾌락을 가지고 있다는 점을 차치하더라도 이러한 과정 없이 '재난 장치 고안자'로서의 배수아가 있으리라고 상상하는 것도 어렵다. 그 재난이 배수아의 텍스트에서 나중에 어떤 체험으로 발생하게 될 것인지, 우리는 앞에서 길게 살펴본 바 있다. 우리가 우리의 현실 세계를 잃어버리는 재난. 명확한 윤곽선을 가지고 확실히 존재하는 모든 것들이 녹아 없어지는 재난. 그러나 빈약한 기억과 인식, 동일성의 협소한 수용소에서 탈출 가능하게 해주는 재난. 그것을 통해 낯설고 두렵지만 새로운 체험을 할 수 있는 재난. 우리가 우리의 고질병인 근원적인 고독으로부터 벗어날 수 있게 해주는 시적인 재난. 그리고 무엇보다 설명되는 것이 아니라 체험되는 재난. 그 재난에는 분명히 음산하고 고통스러운 측면이 있지만 거기에는 아름답고 황홀한 측면이 동시에 포함되어 있다. 음산하고 고통스러운 재난의 아름답고 황홀한 측면은 예컨대 이런 문장으로 표현해야 할 것 같다.

> 이런 경우 김씨의 부인은 자신이 경험의 세계를 벗어나 신비로운 현자의 꿈을 대신 꾼 듯이 남몰래 생각되기도 하는 것이다. 어젯밤이나 아니면 이십 년 전 어느 날 밤의 꿈. 그런 꿈속에서 그녀는 밤이 되면 아무도 없는 나라에서 흰 당나귀가 거꾸로 서서 밤하늘을 딛고 걸어다니는 것을 보게 된다. 별들이 발밑에서 설탕처럼 사각거린다.(438쪽)

배수아
소설가이자 번역가. 1965년 서울에서 태어나 이화여대 화학과를 졸업했다. 1993년 『소설과사상』에 「천구백팔십팔년의 어두운 방」을 발표하며 작품활동을 시작했다. 소설집 『푸른 사과가 있는 국도』 『바람 인형』 『심야통신』 『그 사람의 첫사랑』 『훌』 『올빼미의 없음』 『밀레나, 밀레나, 황홀한』 『뱀과 물』, 장편소설 『랩소디 인 블루』 『부주의한 사랑』 『철수』 『붉은 손 클럽』 『나는 이제 니가 지겨워』 『이바나』 『동물원 킨트』 『일요일 스키야키 식당』 『에세이스트의 책상』 『독학자』 『당나귀들』 『북쪽 거실』 『서울의 낮은 언덕들』 『알려지지 않은 밤과 하루』 등이 있다. 한국일보문학상 동서문학상을 수상했다.

문학동네 한국문학전집 025
어느 하루가 다르다면, 그것은 왜일까

1판 1쇄 2017년 12월 20일
1판 3쇄 2021년 11월 15일

지은이 배수아

펴낸곳 (주)문학동네 | 펴낸이 염현숙
출판등록 1993년 10월 22일 제406-2003-000045호
주소 10881 경기도 파주시 회동길 210
전자우편 editor@munhak.com | 대표전화 031) 955-8888 | 팩스 031) 955-8855
문의전화 031) 955-3578(마케팅) 031) 955-1920(편집)
문학동네카페 http://cafe.naver.com/mhdn | 트위터 @munhakdongne

ISBN 978-89-546-4891-2 04810
978-89-546-2322-3 (세트)

www.munhak.com